KB273524

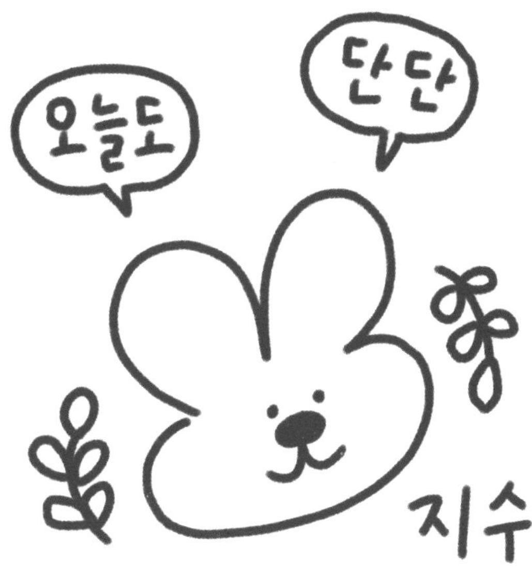

오늘도
단단
지수

오늘도 단단한 하루

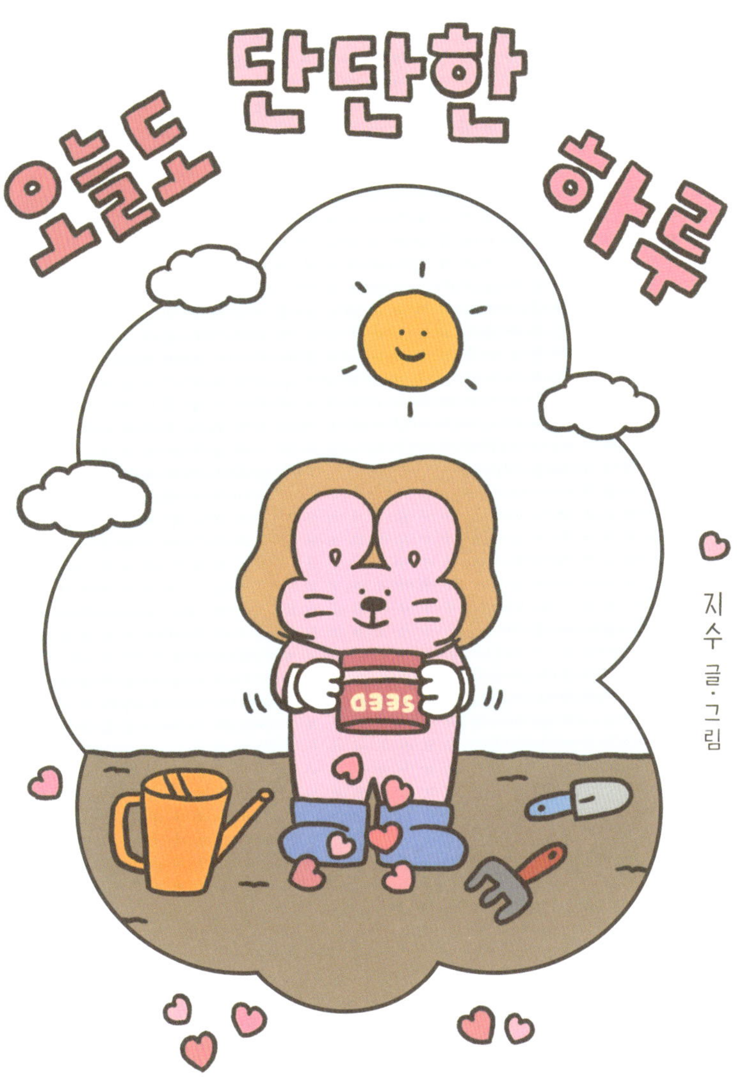

오늘도 단단한 하루

지수 글·그림

샘터

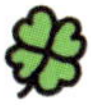

고맙고 소중한 내 사람 __________ 에게

오늘의 단단함을 건네.

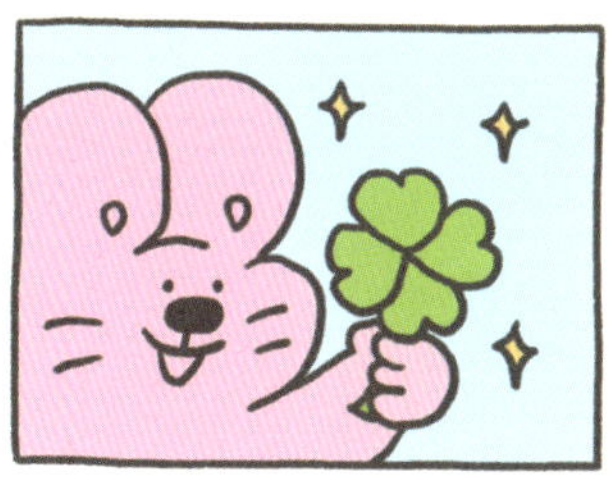

단단한 하루는
조금씩 만들어가는 거니까

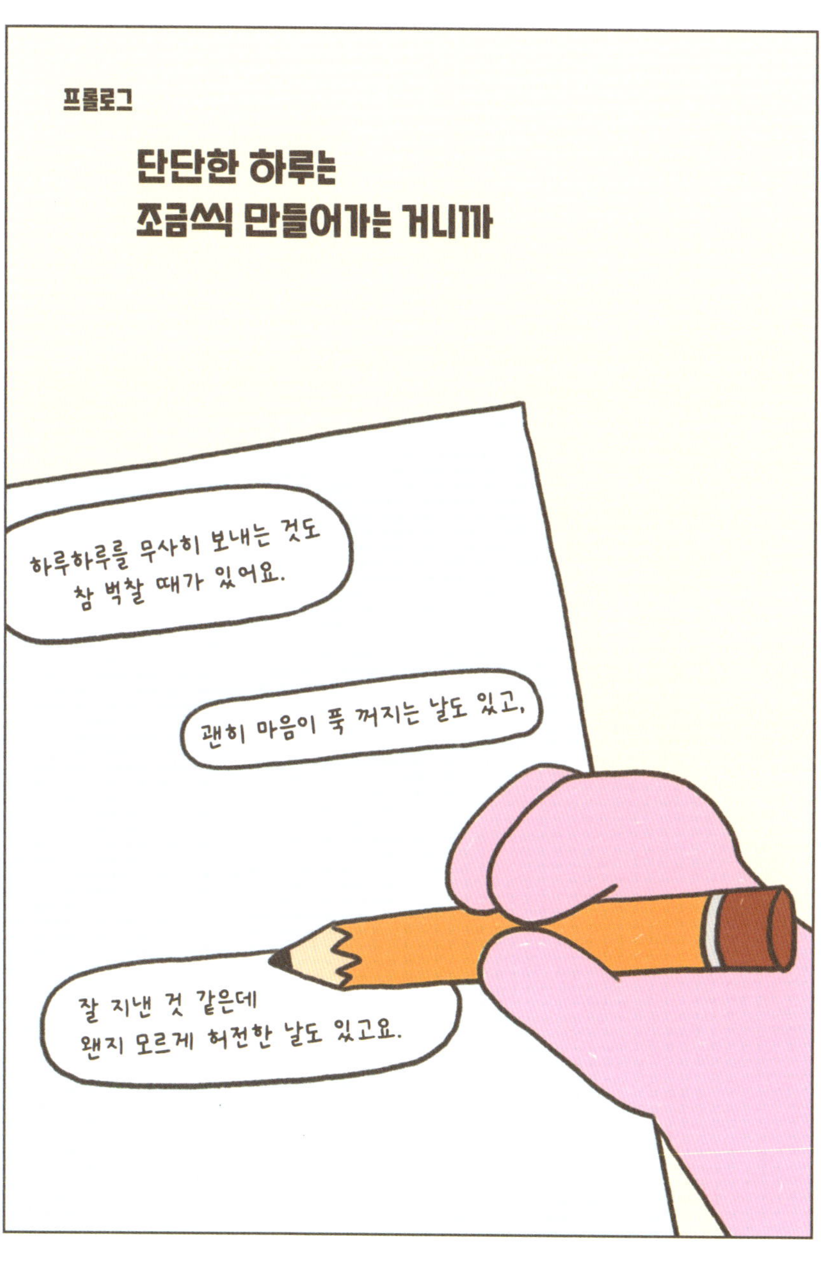

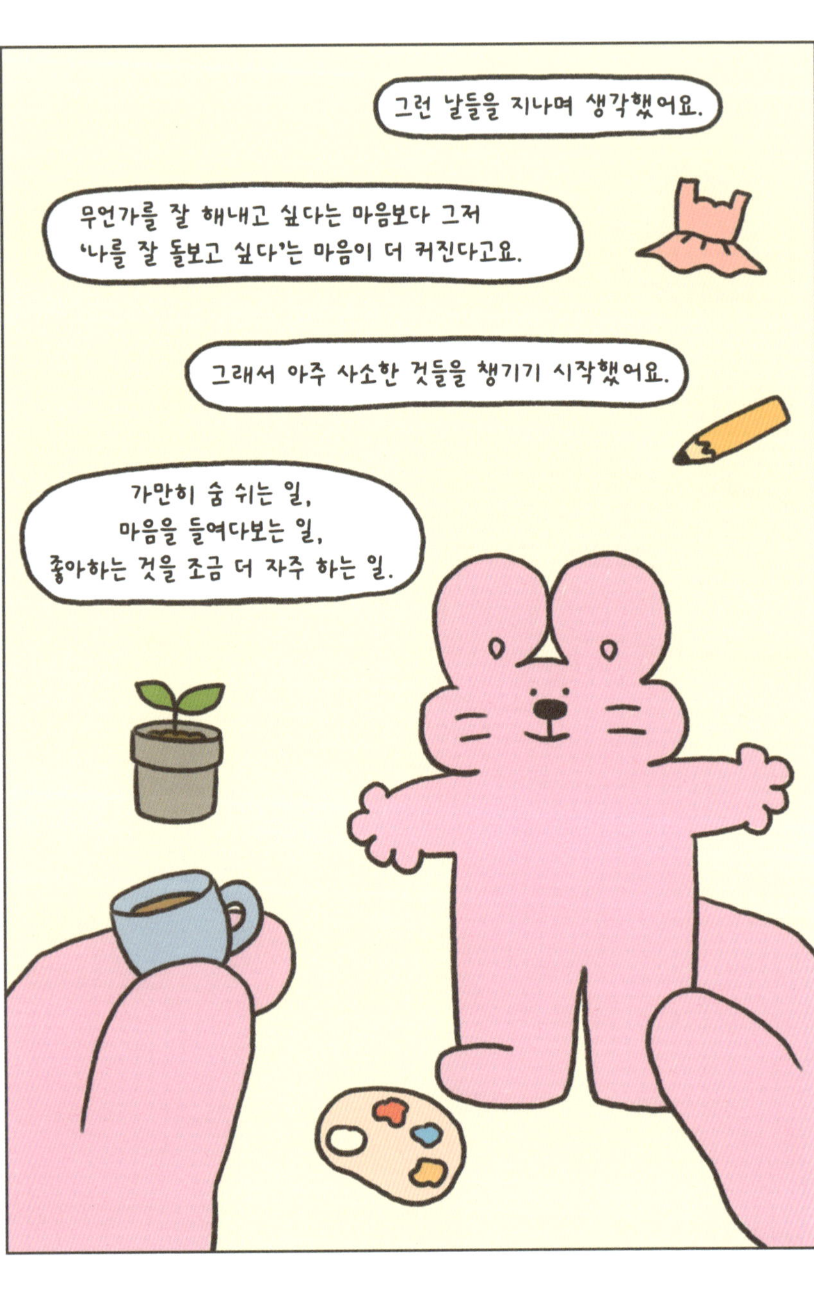

그런 날들을 지나며 생각했어요.
무언가를 잘 해내고 싶다는 마음보다 그저
'나를 잘 돌보고 싶다'는 마음이 더 커진다고요.
그래서 아주 사소한 것들을 챙기기 시작했어요.
가만히 숨 쉬는 일,
마음을 들여다보는 일,
좋아하는 것을 조금 더 자주 하는 일.

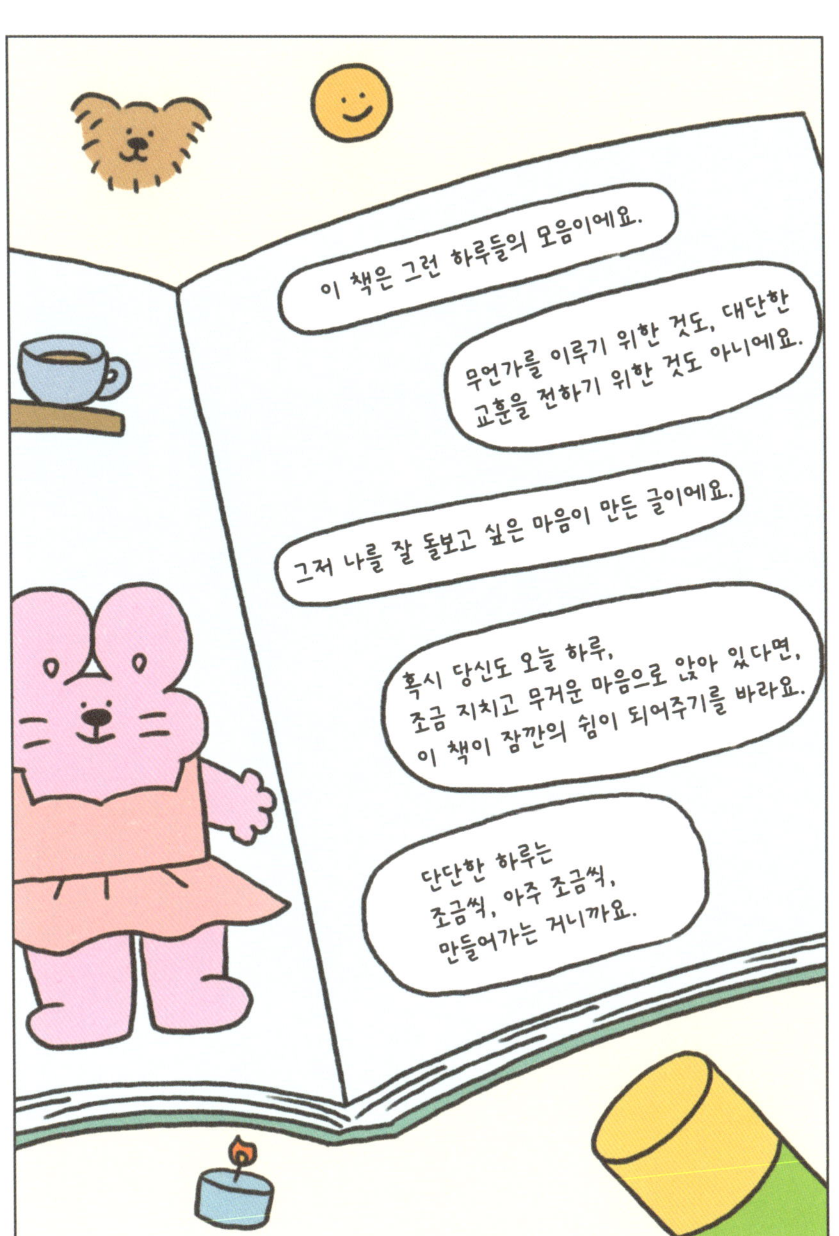

이 책은 그런 하루들의 모음이에요.
무언가를 이루기 위한 것도, 대단한 교훈을 전하기 위한 것도 아니에요.
그저 나를 잘 돌보고 싶은 마음이 만든 글이에요.
혹시 당신도 오늘 하루, 조금 지치고 무거운 마음으로 앉아 있다면, 이 책이 잠깐의 쉼이 되어주기를 바라요.
단단한 하루는 조금씩, 아주 조금씩, 만들어가는 거니까요.

차례

1장

오늘도 (잘 움직이는) 하루

2장

오늘도 (몸과 잘 지내는) 하루

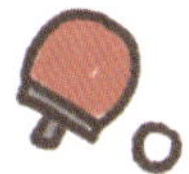

3장

오늘도 (좋은 환경을 만드는) 하루

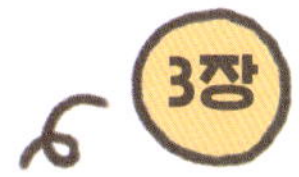

4장 오늘도 (나를 돌보는) 하루

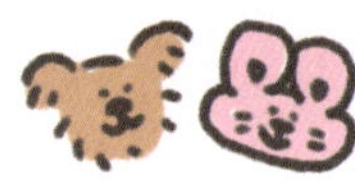

5장 오늘도 (관계에 다정한) 하루

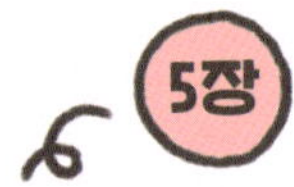

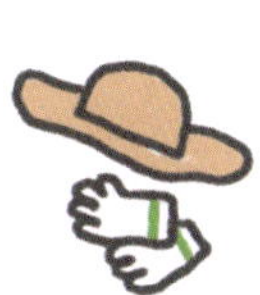
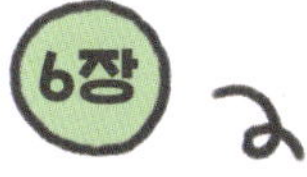

6장

오늘도 (나답게 일하는) 하루

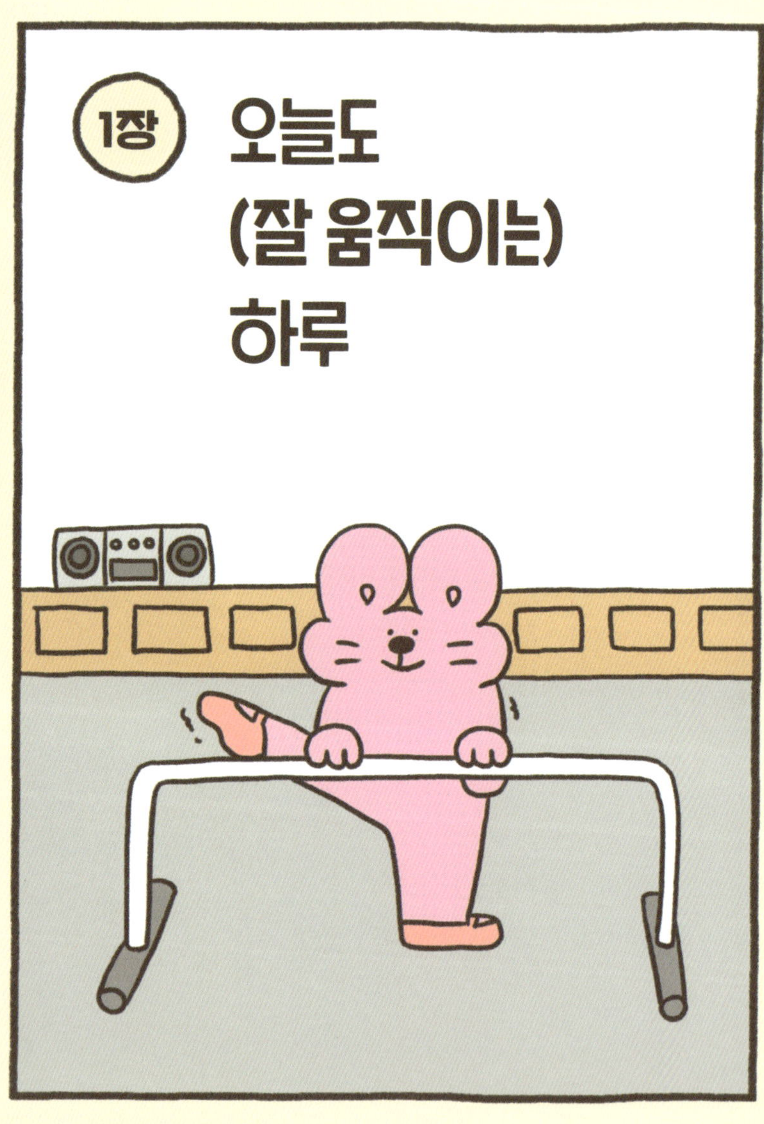

1장
오늘도
(잘 움직이는)
하루

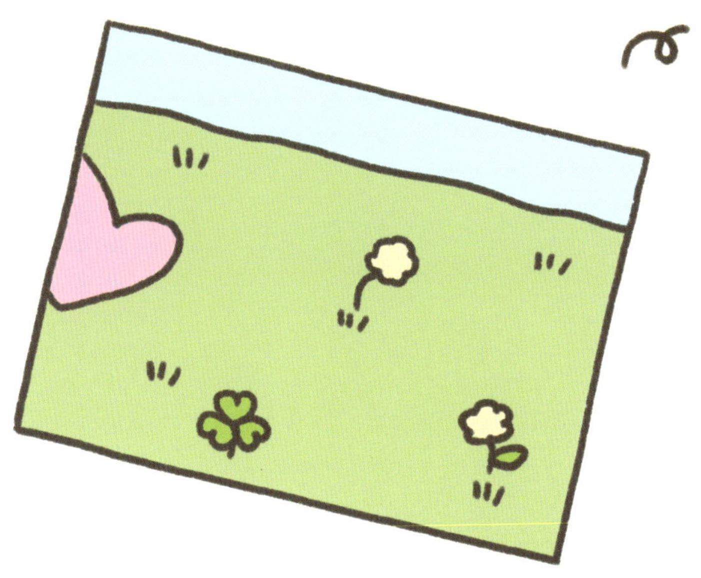

나는 잘 움직이는 사람

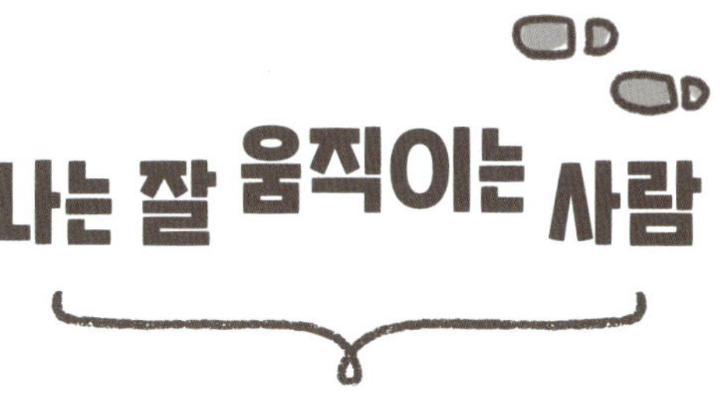

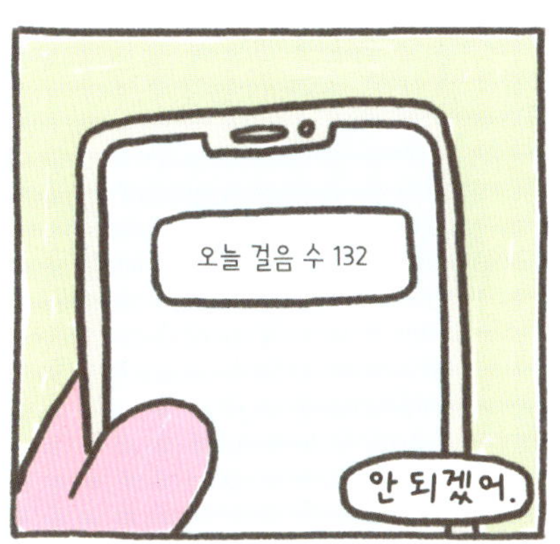

오늘 걸음 수 132
안 되겠어.

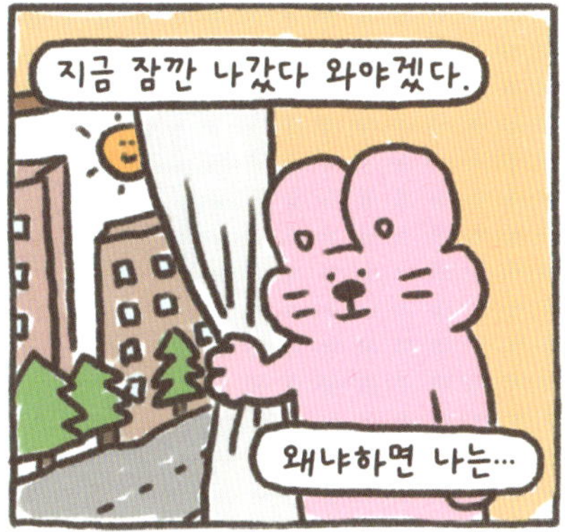

지금 잠깐 나갔다 와야겠다.
왜냐하면 나는…

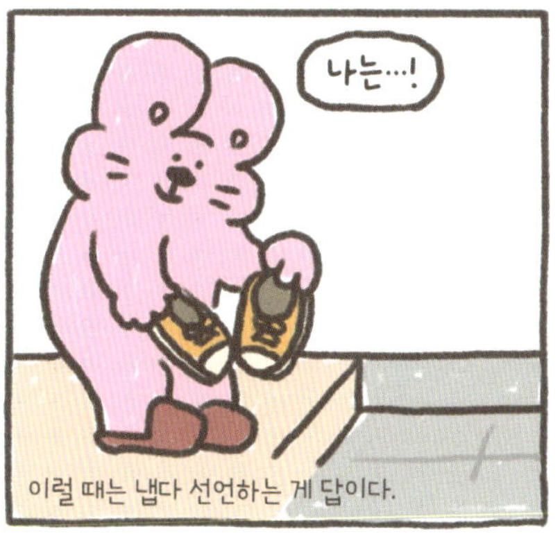

나는…!
이럴 때는 냅다 선언하는 게 답이다.

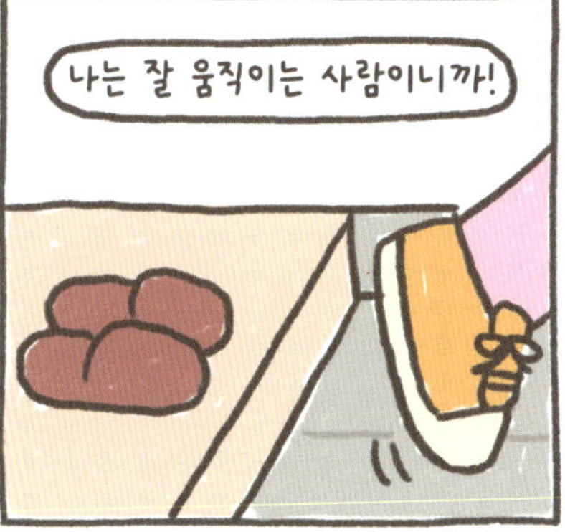

나는 잘 움직이는 사람이니까!

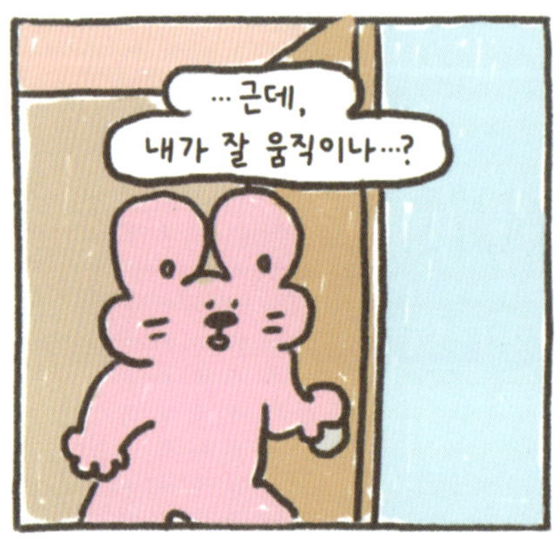

…근데,
내가 잘 움직이나…?

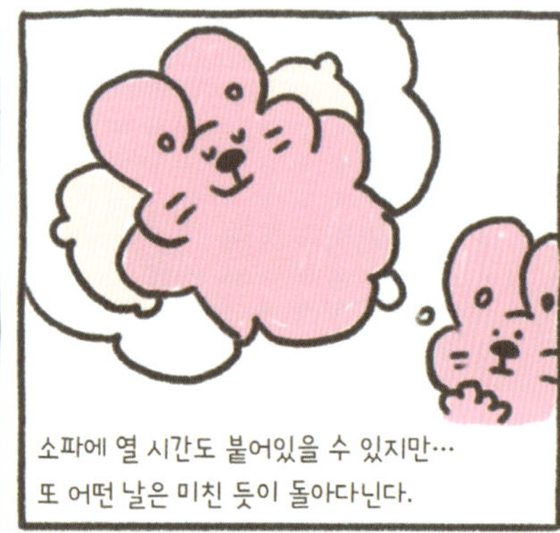

소파에 열 시간도 붙어있을 수 있지만…
또 어떤 날은 미친 듯이 돌아다닌다.

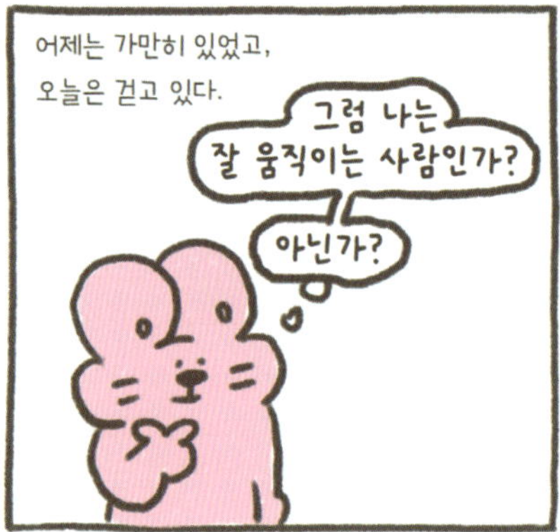

어제는 가만히 있었고,
오늘은 걷고 있다.
그럼 나는
잘 움직이는 사람인가?
아닌가?

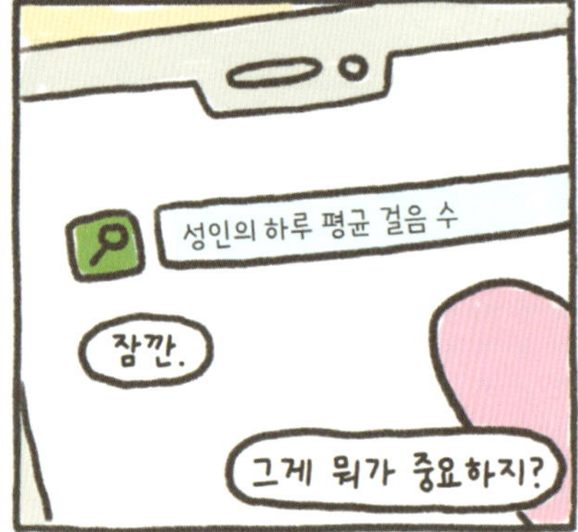

성인의 하루 평균 걸음 수
잠깐.
그게 뭐가 중요하지?

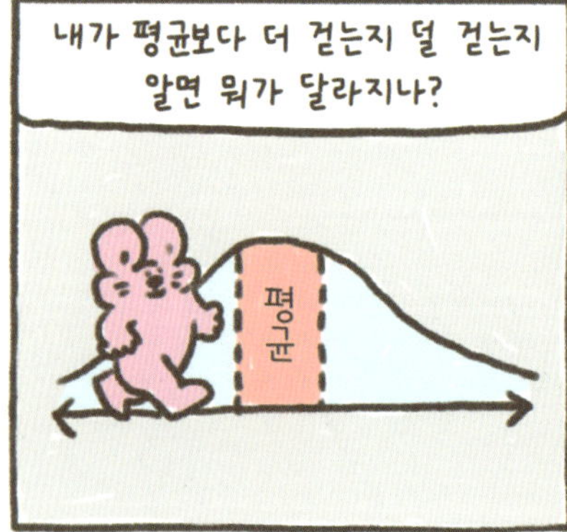

내가 평균보다 더 걷는지 덜 걷는지
알면 뭐가 달라지나?
평균

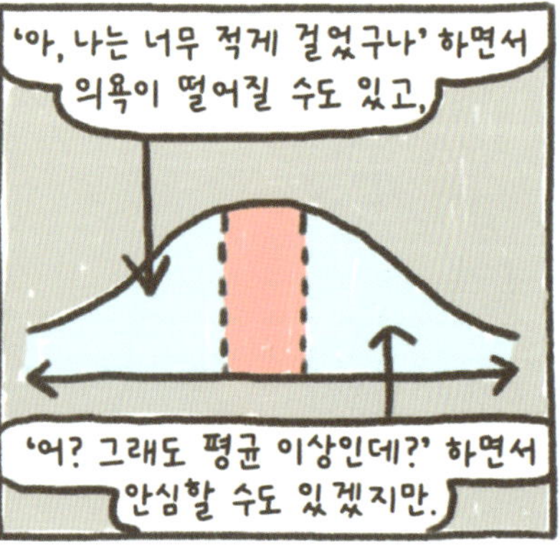

'아, 나는 너무 적게 걸었구나' 하면서
의욕이 떨어질 수도 있고,
'어? 그래도 평균 이상인데?' 하면서
안심할 수도 있겠지만.

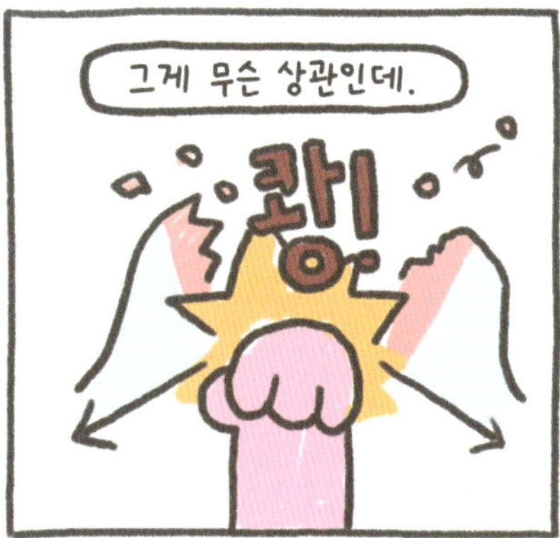

그게 무슨 상관인데.
쾅!

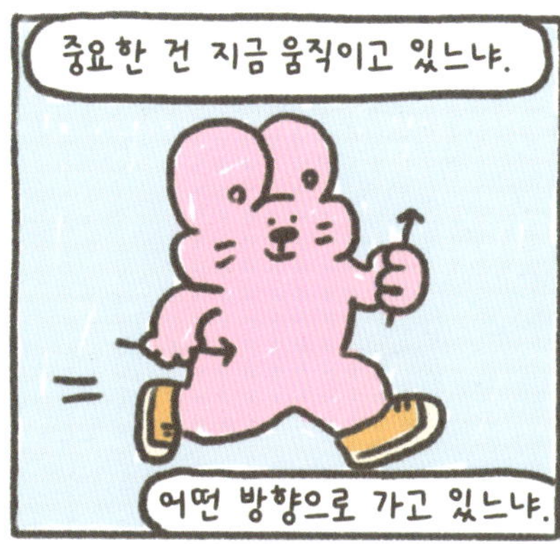

중요한 건 지금 움직이고 있느냐.
어떤 방향으로 가고 있느냐.

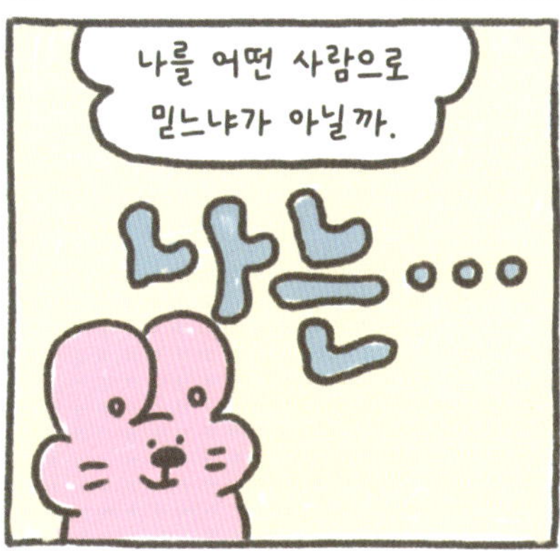

나를 어떤 사람으로 믿느냐가 아닐까.
나는…

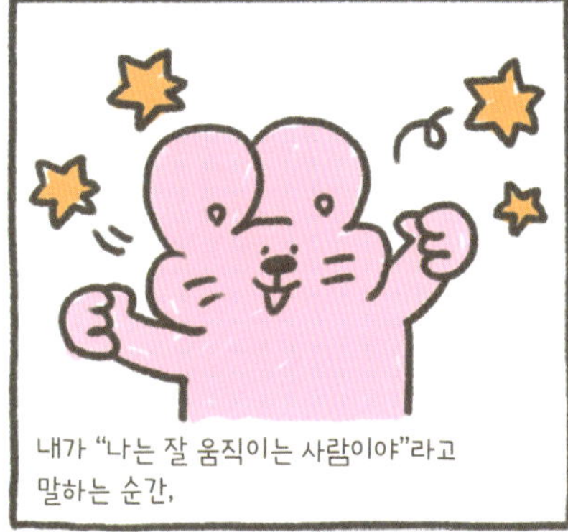

내가 "나는 잘 움직이는 사람이야"라고 말하는 순간,

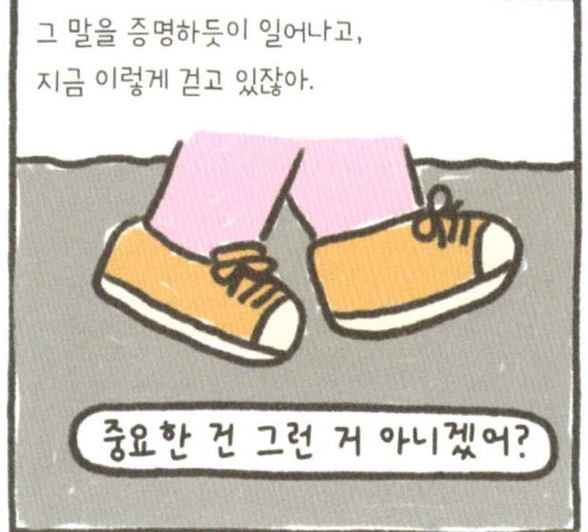

그 말을 증명하듯이 일어나고, 지금 이렇게 걷고 있잖아.
중요한 건 그런 거 아니겠어?

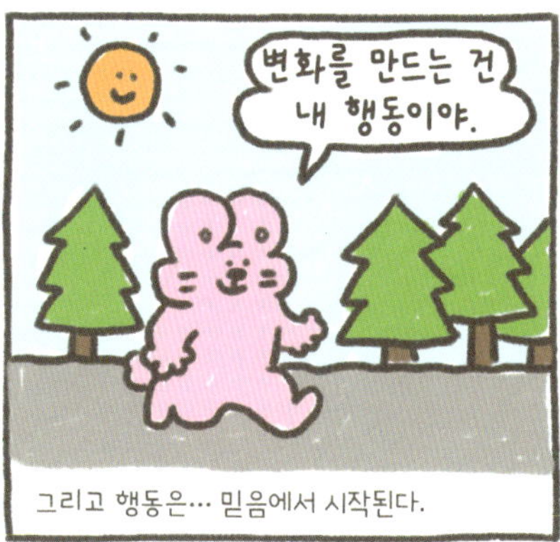

변화를 만드는 건 내 행동이야.
그리고 행동은… 믿음에서 시작된다.

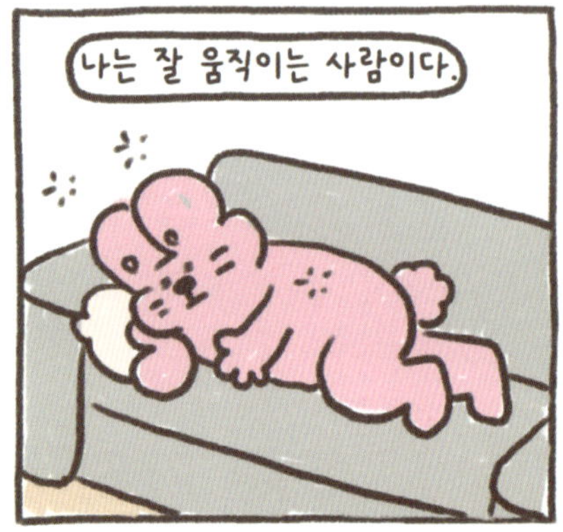
나는 잘 움직이는 사람이다.

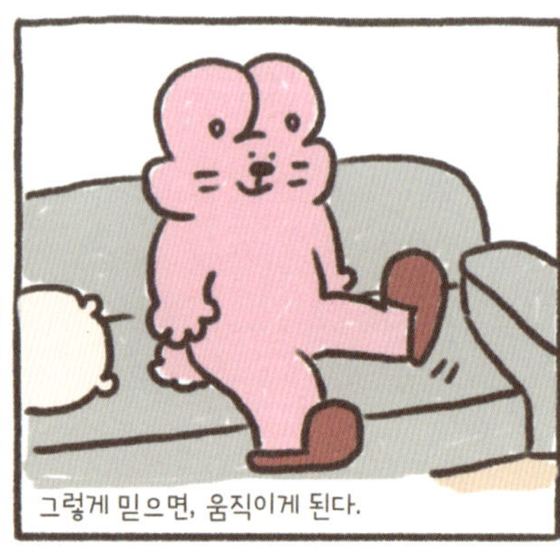
그렇게 믿으면, 움직이게 된다.

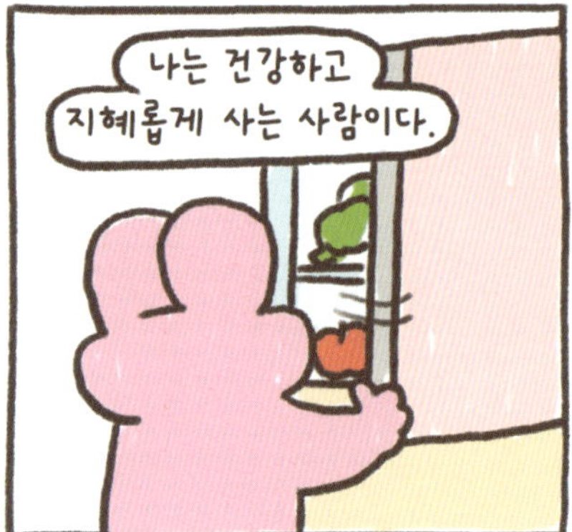
나는 건강하고
지혜롭게 사는 사람이다.

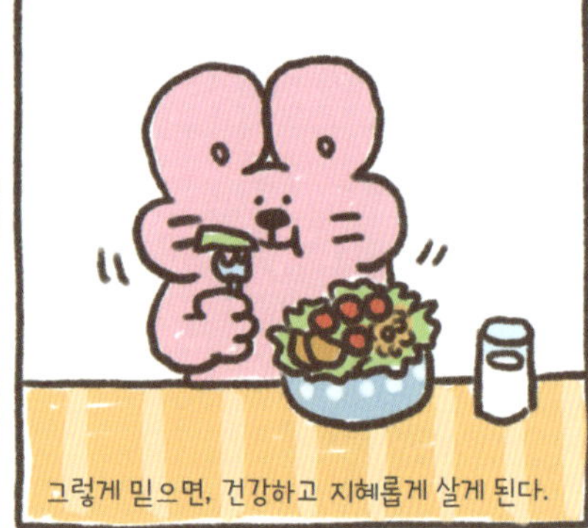
그렇게 믿으면, 건강하고 지혜롭게 살게 된다.

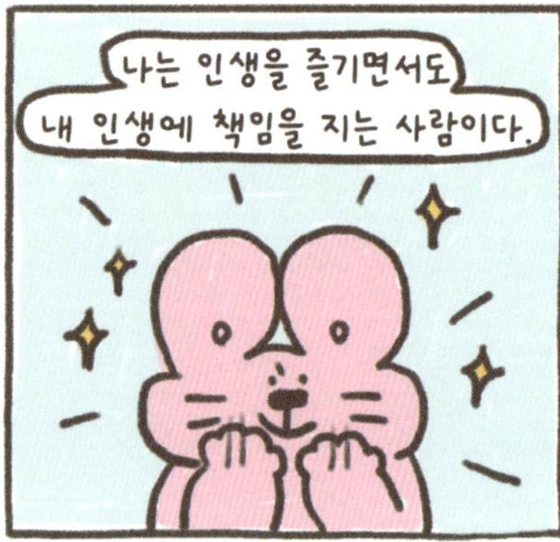
나는 인생을 즐기면서도
내 인생에 책임을 지는 사람이다.

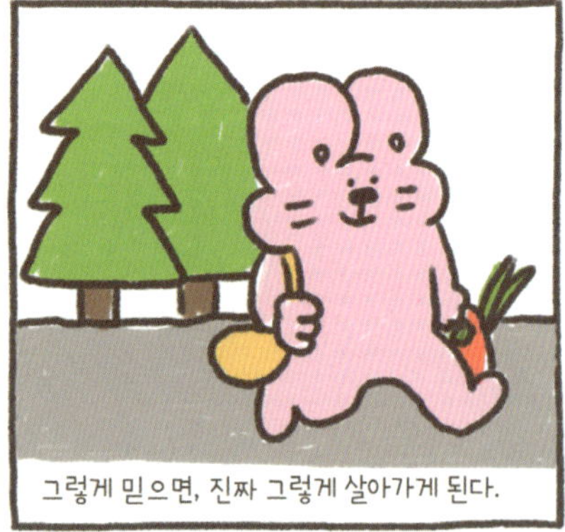
그렇게 믿으면, 진짜 그렇게 살아가게 된다.

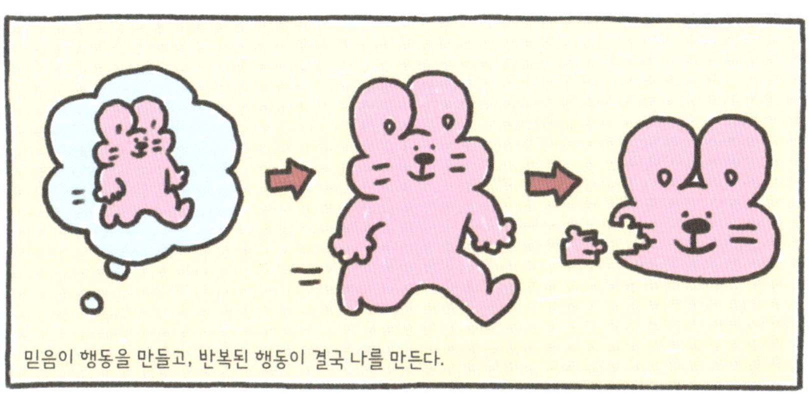

믿음이 행동을 만들고, 반복된 행동이 결국 나를 만든다.

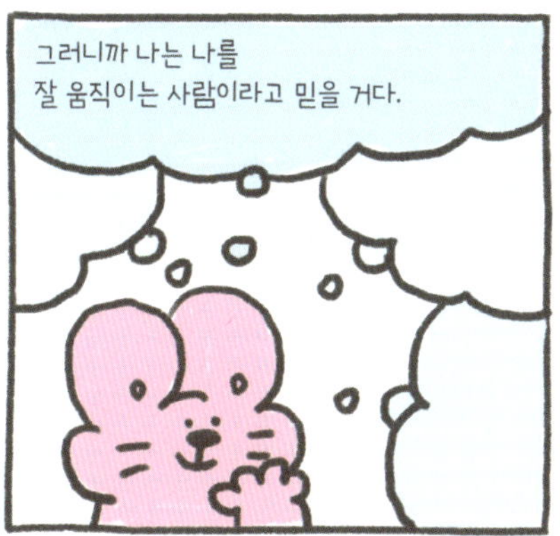

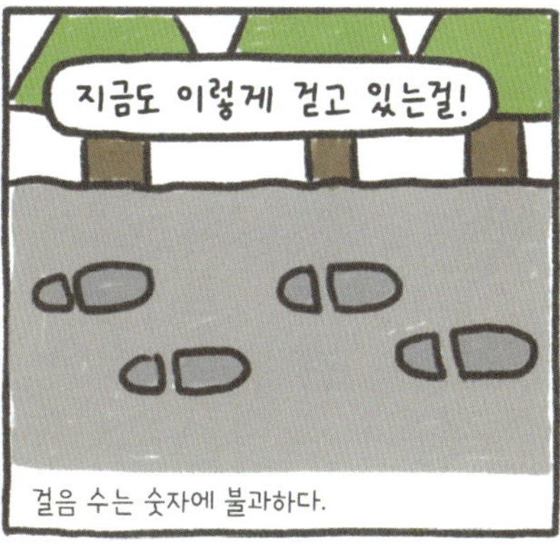

걸음 수는 숫자에 불과하다.

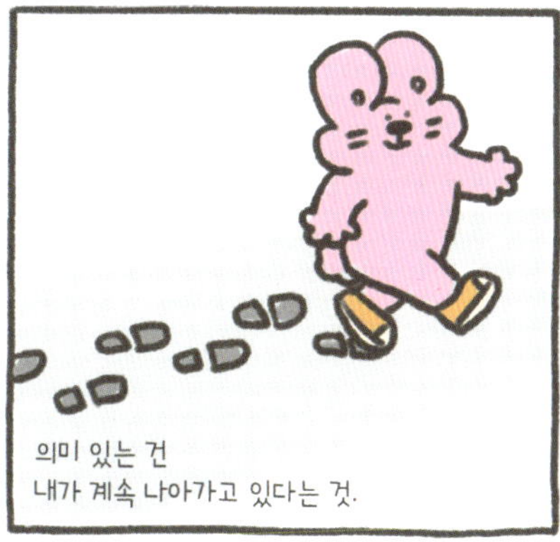

의미 있는 건
내가 계속 나아가고 있다는 것.

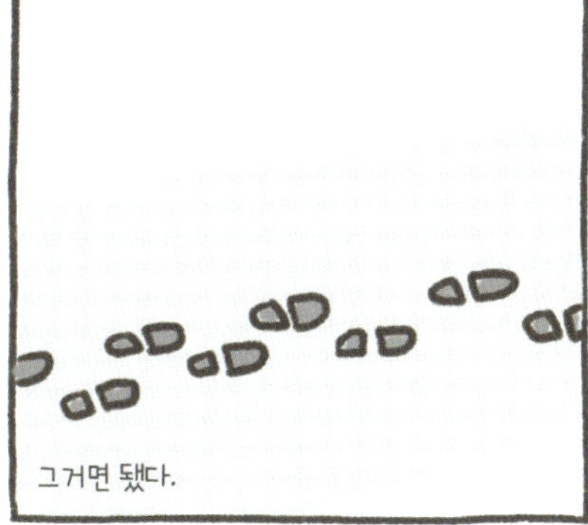

그거면 됐다.

21

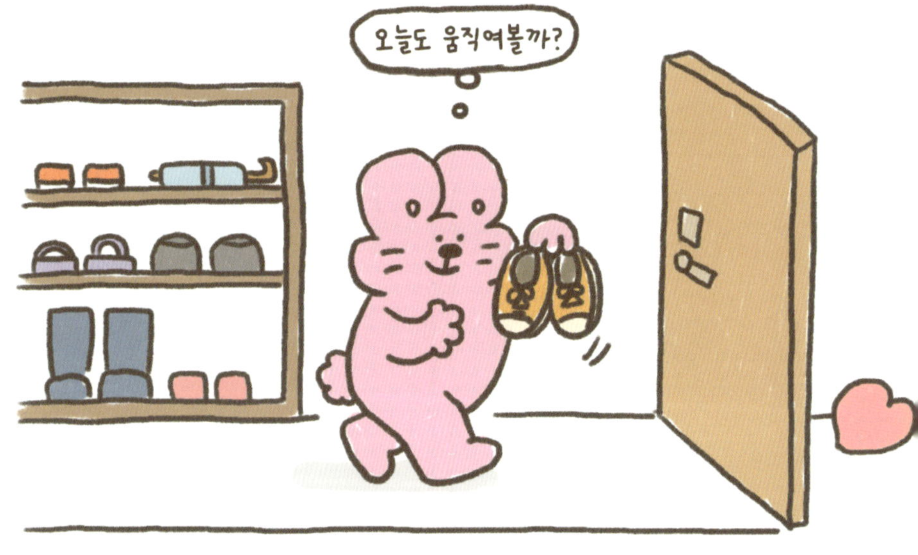

오늘도 움직여볼까?

아무튼 발레 스튜디오

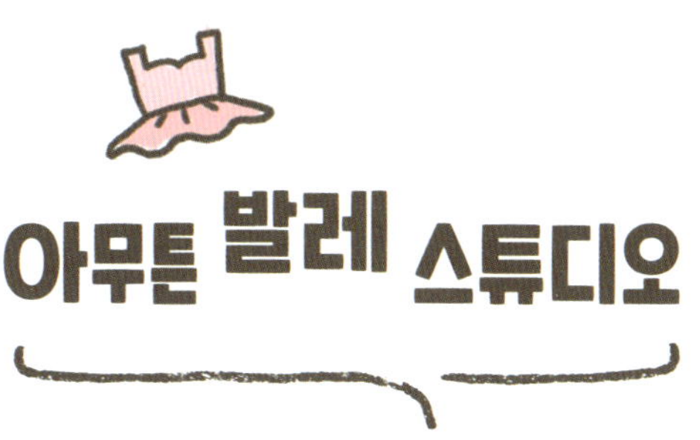

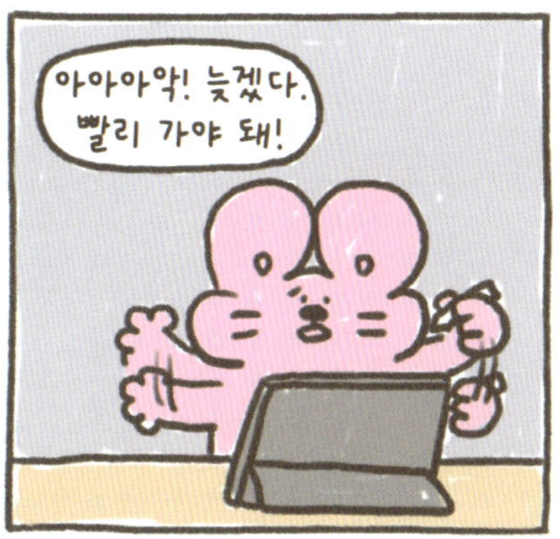
아아아악! 늦겠다.
빨리 가야 돼!

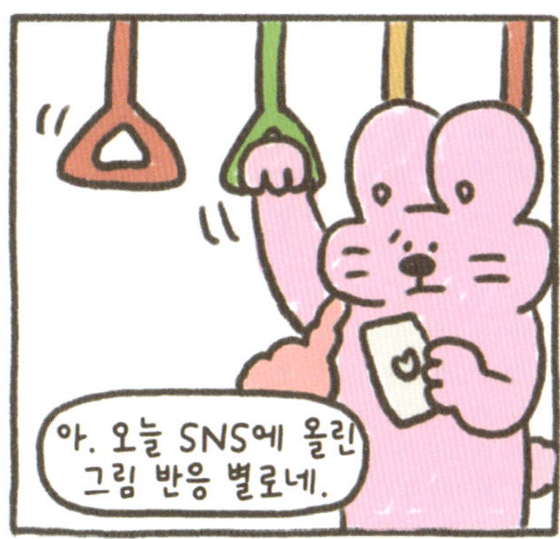
아. 오늘 SNS에 올린
그림 반응 별로네.

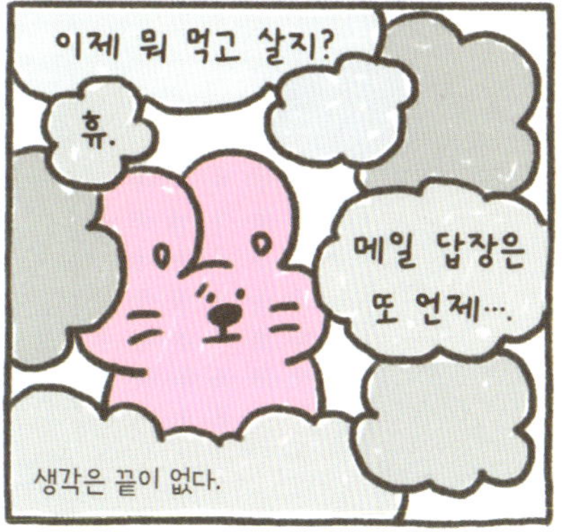
이제 뭐 먹고 살지?
휴.
메일 답장은
또 언제….
생각은 끝이 없다.

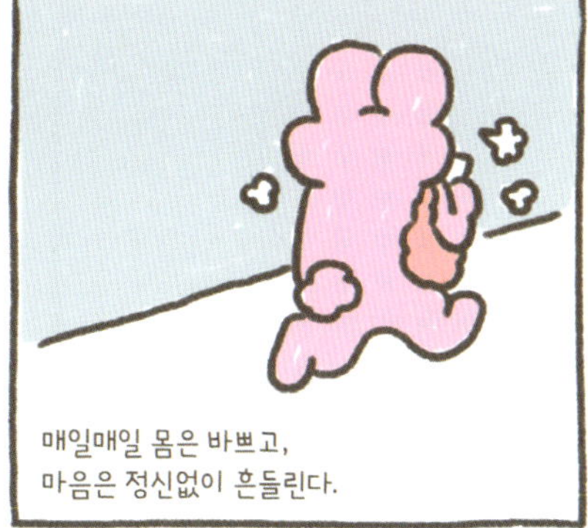
매일매일 몸은 바쁘고,
마음은 정신없이 흔들린다.

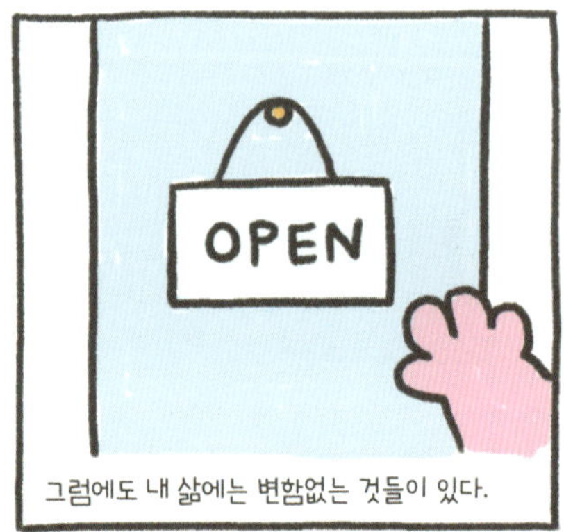

그럼에도 내 삶에는 변함없는 것들이 있다.

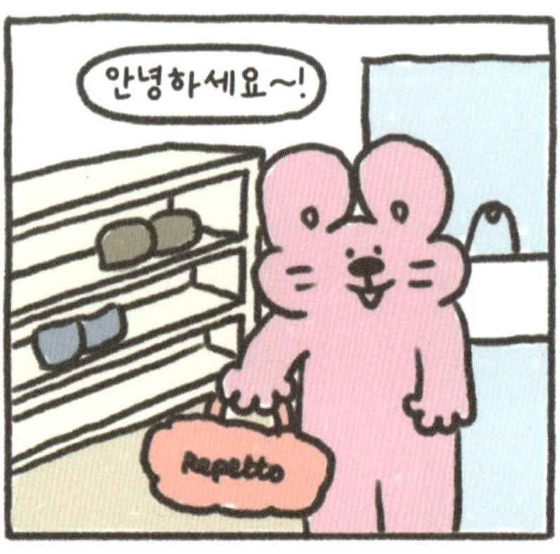

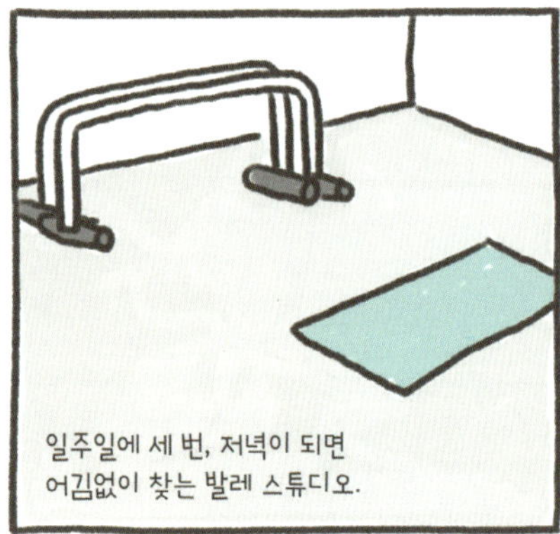

일주일에 세 번, 저녁이 되면
어김없이 찾는 발레 스튜디오.

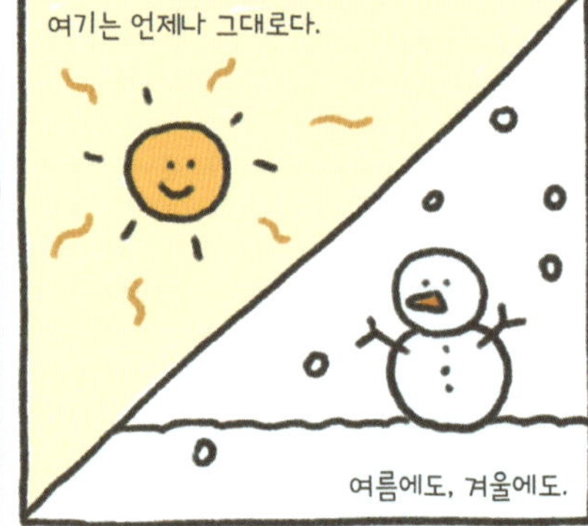

여름에도, 겨울에도.

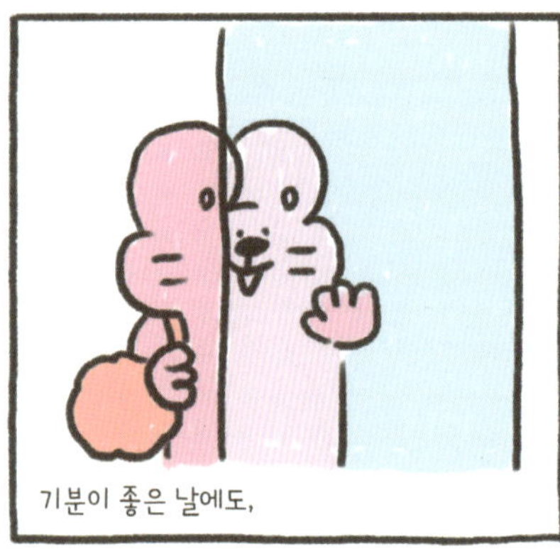

기분이 좋은 날에도,

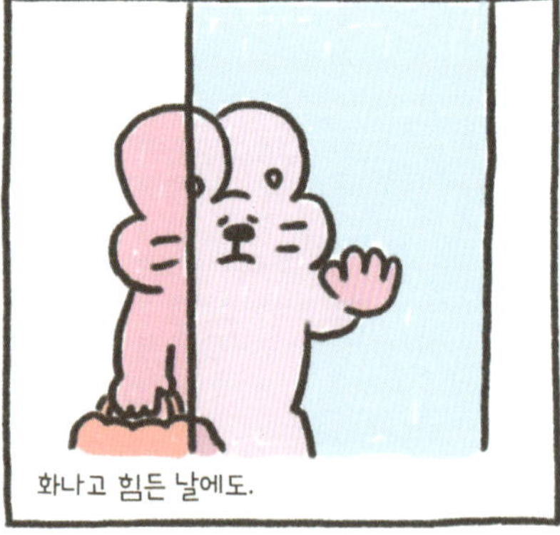

화나고 힘든 날에도.

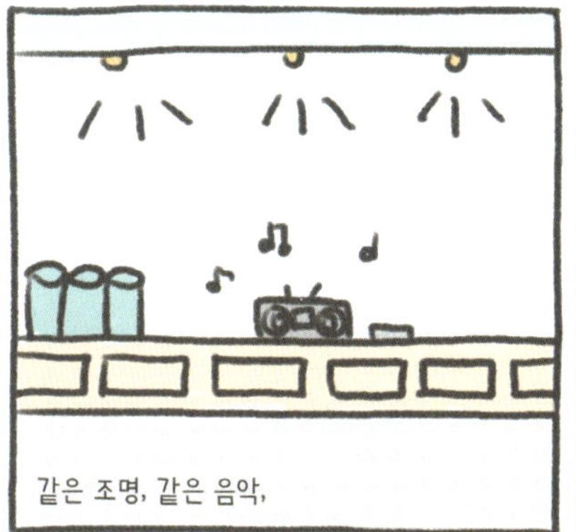

같은 조명, 같은 음악,

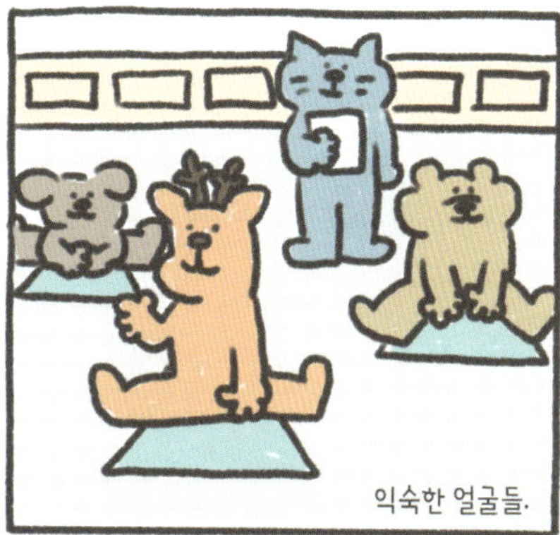

익숙한 얼굴들.

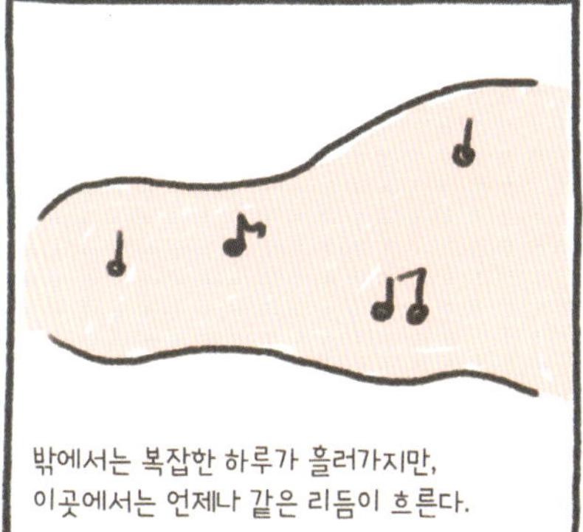

밖에서는 복잡한 하루가 흘러가지만,
이곳에서는 언제나 같은 리듬이 흐른다.

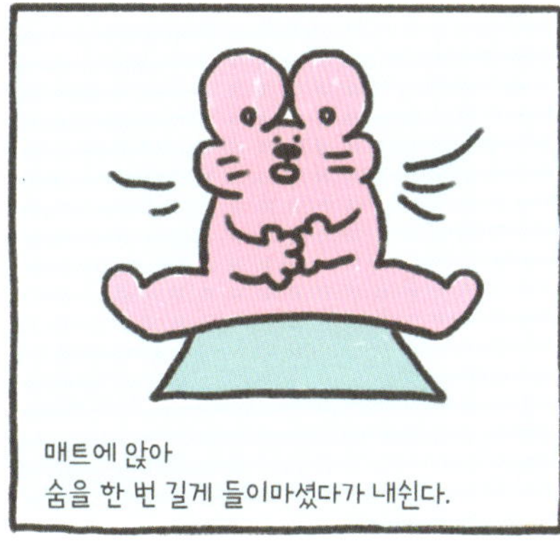

매트에 앉아
숨을 한 번 길게 들이마셨다가 내쉰다.

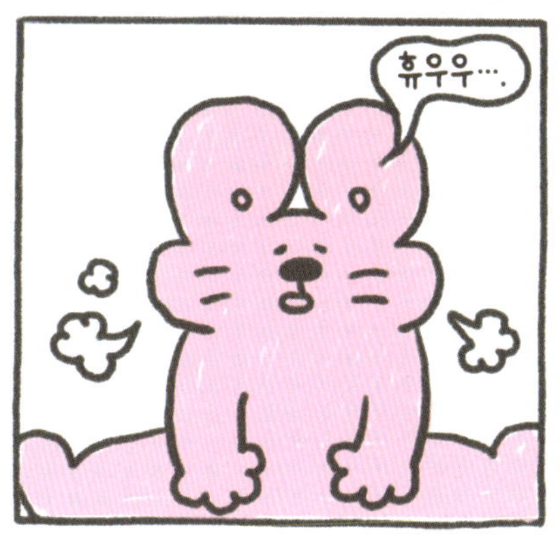

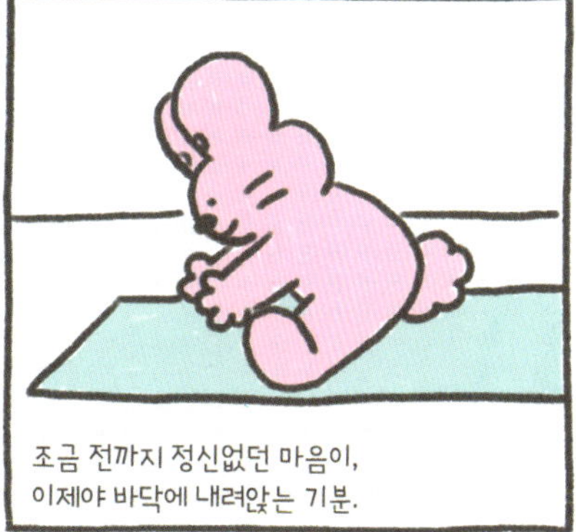

조금 전까지 정신없던 마음이,
이제야 바닥에 내려앉는 기분.

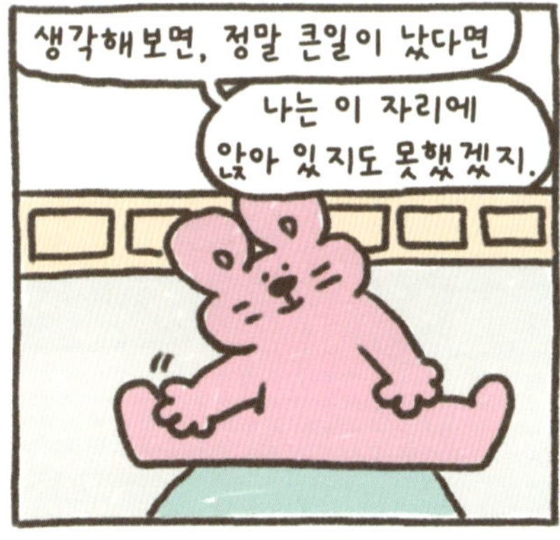

생각해보면, 정말 큰일이 났다면
나는 이 자리에 앉아 있지도 못했겠지.

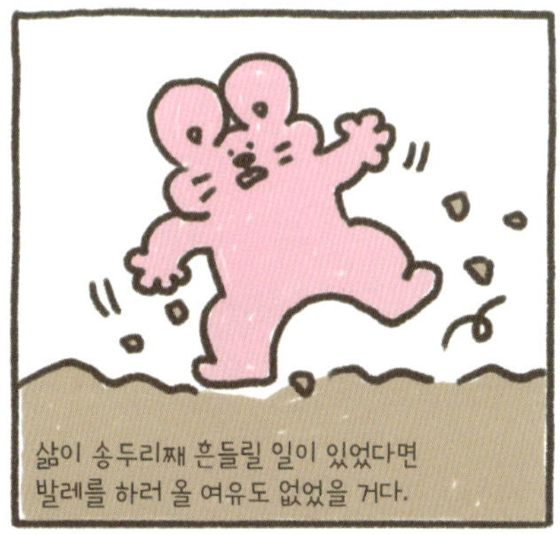

삶이 송두리째 흔들릴 일이 있었다면
발레를 하러 올 여유도 없었을 거다.

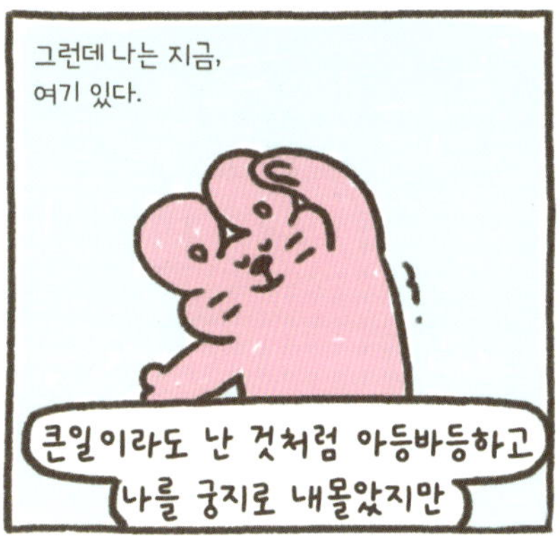

그런데 나는 지금,
여기 있다.
큰일이라도 난 것처럼 아등바등하고
나를 궁지로 내몰았지만

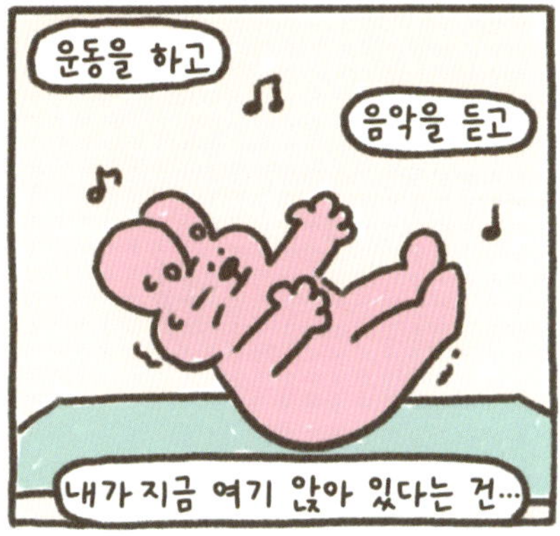

운동을 하고
음악을 듣고
내가 지금 여기 앉아 있다는 건...

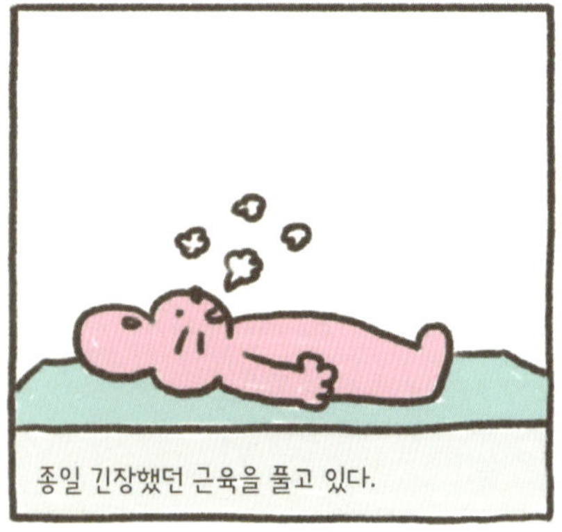

종일 긴장했던 근육을 풀고 있다.

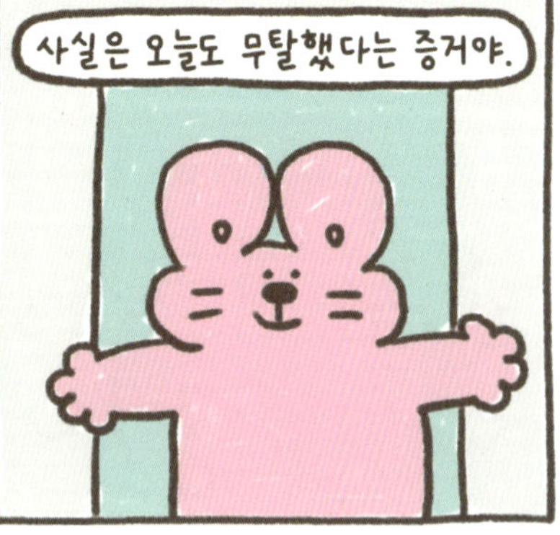

사실은 오늘도 무탈했다는 증거야.

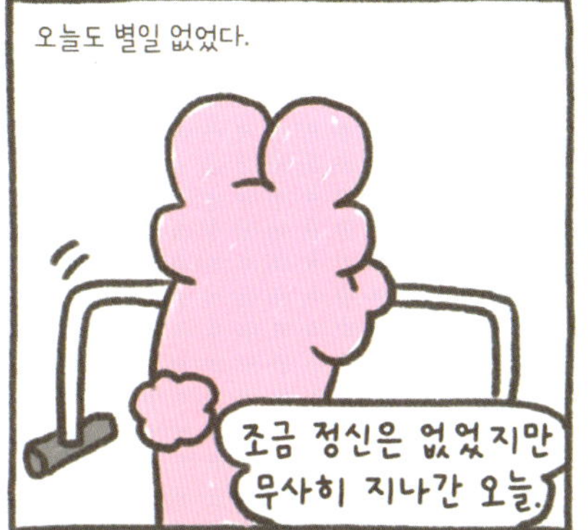

오늘도 별일 없었다.
조금 정신은 없었지만
무사히 지나간 오늘.

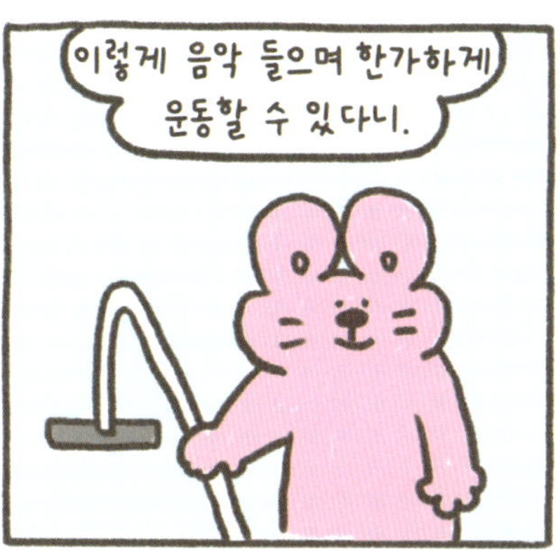

이렇게 음악 들으며 한가하게
운동할 수 있다니.

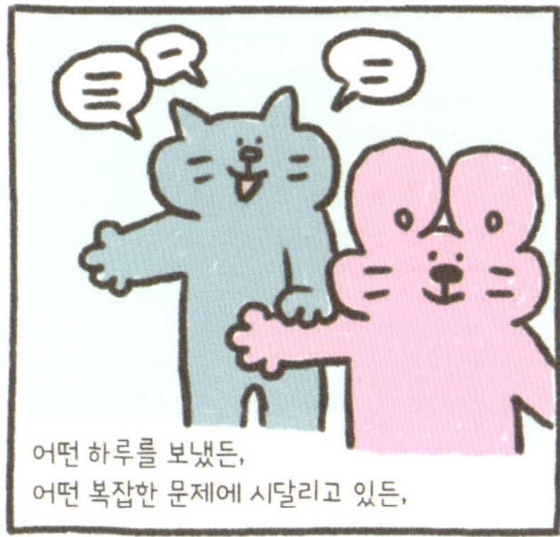

어떤 하루를 보냈든,
어떤 복잡한 문제에 시달리고 있든,

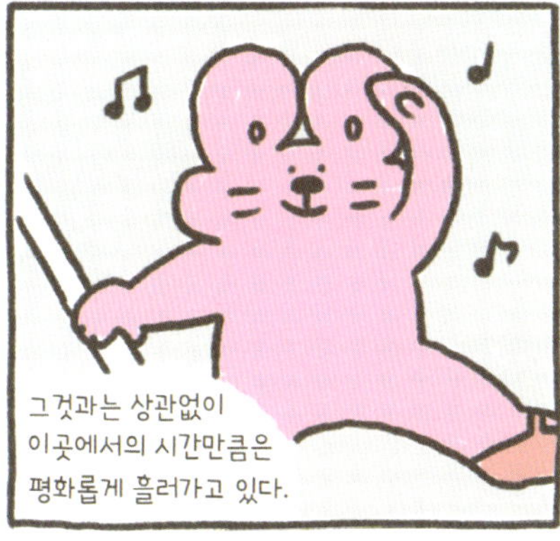

그것과는 상관없이
이곳에서의 시간만큼은
평화롭게 흘러가고 있다.

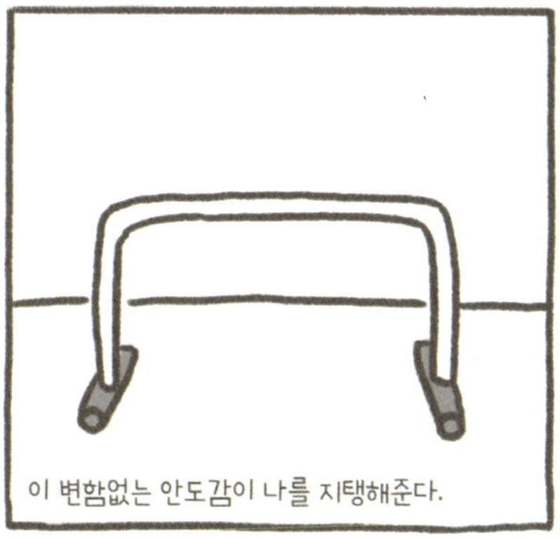

이 변함없는 안도감이 나를 지탱해준다.

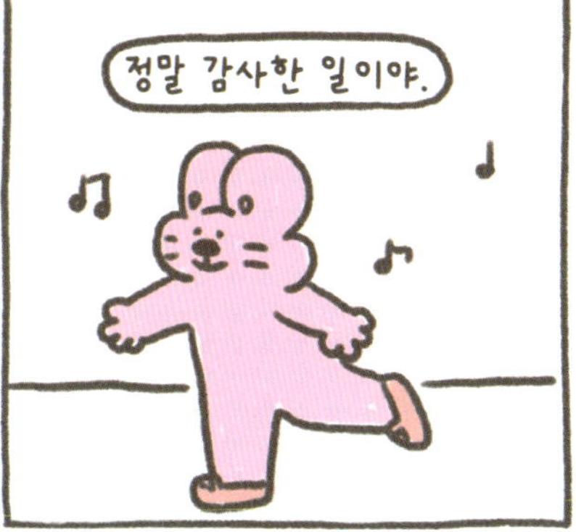

정말 감사한 일이야.

비록 여기서도
여유 부릴 수는 없지만.

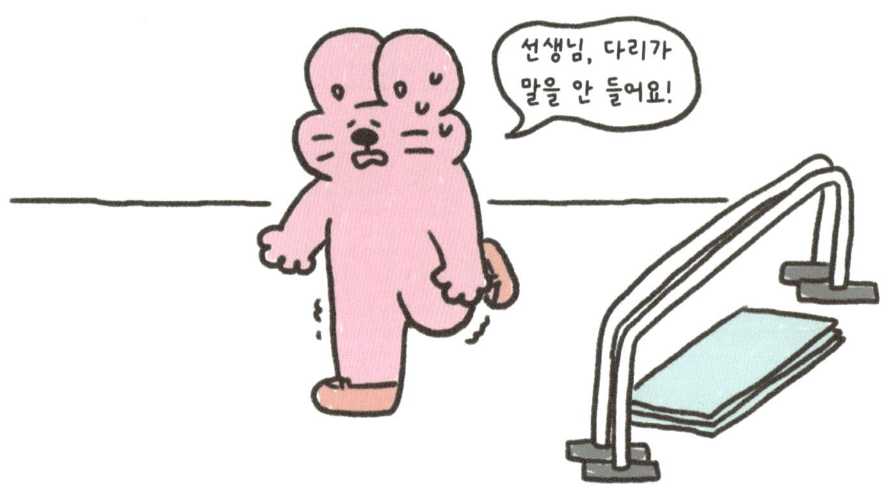

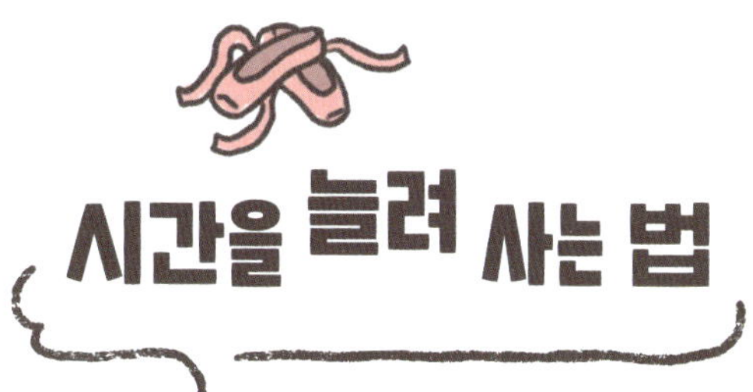

시간을 늘려 사는 법

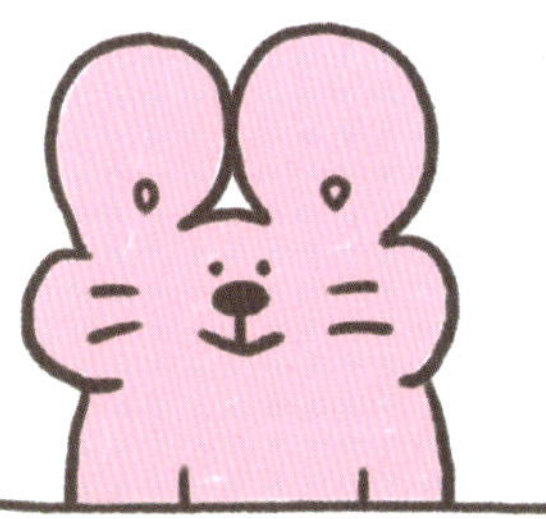

'지금, 여기'에 존재하는 게
행복의 비법이라지만.

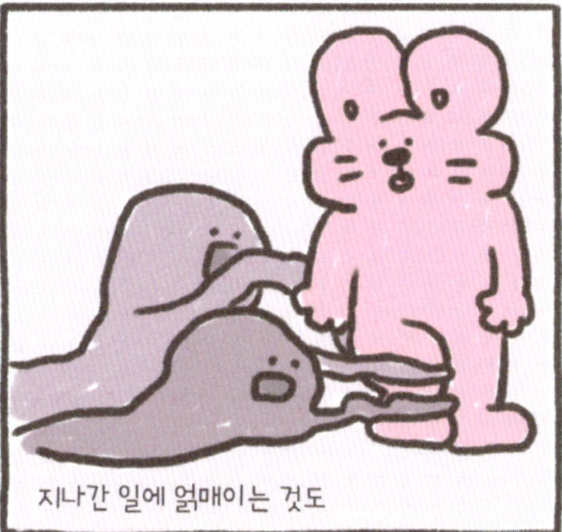

지나간 일에 얽매이는 것도

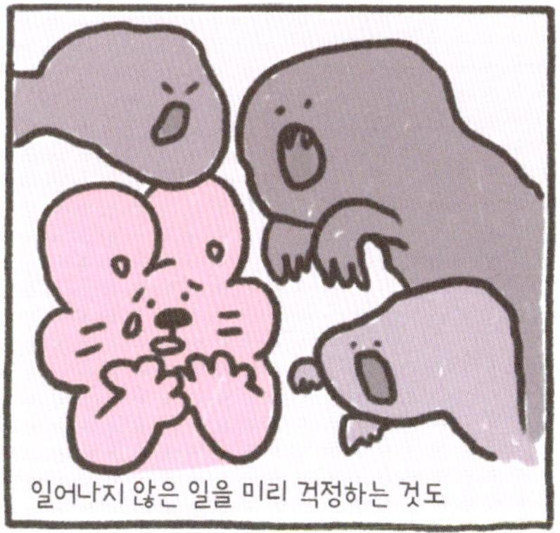

일어나지 않은 일을 미리 걱정하는 것도

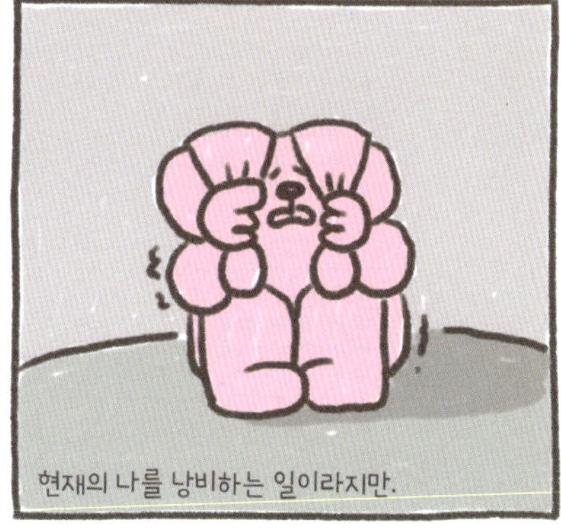

현재의 나를 낭비하는 일이라지만.

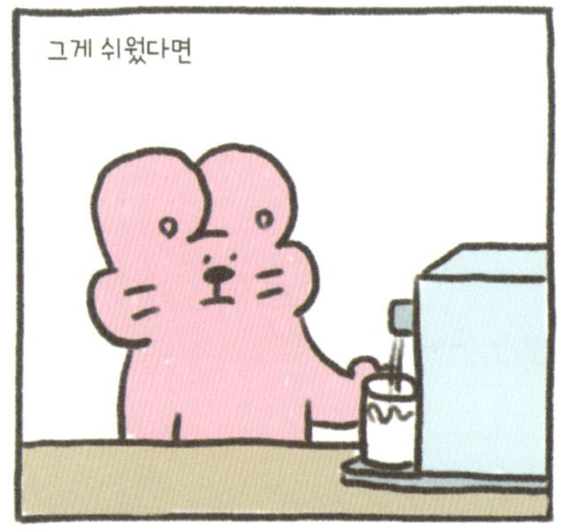
그게 쉬웠다면

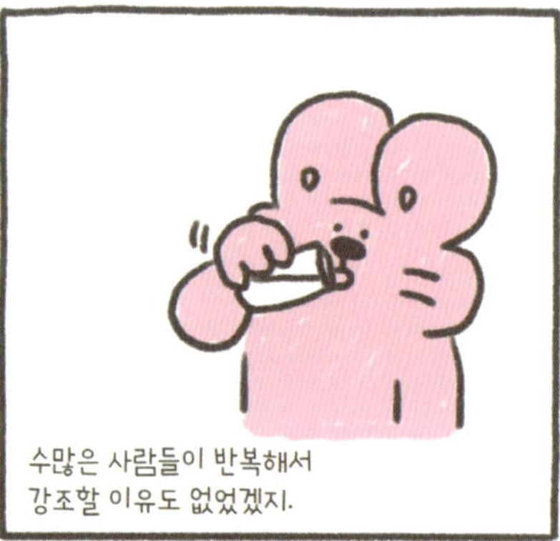
수많은 사람들이 반복해서
강조할 이유도 없었겠지.

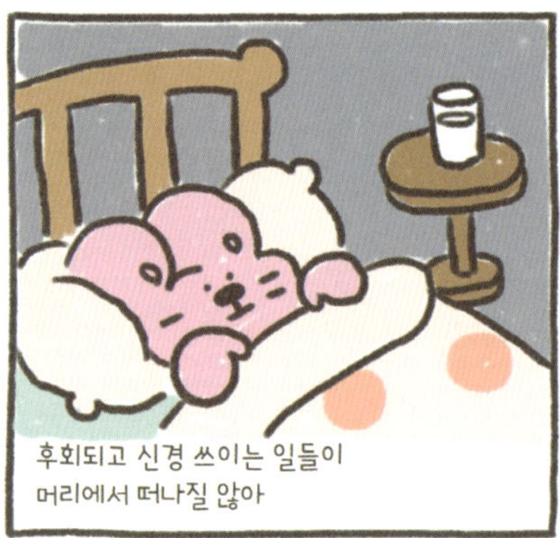
후회되고 신경 쓰이는 일들이
머리에서 떠나질 않아

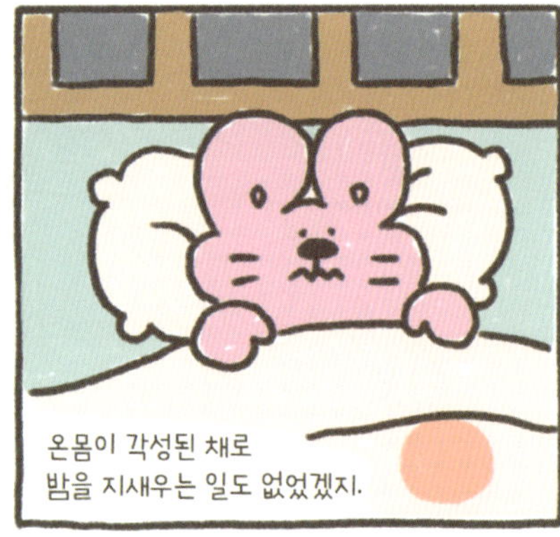
온몸이 각성된 채로
밤을 지새우는 일도 없었겠지.

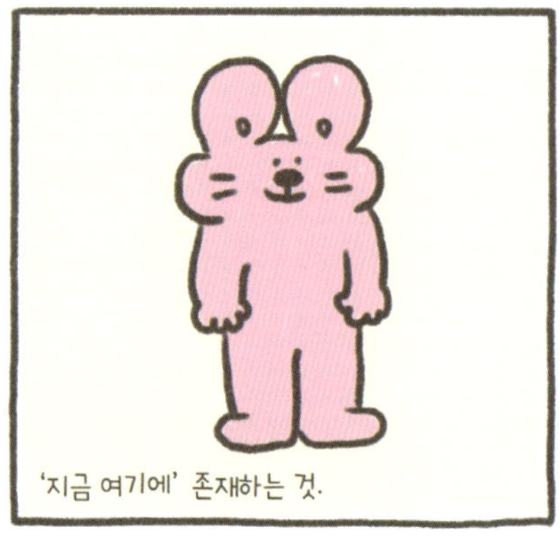
'지금 여기에' 존재하는 것.

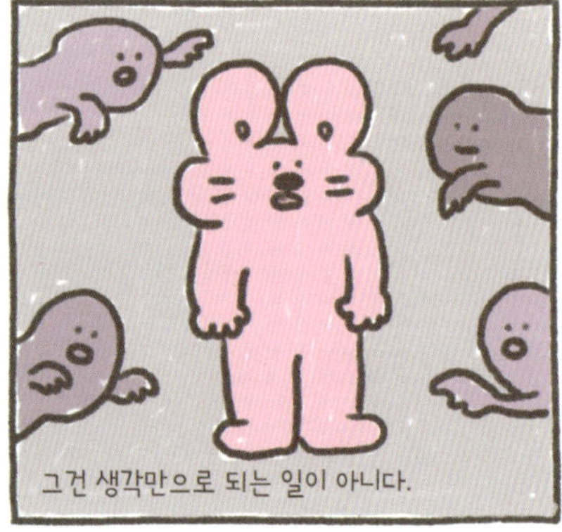
그건 생각만으로 되는 일이 아니다.

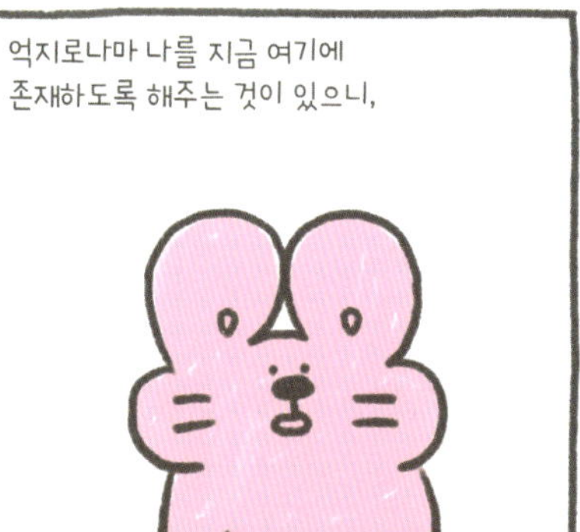
억지로나마 나를 지금 여기에
존재하도록 해주는 것이 있으니,

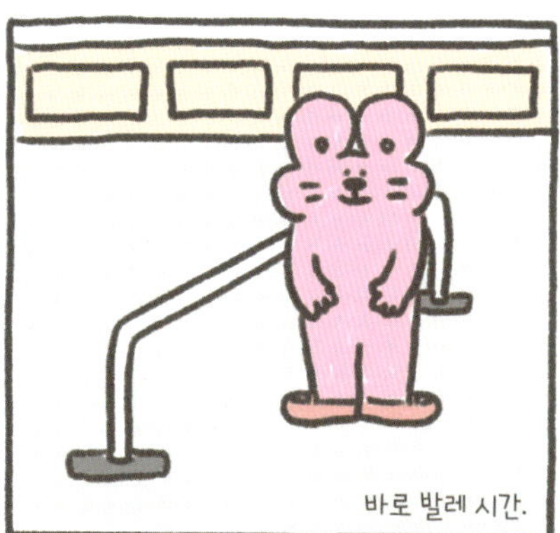
바로 발레 시간.

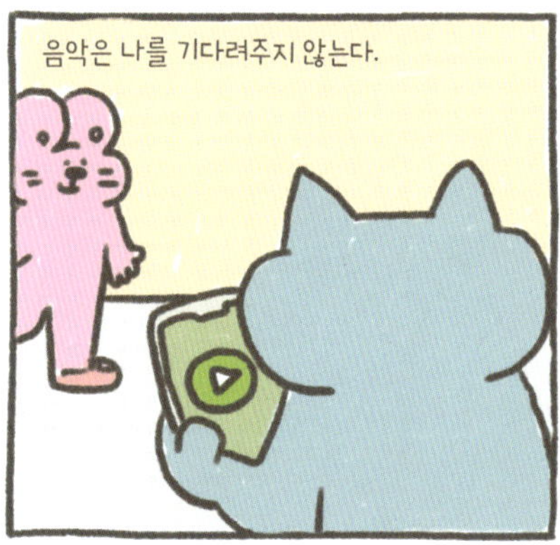
음악은 나를 기다려주지 않는다.

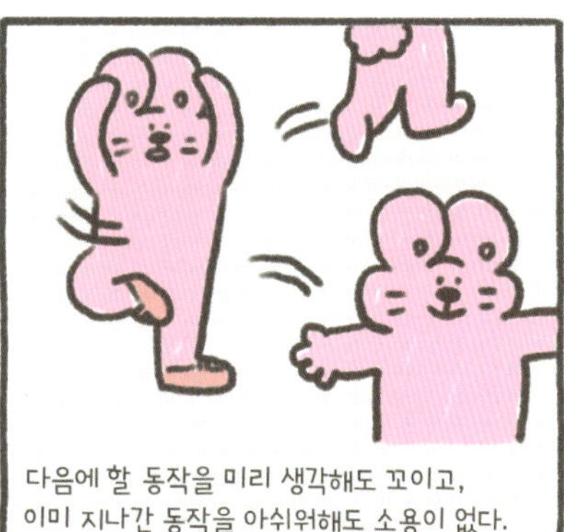
다음에 할 동작을 미리 생각해도 꼬이고,
이미 지나간 동작을 아쉬워해도 소용이 없다.

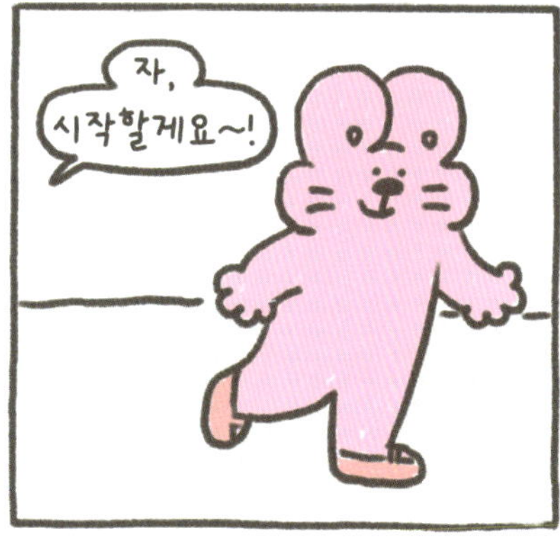
자,
시작할게요~!

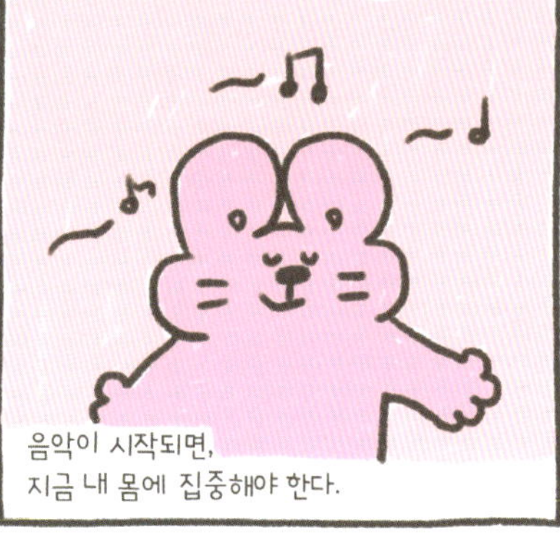
음악이 시작되면,
지금 내 몸에 집중해야 한다.

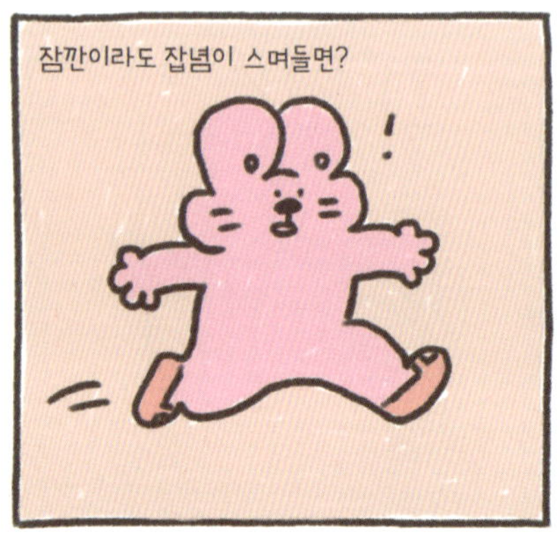

잠깐이라도 잡념이 스며들면?

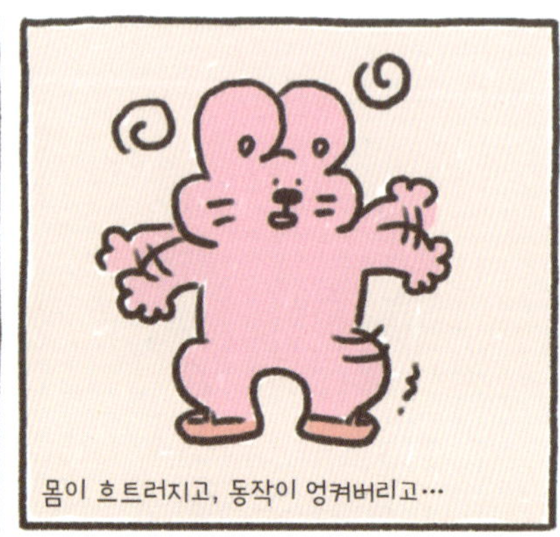

몸이 흐트러지고, 동작이 엉켜버리고…

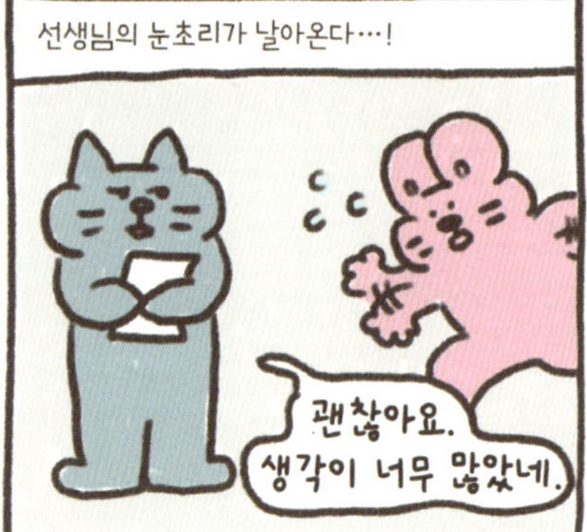

선생님의 눈초리가 날아온다…!
괜찮아요.
생각이 너무 많았네.

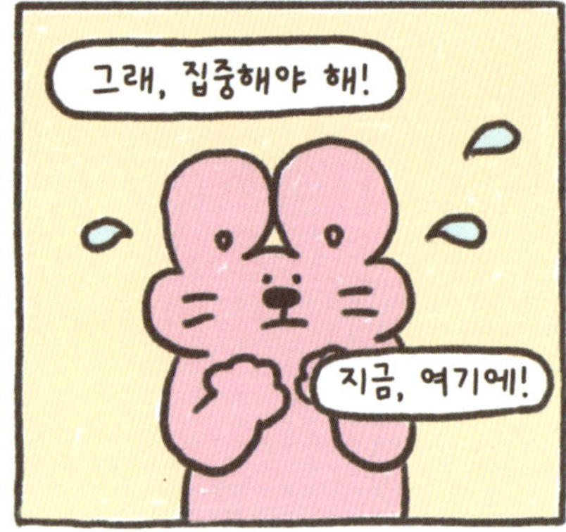

그래, 집중해야 해!
지금, 여기에!

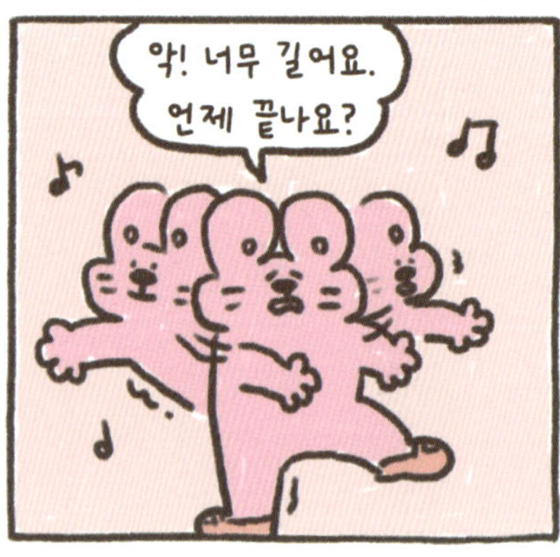

악! 너무 길어요.
언제 끝나요?

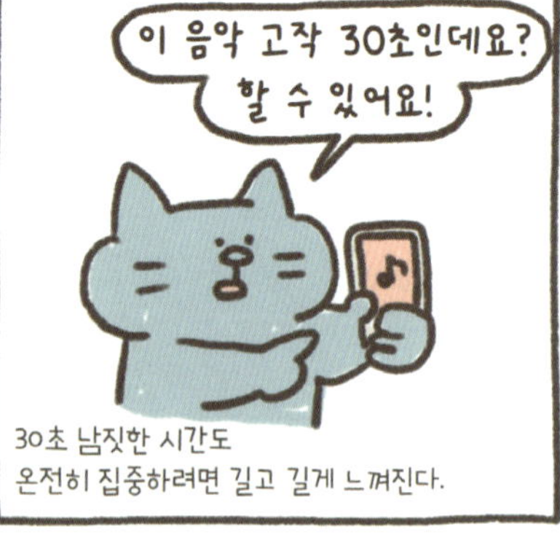

이 음악 고작 30초인데요?
할 수 있어요!
30초 남짓한 시간도
온전히 집중하려면 길고 길게 느껴진다.

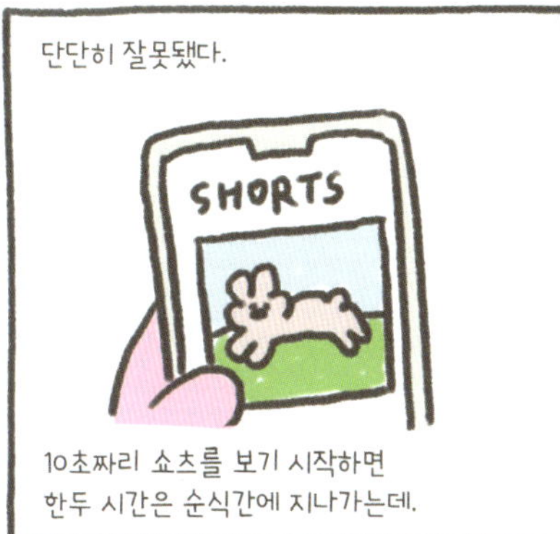

단단히 잘못됐다.
SHORTS
10초짜리 쇼츠를 보기 시작하면
한두 시간은 순식간에 지나가는데.

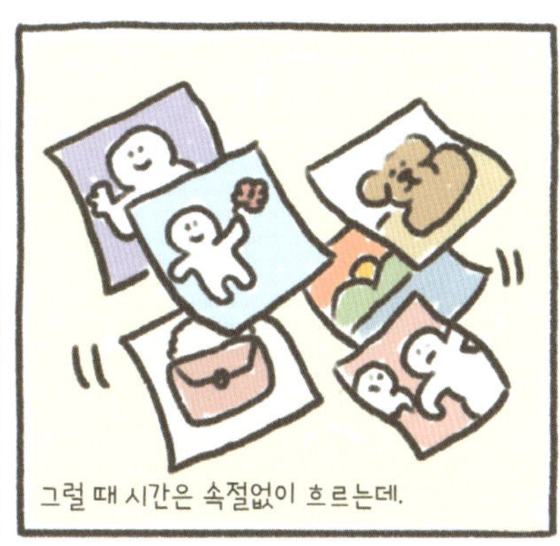

그럴 때 시간은 속절없이 흐르는데.

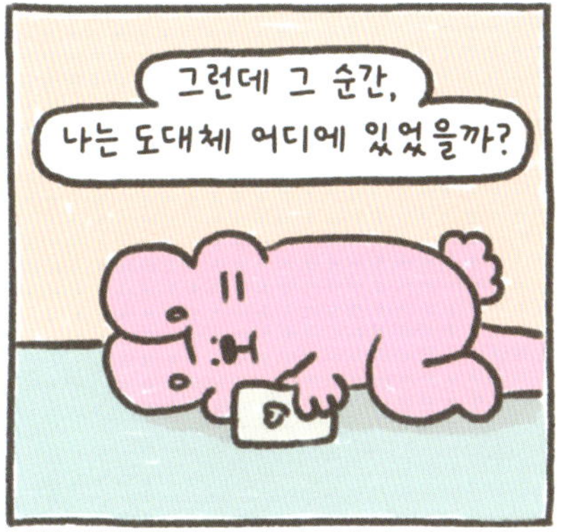

그런데 그 순간,
나는 도대체 어디에 있었을까?

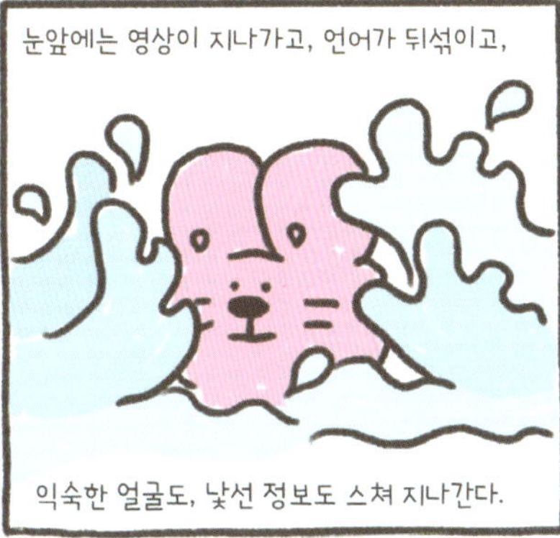

눈앞에는 영상이 지나가고, 언어가 뒤섞이고,
익숙한 얼굴도, 낯선 정보도 스쳐 지나간다.

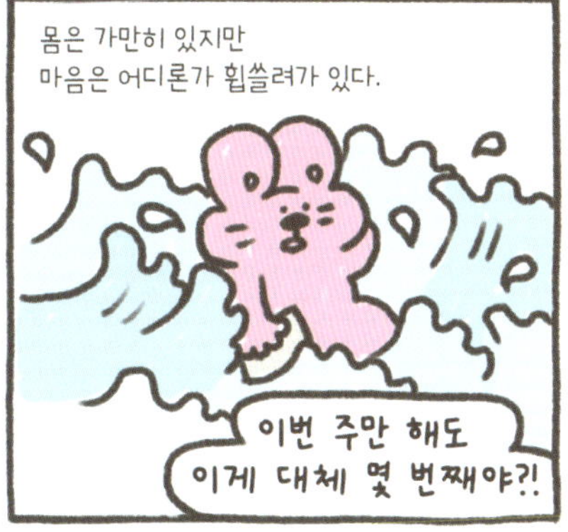

몸은 가만히 있지만
마음은 어디론가 휩쓸려가 있다.
이번 주만 해도
이게 대체 몇 번째야?!

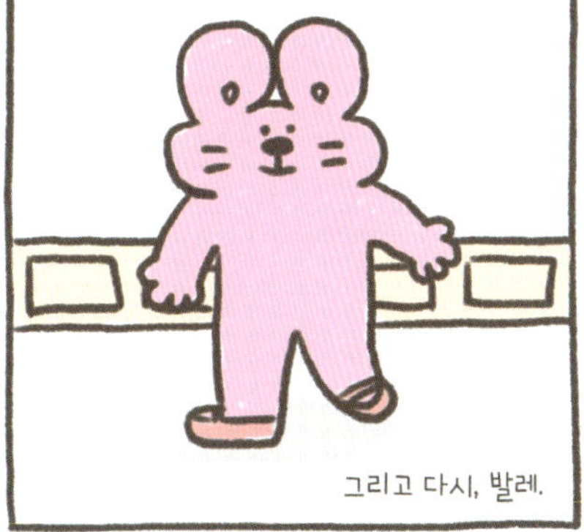

그리고 다시, 발레.

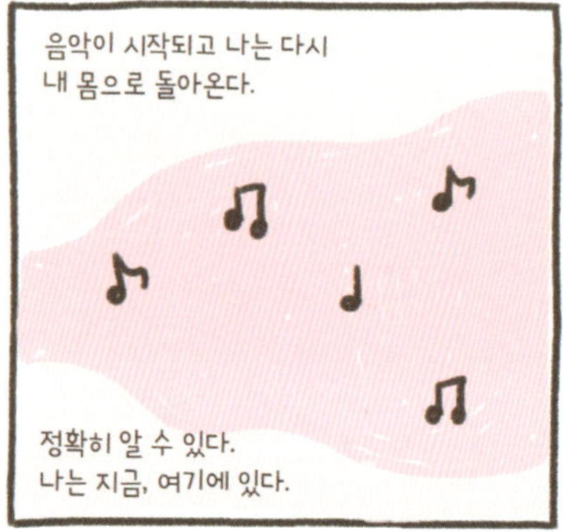

음악이 시작되고 나는 다시
내 몸으로 돌아온다.

정확히 알 수 있다.
나는 지금, 여기에 있다.

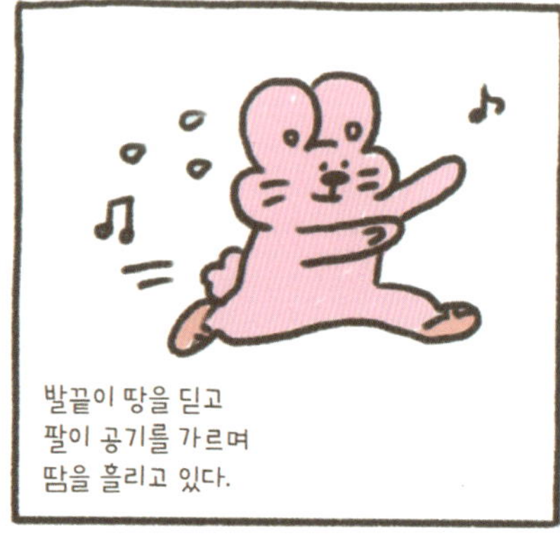

발끝이 땅을 딛고
팔이 공기를 가르며
땀을 흘리고 있다.

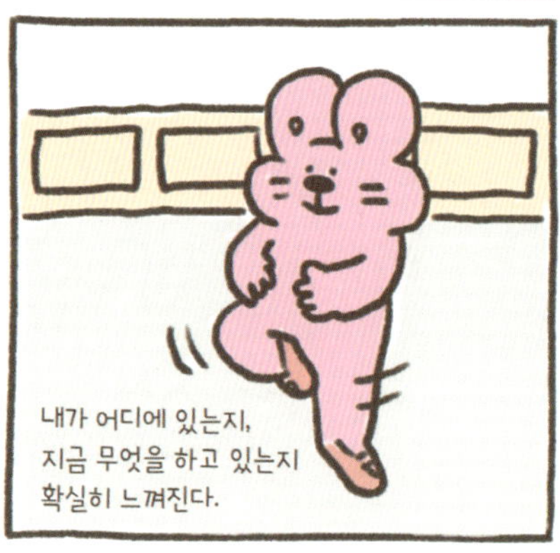

내가 어디에 있는지,
지금 무엇을 하고 있는지
확실히 느껴진다.

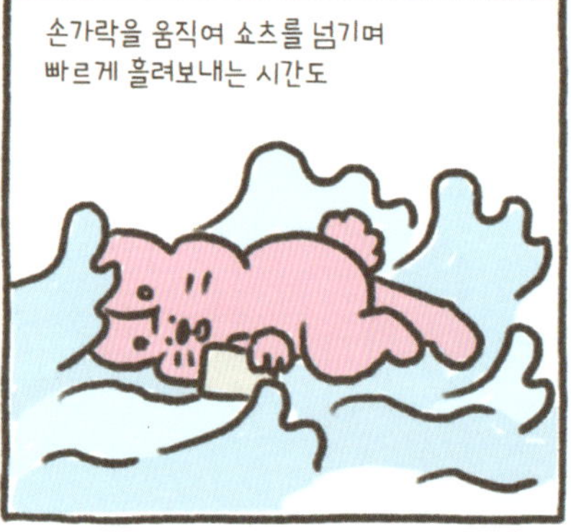

손가락을 움직여 쇼츠를 넘기며
빠르게 흘려보내는 시간도

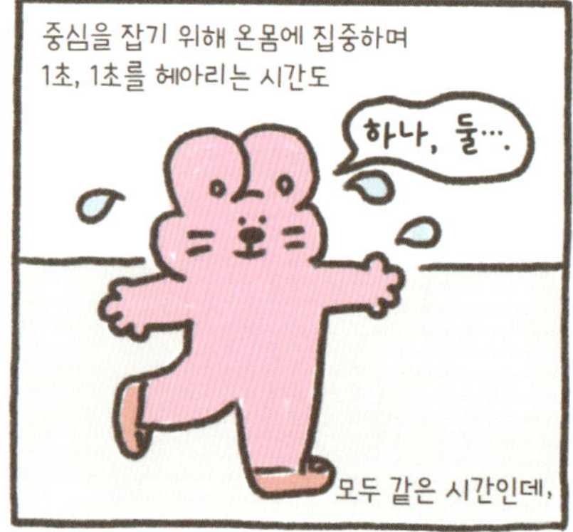

중심을 잡기 위해 온몸에 집중하며
1초, 1초를 헤아리는 시간도

하나, 둘….

모두 같은 시간인데,

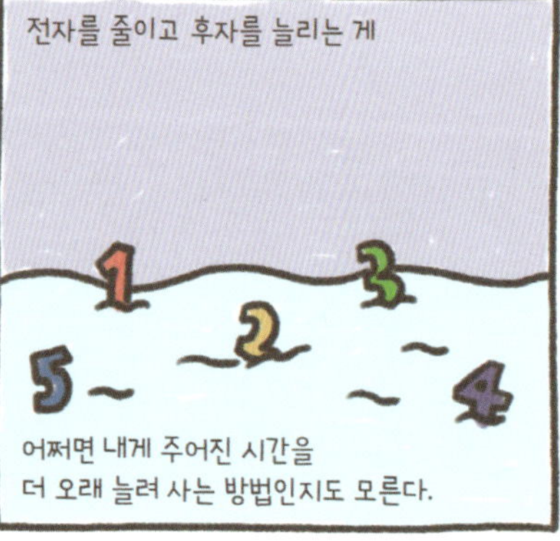

전자를 줄이고 후자를 늘리는 게

어쩌면 내게 주어진 시간을
더 오래 늘려 사는 방법인지도 모른다.

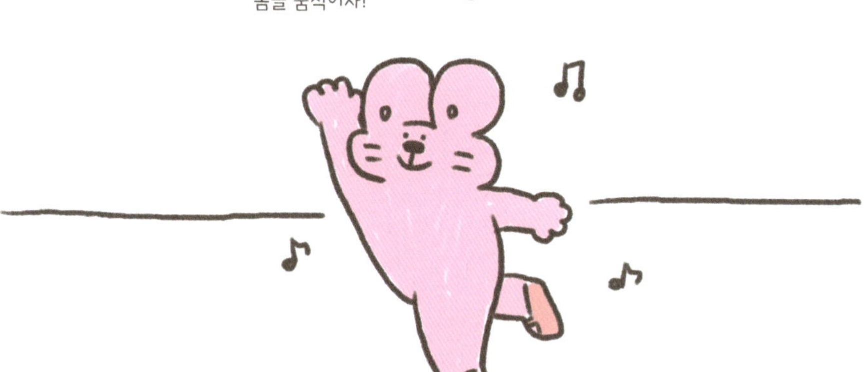

지금 여기에서
몸을 움직이자!

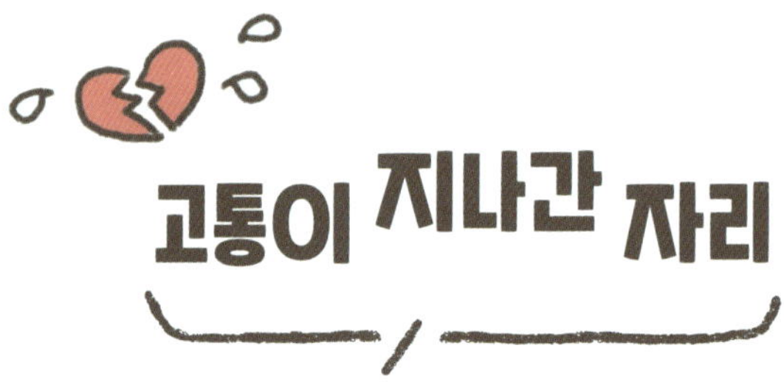

고통이 지나간 자리

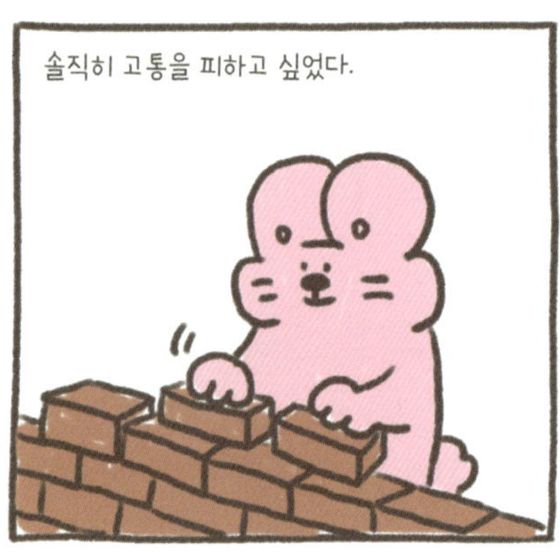

솔직히 고통을 피하고 싶었다.

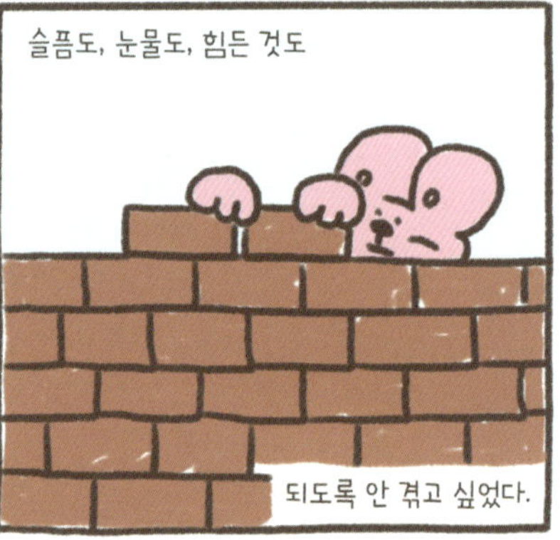

슬픔도, 눈물도, 힘든 것도
되도록 안 겪고 싶었다.

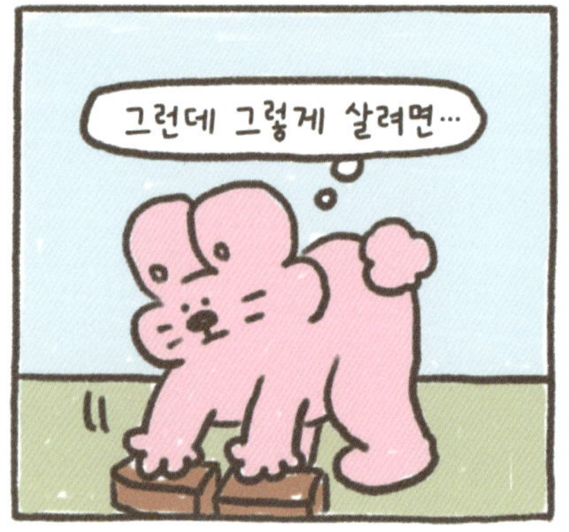

그런데 그렇게 살려면…

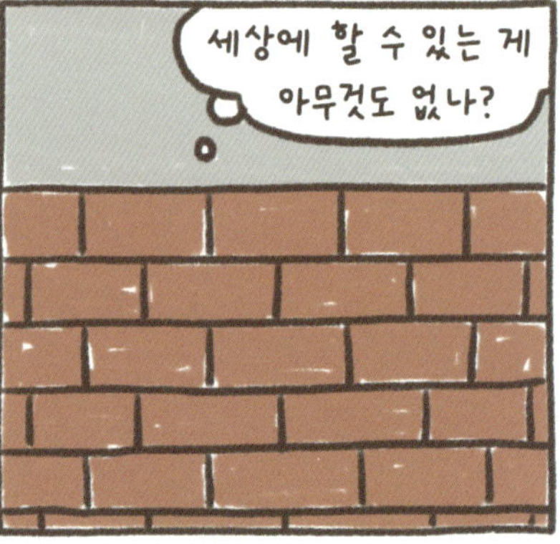

세상에 할 수 있는 게
아무것도 없나?

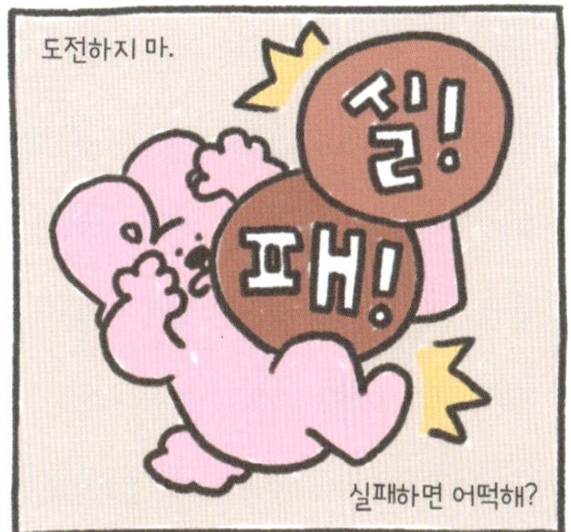

도전하지 마.
실!
패!
실패하면 어떡해?

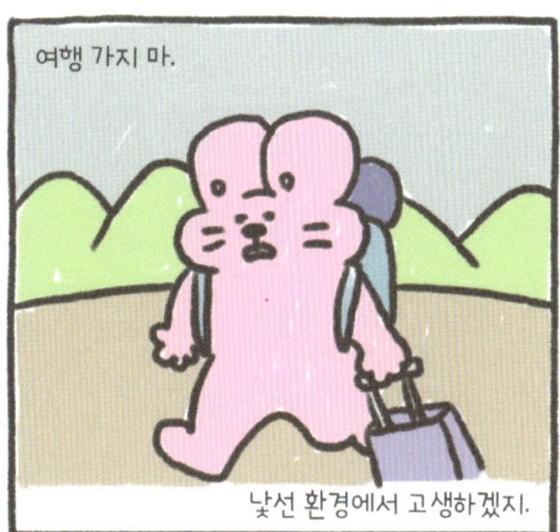

여행 가지 마.
낯선 환경에서 고생하겠지.

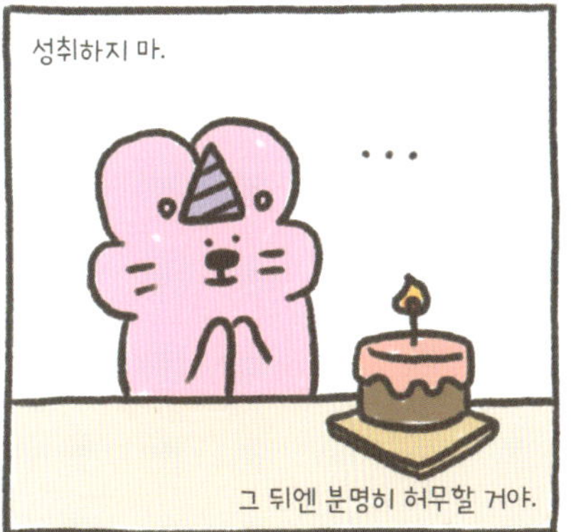

성취하지 마.
. . .
그 뒤엔 분명히 허무할 거야.

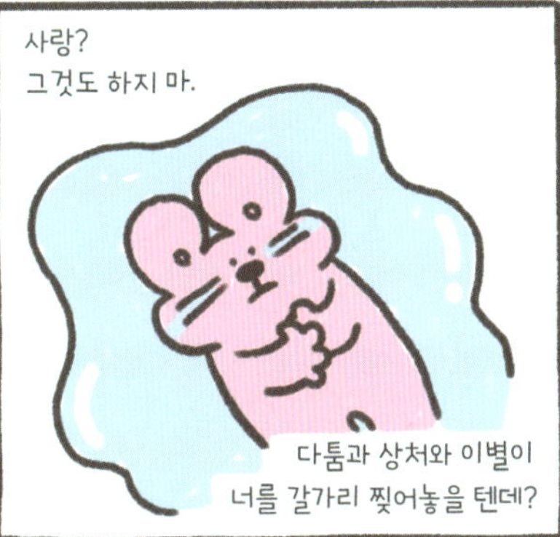

사랑?
그것도 하지 마.
다툼과 상처와 이별이
너를 갈가리 찢어놓을 텐데?

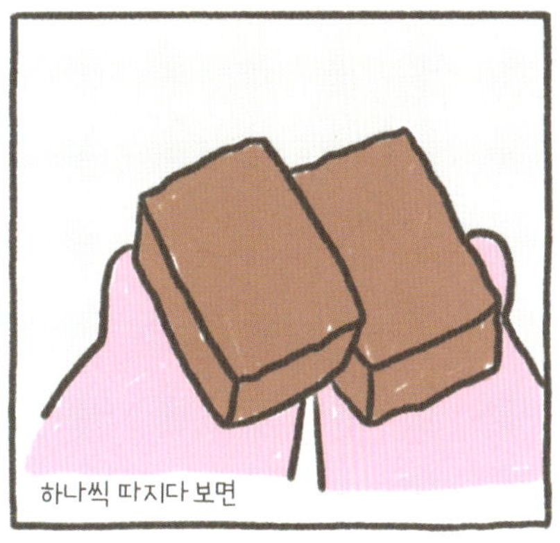

하나씩 따지다 보면

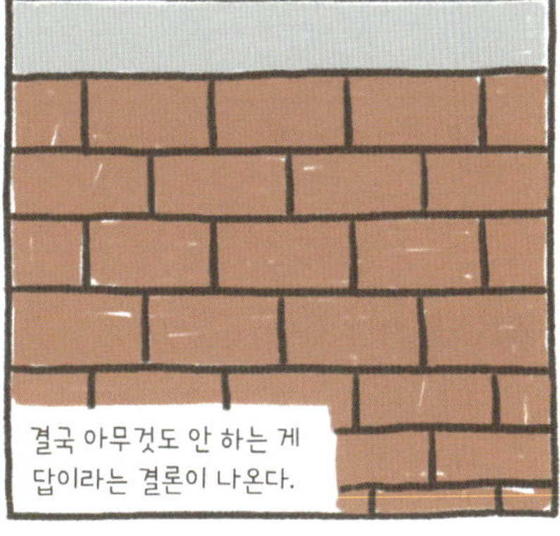

결국 아무것도 안 하는 게
답이라는 결론이 나온다.

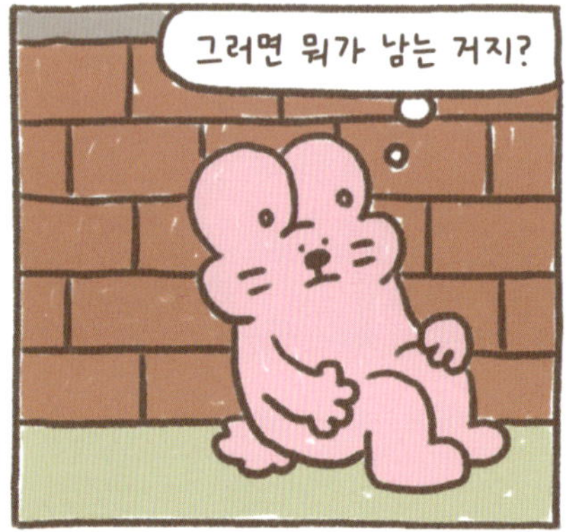

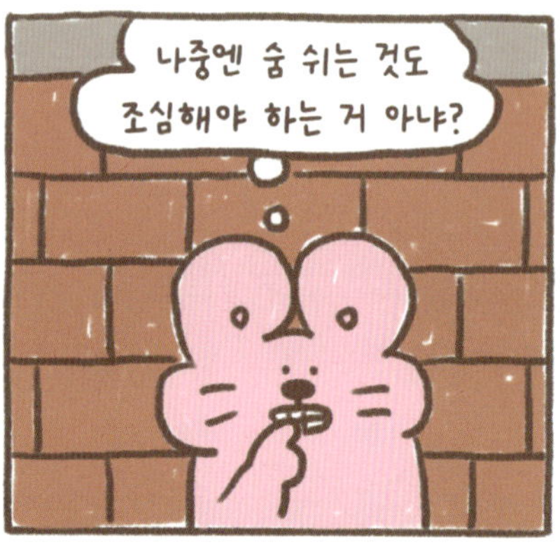

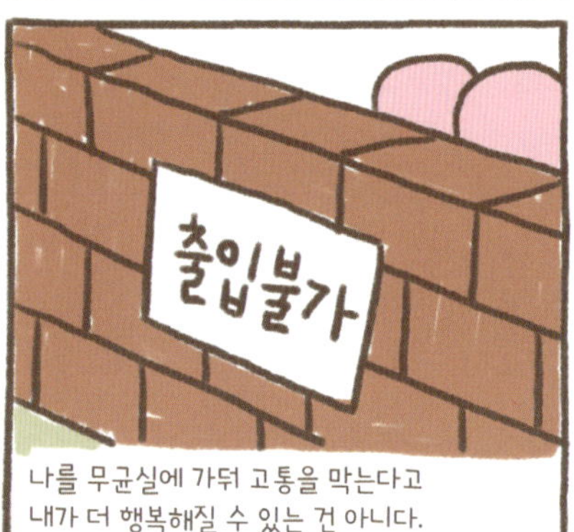

나를 무균실에 가둬 고통을 막는다고
내가 더 행복해질 수 있는 건 아니다.

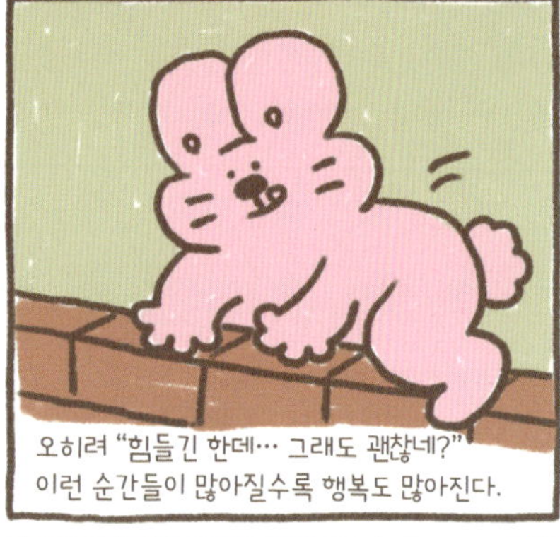

오히려 "힘들긴 한데… 그래도 괜찮네?"
이런 순간들이 많아질수록 행복도 많아진다.

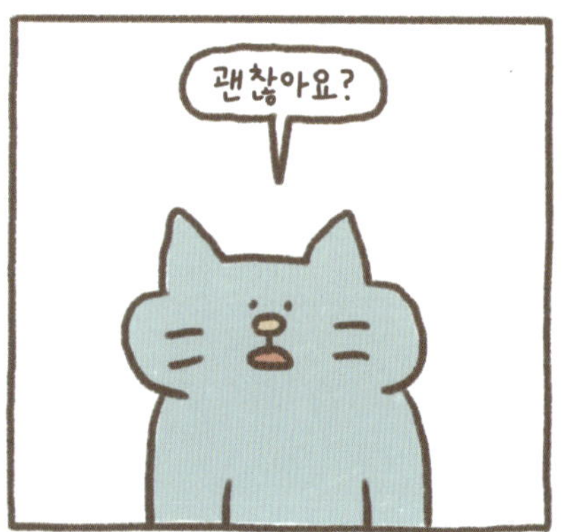

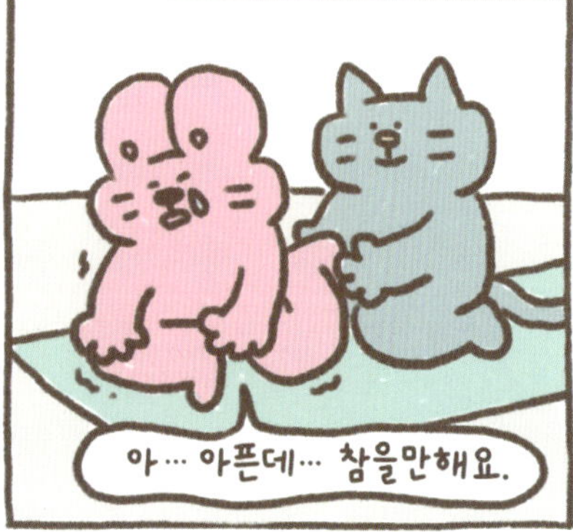

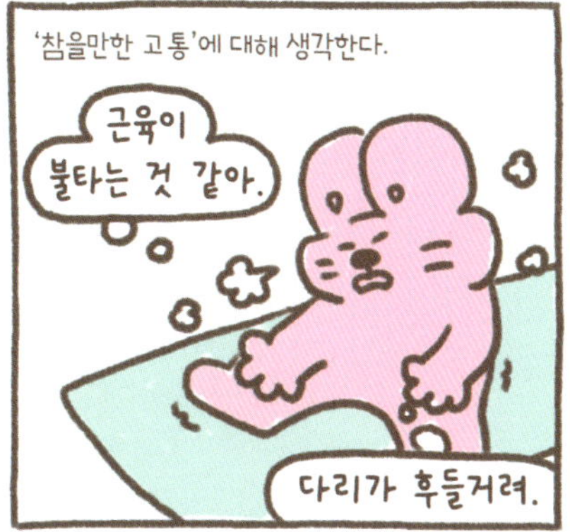

'참을만한 고통'에 대해 생각한다.
근육이 불타는 것 같아.
다리가 후들거려.

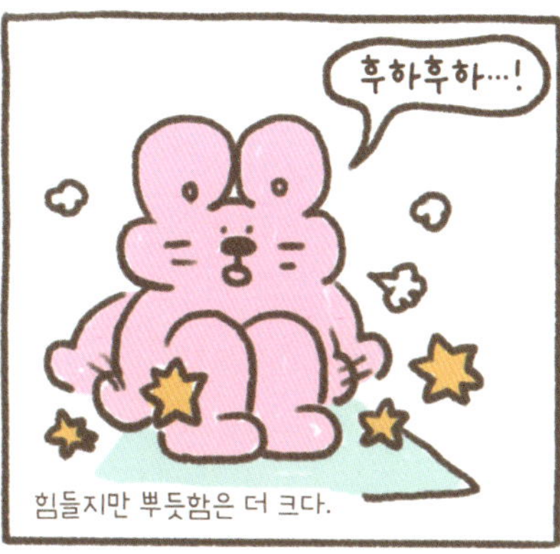

후하후하…!
힘들지만 뿌듯함은 더 크다.

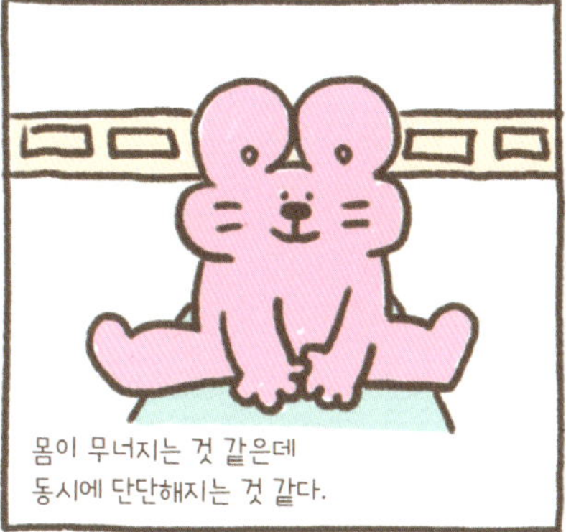

몸이 무너지는 것 같은데
동시에 단단해지는 것 같다.

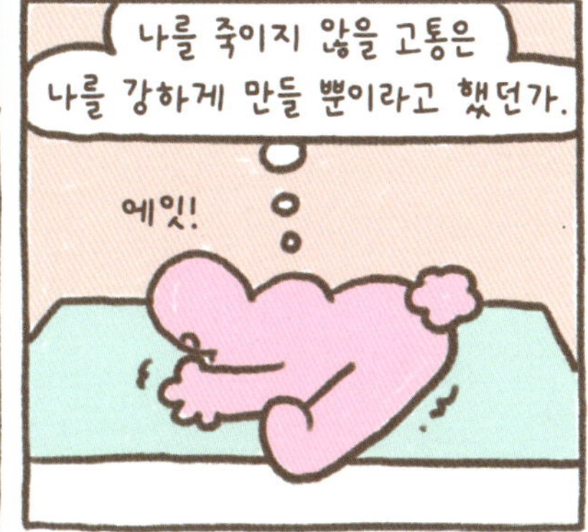

나를 죽이지 않을 고통은
나를 강하게 만들 뿐이라고 했던가.
에잇!

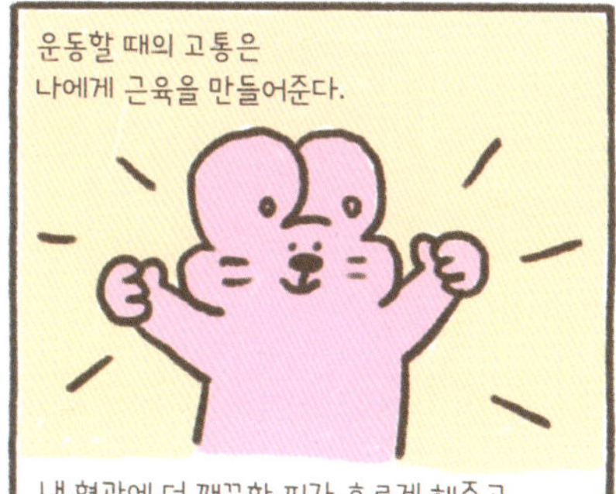

운동할 때의 고통은
나에게 근육을 만들어준다.
내 혈관에 더 깨끗한 피가 흐르게 해주고
나를 좀 더 유연하게 만들어준다.

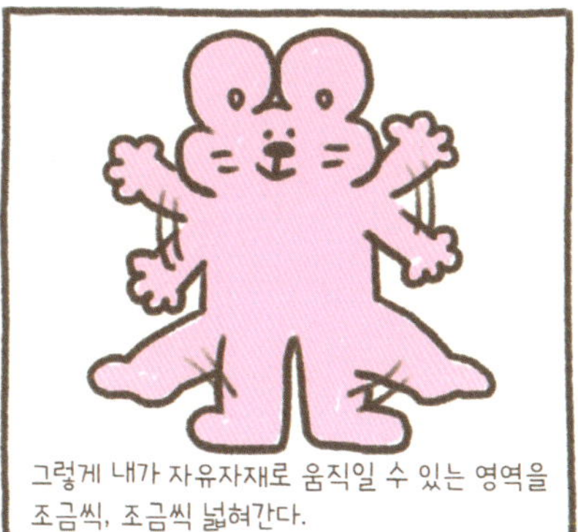

그렇게 내가 자유자재로 움직일 수 있는 영역을
조금씩, 조금씩 넓혀간다.

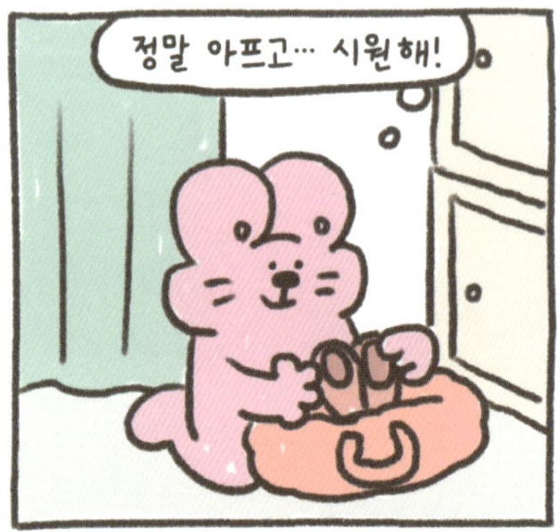
정말 아프고… 시원해!

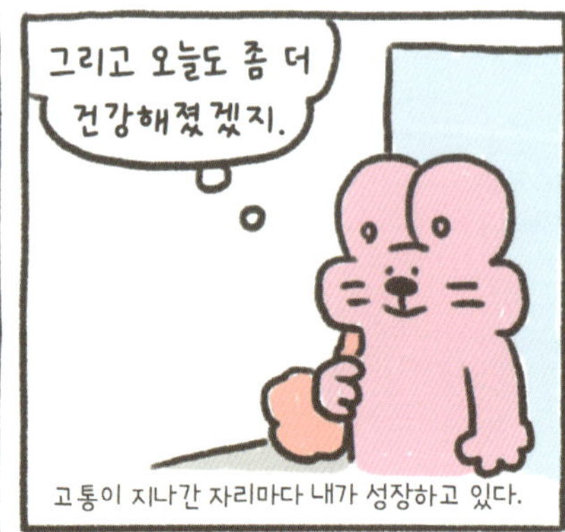
그리고 오늘도 좀 더 건강해졌겠지.
고통이 지나간 자리마다 내가 성장하고 있다.

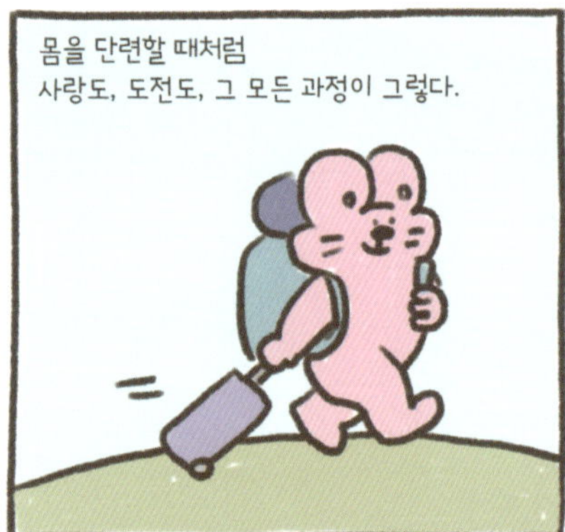
몸을 단련할 때처럼
사랑도, 도전도, 그 모든 과정이 그렇다.

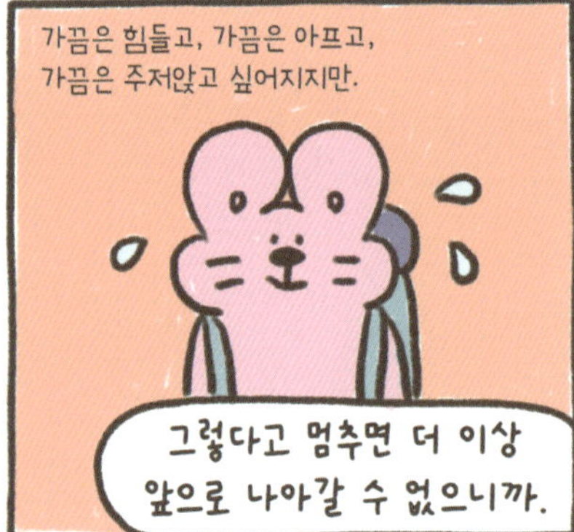
가끔은 힘들고, 가끔은 아프고,
가끔은 주저앉고 싶어지지만.
그렇다고 멈추면 더 이상
앞으로 나아갈 수 없으니까.

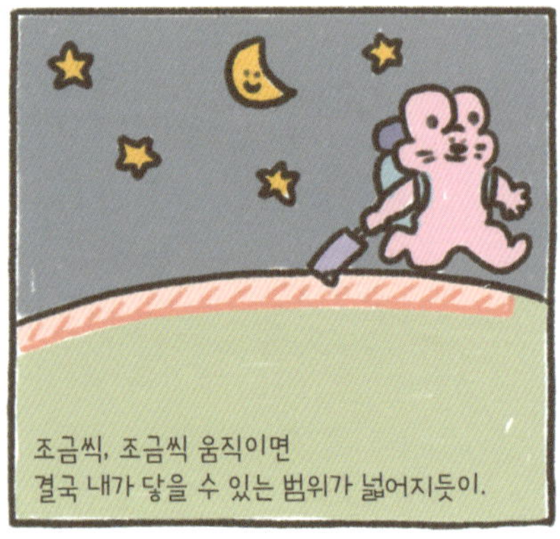
조금씩, 조금씩 움직이면
결국 내가 닿을 수 있는 범위가 넓어지듯이.

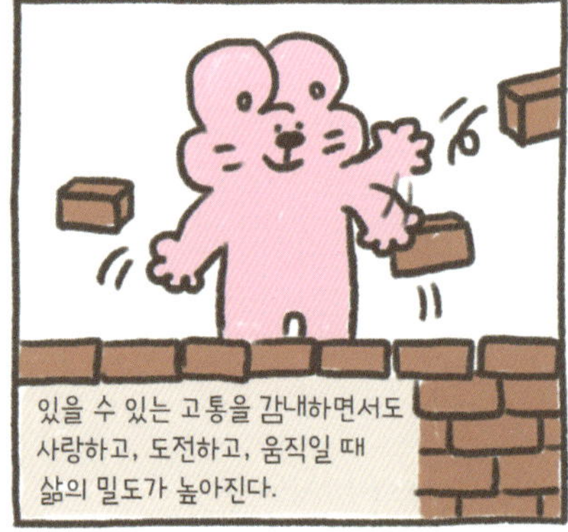
있을 수 있는 고통을 감내하면서도
사랑하고, 도전하고, 움직일 때
삶의 밀도가 높아진다.

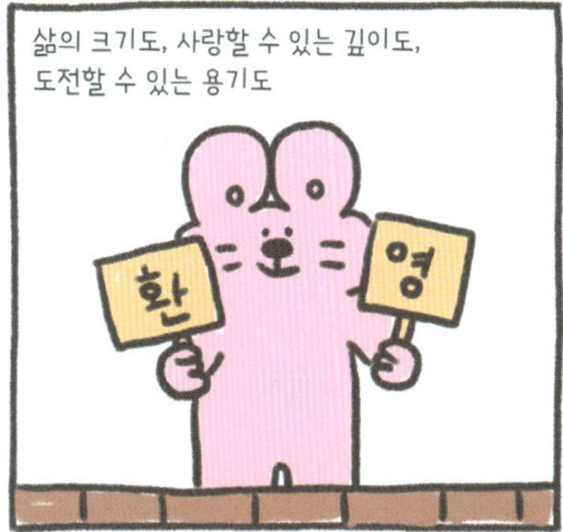

삶의 크기도, 사랑할 수 있는 깊이도,
도전할 수 있는 용기도
환
영

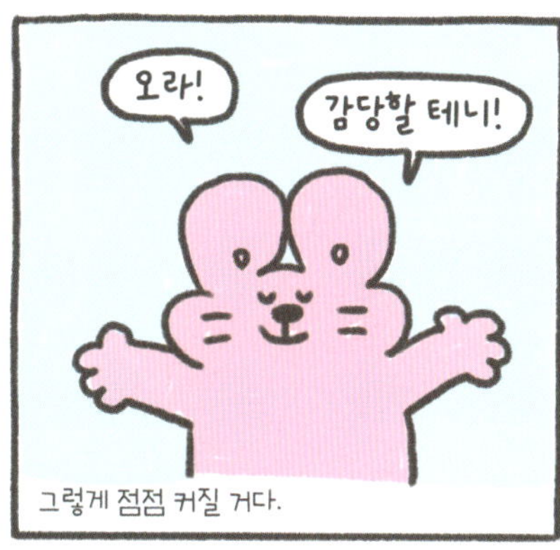

오라!
감당할 테니!
그렇게 점점 커질 거다.

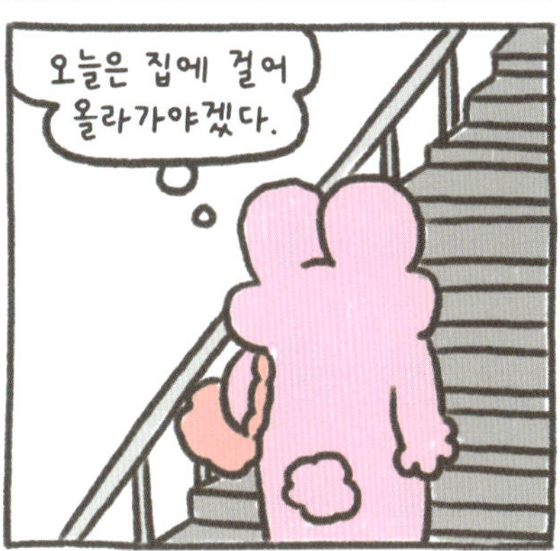

오늘은 집에 걸어
올라가야겠다.

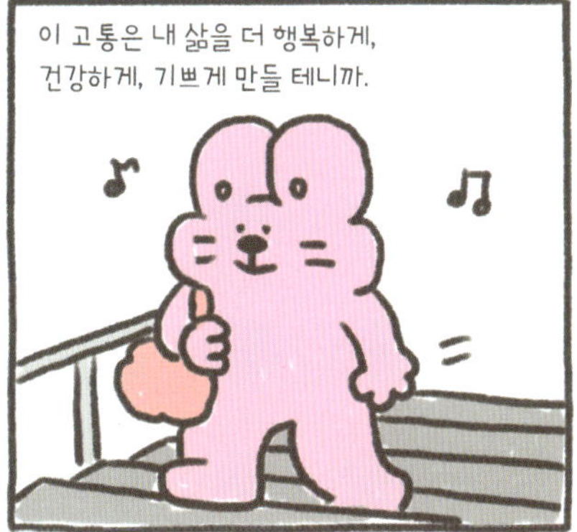

이 고통은 내 삶을 더 행복하게,
건강하게, 기쁘게 만들 테니까.

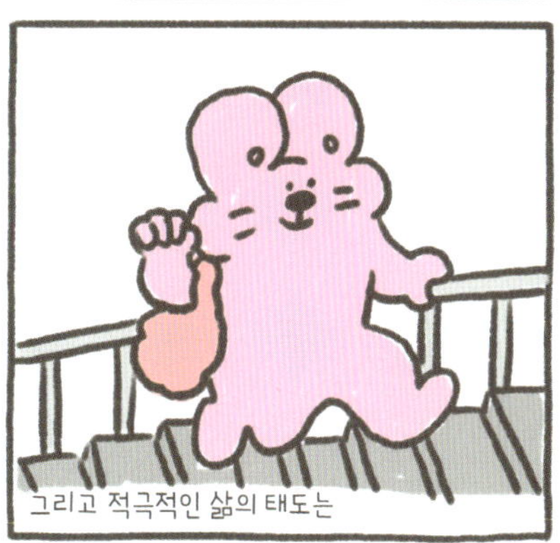

그리고 적극적인 삶의 태도는

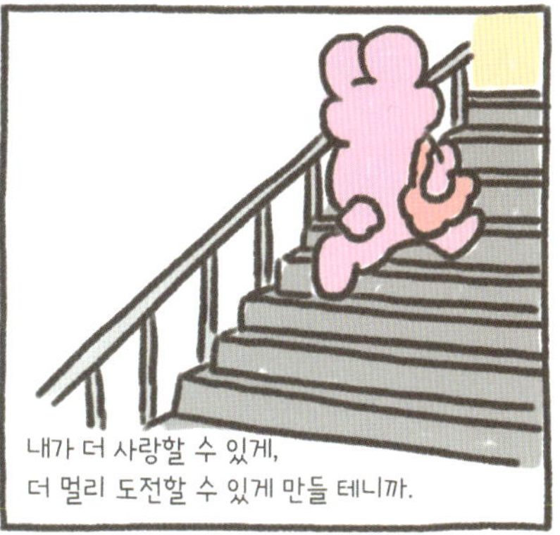

내가 더 사랑할 수 있게,
더 멀리 도전할 수 있게 만들 테니까.

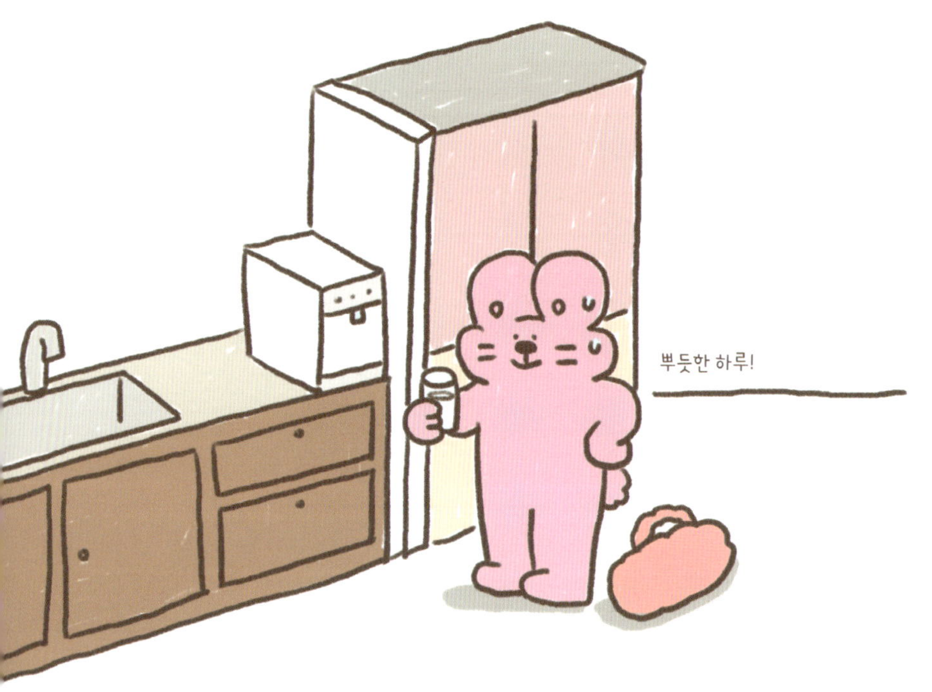
뿌듯한 하루!

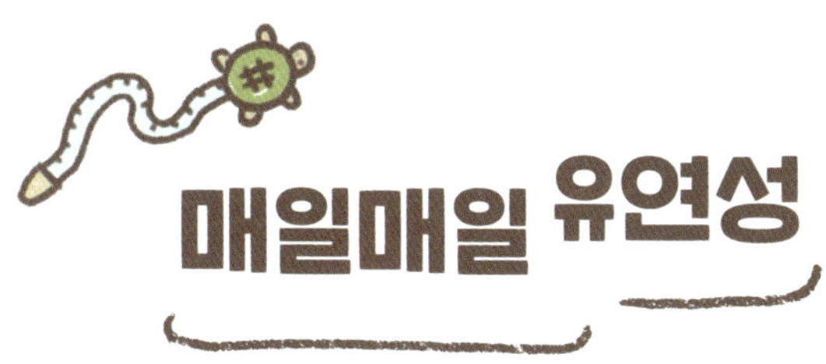

매일매일 유연성

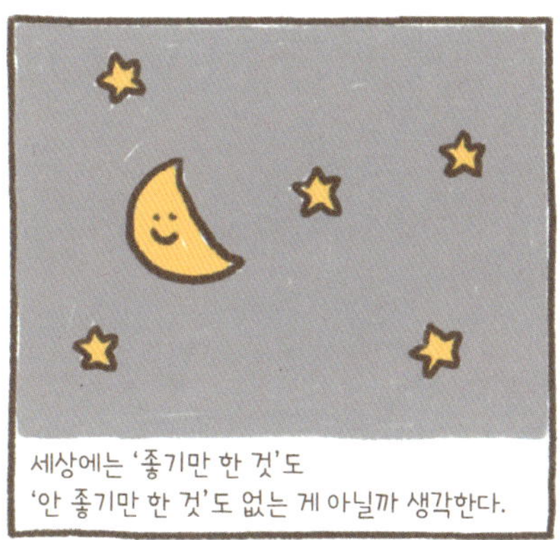
세상에는 '좋기만 한 것'도
'안 좋기만 한 것'도 없는 게 아닐까 생각한다.

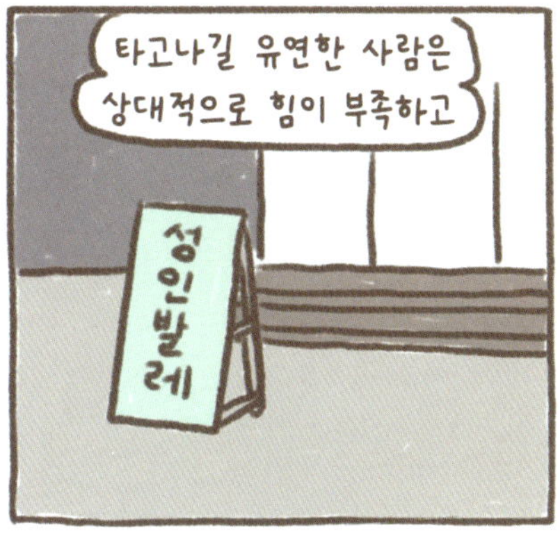
타고나길 유연한 사람은
상대적으로 힘이 부족하고

성인발레

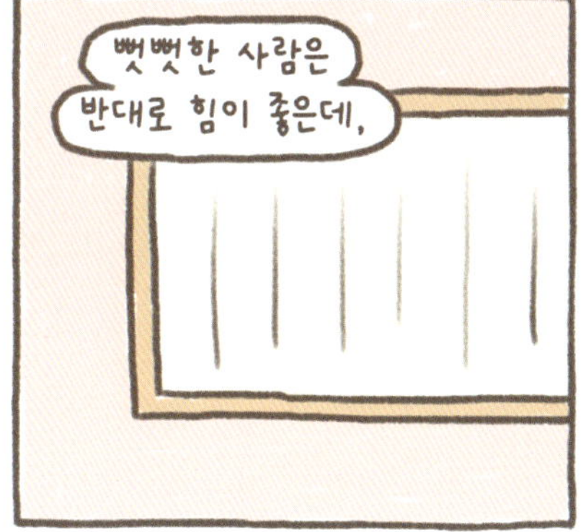
뻣뻣한 사람은
반대로 힘이 좋은데,

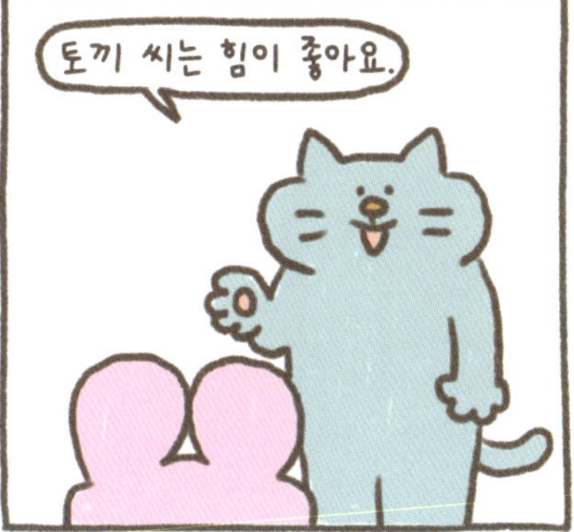
토끼 씨는 힘이 좋아요.

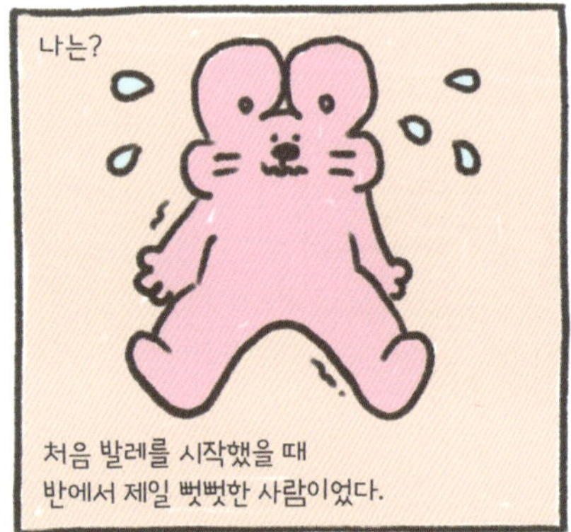

나는?
처음 발레를 시작했을 때
반에서 제일 뻣뻣한 사람이었다.

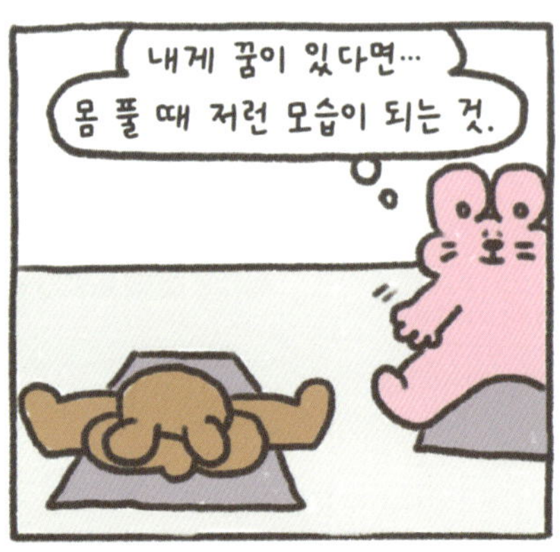

내게 꿈이 있다면…
몸 풀 때 저런 모습이 되는 것.

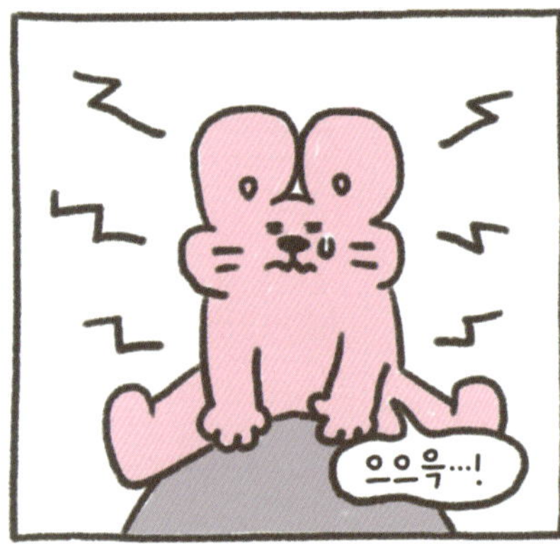

으으윽…!

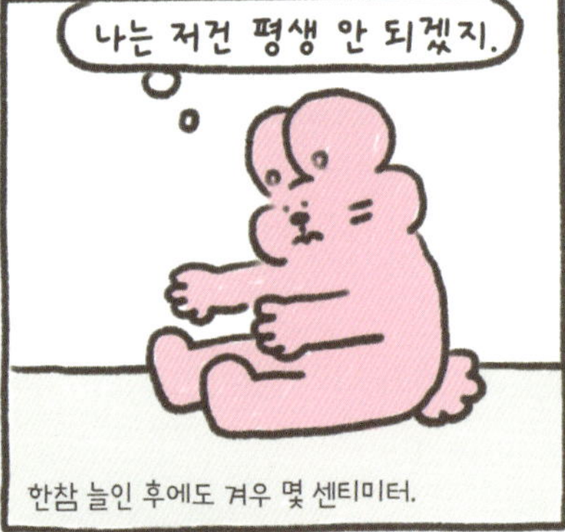

나는 저건 평생 안 되겠지.
한참 늘인 후에도 겨우 몇 센티미터.

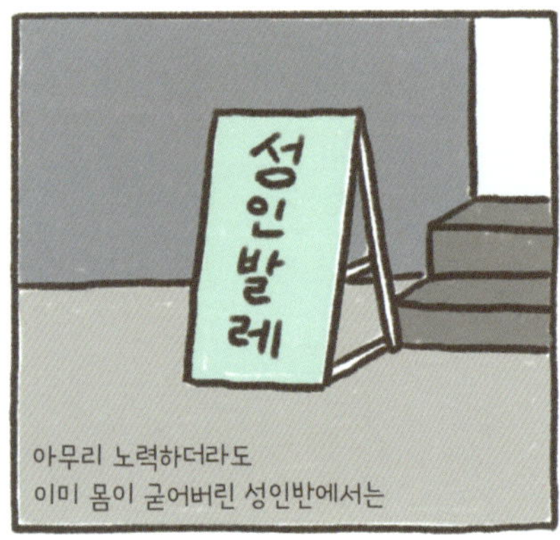

성인발레
아무리 노력하더라도
이미 몸이 굳어버린 성인반에서는

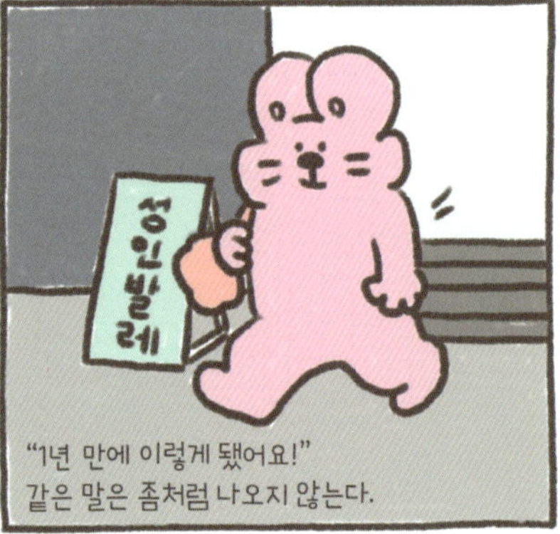

성인발레
"1년 만에 이렇게 됐어요!"
같은 말은 좀처럼 나오지 않는다.

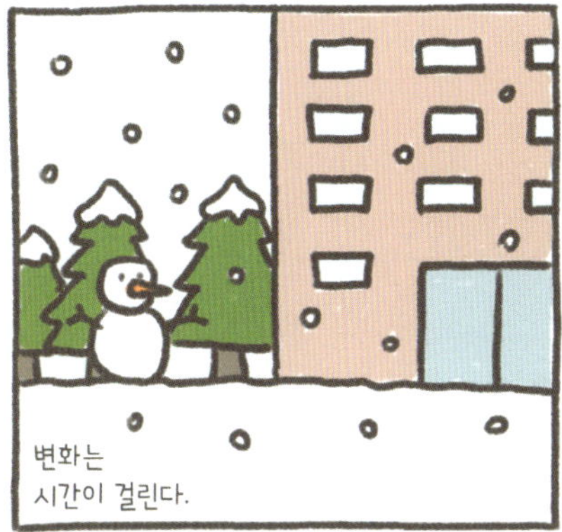
변화는
시간이 걸린다.

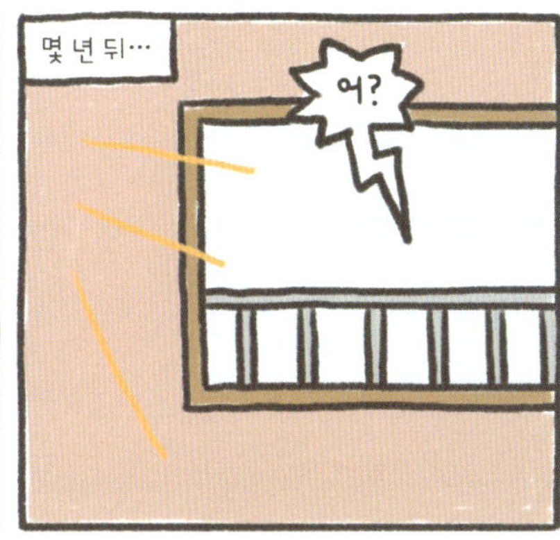
몇 년 뒤…
어?

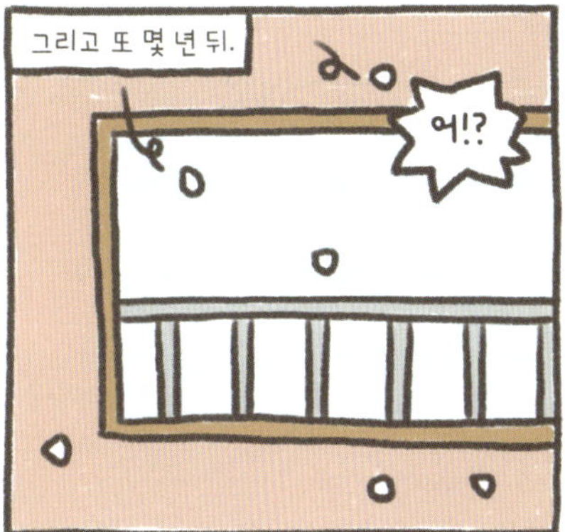
그리고 또 몇 년 뒤.
어!?

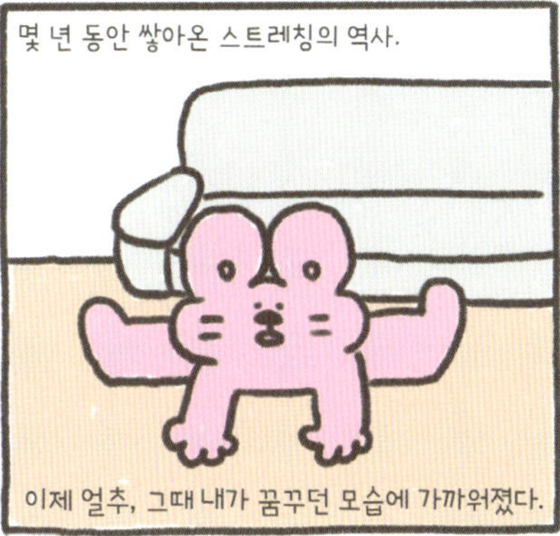
몇 년 동안 쌓아온 스트레칭의 역사.
이제 얼추, 그때 내가 꿈꾸던 모습에 가까워졌다.

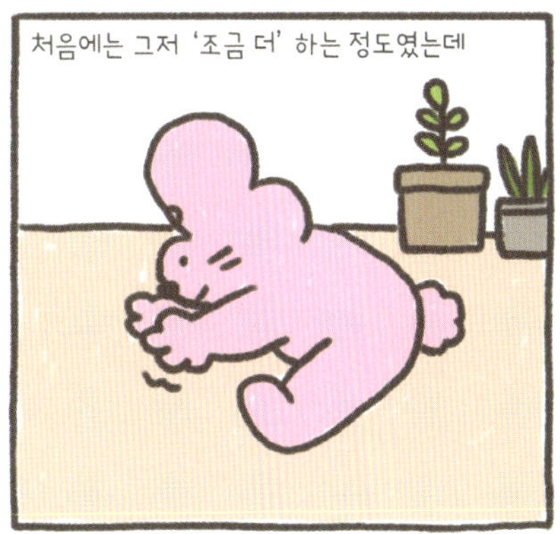
처음에는 그저 '조금 더' 하는 정도였는데

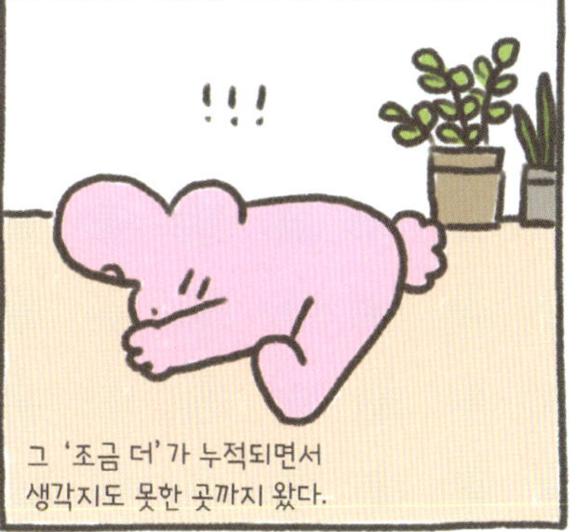
!!!
그 '조금 더'가 누적되면서
생각지도 못한 곳까지 왔다.

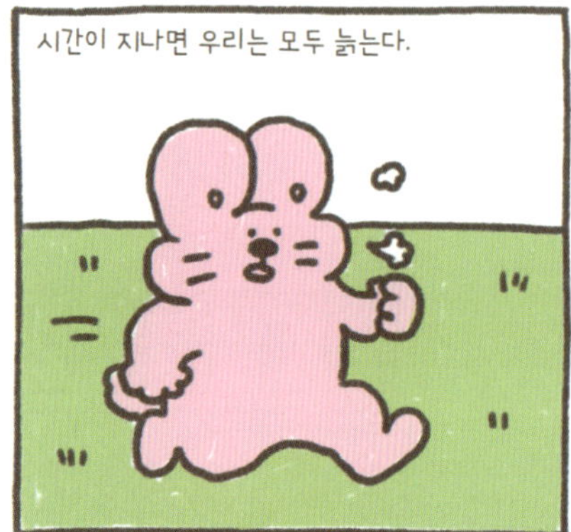

시간이 지나면 우리는 모두 늙는다.

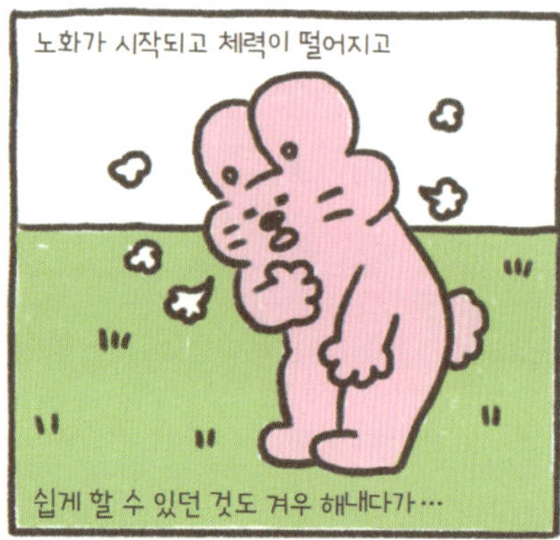

노화가 시작되고 체력이 떨어지고
쉽게 할 수 있던 것도 겨우 해내다가…

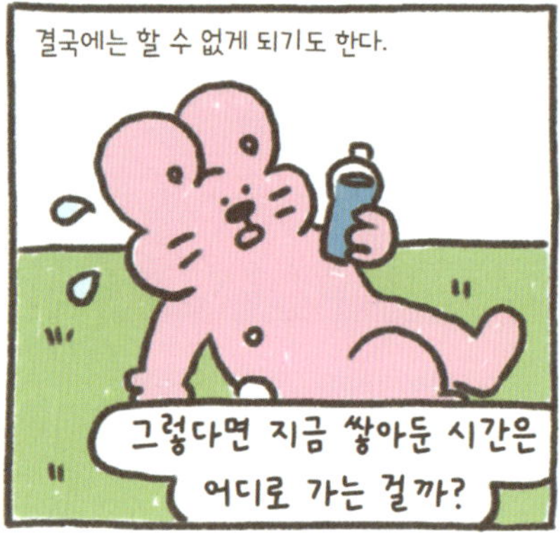

결국에는 할 수 없게 되기도 한다.
그렇다면 지금 쌓아둔 시간은 어디로 가는 걸까?

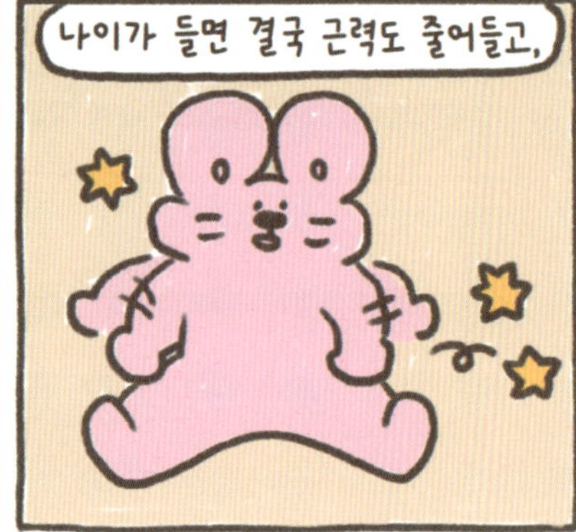

나이가 들면 결국 근력도 줄어들고,

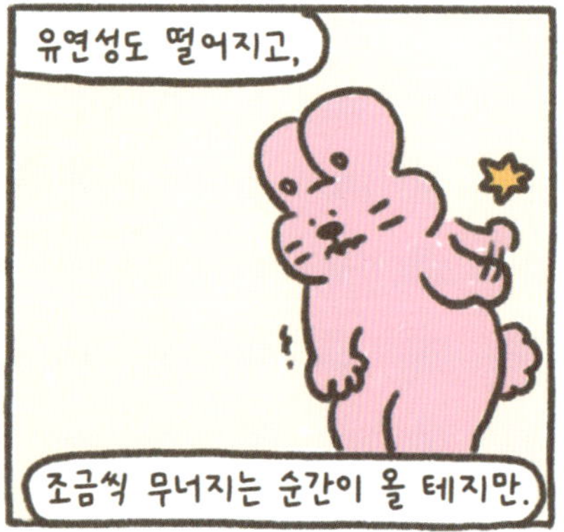

유연성도 떨어지고,
조금씩 무너지는 순간이 올 테지만.

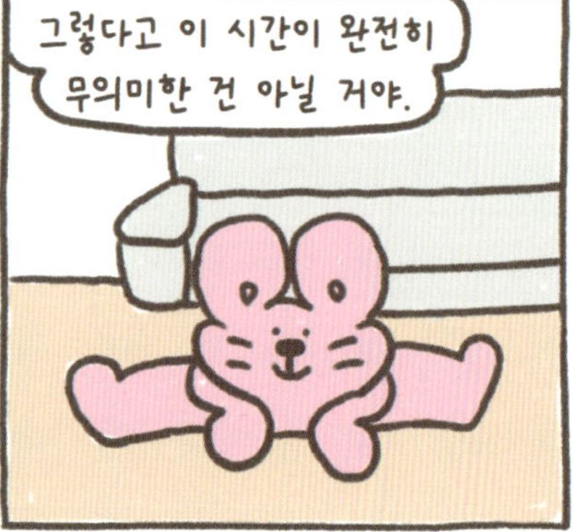

그렇다고 이 시간이 완전히 무의미한 건 아닐 거야.

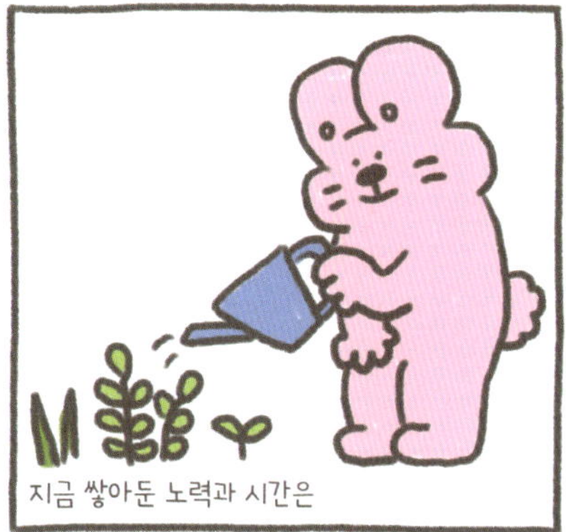

지금 쌓아둔 노력과 시간은

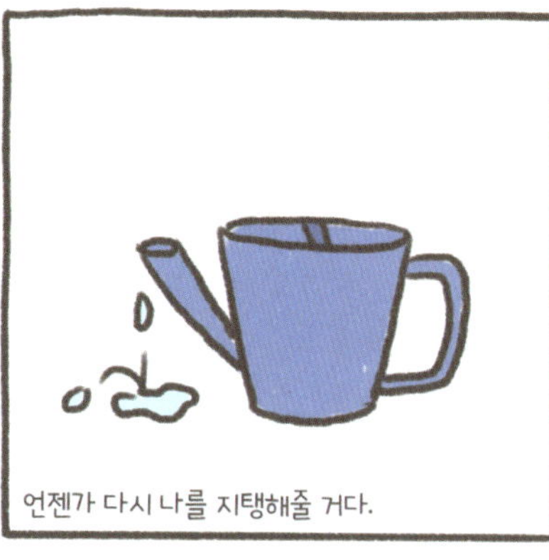

언젠가 다시 나를 지탱해줄 거다.

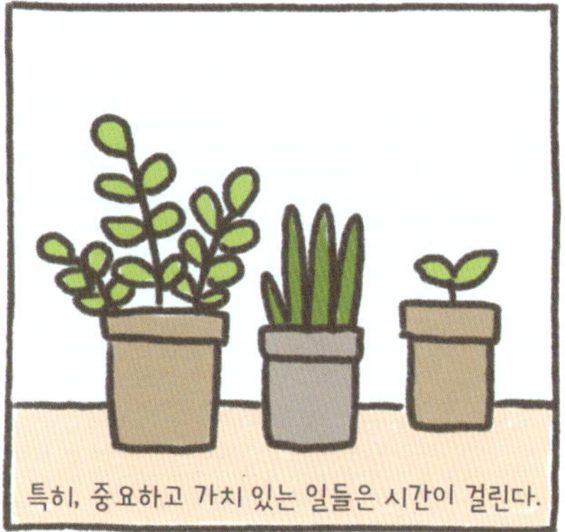

특히, 중요하고 가치 있는 일들은 시간이 걸린다.

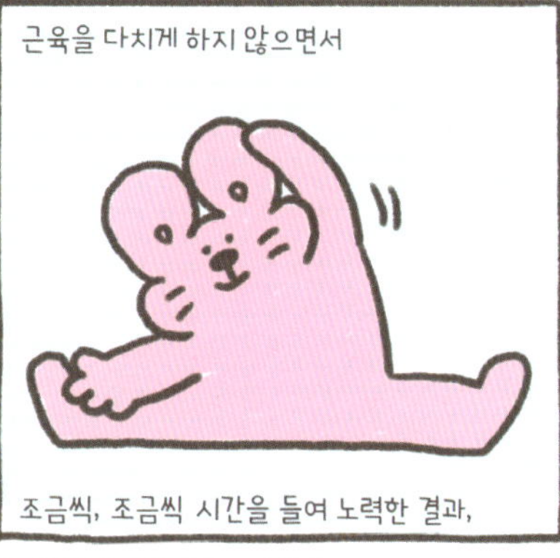

조금씩, 조금씩 시간을 들여 노력한 결과,

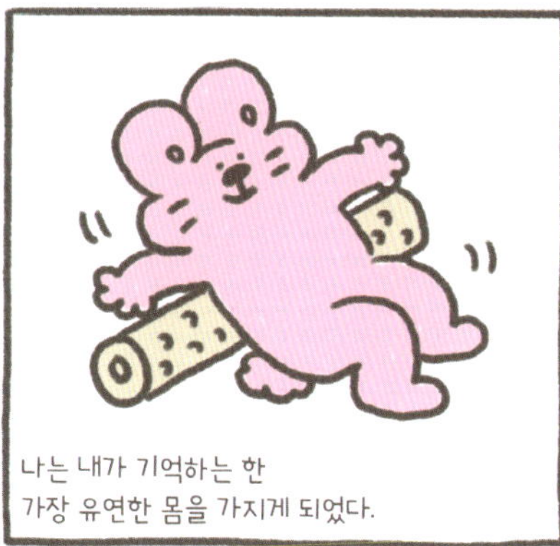

나는 내가 기억하는 한
가장 유연한 몸을 가지게 되었다.

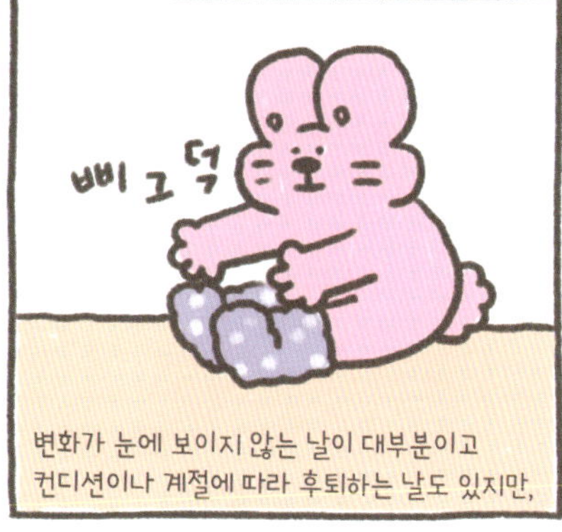

변화가 눈에 보이지 않는 날이 대부분이고
컨디션이나 계절에 따라 후퇴하는 날도 있지만,

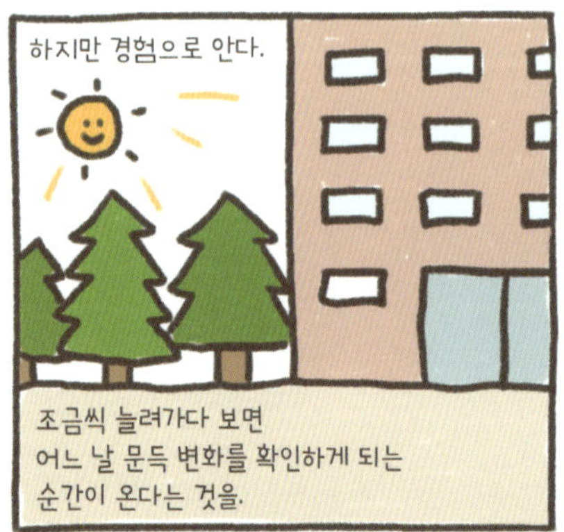

하지만 경험으로 안다.
조금씩 늘려가다 보면
어느 날 문득 변화를 확인하게 되는
순간이 온다는 것을.

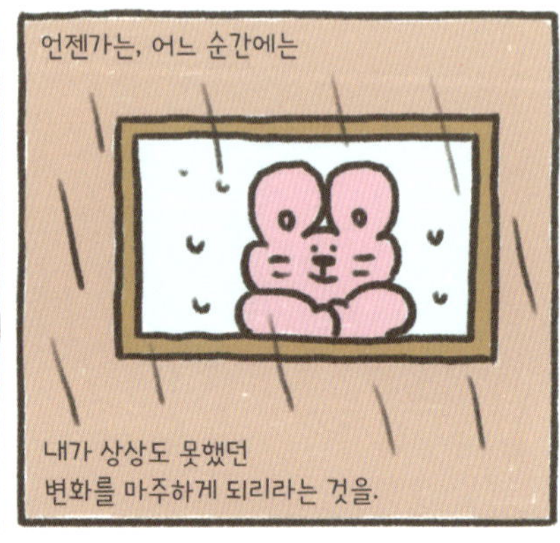

언젠가는, 어느 순간에는
내가 상상도 못했던
변화를 마주하게 되리라는 것을.

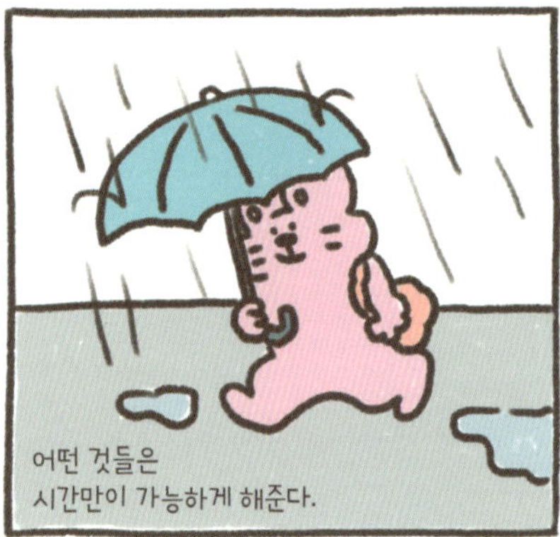

어떤 것들은
시간만이 가능하게 해준다.

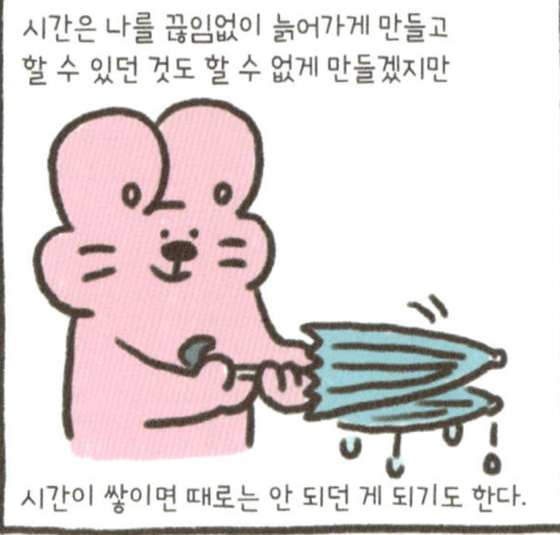

시간은 나를 끊임없이 늙어가게 만들고
할 수 있던 것도 할 수 없게 만들겠지만
시간이 쌓이면 때로는 안 되던 게 되기도 한다.

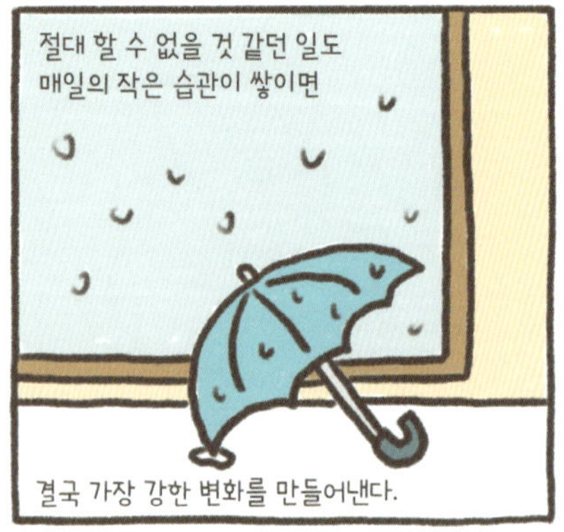

절대 할 수 없을 것 같던 일도
매일의 작은 습관이 쌓이면
결국 가장 강한 변화를 만들어낸다.

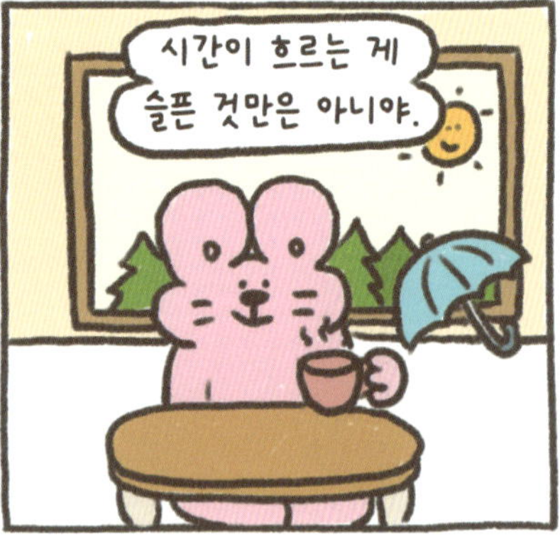

시간이 흐르는 게
슬픈 것만은 아니야.

적어도 내가 공을 들이고 있는 동안

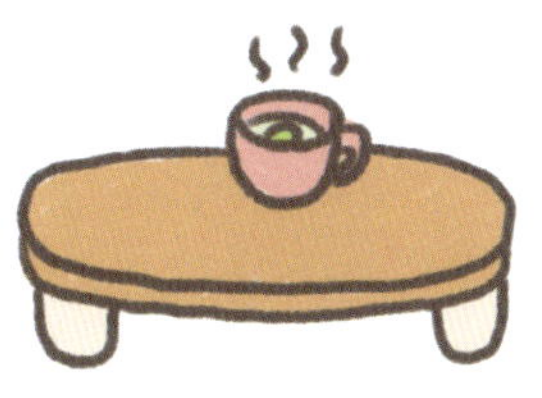

시간은
내 편이니까!

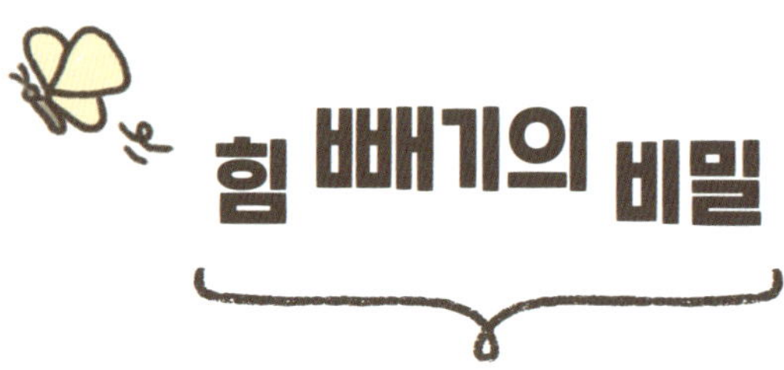

힘 빼기의 비밀

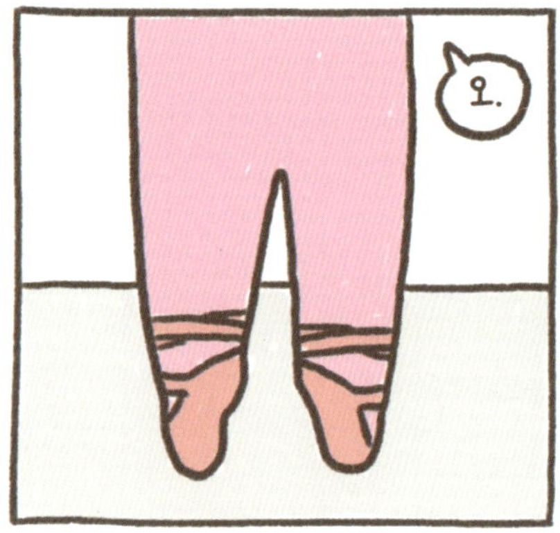
오.

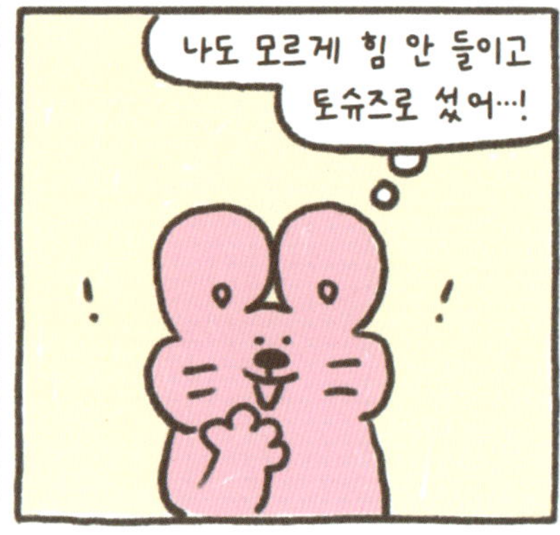
나도 모르게 힘 안 들이고
토슈즈로 섰어…!

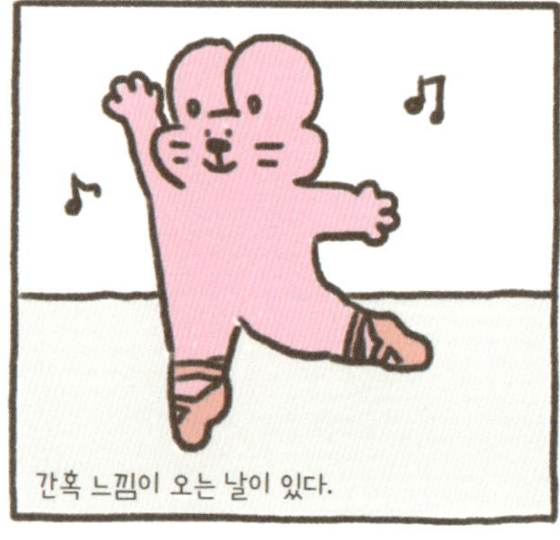
간혹 느낌이 오는 날이 있다.

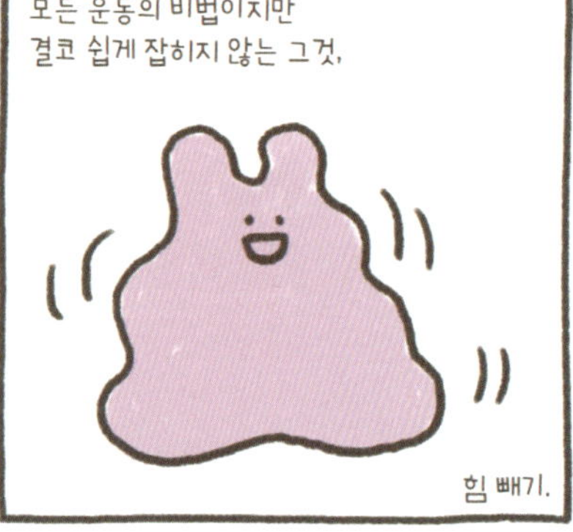
모든 운동의 비법이지만
결코 쉽게 잡히지 않는 그것,

힘 빼기.

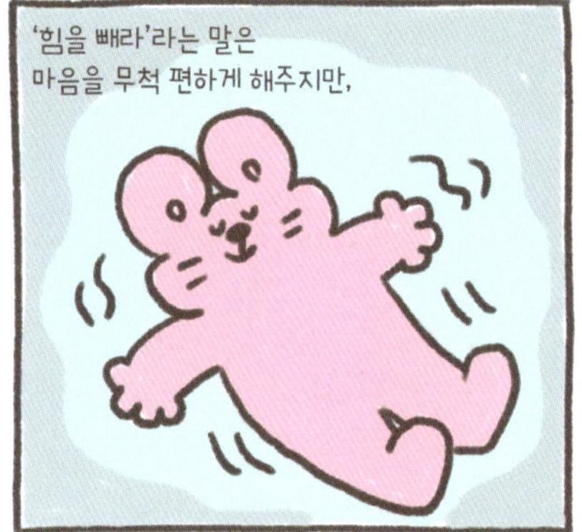

'힘을 빼라'라는 말은
마음을 무척 편하게 해주지만,

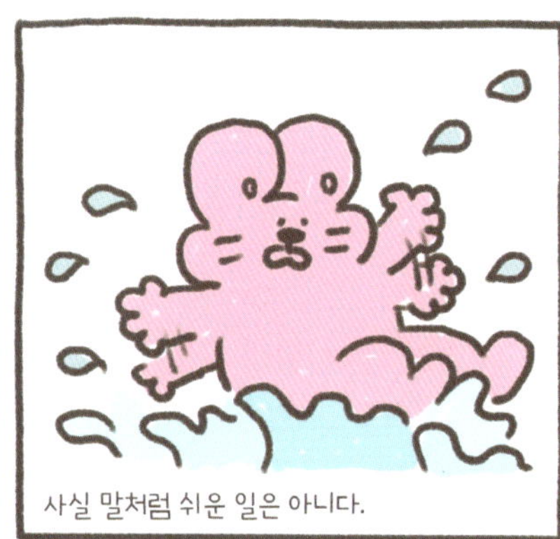

사실 말처럼 쉬운 일은 아니다.

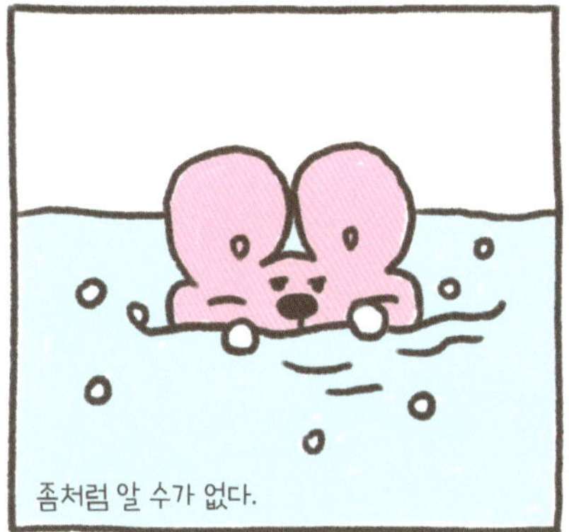

좀처럼 알 수가 없다.

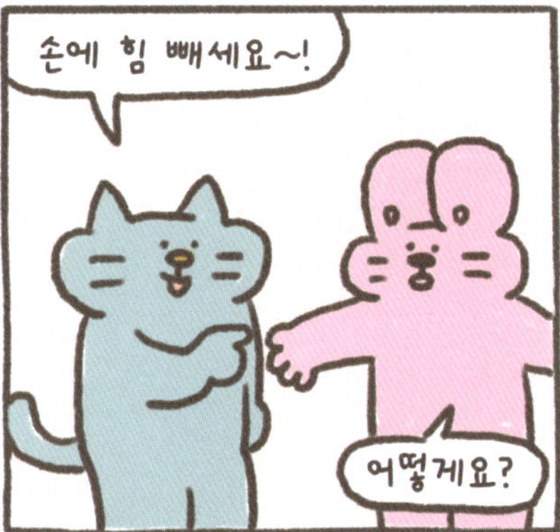

손에 힘 빼세요~!
어떻게요?

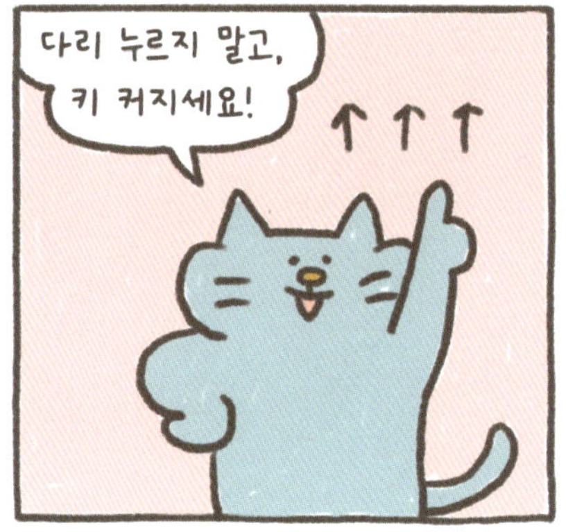

다리 누르지 말고,
키 커지세요!

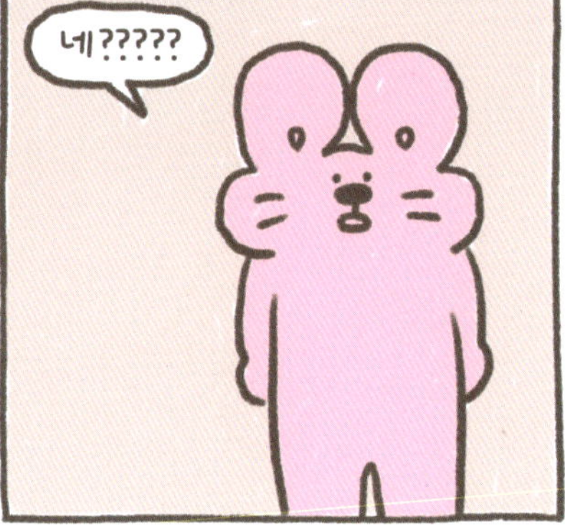

네?????

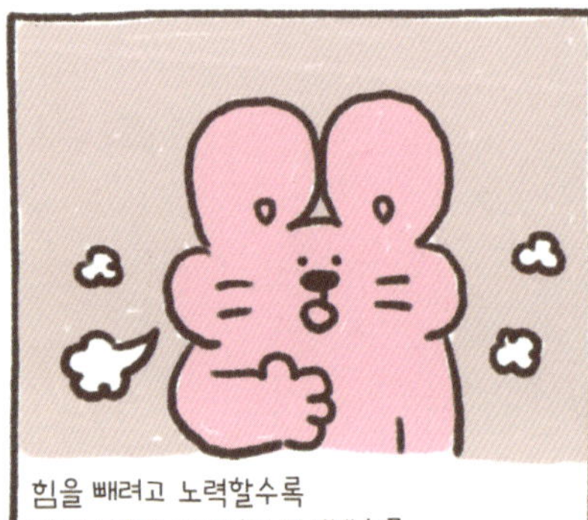

힘을 빼려고 노력할수록
자연스럽게 해보려고 욕심낼수록

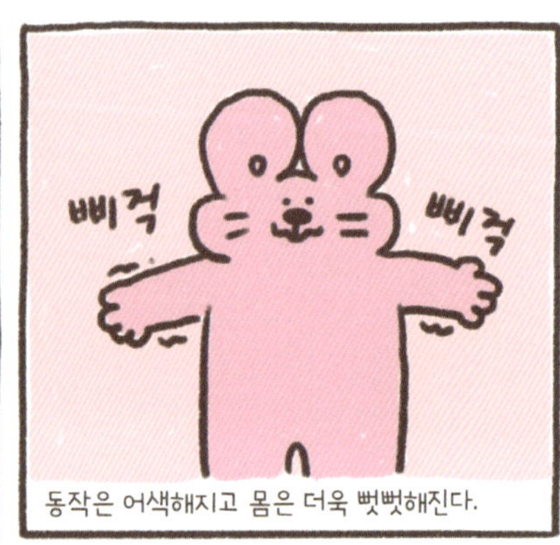

삐걱
삐걱
동작은 어색해지고 몸은 더욱 뻣뻣해진다.

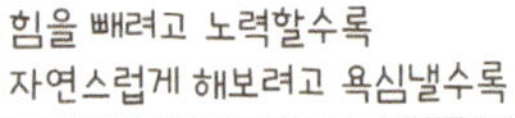
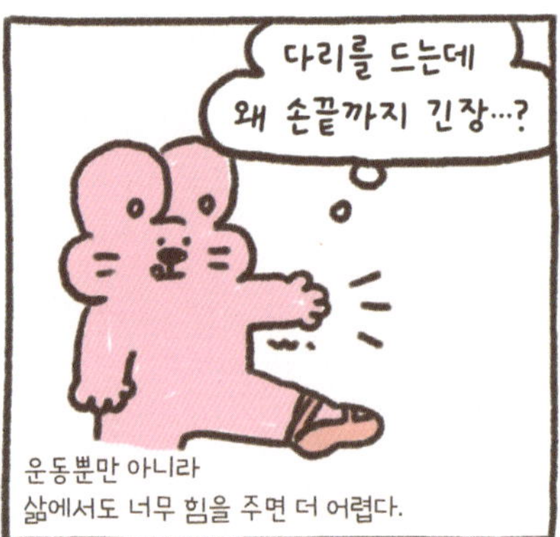

다리를 드는데
왜 손끝까지 긴장…?
운동뿐만 아니라
삶에서도 너무 힘을 주면 더 어렵다.

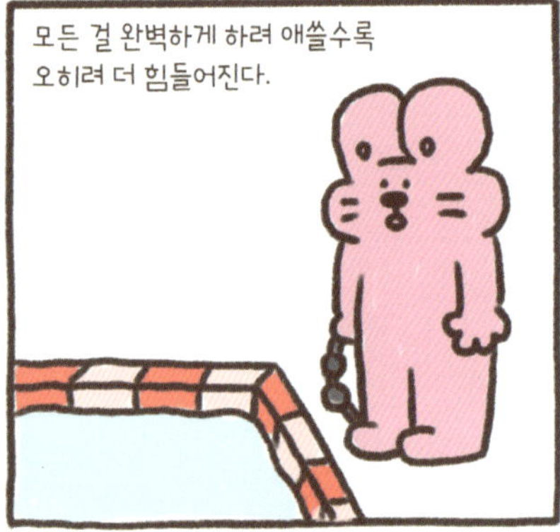

모든 걸 완벽하게 하려 애쓸수록
오히려 더 힘들어진다.

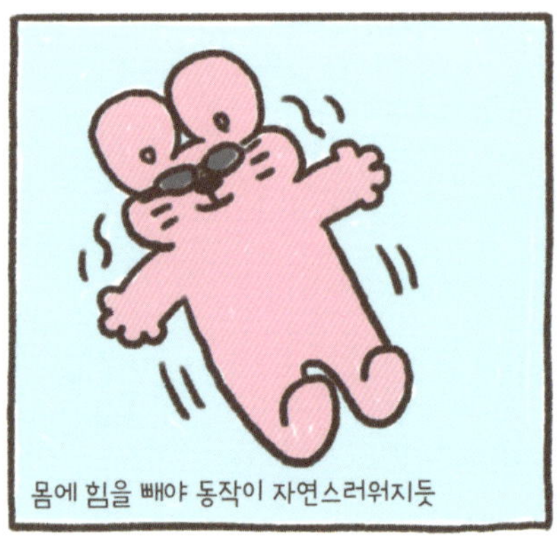

몸에 힘을 빼야 동작이 자연스러워지듯

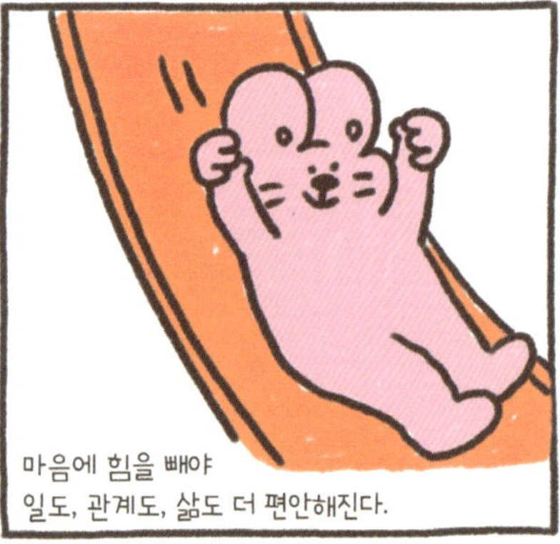

마음에 힘을 빼야
일도, 관계도, 삶도 더 편안해진다.

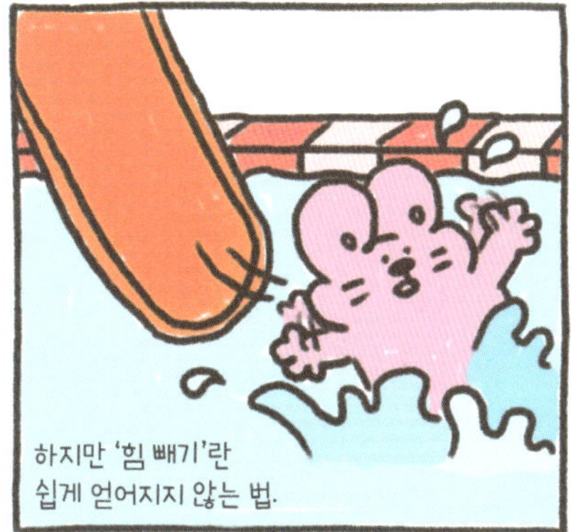

하지만 '힘 빼기'란
쉽게 얻어지지 않는 법.

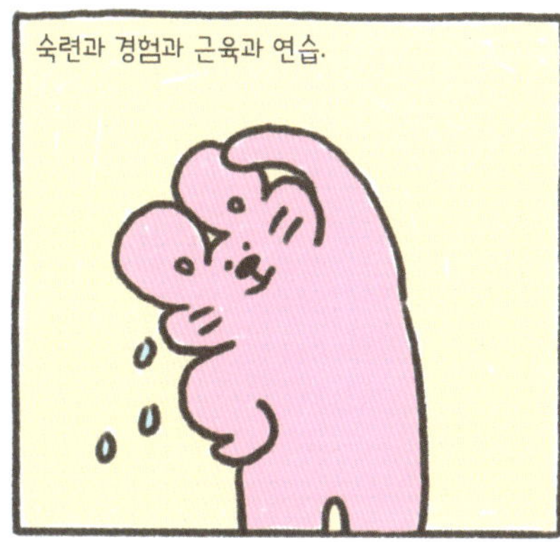

숙련과 경험과 근육과 연습.

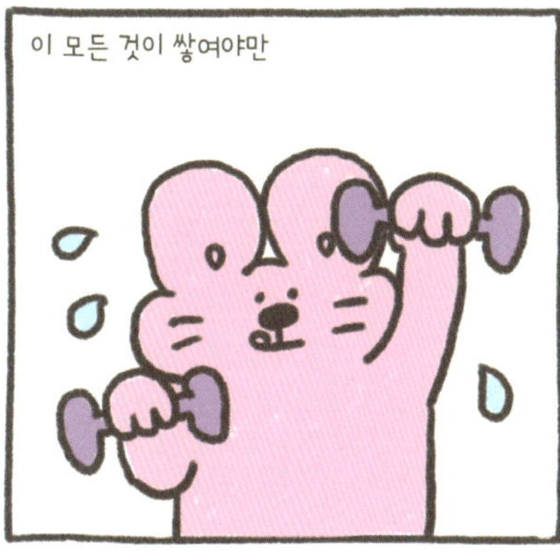

이 모든 것이 쌓여야만

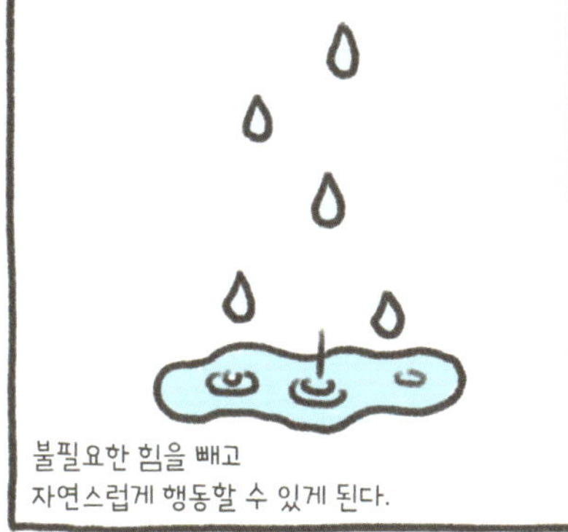

불필요한 힘을 빼고
자연스럽게 행동할 수 있게 된다.

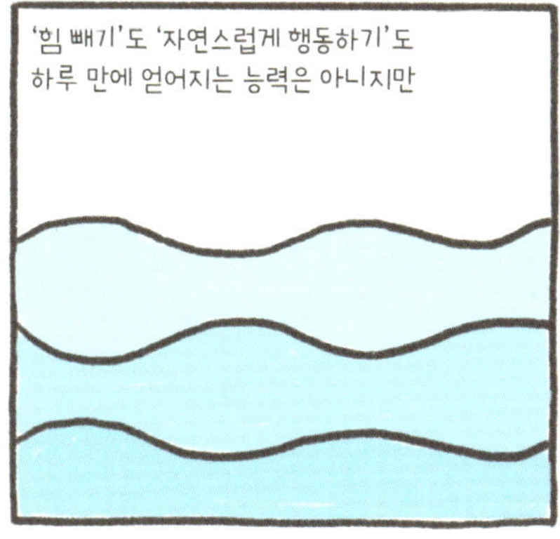

'힘 빼기'도 '자연스럽게 행동하기'도
하루 만에 얻어지는 능력은 아니지만

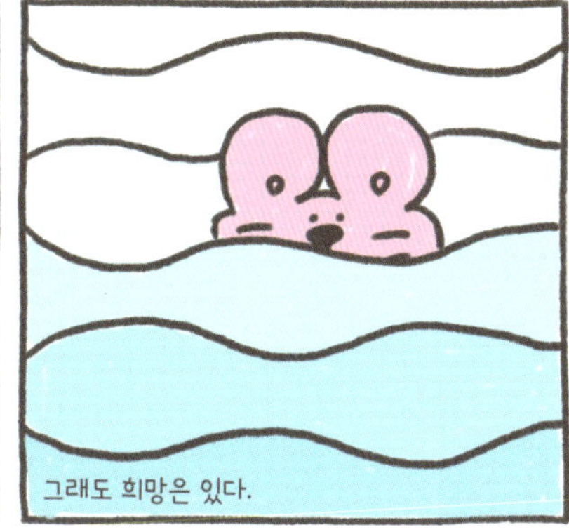

그래도 희망은 있다.

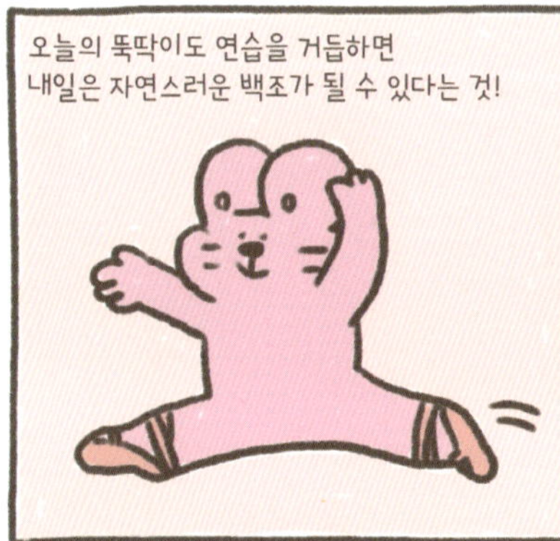
오늘의 뚝딱이도 연습을 거듭하면
내일은 자연스러운 백조가 될 수 있다는 것!

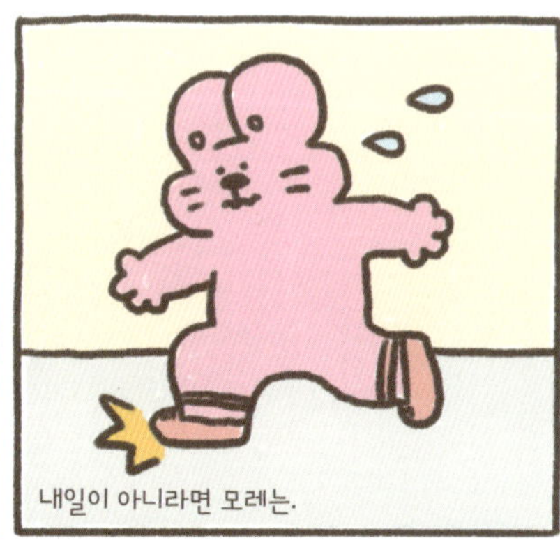
내일이 아니라면 모레는.

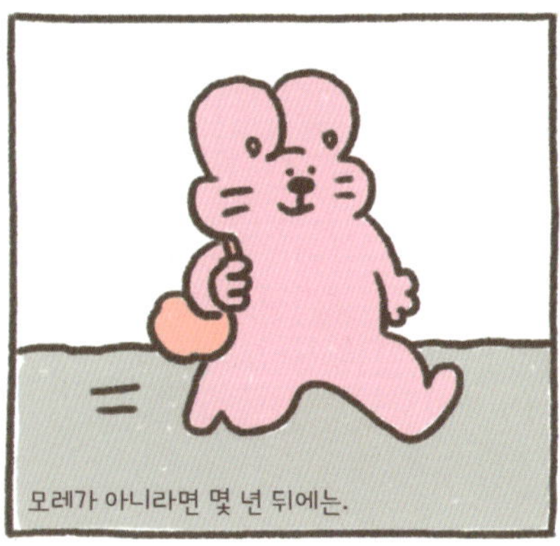
모레가 아니라면 몇 년 뒤에는.

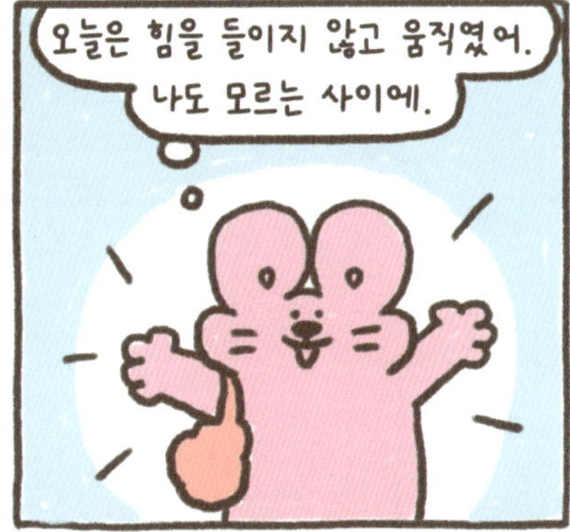
오늘은 힘을 들이지 않고 움직였어.
나도 모르는 사이에.

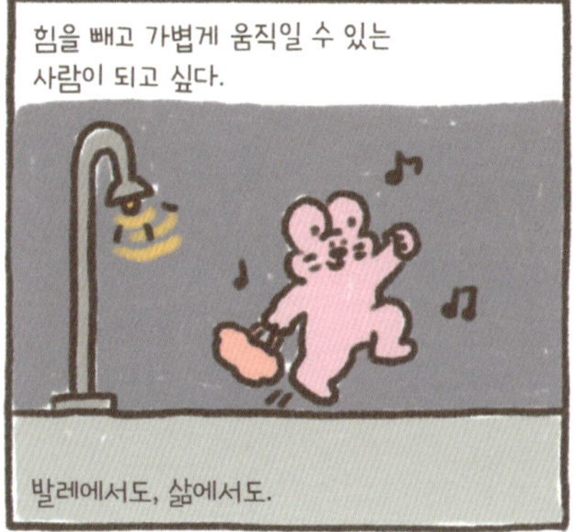
힘을 빼고 가볍게 움직일 수 있는
사람이 되고 싶다.

발레에서도, 삶에서도.

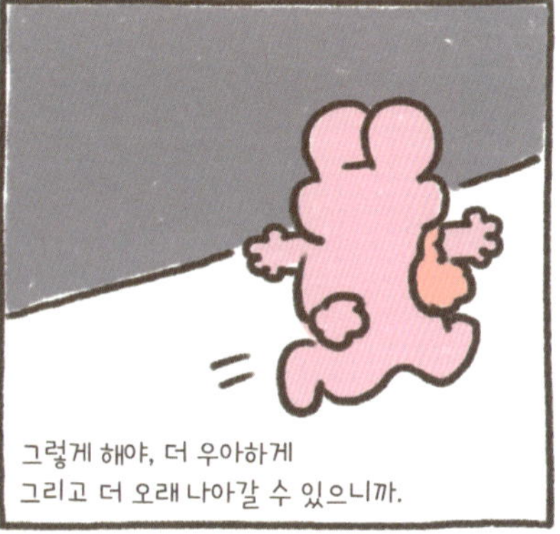
그렇게 해야, 더 우아하게
그리고 더 오래 나아갈 수 있으니까.

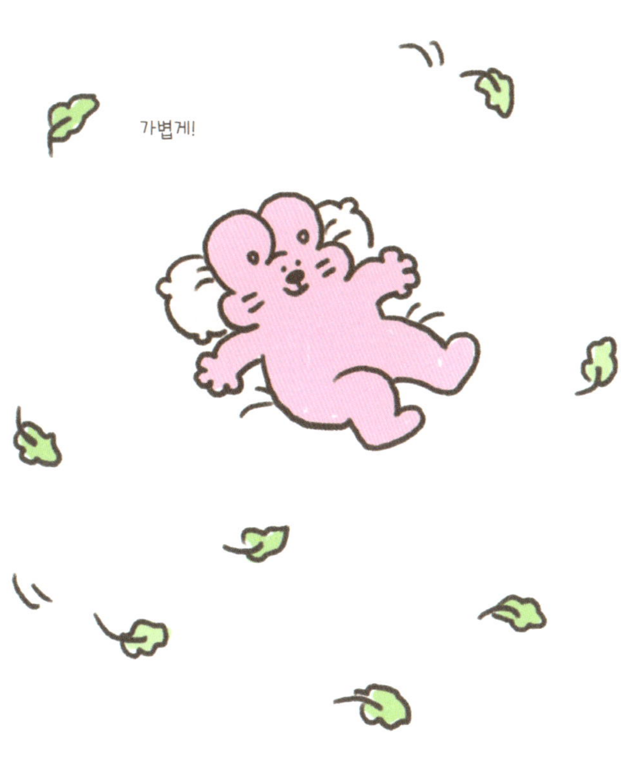
가볍게!

나는 잘 움직이는 사람입니다

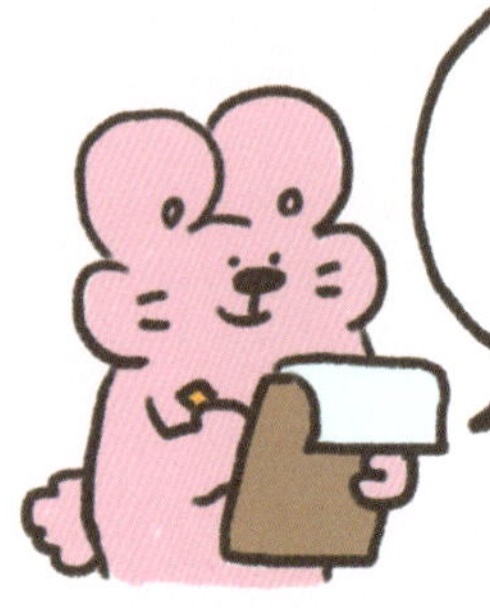

☑ 몸을 믿고 움직이고 있나요?

- "나는 잘 움직이는 사람이야"라고 나에게 말했나요?
- 내가 생각하는 나는 어떤 사람인가요?

☑ 익숙한 리듬을 가지고 있나요?

- 복잡한 하루 속에서도 중심을 잡게 하는 나만의 고정 루틴이 있나요?
- "오늘도 무탈했어"라고 말할 수 있는 작은 평화를 찾았나요?

☑ 지금, 여기에 존재하고 있나요?

- 내 몸에 집중한 시간이 있었나요?
- 아무 생각 없이 자극적인 콘텐츠만 보던 시간보다,
  집중해서 움직인 시간이 더 많았나요?

☑ 고통을 기꺼이 감내할 수 있나요?

- 오늘 하루, 감당할 수 있는 작은 고통을 통과했나요?
- 나는 도전과 사랑이 수반하는 고통을 받아들일 수 있나요?

☑ 삶의 유연성을 기르고 있나요?

- 내일은 더 나아질 거라는 믿음을 가지고 있나요?
- 변화가 보이지 않는 날에도, 꾸준함을 선택했나요?

☑ 힘 빼기를 연습하고 있나요?

- 완벽을 추구하기보다 힘을 빼고 가볍게 움직였나요?
- 스스로를 채찍질하기보다는 격려했나요?

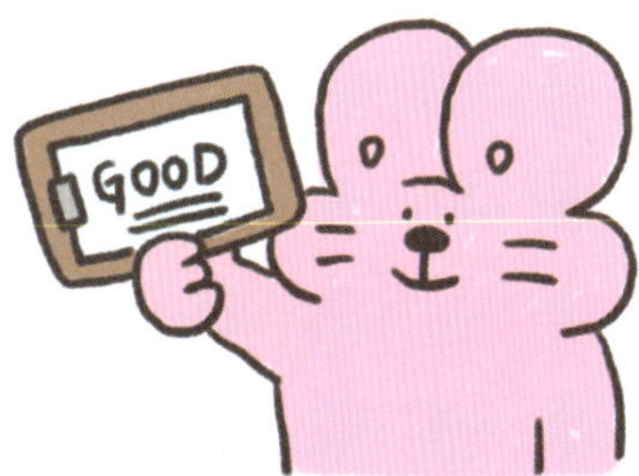

2장 오늘도 (몸과 잘 지내는) 하루

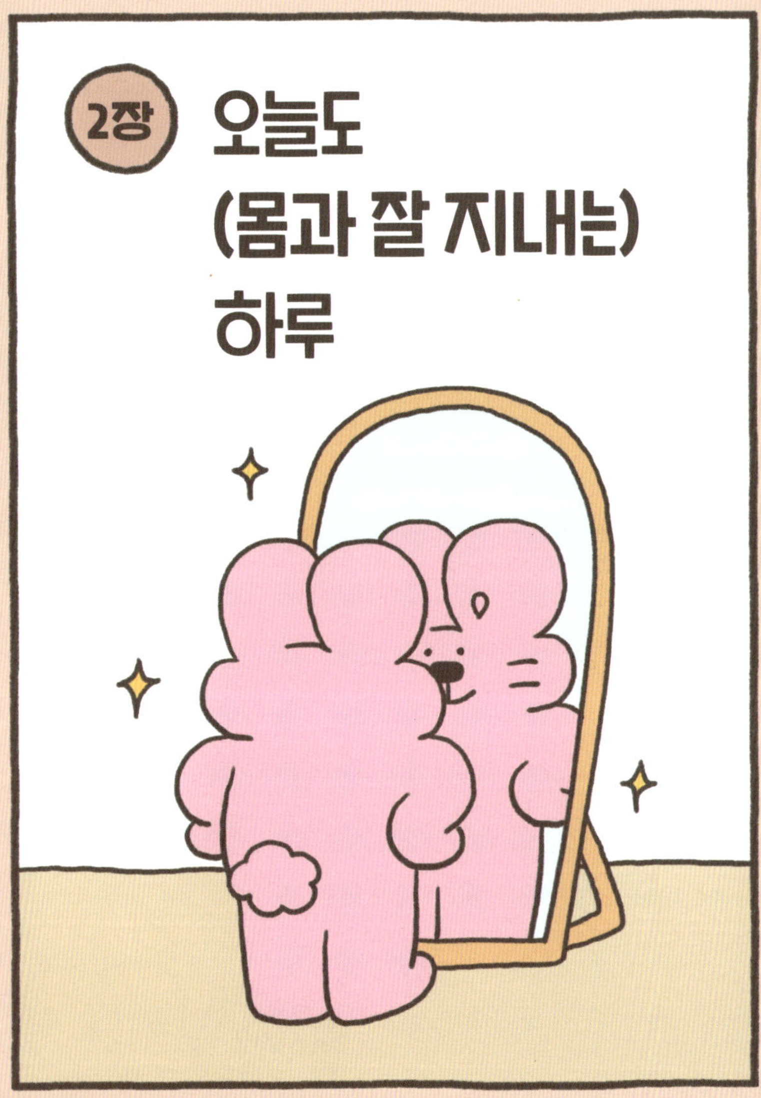

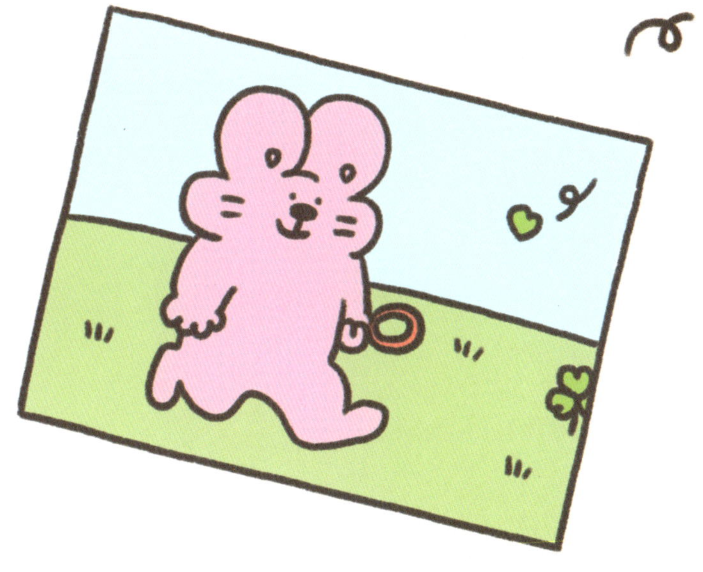

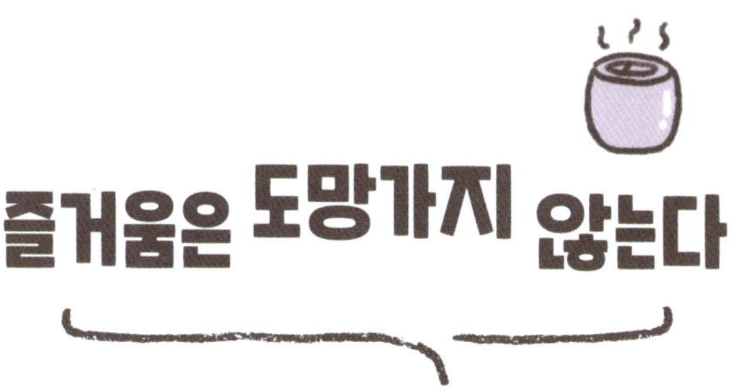

즐거움은 도망가지 않는다

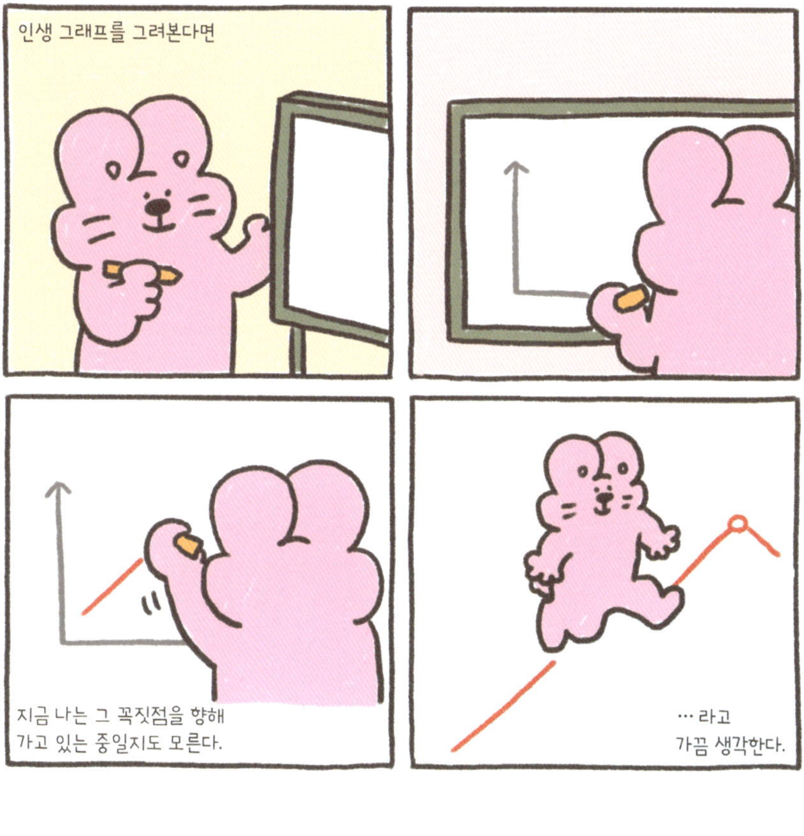

인생 그래프를 그려본다면
지금 나는 그 꼭짓점을 향해
가고 있는 중일지도 모른다.
…라고
가끔 생각한다.

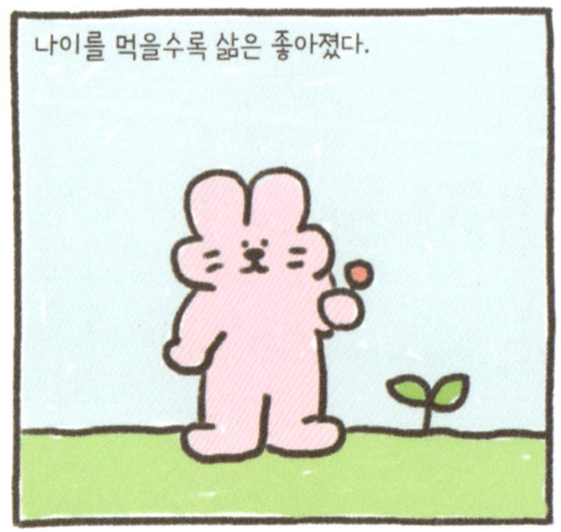
나이를 먹을수록 삶은 좋아졌다.

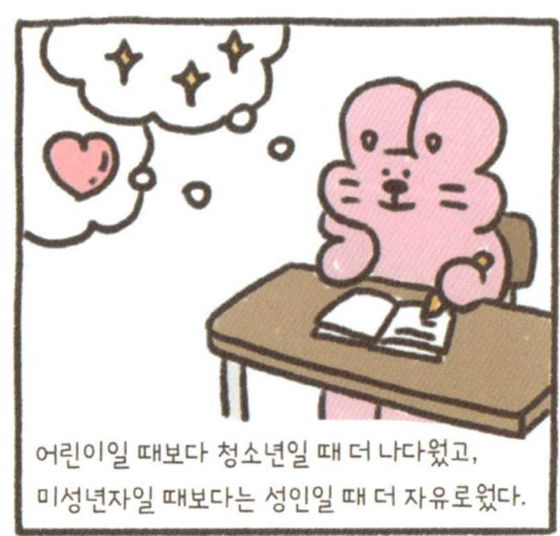
어린이일 때보다 청소년일 때 더 나다웠고,
미성년자일 때보다는 성인일 때 더 자유로웠다.

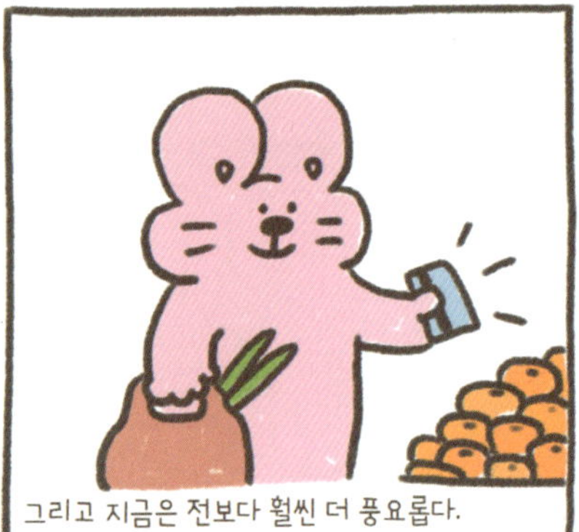
그리고 지금은 전보다 훨씬 더 풍요롭다.

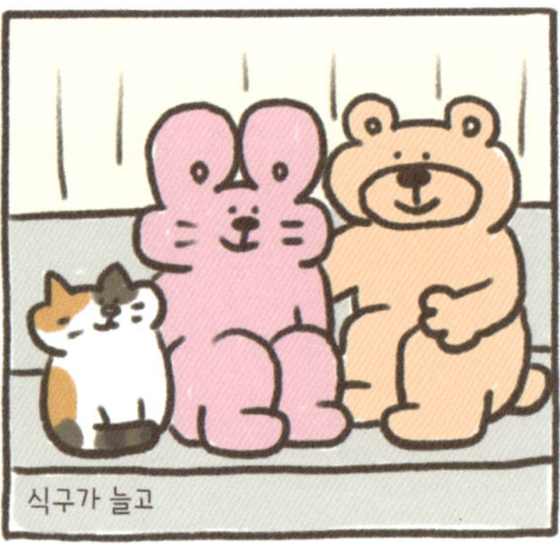
식구가 늘고

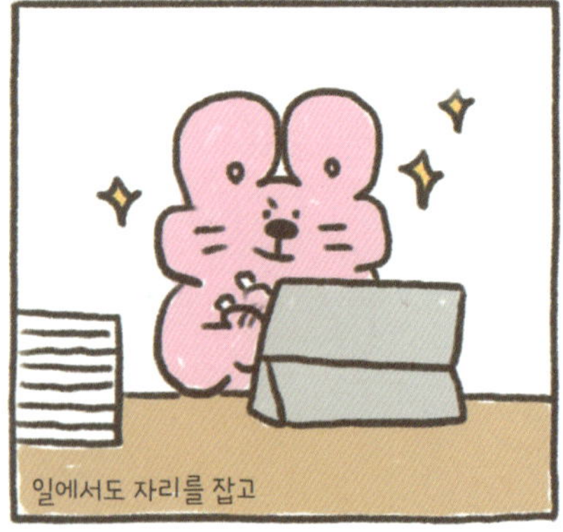
일에서도 자리를 잡고

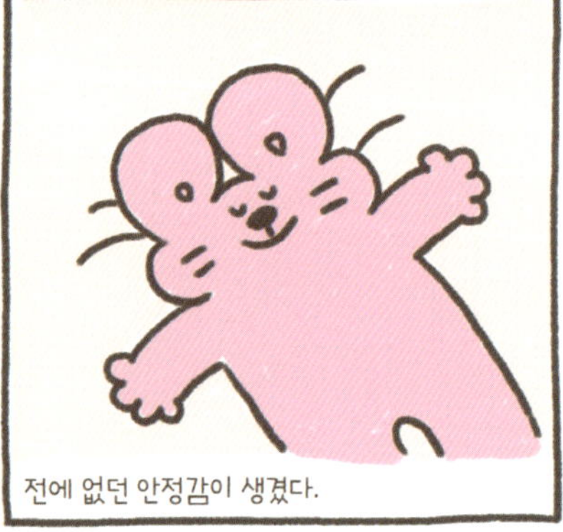
전에 없던 안정감이 생겼다.

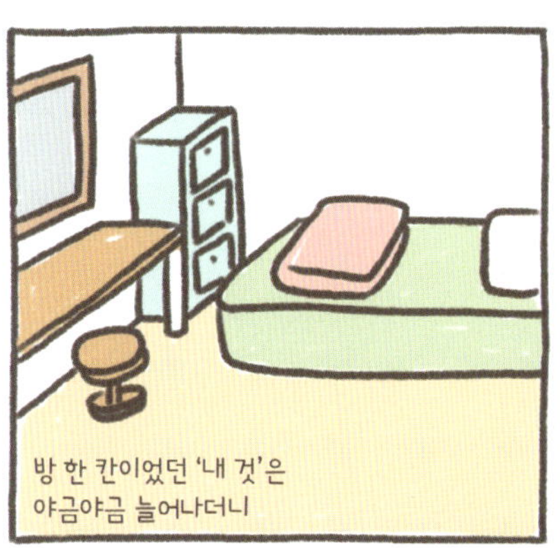

방 한 칸이었던 '내 것'은
야금야금 늘어나더니

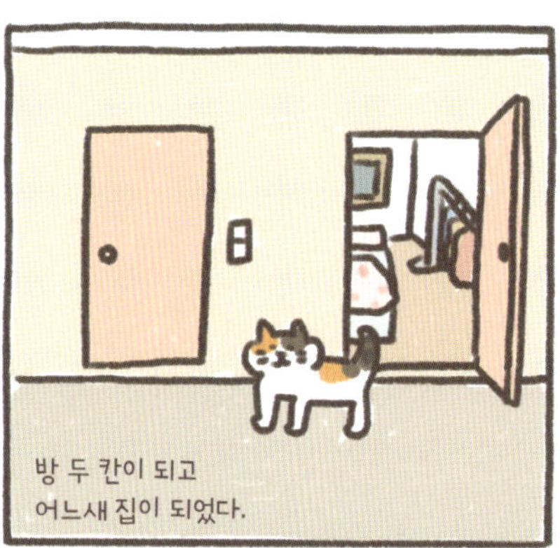

방 두 칸이 되고
어느새 집이 되었다.

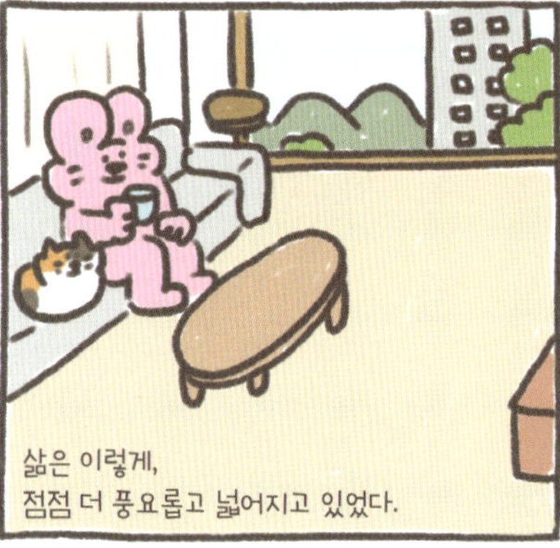

삶은 이렇게,
점점 더 풍요롭고 넓어지고 있었다.

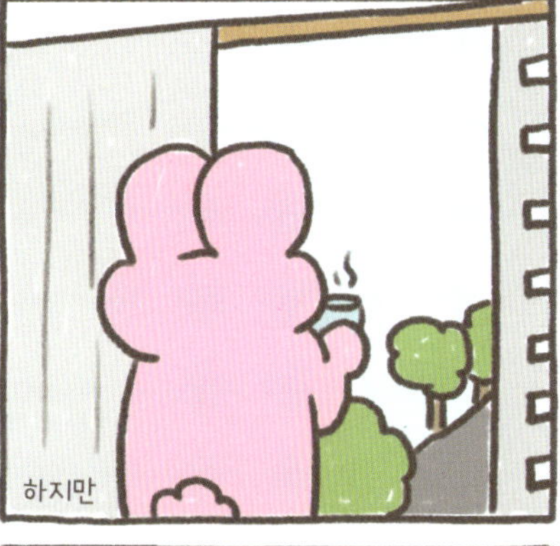

하지만

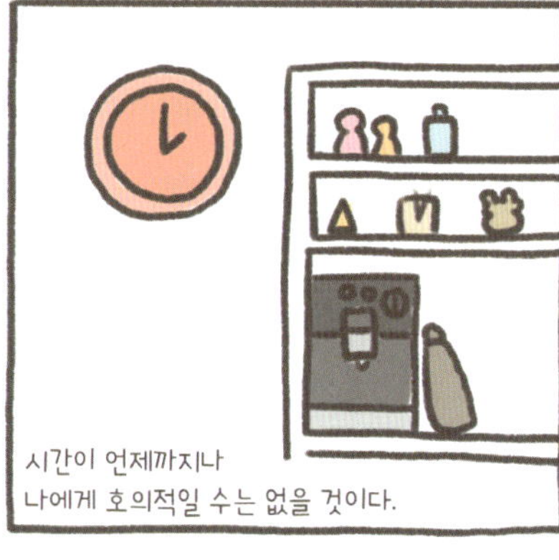

시간이 언제까지나
나에게 호의적일 수는 없을 것이다.

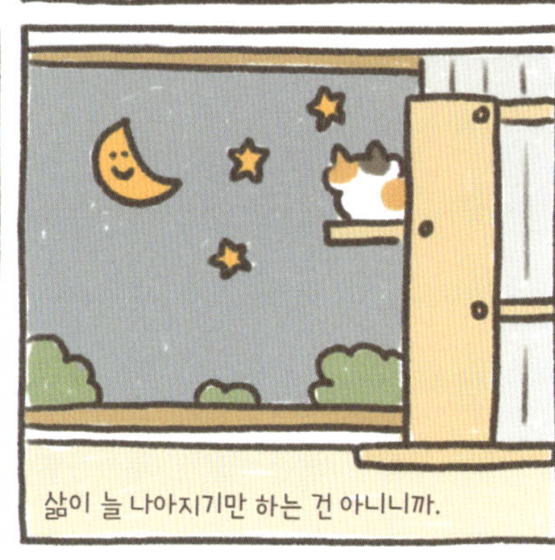

삶이 늘 나아지기만 하는 건 아니니까.

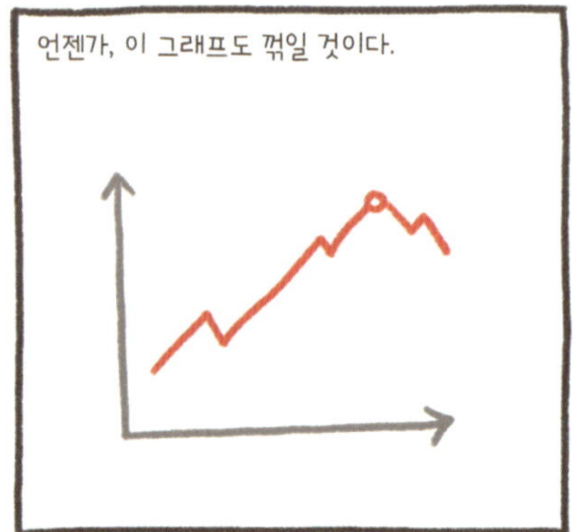

언젠가, 이 그래프도 꺾일 것이다.

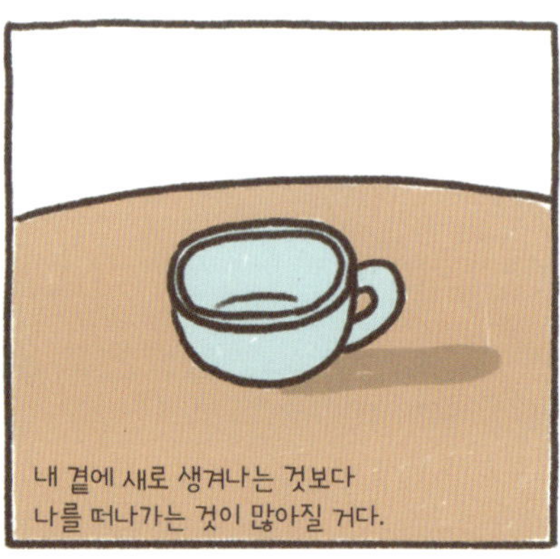

내 곁에 새로 생겨나는 것보다
나를 떠나가는 것이 많아질 거다.

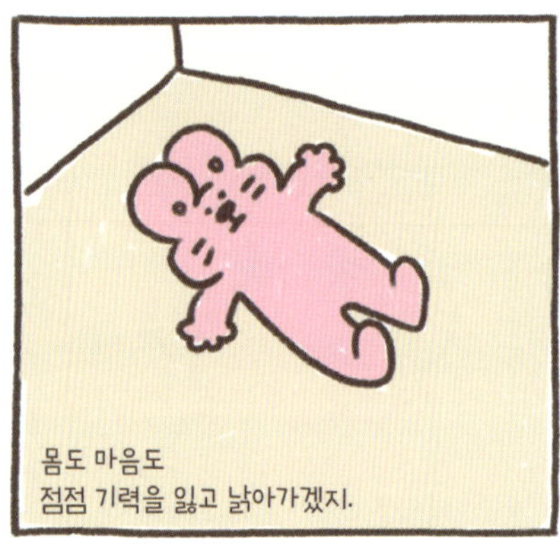

몸도 마음도
점점 기력을 잃고 낡아가겠지.

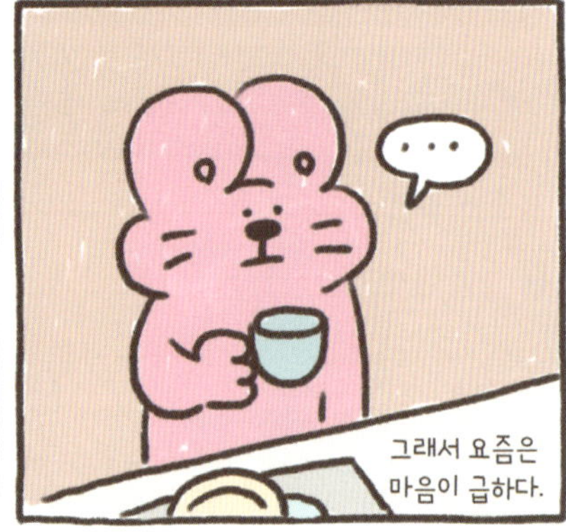

그래서 요즘은
마음이 급하다.

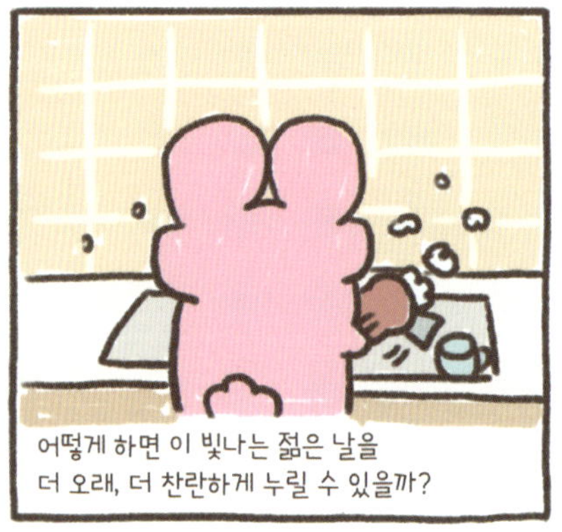

어떻게 하면 이 빛나는 젊은 날을
더 오래, 더 찬란하게 누릴 수 있을까?

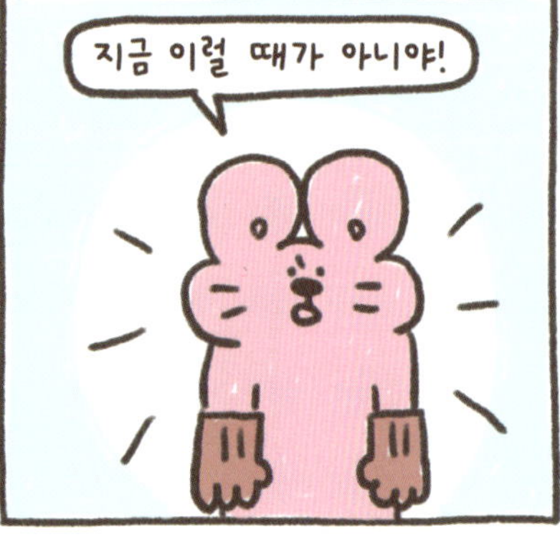

지금 이럴 때가 아니야!

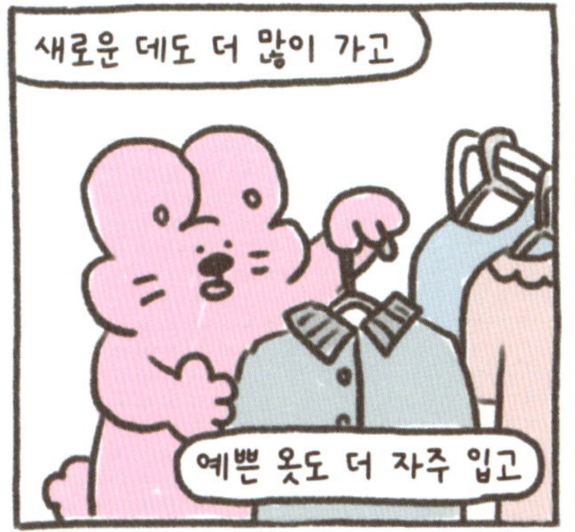
새로운 데도 더 많이 가고
예쁜 옷도 더 자주 입고

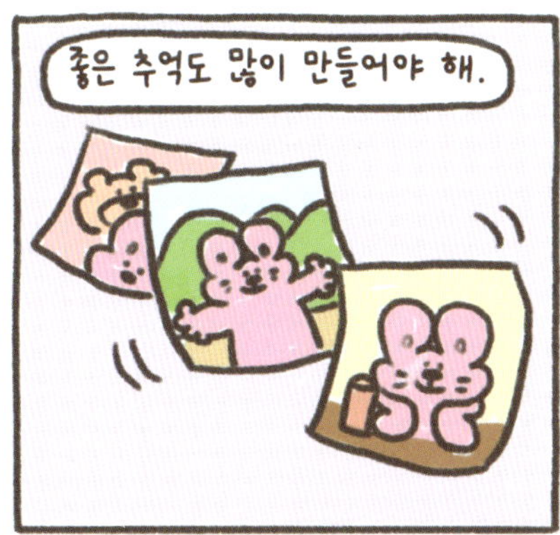
좋은 추억도 많이 만들어야 해.

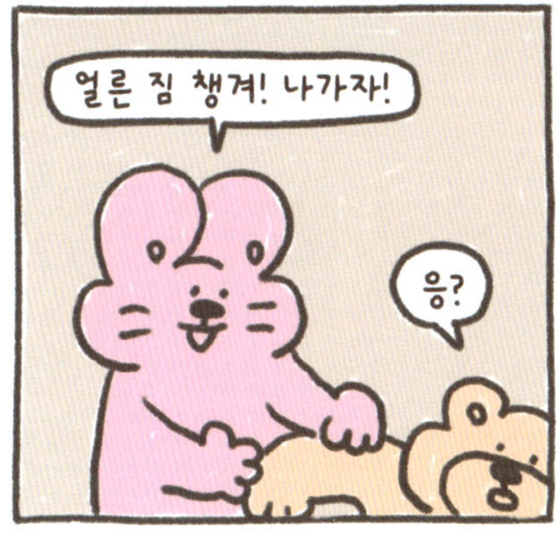
얼른 짐 챙겨! 나가자!
응?

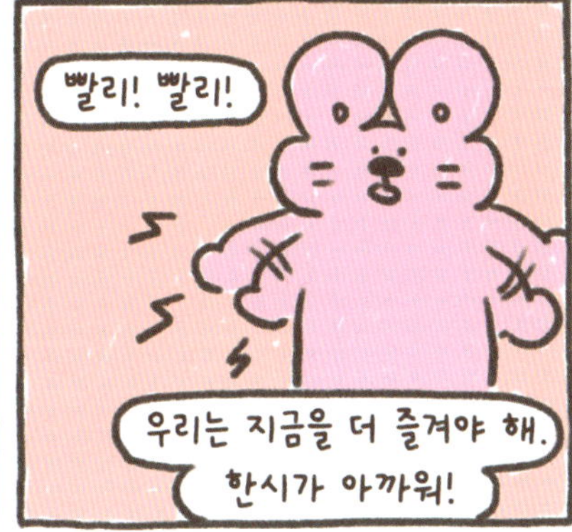
빨리! 빨리!
우리는 지금을 더 즐겨야 해.
한시가 아까워!

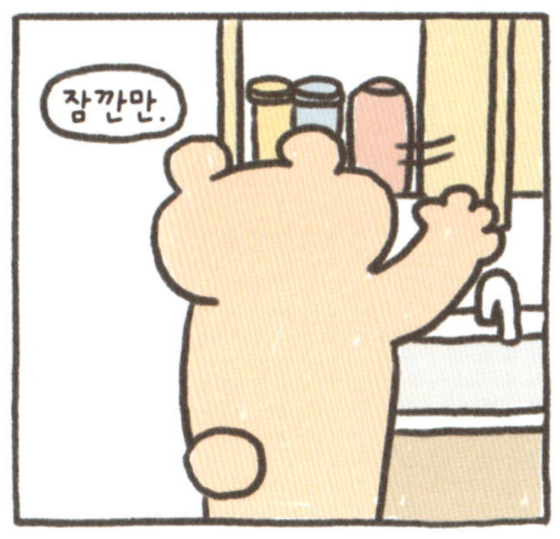
잠깐만.

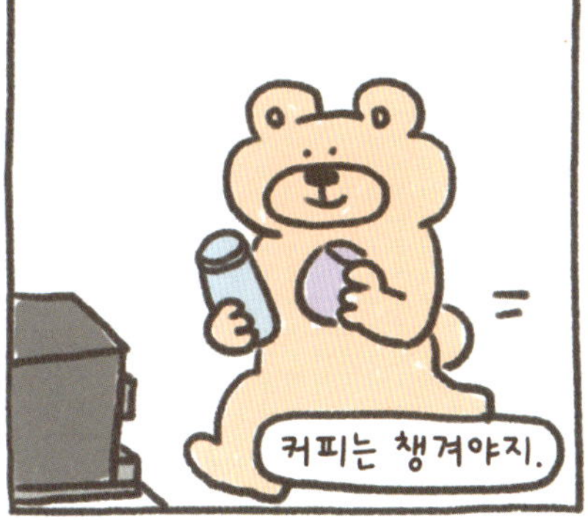
커피는 챙겨야지.

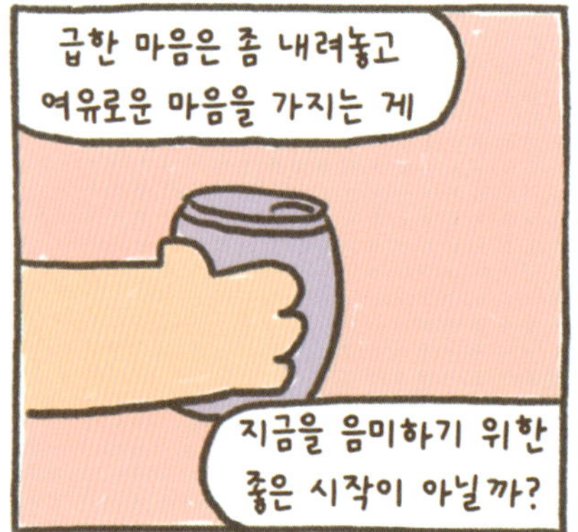

급한 마음은 좀 내려놓고
여유로운 마음을 가지는 게
지금을 음미하기 위한
좋은 시작이 아닐까?

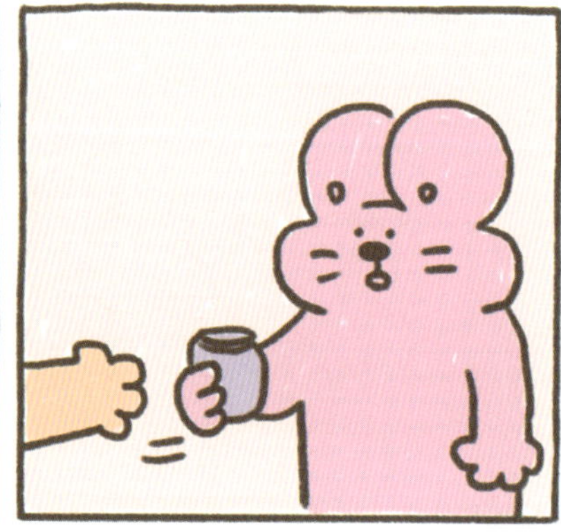

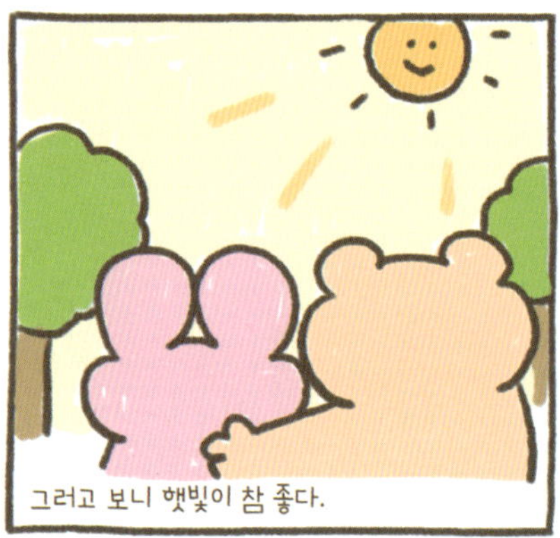

그러고 보니 햇빛이 참 좋다.

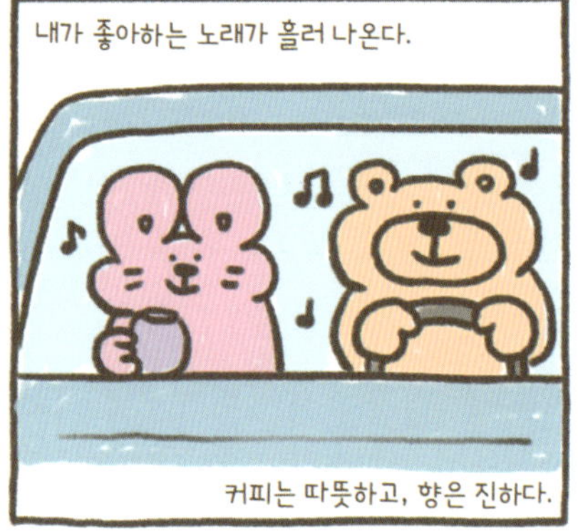

내가 좋아하는 노래가 흘러 나온다.
커피는 따뜻하고, 향은 진하다.

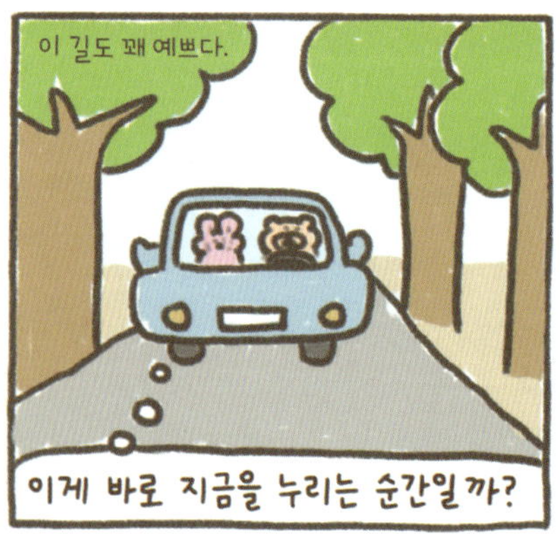

이 길도 꽤 예쁘다.
이게 바로 지금을 누리는 순간일까?

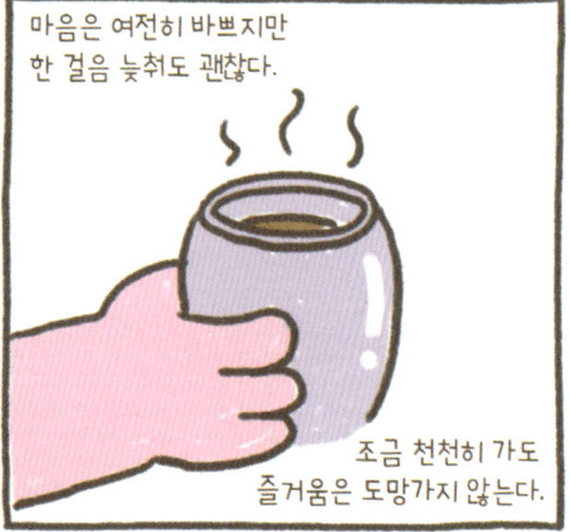

마음은 여전히 바쁘지만
한 걸음 늦춰도 괜찮다.
조금 천천히 가도
즐거움은 도망가지 않는다.

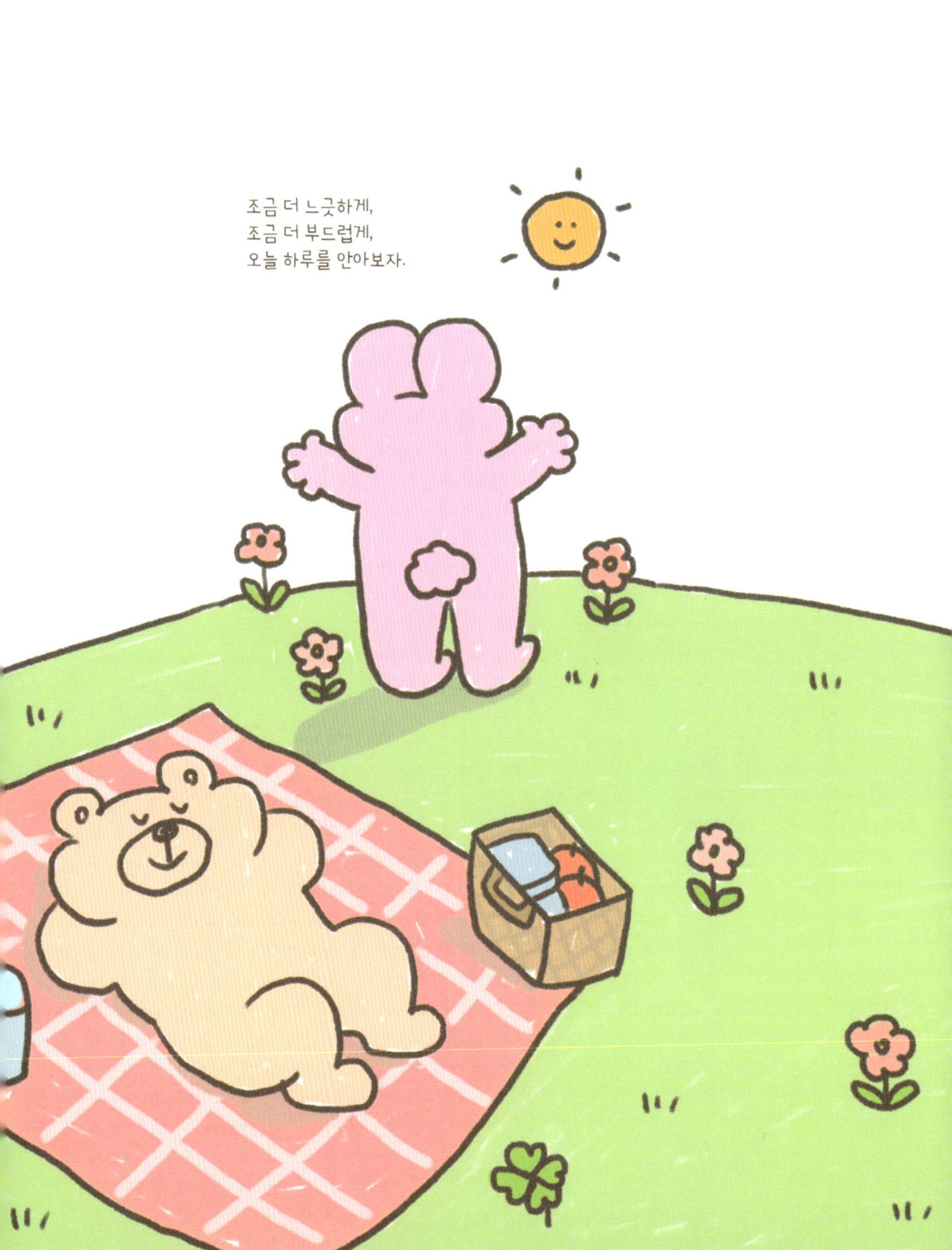
조금 더 느긋하게,
조금 더 부드럽게,
오늘 하루를 안아보자.

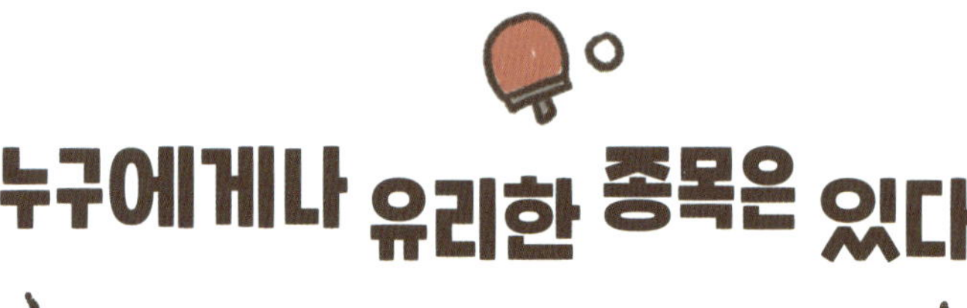

누구에게나 유리한 종목은 있다

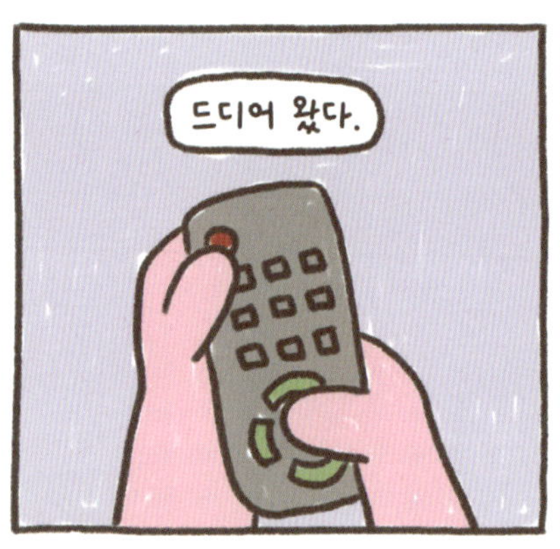

드디어 왔다.

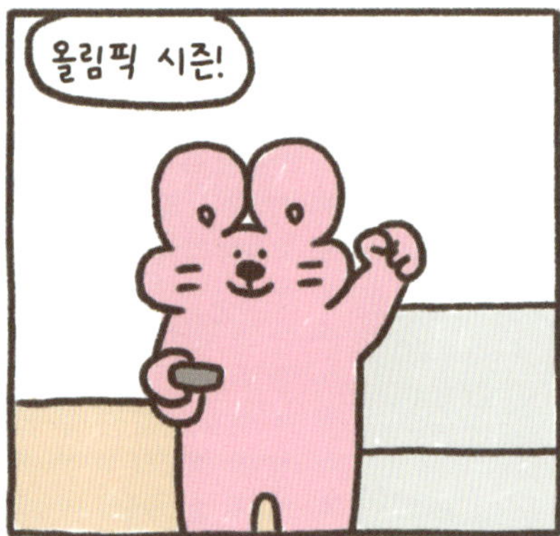

올림픽 시즌!

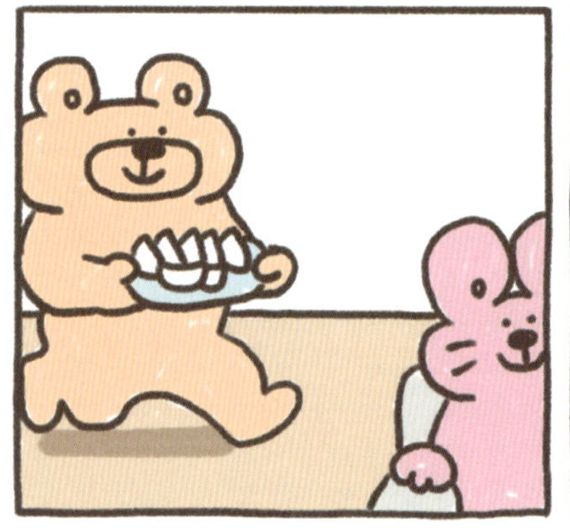

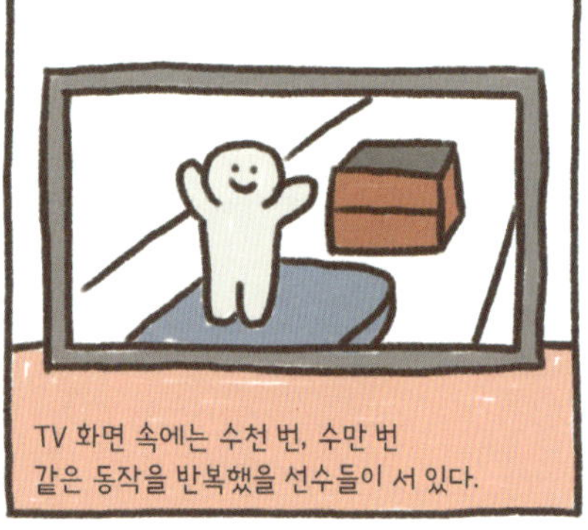

TV 화면 속에는 수천 번, 수만 번
같은 동작을 반복했을 선수들이 서 있다.

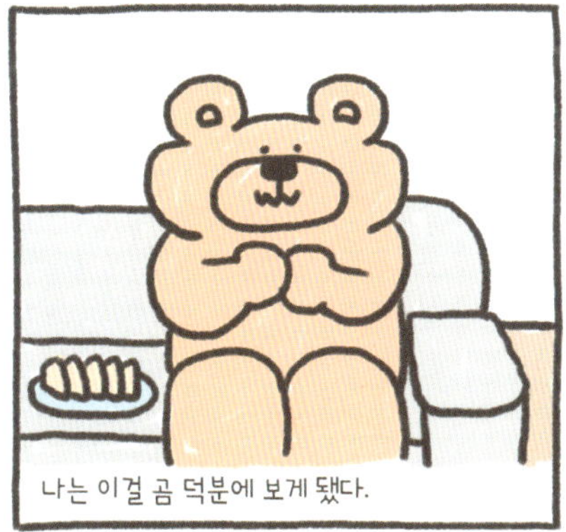
나는 이걸 곰 덕분에 보게 됐다.

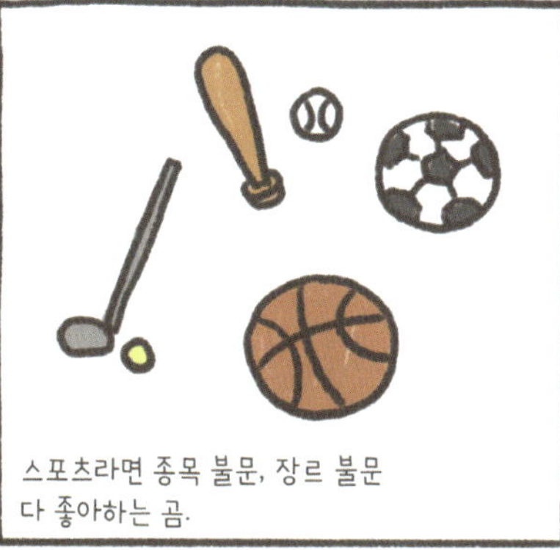
스포츠라면 종목 불문, 장르 불문
다 좋아하는 곰.

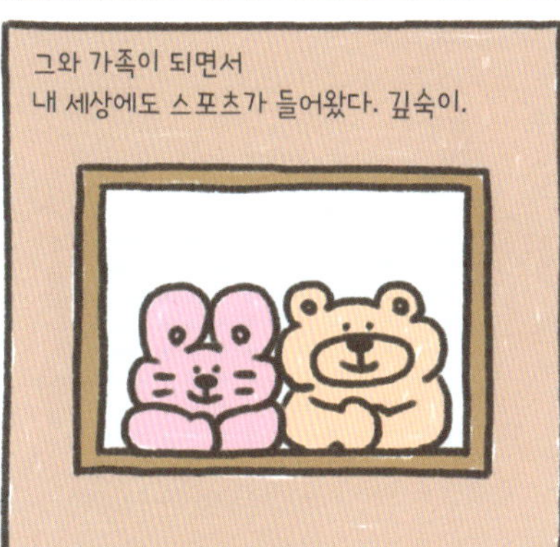
그와 가족이 되면서
내 세상에도 스포츠가 들어왔다. 깊숙이.

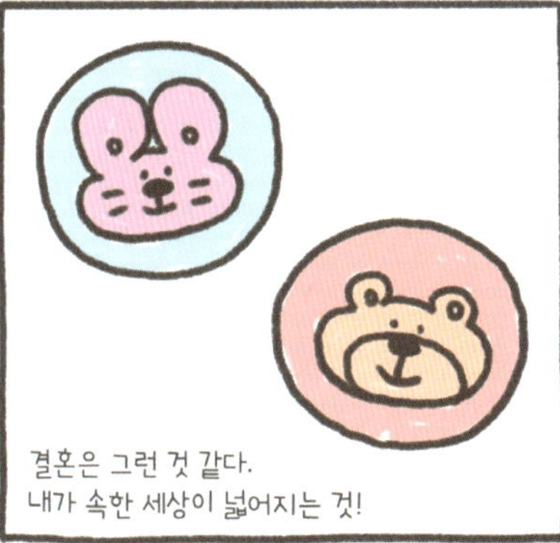
결혼은 그런 것 같다.
내가 속한 세상이 넓어지는 것!

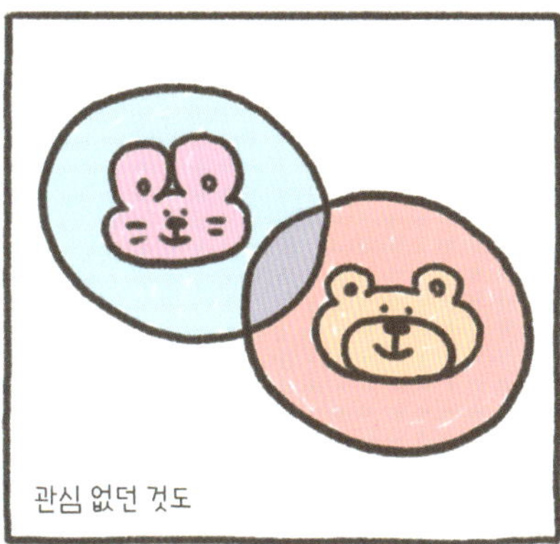
관심 없던 것도

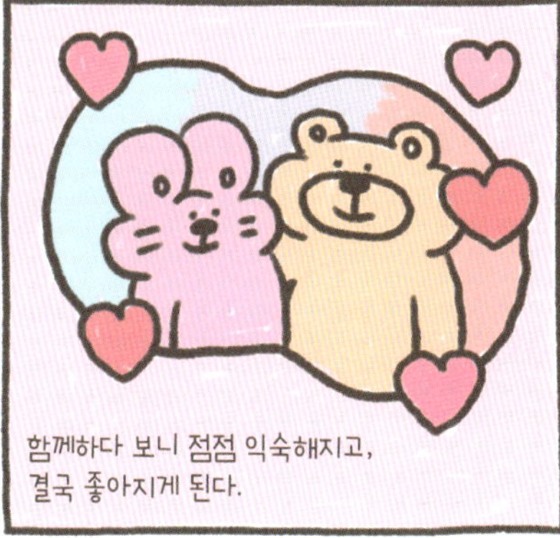
함께하다 보니 점점 익숙해지고,
결국 좋아지게 된다.

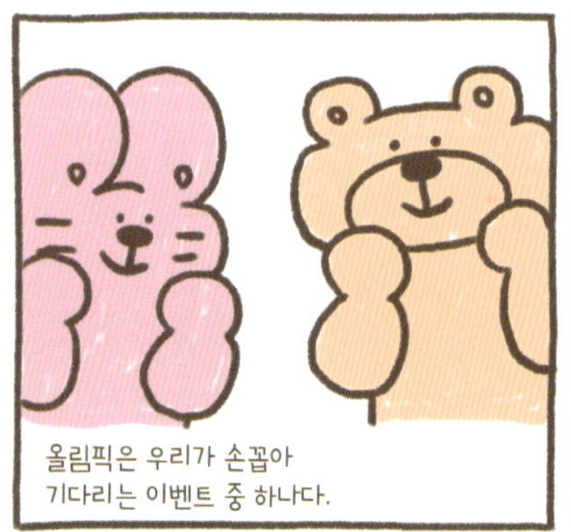

올림픽은 우리가 손꼽아
기다리는 이벤트 중 하나다.

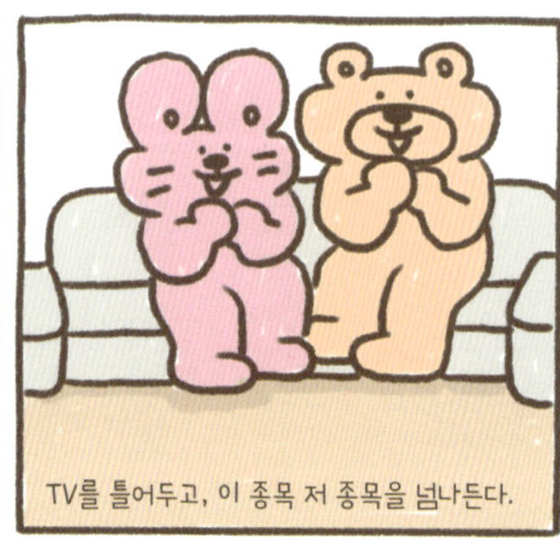

TV를 틀어두고, 이 종목 저 종목을 넘나든다.

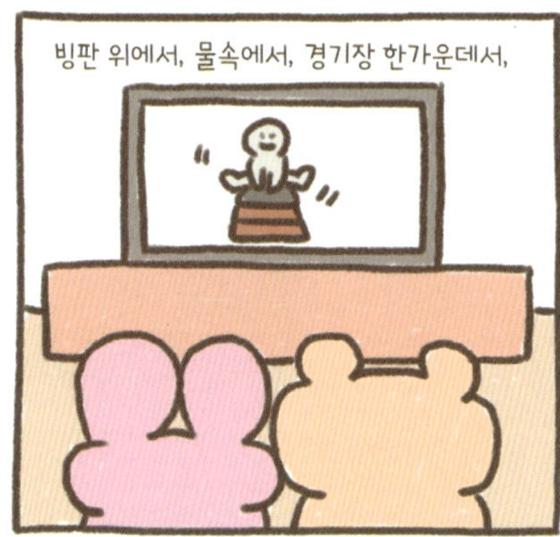

빙판 위에서, 물속에서, 경기장 한가운데서,

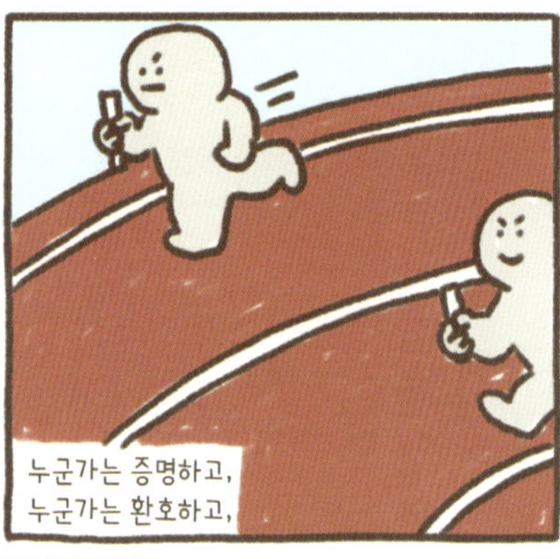

누군가는 증명하고,
누군가는 환호하고,

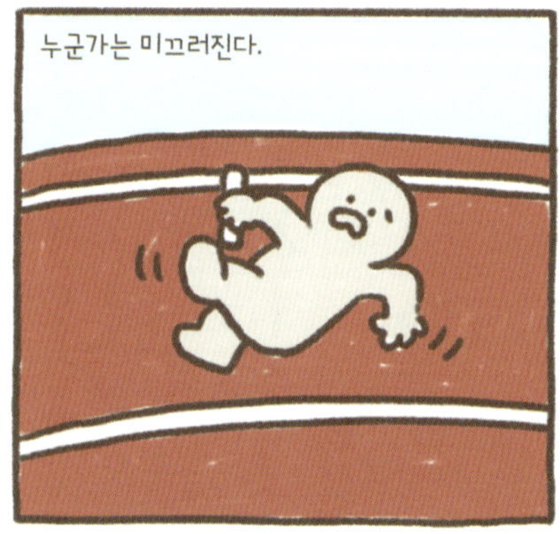

누군가는 미끄러진다.

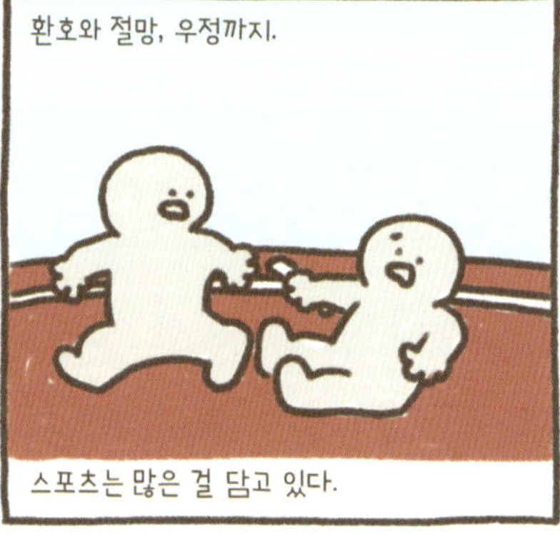

환호와 절망, 우정까지.
스포츠는 많은 걸 담고 있다.

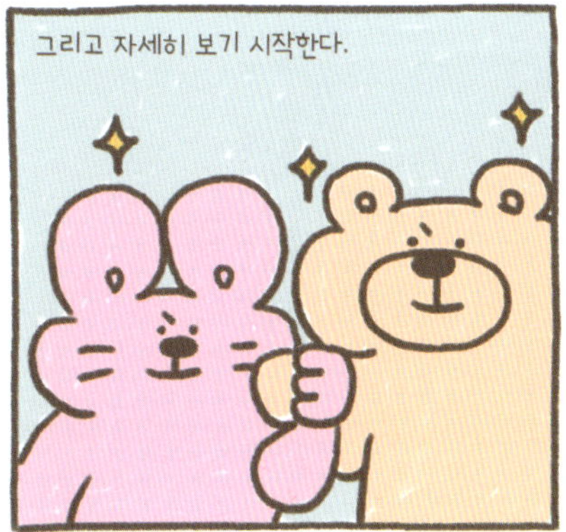

그리고 자세히 보기 시작한다.

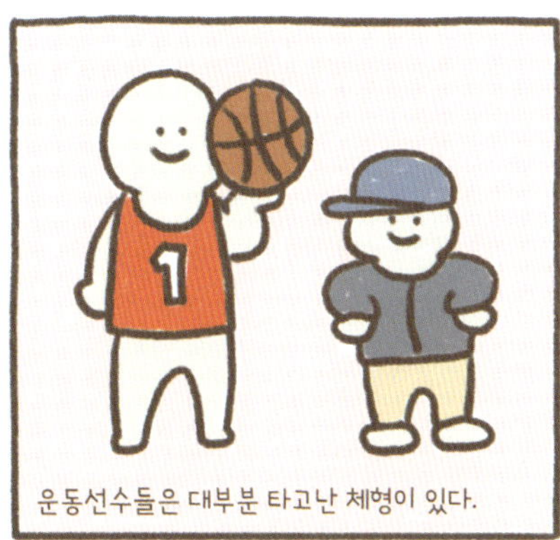

운동선수들은 대부분 타고난 체형이 있다.

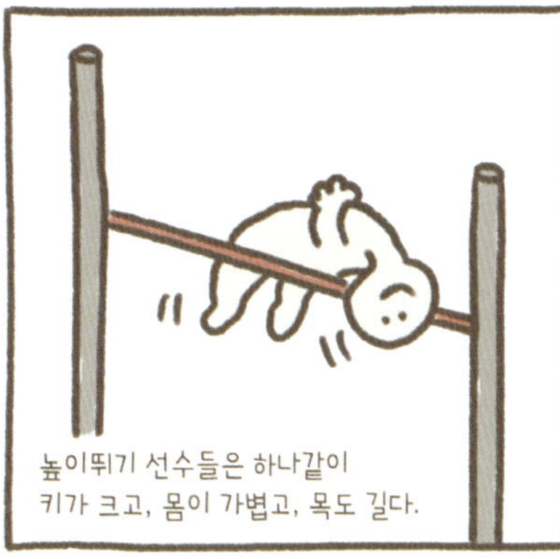

높이뛰기 선수들은 하나같이
키가 크고, 몸이 가볍고, 목도 길다.

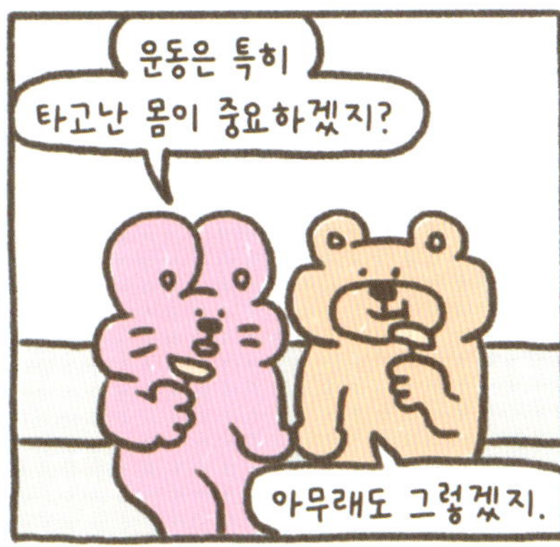

운동은 특히
타고난 몸이 중요하겠지?
아무래도 그렇겠지.

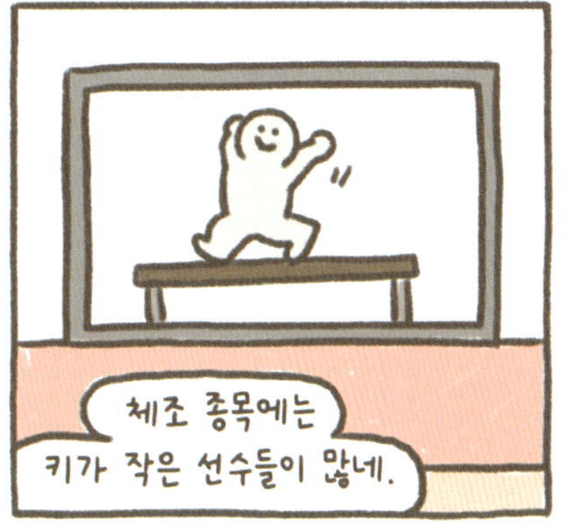

체조 종목에는
키가 작은 선수들이 많네.

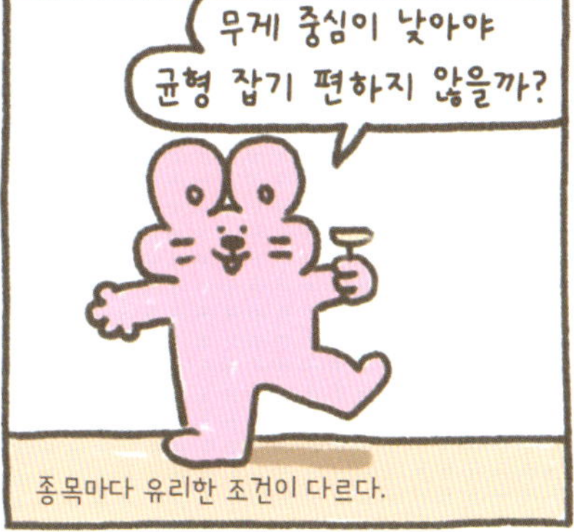

무게 중심이 낮아야
균형 잡기 편하지 않을까?
종목마다 유리한 조건이 다르다.

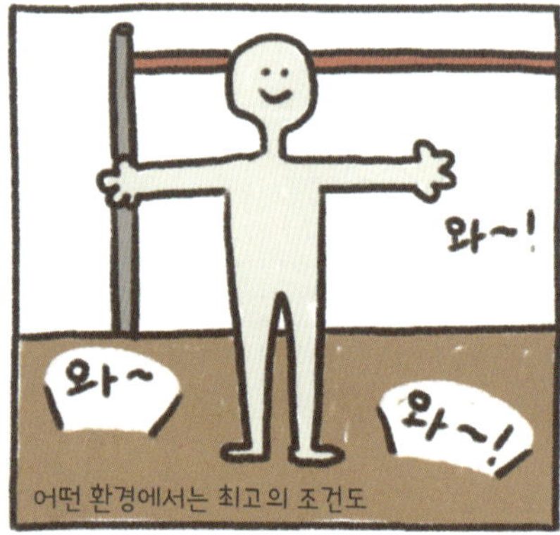

어떤 환경에서는 최고의 조건도

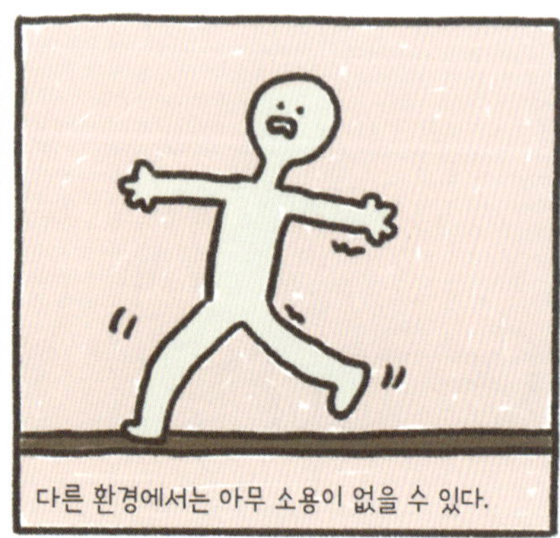

다른 환경에서는 아무 소용이 없을 수 있다.

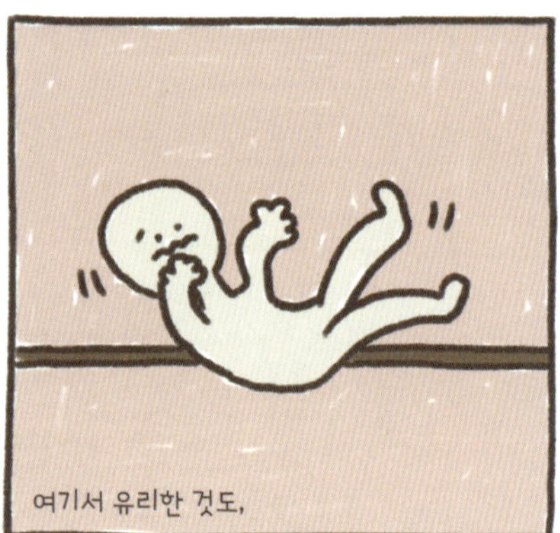

여기서 유리한 것도,

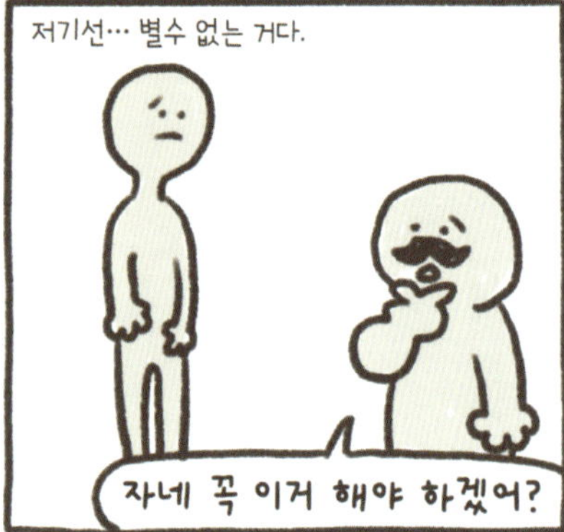

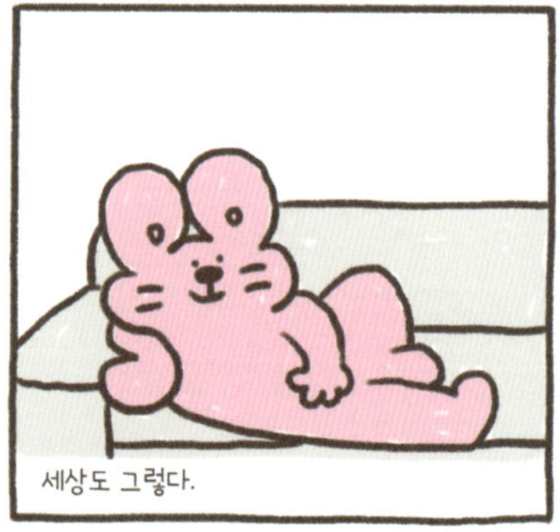

세상도 그렇다.

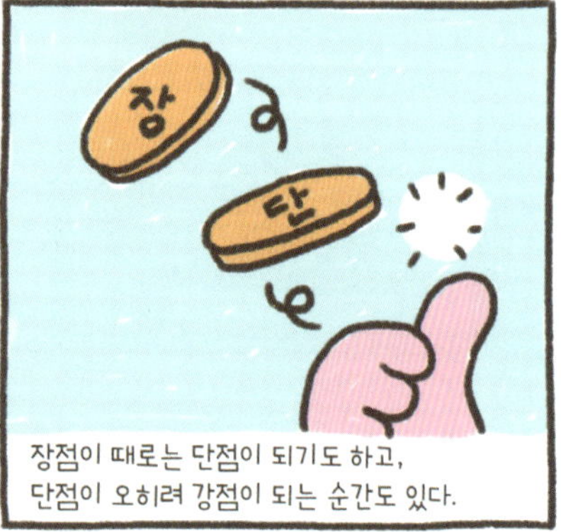

장점이 때로는 단점이 되기도 하고,
단점이 오히려 강점이 되는 순간도 있다.

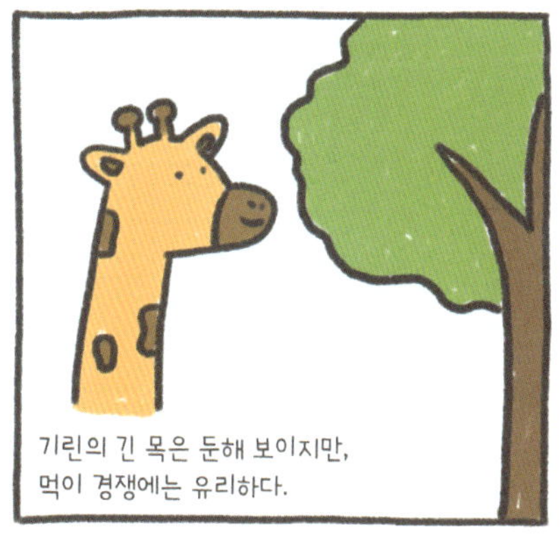

기린의 긴 목은 둔해 보이지만,
먹이 경쟁에는 유리하다.

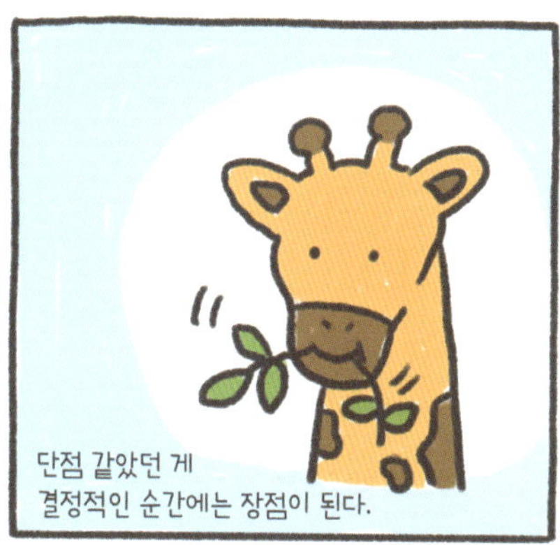

단점 같았던 게
결정적인 순간에는 장점이 된다.

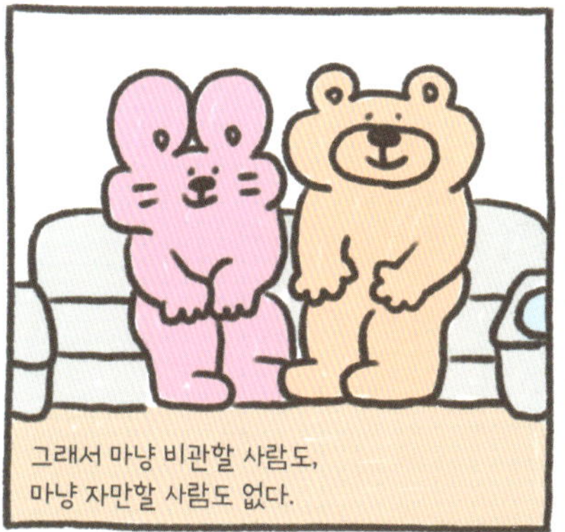

그래서 마냥 비관할 사람도,
마냥 자만할 사람도 없다.

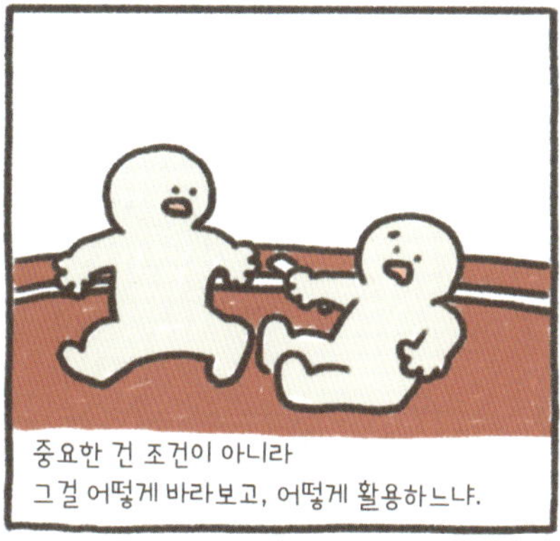

중요한 건 조건이 아니라
그걸 어떻게 바라보고, 어떻게 활용하느냐.

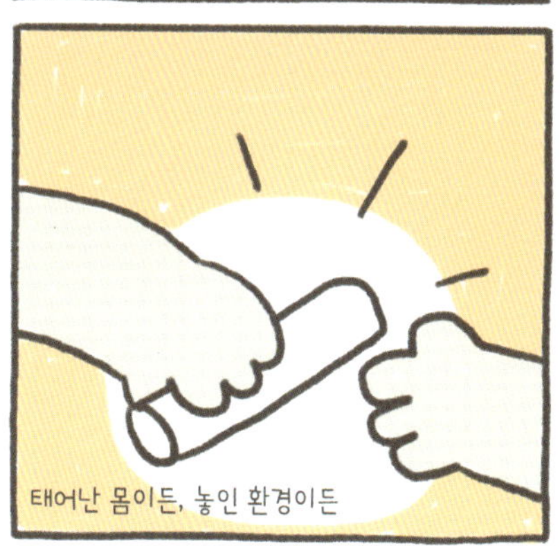

태어난 몸이든, 놓인 환경이든

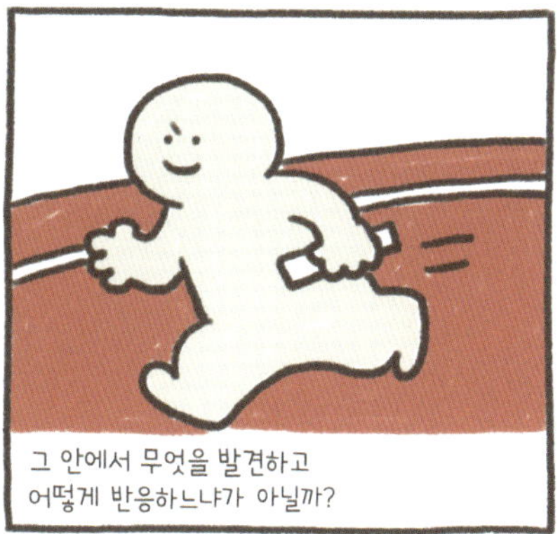

그 안에서 무엇을 발견하고
어떻게 반응하느냐가 아닐까?

끝날 때까지 끝난 게 아니니까!

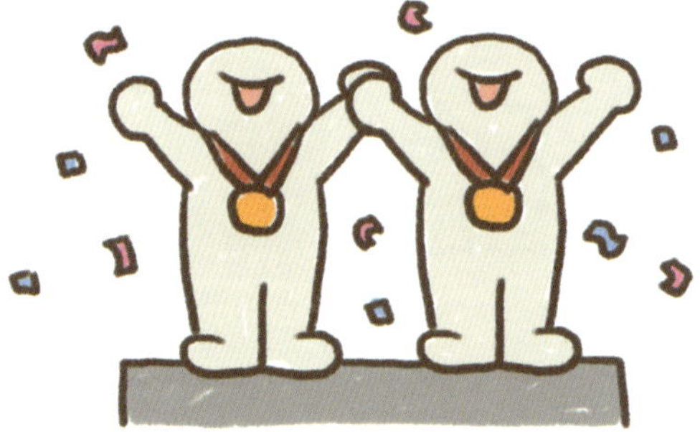

이 몸 그대로

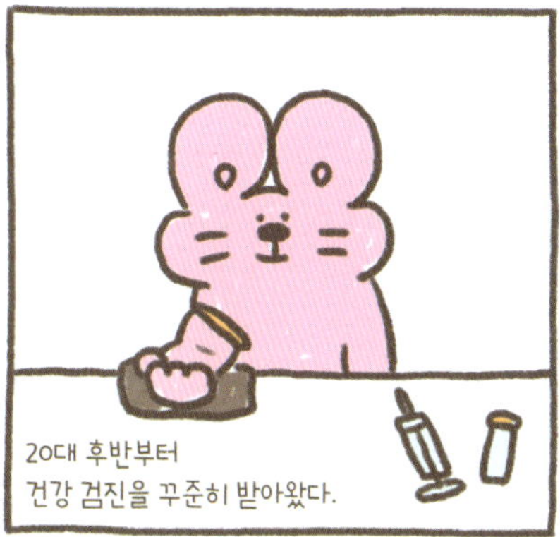

20대 후반부터
건강 검진을 꾸준히 받아왔다.

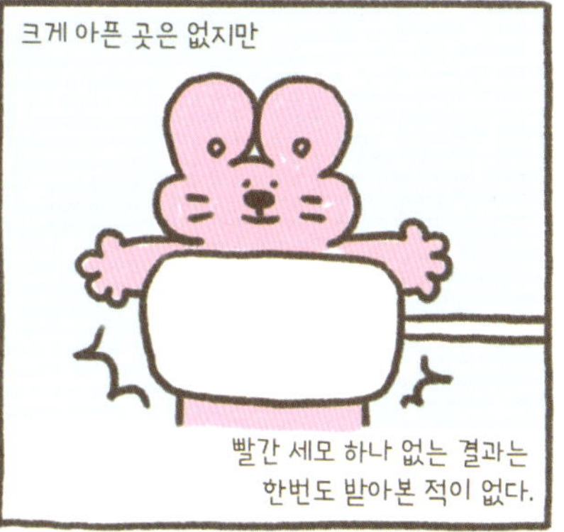

크게 아픈 곳은 없지만
빨간 세모 하나 없는 결과는
한번도 받아본 적이 없다.

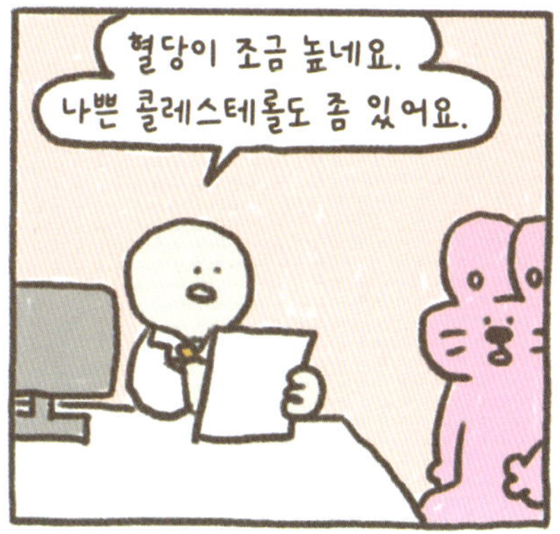

혈당이 조금 높네요.
나쁜 콜레스테롤도 좀 있어요.

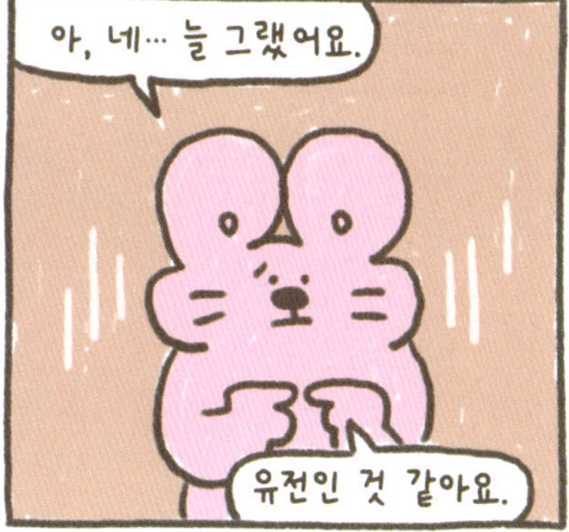

아, 네… 늘 그랬어요.
유전인 것 같아요.

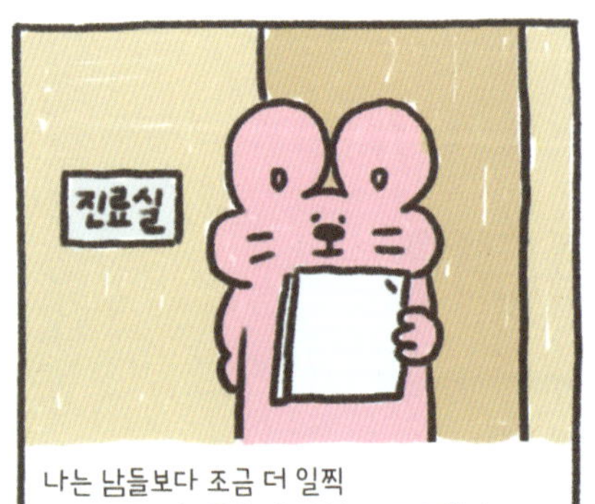

나는 남들보다 조금 더 일찍
걱정해야 하는 몸을 타고났는지도 모른다.

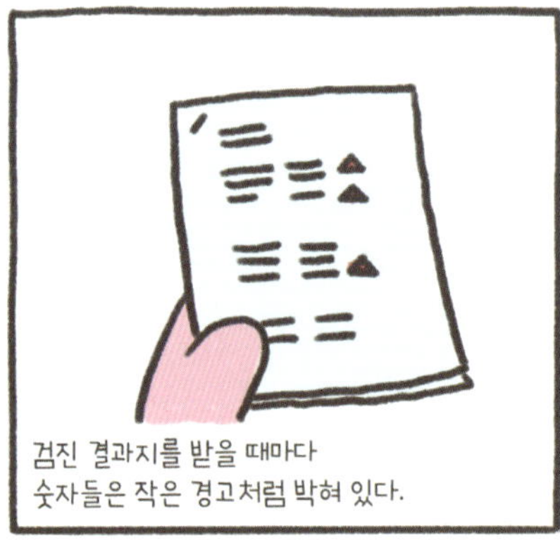

검진 결과지를 받을 때마다
숫자들은 작은 경고처럼 박혀 있다.

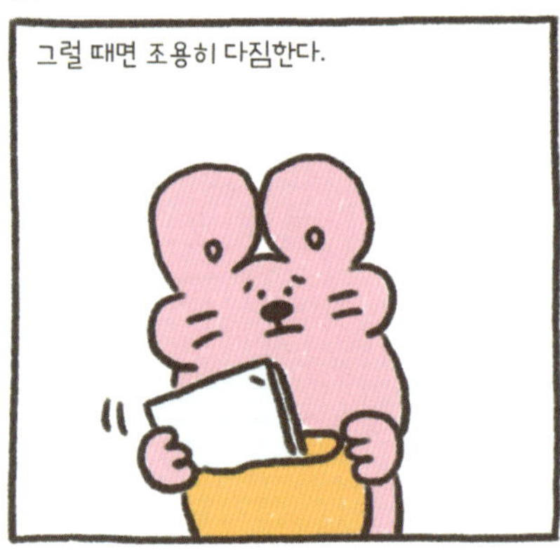

그럴 때면 조용히 다짐한다.

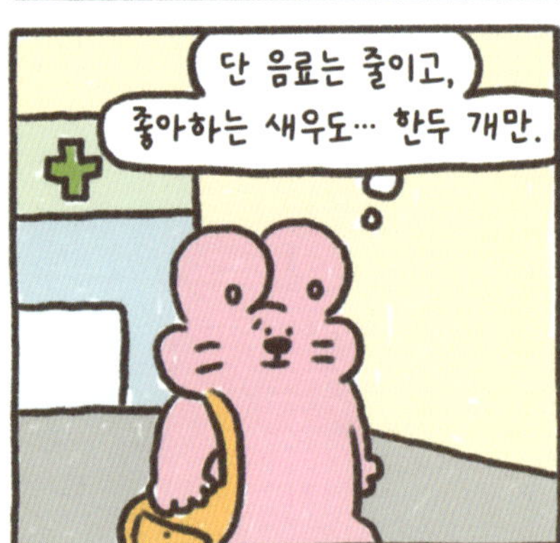

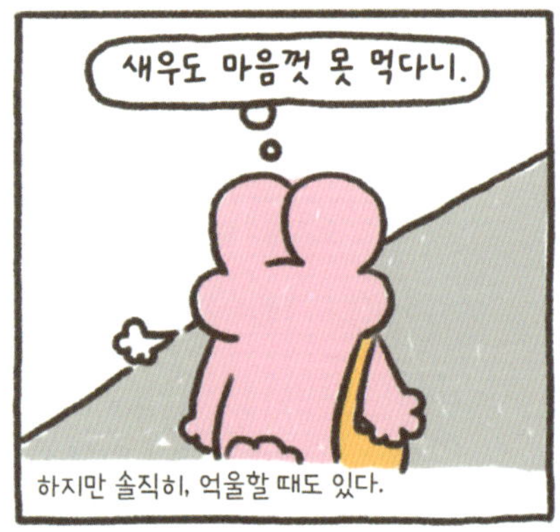

하지만 솔직히, 억울할 때도 있다.

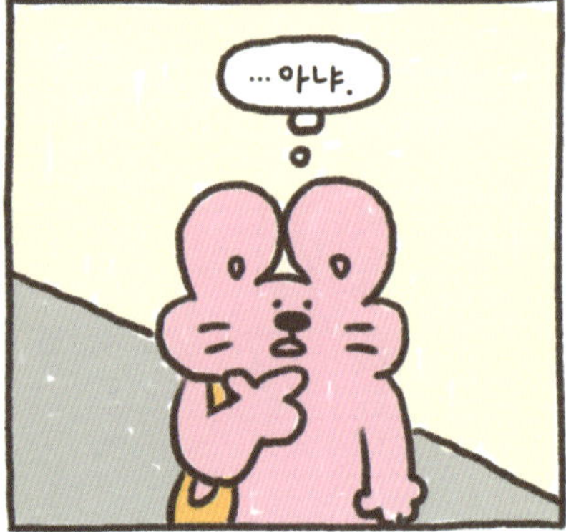

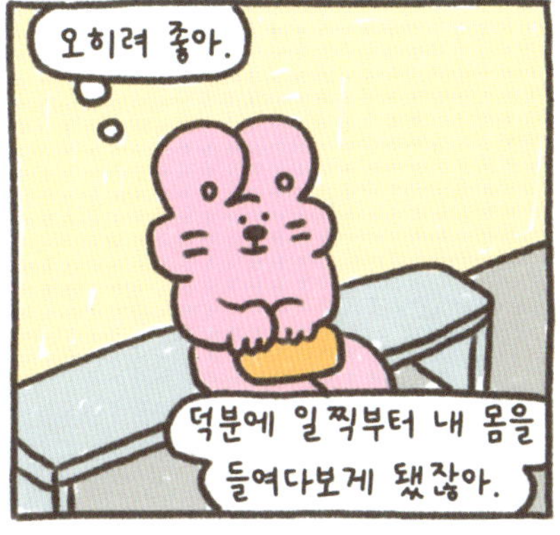

오히려 좋아.
덕분에 일찍부터 내 몸을
들여다보게 됐잖아.

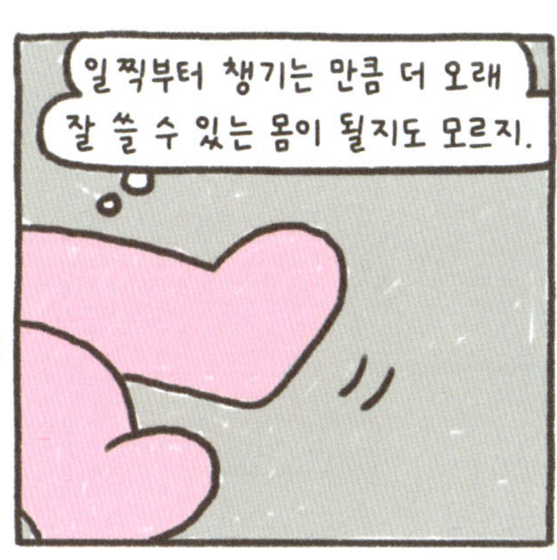

일찍부터 챙기는 만큼 더 오래
잘 쓸 수 있는 몸이 될지도 모르지.

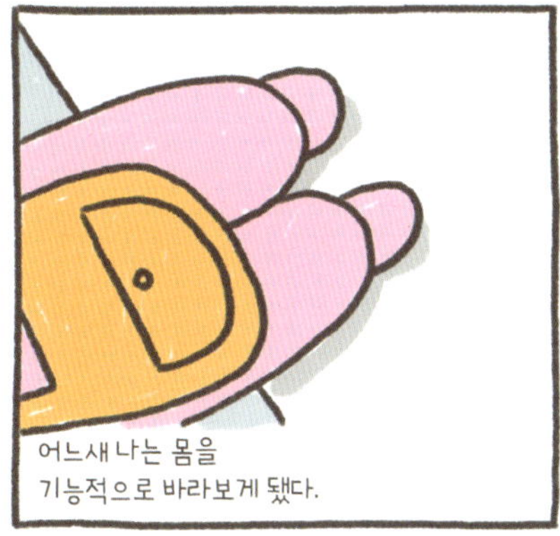

어느새 나는 몸을
기능적으로 바라보게 됐다.

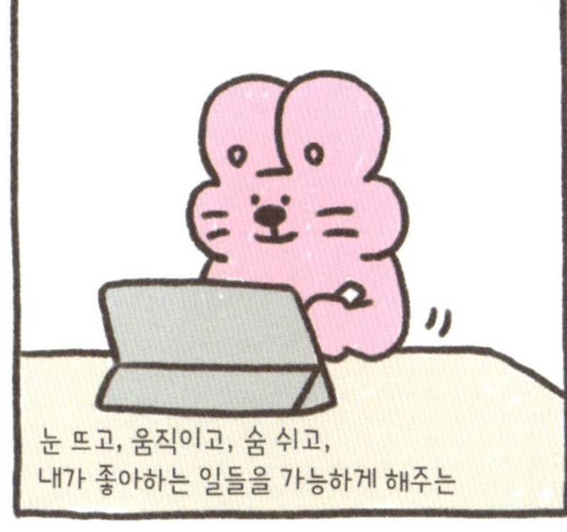

눈 뜨고, 움직이고, 숨 쉬고,
내가 좋아하는 일들을 가능하게 해주는

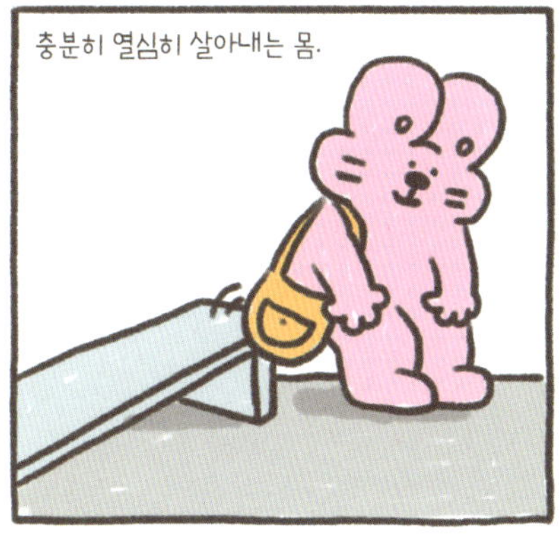

충분히 열심히 살아내는 몸.

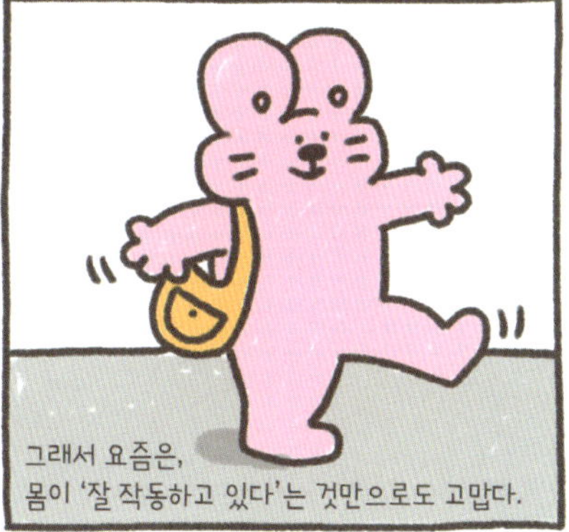

그래서 요즘은,
몸이 '잘 작동하고 있다'는 것만으로도 고맙다.

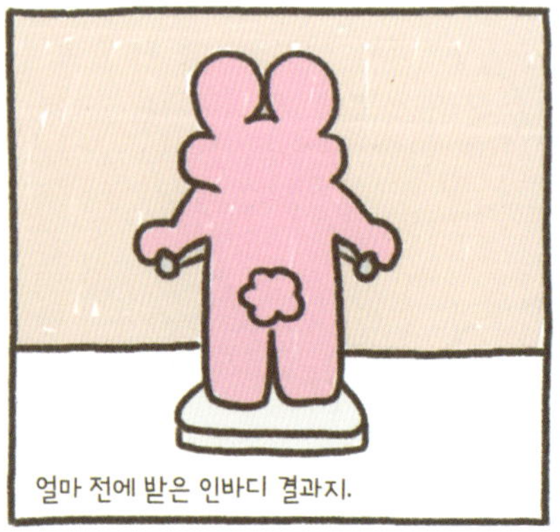

얼마 전에 받은 인바디 결과지.

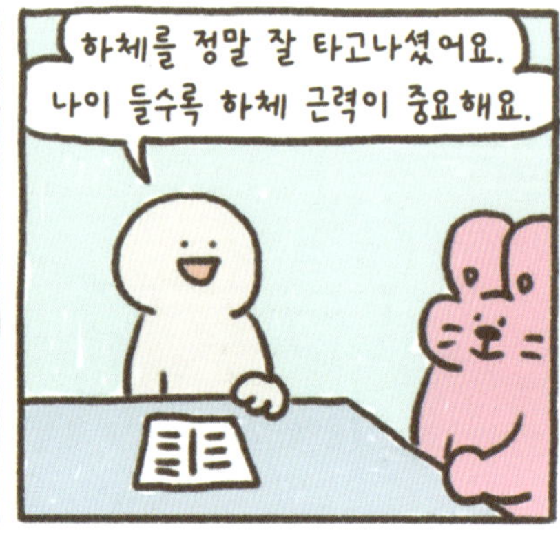

하체를 정말 잘 타고나셨어요.
나이 들수록 하체 근력이 중요해요.

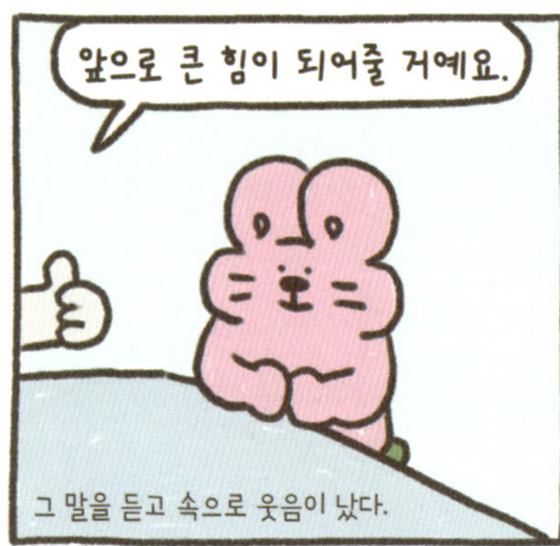

앞으로 큰 힘이 되어줄 거예요.
그 말을 듣고 속으로 웃음이 났다.

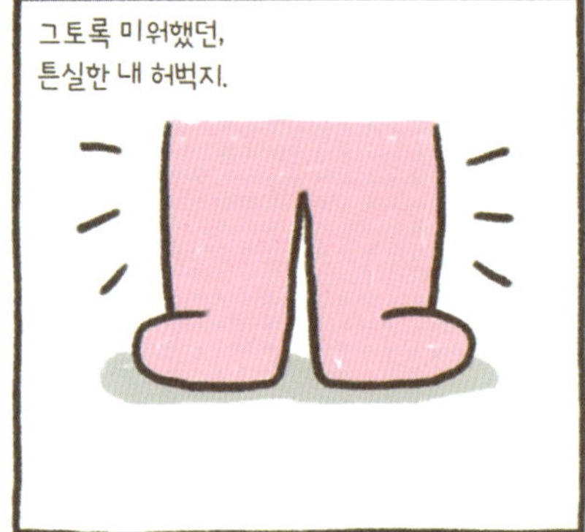

그토록 미워했던,
튼실한 내 허벅지.

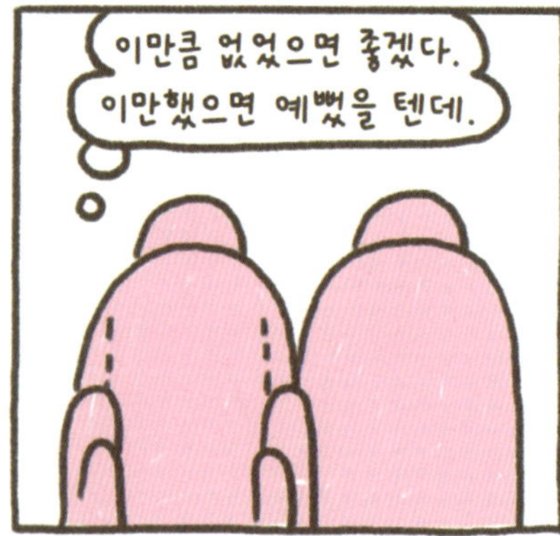

이만큼 없었으면 좋겠다.
이만했으면 예뻤을 텐데.

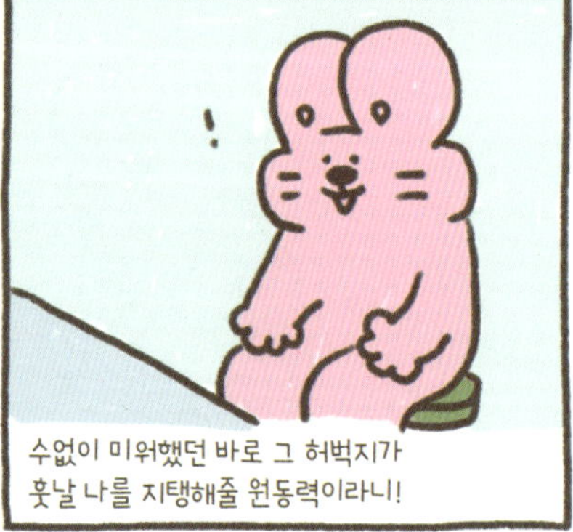

!
수없이 미워했던 바로 그 허벅지가
훗날 나를 지탱해줄 원동력이라니!

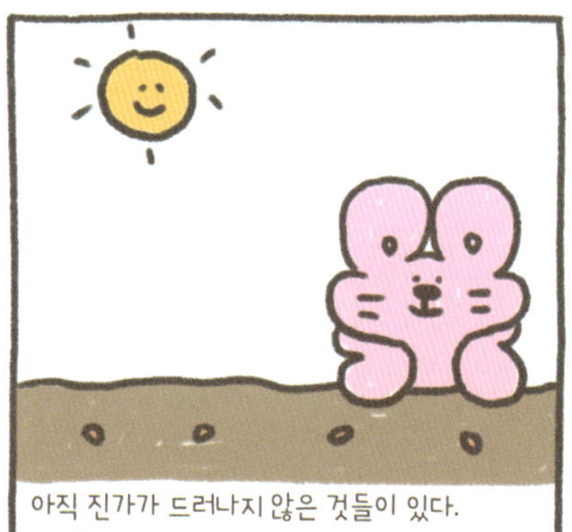

아직 진가가 드러나지 않은 것들이 있다.

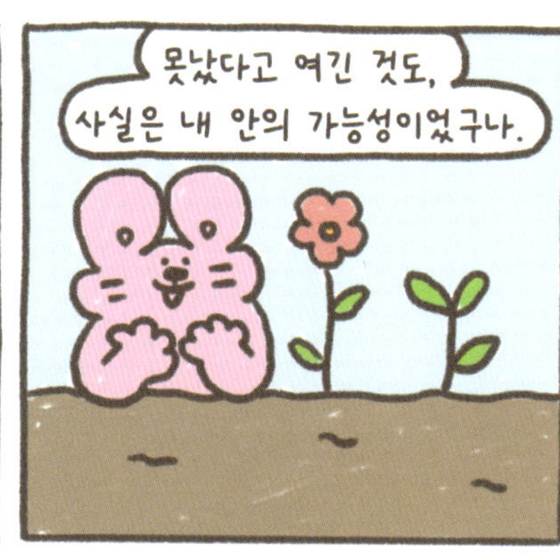

못났다고 여긴 것도,
사실은 내 안의 가능성이었구나.

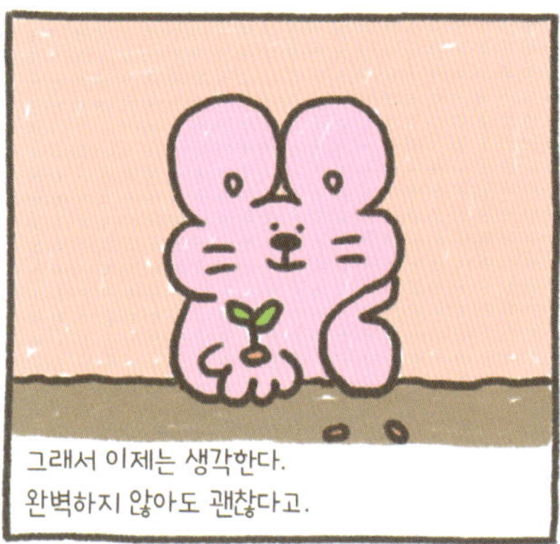

그래서 이제는 생각한다.
완벽하지 않아도 괜찮다고.

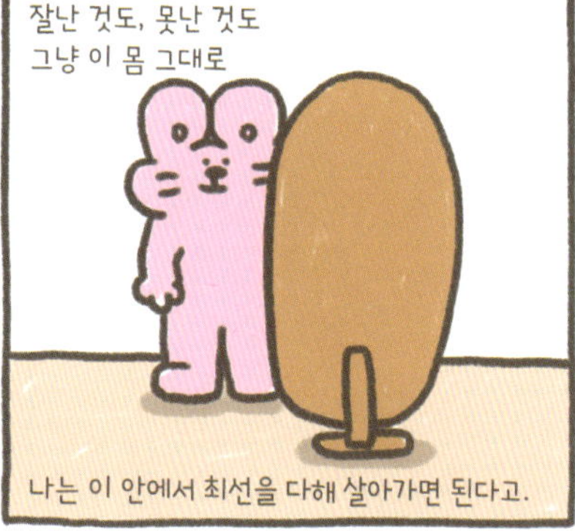

잘난 것도, 못난 것도
그냥 이 몸 그대로
나는 이 안에서 최선을 다해 살아가면 된다고.

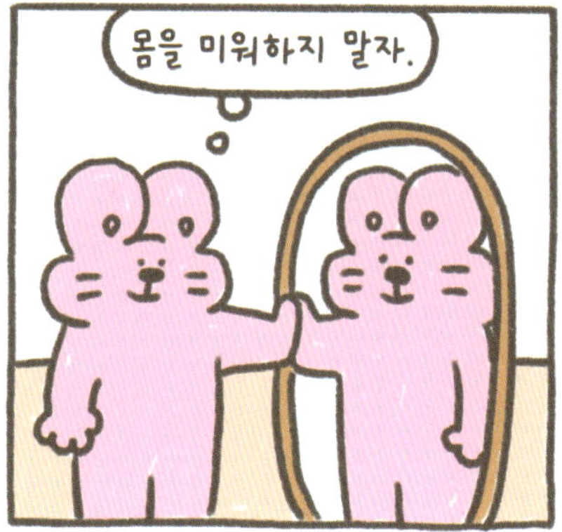

몸을 미워하지 말자.

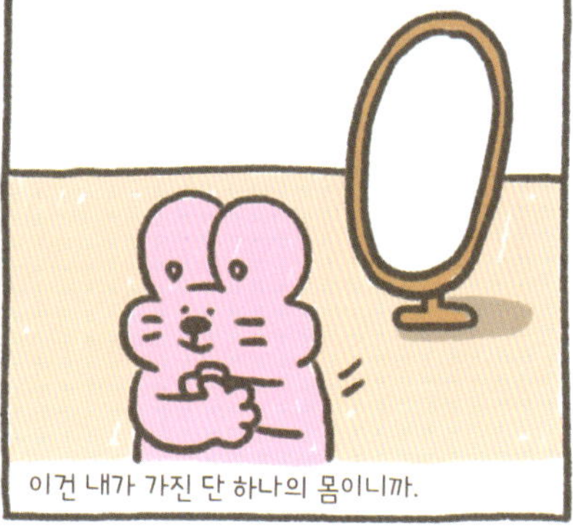

이건 내가 가진 단 하나의 몸이니까.

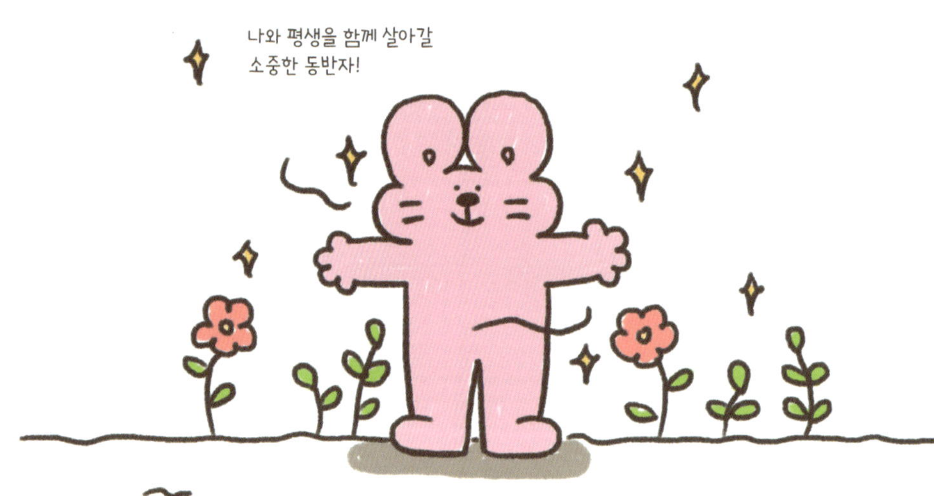
나와 평생을 함께 살아갈
소중한 동반자!

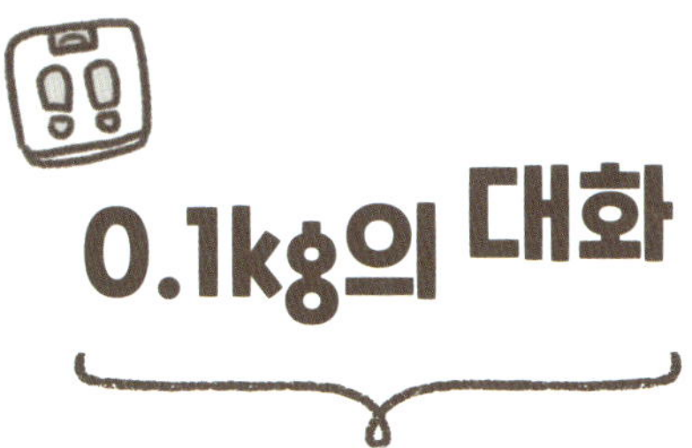

0.1kg의 대화

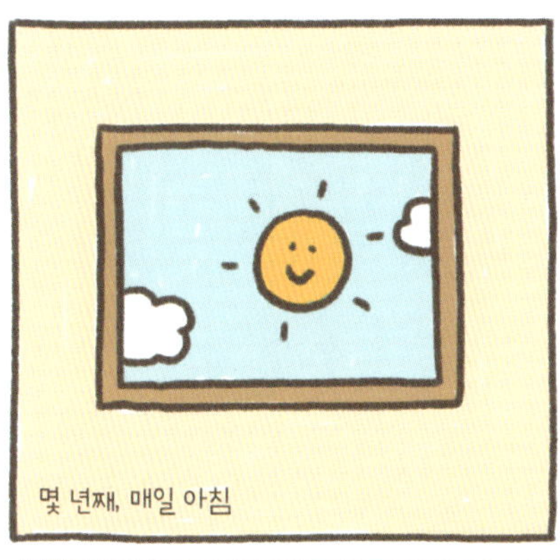

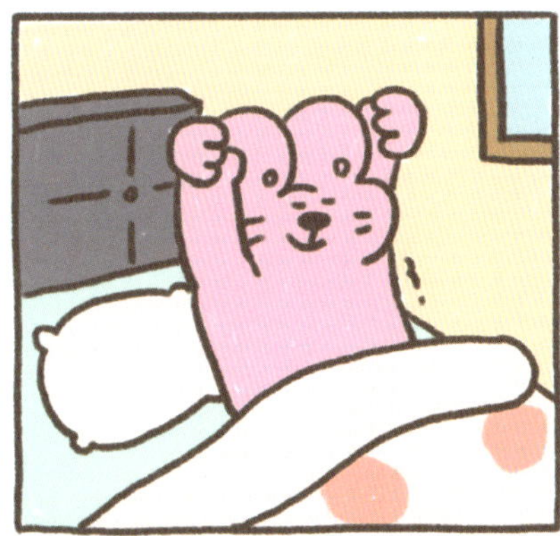

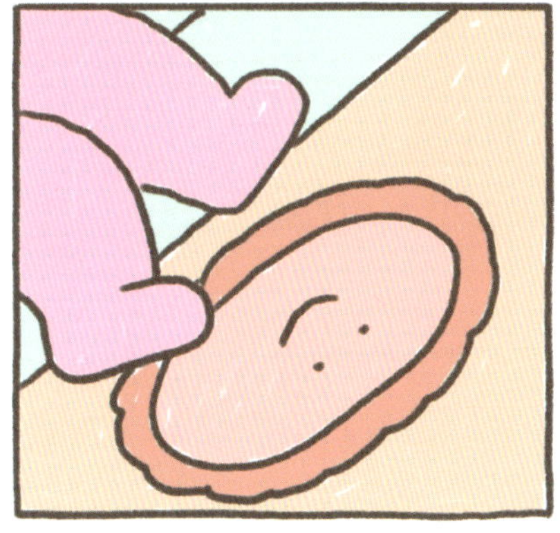

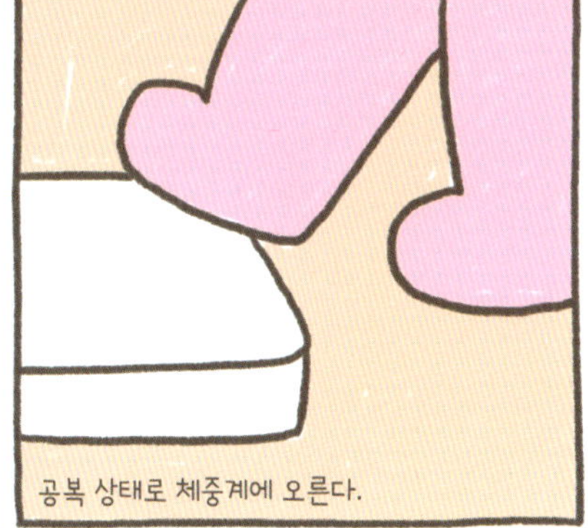

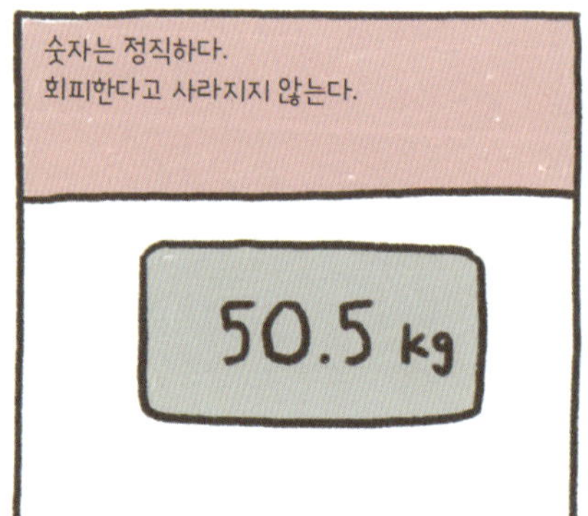

숫자는 정직하다.
회피한다고 사라지지 않는다.
50.5 kg

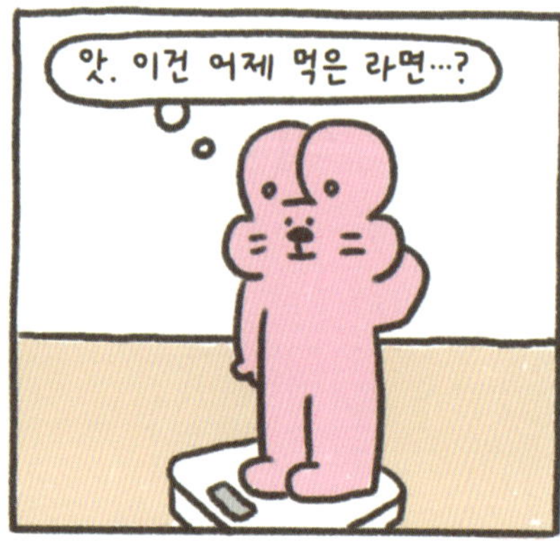

앗. 이건 어제 먹은 라면…?

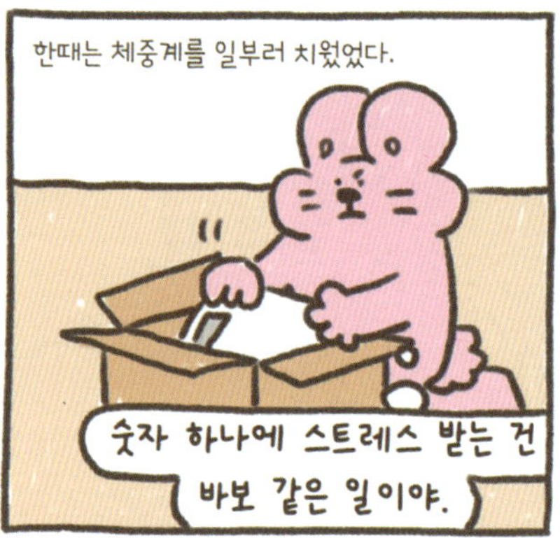

한때는 체중계를 일부러 치웠었다.
숫자 하나에 스트레스 받는 건
바보 같은 일이야.

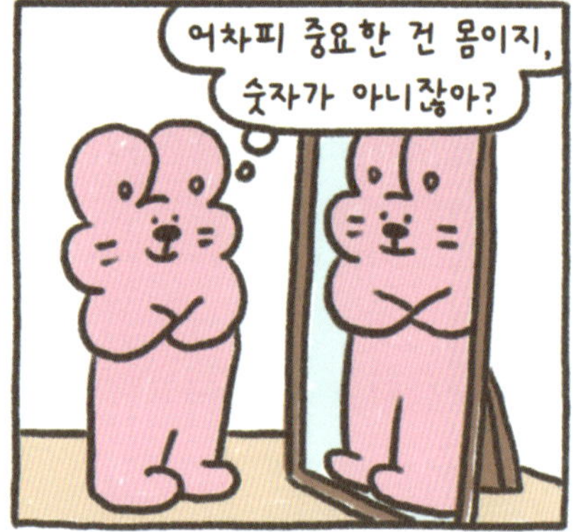

어차피 중요한 건 몸이지,
숫자가 아니잖아?

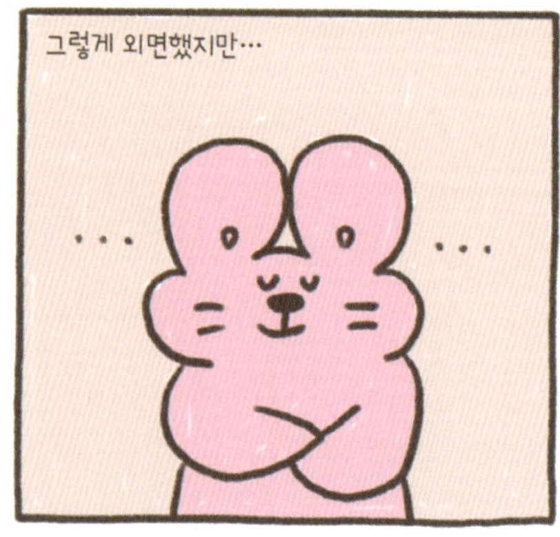

그렇게 외면했지만…
…   …

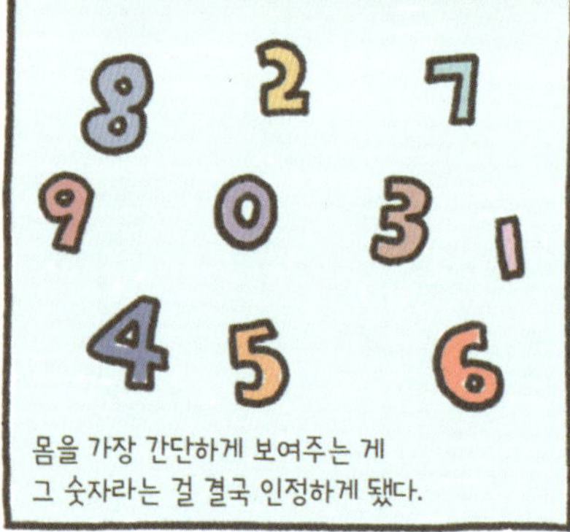

8 2 7
9 0 3
1
4 5 6
몸을 가장 간단하게 보여주는 게
그 숫자라는 걸 결국 인정하게 됐다.

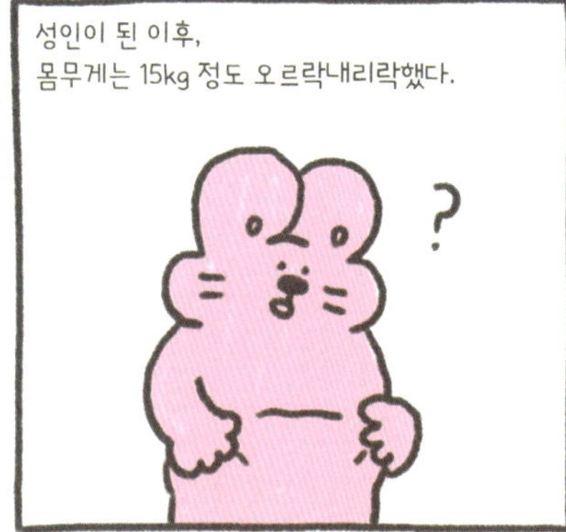

성인이 된 이후,
몸무게는 15kg 정도 오르락내리락했다.
?

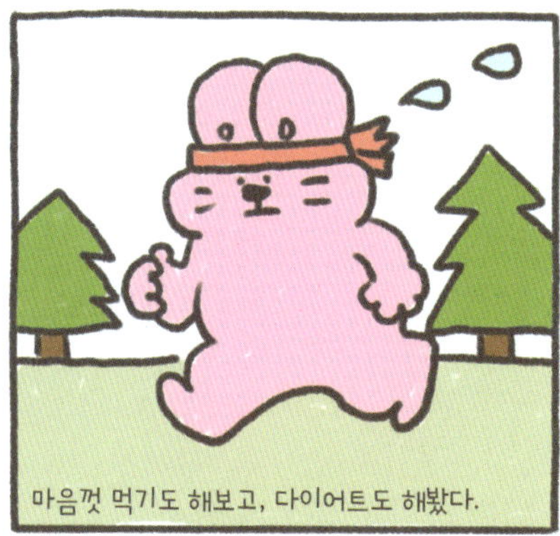

마음껏 먹기도 해보고, 다이어트도 해봤다.

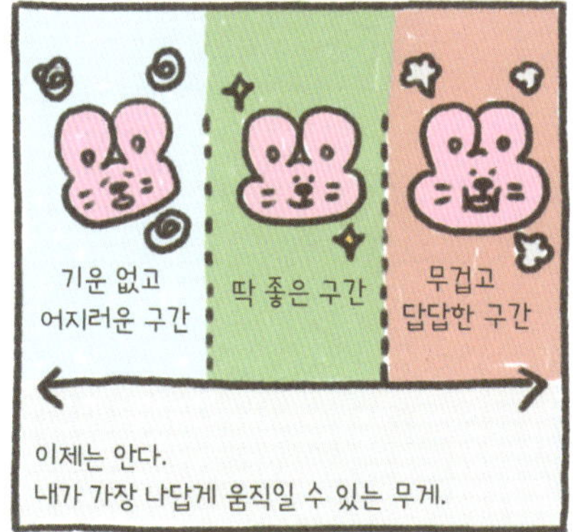

기운 없고
어지러운 구간
딱 좋은 구간
무겁고
답답한 구간
이제는 안다.
내가 가장 나답게 움직일 수 있는 무게.

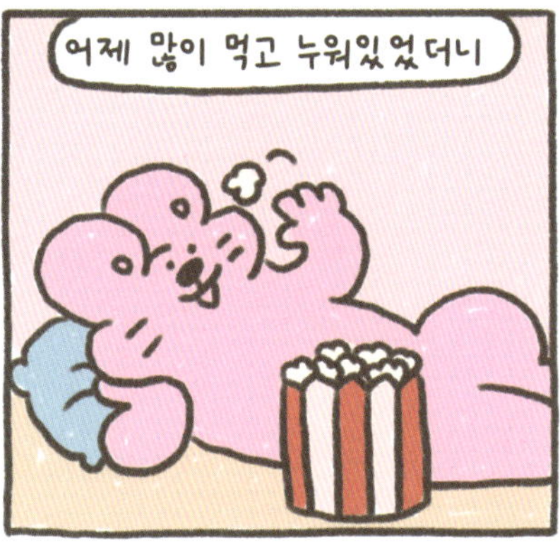

어제 많이 먹고 누워있었더니

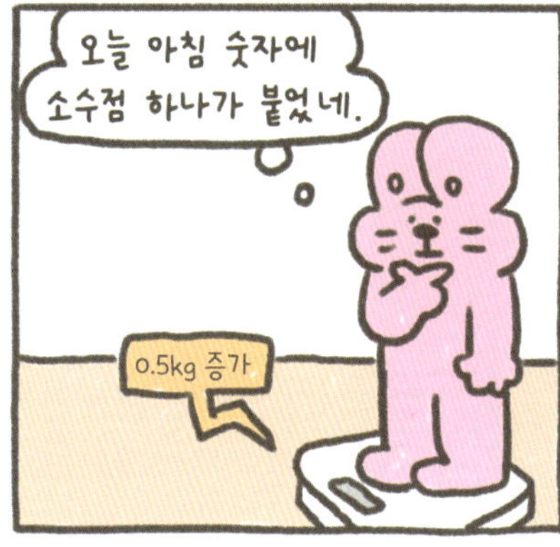

오늘 아침 숫자에
소수점 하나가 붙었네.
0.5kg 증가

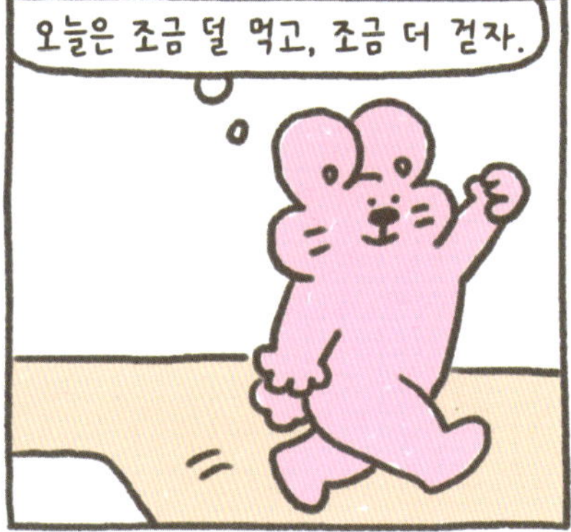

오늘은 조금 덜 먹고, 조금 더 걷자.

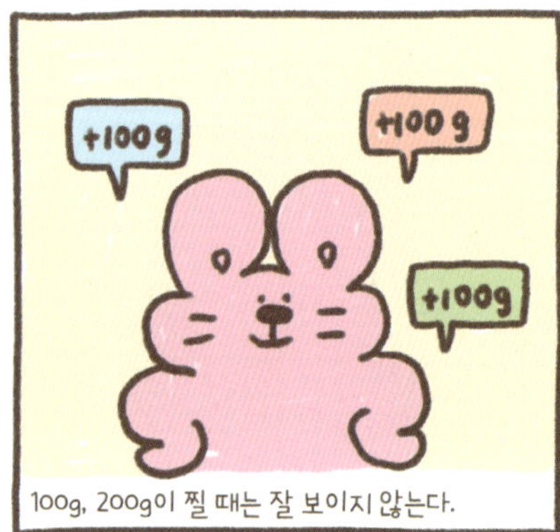

100g, 200g이 찔 때는 잘 보이지 않는다.

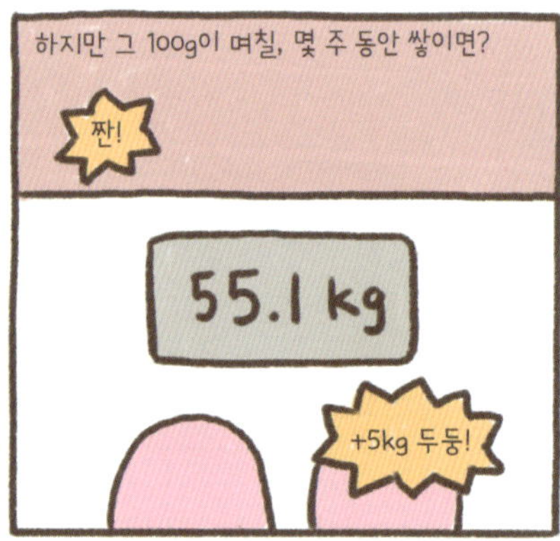

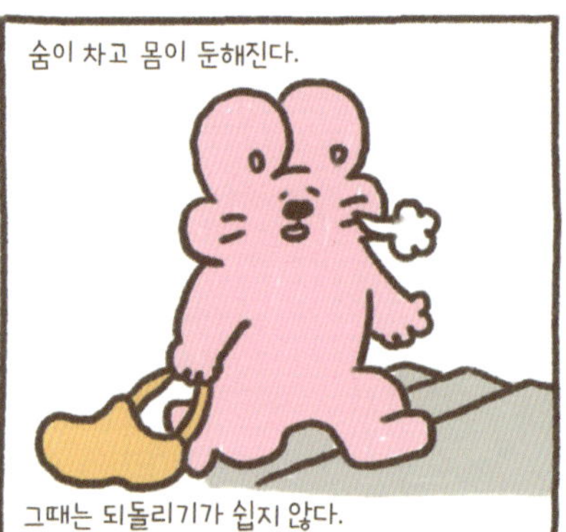

그때는 되돌리기가 쉽지 않다.

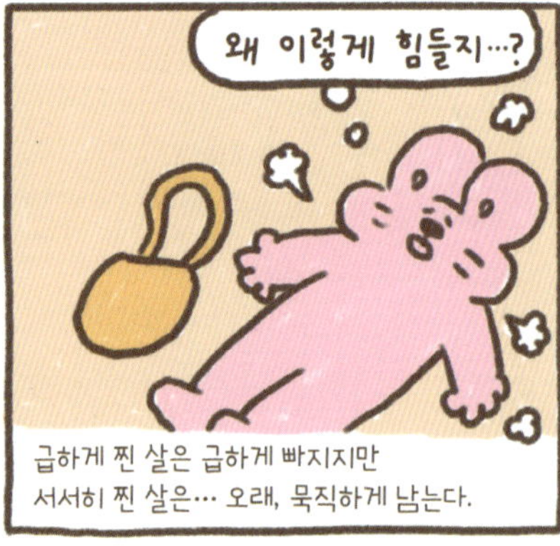

급하게 찐 살은 급하게 빠지지만
서서히 찐 살은… 오래, 묵직하게 남는다.

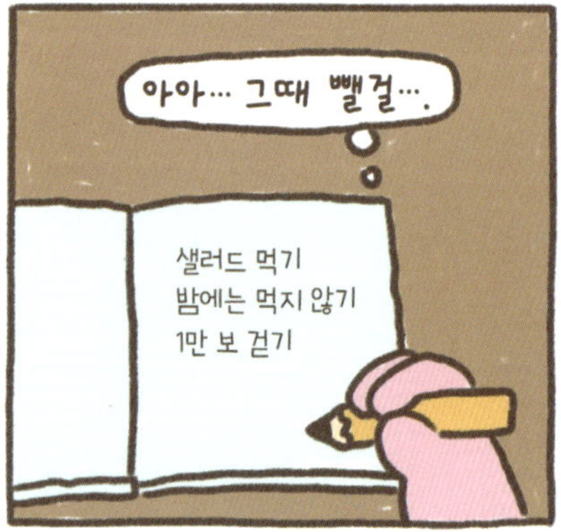

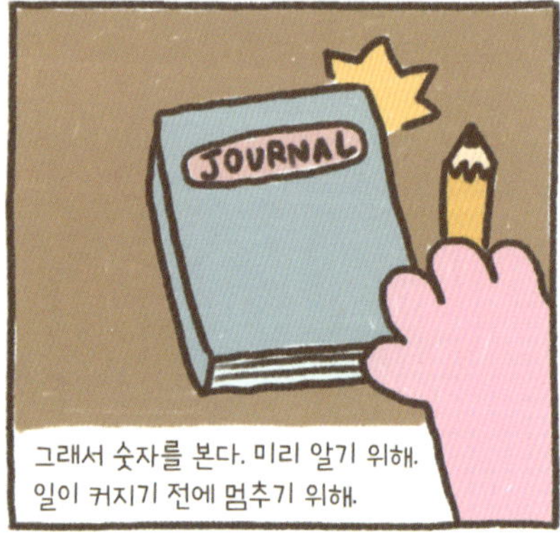

그래서 숫자를 본다. 미리 알기 위해.
일이 커지기 전에 멈추기 위해.

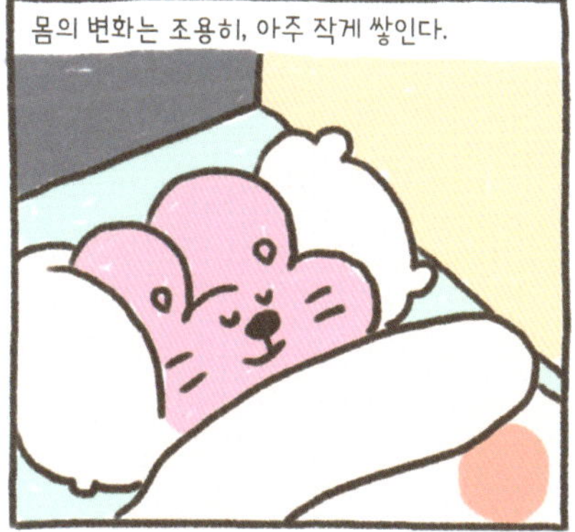
몸의 변화는 조용히, 아주 작게 쌓인다.

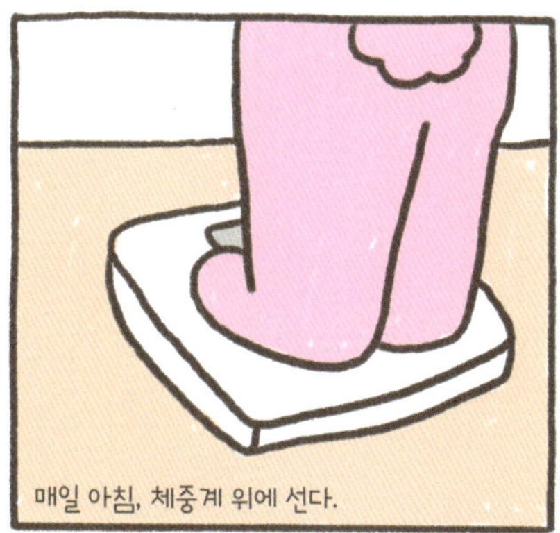
매일 아침, 체중계 위에 선다.

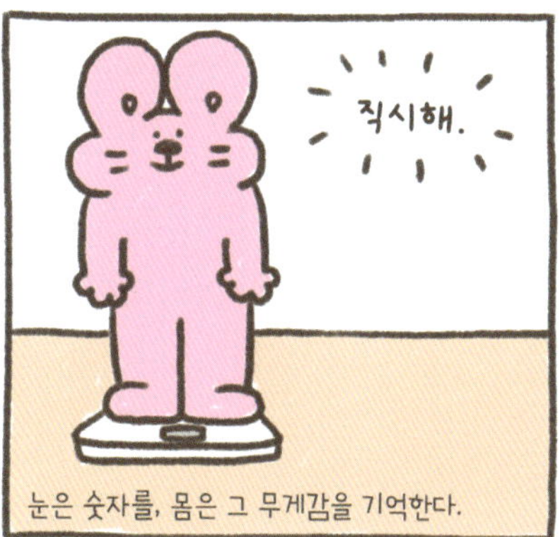
직시해.
눈은 숫자를, 몸은 그 무게감을 기억한다.

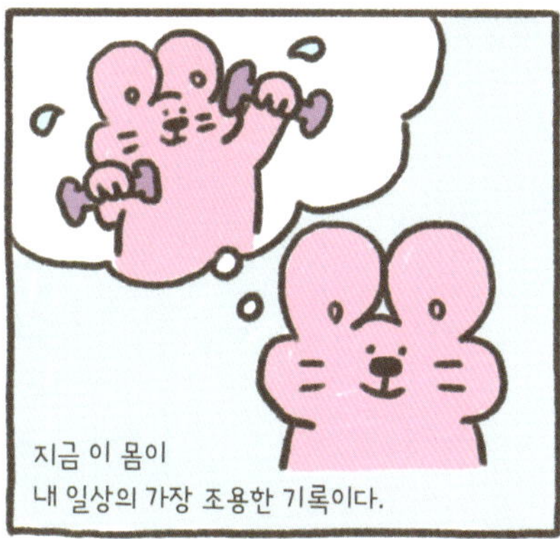
지금 이 몸이
내 일상의 가장 조용한 기록이다.

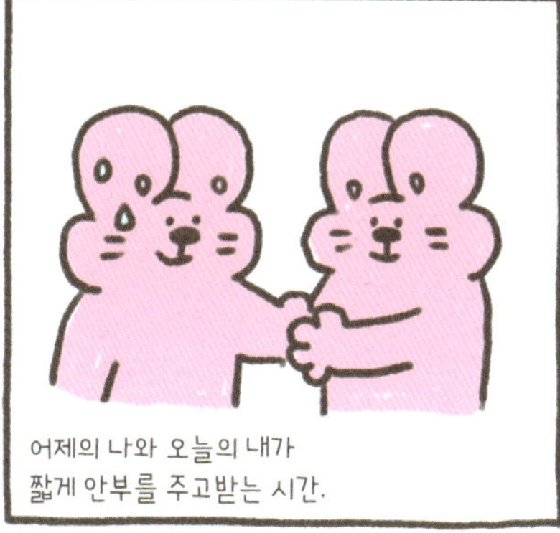
어제의 나와 오늘의 내가
짧게 안부를 주고받는 시간.

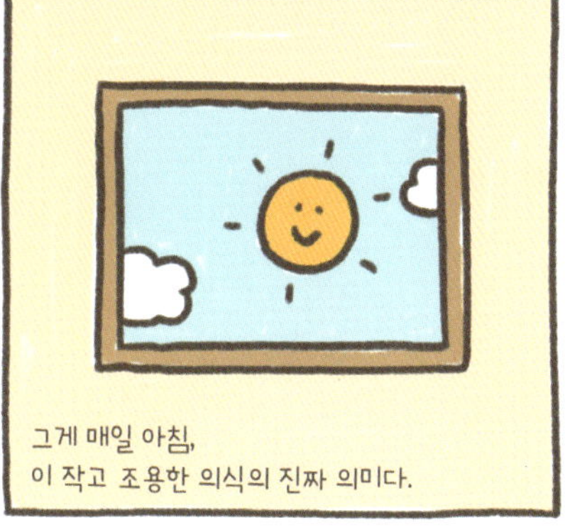
그게 매일 아침,
이 작고 조용한 의식의 진짜 의미다.

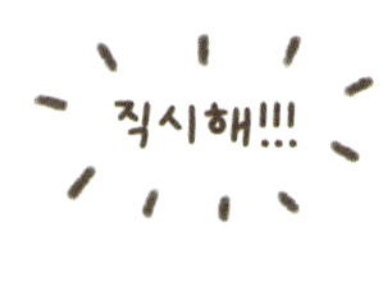
직시해!!!
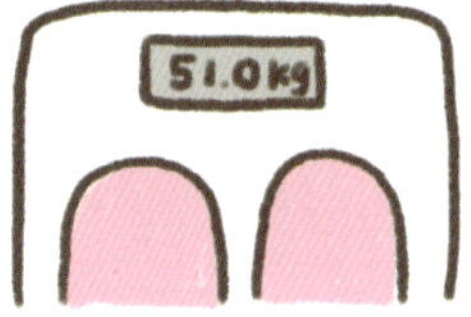
51.0kg

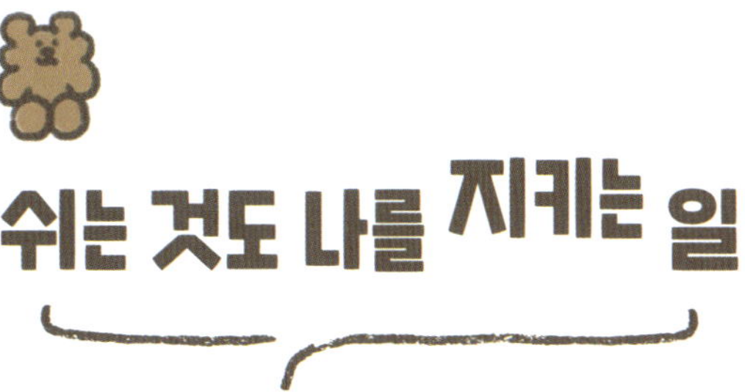

쉬는 것도 나를 지키는 일

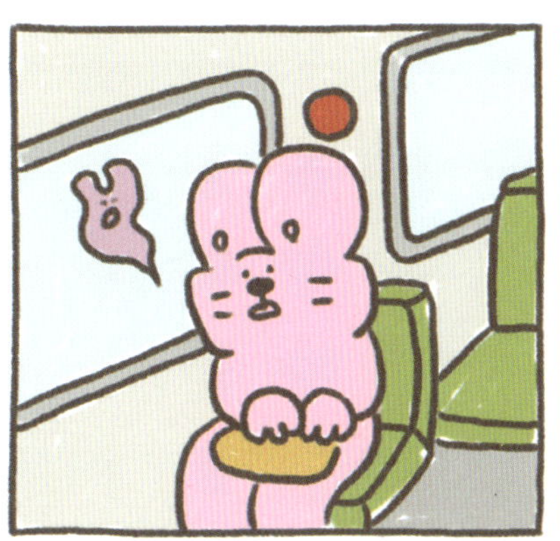

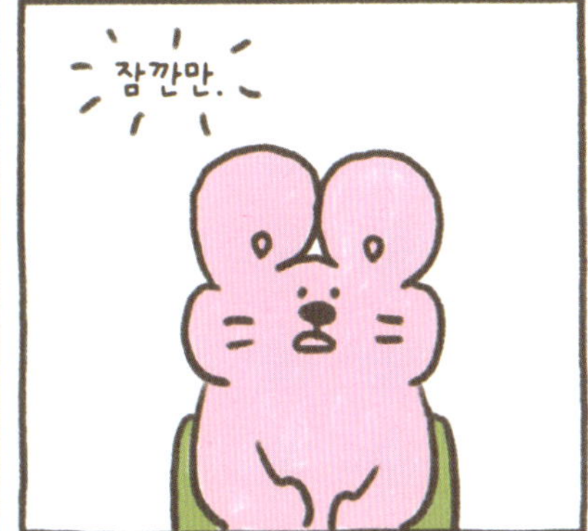

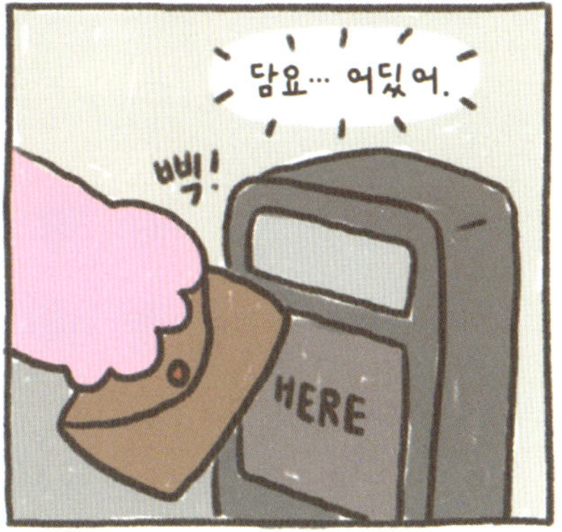

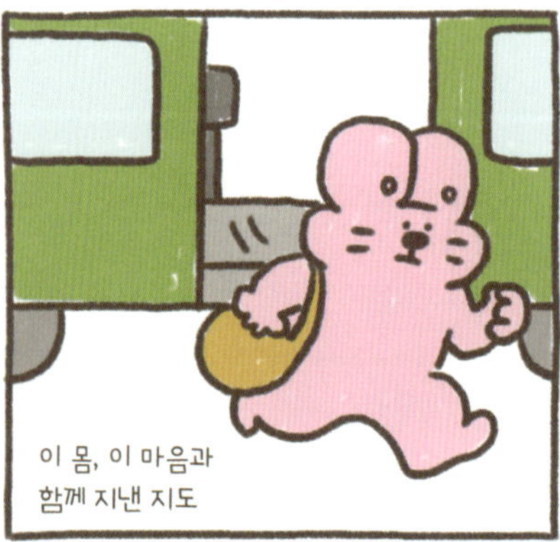

이 몸, 이 마음과
함께 지낸 지도

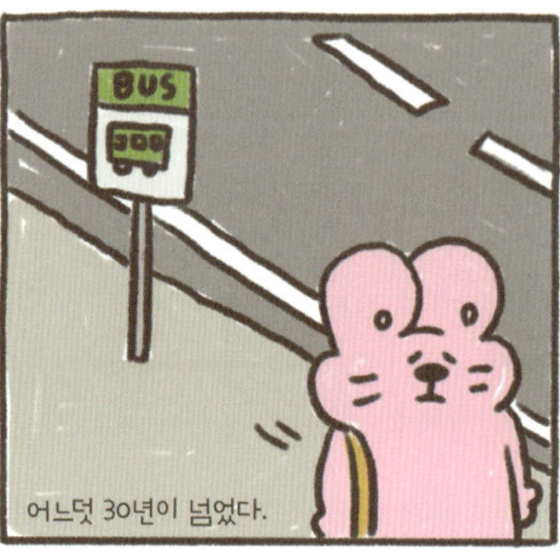

BUS
어느덧 30년이 넘었다.

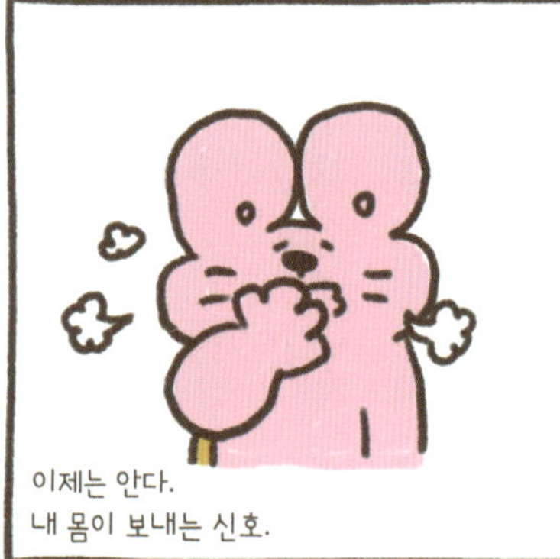

이제는 안다.
내 몸이 보내는 신호.

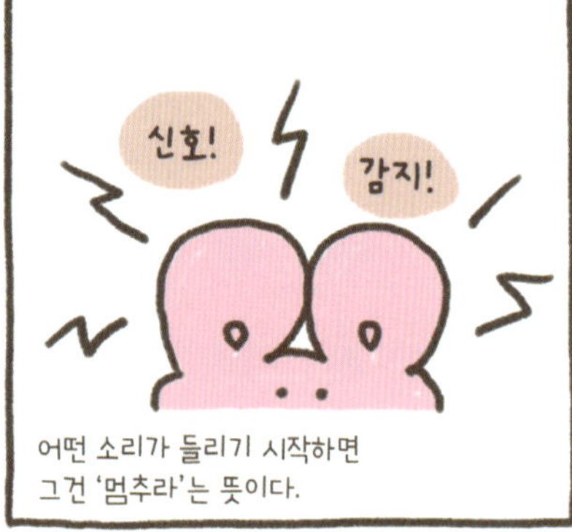

신호!
감지!
어떤 소리가 들리기 시작하면
그건 '멈추라'는 뜻이다.

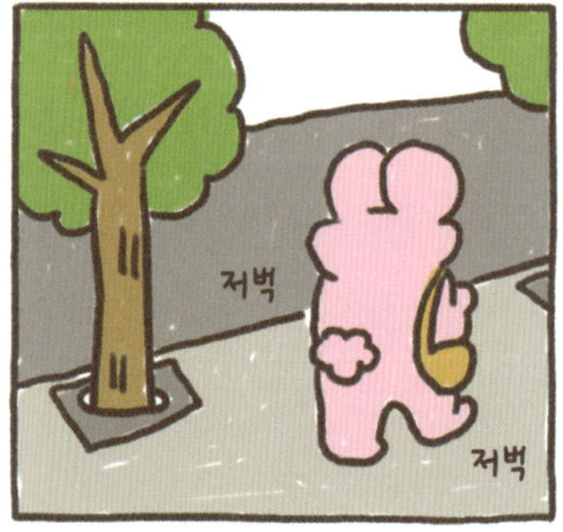

저벅
저벅

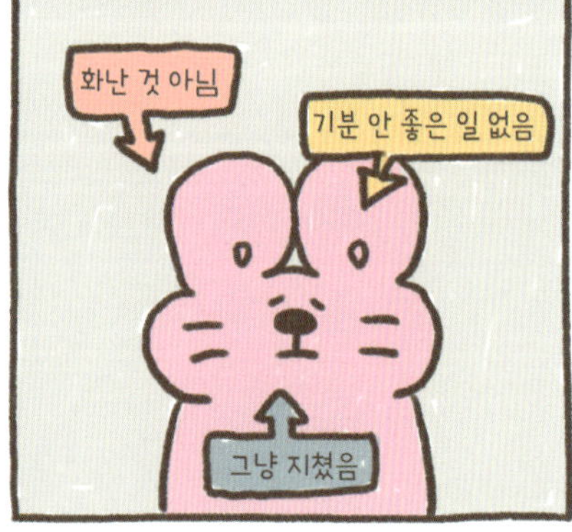

화난 것 아님
기분 안 좋은 일 없음
그냥 지쳤음

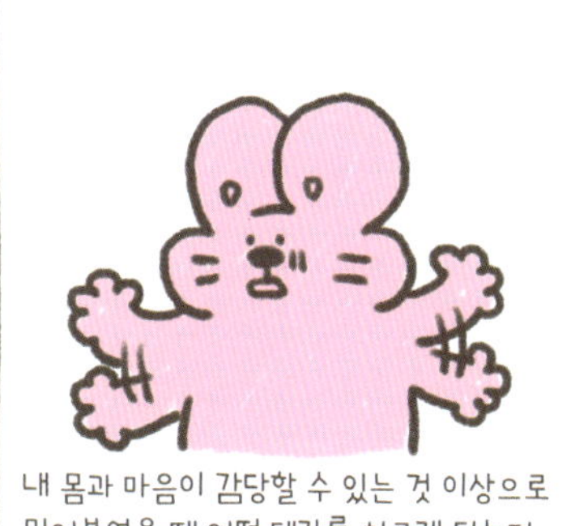

내 몸과 마음이 감당할 수 있는 것 이상으로
밀어붙였을 때 어떤 대가를 치르게 되는지

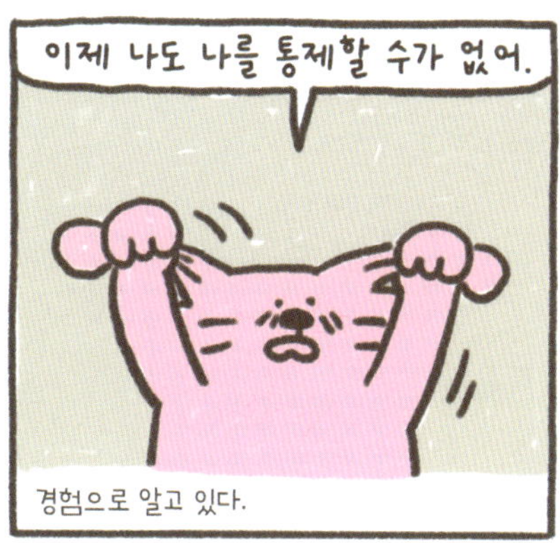

경험으로 알고 있다.

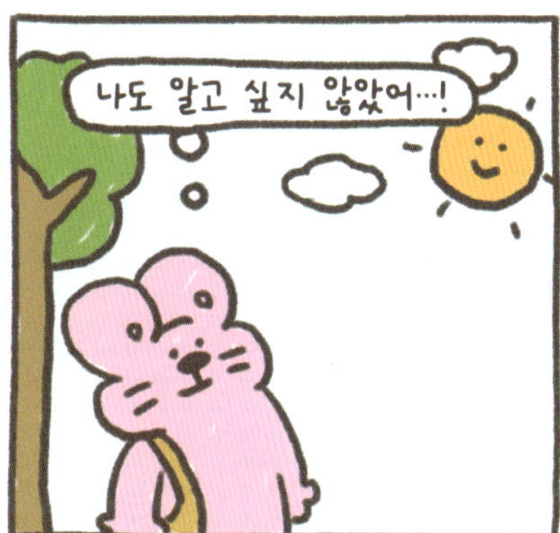

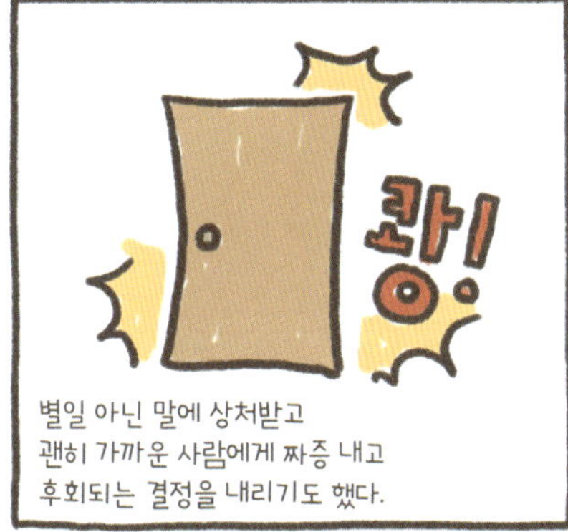

별일 아닌 말에 상처받고
괜히 가까운 사람에게 짜증 내고
후회되는 결정을 내리기도 했다.

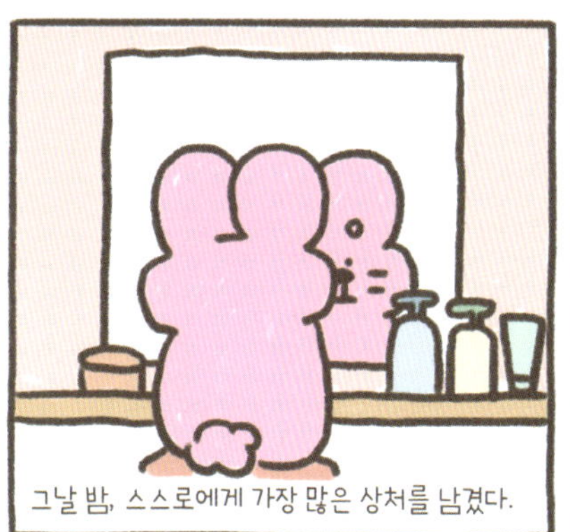

그날 밤, 스스로에게 가장 많은 상처를 남겼다.

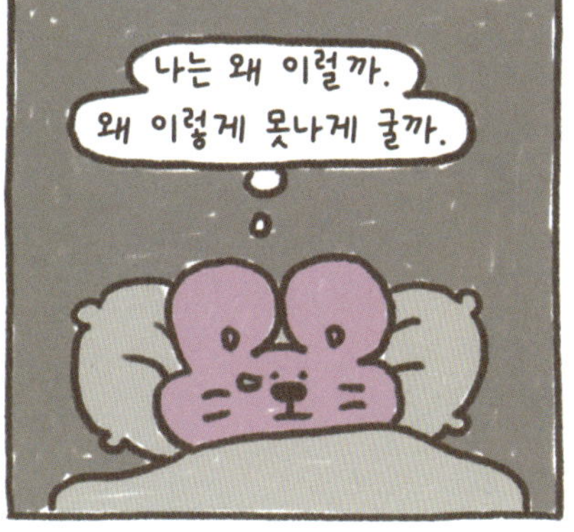

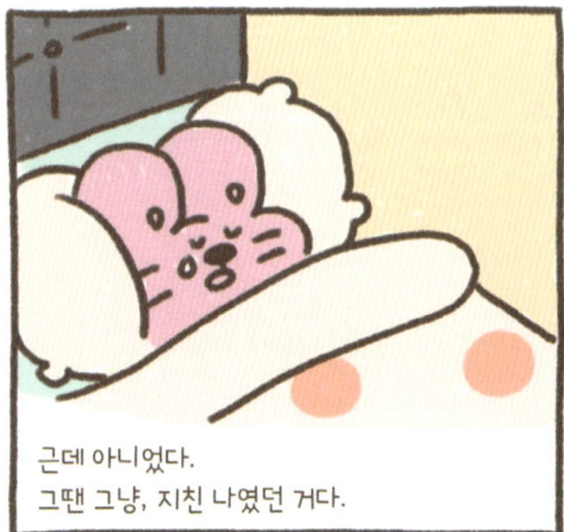

근데 아니었다.
그땐 그냥, 지친 나였던 거다.

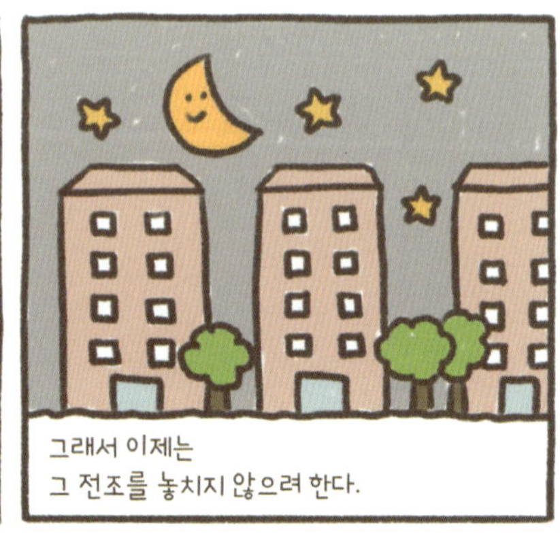

그래서 이제는
그 전조를 놓치지 않으려 한다.

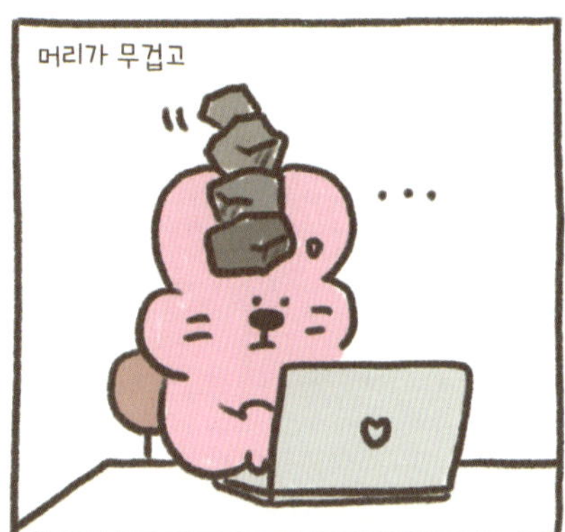

머리가 무겁고

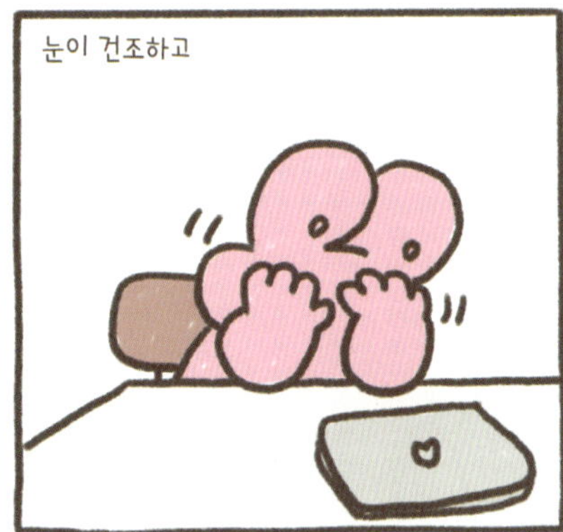

눈이 건조하고

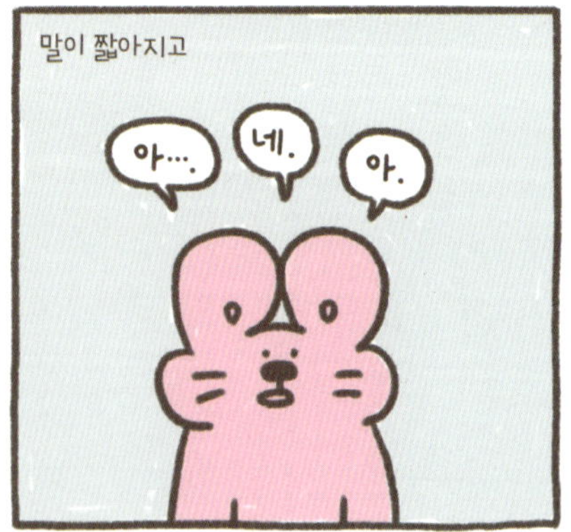

말이 짧아지고
아....
네.
아.

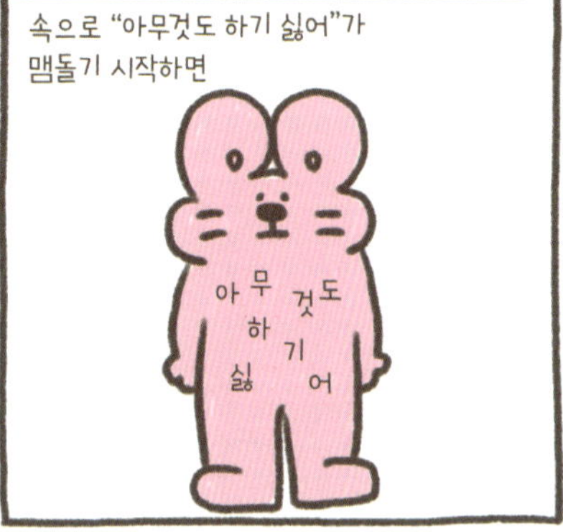

속으로 "아무것도 하기 싫어"가
맴돌기 시작하면
아 무 것도
하 기
싫 어

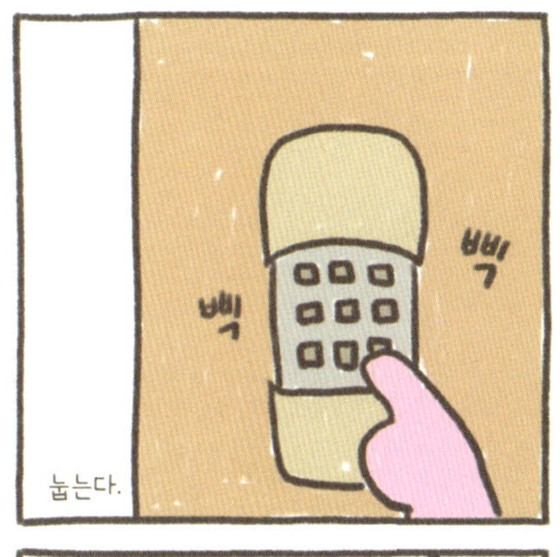
삑
삑
눕는다.

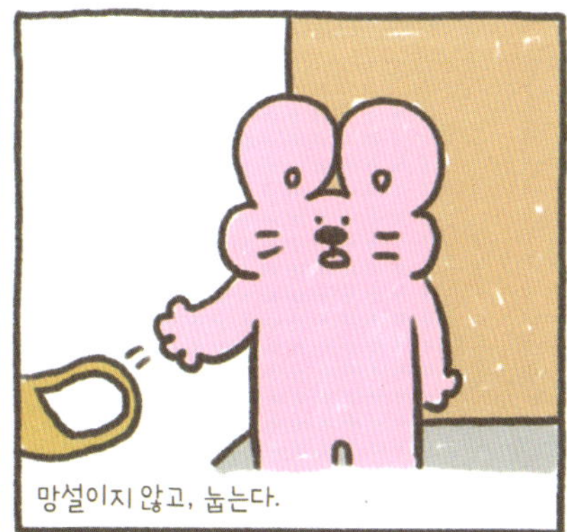
망설이지않고, 눕는다.

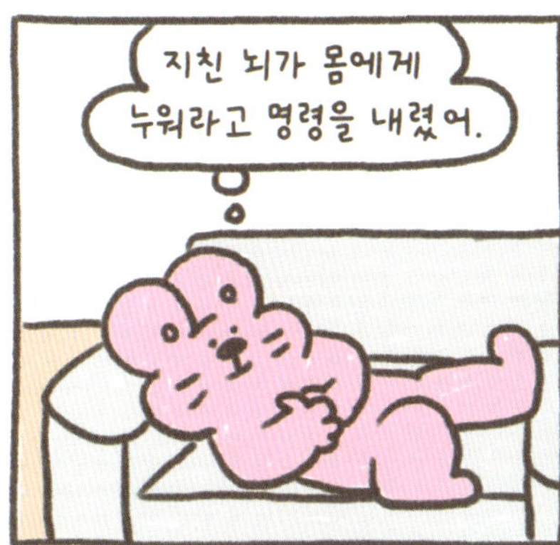
지친 뇌가 몸에게
누워라고 명령을 내렸어.

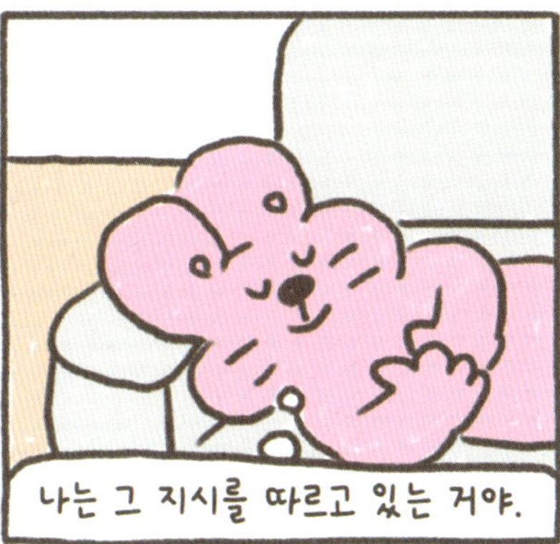
나는 그 지시를 따르고 있는 거야.

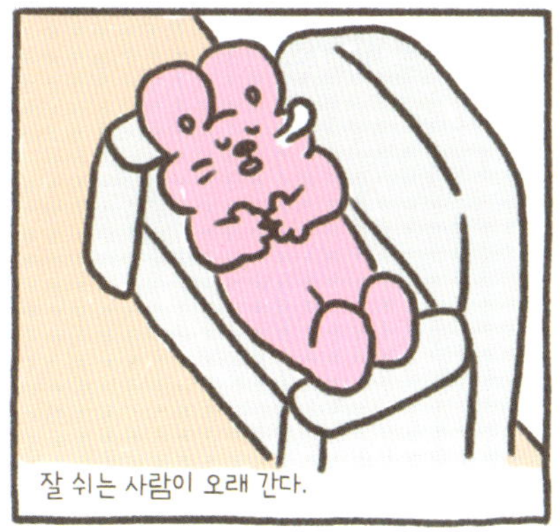
잘 쉬는 사람이 오래 간다.

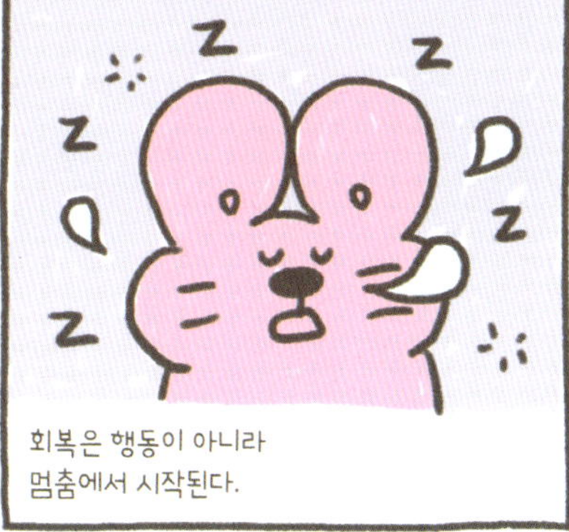
Z Z Z Z Z
회복은 행동이 아니라
멈춤에서 시작된다.

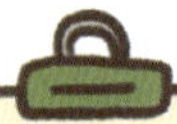

김토끼를 현명하게 사용하는 법

1. 지친 김토끼는 눕는다.
2. 중요한 결정은 가장 좋은 버전의 김토끼가 하도록 한다.

작은 애정

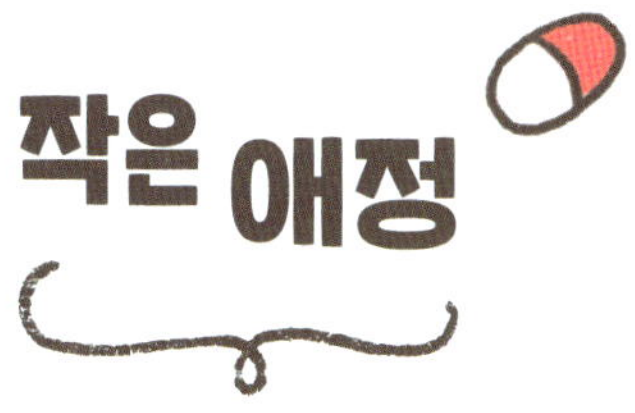

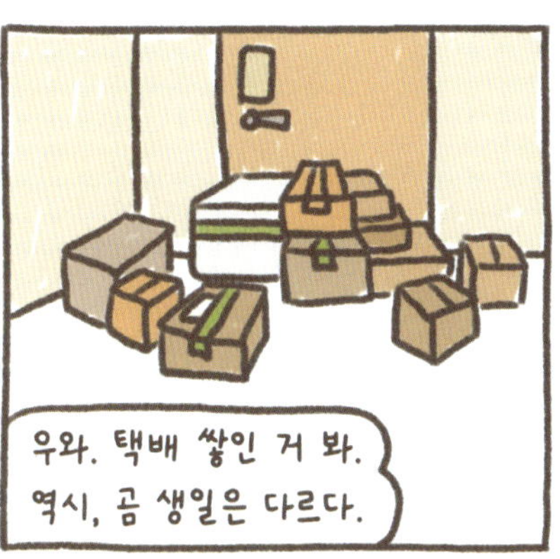

우와. 택배 쌓인 거 봐.
역시, 곰 생일은 다르다.

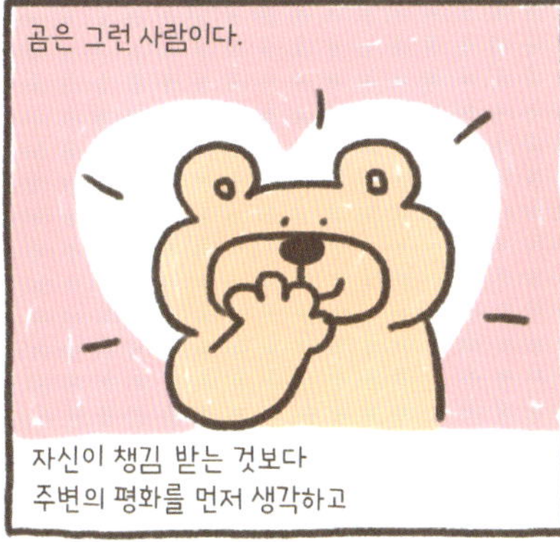

곰은 그런 사람이다.
자신이 챙김 받는 것보다
주변의 평화를 먼저 생각하고

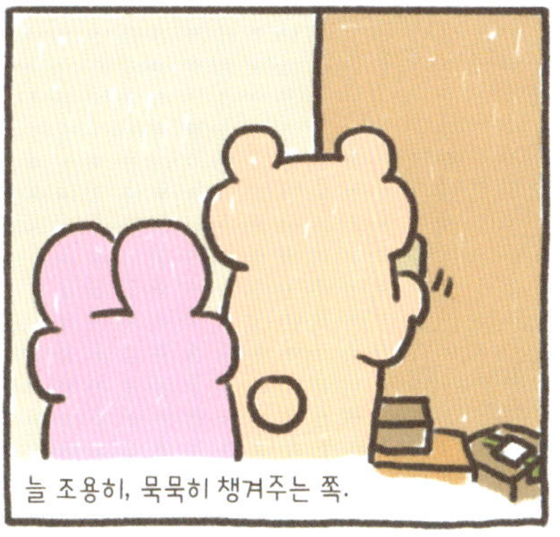

늘 조용히, 묵묵히 챙겨주는 쪽.

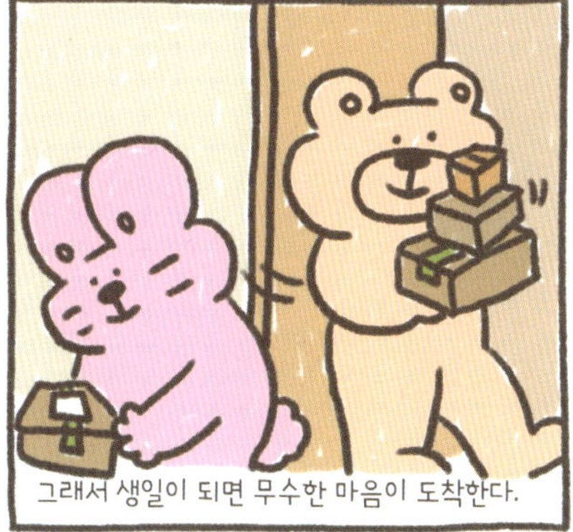

그래서 생일이 되면 무수한 마음이 도착한다.

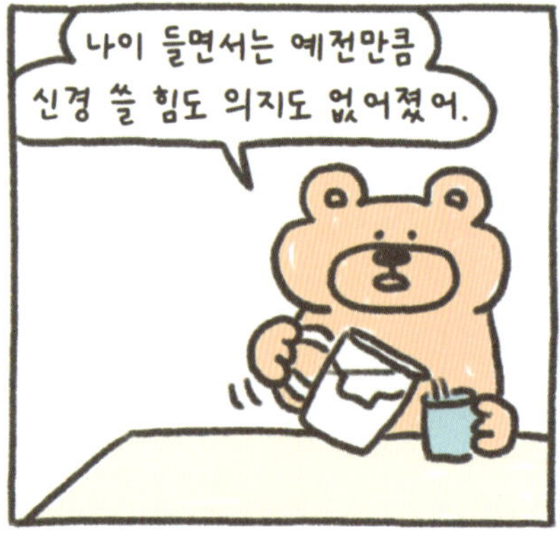

나이 들면서는 예전만큼 신경 쓸 힘도 의지도 없어졌어.

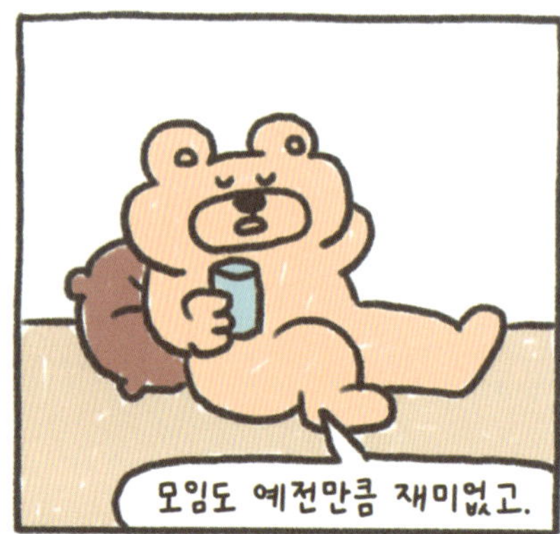

모임도 예전만큼 재미없고.

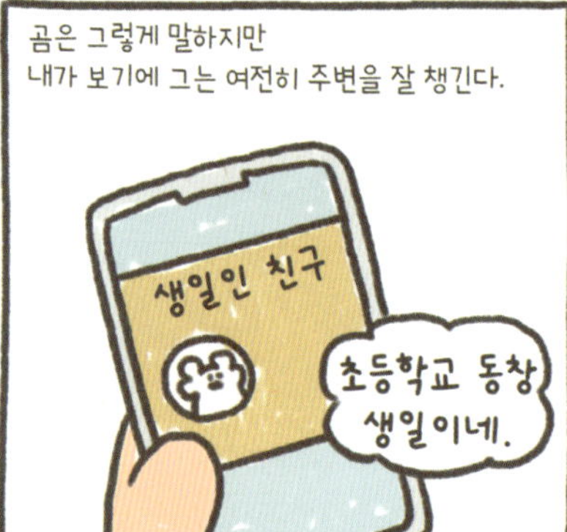

곰은 그렇게 말하지만
내가 보기에 그는 여전히 주변을 잘 챙긴다.
생일인 친구
초등학교 동창 생일이네.

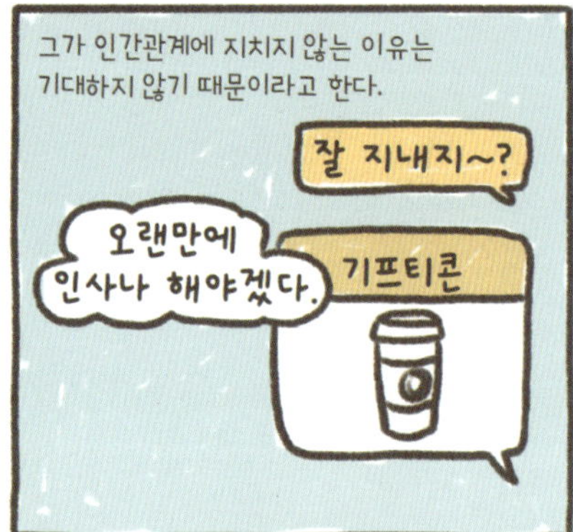

그가 인간관계에 지치지 않는 이유는
기대하지 않기 때문이라고 한다.
잘 지내지~?
오랜만에 인사나 해야겠다.
기프티콘

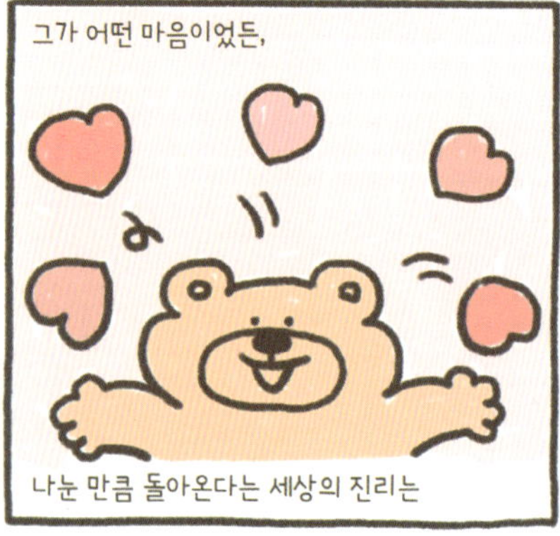

그가 어떤 마음이었든,
나눈 만큼 돌아온다는 세상의 진리는

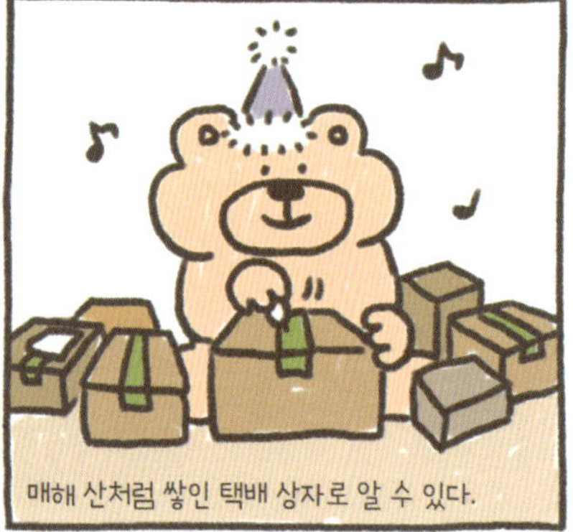

매해 산처럼 쌓인 택배 상자로 알 수 있다.

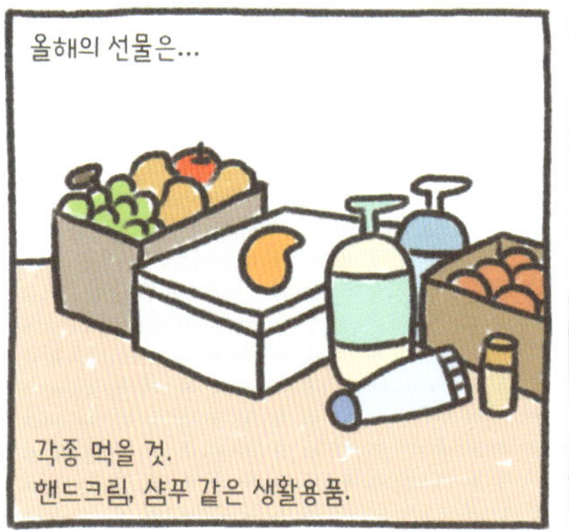

올해의 선물은...
각종 먹을 것.
핸드크림, 샴푸 같은 생활용품.

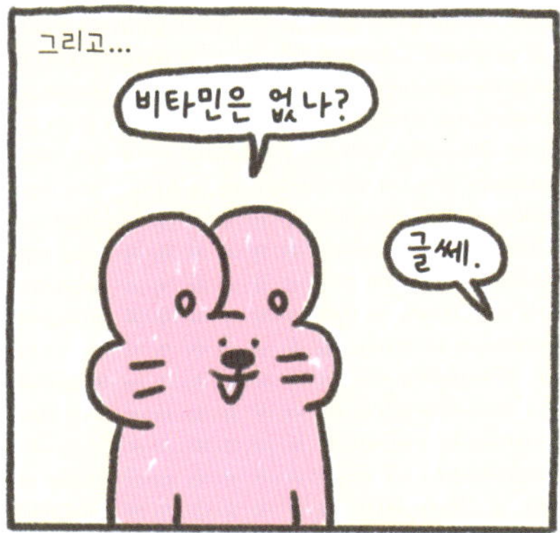

그리고...
비타민은 없나?
글쎄.

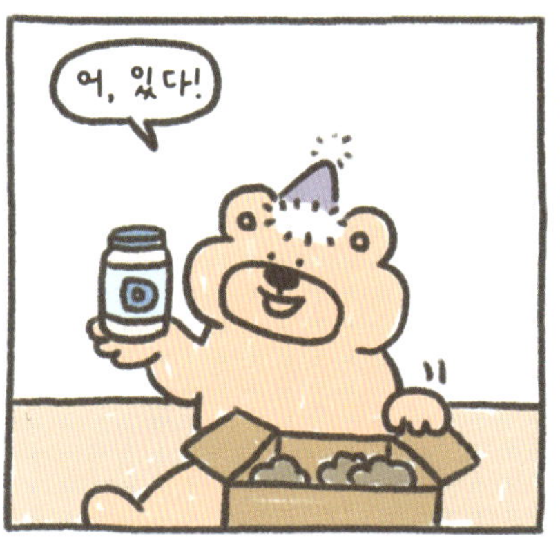

어, 있다!

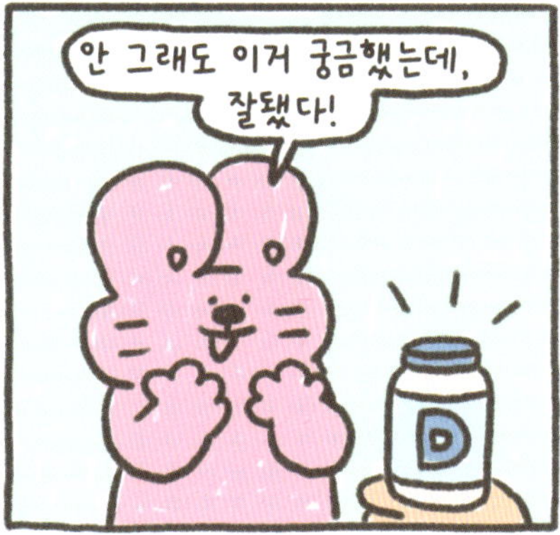

안 그래도 이거 궁금했는데, 잘됐다!

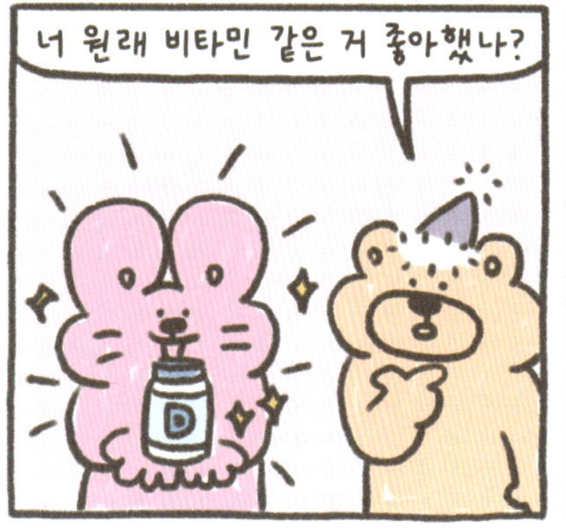

너 원래 비타민 같은 거 좋아했나?

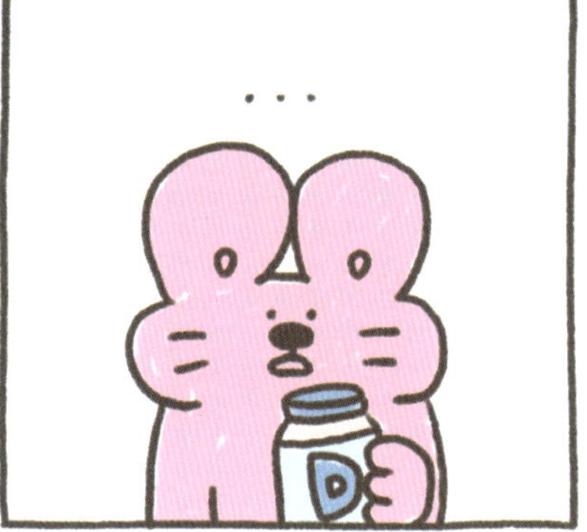

...

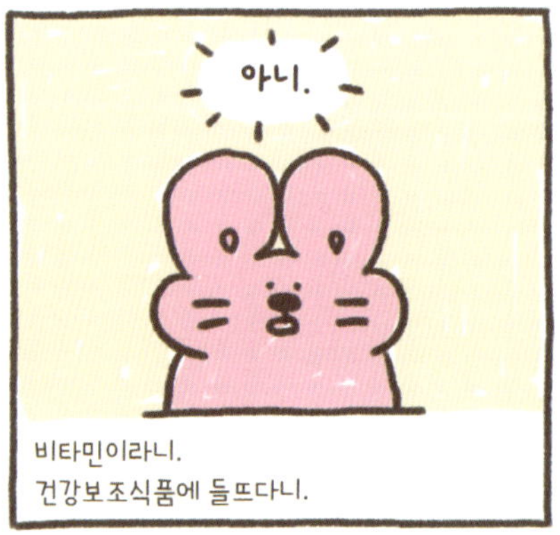

아니.
비타민이라니.
건강보조식품에 들뜨다니.

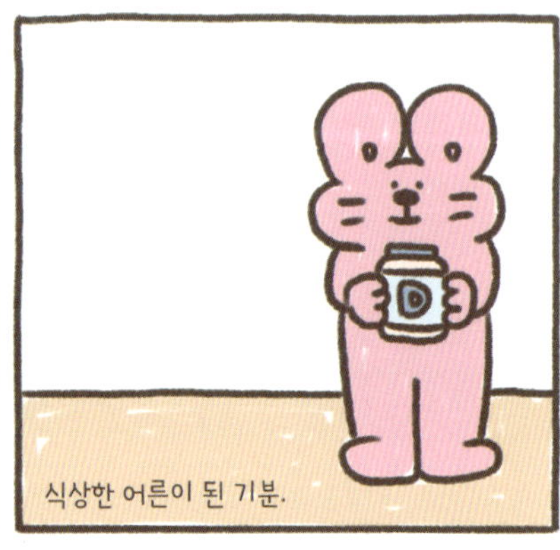

식상한 어른이 된 기분.

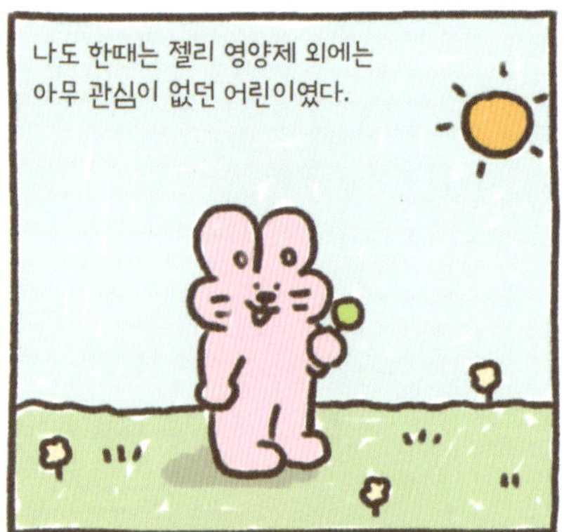

나도 한때는 젤리 영양제 외에는
아무 관심이 없던 어린이였다.

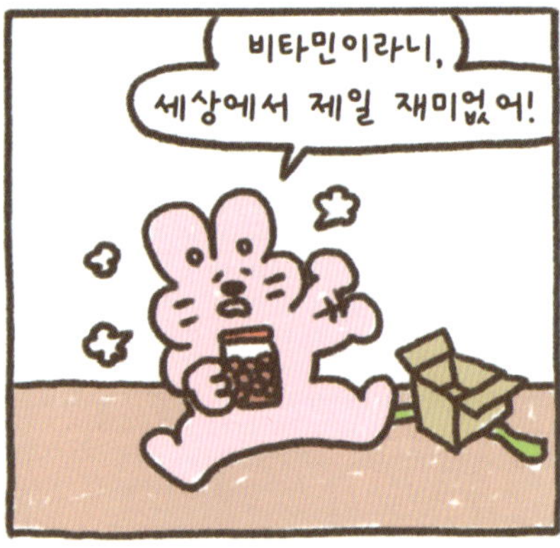

비타민이라니,
세상에서 제일 재미없어!

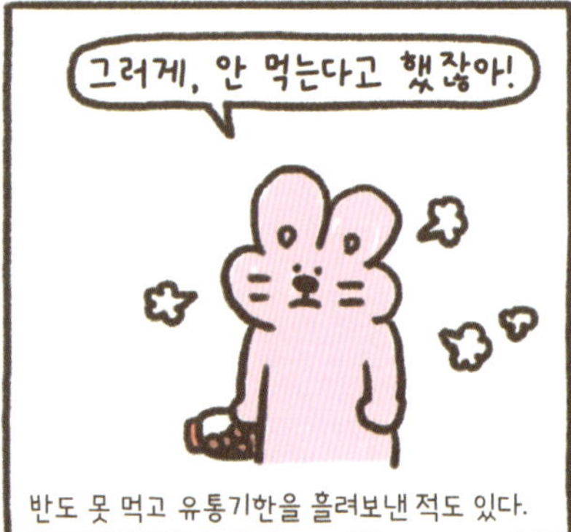

그러게, 안 먹는다고 했잖아!
반도 못 먹고 유통기한을 흘려보낸 적도 있다.

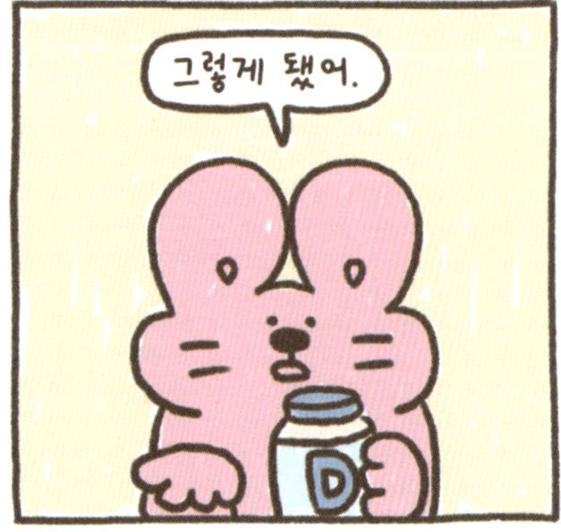

그렇게 됐어.

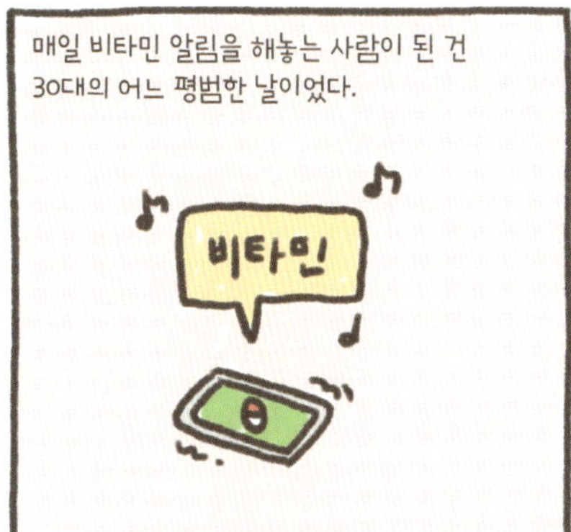

매일 비타민 알림을 해놓는 사람이 된 건
30대의 어느 평범한 날이었다.
비타민

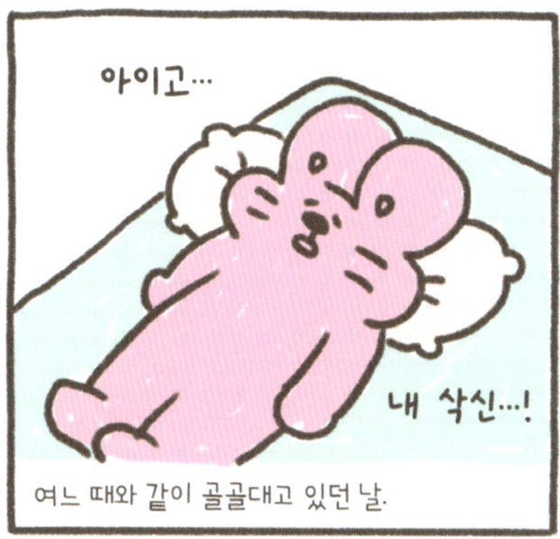

아이고...
내 삭신...!
여느 때와 같이 골골대고 있던 날.

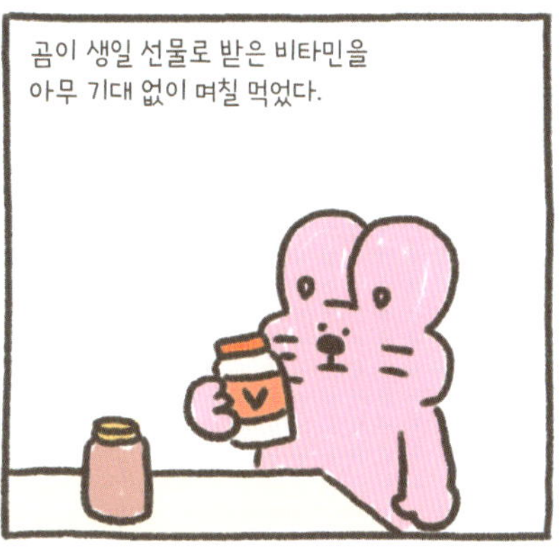

곰이 생일 선물로 받은 비타민을
아무 기대 없이 며칠 먹었다.

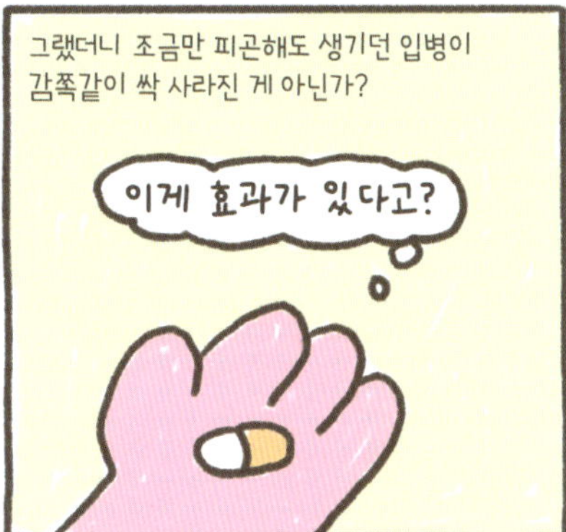

그랬더니 조금만 피곤해도 생기던 입병이
감쪽같이 싹 사라진 게 아닌가?
이게 효과가 있다고?

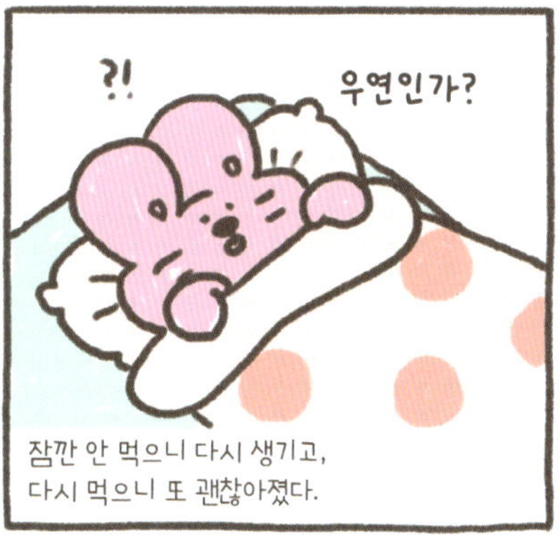

?!
우연인가?
잠깐 안 먹으니 다시 생기고,
다시 먹으니 또 괜찮아졌다.

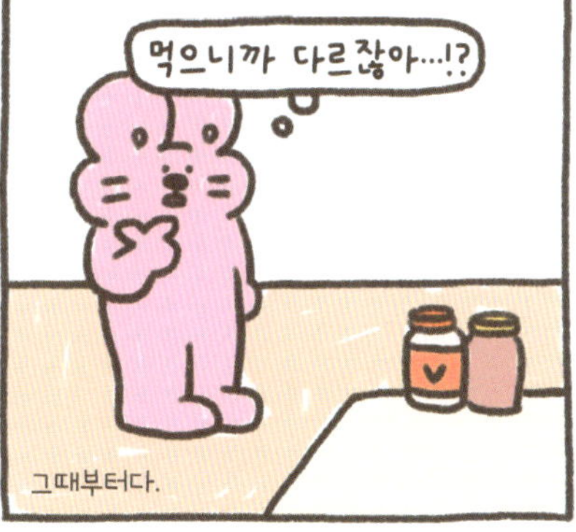

먹으니까 다르잖아...!?
그때부터다.

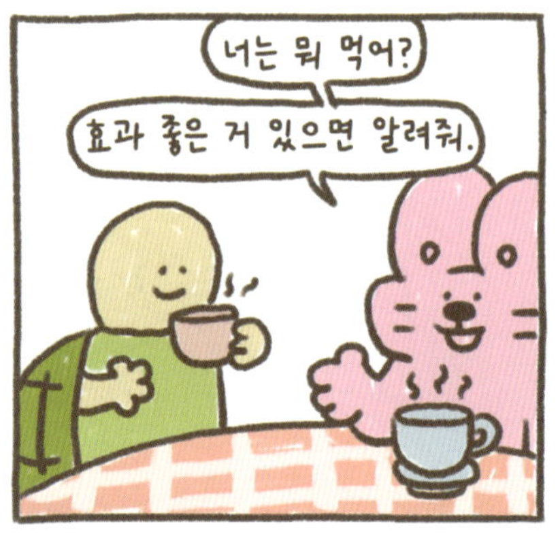

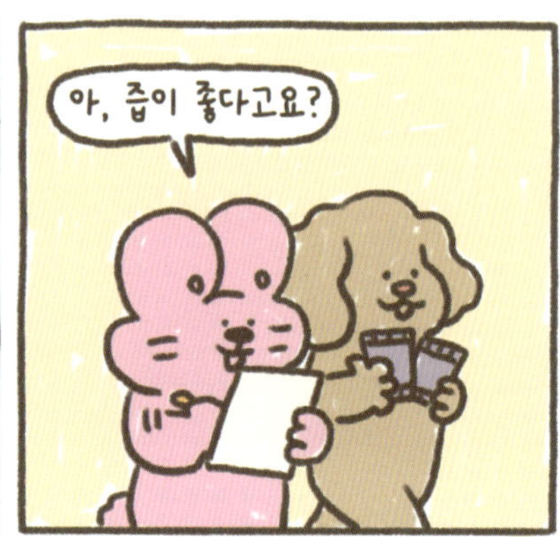

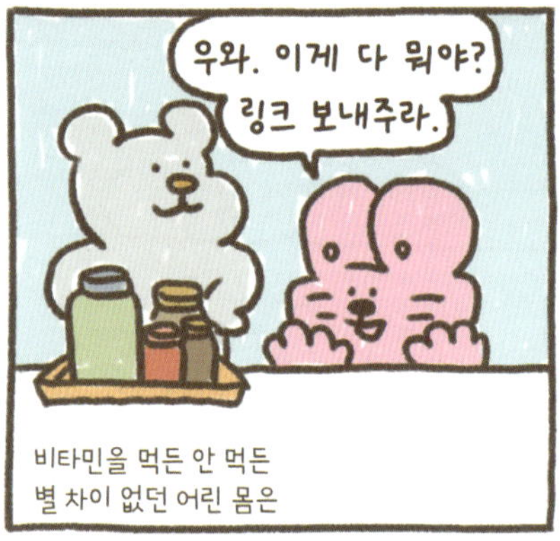

비타민을 먹든 안 먹든
별 차이 없던 어린 몸은

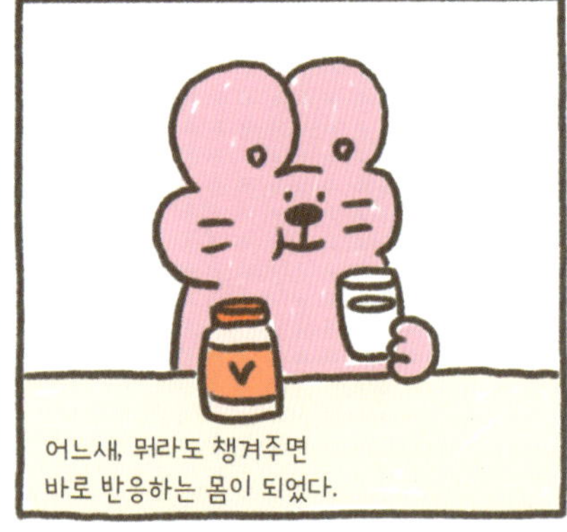

어느새, 뭐라도 챙겨주면
바로 반응하는 몸이 되었다.

그제야 알게 됐다.
무언가를⋯ 잃었다는 것을.

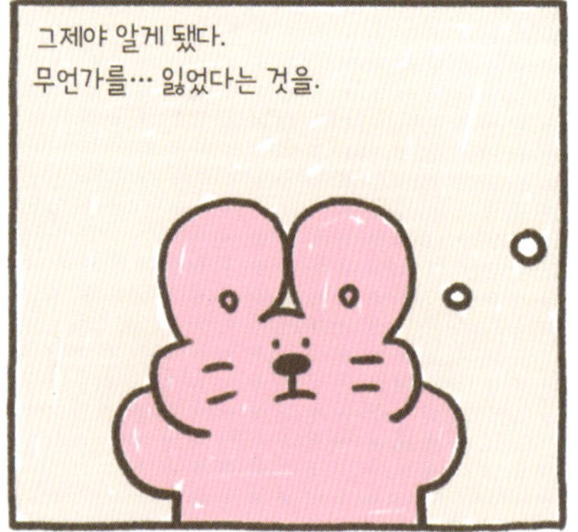

젊은 날엔 젊음을 모른다고 했던가.

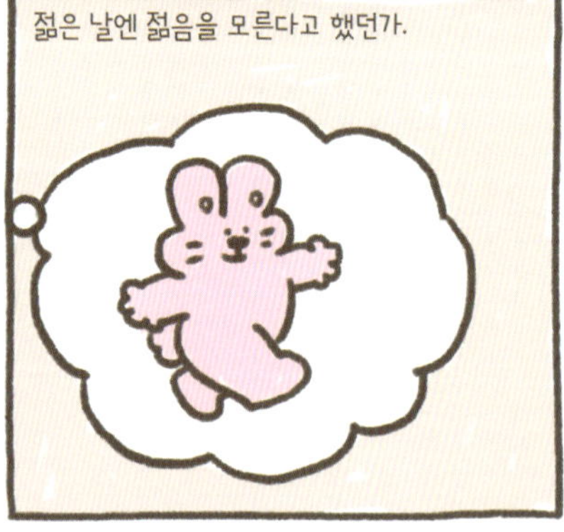

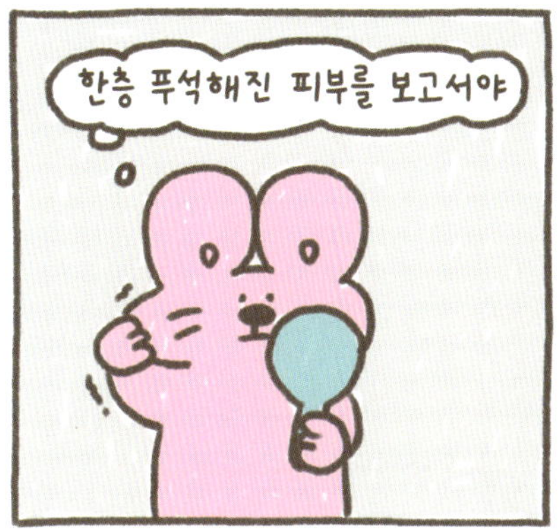

한층 푸석해진 피부를 보고서야

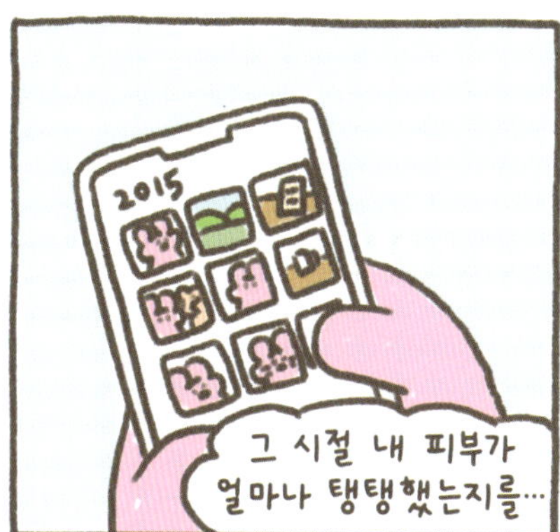

2015
그 시절 내 피부가
얼마나 탱탱했는지를…

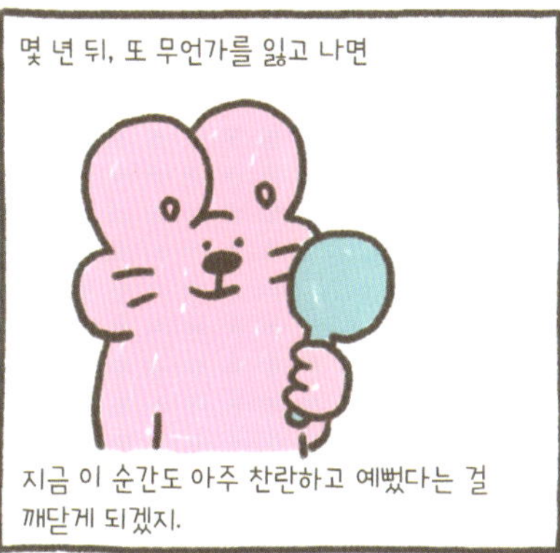

몇 년 뒤, 또 무언가를 잃고 나면
지금 이 순간도 아주 찬란하고 예뻤다는 걸
깨닫게 되겠지.

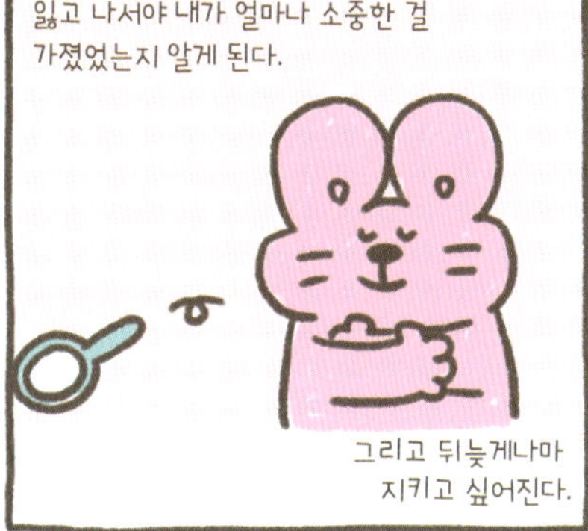

잃고 나서야 내가 얼마나 소중한 걸
가졌었는지 알게 된다.
그리고 뒤늦게나마
지키고 싶어진다.

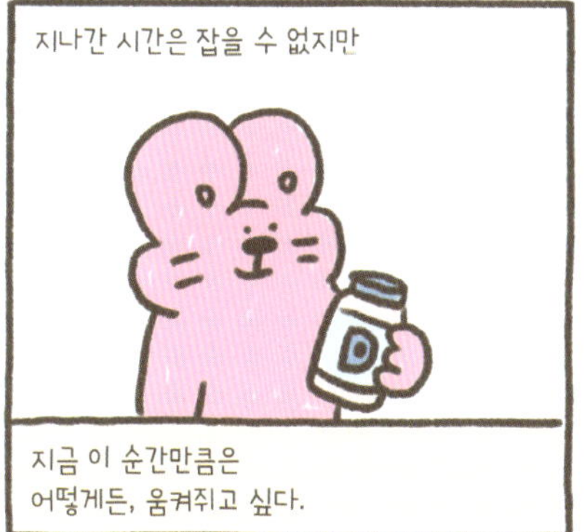

지나간 시간은 잡을 수 없지만
지금 이 순간만큼은
어떻게든, 움켜쥐고 싶다.

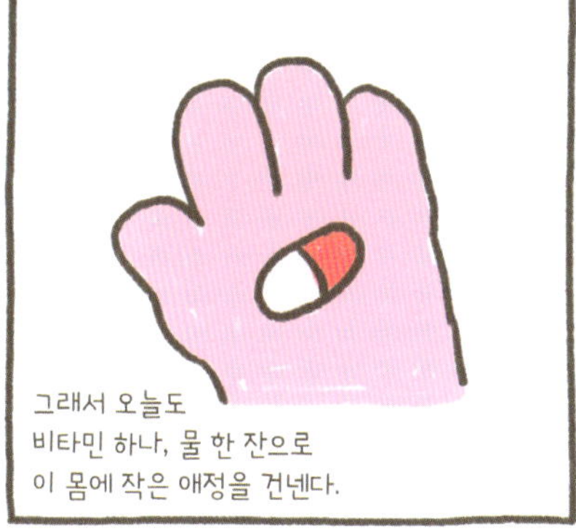

그래서 오늘도
비타민 하나, 물 한 잔으로
이 몸에 작은 애정을 건넨다.

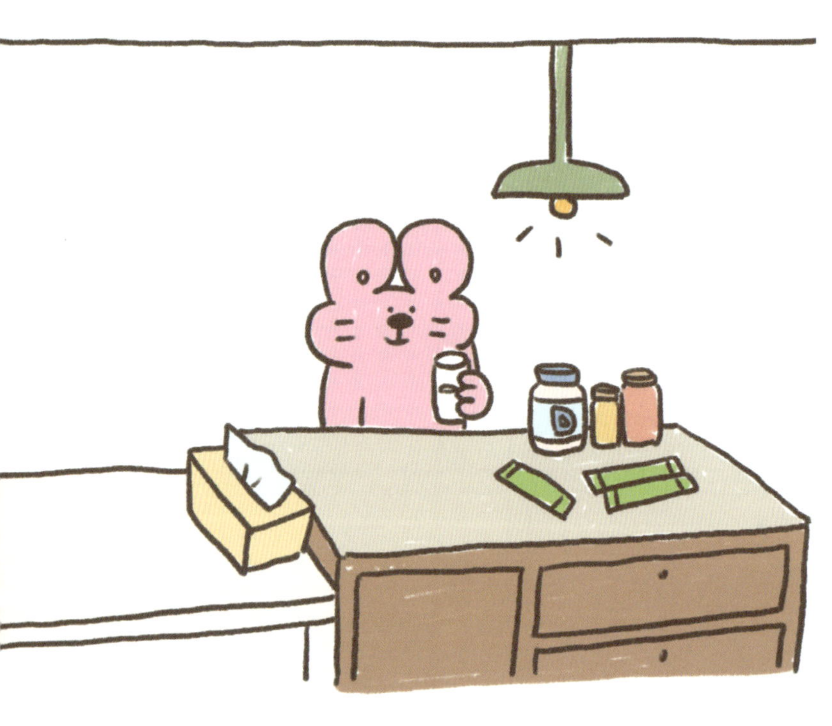

지금의 나를,
조금 더 오래 데리고 가기 위해.

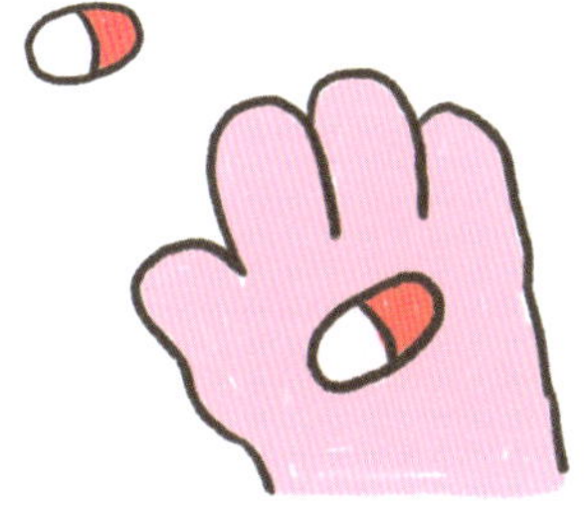

몸과 잘 지내기 위한 연습

☑ 오늘의 '지금'을 음미하고 있나요?

- 지금 이 순간을 충분히 감각하고 있나요?
- 바쁘다는 이유로 즐거움을 조급하게 몰아치고 있진 않나요?

☑ 내 몸이 가진 조건을 이해하고 받아들이고 있나요?

- 남과 비교하지 않고 내 몸을 바라보는 시선을 갖고 있나요?
- 내게 '불리하다'고 여겼던 점이 다른 문맥에선 강점이 되었던 경험이 있나요?

☑ 내 몸의 신호를 감지하고 반응할 수 있나요?

- 지친 순간을 무시하지 않고 과감히 멈추는 선택을 했나요?
- 중요한 결정일수록 좋은 컨디션의 내가 판단할 수 있도록 하고 있나요?

☑ 내 몸의 '균형 지점'을 알고 있나요?

- 오늘 내 몸은 가장 나답게 움직일 수 있는 상태였나요?
- 내가 느끼는 무게감과 숫자의 변화는 지금의 생활에 어떻게
  드러나고 있나요?

☑ 사소한 것에 애정을 담고 있나요?

- 오늘 내 몸에 작은 선물을 건넸나요?
  (예: 따뜻한 물, 비타민 하나, 좋아하는 향기, 부드러운 담요)
- 지금의 나를 오래 데리고 가기 위해, 나에게 어떤 애정을 주고 있나요?

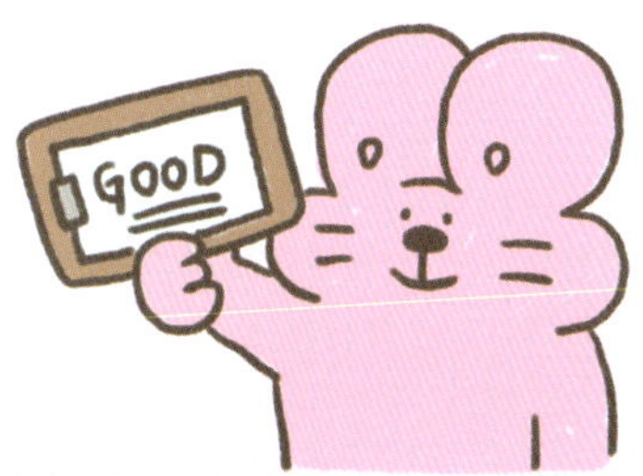

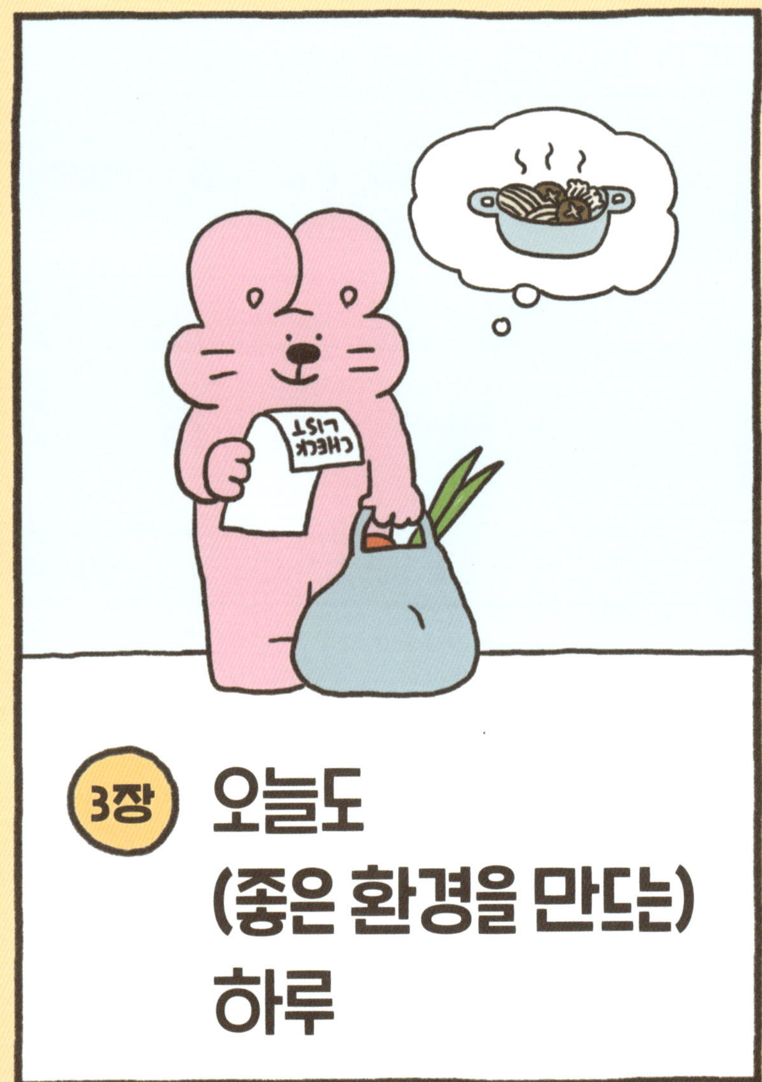

3장 오늘도 (좋은 환경을 만드는) 하루

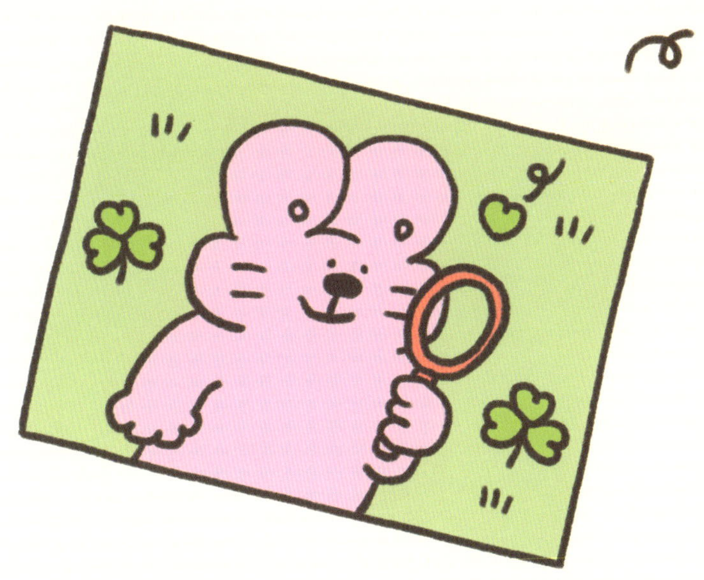

생각을 놓는 밤

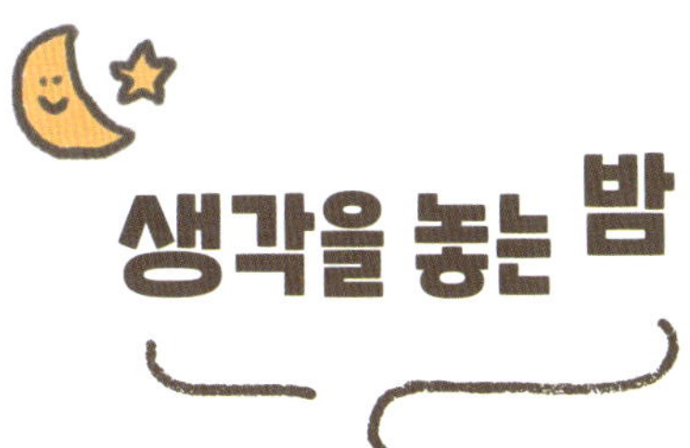

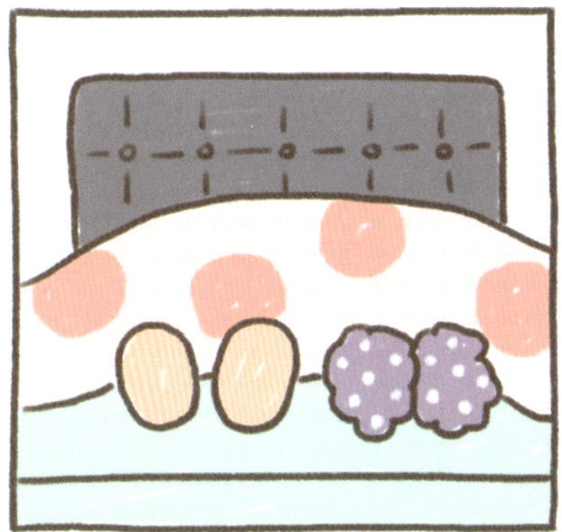

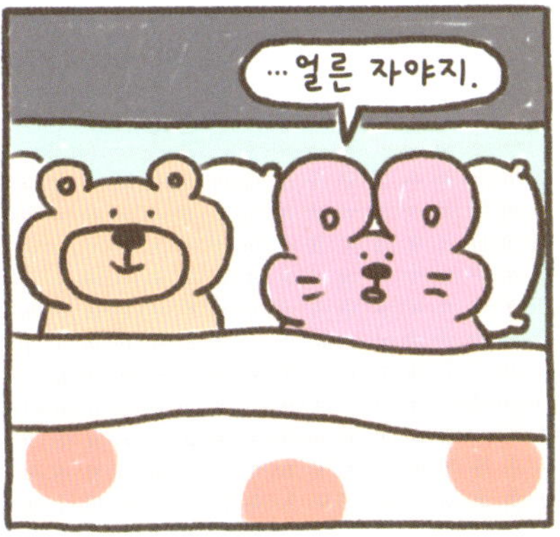

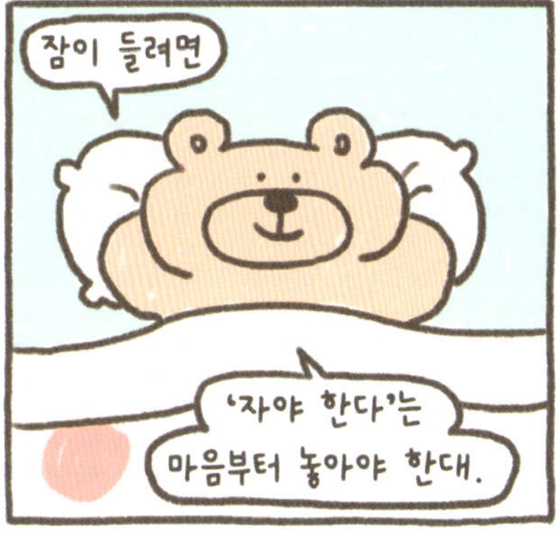

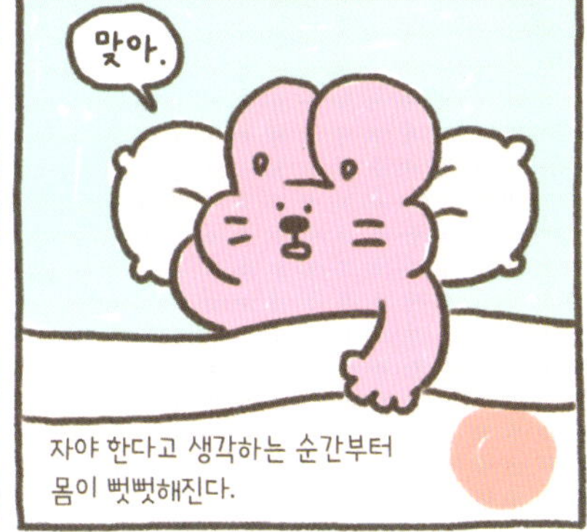

자야 한다고 생각하는 순간부터
몸이 뻣뻣해진다.

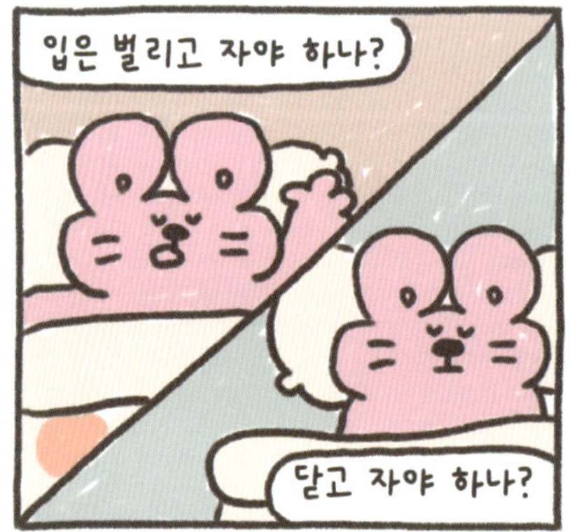
입은 벌리고 자야 하나?
닫고 자야 하나?

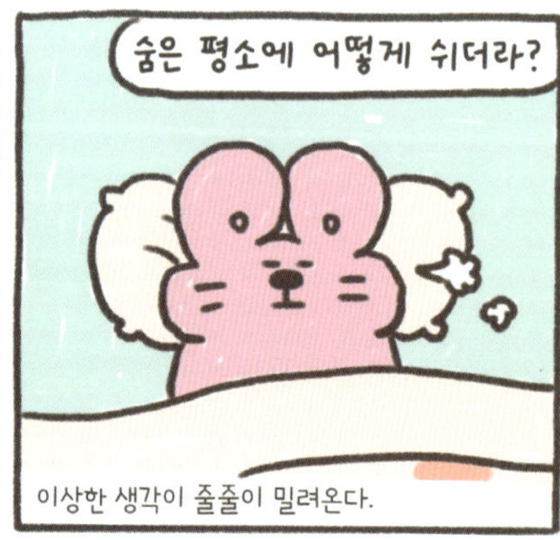
숨은 평소에 어떻게 쉬더라?
이상한 생각이 줄줄이 밀려온다.

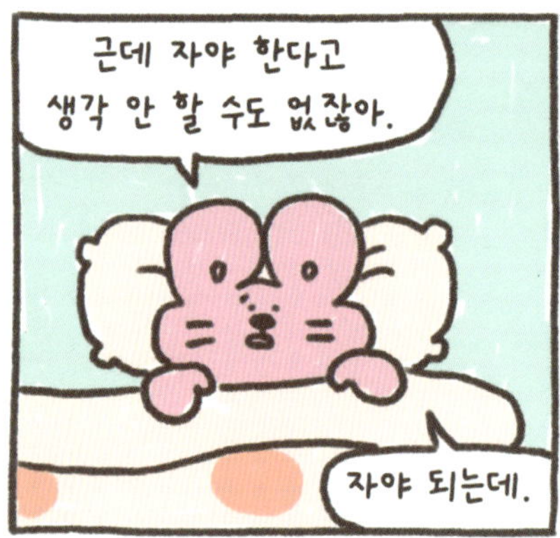
근데 자야 한다고
생각 안 할 수도 없잖아.
자야 되는데.

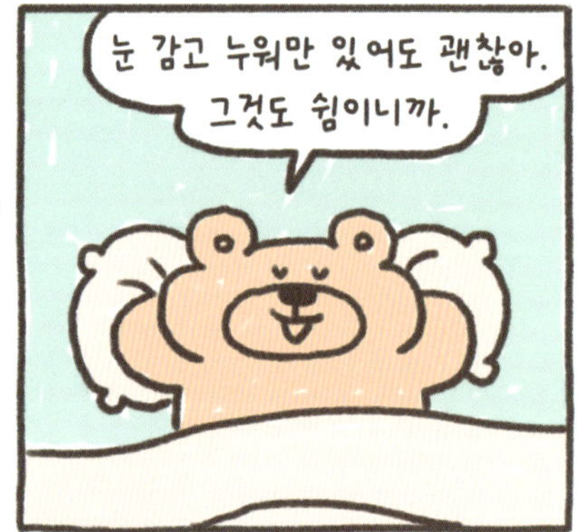
눈 감고 누워만 있어도 괜찮아.
그것도 쉼이니까.

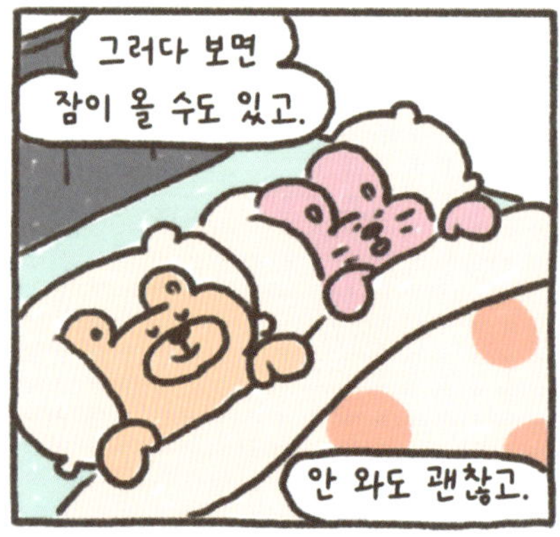
그러다 보면
잠이 올 수도 있고.
안 와도 괜찮고.

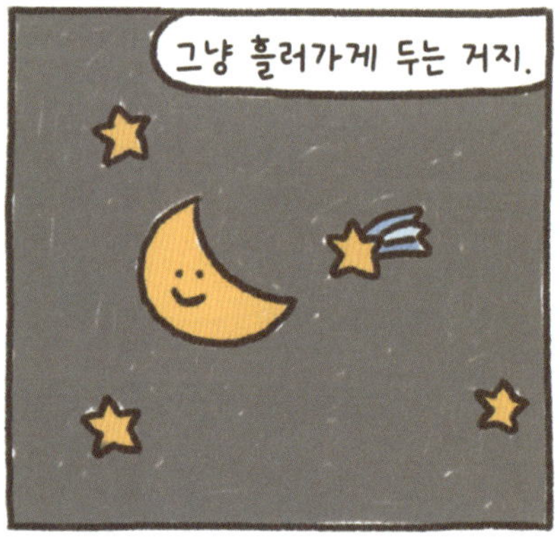
그냥 흘러가게 두는 거지.

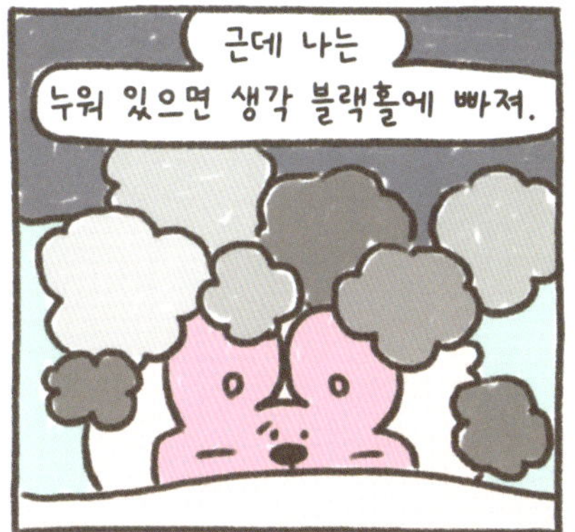

근데 나는
누워 있으면 생각 블랙홀에 빠져.

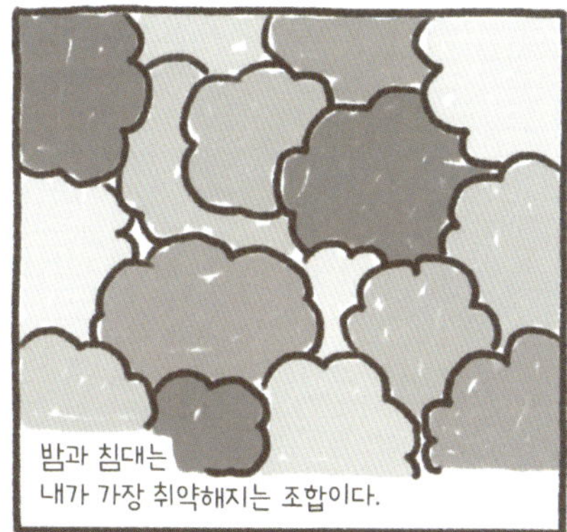

밤과 침대는
내가 가장 취약해지는 조합이다.

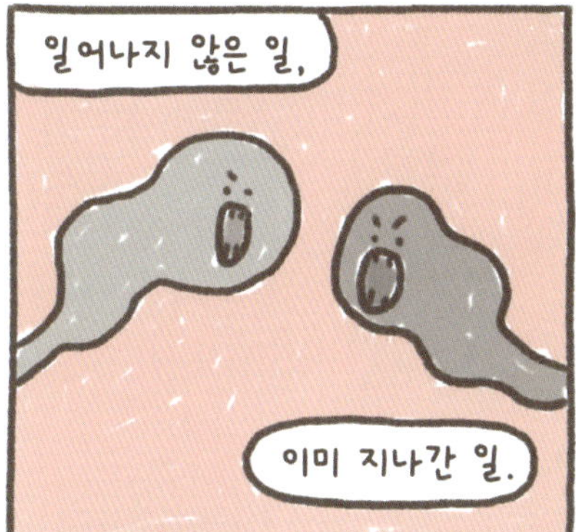

일어나지 않은 일,
이미 지나간 일.

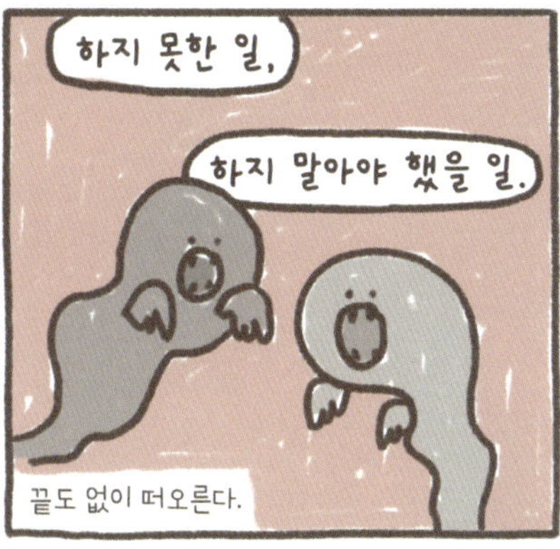

하지 못한 일,
하지 말아야 했을 일.
끝도 없이 떠오른다.

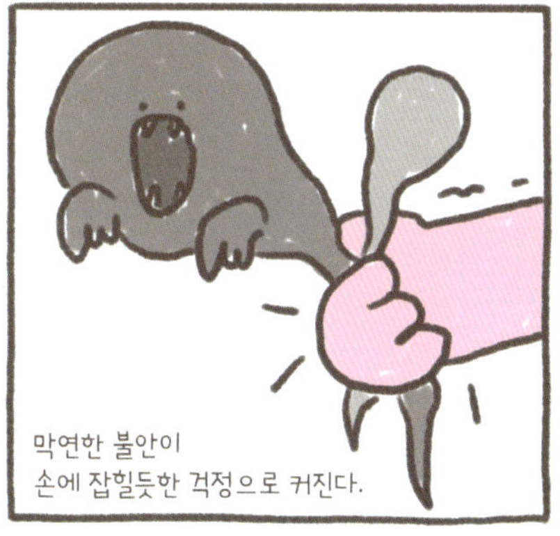

막연한 불안이
손에 잡힐듯한 걱정으로 커진다.

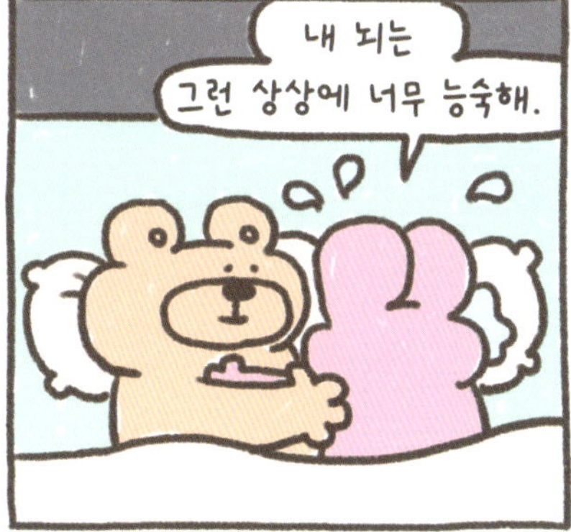

내 뇌는
그런 상상에 너무 능숙해.

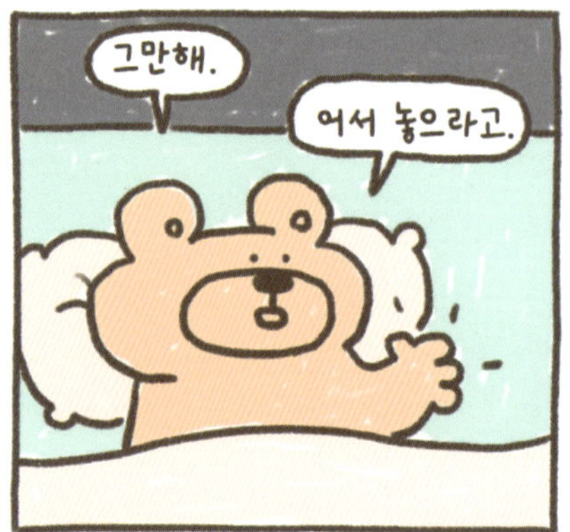

그만해.
어서 놓으라고.

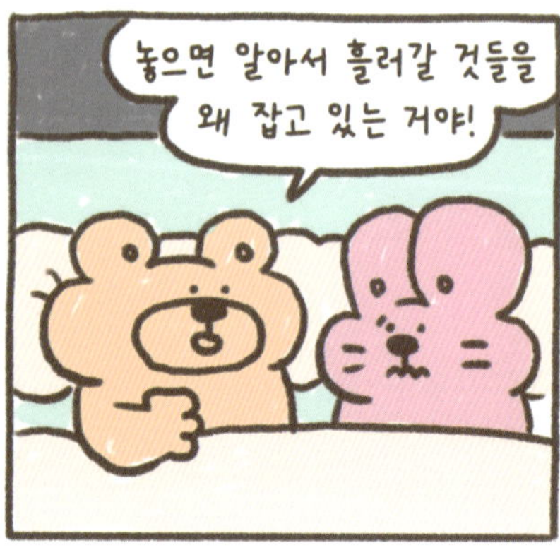

놓으면 알아서 흘러갈 것들을
왜 잡고 있는 거야!

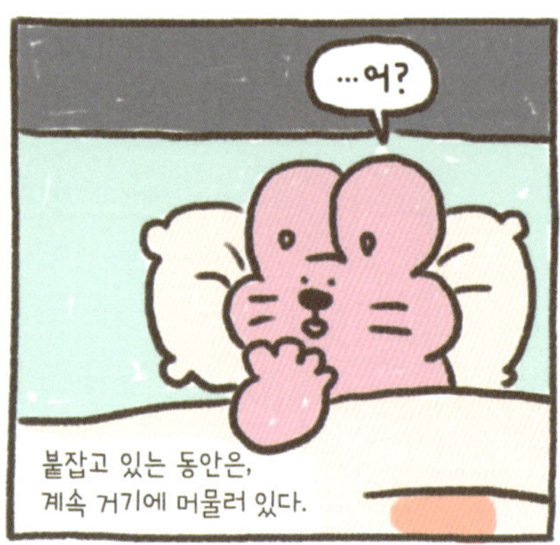

...어?
붙잡고 있는 동안은,
계속 거기에 머물러 있다.

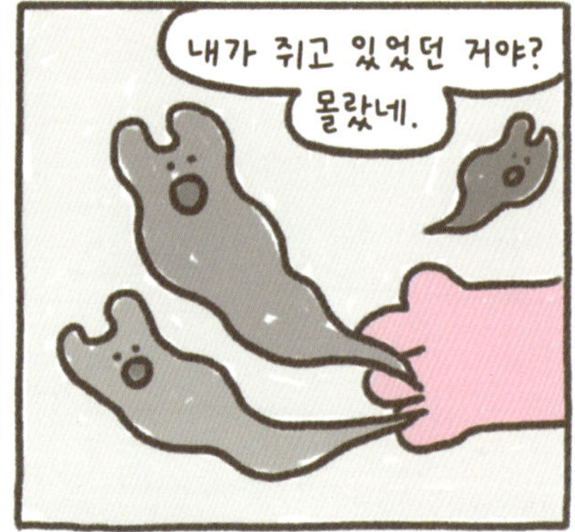

내가 쥐고 있었던 거야?
몰랐네.

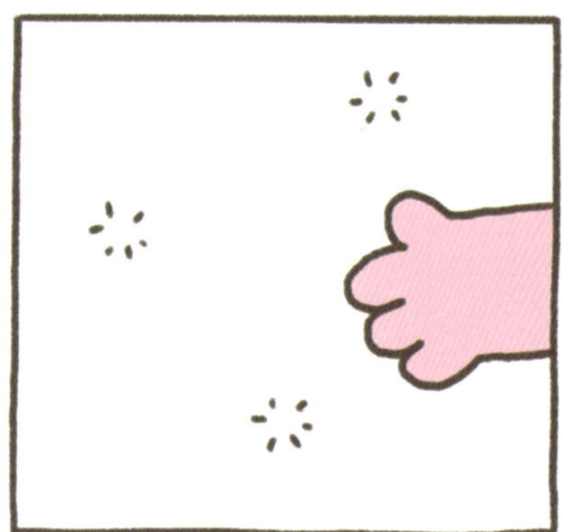

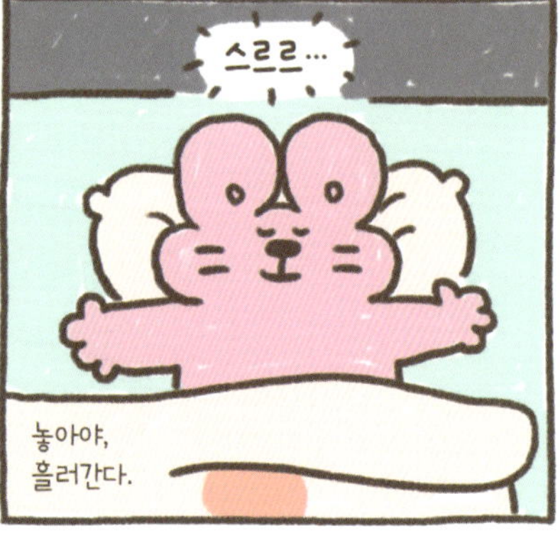

스르르...
놓아야,
흘러간다.

내려놓을 때야말로,
진짜로 나에게 돌아오는 것들이 있다.

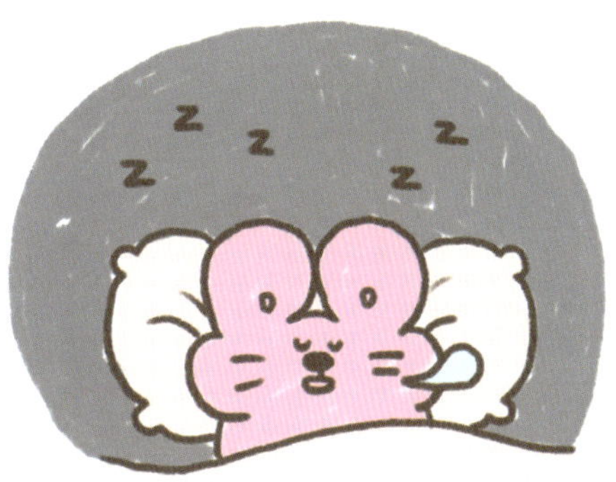

일이 늘어도 밥은 챙겨야지

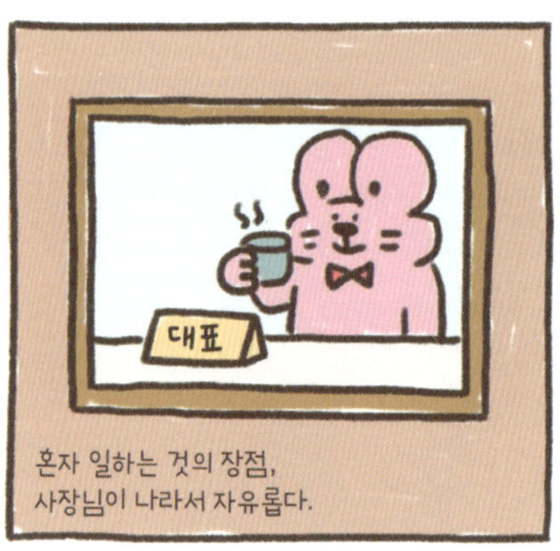

혼자 일하는 것의 장점,
사장님이 나라서 자유롭다.

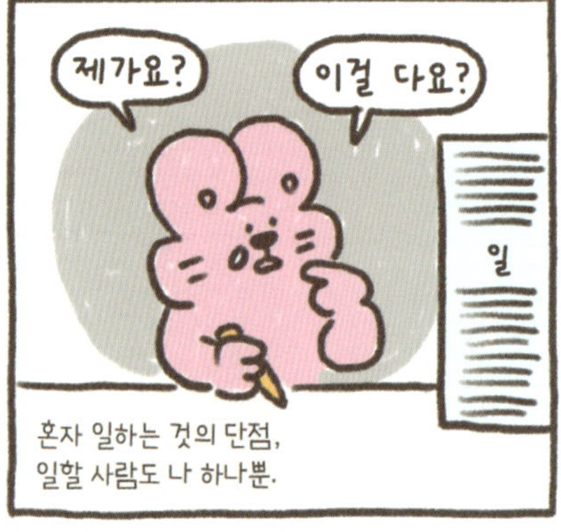

혼자 일하는 것의 단점,
일할 사람도 나 하나뿐.

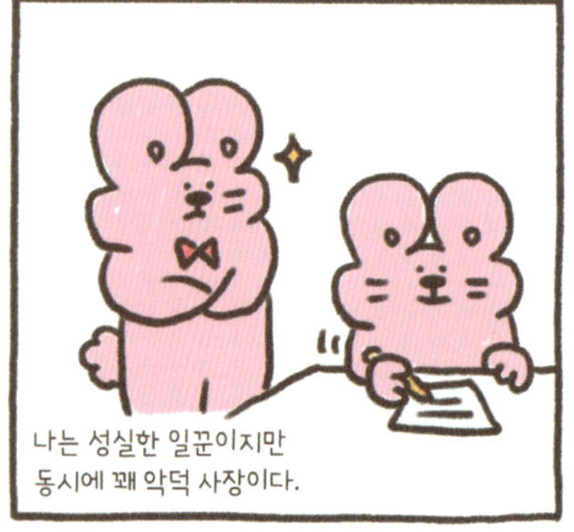

나는 성실한 일꾼이지만
동시에 꽤 악덕 사장이다.

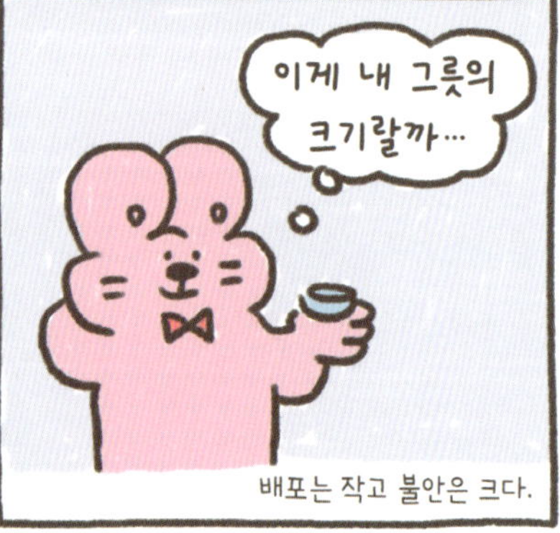

배포는 작고 불안은 크다.

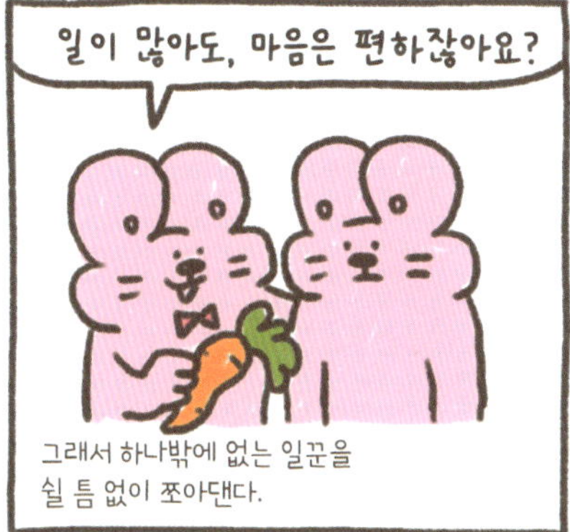

일이 많아도, 마음은 편하잖아요?
그래서 하나밖에 없는 일꾼을
쉴 틈 없이 쪼아댄다.

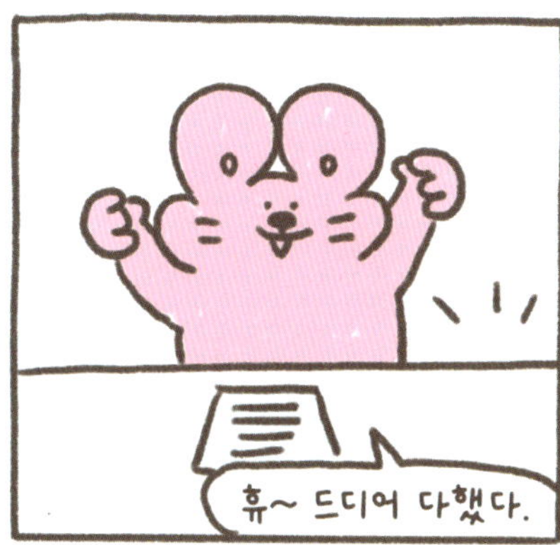

휴~ 드디어 다했다.

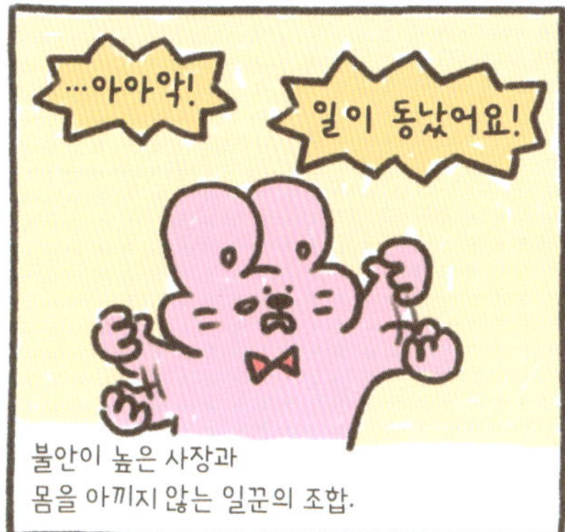

...아아악!
일이 동났어요!
불안이 높은 사장과
몸을 아끼지 않는 일꾼의 조합.

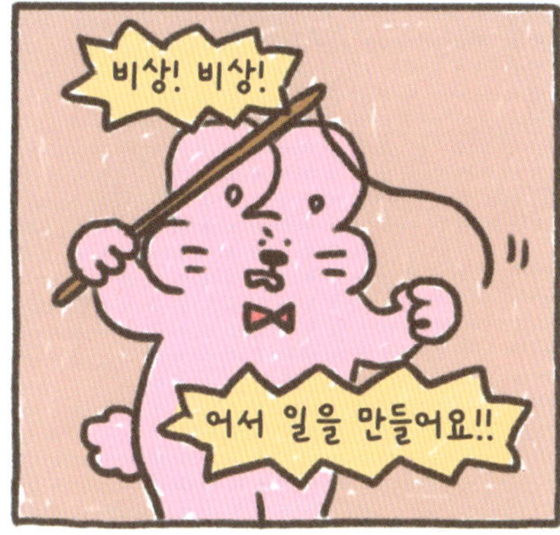

비상! 비상!
어서 일을 만들어요!!

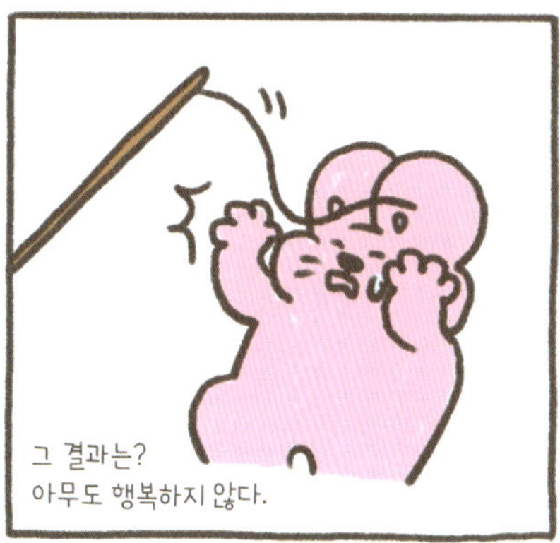

그 결과는?
아무도 행복하지 않다.

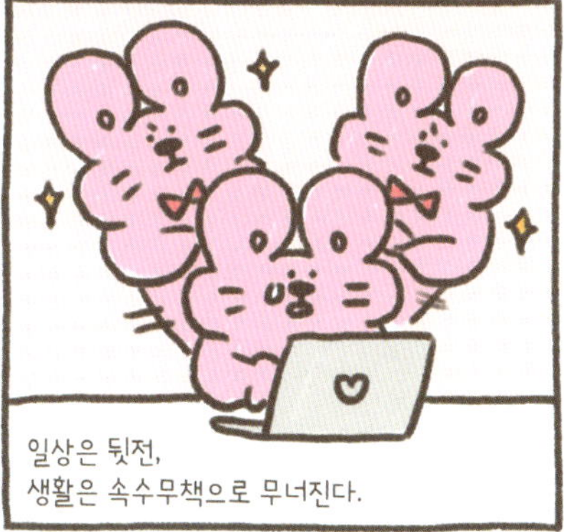

일상은 뒷전,
생활은 속수무책으로 무너진다.

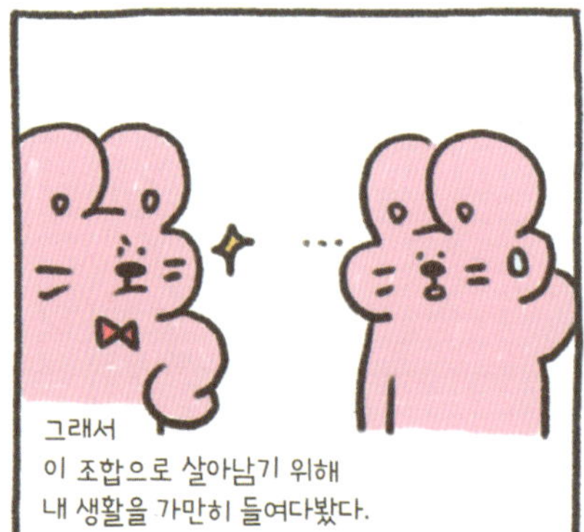

그래서
이 조합으로 살아남기 위해
내 생활을 가만히 들여다봤다.

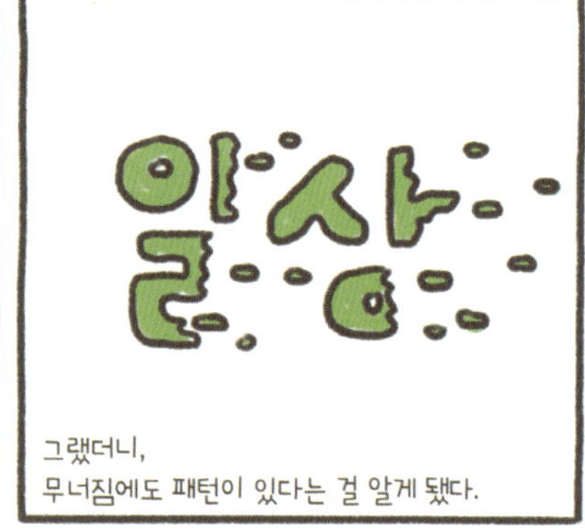

일상
그랬더니,
무너짐에도 패턴이 있다는 걸 알게 됐다.

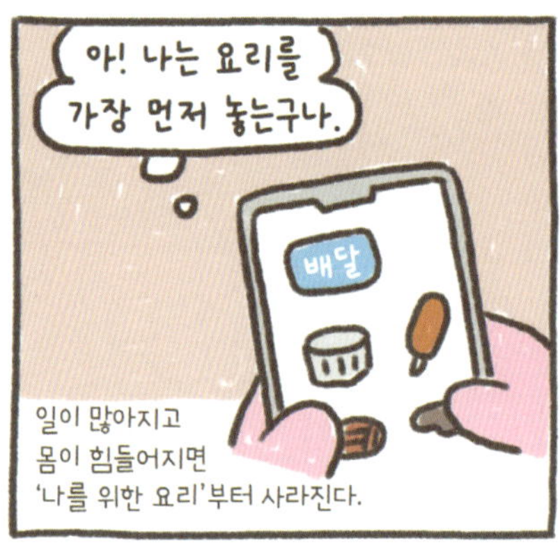

아! 나는 요리를
가장 먼저 놓는구나.
배달
일이 많아지고
몸이 힘들어지면
'나를 위한 요리'부터 사라진다.

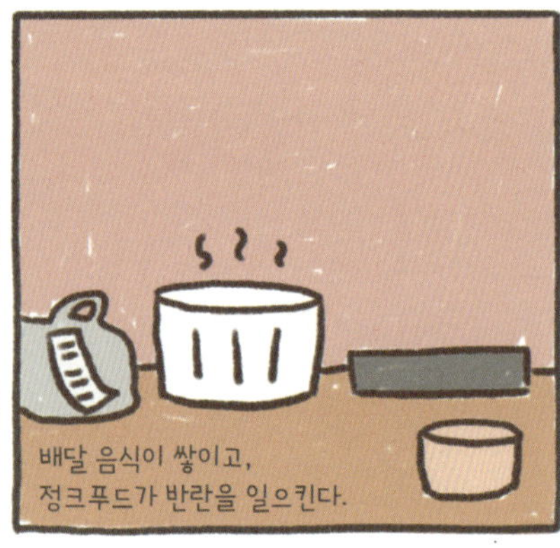

배달 음식이 쌓이고,
정크푸드가 반란을 일으킨다.

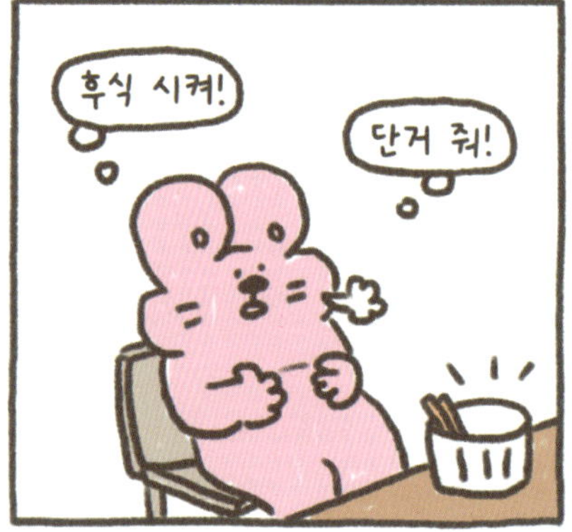

후식 시켜!
단거 줘!

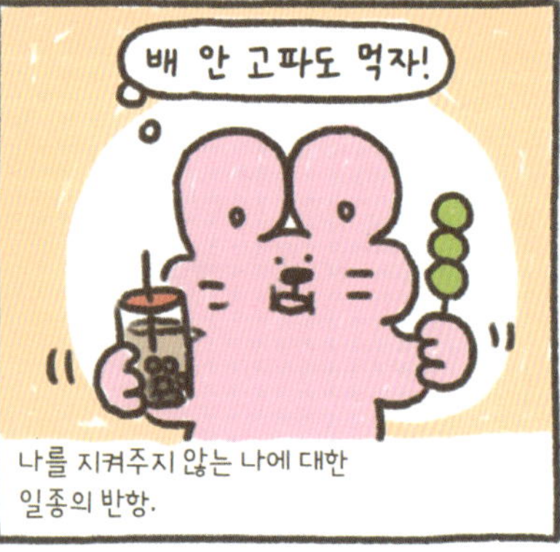

배 안 고파도 먹자!
나를 지켜주지 않는 나에 대한
일종의 반항.

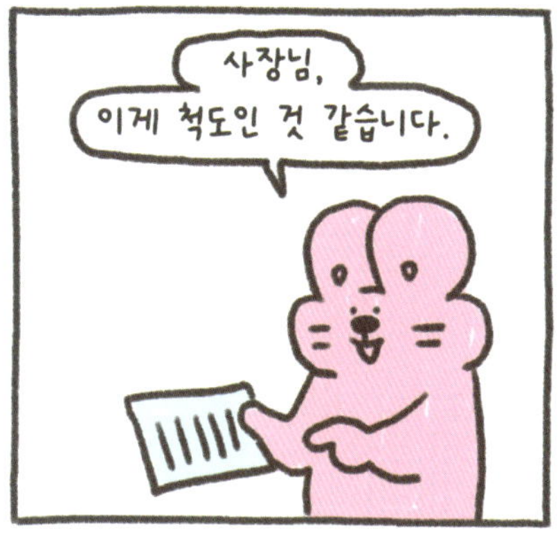

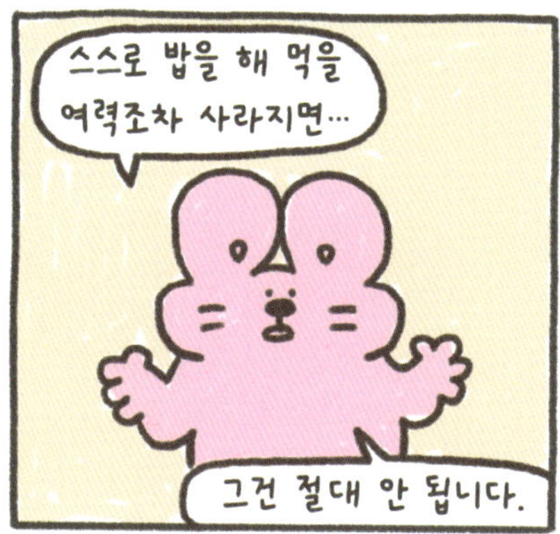

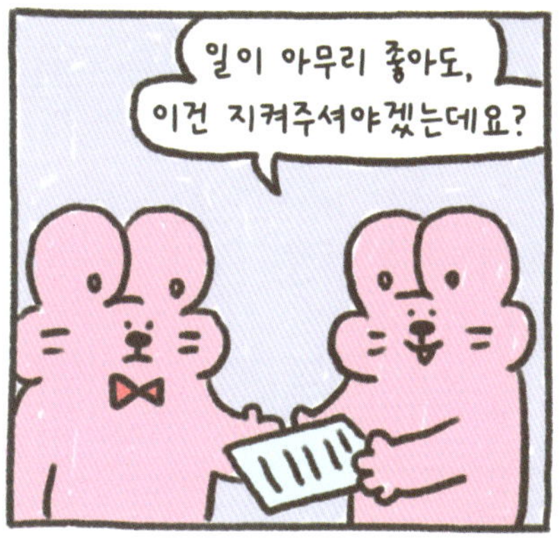

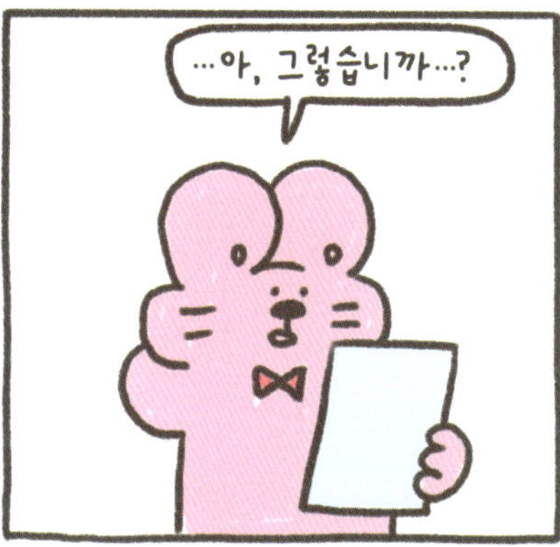

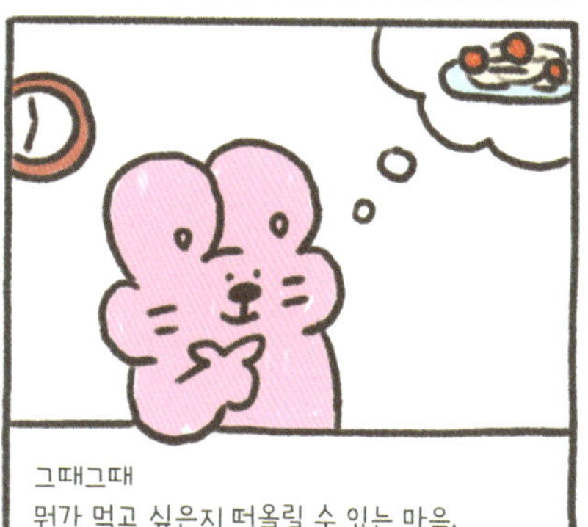

그때그때
뭐가 먹고 싶은지 떠올릴 수 있는 마음.

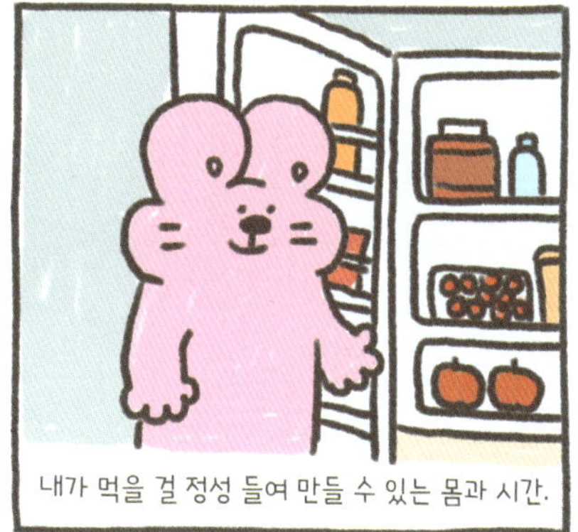

내가 먹을 걸 정성 들여 만들 수 있는 몸과 시간.

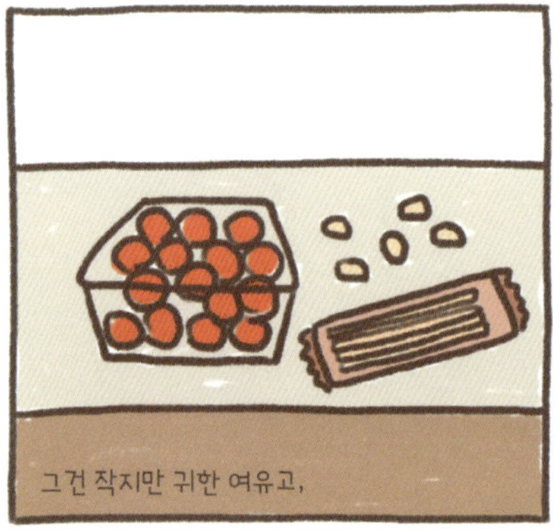
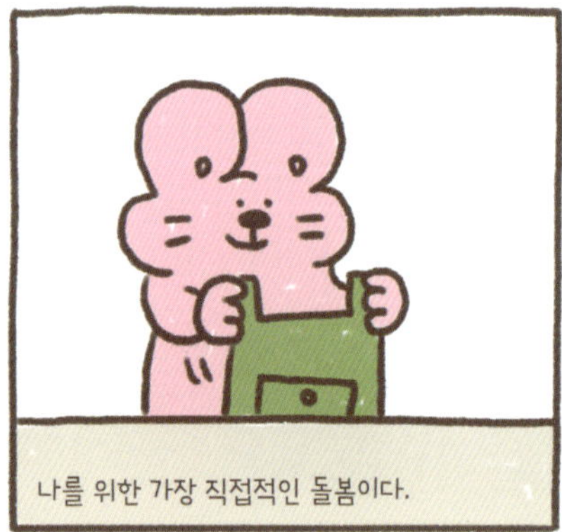

그건 작지만 귀한 여유고,

나를 위한 가장 직접적인 돌봄이다.

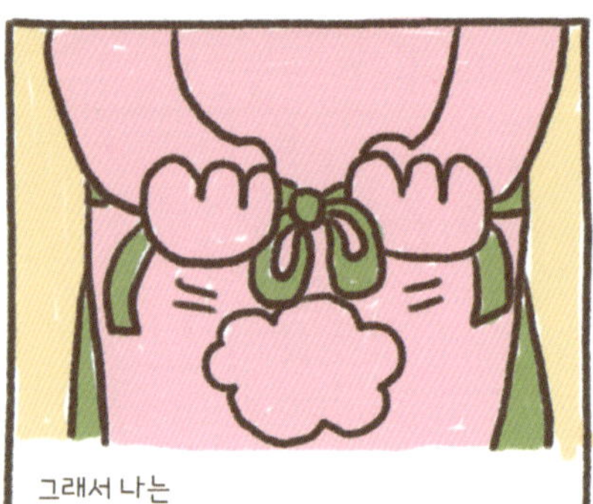
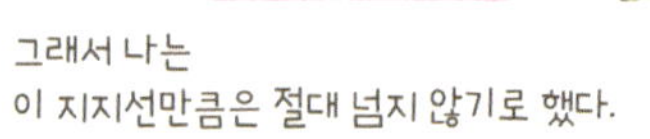
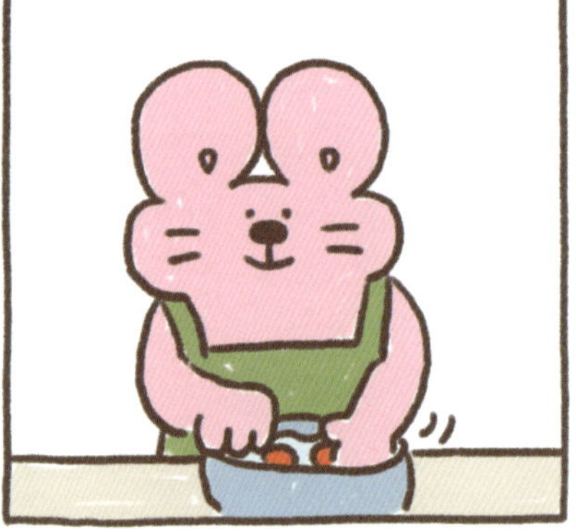

그래서 나는
이 지지선만큼은 절대 넘지 않기로 했다.

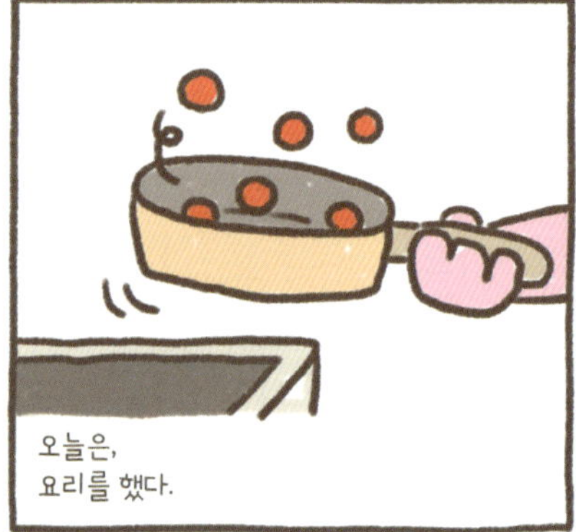
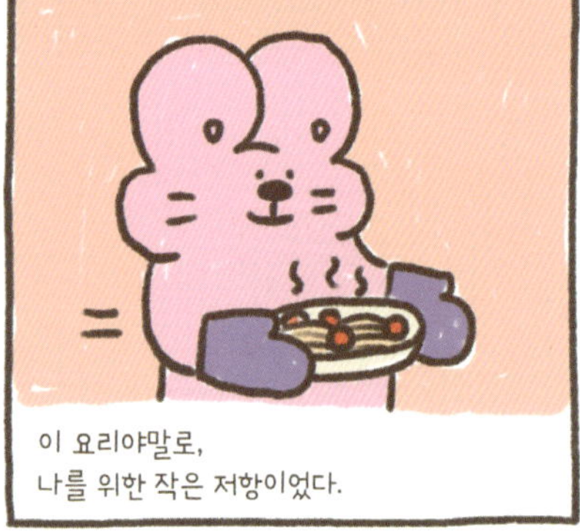

오늘은,
요리를 했다.

이 요리야말로,
나를 위한 작은 저항이었다.

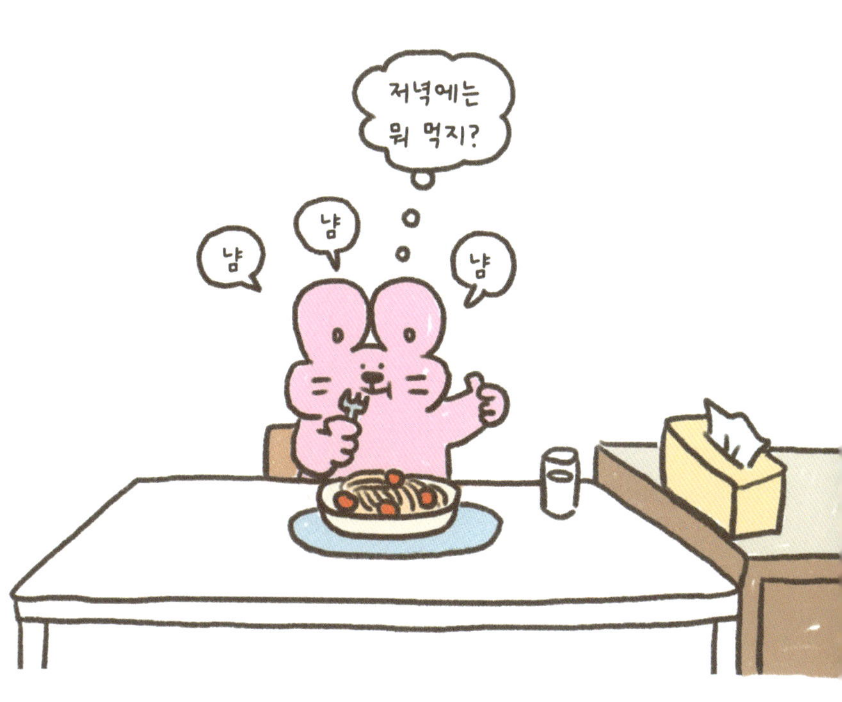
저녁에는
뭐 먹지?
냠
냠
냠

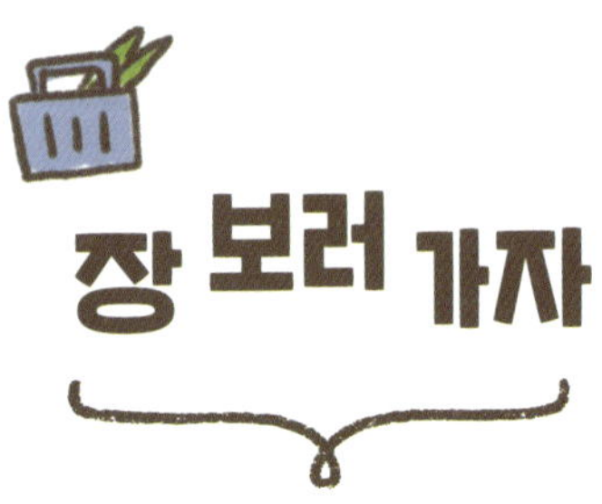
장 보러 가자

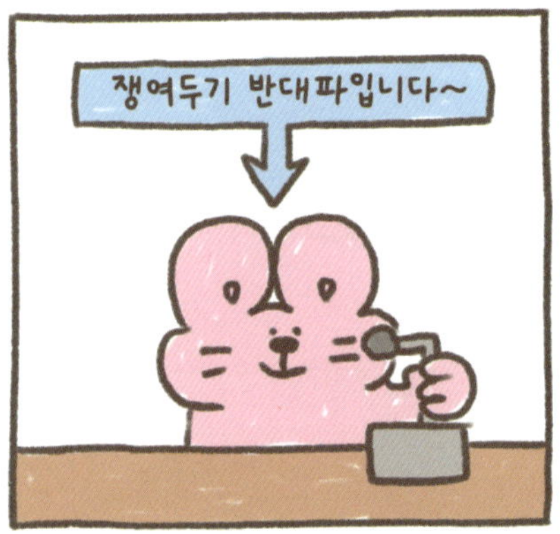
쟁여두기 반대파입니다~

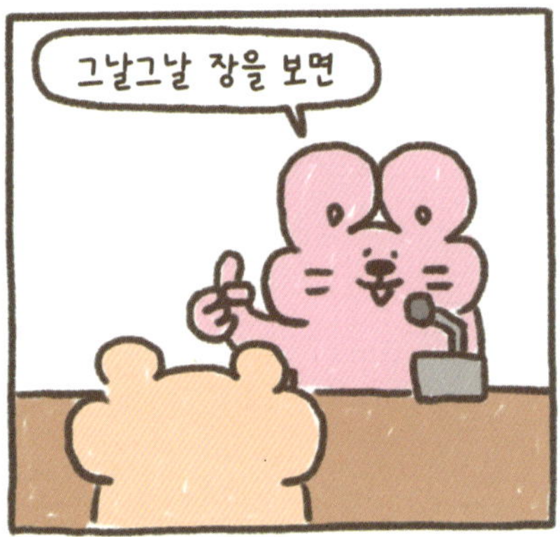
그날그날 장을 보면

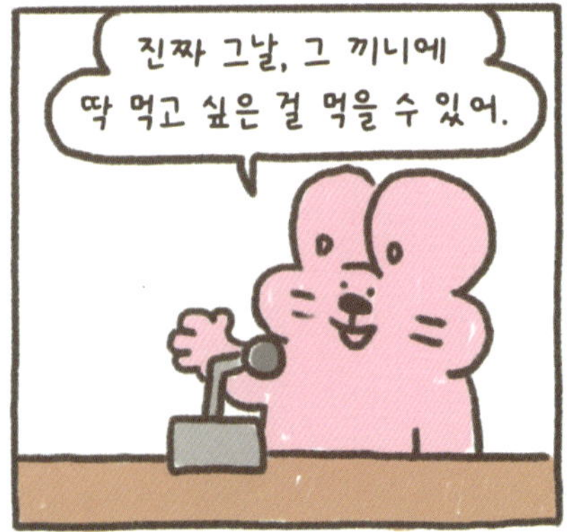
진짜 그날, 그 끼니에
딱 먹고 싶은 걸 먹을 수 있어.

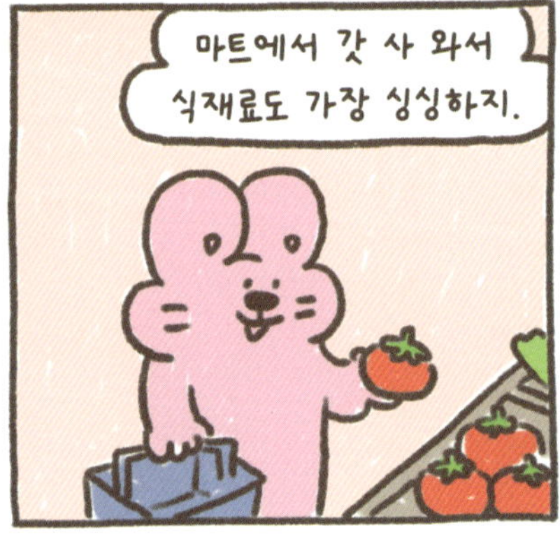
마트에서 갓 사 와서
식재료도 가장 싱싱하지.

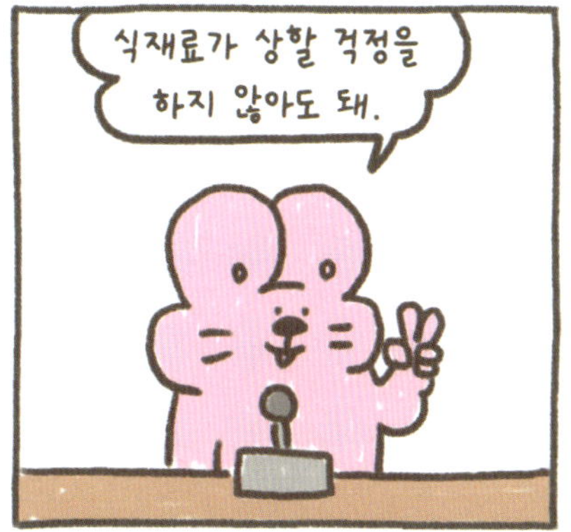
식재료가 상할 걱정을 하지 않아도 돼.

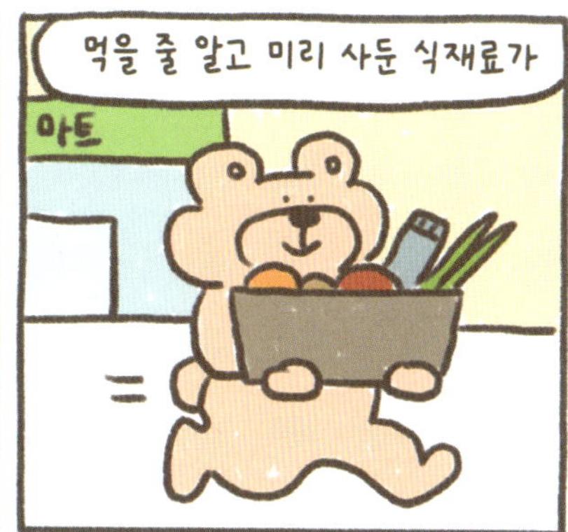
먹을 줄 알고 미리 사둔 식재료가
마트

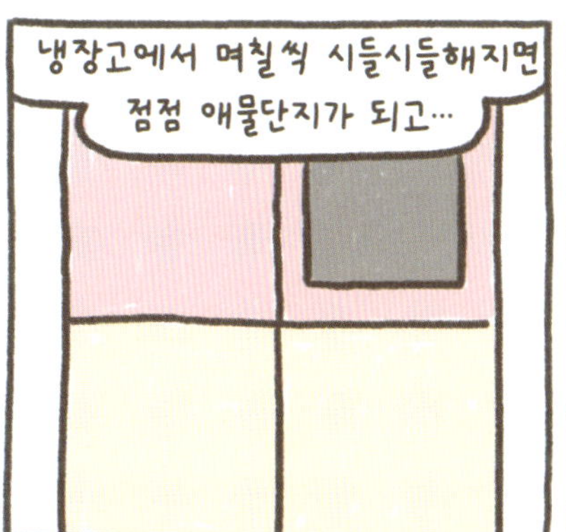
냉장고에서 며칠씩 시들시들해지면 점점 애물단지가 되고…

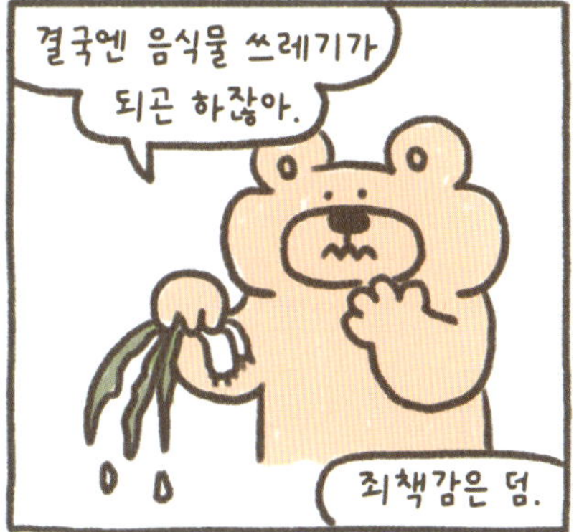
결국엔 음식물 쓰레기가 되곤 하잖아.
죄책감은 덤.

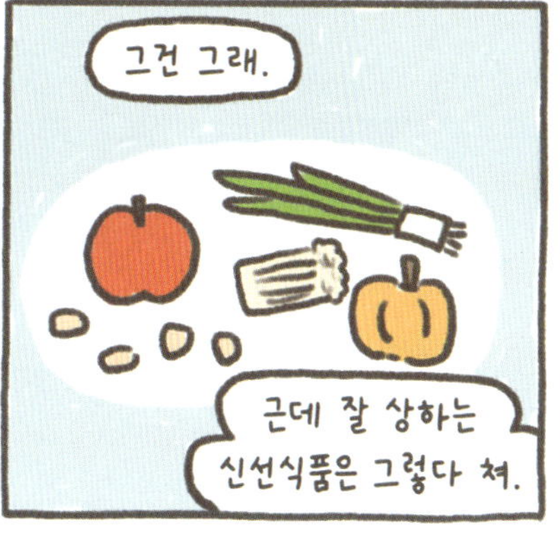
그건 그래.
근데 잘 상하는 신선식품은 그렇다 쳐.

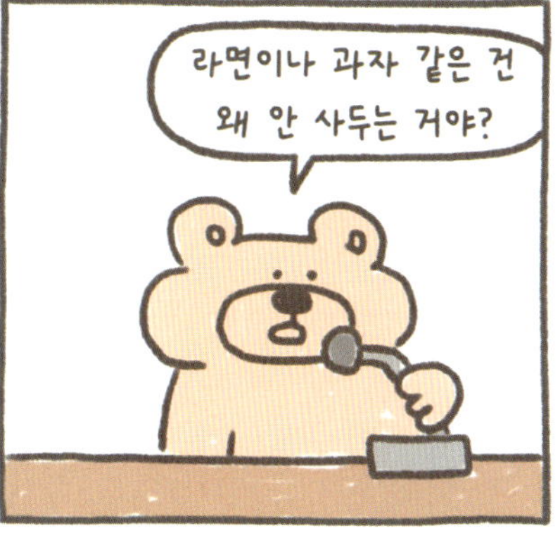
라면이나 과자 같은 건 왜 안 사두는 거야?

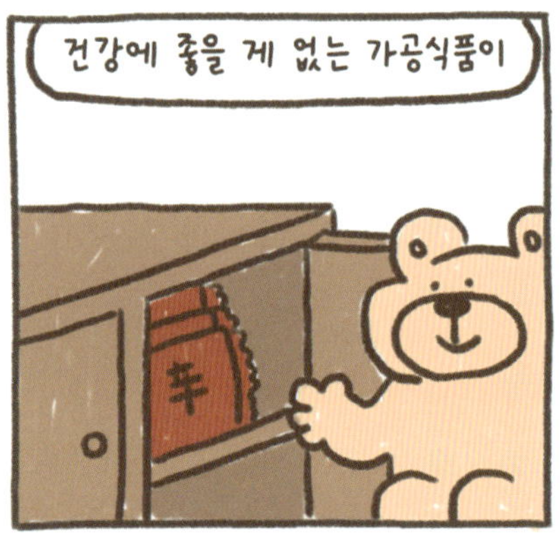

건강에 좋을 게 없는 가공식품이

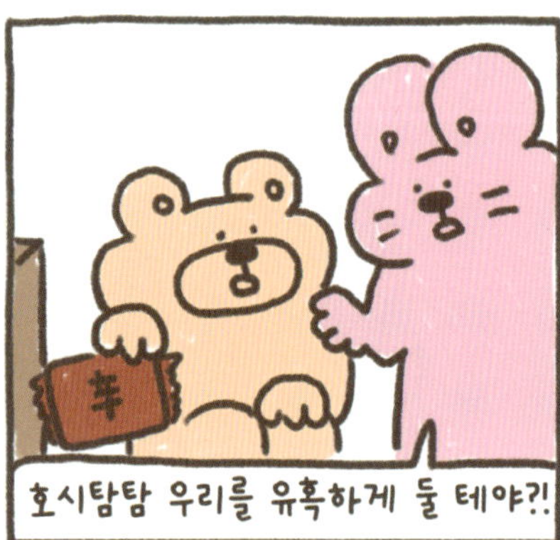

호시탐탐 우리를 유혹하게 둘 테야?!

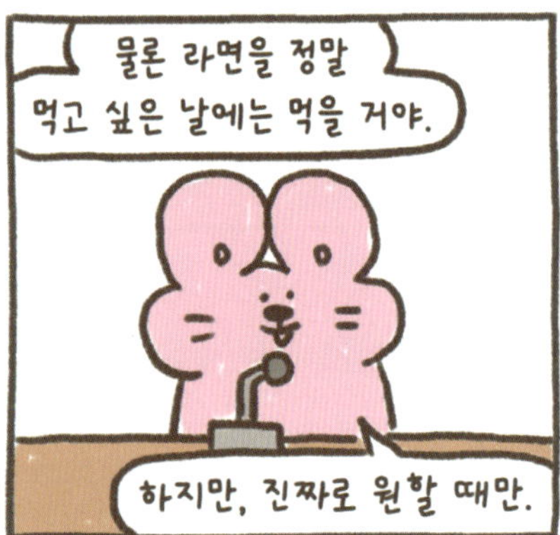

물론 라면을 정말 먹고 싶은 날에는 먹을 거야.
하지만, 진짜로 원할 때만.

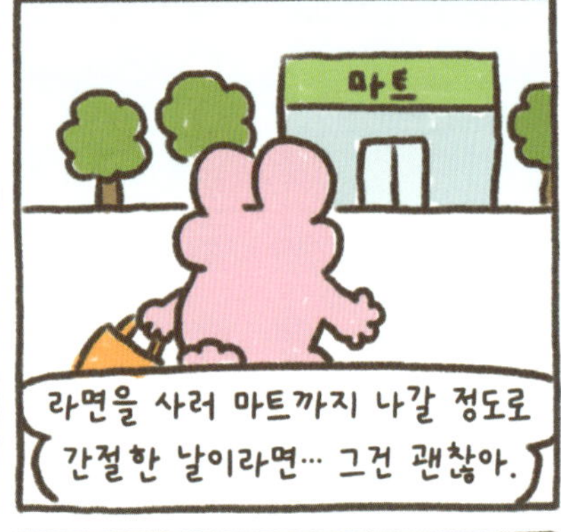

마트
라면을 사러 마트까지 나갈 정도로 간절한 날이라면… 그건 괜찮아.

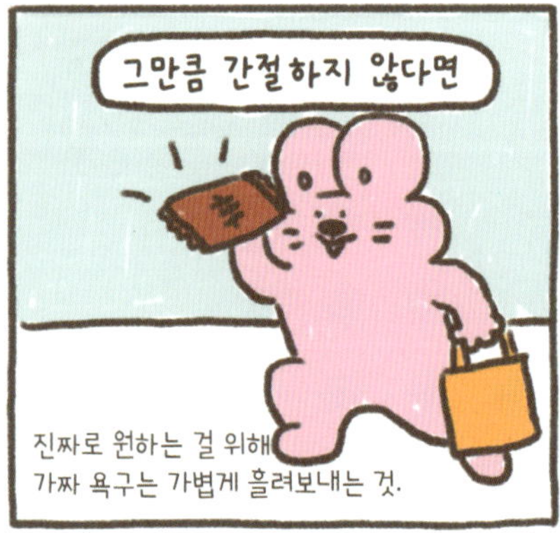

그만큼 간절하지 않다면
진짜로 원하는 걸 위해 가짜 욕구는 가볍게 흘려보내는 것.

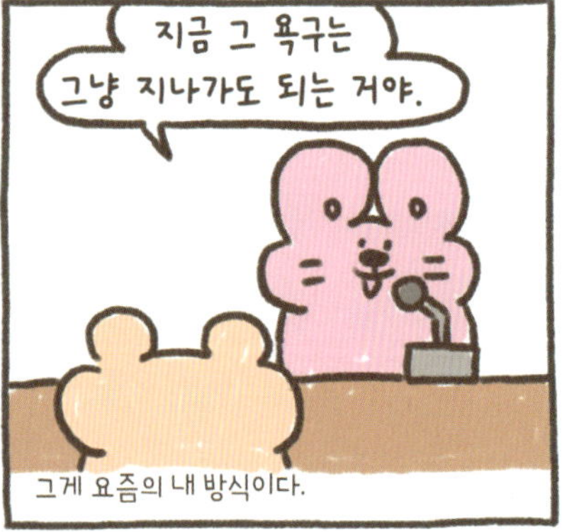

지금 그 욕구는 그냥 지나가도 되는 거야.
그게 요즘의 내 방식이다.

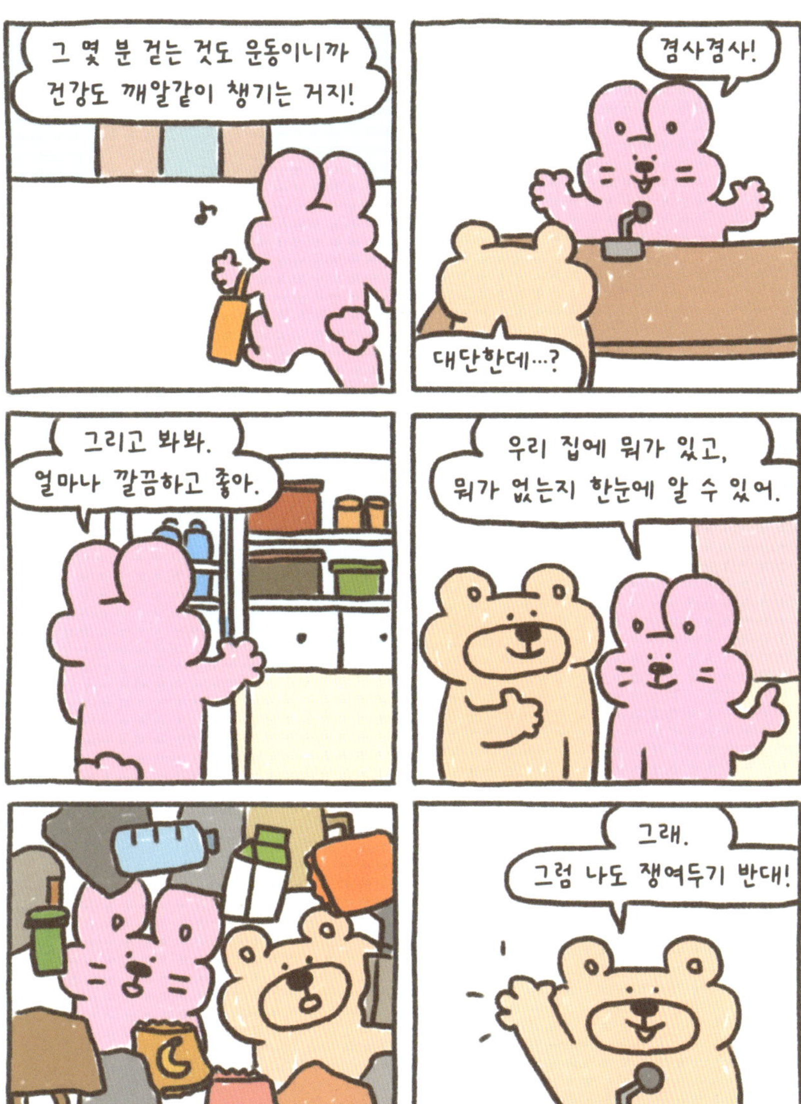
그 몇 분 걷는 것도 운동이니까 건강도 깨알같이 챙기는 거지!
겸사겸사!
대단한데...?
그리고 봐봐. 얼마나 깔끔하고 좋아.
우리 집에 뭐가 있고, 뭐가 없는지 한눈에 알 수 있어.
쌓이는 순간 재고 파악이 안 돼.
그래. 그럼 나도 쟁여두기 반대!

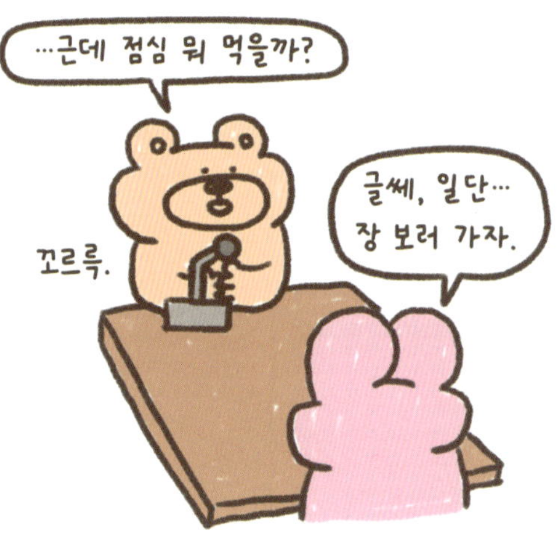
…근데 점심 뭐 먹을까?
글쎄, 일단…
장 보러 가자.
꼬르륵.

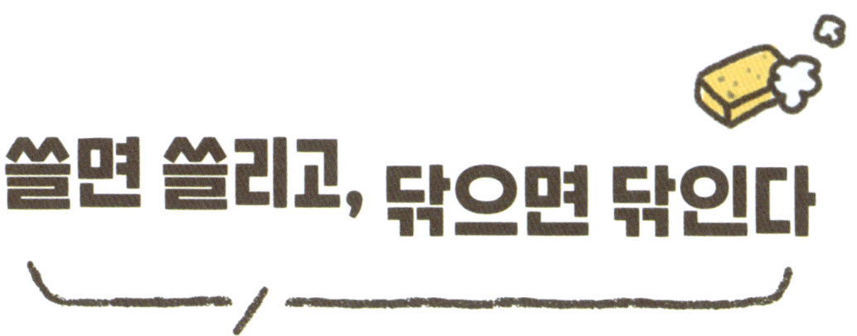

쓸면 쓸리고, 닦으면 닦인다

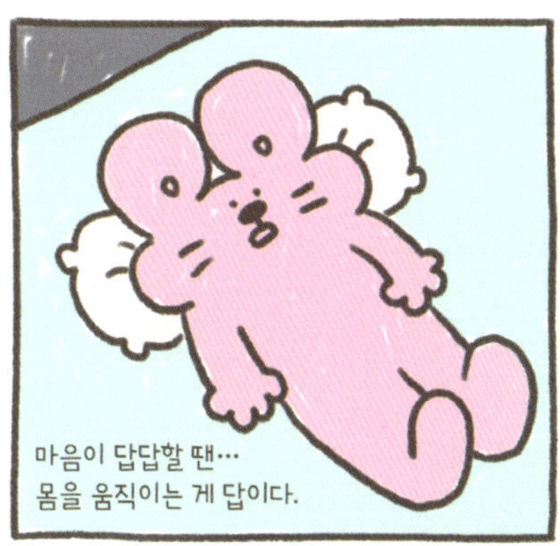

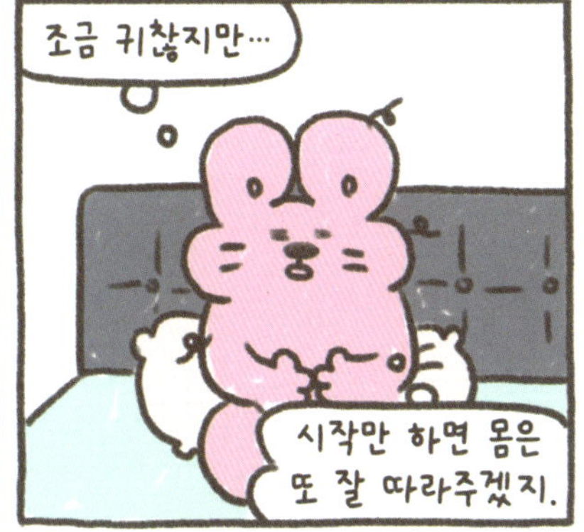

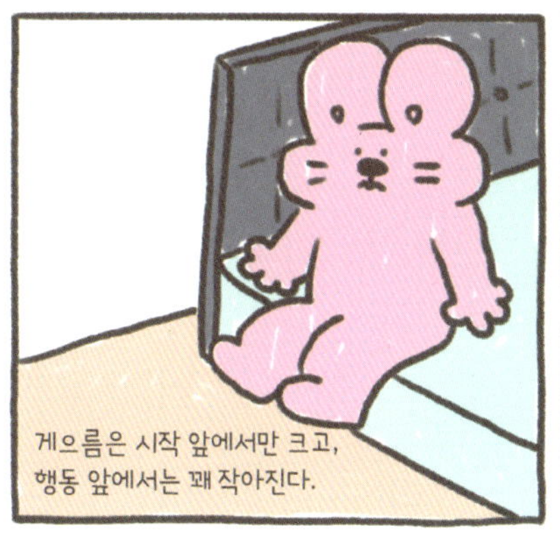

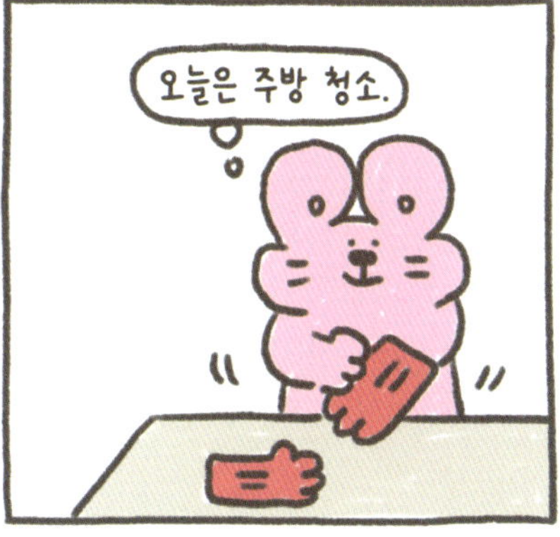

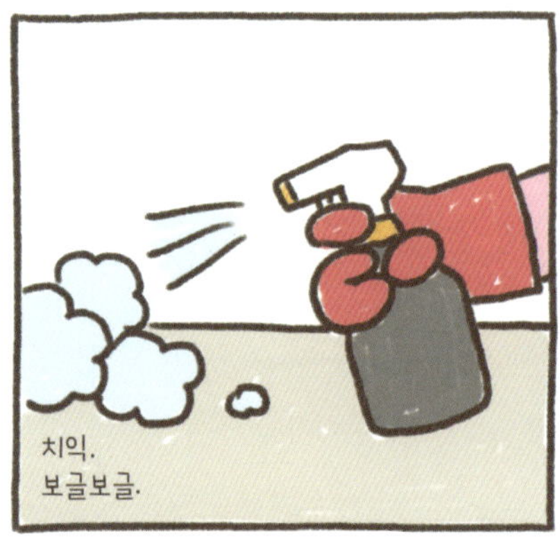

치익.
보글보글.

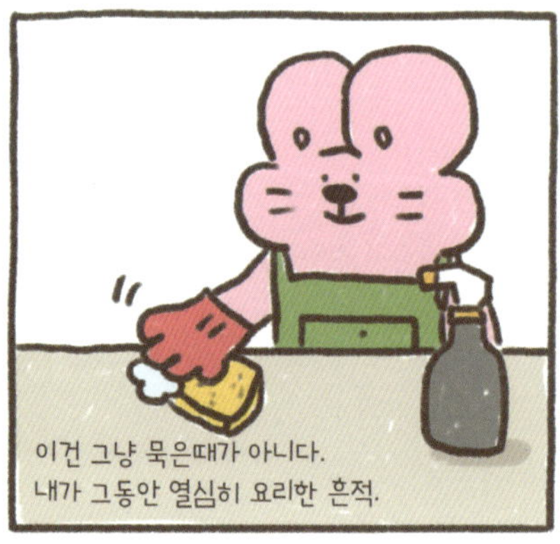

이건 그냥 묵은때가 아니다.
내가 그동안 열심히 요리한 흔적.

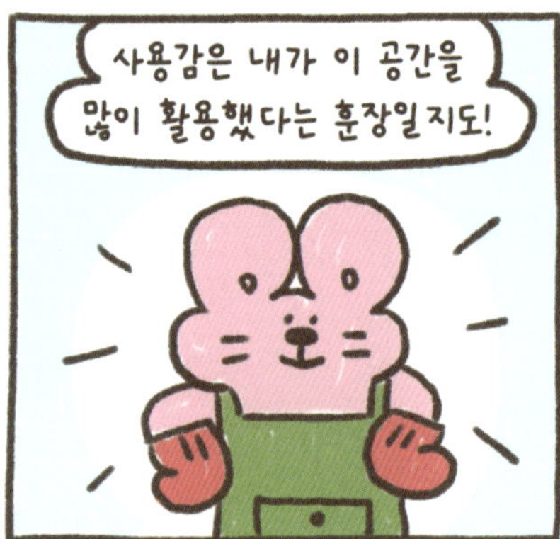

사용감은 내가 이 공간을
많이 활용했다는 훈장일지도!

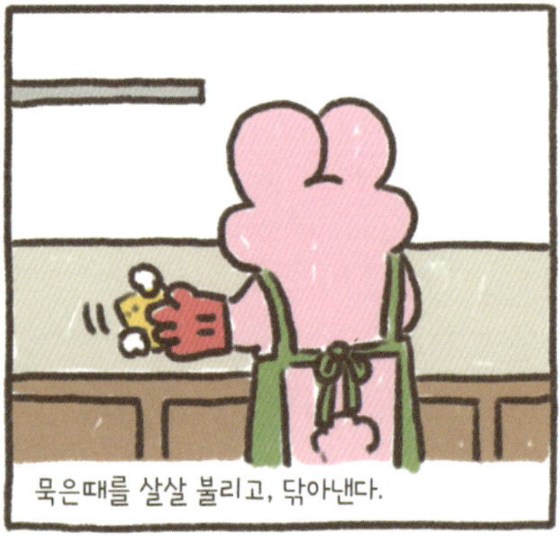

묵은때를 살살 불리고, 닦아낸다.

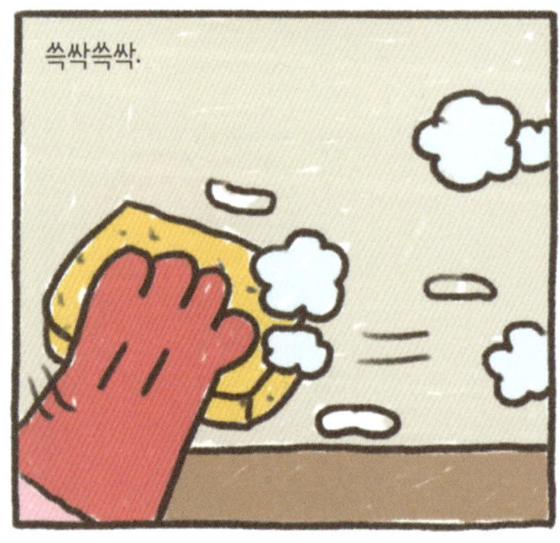

쓱싹쓱싹.

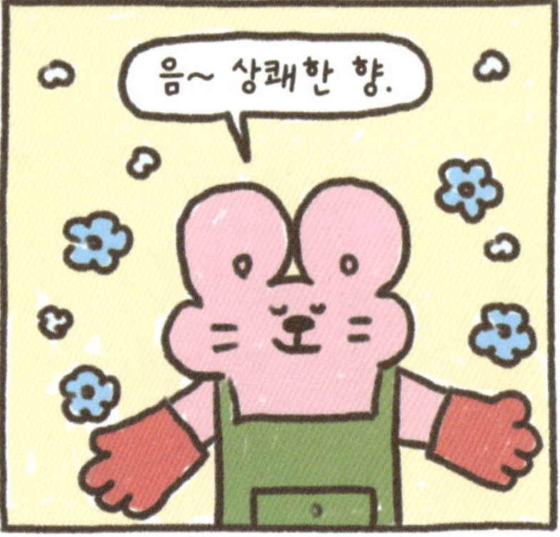

음~ 상쾌한 향.

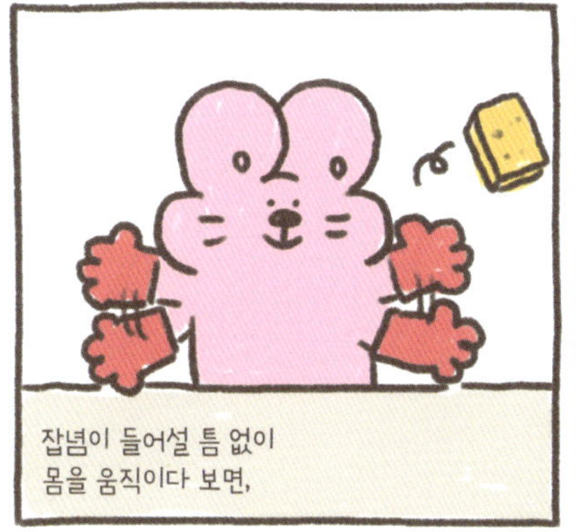

잡념이 들어설 틈 없이
몸을 움직이다 보면,

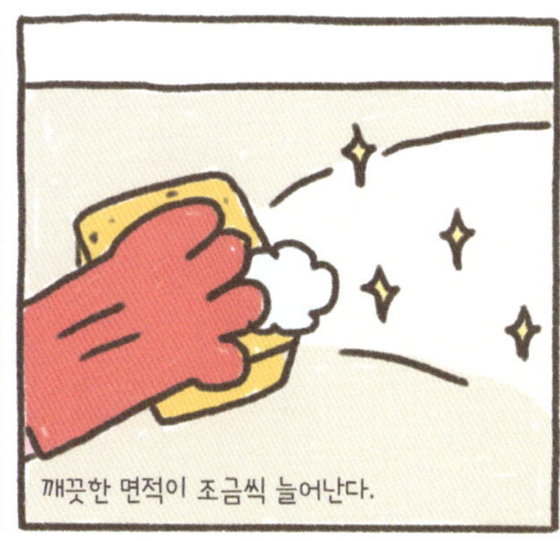

깨끗한 면적이 조금씩 늘어난다.

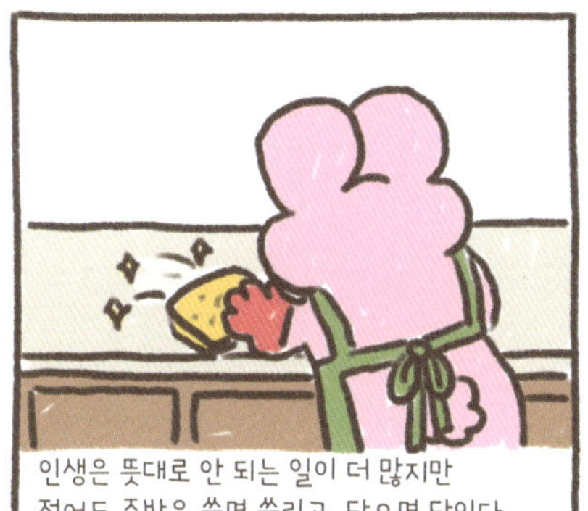
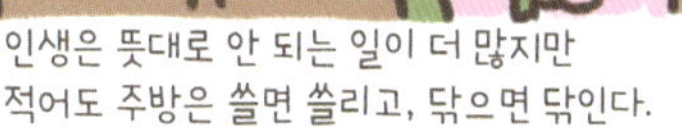

인생은 뜻대로 안 되는 일이 더 많지만
적어도 주방은 쓸면 쓸리고, 닦으면 닦인다.

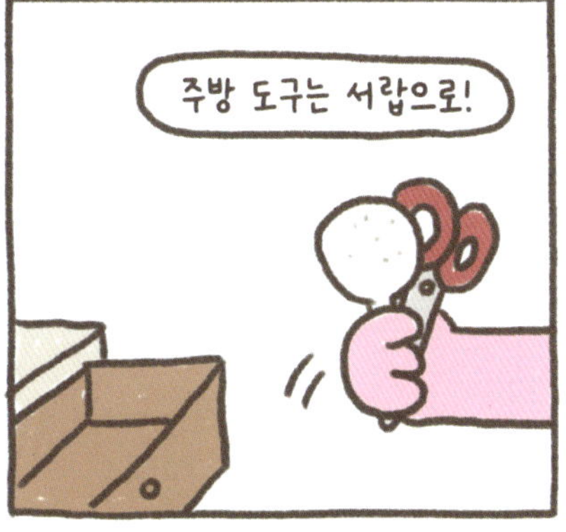

주방 도구는 서랍으로!

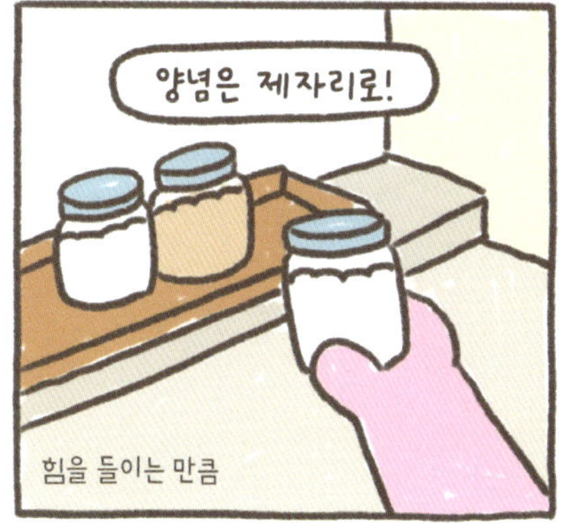

양념은 제자리로!
힘을 들이는 만큼

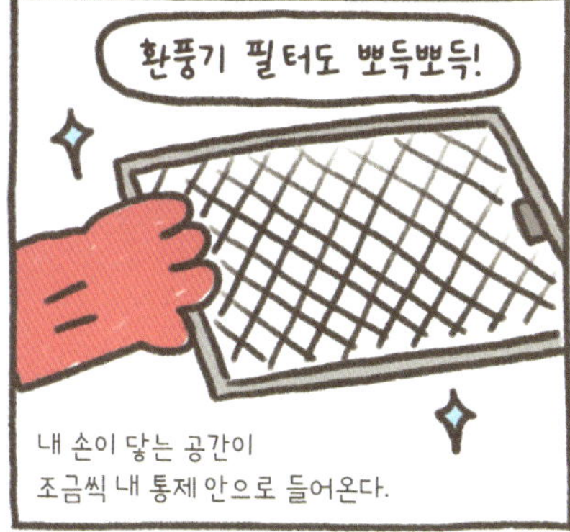

환풍기 필터도 뽀득뽀득!
내 손이 닿는 공간이
조금씩 내 통제 안으로 들어온다.

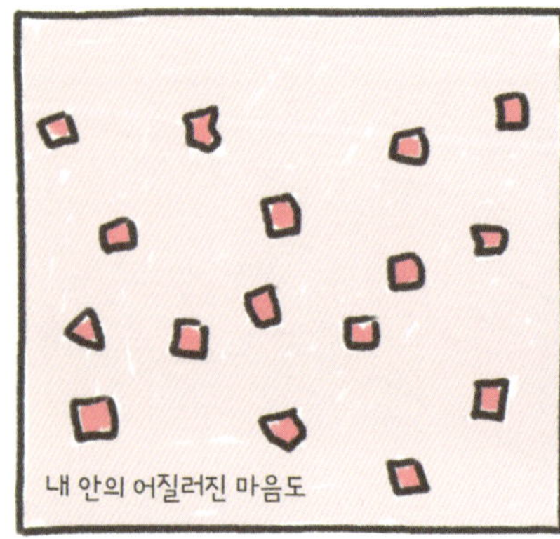

내 안의 어질러진 마음도

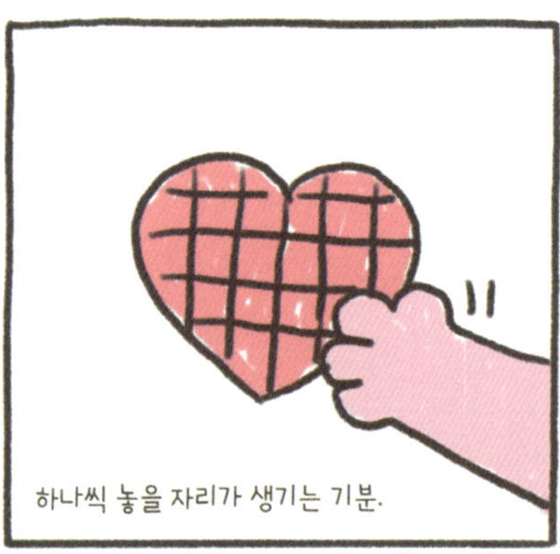

하나씩 놓을 자리가 생기는 기분.

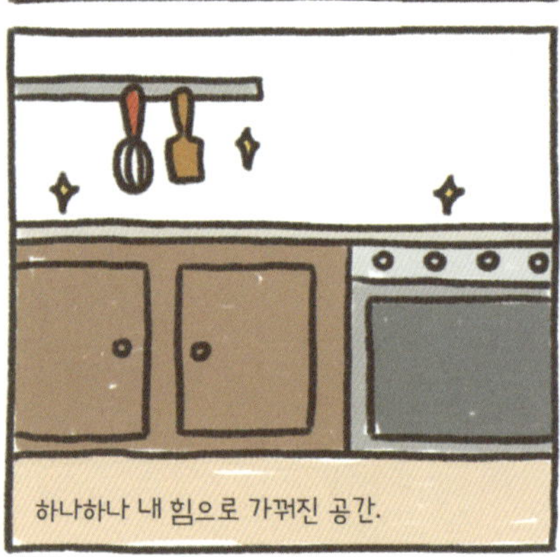

하나하나 내 힘으로 가꿔진 공간.

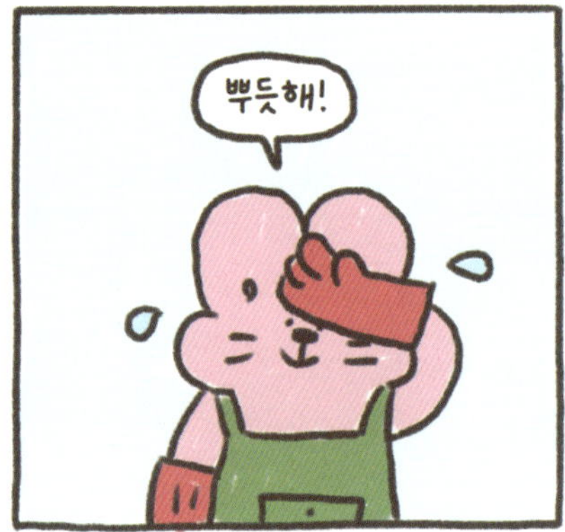

뿌듯해!

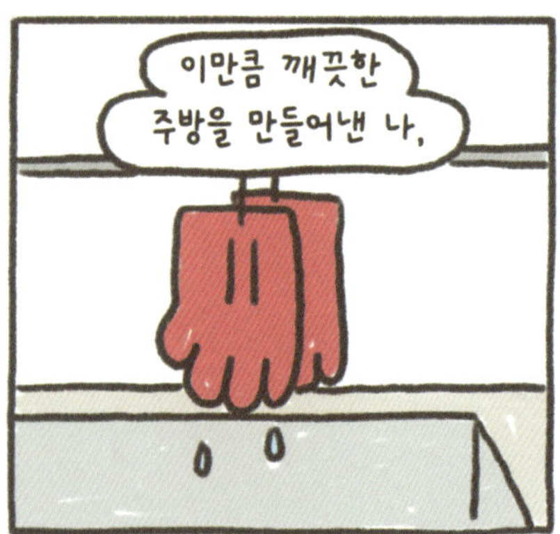

이만큼 깨끗한
주방을 만들어낸 나,

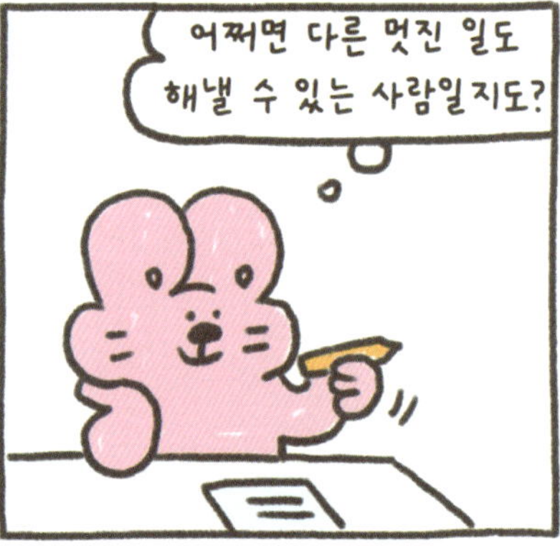

어쩌면 다른 멋진 일도
해낼 수 있는 사람일지도?

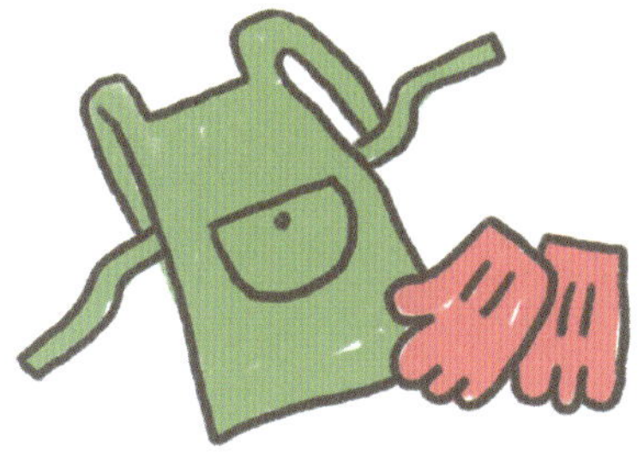

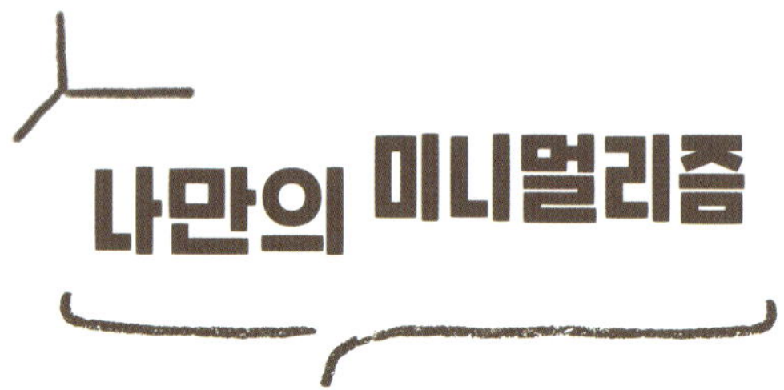

나만의 미니멀리즘

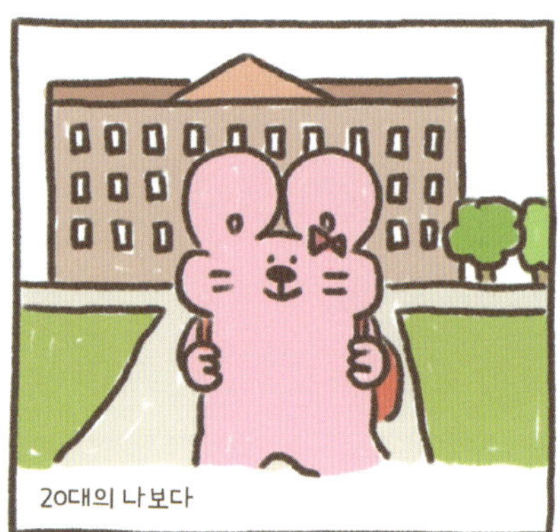

20대의 나보다

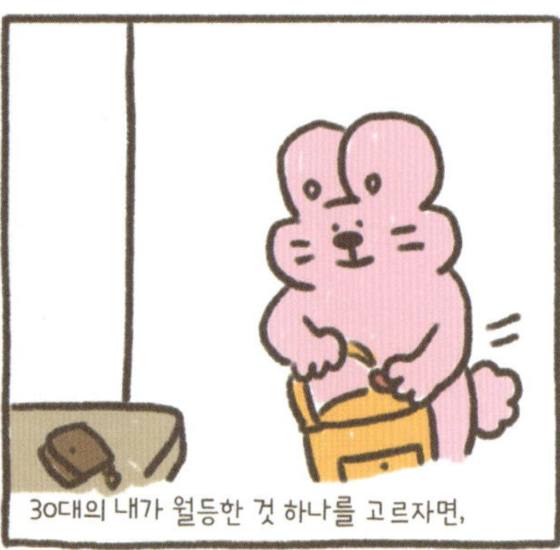

30대의 내가 월등한 것 하나를 고르자면,

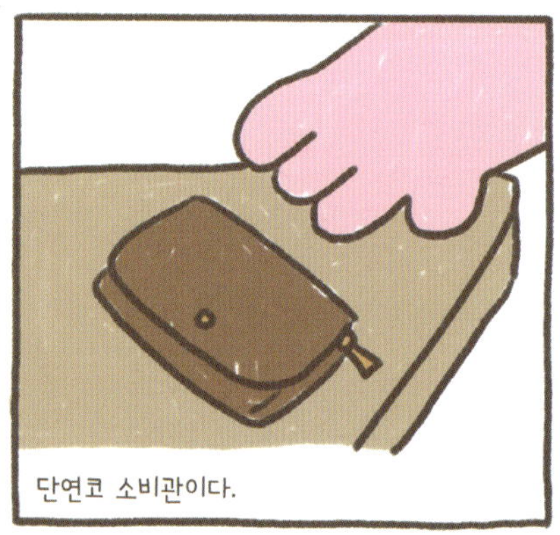

단연코 소비관이다.

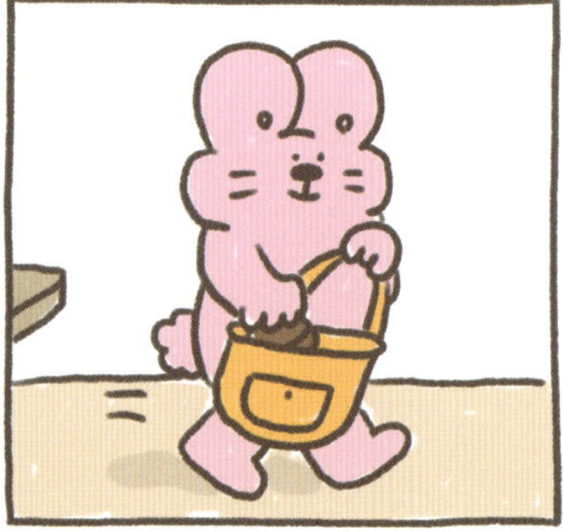

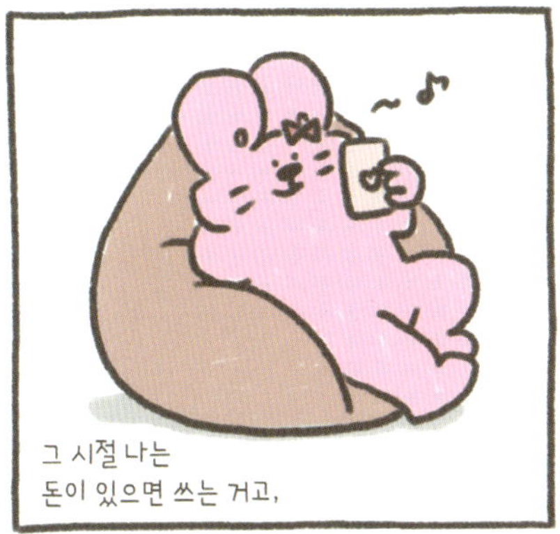

그 시절 나는
돈이 있으면 쓰는 거고,

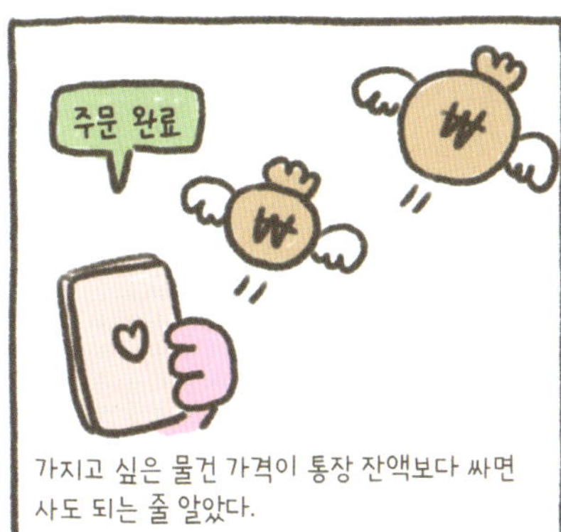

가지고 싶은 물건 가격이 통장 잔액보다 싸면
사도 되는 줄 알았다.

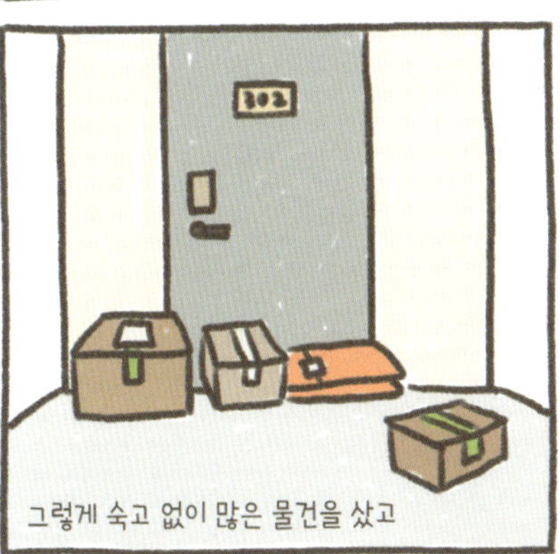

그렇게 숙고 없이 많은 물건을 샀고

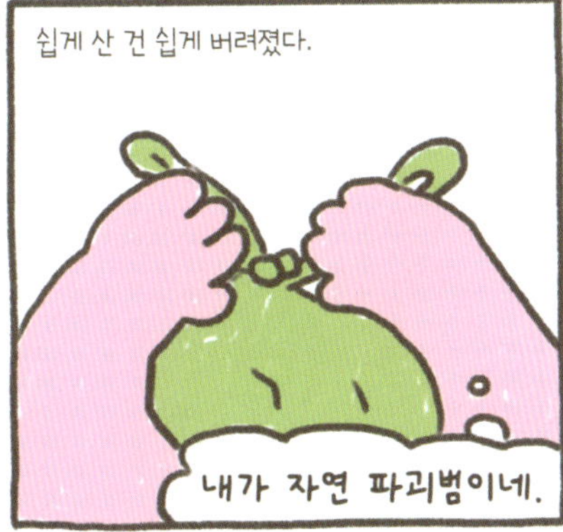
쉽게 산 건 쉽게 버려졌다.

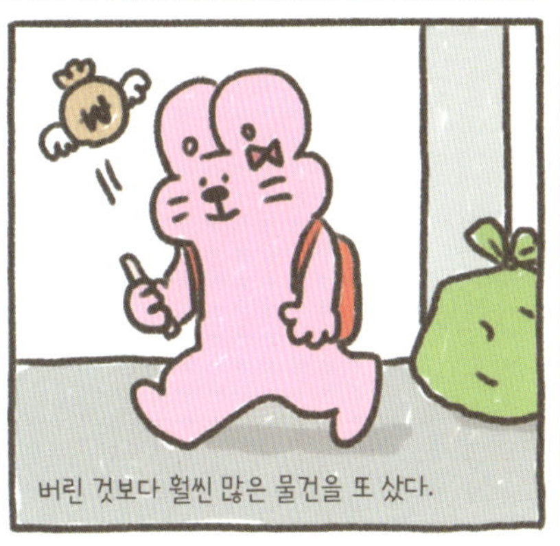

버린 것보다 훨씬 많은 물건을 또 샀다.

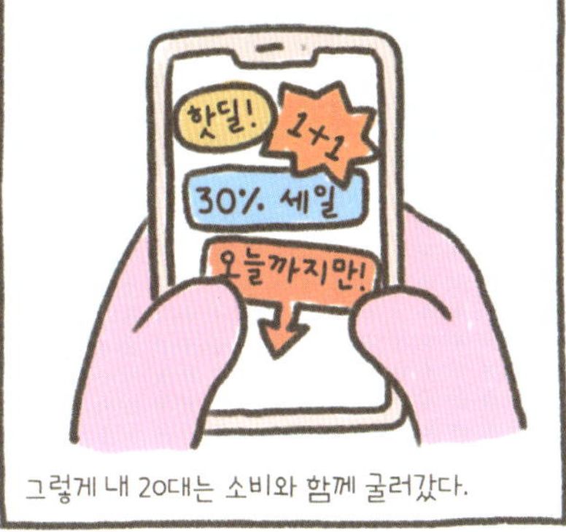

그렇게 내 20대는 소비와 함께 굴러갔다.

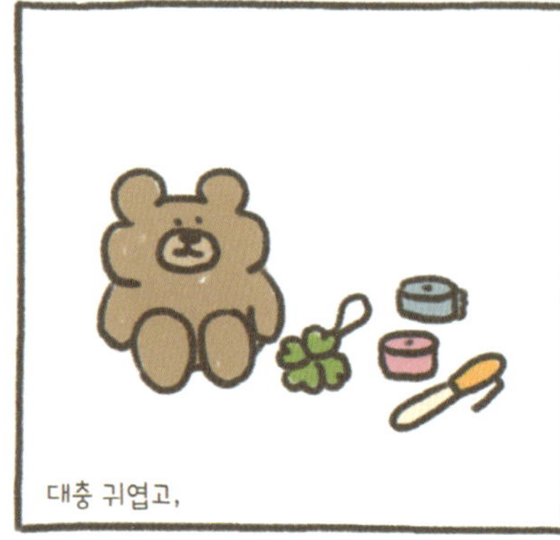
대충 귀엽고,

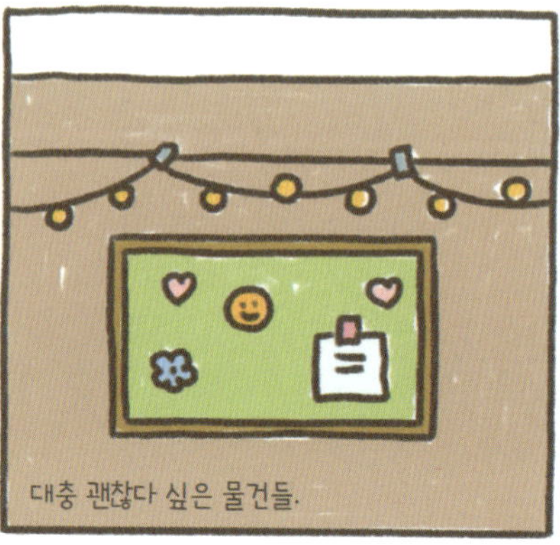
대충 괜찮다 싶은 물건들.

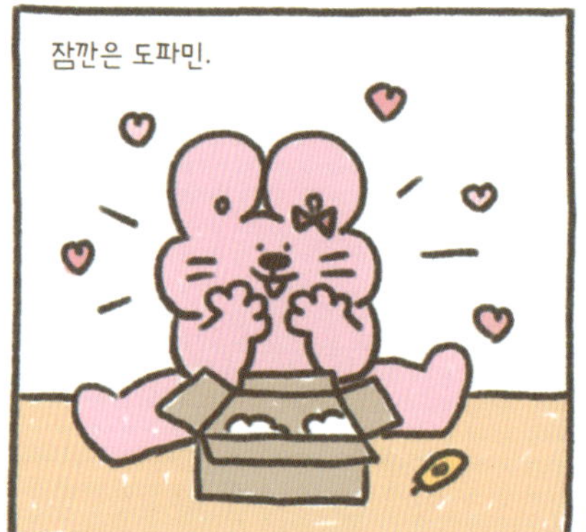
잠깐은 도파민.

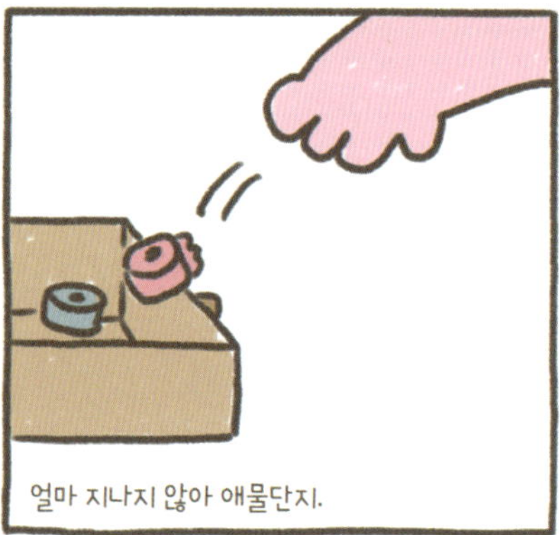
얼마 지나지 않아 애물단지.

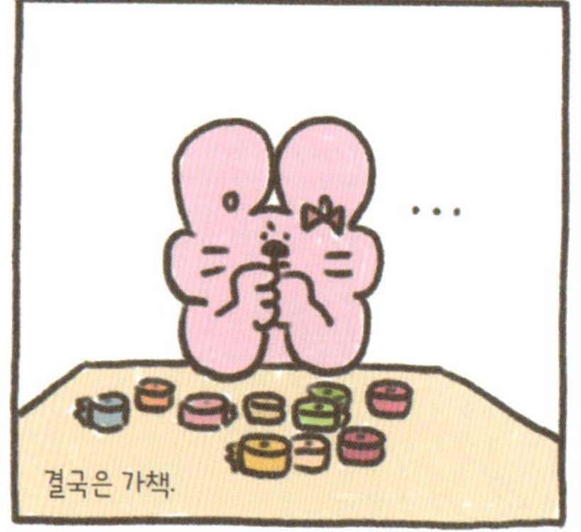
…
결국은 가책.

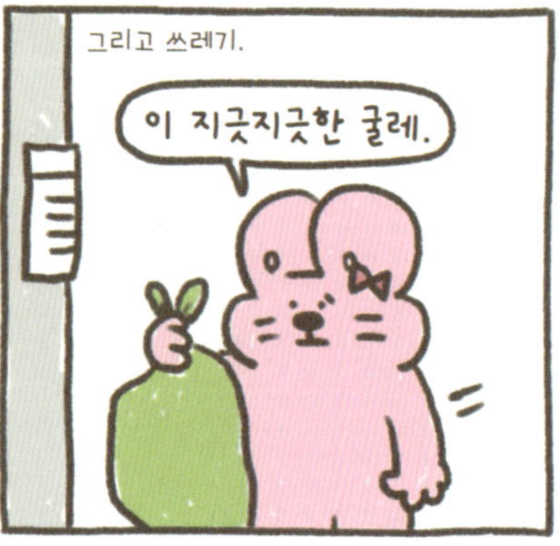
그리고 쓰레기.
이 지긋지긋한 굴레.

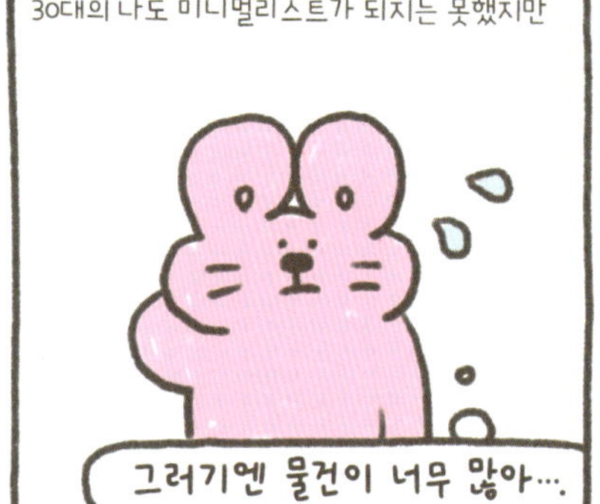

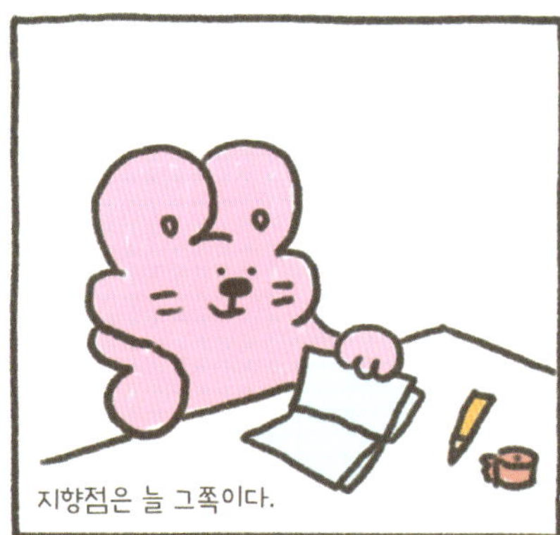

특히 이제는 이런 소비를 경계한다.

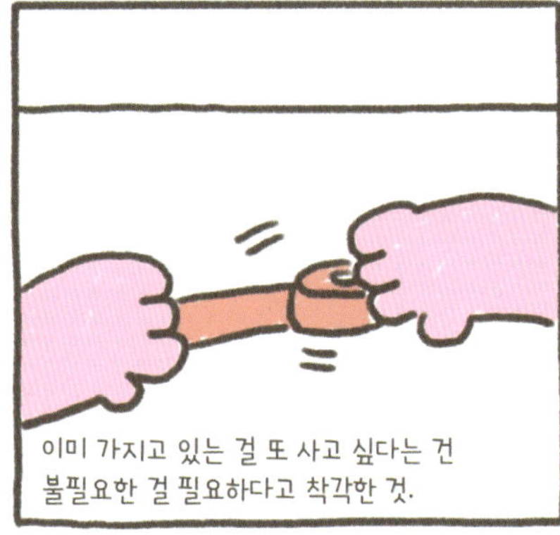

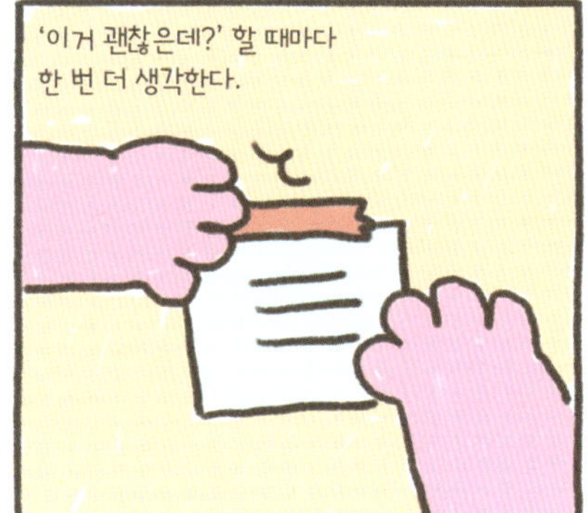

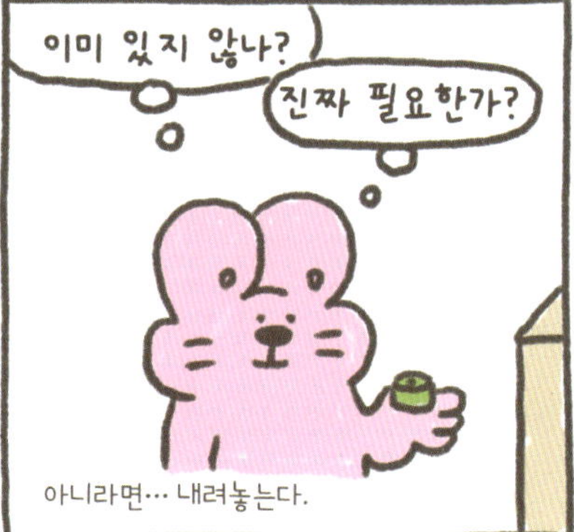

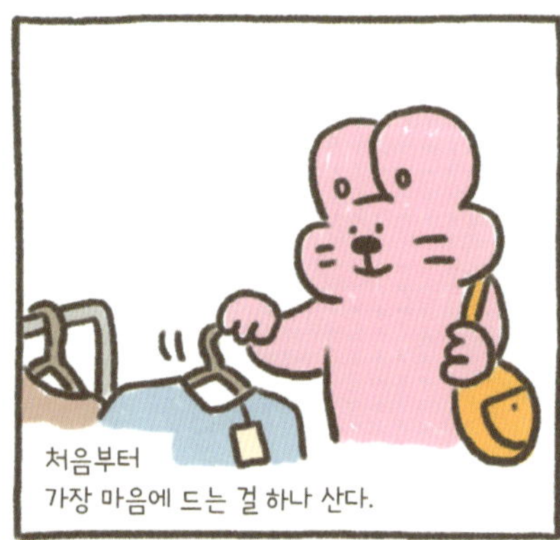
처음부터
가장 마음에 드는 걸 하나 산다.

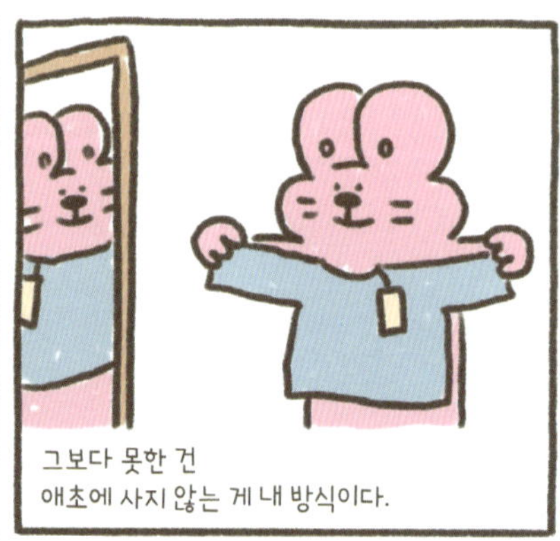
그보다 못한 건
애초에 사지 않는 게 내 방식이다.

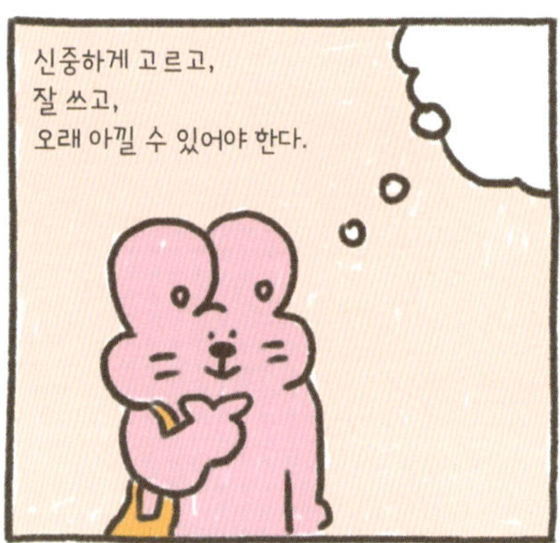
신중하게 고르고,
잘 쓰고,
오래 아낄 수 있어야 한다.

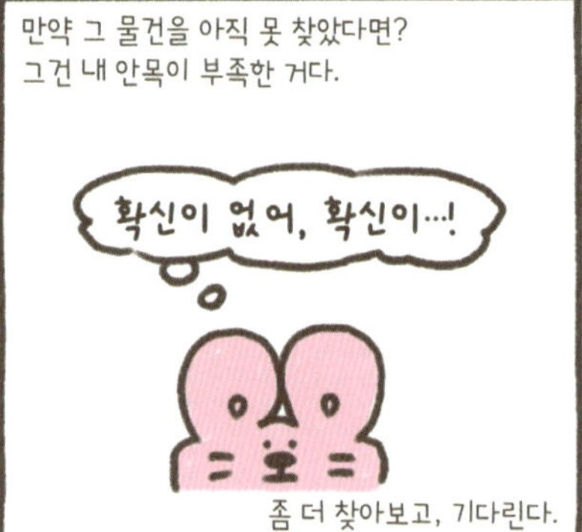
만약 그 물건을 아직 못 찾았다면?
그건 내 안목이 부족한 거다.
확신이 없어, 확신이…!
좀 더 찾아보고, 기다린다.

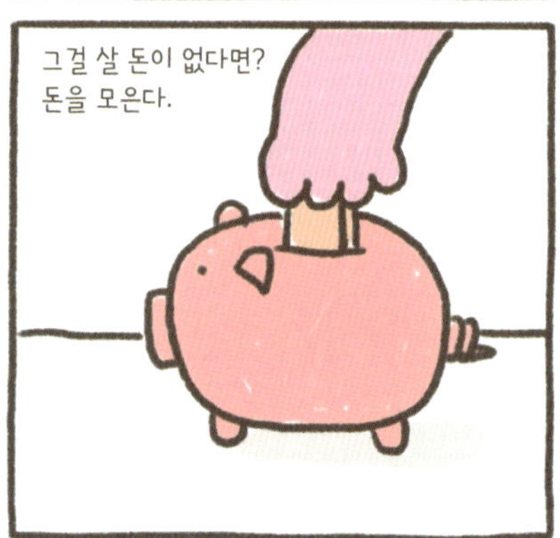
그걸 살 돈이 없다면?
돈을 모은다.

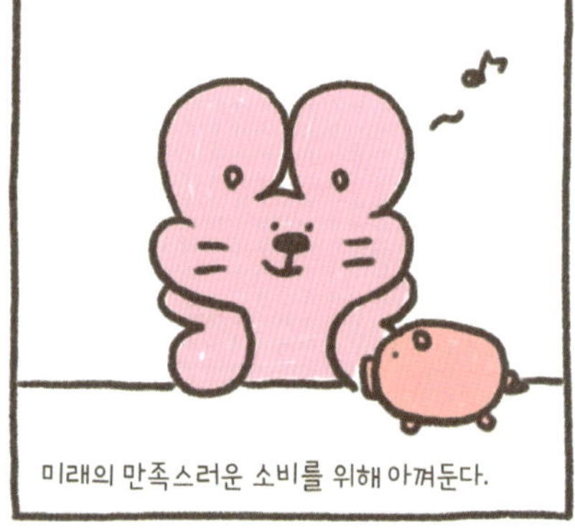
미래의 만족스러운 소비를 위해 아껴둔다.

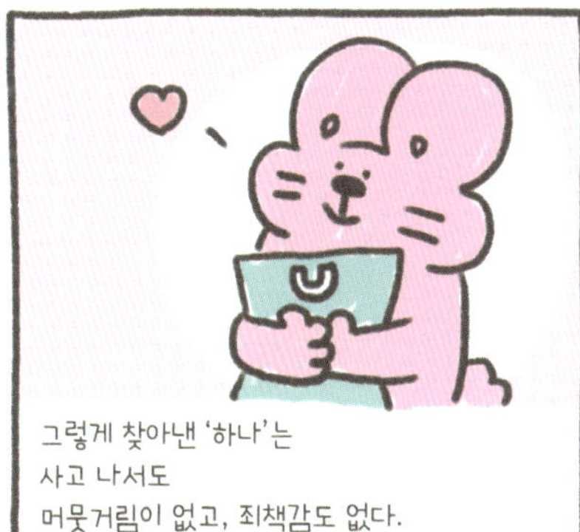

그렇게 찾아낸 '하나'는
사고 나서도
머뭇거림이 없고, 죄책감도 없다.

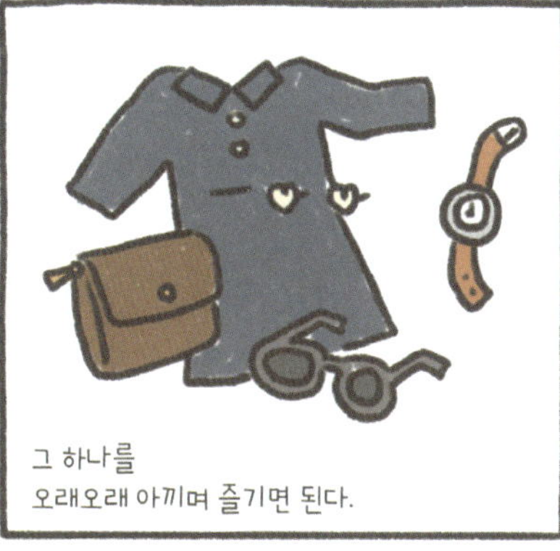

그 하나를
오래오래 아끼며 즐기면 된다.

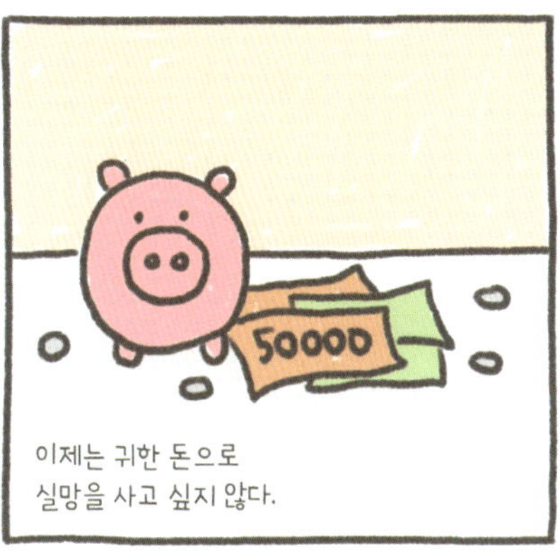

이제는 귀한 돈으로
실망을 사고 싶지 않다.

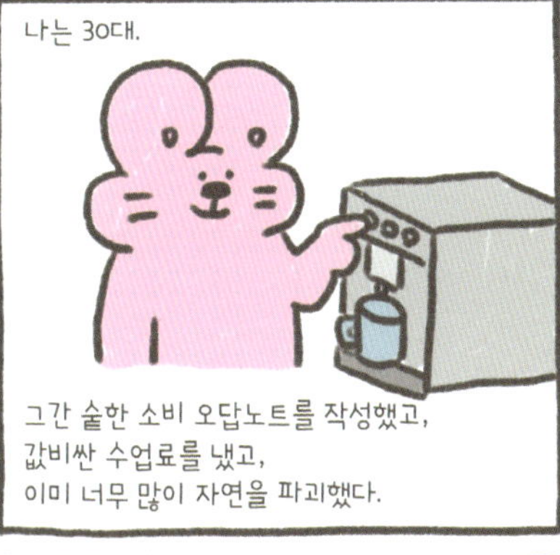

나는 30대.

그간 숱한 소비 오답노트를 작성했고,
값비싼 수업료를 냈고,
이미 너무 많이 자연을 파괴했다.

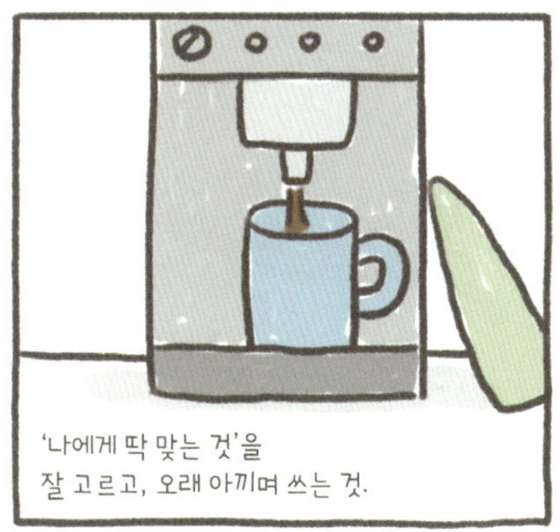

'나에게 딱 맞는 것'을
잘 고르고, 오래 아끼며 쓰는 것.

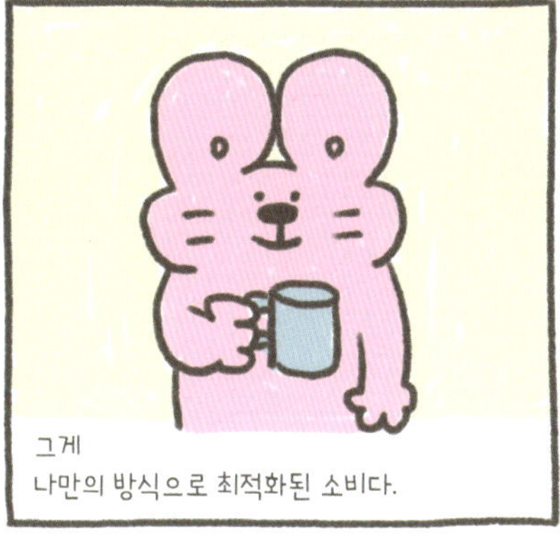

그게
나만의 방식으로 최적화된 소비다.

이제는,
하나씩만 가져도 된다.

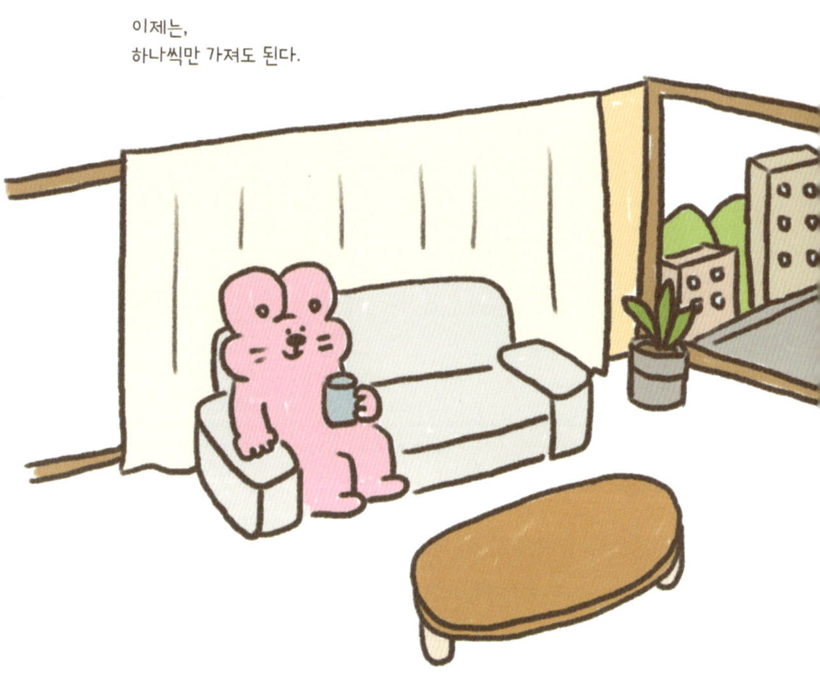

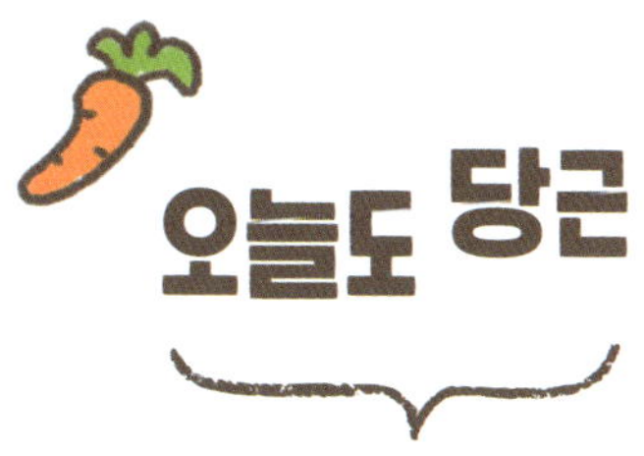

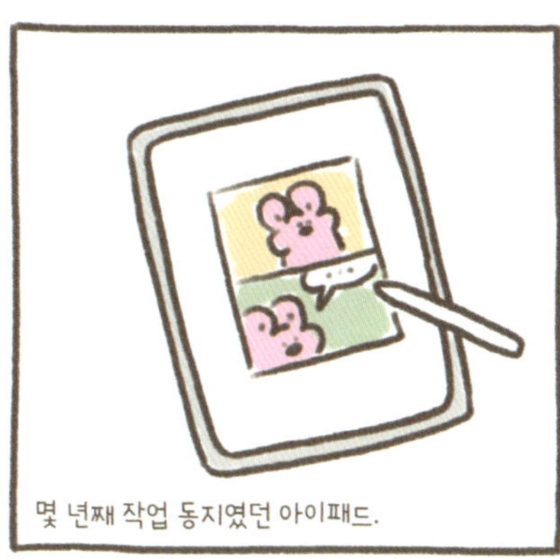

몇 년째 작업 동지였던 아이패드.

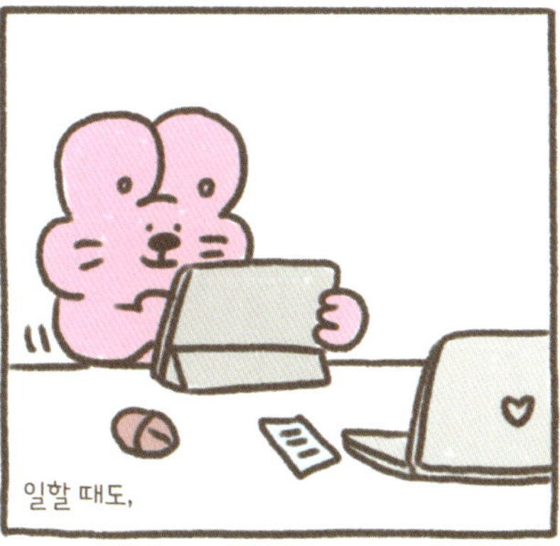

일할 때도,

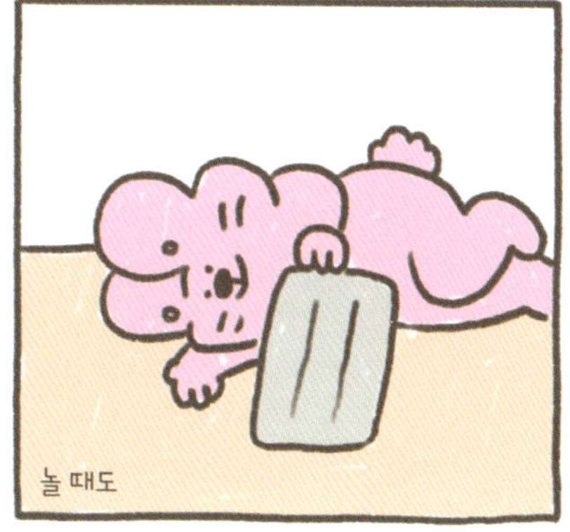

놀 때도

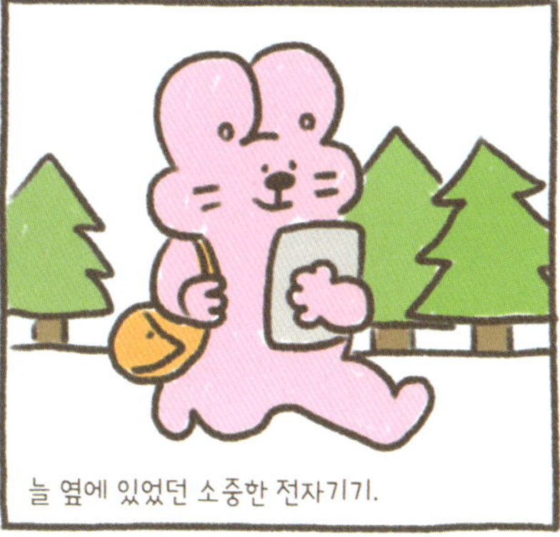

늘 옆에 있었던 소중한 전자기기.

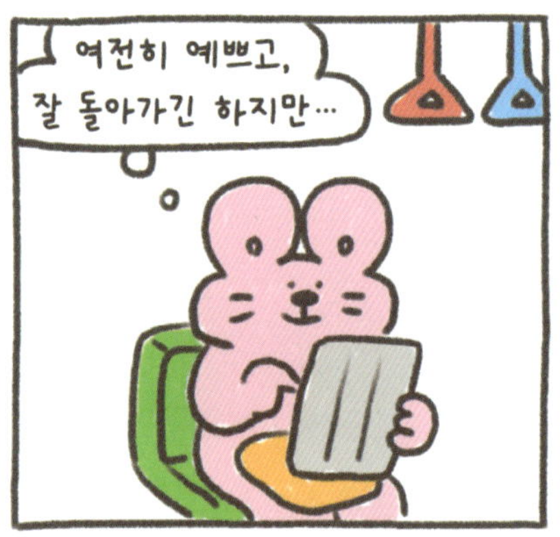
여전히 예쁘고,
잘 돌아가긴 하지만…

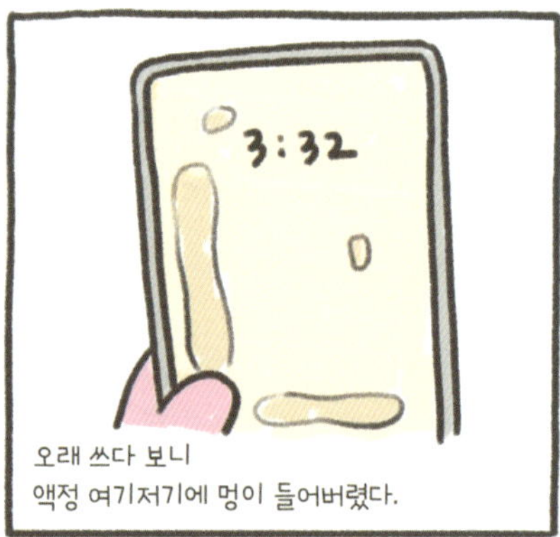
3:32
오래 쓰다 보니
액정 여기저기에 멍이 들어버렸다.

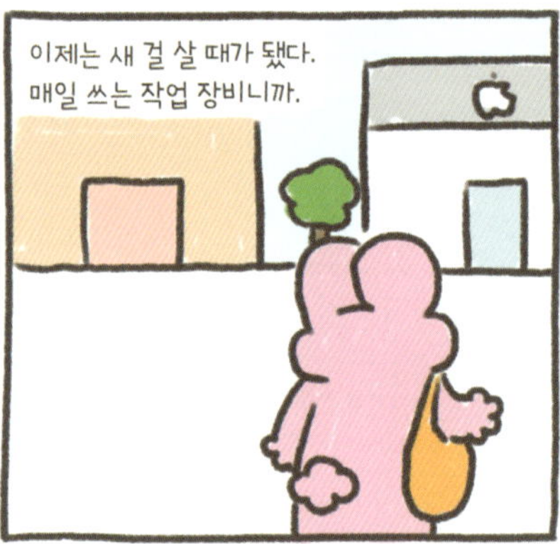
이제는 새 걸 살 때가 됐다.
매일 쓰는 작업 장비니까.

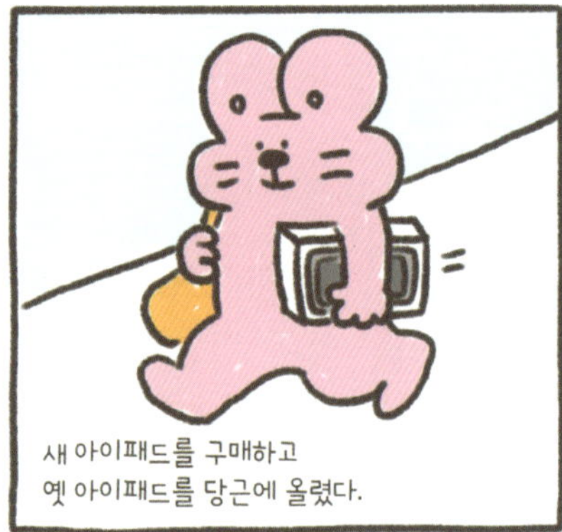
새 아이패드를 구매하고
옛 아이패드를 당근에 올렸다.

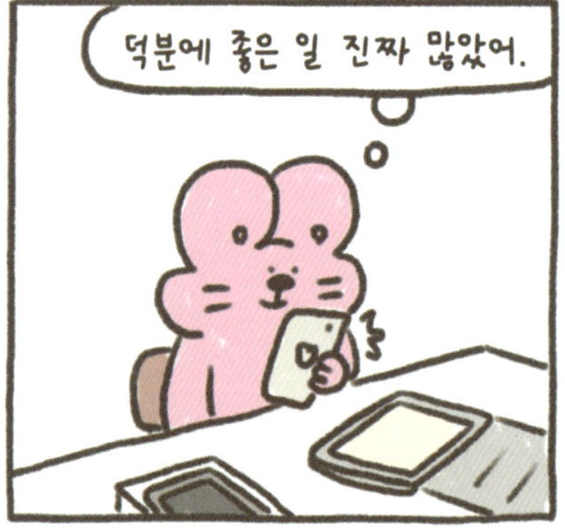
덕분에 좋은 일 진짜 많았어.

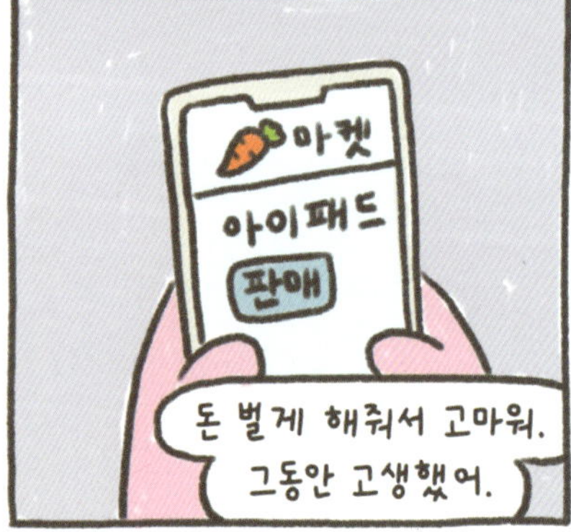
마켓
아이패드
판매
돈 벌게 해줘서 고마워.
그동안 고생했어.

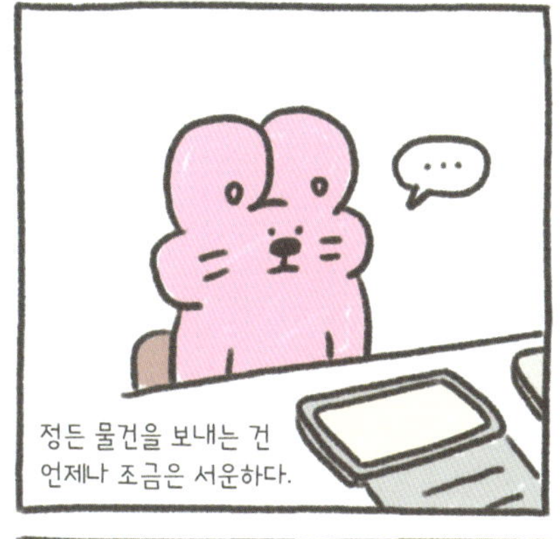

정든 물건을 보내는 건
언제나 조금은 서운하다.

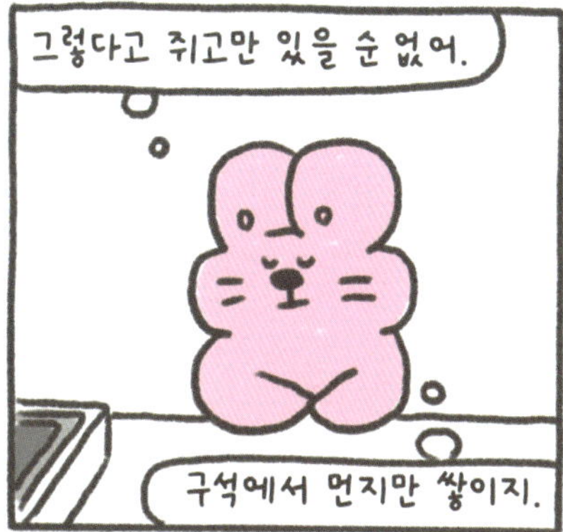

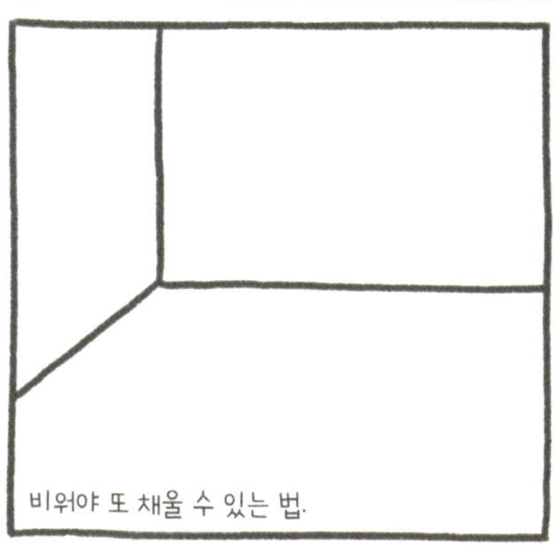

비워야 또 채울 수 있는 법.

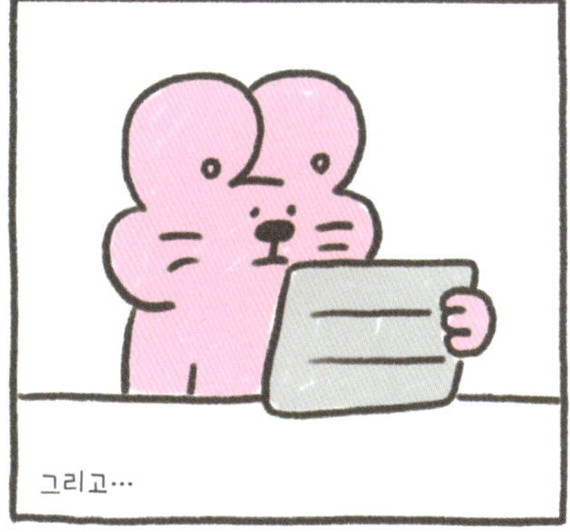

그리고…

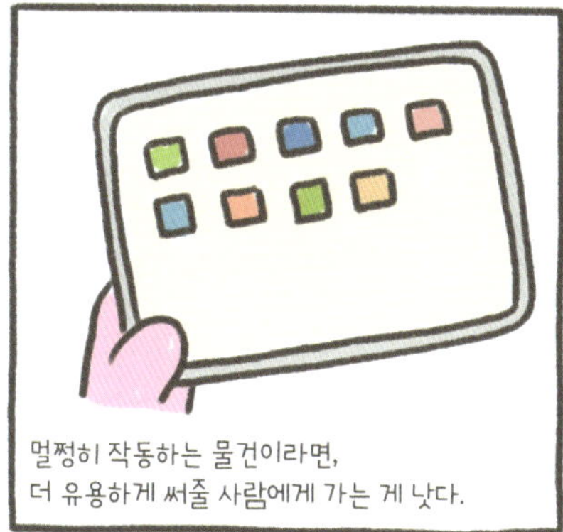

멀쩡히 작동하는 물건이라면,
더 유용하게 써줄 사람에게 가는 게 낫다.

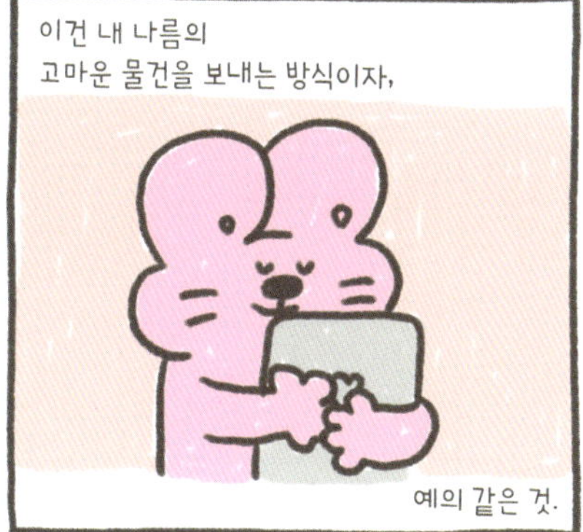

이건 내 나름의
고마운 물건을 보내는 방식이자,

예의 같은 것.

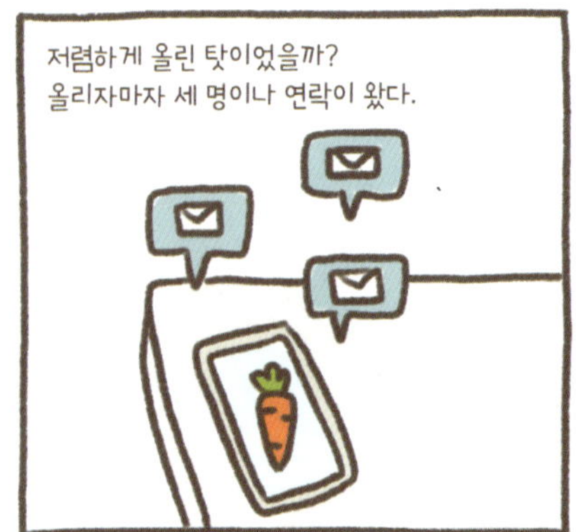

저렴하게 올린 탓이었을까?
올리자마자 세 명이나 연락이 왔다.

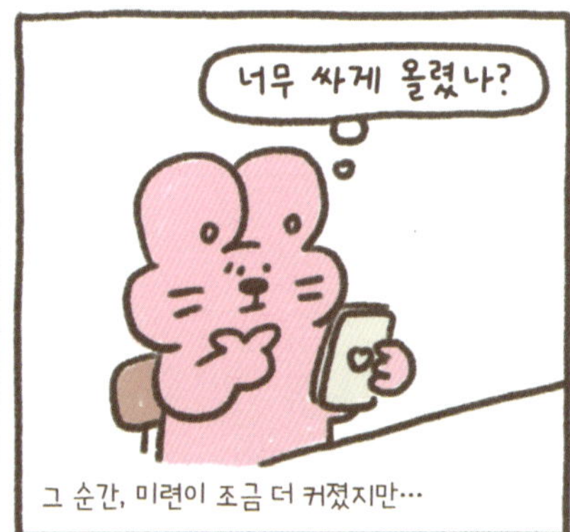

너무 싸게 올렸나?
그 순간, 미련이 조금 더 커졌지만…

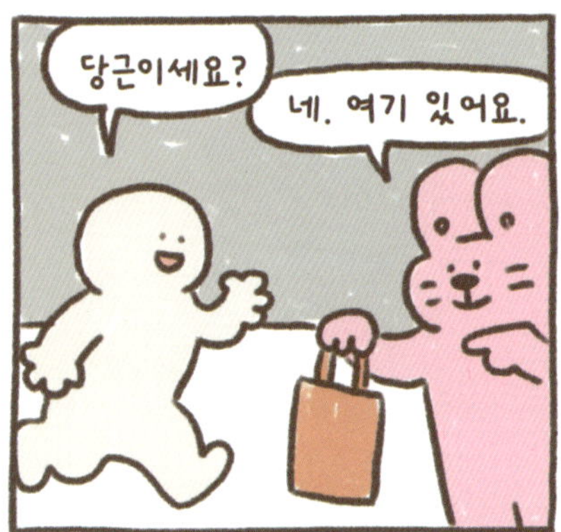

당근이세요?
네. 여기 있어요.

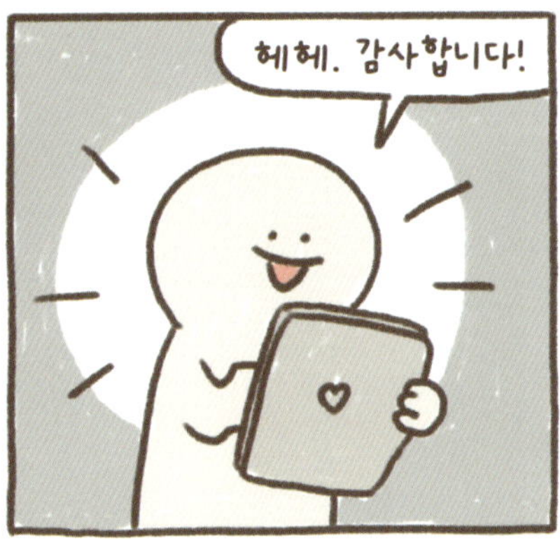

헤헤. 감사합니다!

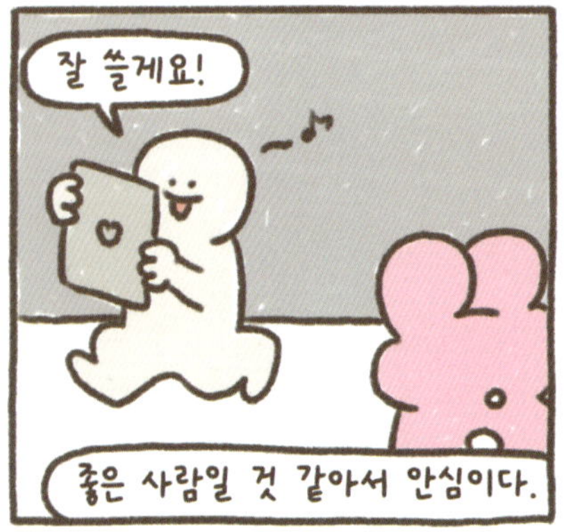

잘 쓸게요!
좋은 사람일 것 같아서 안심이다.

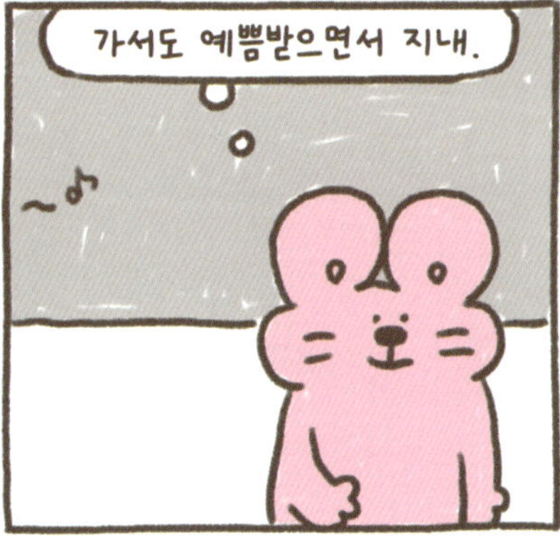

가서도 예쁨받으면서 지내.

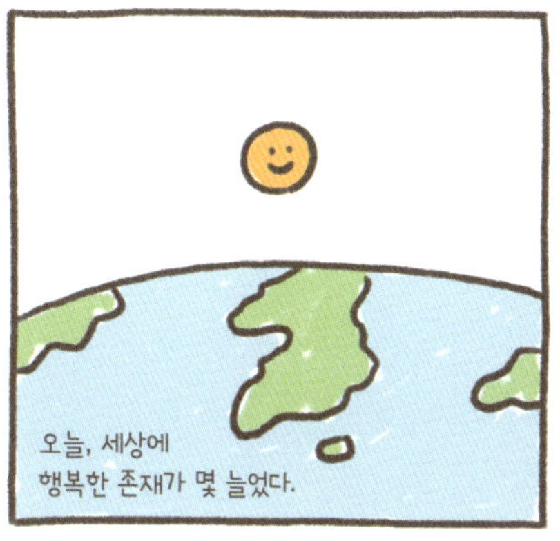

오늘, 세상에
행복한 존재가 몇 늘었다.

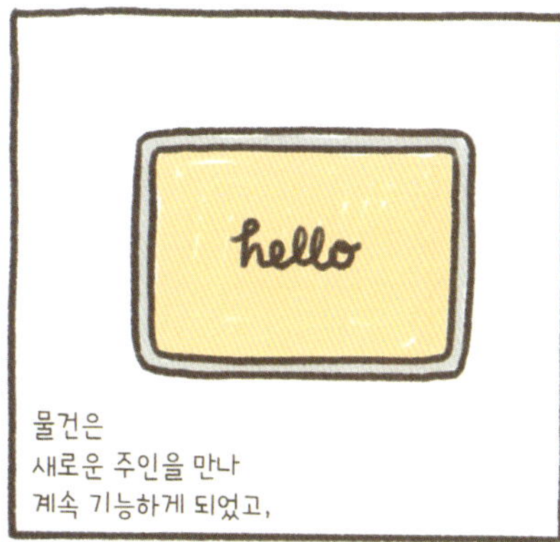

hello
물건은
새로운 주인을 만나
계속 기능하게 되었고,

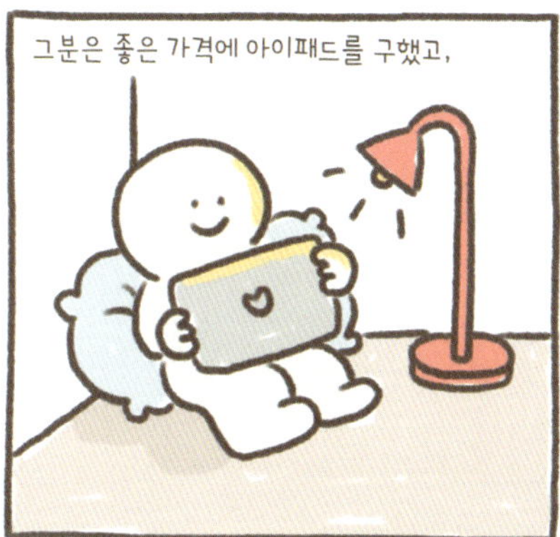

그분은 좋은 가격에 아이패드를 구했고,

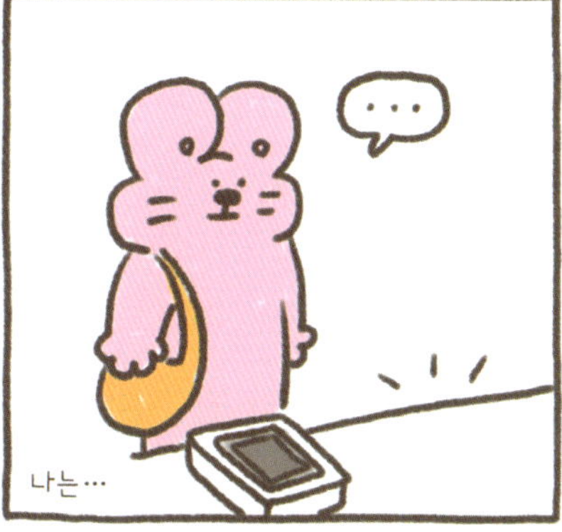

...
나는…

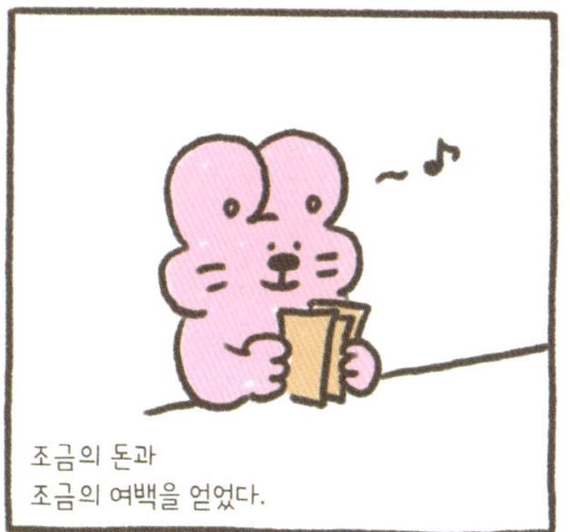

~♪
조금의 돈과
조금의 여백을 얻었다.

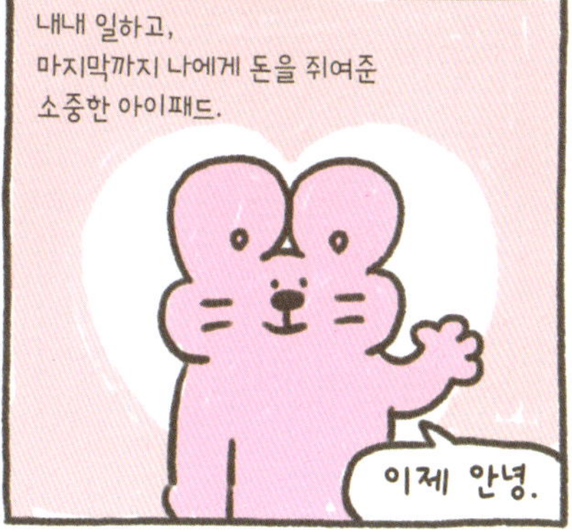

내내 일하고,
마지막까지 나에게 돈을 쥐여준
소중한 아이패드.
이제 안녕.

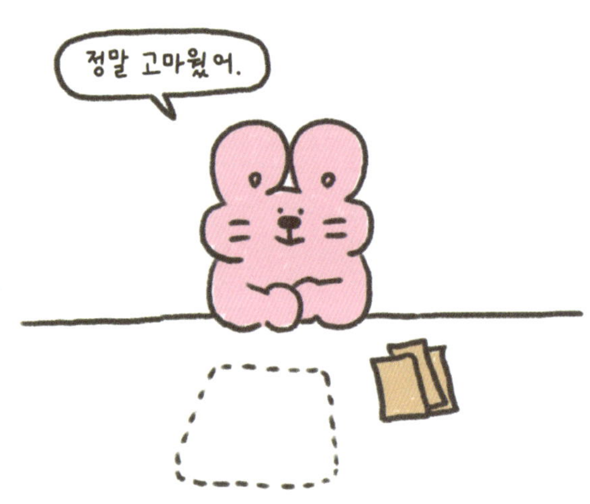
정말 고마웠어.

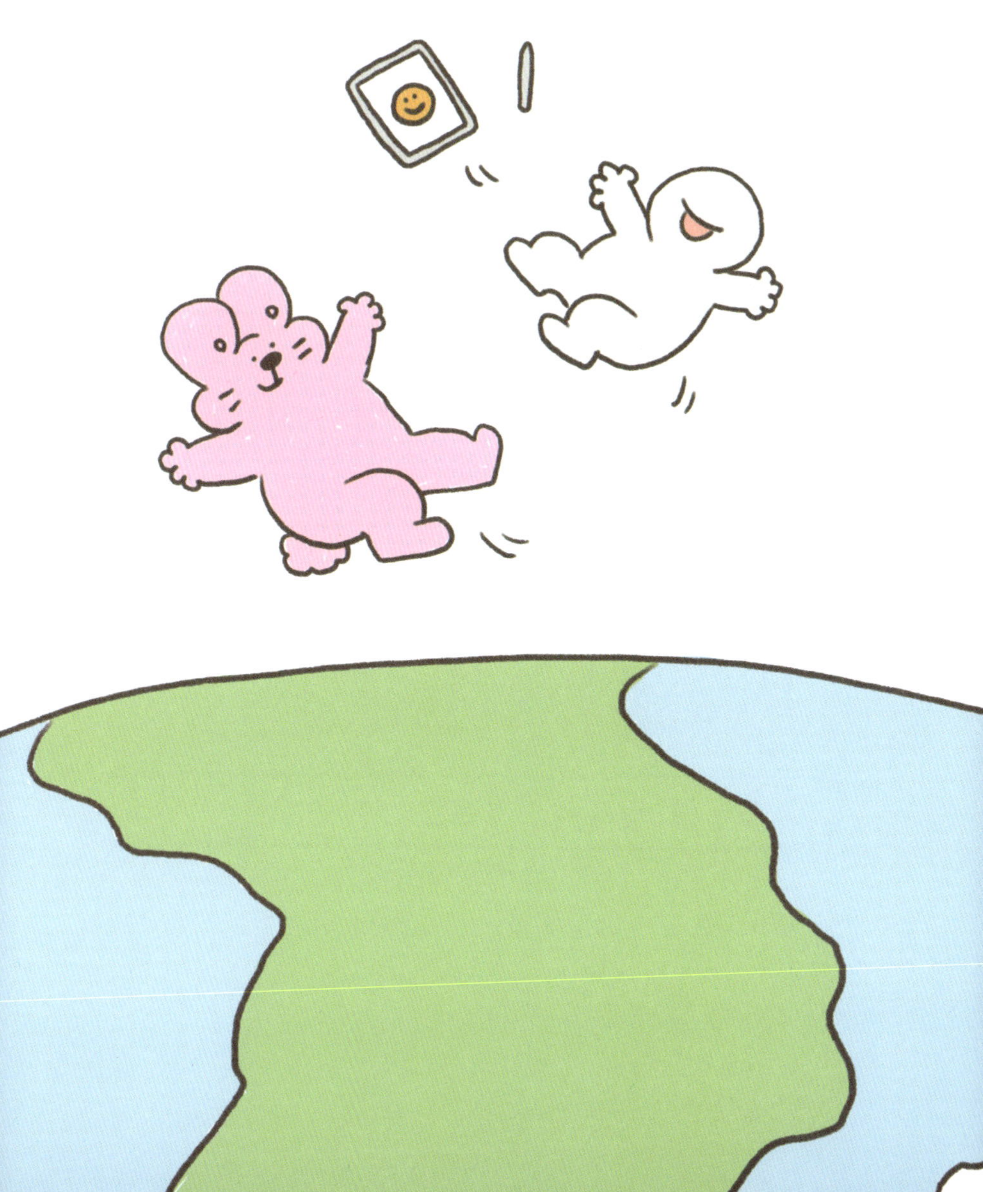

나를 지키는 환경 만들기

☑ 나를 놓아줄 수 있나요?

- 눈을 감고 가만히 누워 있는 것만으로도, 쉼이라는 걸 기억하고 있나요?
- 걱정을 붙잡기보다 놓는 연습을 해봤나요?

☑ 밥을 잘 챙겨 먹고 있나요?

- 나를 위해 직접 요리한 기억을 떠올려보세요.
- 내가 나를 돌보지 않을 때, 무엇이 가장 먼저 균형을 잃는지 알고 있나요?

☑ 쌓기보다 비우는 것에 집중한 적이 있나요?

- 더 가지기보다는 덜 가지는 쪽을 선택했던 경험이 있나요?
- 내 삶에 꼭 필요하지 않지만, 내려놓는 게 두려워 계속 붙잡고 있는 게 있나요?

☑ 공간을 돌보며 마음을 정돈할 수 있나요?

- 청소나 정리를 하며 마음이 정리되는 순간이 있었나요?
- 몸을 움직이면서 생각의 무게가 가벼워지는 느낌을 느껴봤나요?

☑ 단 하나의 소비로도 만족할 수 있나요?

- 무언가를 사고 싶을 때, "이건 정말 필요한 걸까?"라는 질문을 던져보았나요?
- '미니멀리즘'을 실천하거나 지향해봤나요?

☑ 보내고 비우는 나만의 방식이 있나요?

- 더 이상 쓰지 않는 물건에 감사하는 마음을 전해보았나요?
- 비움이 곧 여유를 가져온다는 것을 실감하나요?

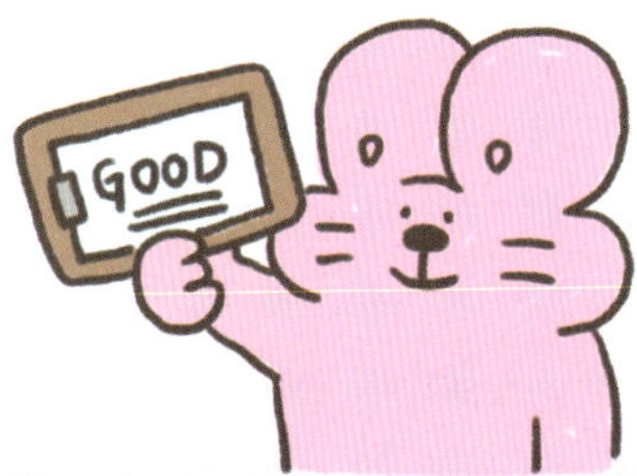

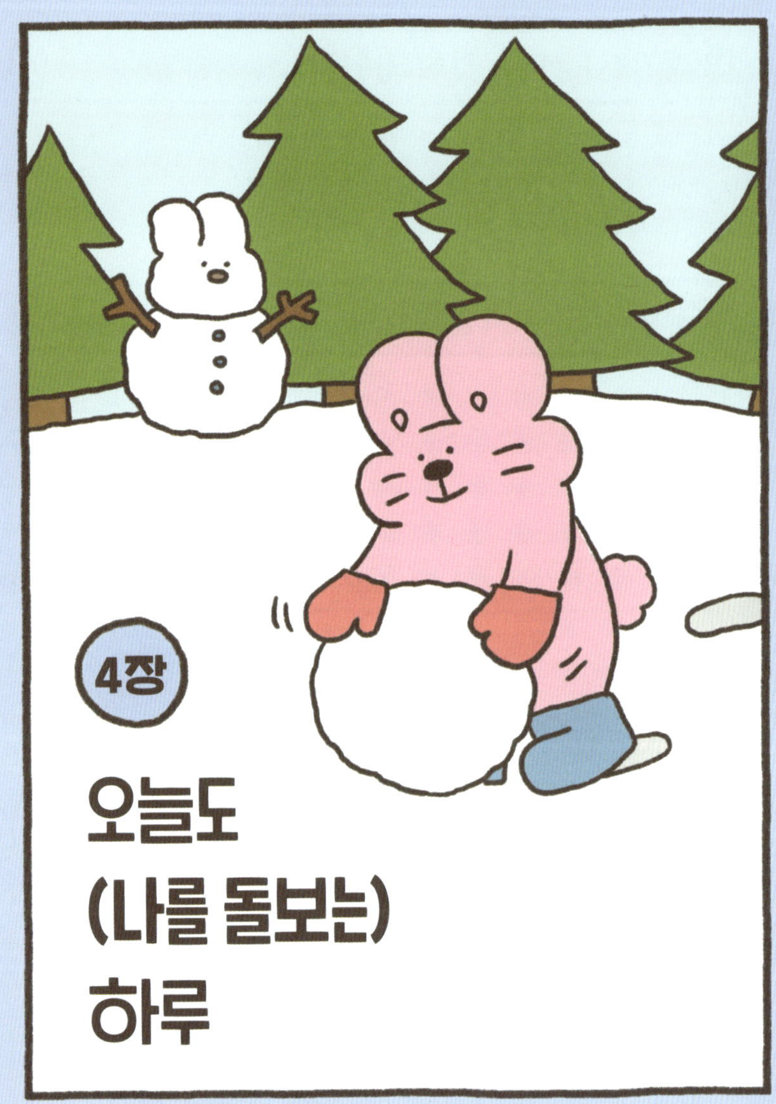

오늘도
(나를 돌보는)
하루

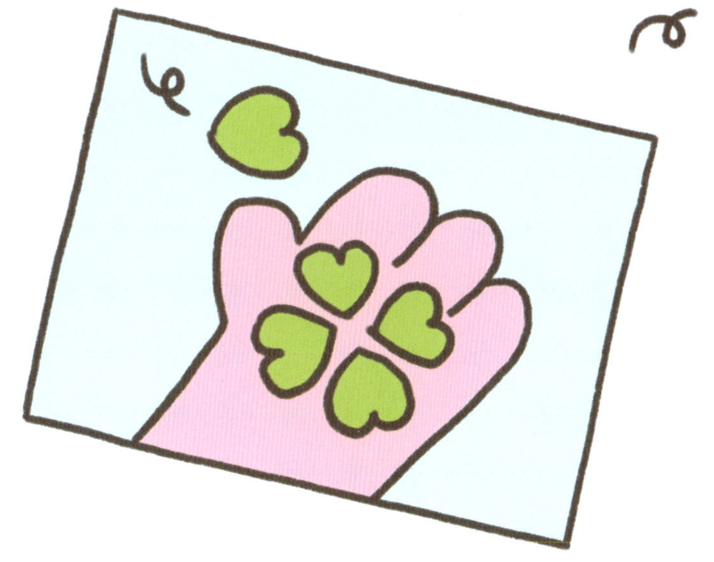

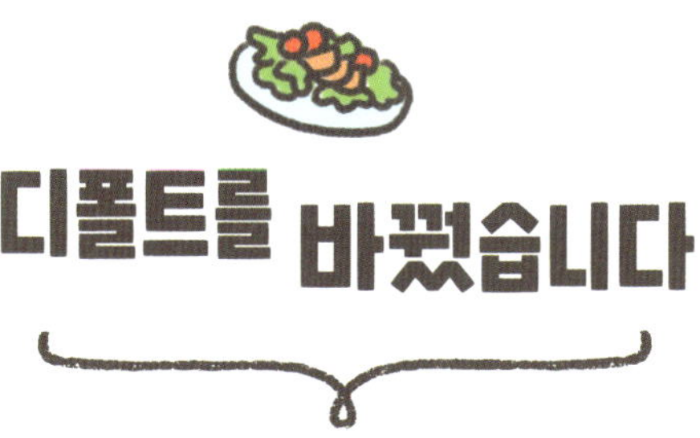

디폴트를 바꿨습니다

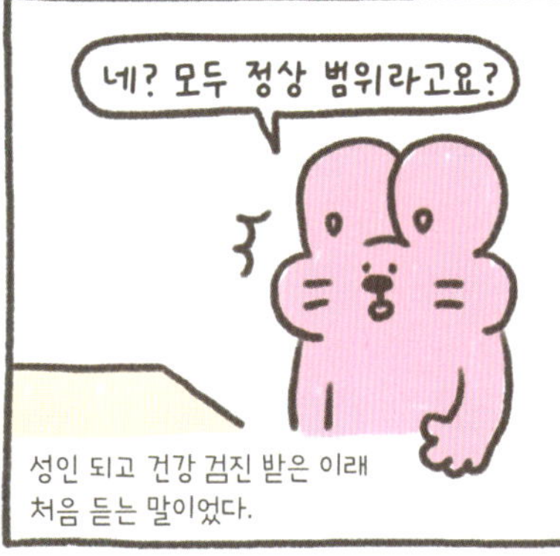

네? 모두 정상 범위라고요?
성인 되고 건강 검진 받은 이래
처음 듣는 말이었다.

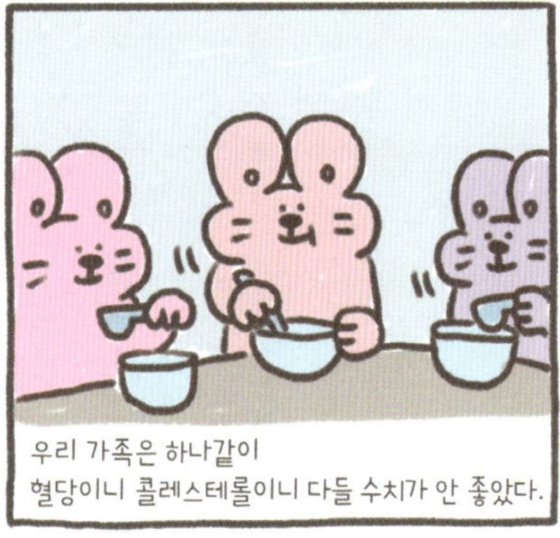

우리 가족은 하나같이
혈당이니 콜레스테롤이니 다들 수치가 안 좋았다.

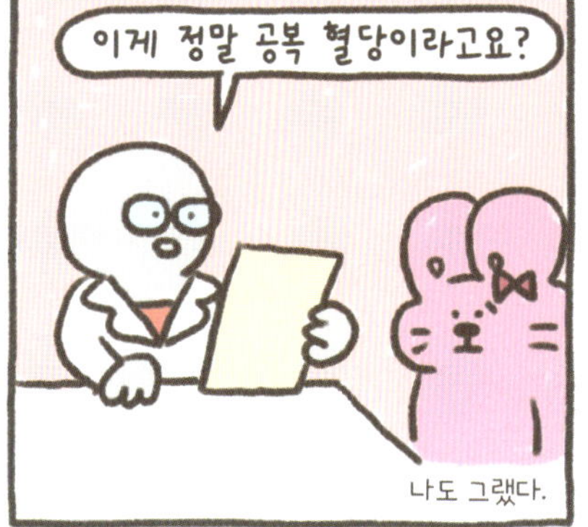

이게 정말 공복 혈당이라고요?
나도 그랬다.

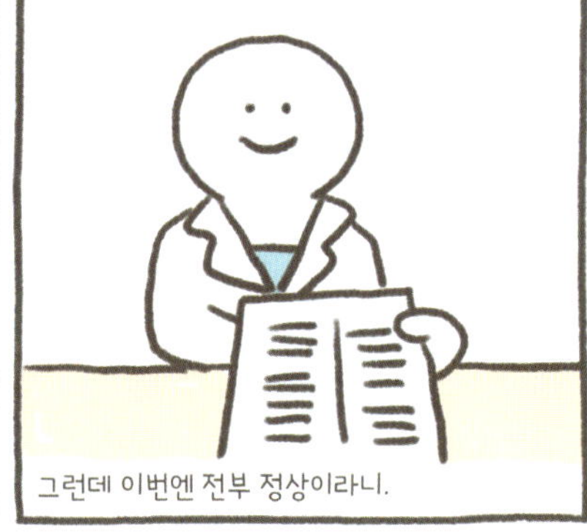

그런데 이번엔 전부 정상이라니.

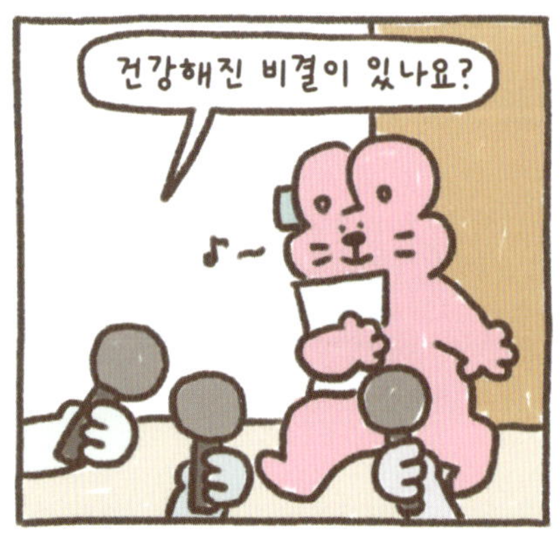

건강해진 비결이 있나요?
♪~

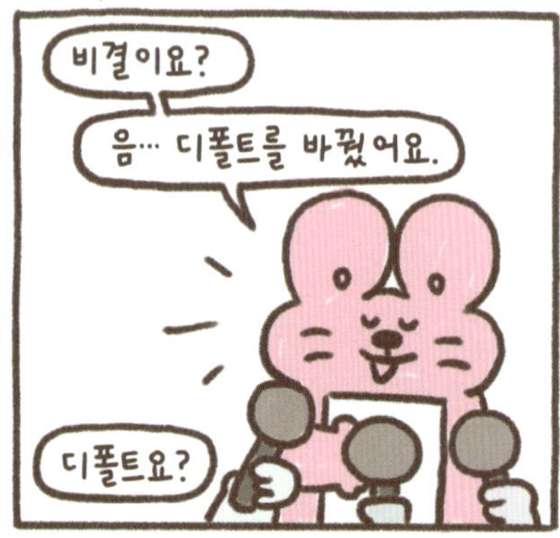

비결이요?
음… 디폴트를 바꿨어요.
디폴트요?

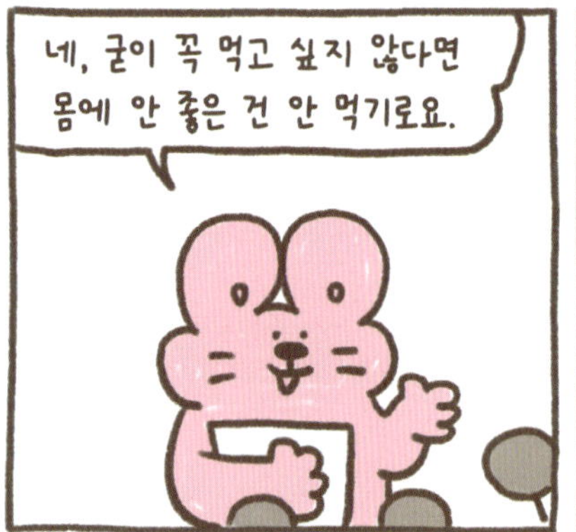

네, 굳이 꼭 먹고 싶지 않다면
몸에 안 좋은 건 안 먹기로요.

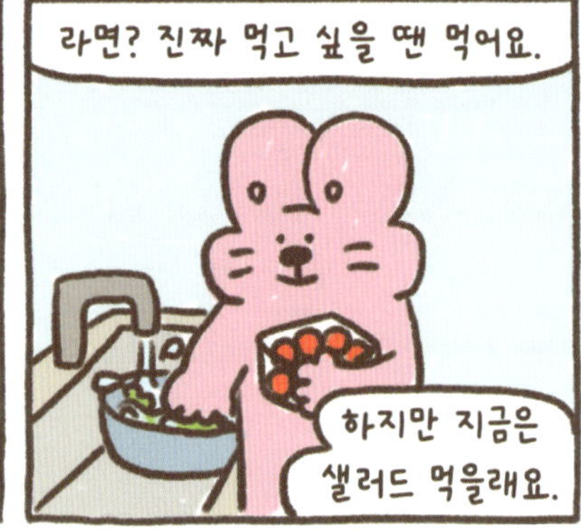

라면? 진짜 먹고 싶을 땐 먹어요.
하지만 지금은
샐러드 먹을래요.

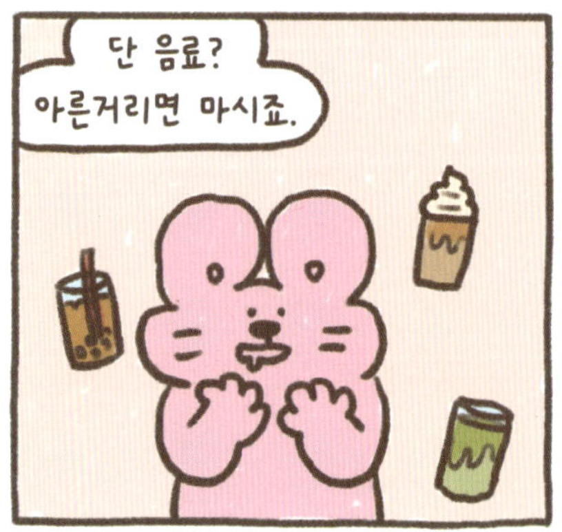

단 음료?
아른거리면 마시죠.

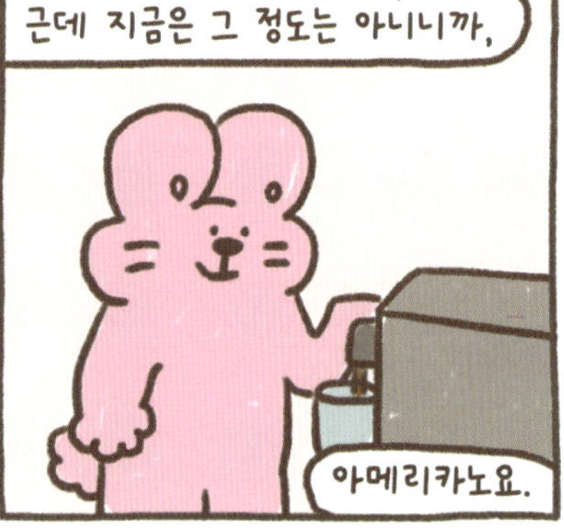

근데 지금은 그 정도는 아니니까,
아메리카노요.

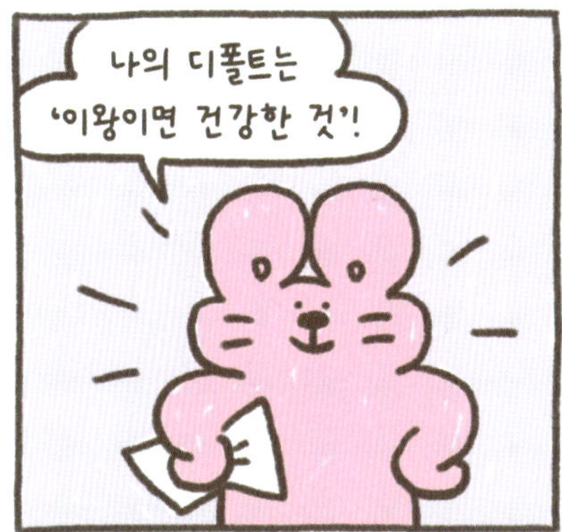

나의 디폴트는
'이왕이면 건강한 것'!

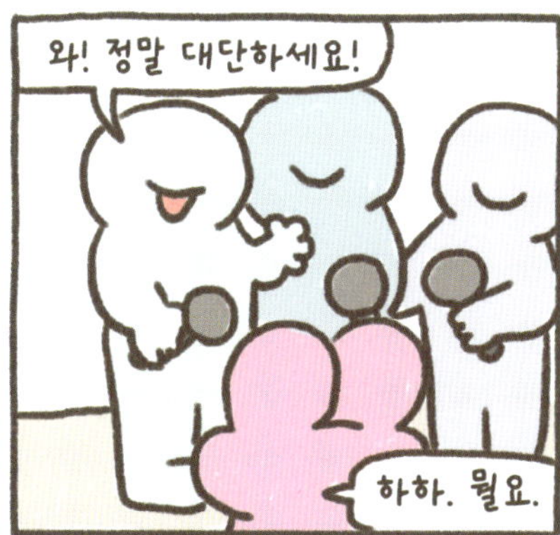

와! 정말 대단하세요!
하하. 뭘요.

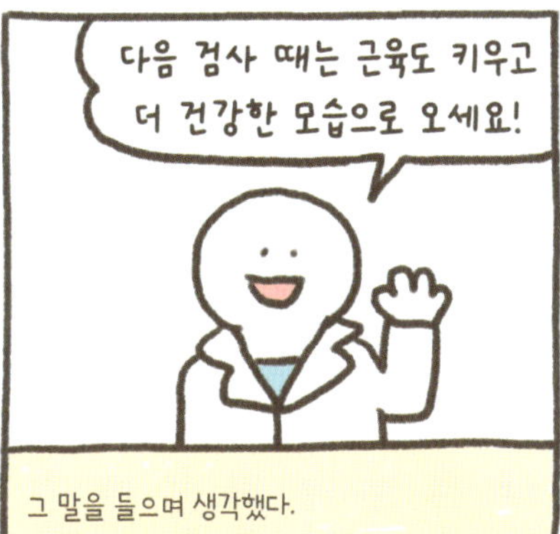

다음 검사 때는 근육도 키우고
더 건강한 모습으로 오세요!
그 말을 들으며 생각했다.

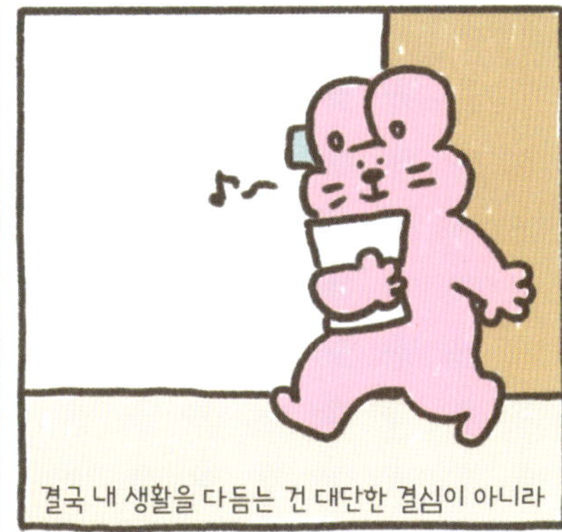

결국 내 생활을 다듬는 건 대단한 결심이 아니라

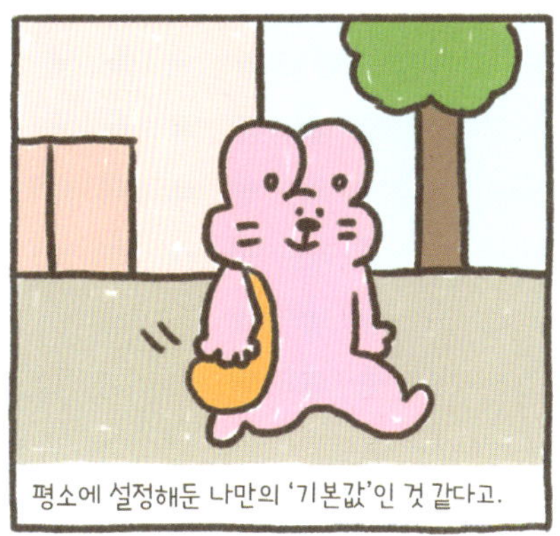

평소에 설정해둔 나만의 '기본값'인 것 같다고.

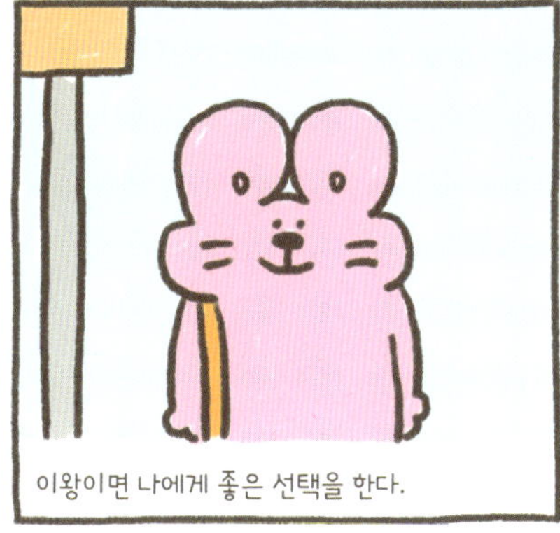

이왕이면 나에게 좋은 선택을 한다.

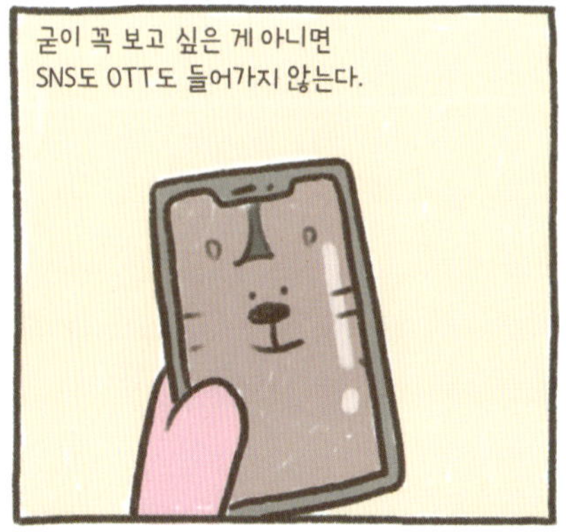

굳이 꼭 보고 싶은 게 아니면
SNS도 OTT도 들어가지 않는다.

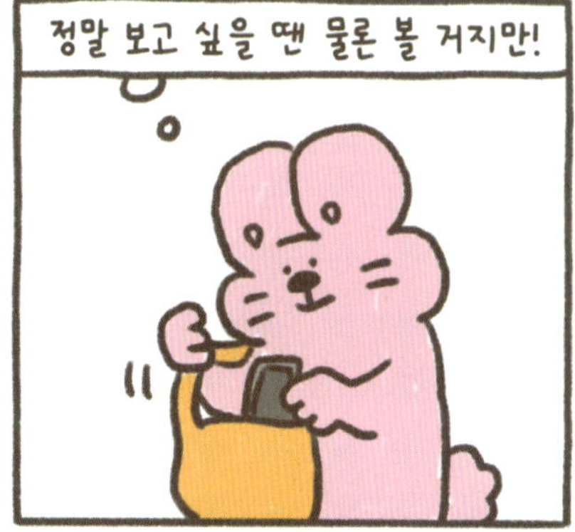

정말 보고 싶을 땐 물론 볼 거지만!

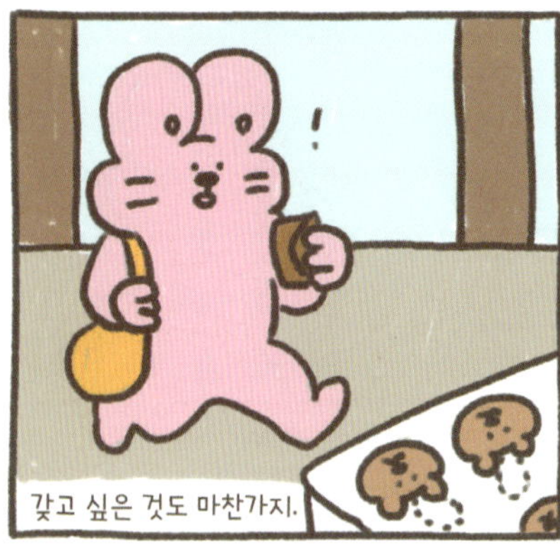

갖고 싶은 것도 마찬가지.

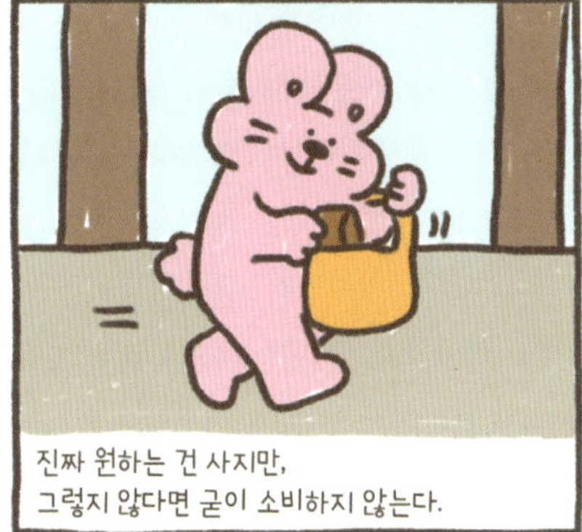

진짜 원하는 건 사지만,
그렇지 않다면 굳이 소비하지 않는다.

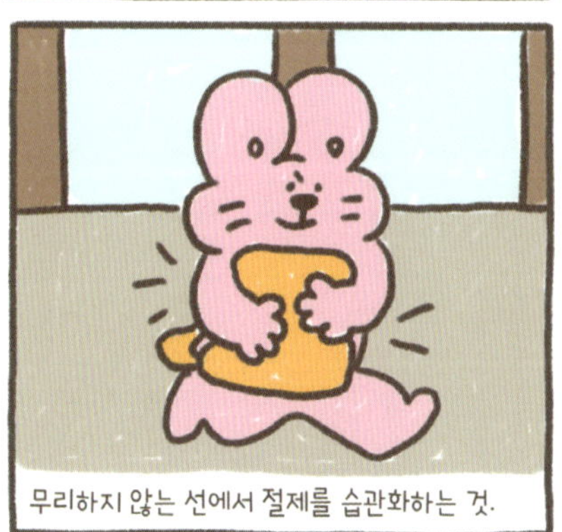

무리하지 않는 선에서 절제를 습관화하는 것.

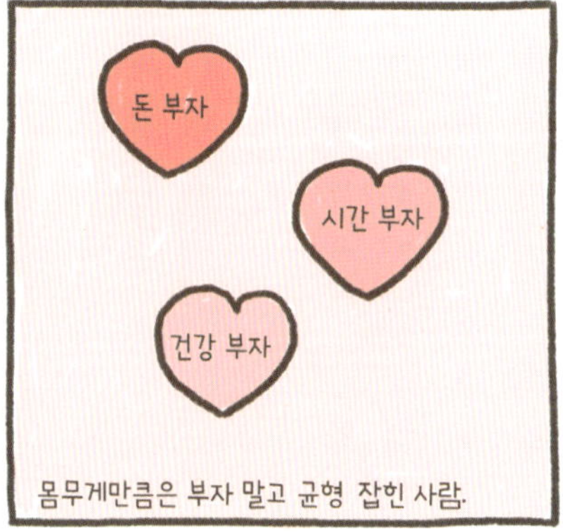

돈 부자
시간 부자
건강 부자
몸무게만큼은 부자 말고 균형 잡힌 사람.

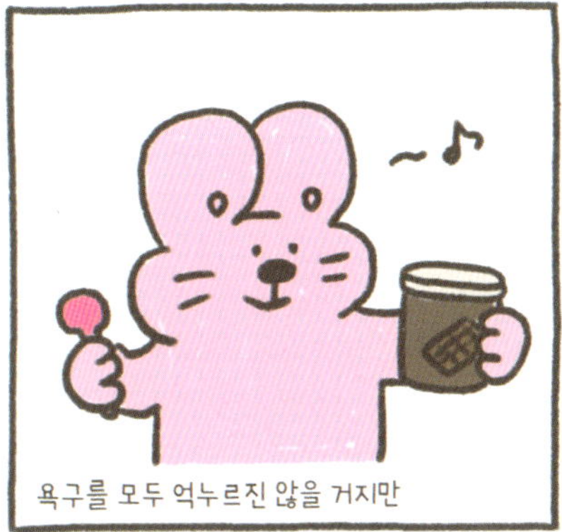

욕구를 모두 억누르진 않을 거지만

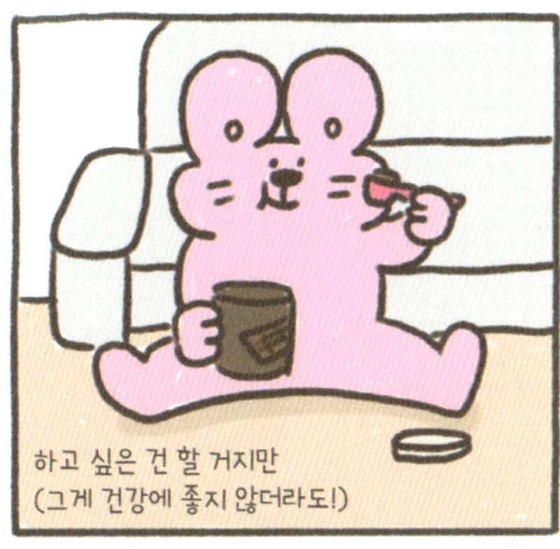

하고 싶은 건 할 거지만
(그게 건강에 좋지 않더라도!)

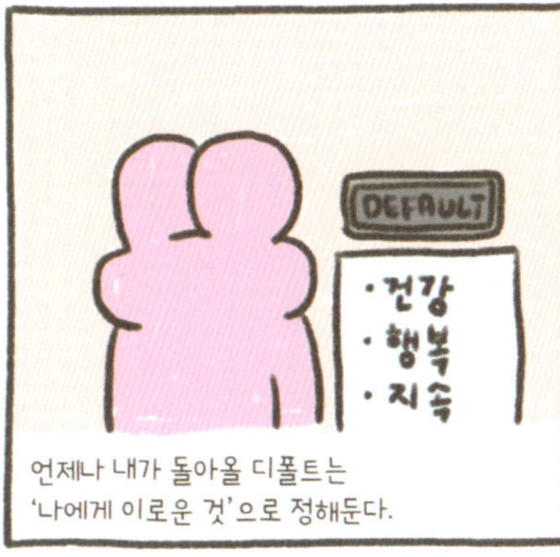

언제나 내가 돌아올 디폴트는
'나에게 이로운 것'으로 정해둔다.

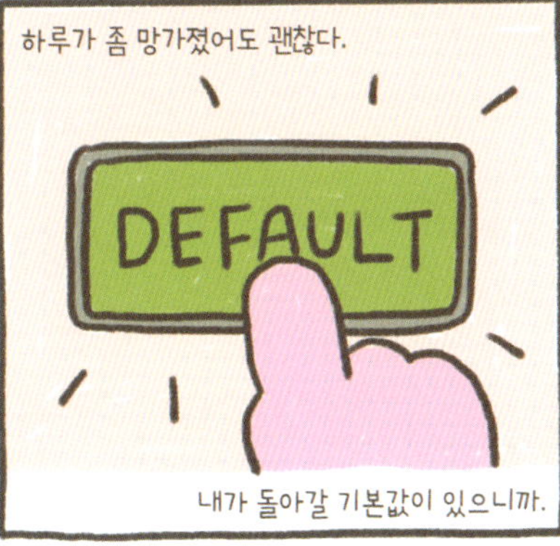

내가 돌아갈 기본값이 있으니까.

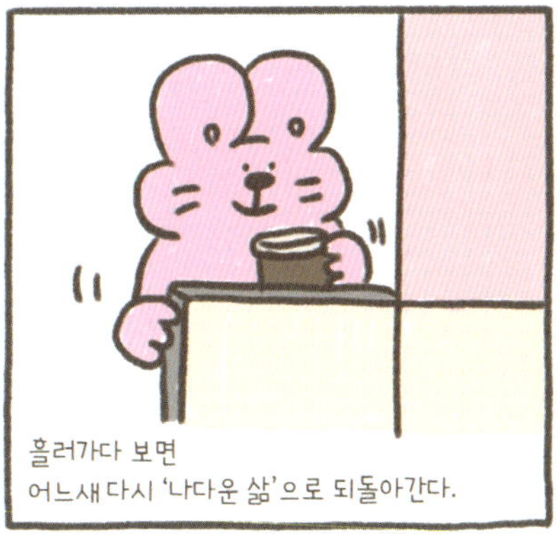

흘러가다 보면
어느새 다시 '나다운 삶'으로 되돌아간다.

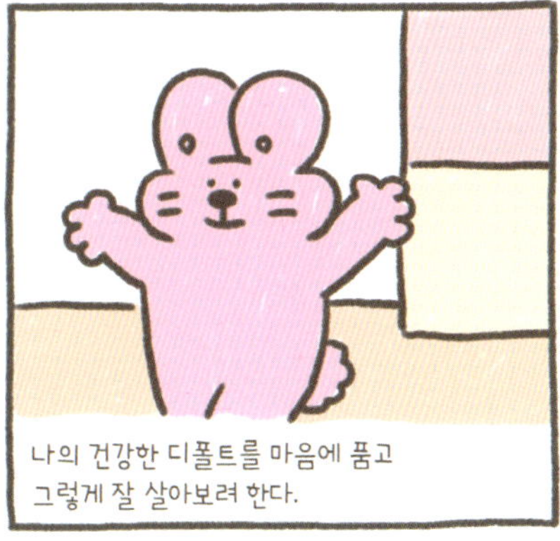

나의 건강한 디폴트를 마음에 품고
그렇게 잘 살아보려 한다.

오늘도, 내일도.
잘 살아보자!
나
디폴트

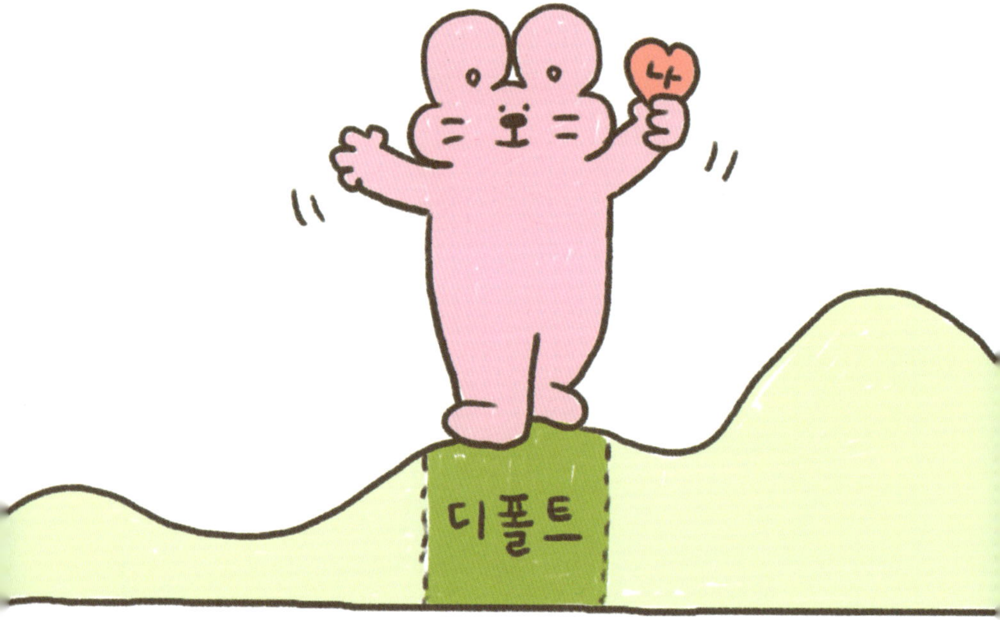

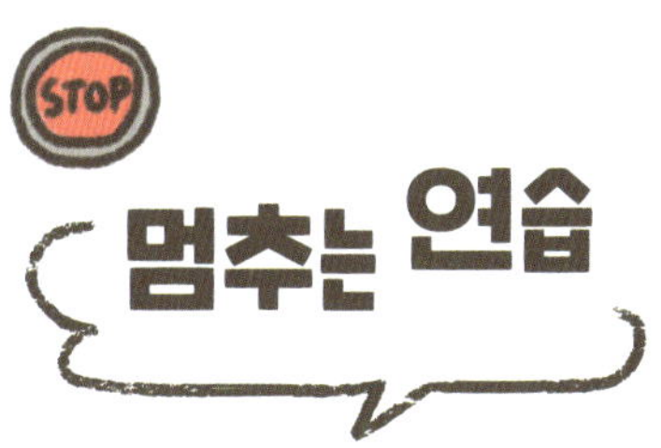

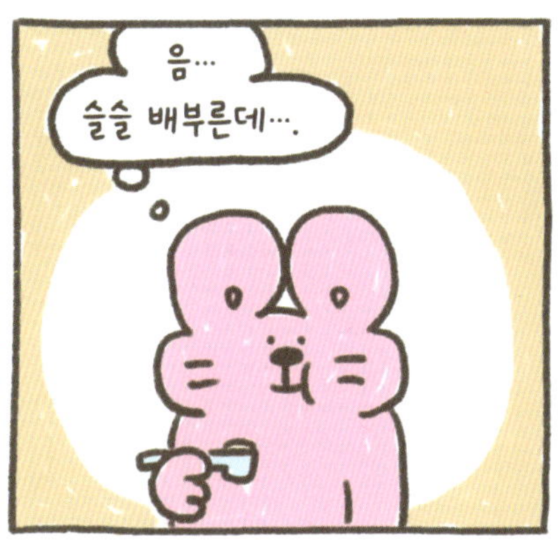

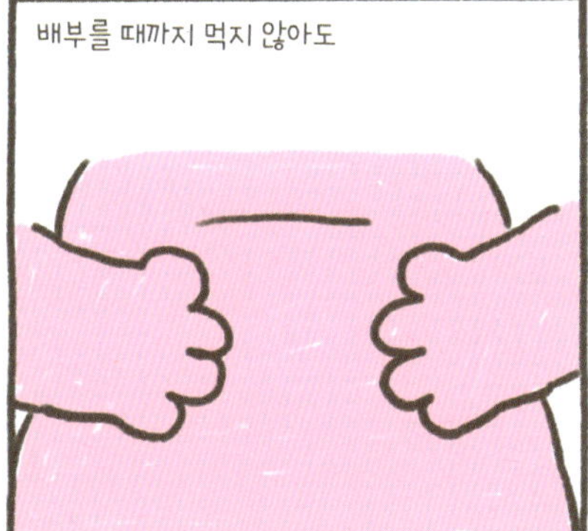

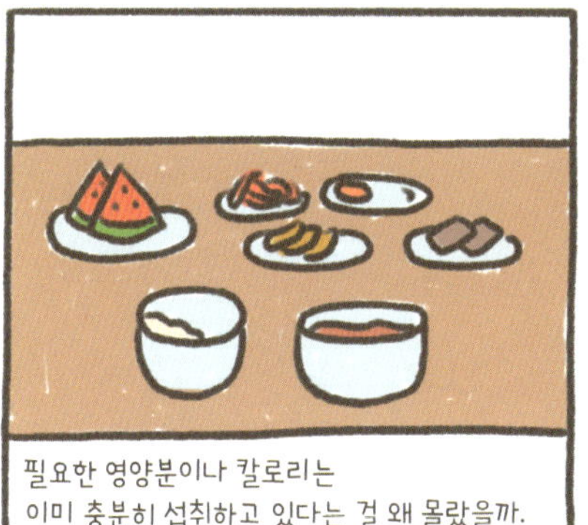
필요한 영양분이나 칼로리는
이미 충분히 섭취하고 있다는 걸 왜 몰랐을까.

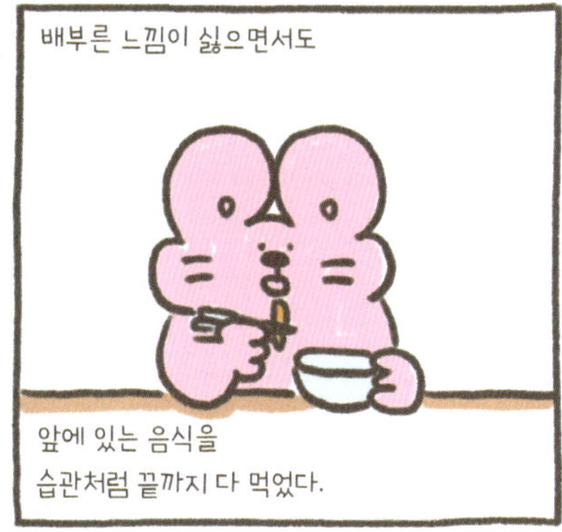

앞에 있는 음식을
습관처럼 끝까지 다 먹었다.

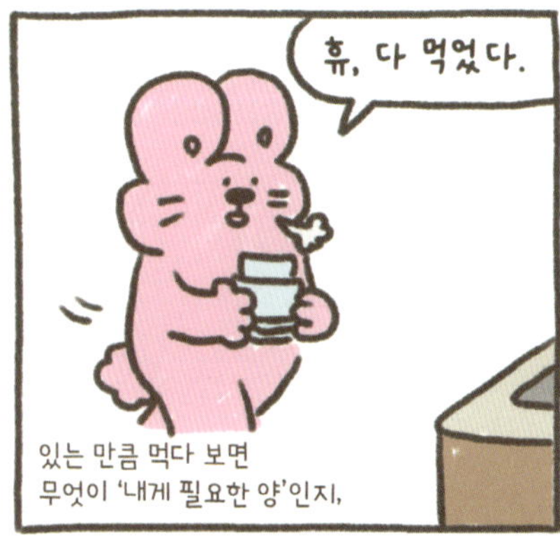

있는 만큼 먹다 보면
무엇이 '내게 필요한 양'인지,

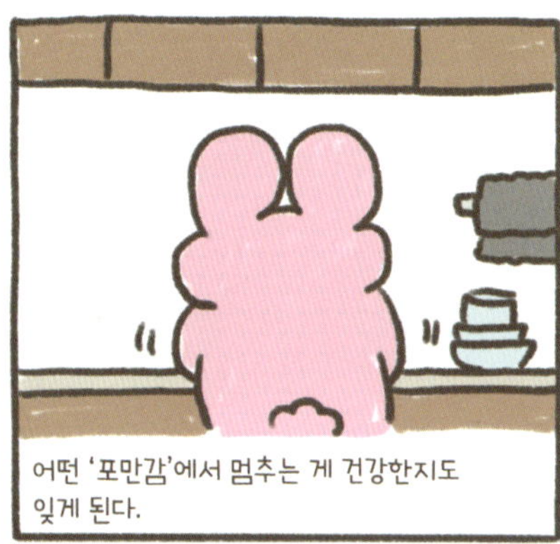

어떤 '포만감'에서 멈추는 게 건강한지도
잊게 된다.

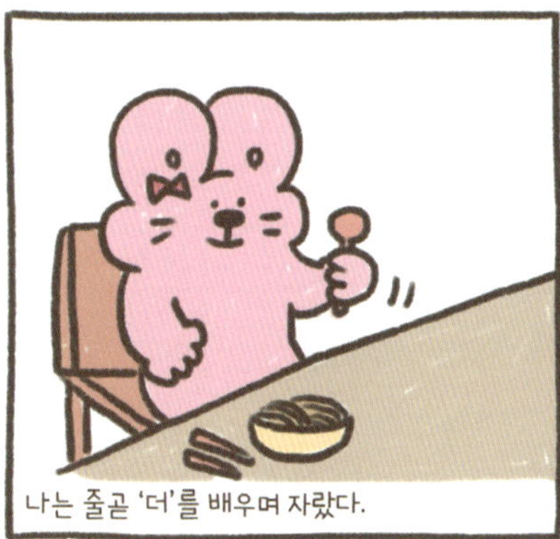

나는 줄곧 '더'를 배우며 자랐다.

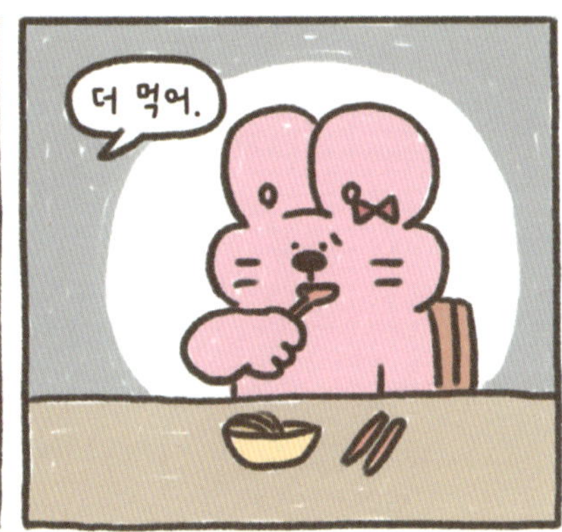

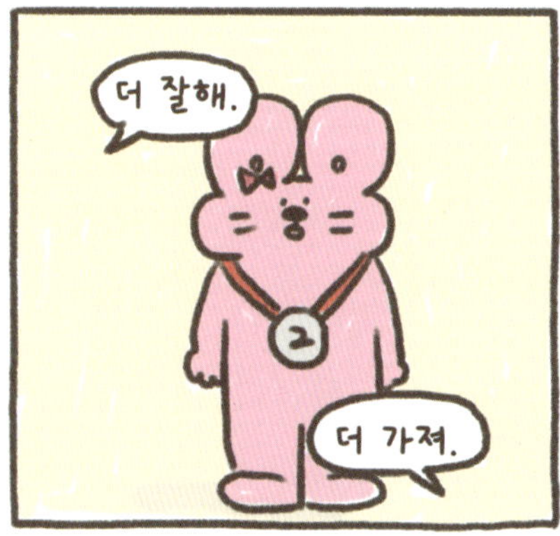

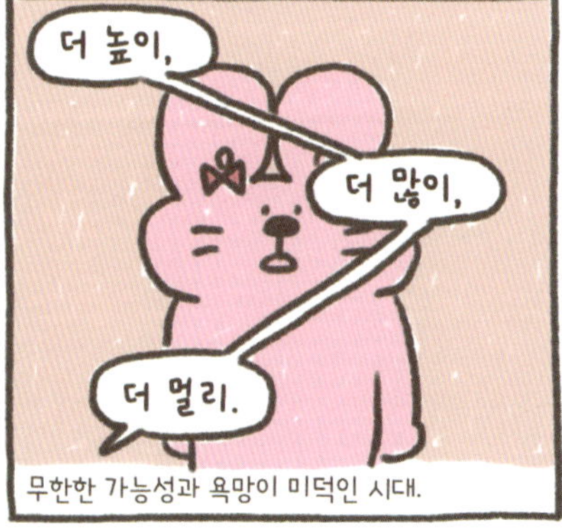

무한한 가능성과 욕망이 미덕인 시대.

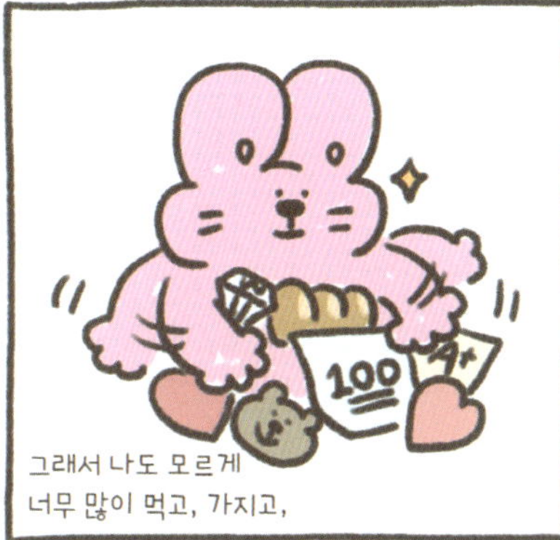

그래서 나도 모르게
너무 많이 먹고, 가지고,

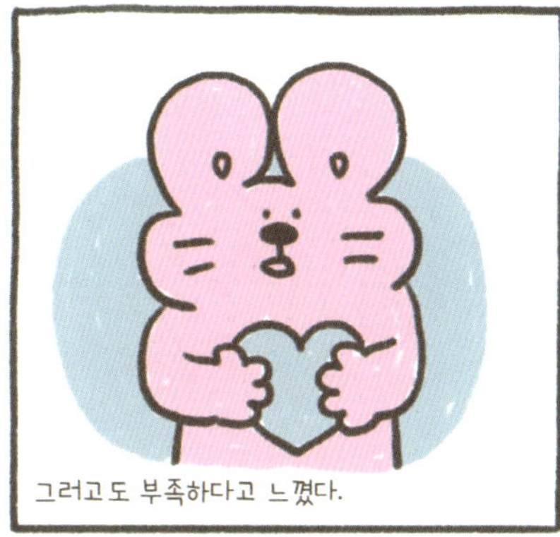

그러고도 부족하다고 느꼈다.

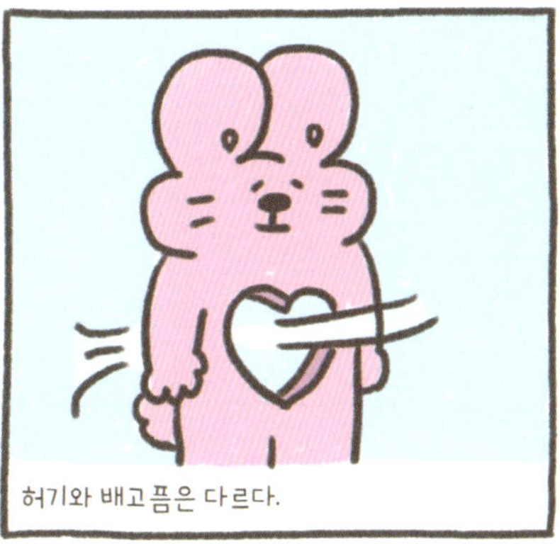

허기와 배고픔은 다르다.

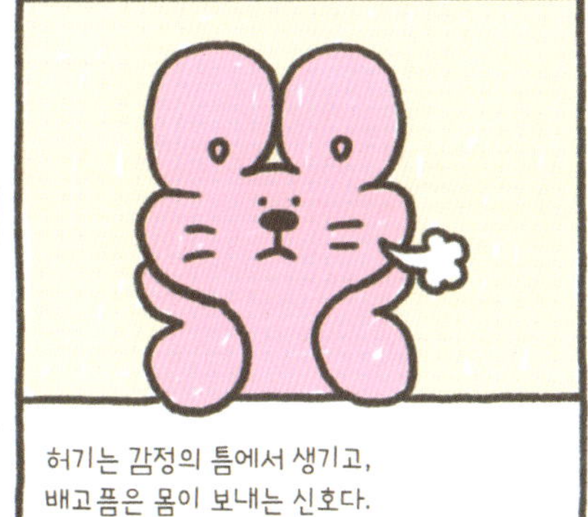

허기는 감정의 틈에서 생기고,
배고픔은 몸이 보내는 신호다.

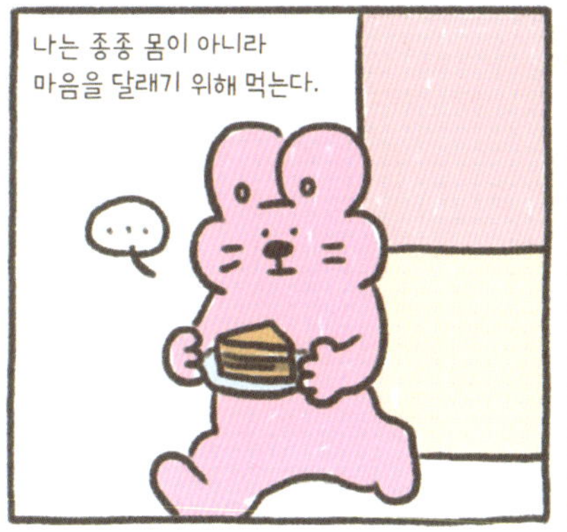

나는 종종 몸이 아니라
마음을 달래기 위해 먹는다.

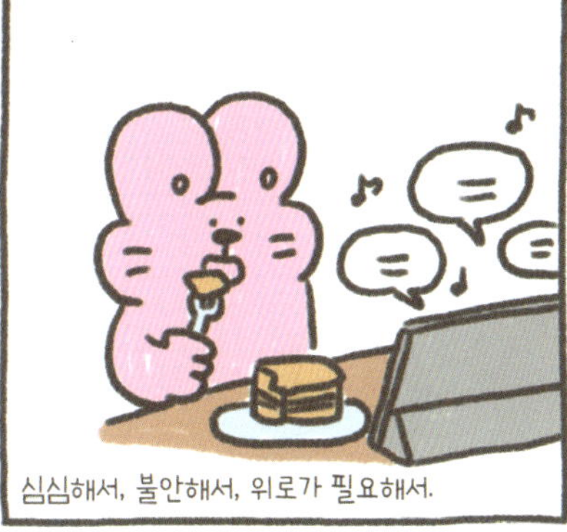

심심해서, 불안해서, 위로가 필요해서.

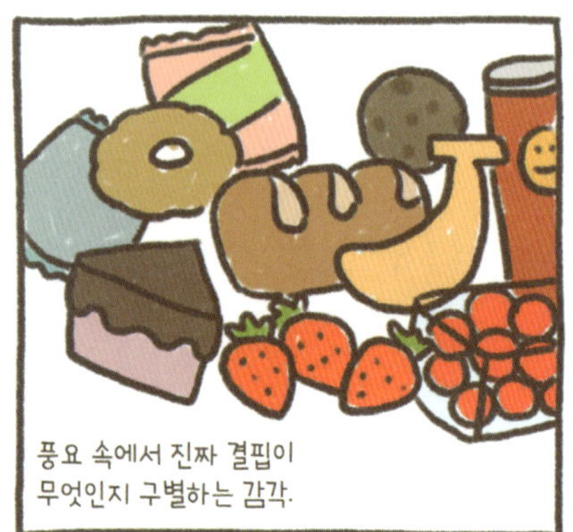
풍요 속에서 진짜 결핍이
무엇인지 구별하는 감각.

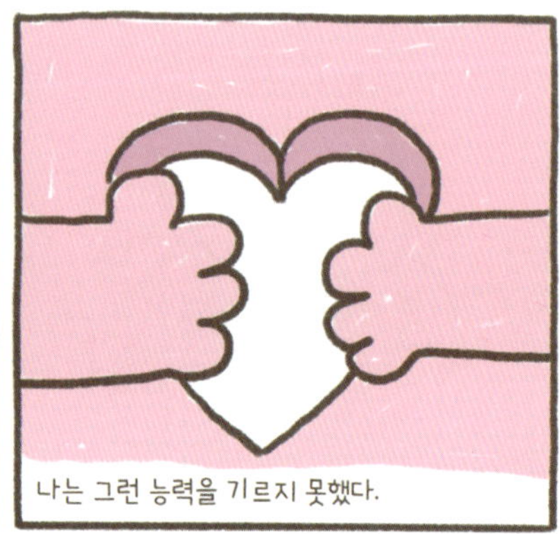
나는 그런 능력을 기르지 못했다.

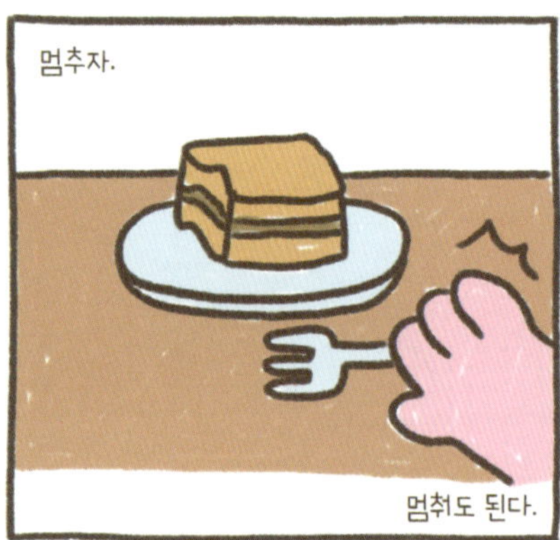
멈추자.
멈춰도 된다.

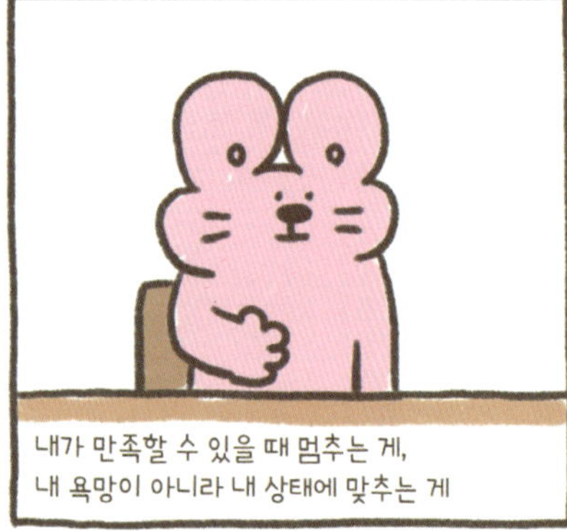
내가 만족할 수 있을 때 멈추는 게,
내 욕망이 아니라 내 상태에 맞추는 게

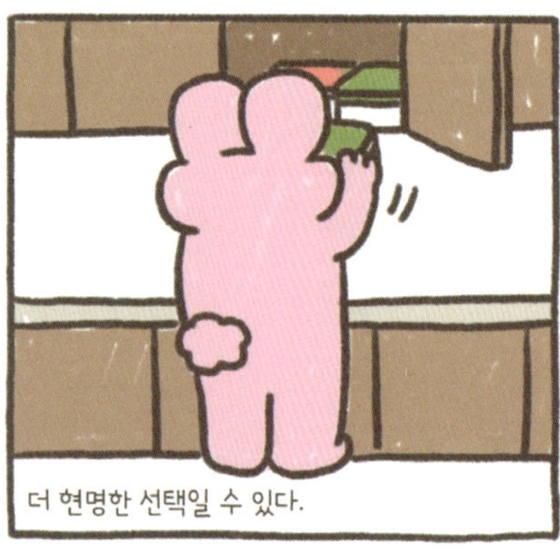
더 현명한 선택일 수 있다.

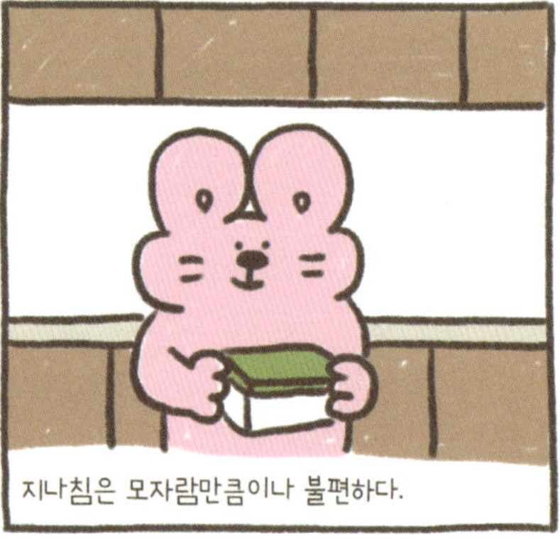
지나침은 모자람만큼이나 불편하다.

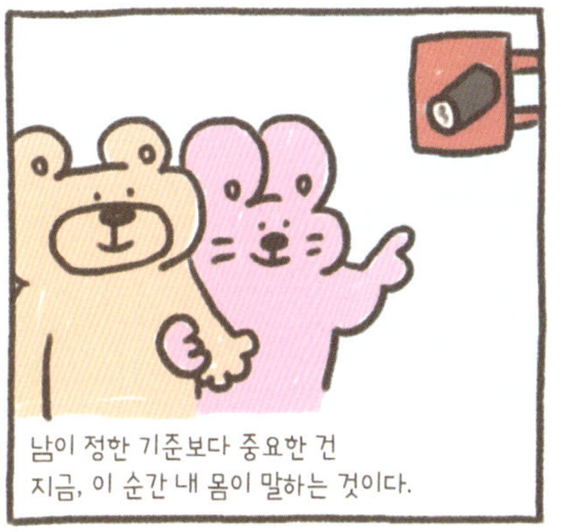

남이 정한 기준보다 중요한 건
지금, 이 순간 내 몸이 말하는 것이다.

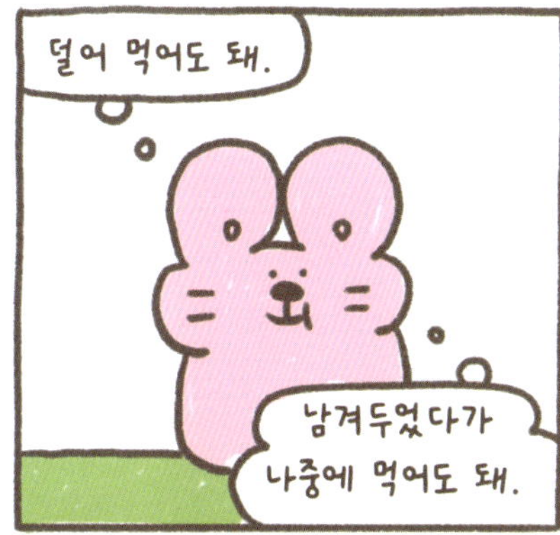

덜어 먹어도 돼.
남겨두었다가
나중에 먹어도 돼.

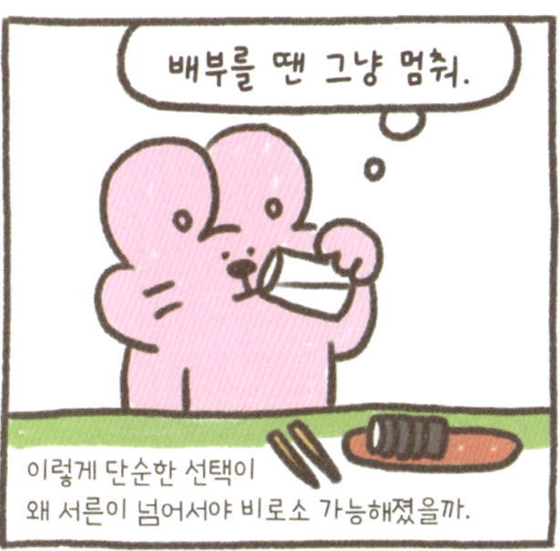

배부를 땐 그냥 멈춰.
이렇게 단순한 선택이
왜 서른이 넘어서야 비로소 가능해졌을까.

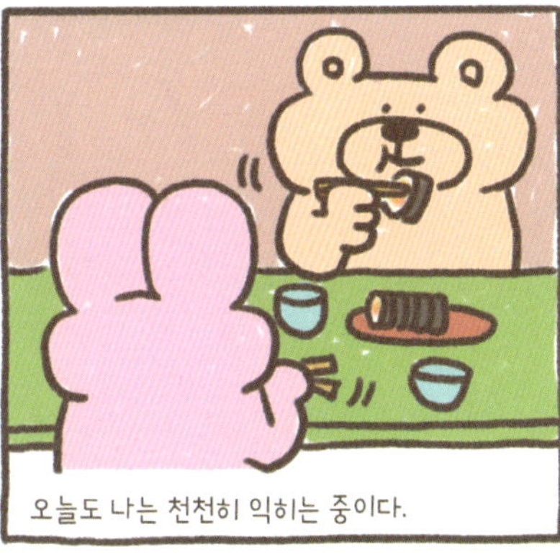

오늘도 나는 천천히 익히는 중이다.

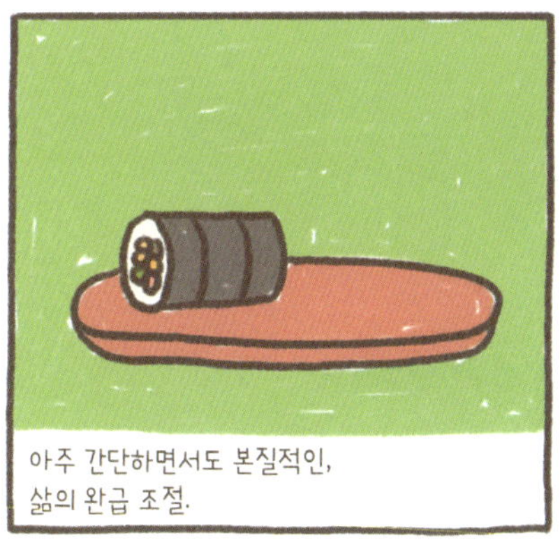

아주 간단하면서도 본질적인,
삶의 완급 조절.

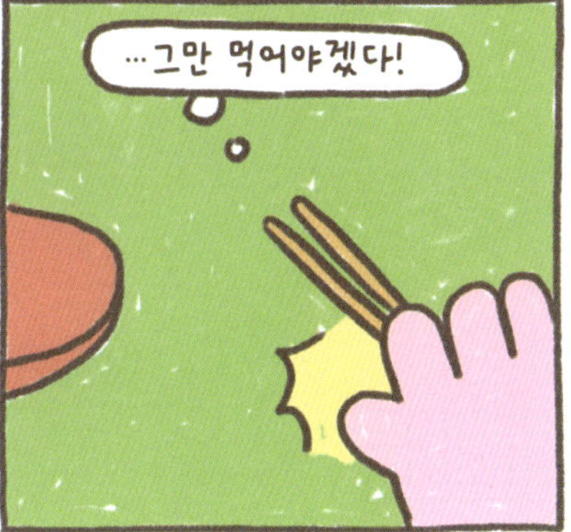

…그만 먹어야겠다!

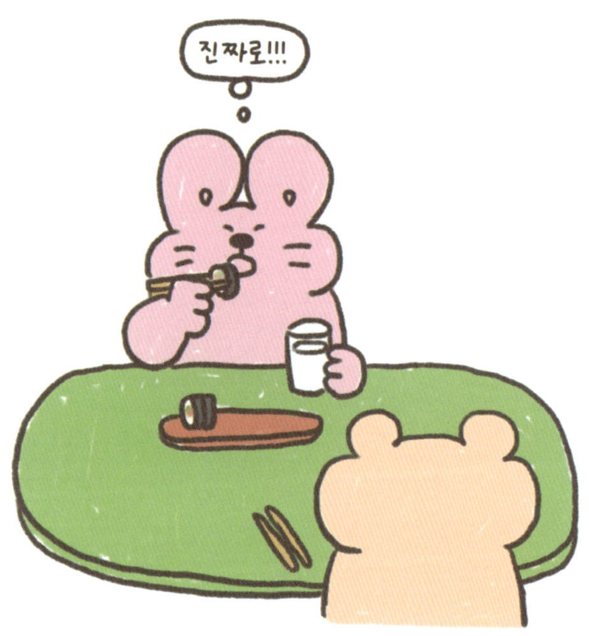
진짜로!!!

오늘도 나의 눈덩이를 굴린다

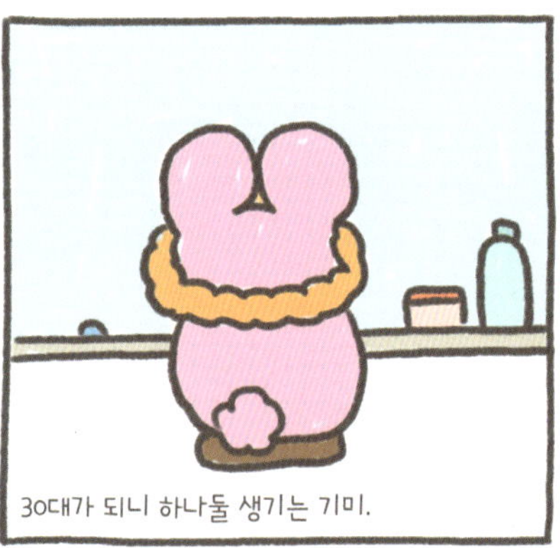

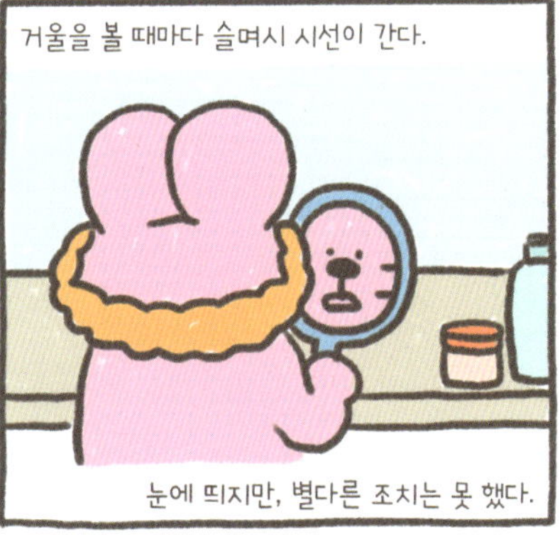

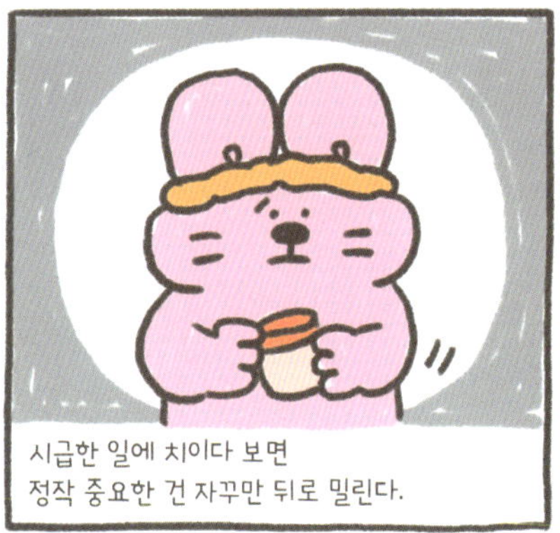

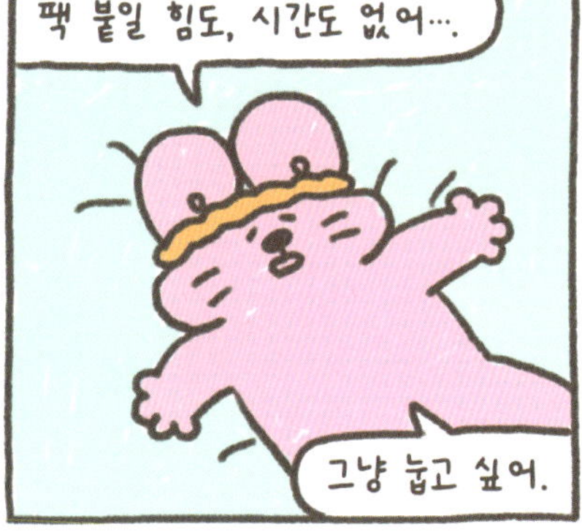

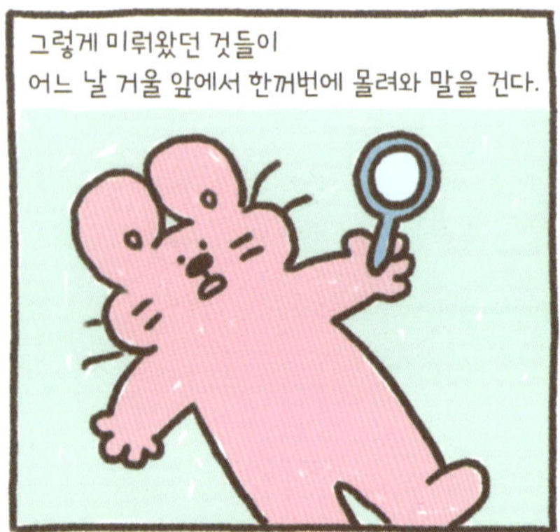

그렇게 미뤄왔던 것들이
어느 날 거울 앞에서 한꺼번에 몰려와 말을 건다.

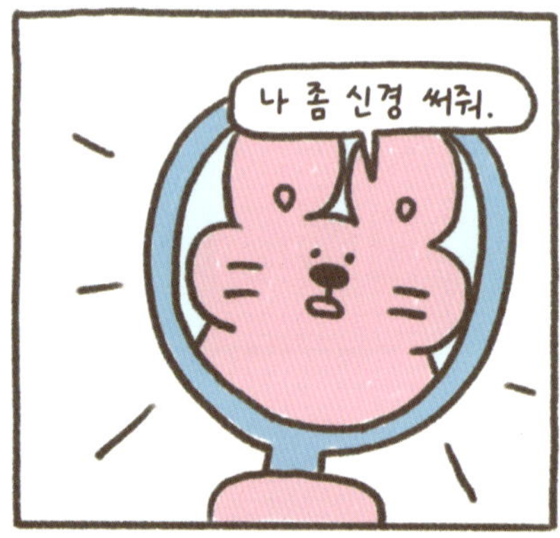

나 좀 신경 써줘.

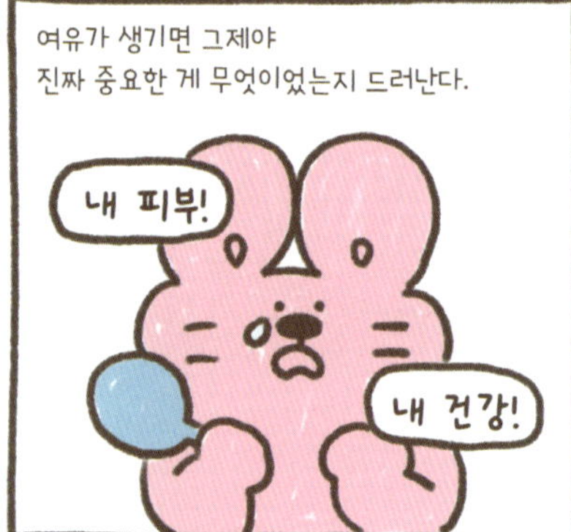

여유가 생기면 그제야
진짜 중요한 게 무엇이었는지 드러난다.
내 피부!
내 건강!

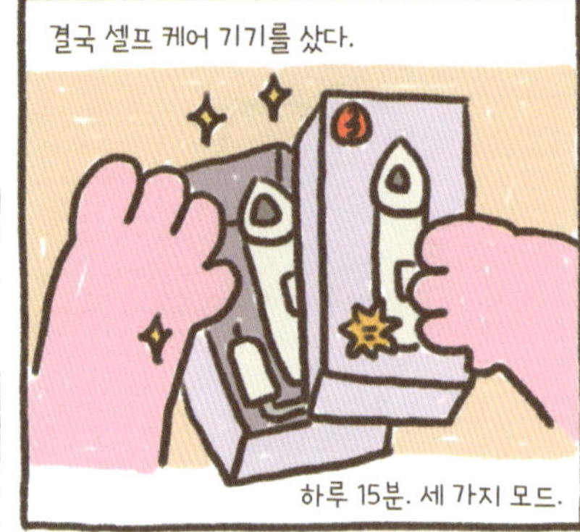

결국 셀프 케어 기기를 샀다.
하루 15분. 세 가지 모드.

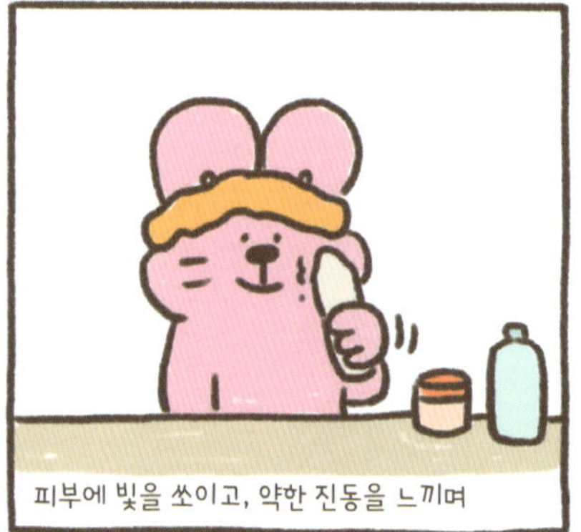

피부에 빛을 쏘이고, 약한 진동을 느끼며

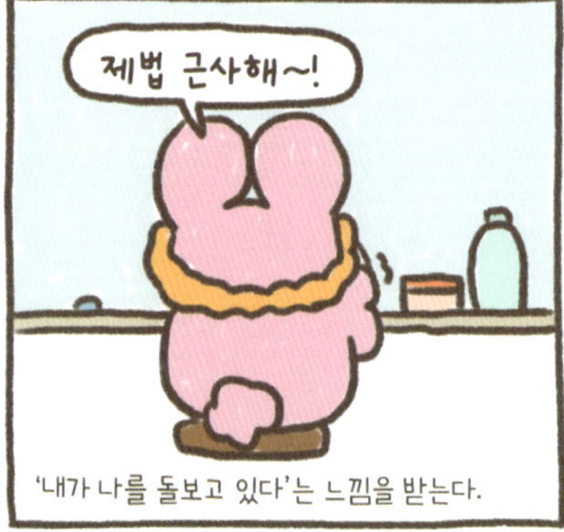

제법 근사해~!
'내가 나를 돌보고 있다'는 느낌을 받는다.

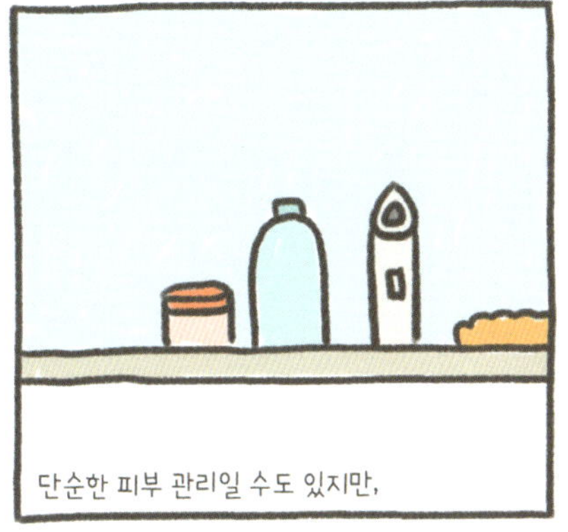

단순한 피부 관리일 수도 있지만,

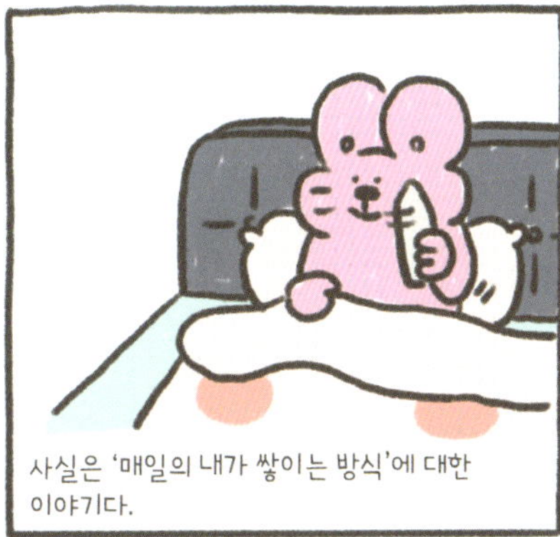

사실은 '매일의 내가 쌓이는 방식'에 대한 이야기다.

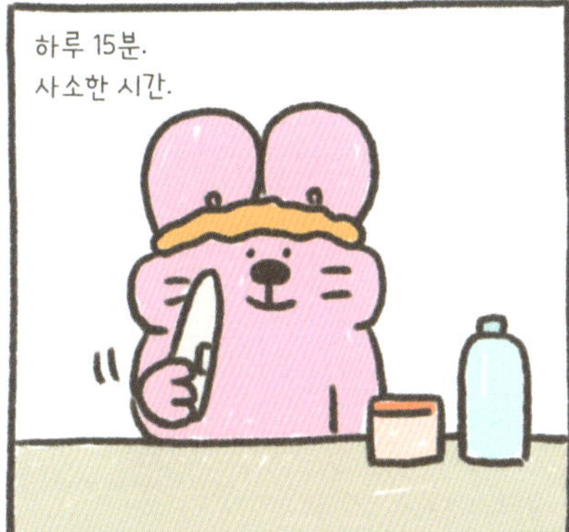

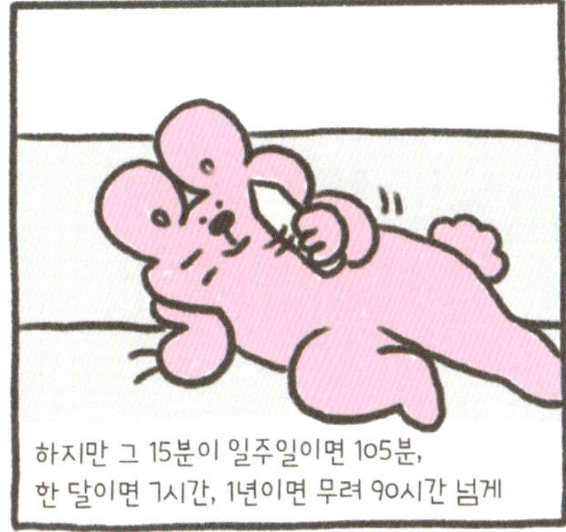

하지만 그 15분이 일주일이면 105분,
한 달이면 7시간, 1년이면 무려 90시간 넘게

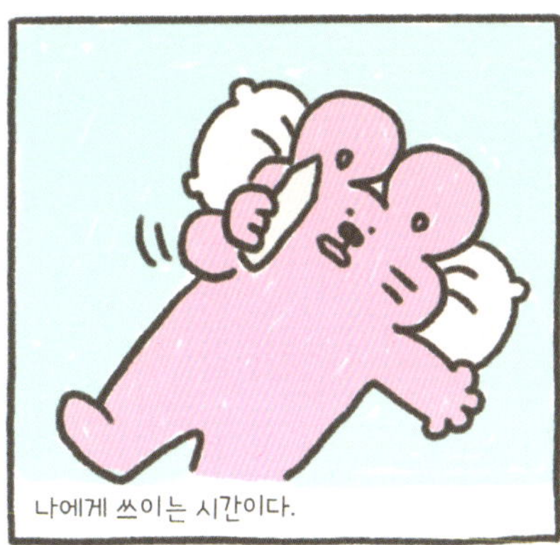

나에게 쓰이는 시간이다.

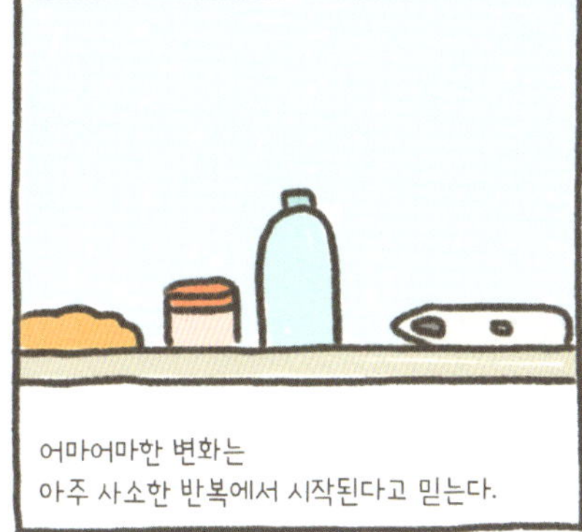

어마어마한 변화는
아주 사소한 반복에서 시작된다고 믿는다.

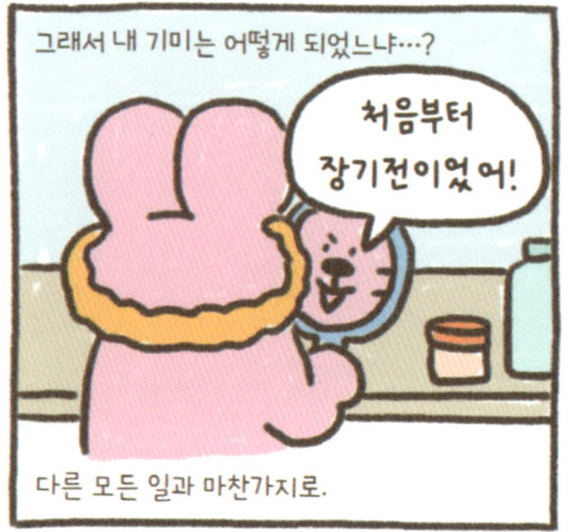

다른 모든 일과 마찬가지로.

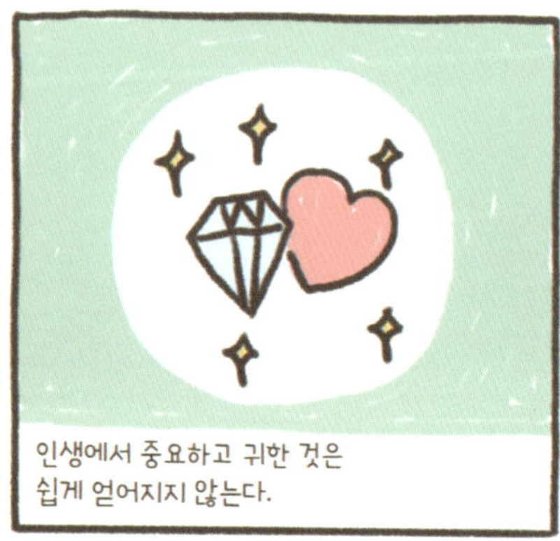

인생에서 중요하고 귀한 것은
쉽게 얻어지지 않는다.

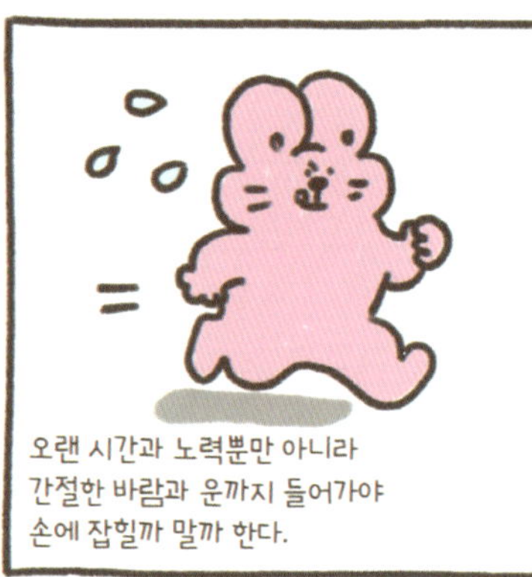

오랜 시간과 노력뿐만 아니라
간절한 바람과 운까지 들어가야
손에 잡힐까 말까 한다.

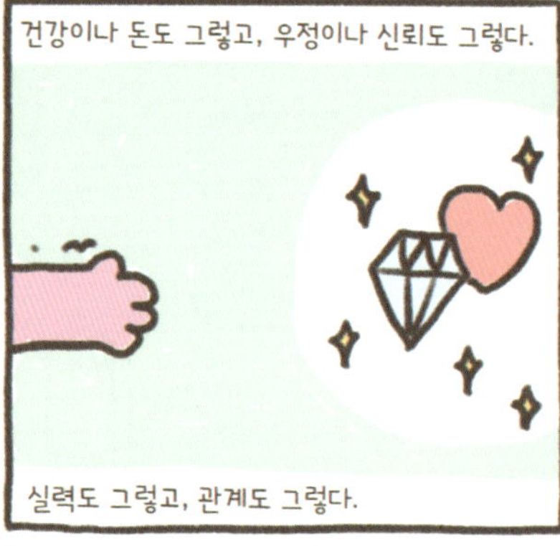

건강이나 돈도 그렇고, 우정이나 신뢰도 그렇다.

실력도 그렇고, 관계도 그렇다.

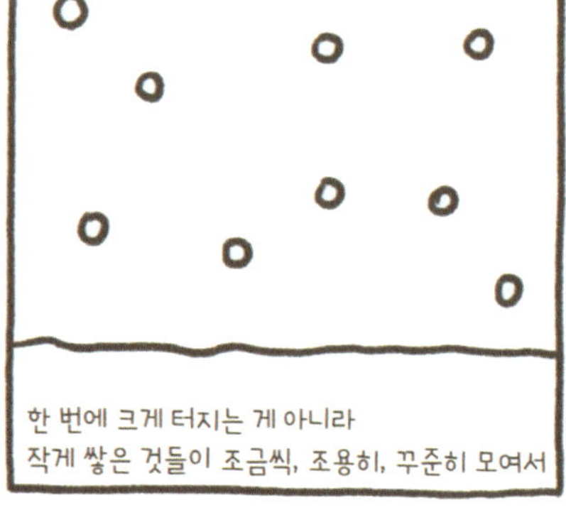

한 번에 크게 터지는 게 아니라
작게 쌓은 것들이 조금씩, 조용히, 꾸준히 모여서

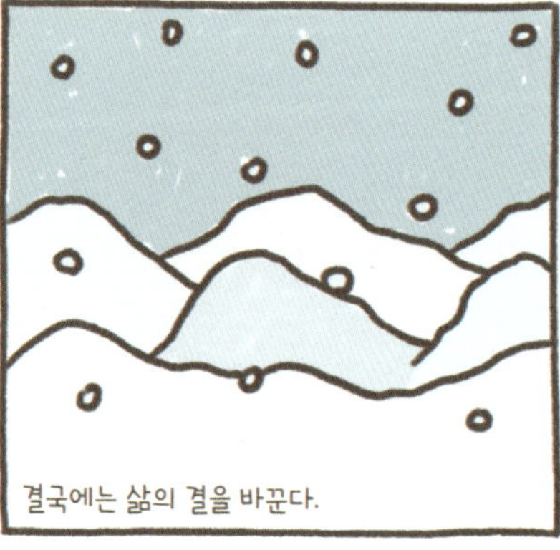

결국에는 삶의 결을 바꾼다.

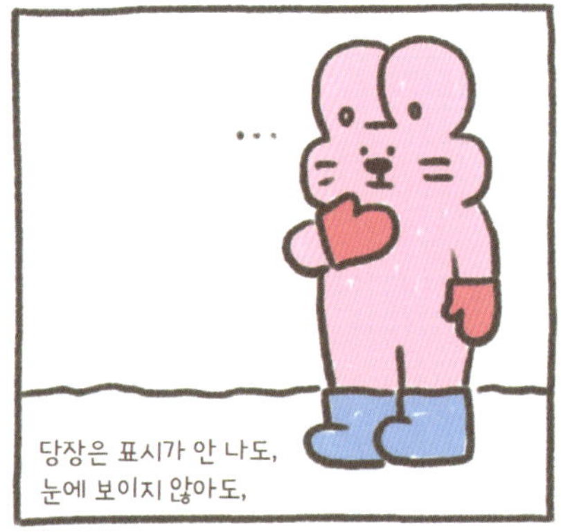
…
당장은 표시가 안 나도,
눈에 보이지 않아도,

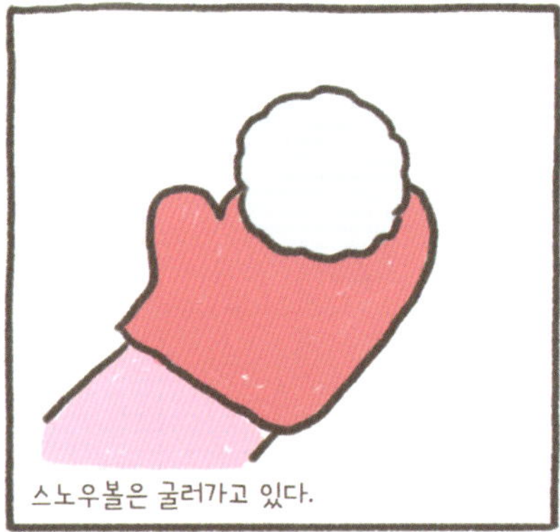
스노우볼은 굴러가고 있다.

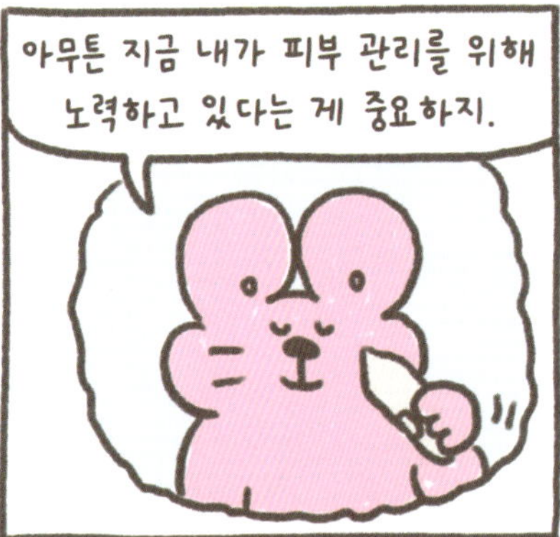
아무튼 지금 내가 피부 관리를 위해
노력하고 있다는 게 중요하지.

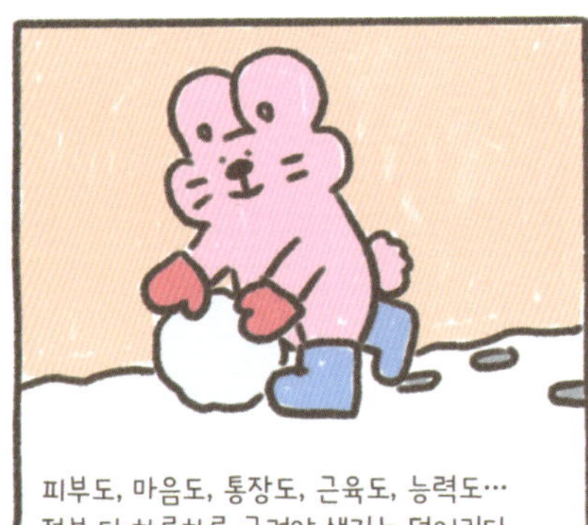
피부도, 마음도, 통장도, 근육도, 능력도…
전부 다 하루하루 굴려야 생기는 덩어리다.

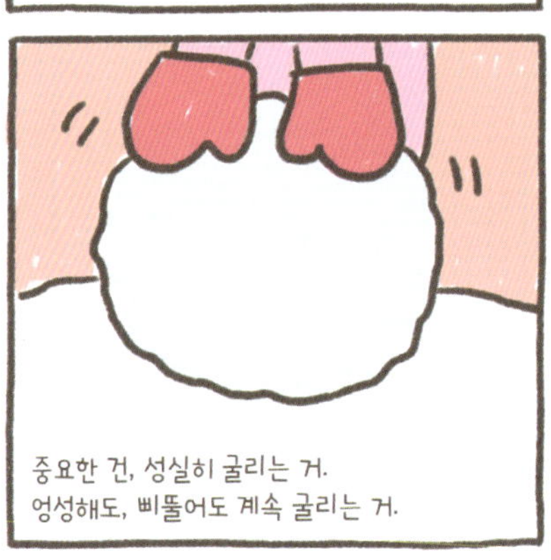
중요한 건, 성실히 굴리는 거.
엉성해도, 삐뚤어도 계속 굴리는 거.

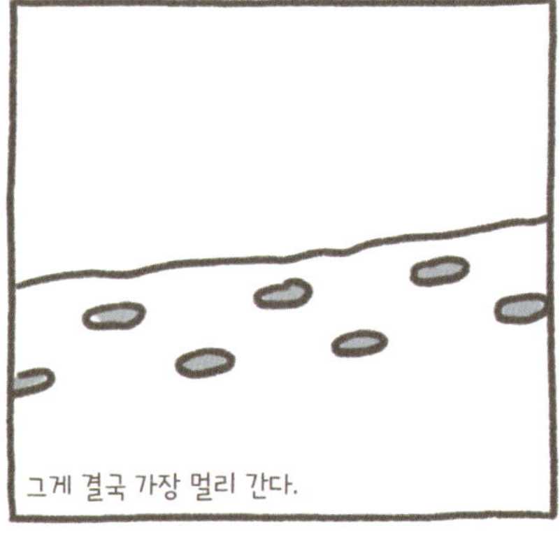
그게 결국 가장 멀리 간다.

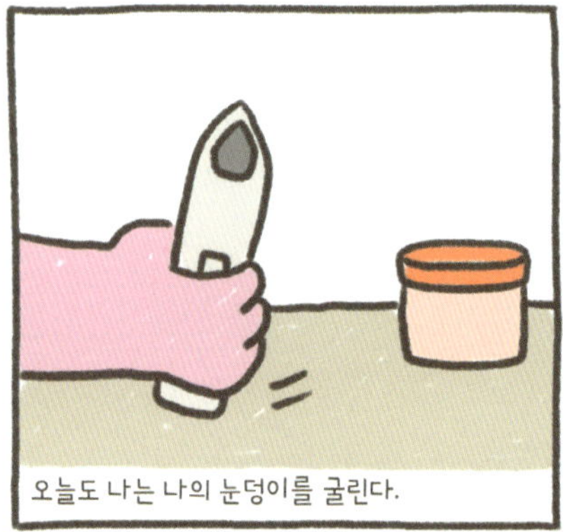
오늘도 나는 나의 눈덩이를 굴린다.

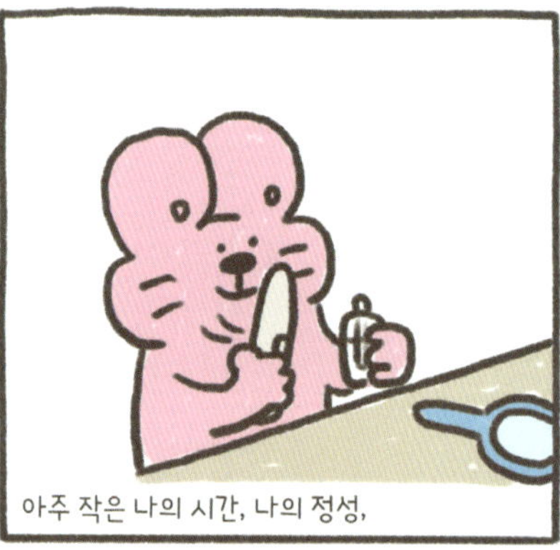
아주 작은 나의 시간, 나의 정성,

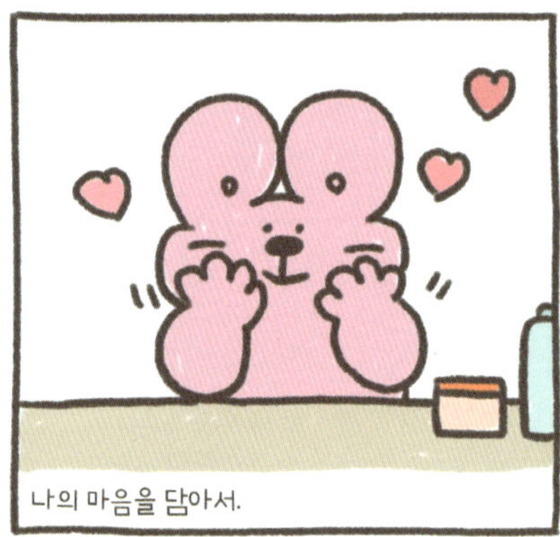
나의 마음을 담아서.

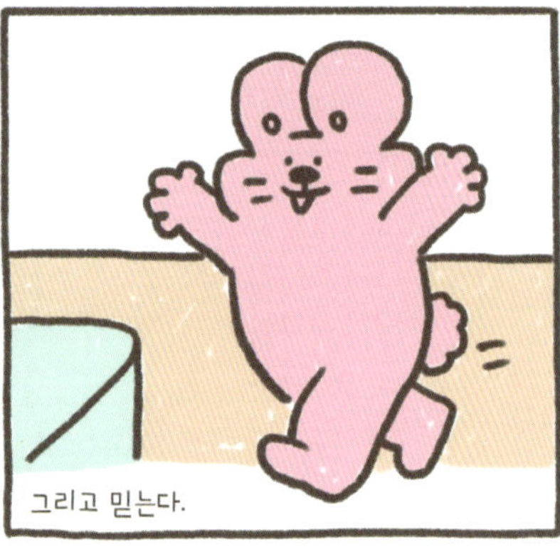
그리고 믿는다.

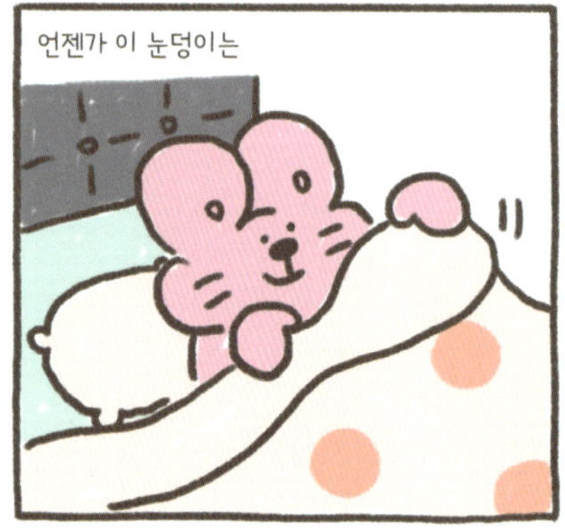
언젠가 이 눈덩이는

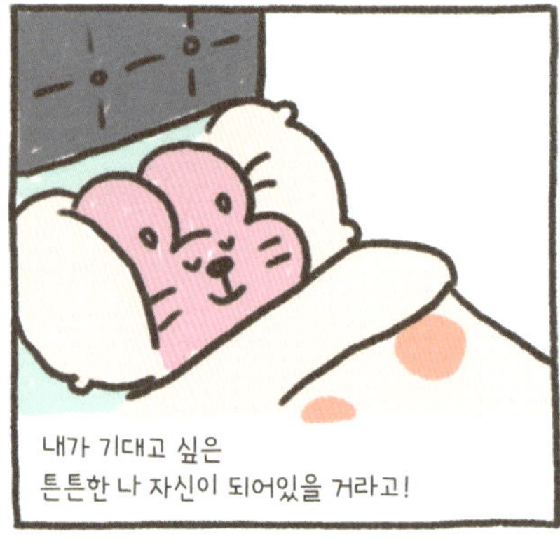
내가 기대고 싶은
튼튼한 나 자신이 되어있을 거라고!

작고 귀여운 눈덩이!

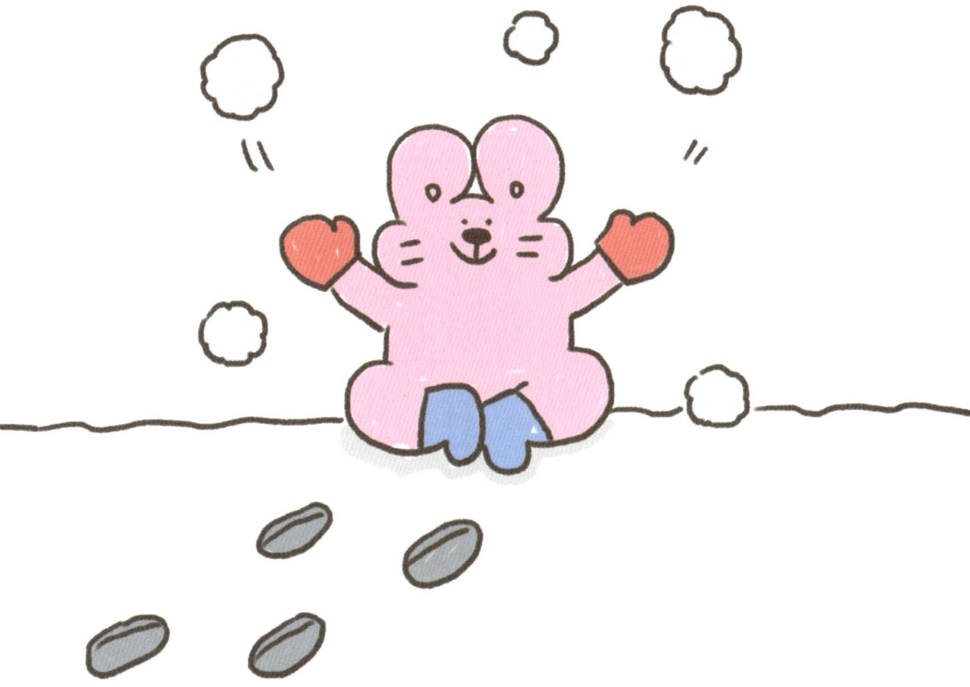

흐트러질 것을 알면서도

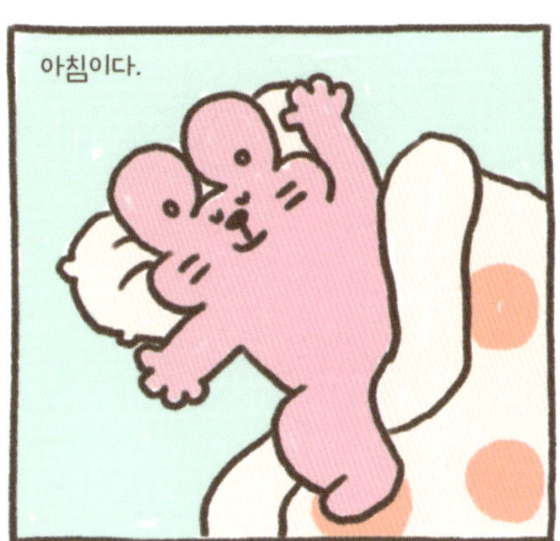

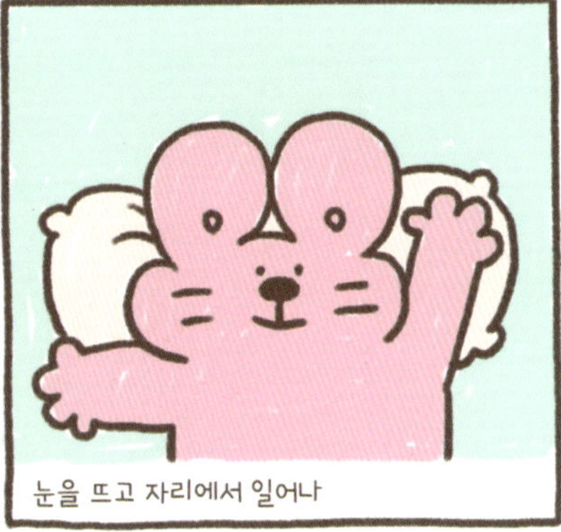

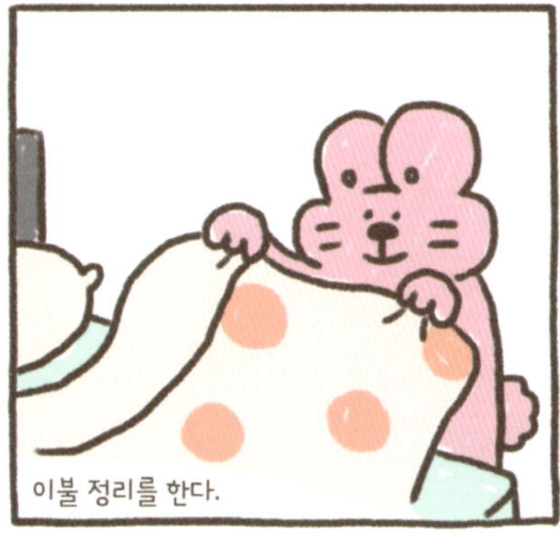

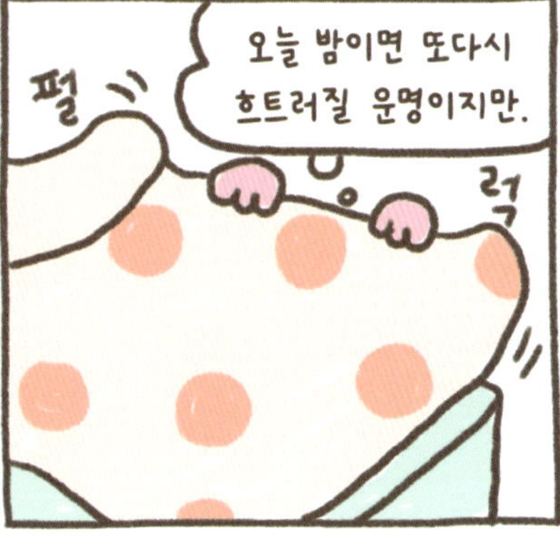

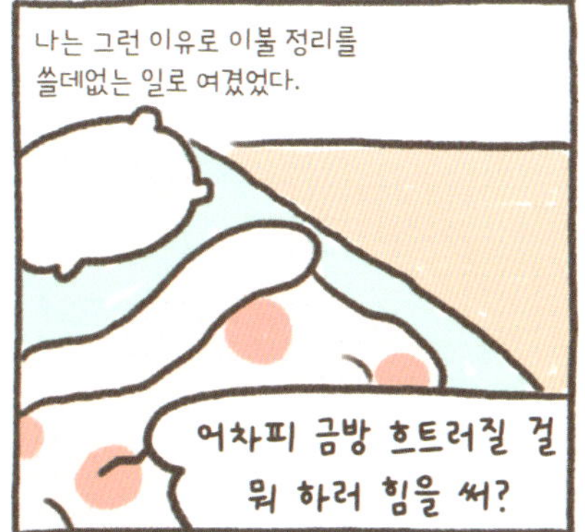

나는 그런 이유로 이불 정리를 쓸데없는 일로 여겼었다.
어차피 금방 흐트러질 걸 뭐 하러 힘을 써?

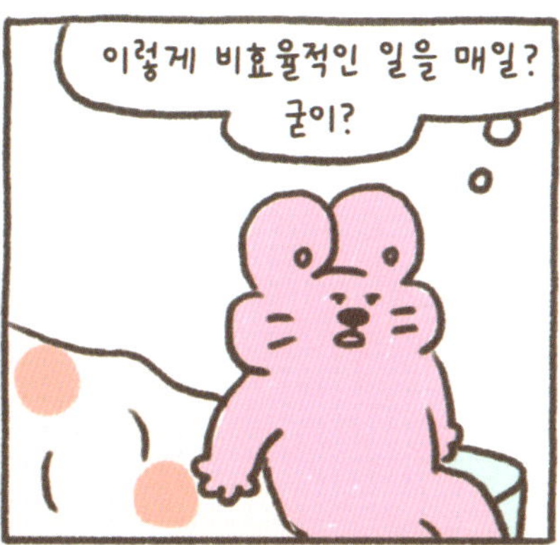

이렇게 비효율적인 일을 매일? 굳이?

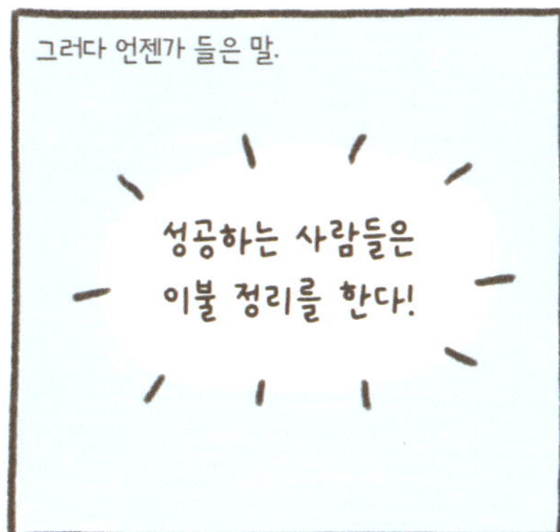

그러다 언젠가 들은 말.
성공하는 사람들은 이불 정리를 한다!

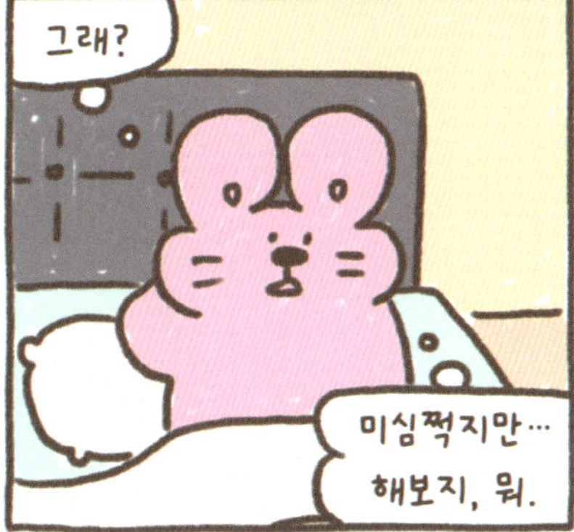

그래?
미심쩍지만…
해보지, 뭐.

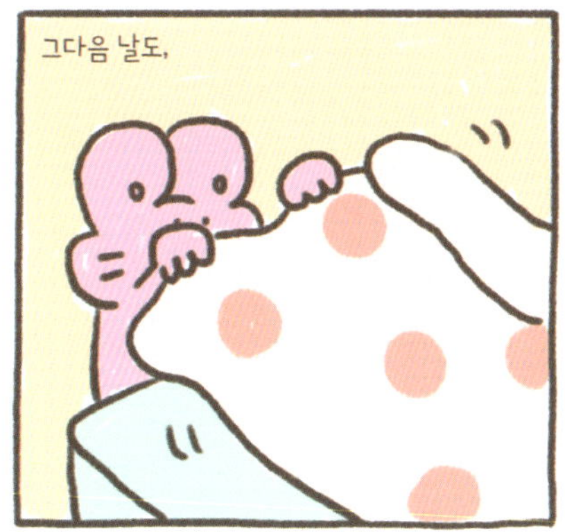

그다음 날도,

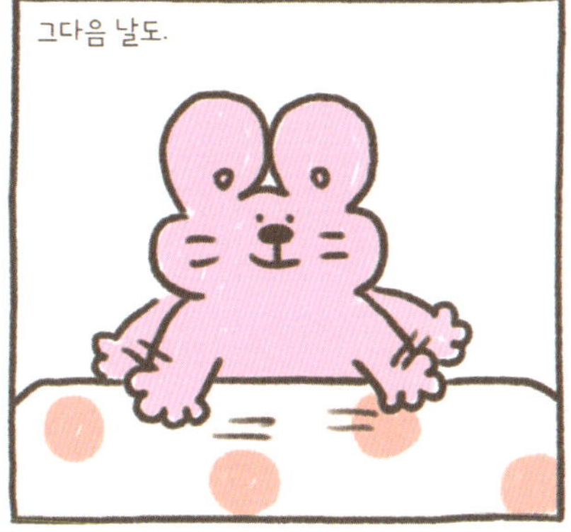

그다음 날도.

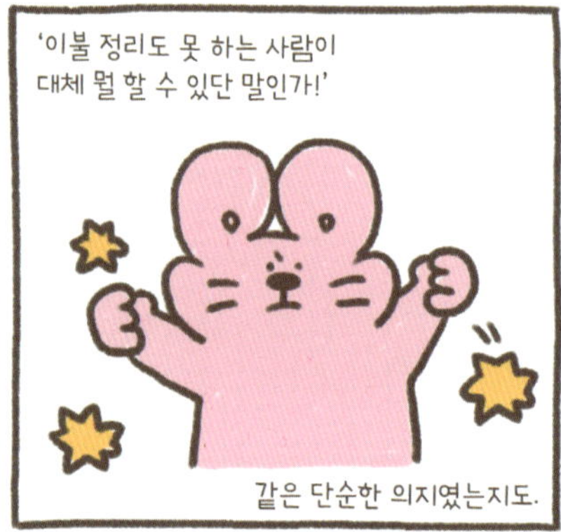
'이불 정리도 못 하는 사람이
대체 뭘 할 수 있단 말인가!'
같은 단순한 의지였는지도.

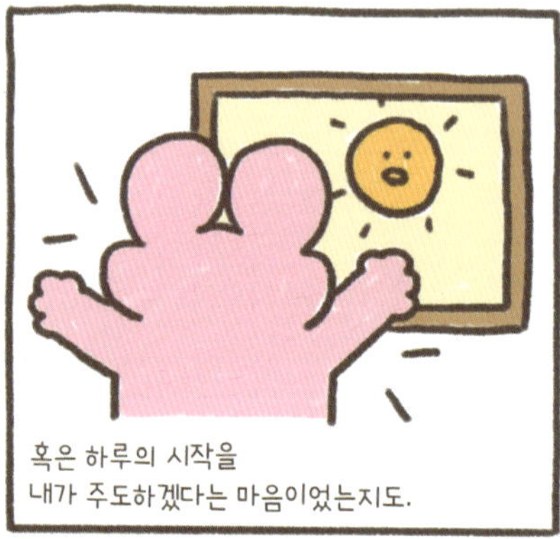
혹은 하루의 시작을
내가 주도하겠다는 마음이었는지도.

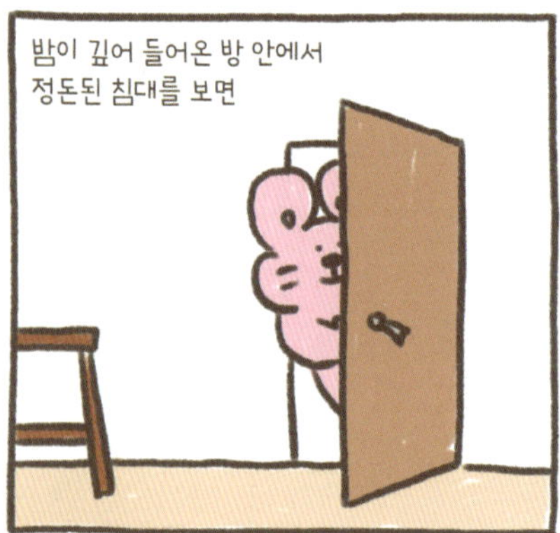
밤이 깊어 들어온 방 안에서
정돈된 침대를 보면

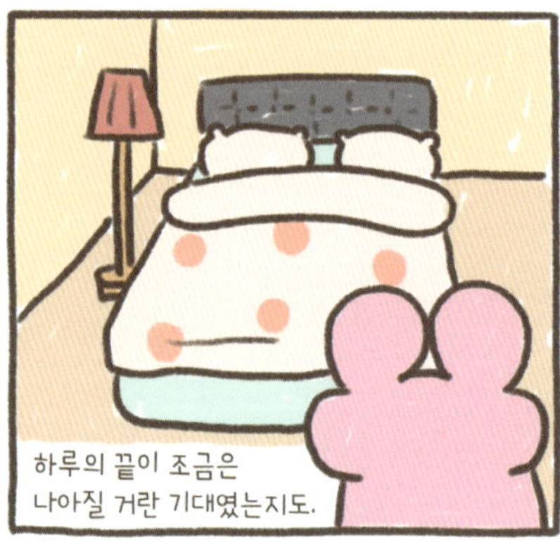
하루의 끝이 조금은
나아질 거란 기대였는지도.

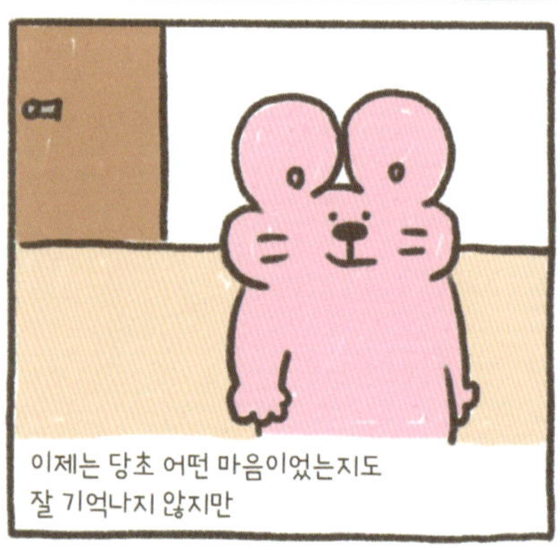
이제는 당초 어떤 마음이었는지도
잘 기억나지 않지만

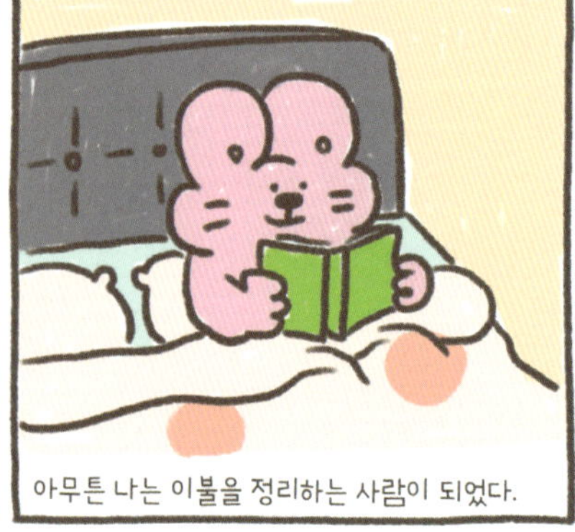
아무튼 나는 이불을 정리하는 사람이 되었다.

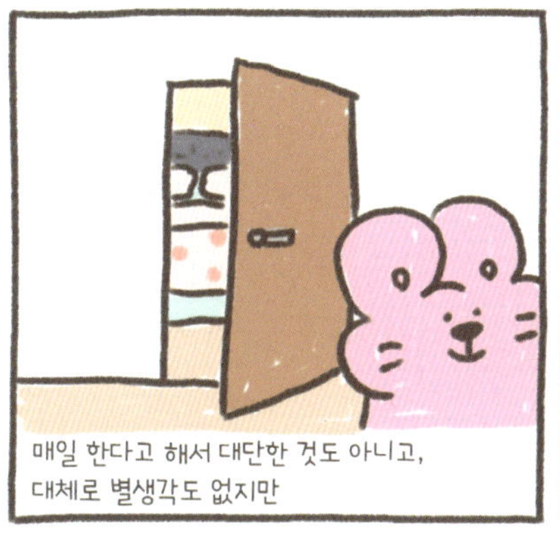
매일 한다고 해서 대단한 것도 아니고,
대체로 별생각도 없지만

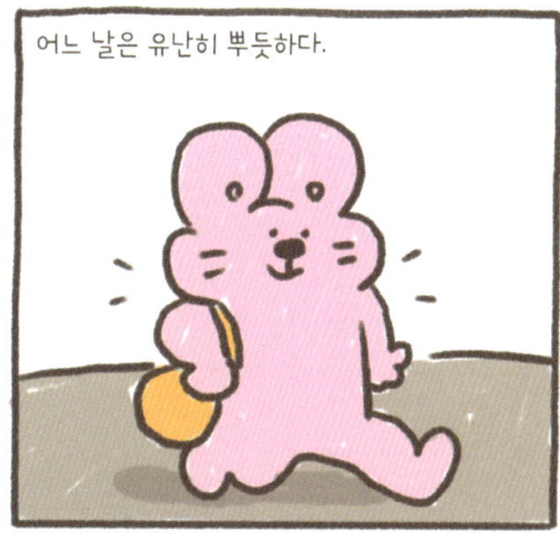
어느 날은 유난히 뿌듯하다.

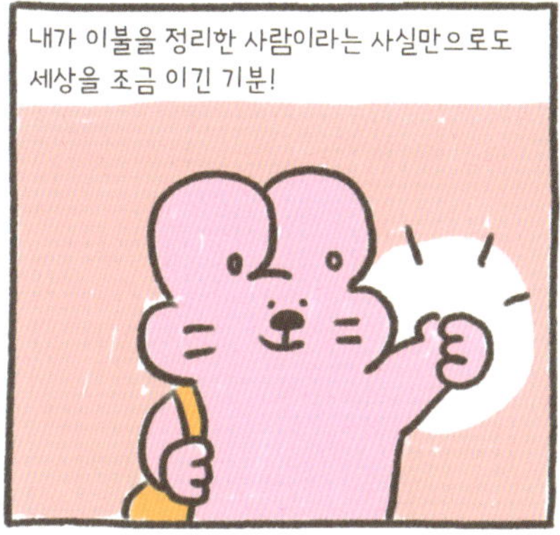
내가 이불을 정리한 사람이라는 사실만으로도
세상을 조금 이긴 기분!

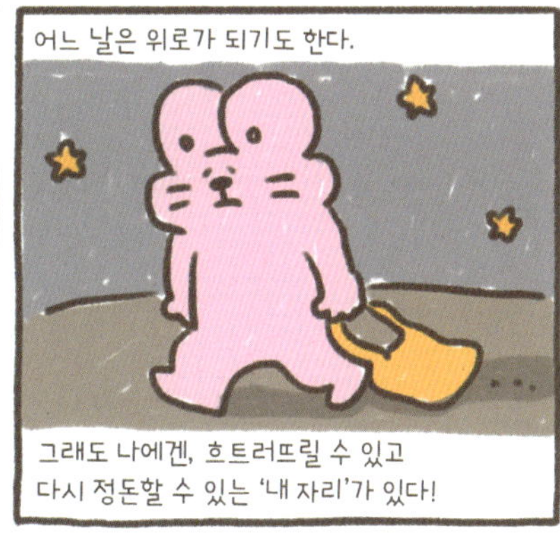
어느 날은 위로가 되기도 한다.

그래도 나에겐, 흐트러뜨릴 수 있고
다시 정돈할 수 있는 '내 자리'가 있다!

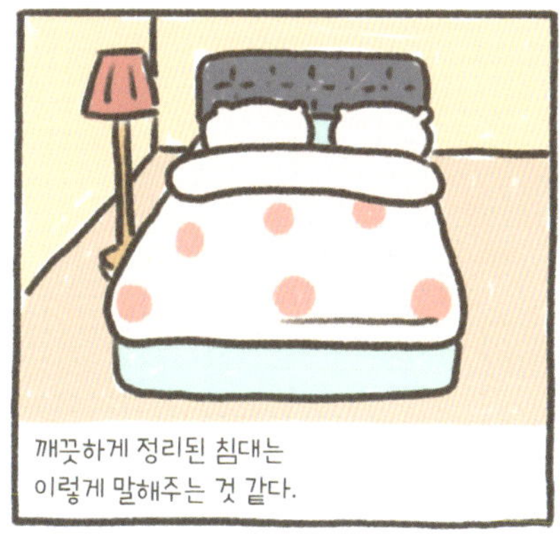
깨끗하게 정리된 침대는
이렇게 말해주는 것 같다.

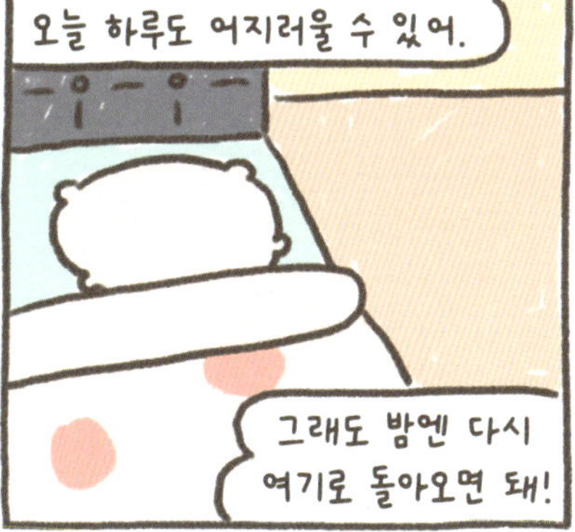
오늘 하루도 어지러울 수 있어.

그래도 밤엔 다시
여기로 돌아오면 돼!

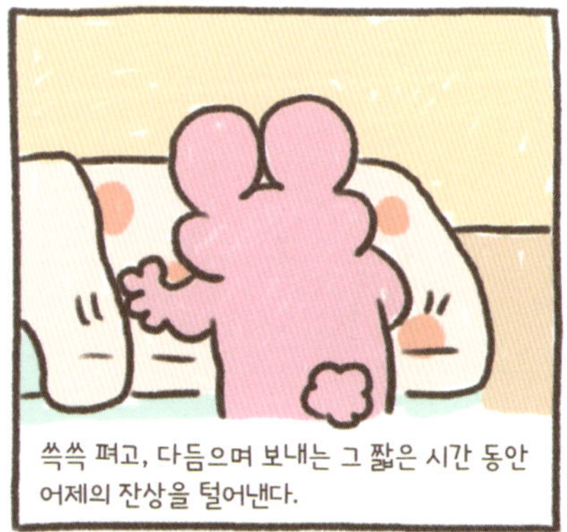
쓱쓱 펴고, 다듬으며 보내는 그 짧은 시간 동안
어제의 잔상을 털어낸다.

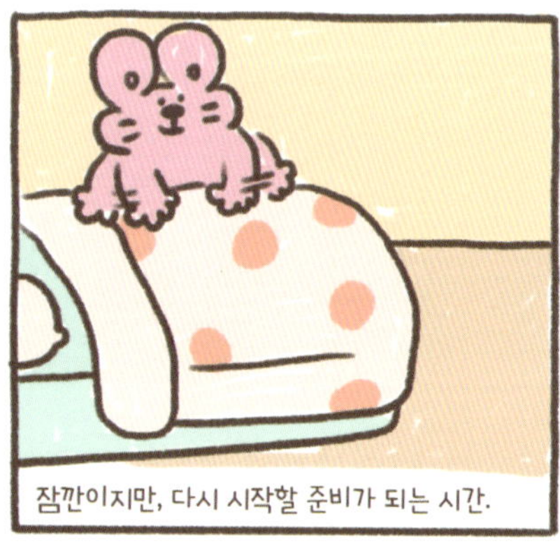
잠깐이지만, 다시 시작할 준비가 되는 시간.

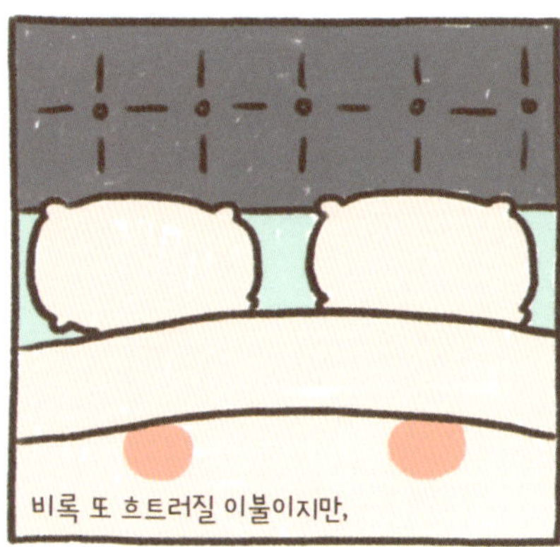
비록 또 흐트러질 이불이지만,

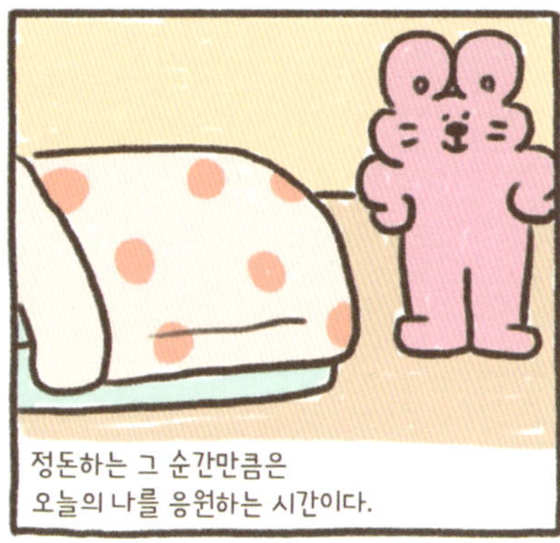
정돈하는 그 순간만큼은
오늘의 나를 응원하는 시간이다.

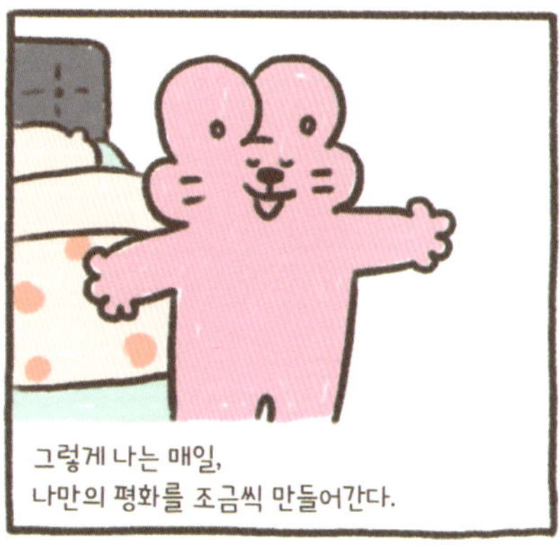
그렇게 나는 매일,
나만의 평화를 조금씩 만들어간다.

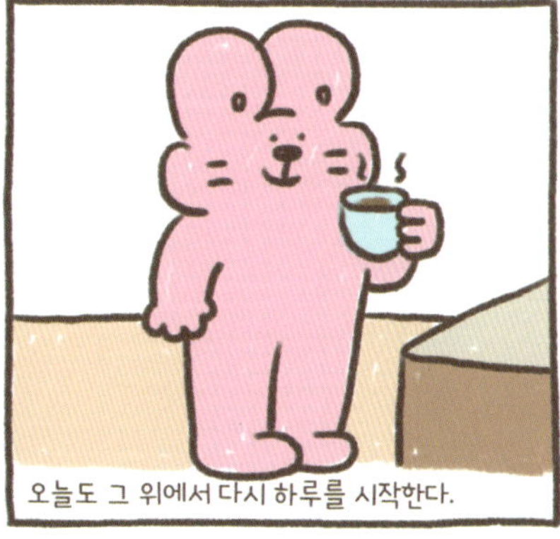
오늘도 그 위에서 다시 하루를 시작한다.

오늘도 내가 만든
나의 쉼터!

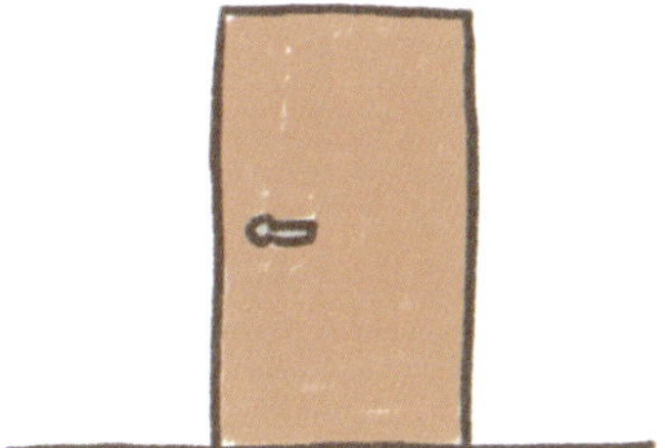

예민해도 괜찮은 하루

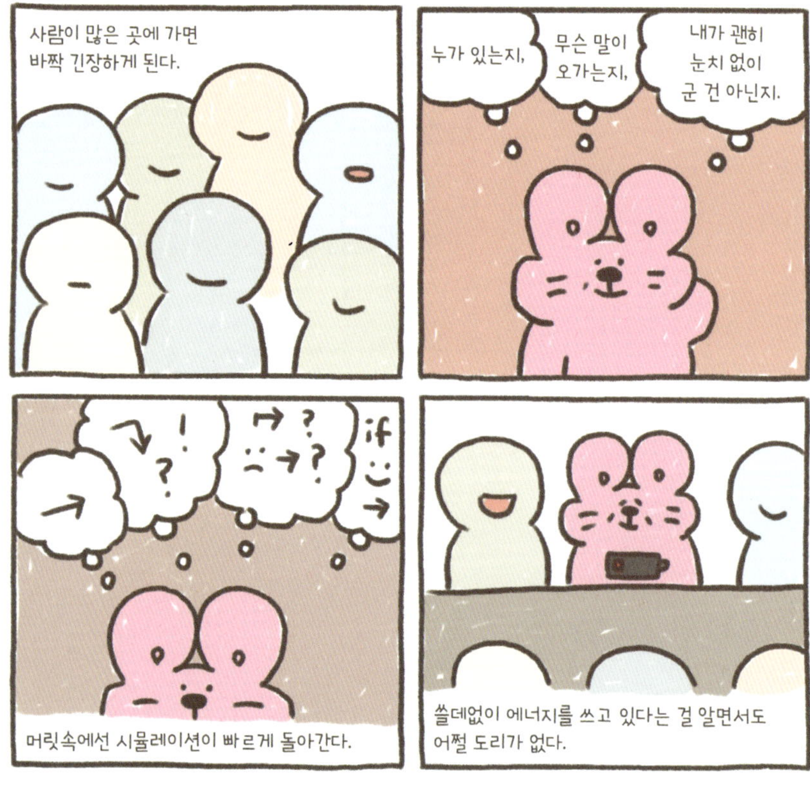

사람이 많은 곳에 가면
바짝 긴장하게 된다.

누가 있는지,

무슨 말이
오가는지,

내가 괜히
눈치 없이
군 건 아닌지.

머릿속에선 시뮬레이션이 빠르게 돌아간다.

쓸데없이 에너지를 쓰고 있다는 걸 알면서도
어쩔 도리가 없다.

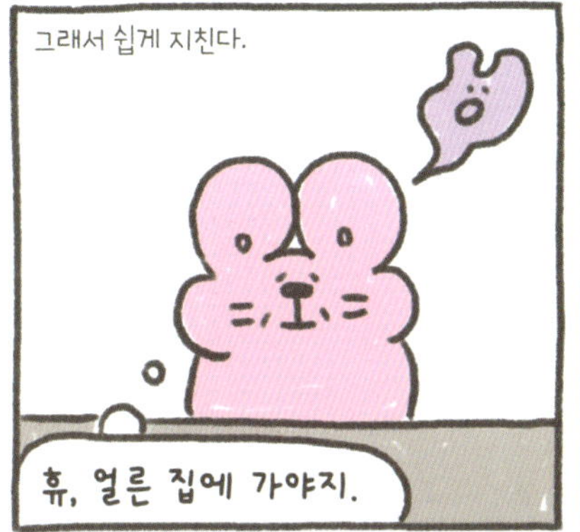

그래서 쉽게 지친다.
휴, 얼른 집에 가야지.

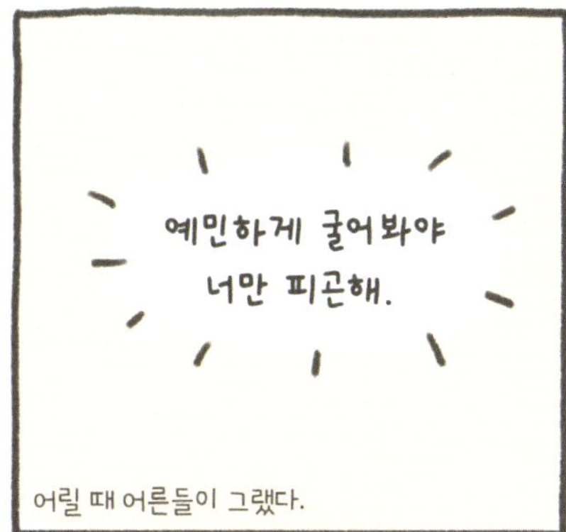

예민하게 굴어봐야 너만 피곤해.
어릴 때 어른들이 그랬다.

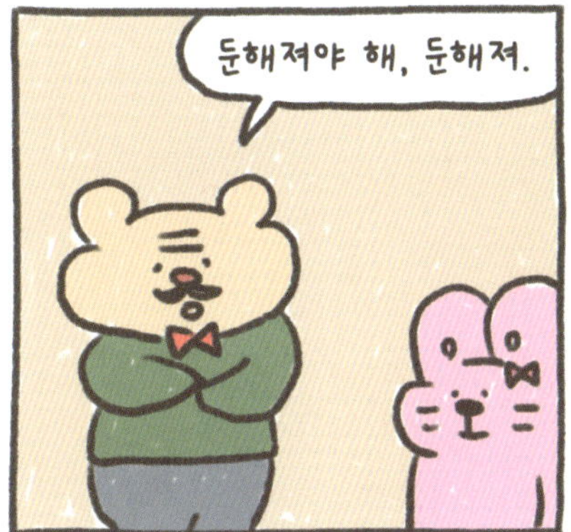

둔해져야 해, 둔해져.

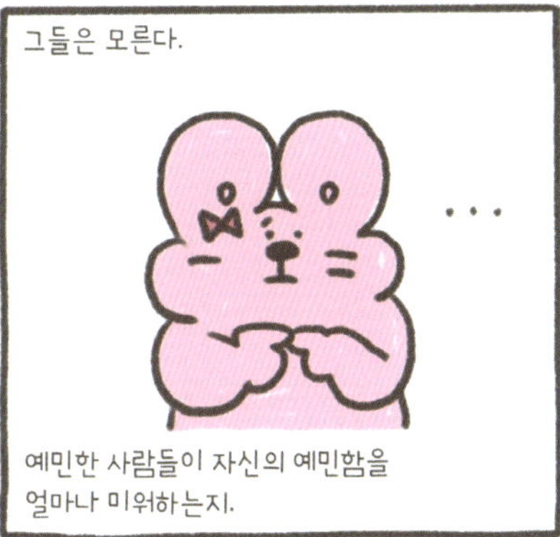

그들은 모른다.
. . .
예민한 사람들이 자신의 예민함을
얼마나 미워하는지.

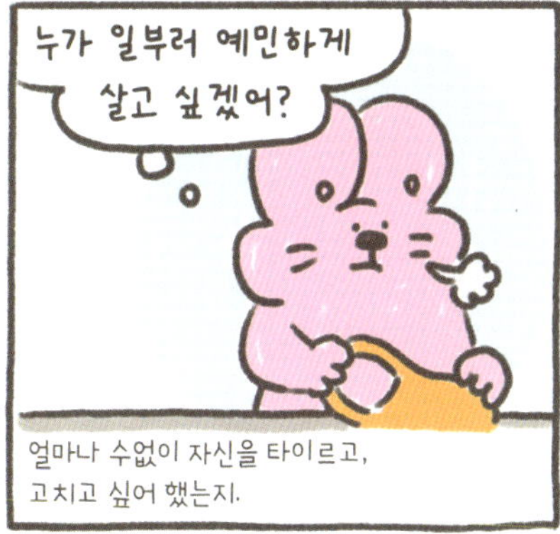

누가 일부러 예민하게
살고 싶겠어?
얼마나 수없이 자신을 타이르고,
고치고 싶어 했는지.

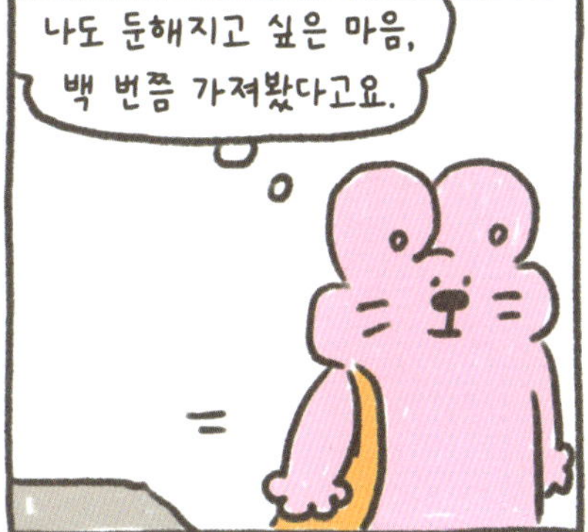

나도 둔해지고 싶은 마음,
백 번쯤 가져봤다고요.

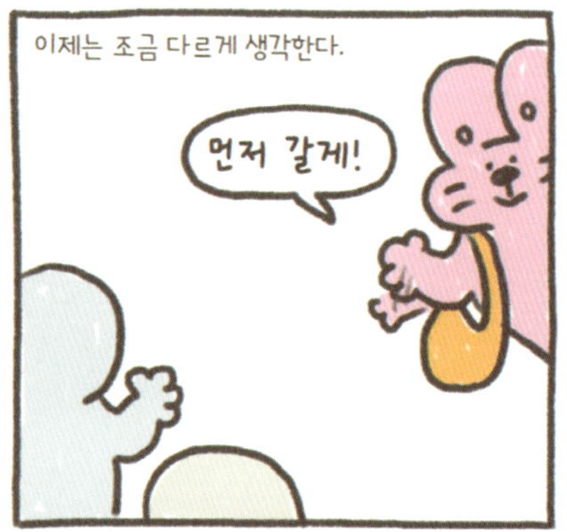

이제는 조금 다르게 생각한다.
먼저 갈게!

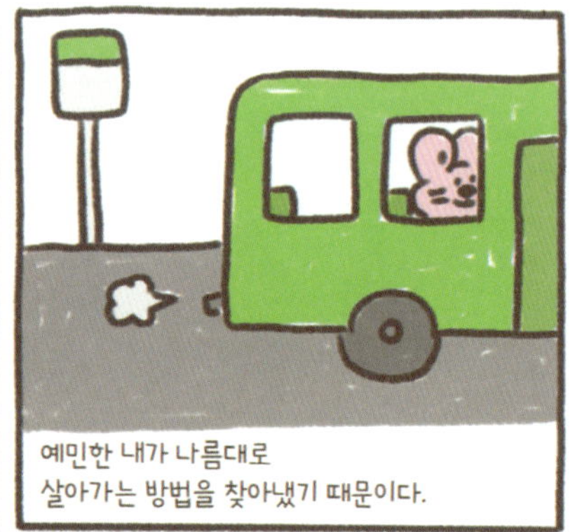

예민한 내가 나름대로
살아가는 방법을 찾아냈기 때문이다.

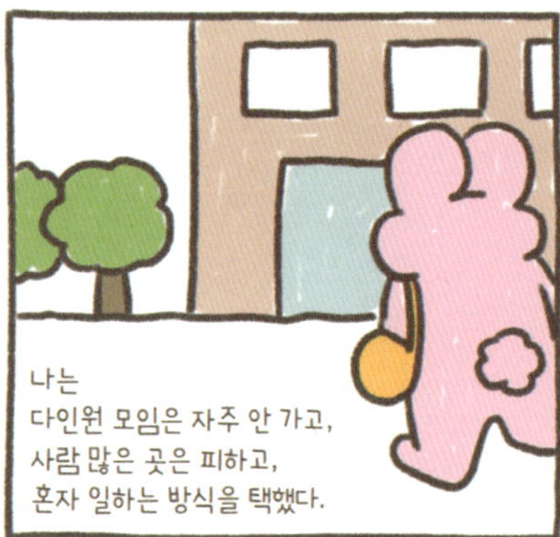

나는
다인원 모임은 자주 안 가고,
사람 많은 곳은 피하고,
혼자 일하는 방식을 택했다.

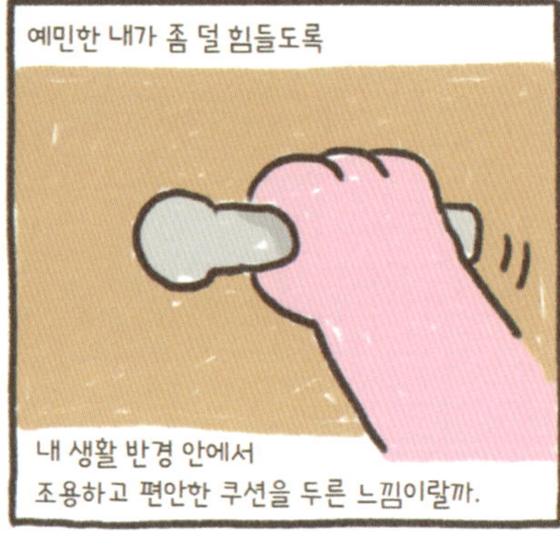

예민한 내가 좀 덜 힘들도록
내 생활 반경 안에서
조용하고 편안한 쿠션을 두른 느낌이랄까.

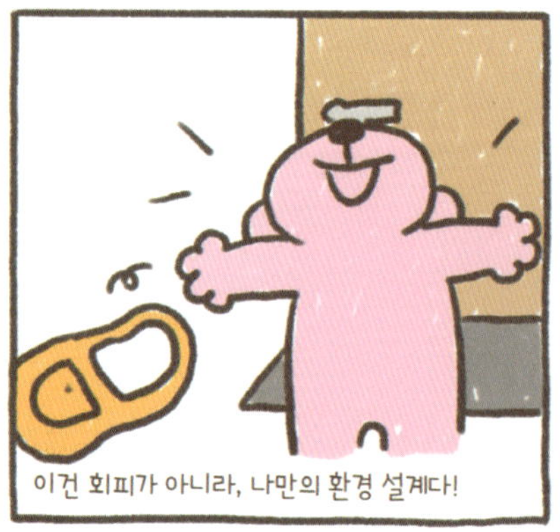

이건 회피가 아니라, 나만의 환경 설계다!

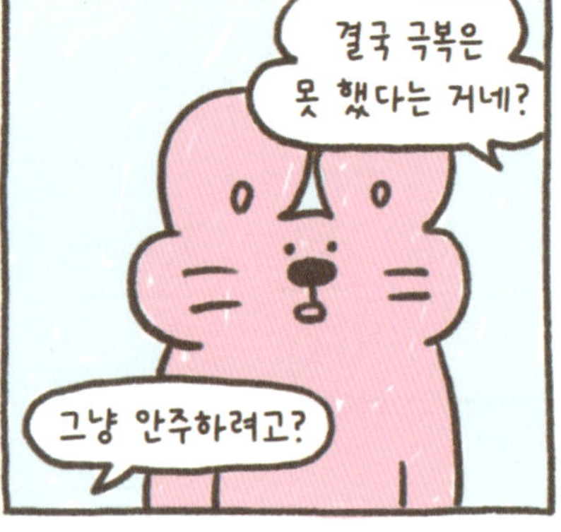

결국 극복은
못 했다는 거네?
그냥 안주하려고?

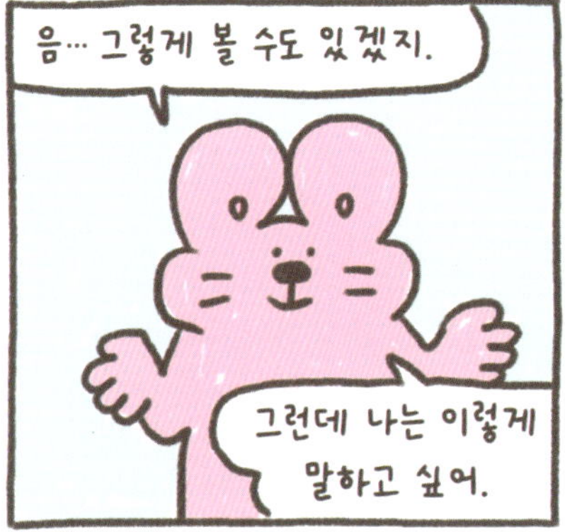

음… 그렇게 볼 수도 있겠지.
그런데 나는 이렇게
말하고 싶어.

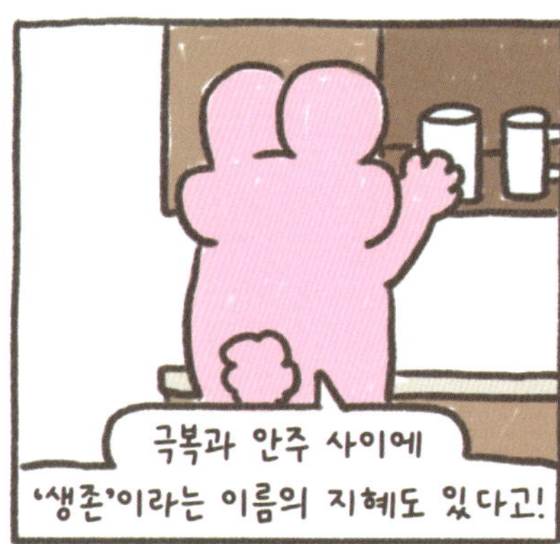

극복과 안주 사이에
'생존'이라는 이름의 지혜도 있다고!

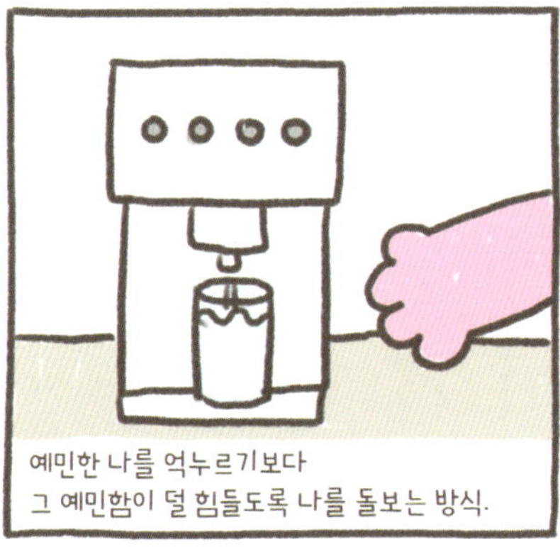

예민한 나를 억누르기보다
그 예민함이 덜 힘들도록 나를 돌보는 방식.

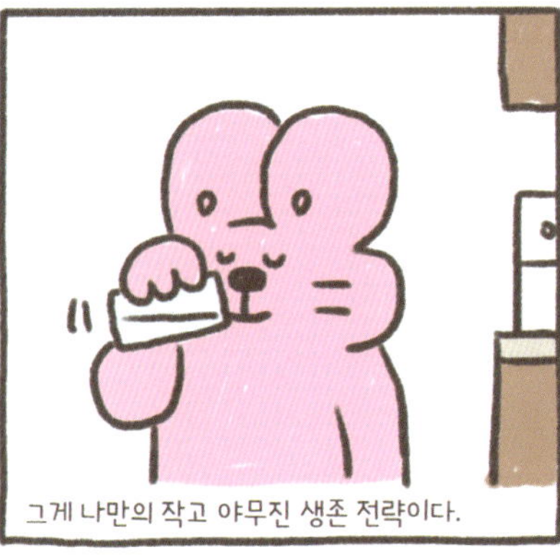

그게 나만의 작고 야무진 생존 전략이다.

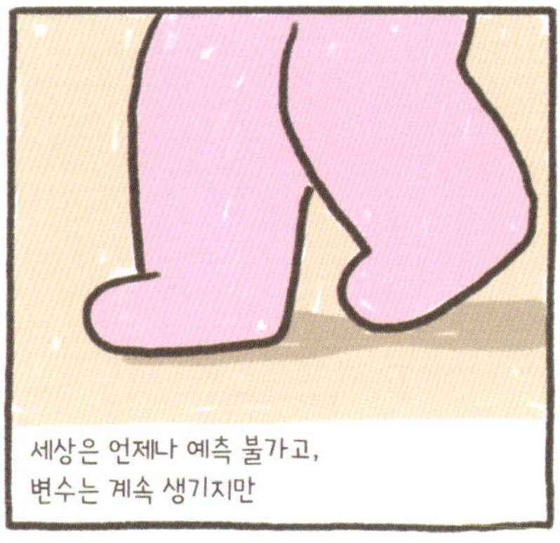

세상은 언제나 예측 불가고,
변수는 계속 생기지만

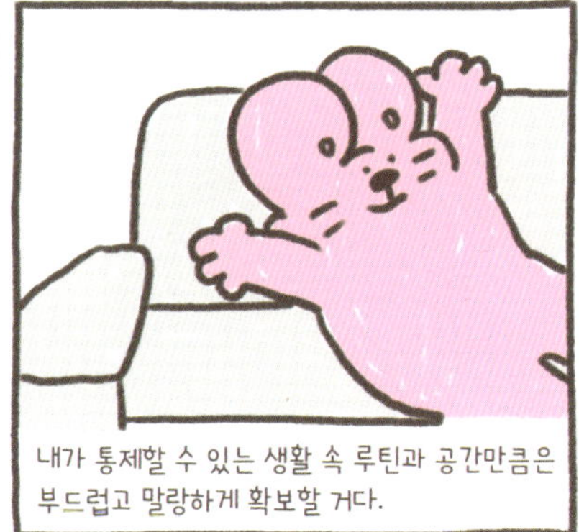

내가 통제할 수 있는 생활 속 루틴과 공간만큼은
부드럽고 말랑하게 확보할 거다.

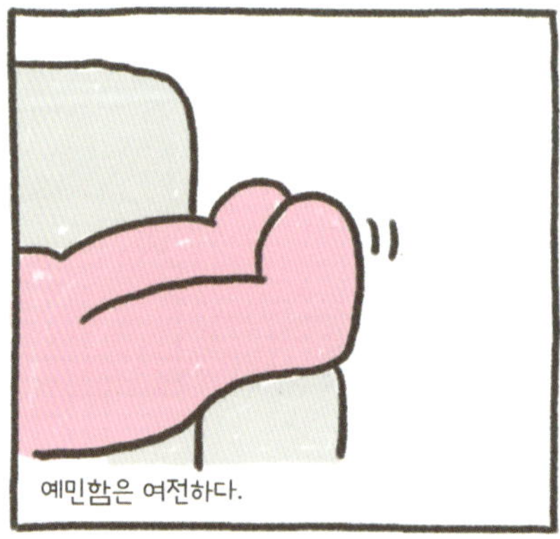
예민함은 여전하다.

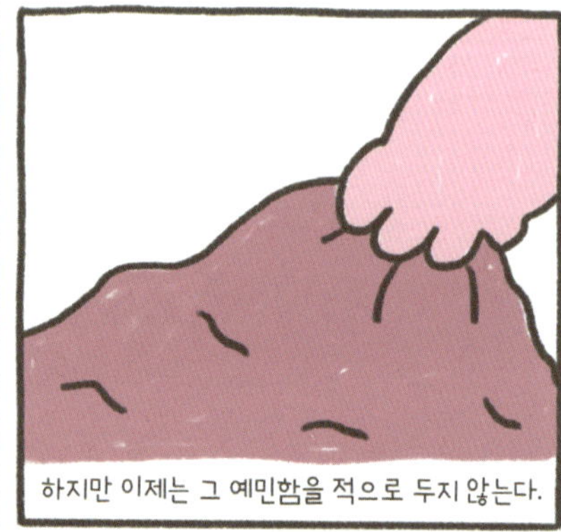
하지만 이제는 그 예민함을 적으로 두지 않는다.

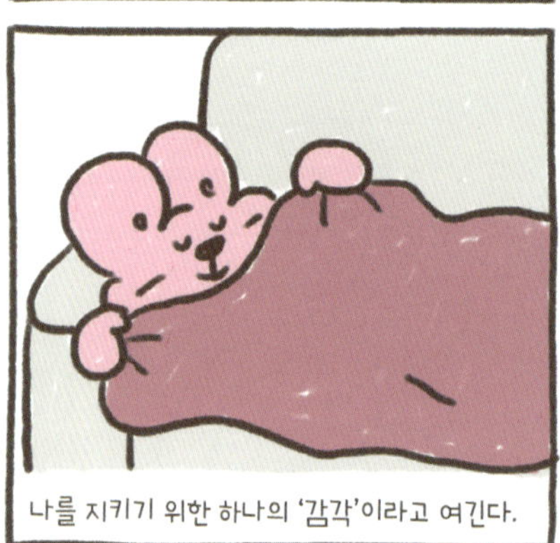
나를 지키기 위한 하나의 '감각'이라고 여긴다.

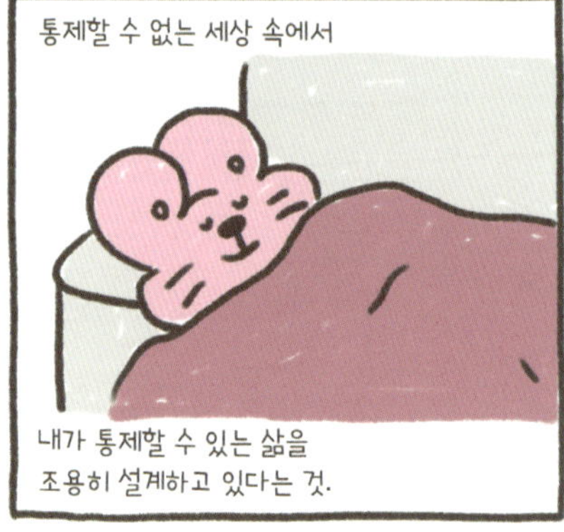
통제할 수 없는 세상 속에서
내가 통제할 수 있는 삶을
조용히 설계하고 있다는 것.

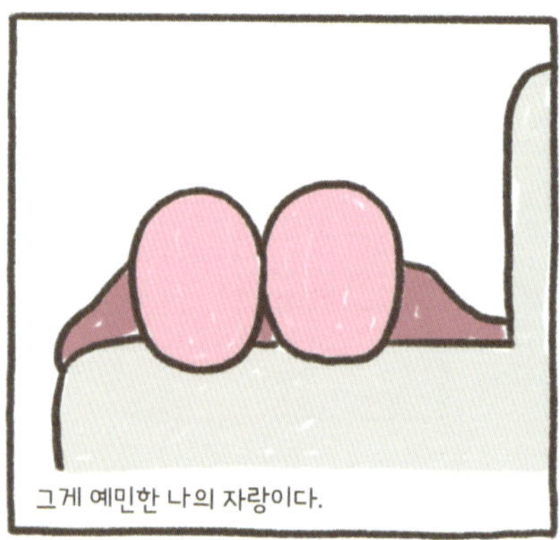
그게 예민한 나의 자랑이다.

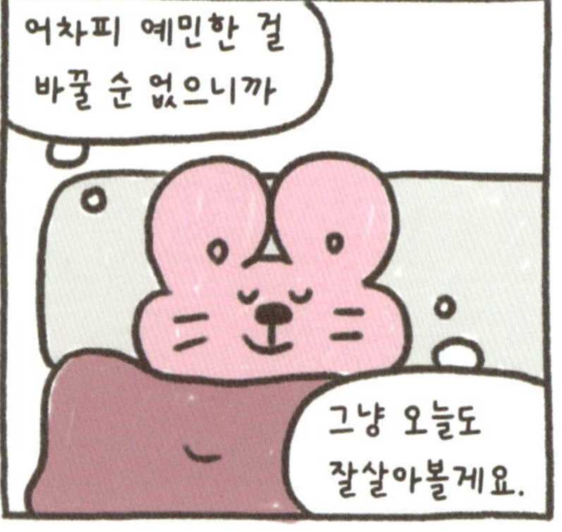
어차피 예민한 걸
바꿀 순 없으니까
그냥 오늘도
잘살아볼게요.

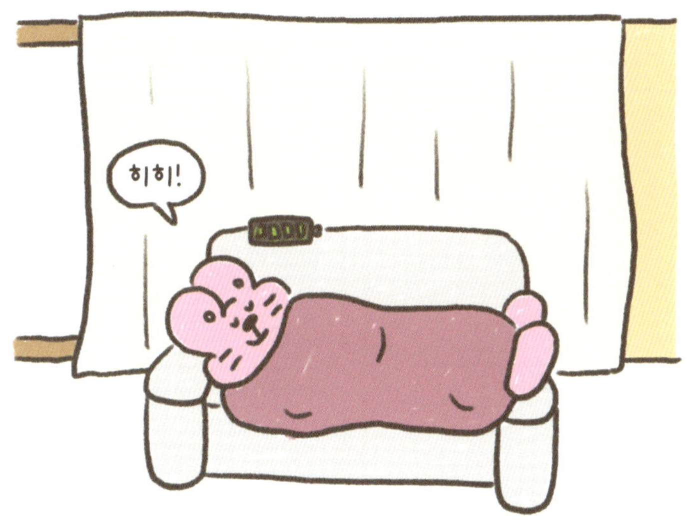
히히!

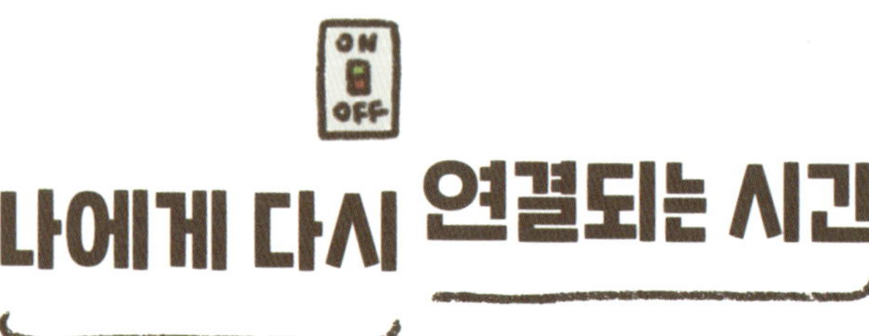

나에게 다시 연결되는 시간

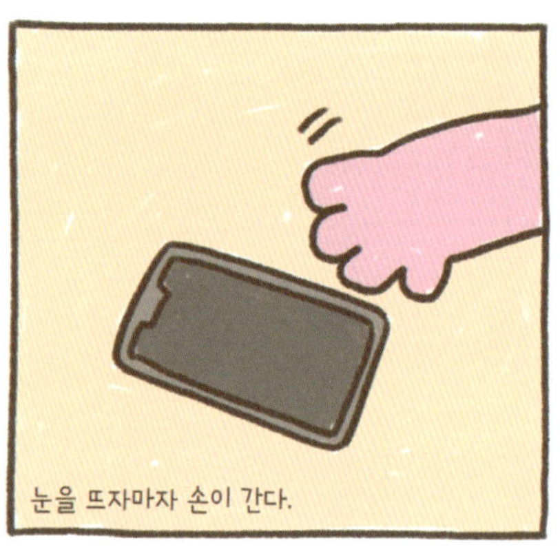

눈을 뜨자마자 손이 간다.

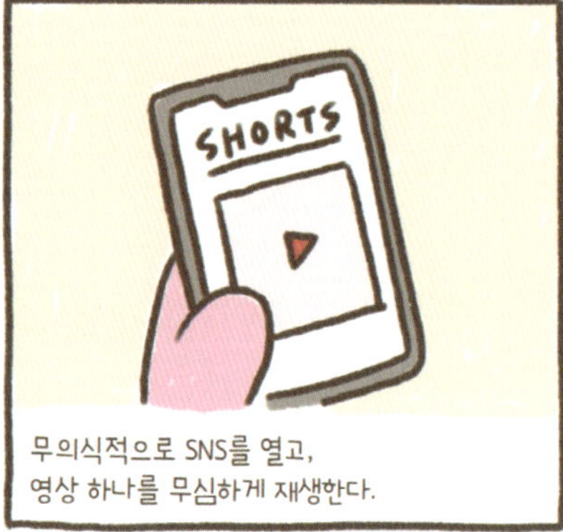

무의식적으로 SNS를 열고,
영상 하나를 무심하게 재생한다.

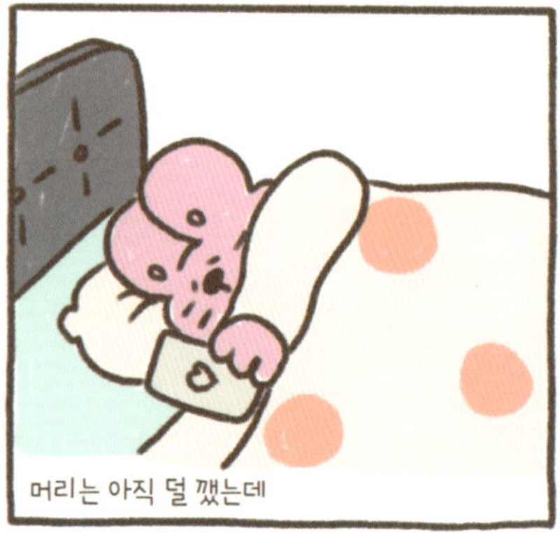

머리는 아직 덜 깼는데

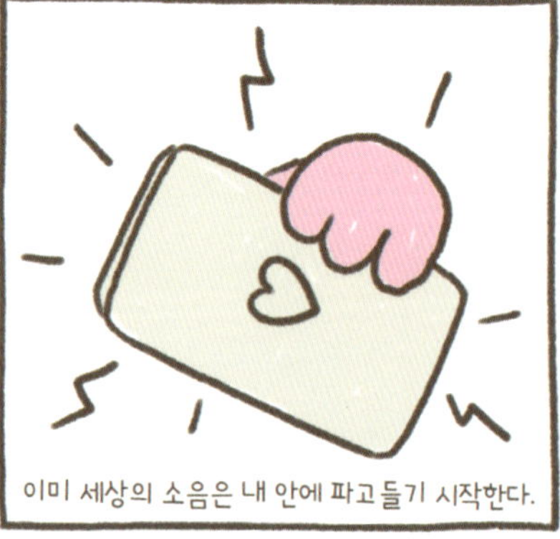

이미 세상의 소음은 내 안에 파고 들기 시작한다.

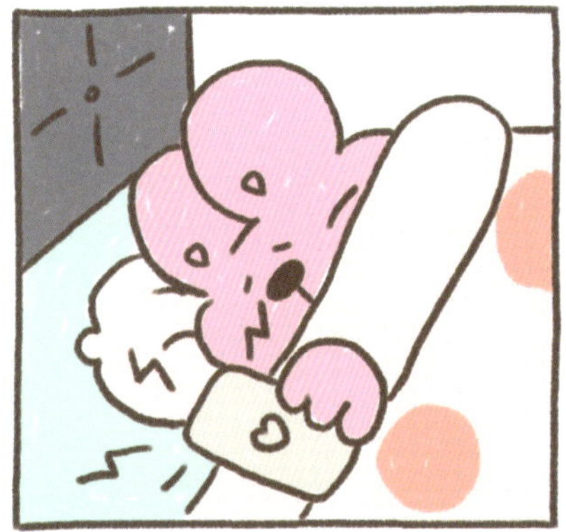

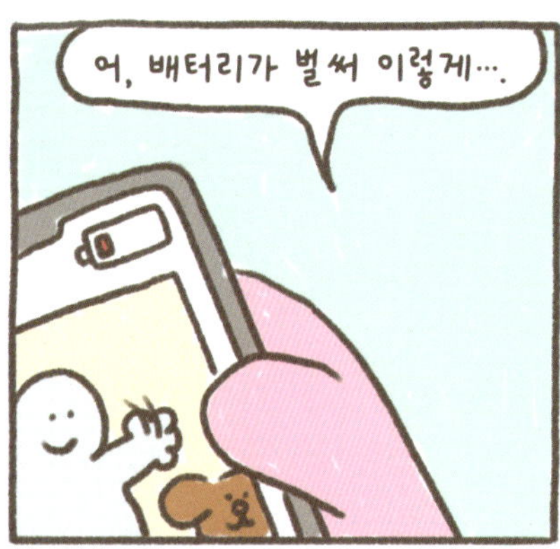

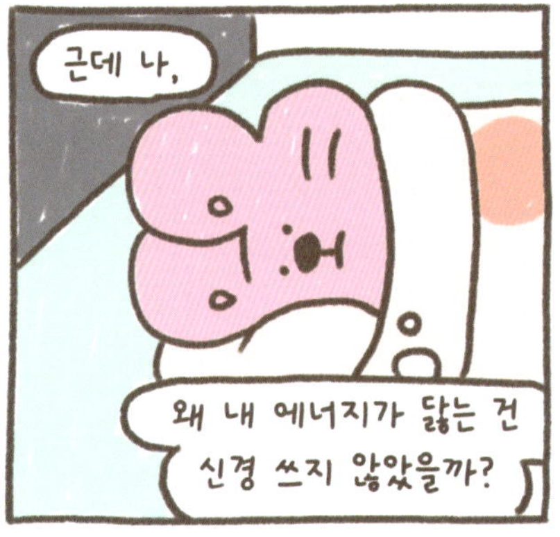

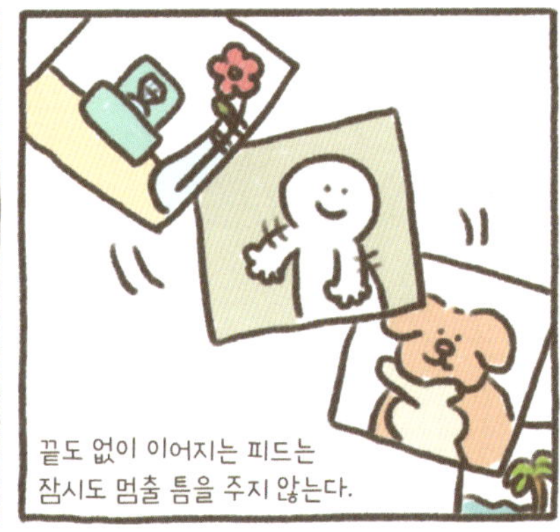

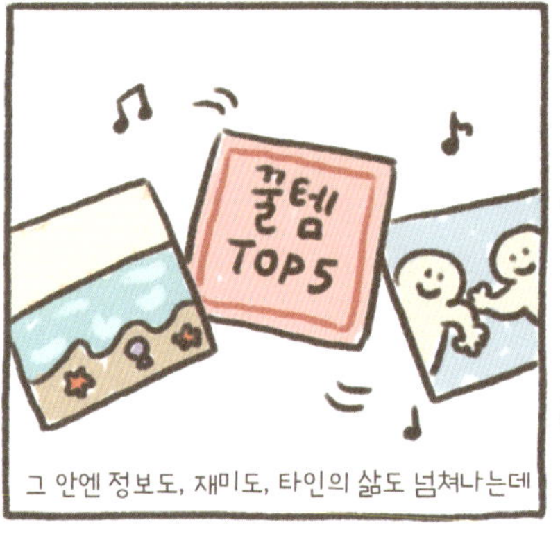

그 안엔 정보도, 재미도, 타인의 삶도 넘쳐나는데

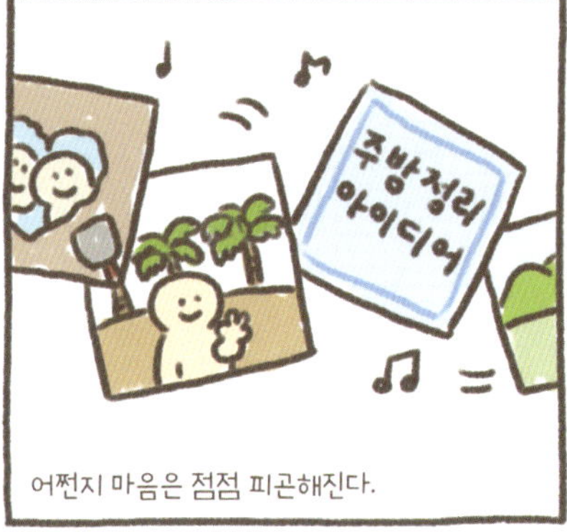

어쩐지 마음은 점점 피곤해진다.

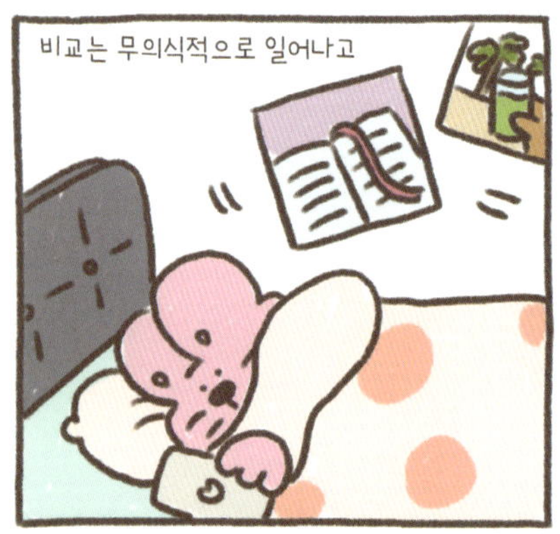
비교는 무의식적으로 일어나고

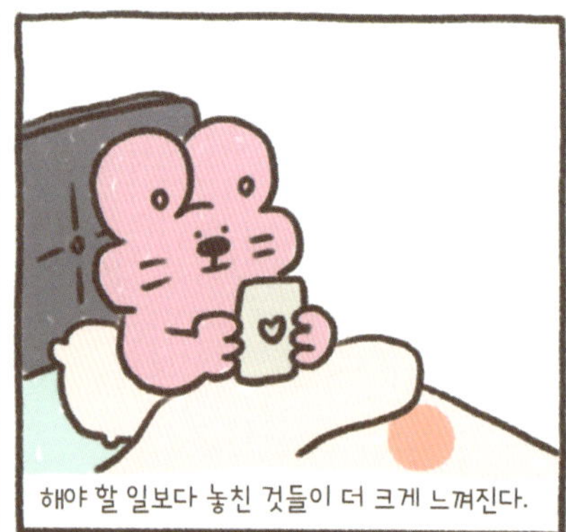
해야 할 일보다 놓친 것들이 더 크게 느껴진다.

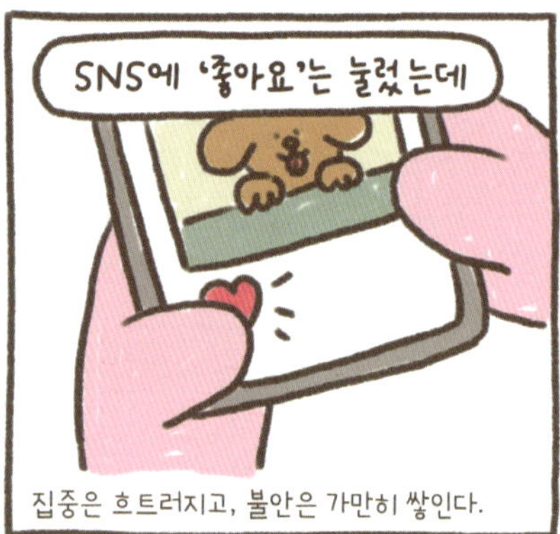
SNS에 '좋아요'는 눌렀는데
집중은 흐트러지고, 불안은 가만히 쌓인다.

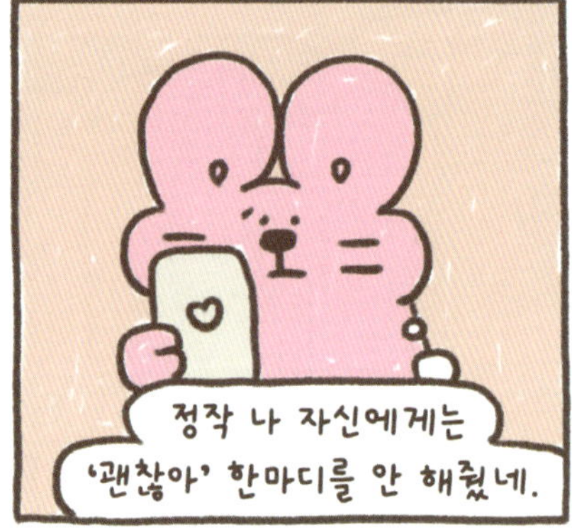
정작 나 자신에게는
'괜찮아' 한마디를 안 해줬네.

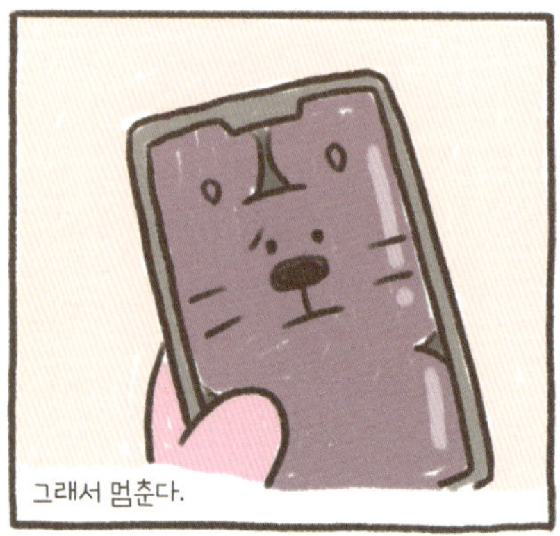
그래서 멈춘다.

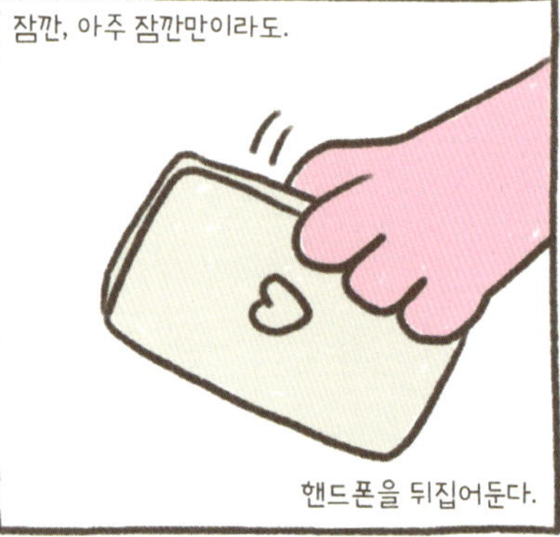
잠깐, 아주 잠깐만이라도.
핸드폰을 뒤집어둔다.

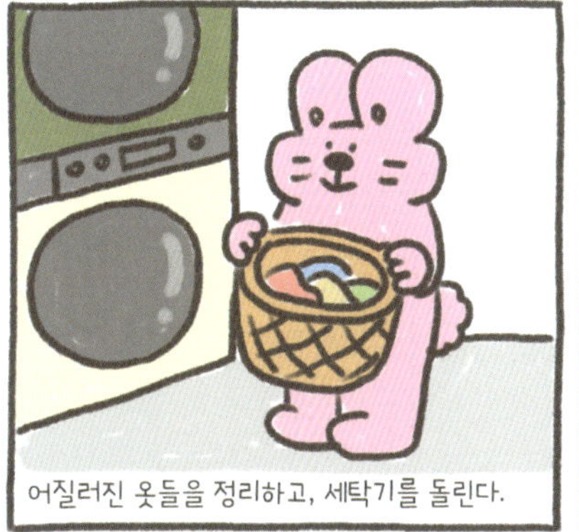

어질러진 옷들을 정리하고, 세탁기를 돌린다.

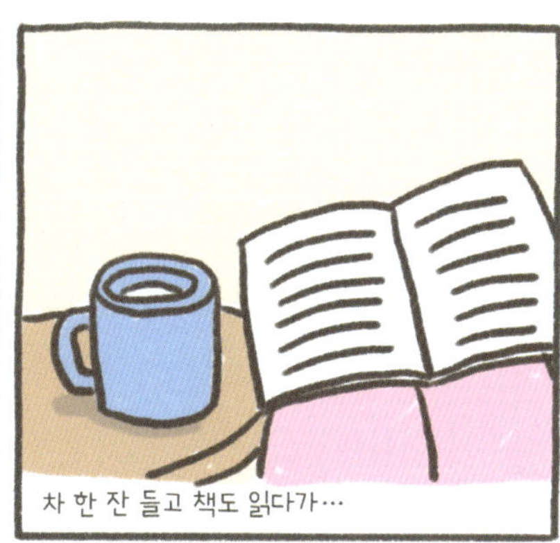

차 한 잔 들고 책도 읽다가…

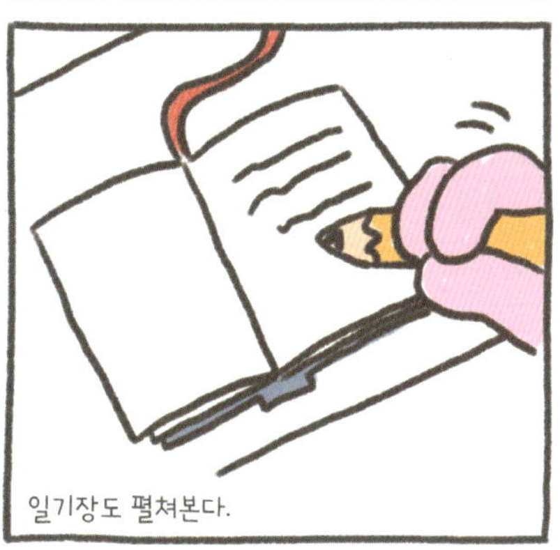

일기장도 펼쳐본다.

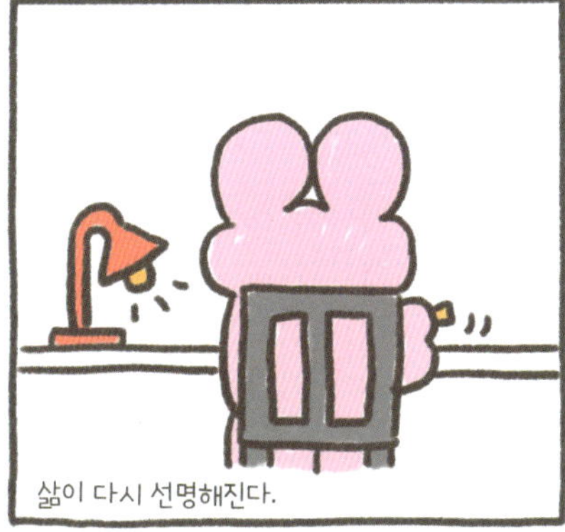

삶이 다시 선명해진다.

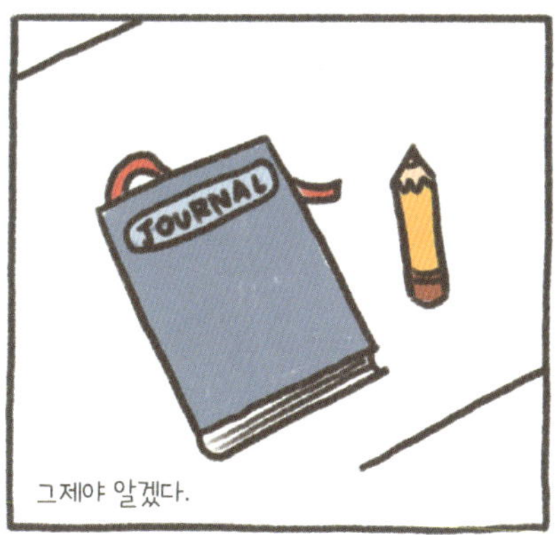

그제야 알겠다.

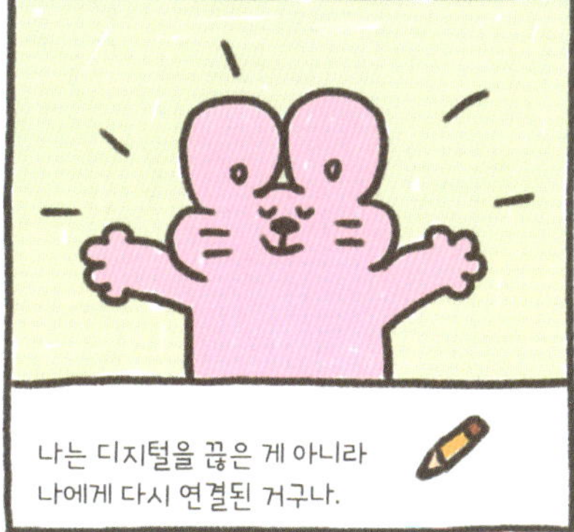

나는 디지털을 끊은 게 아니라
나에게 다시 연결된 거구나.

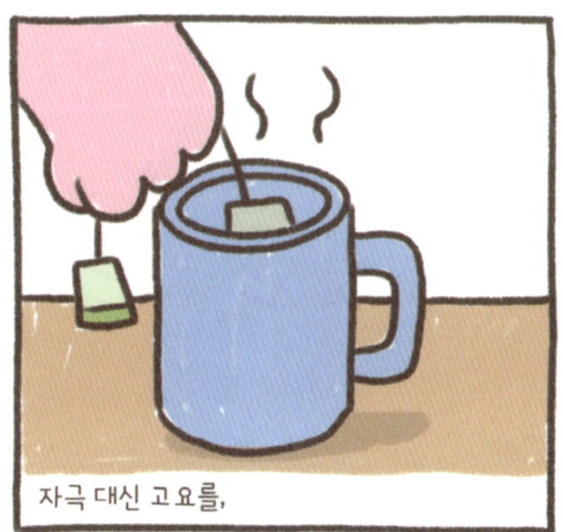

자극 대신 고요를,

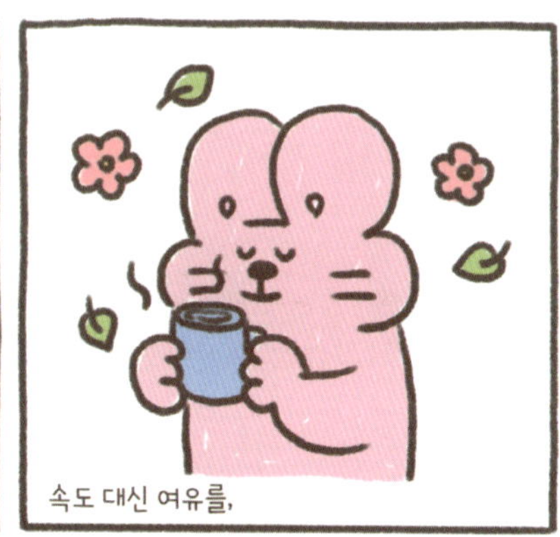

속도 대신 여유를,

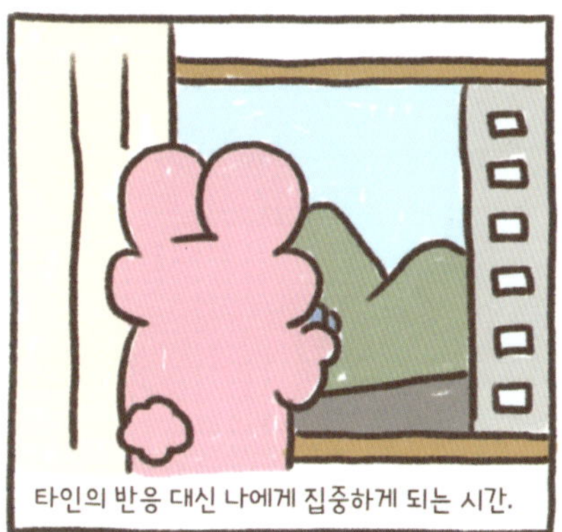

타인의 반응 대신 나에게 집중하게 되는 시간.

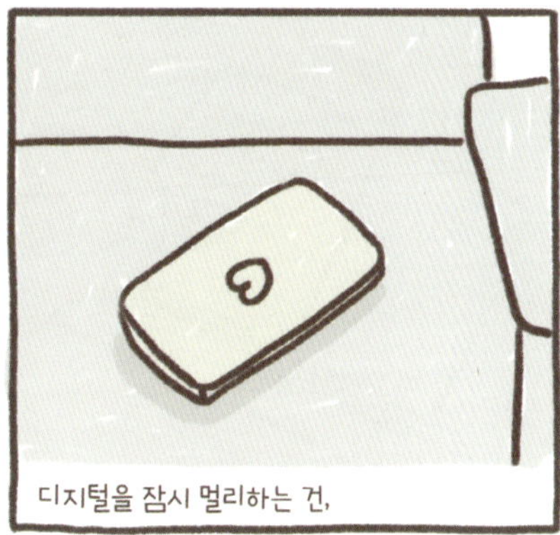

디지털을 잠시 멀리하는 건,

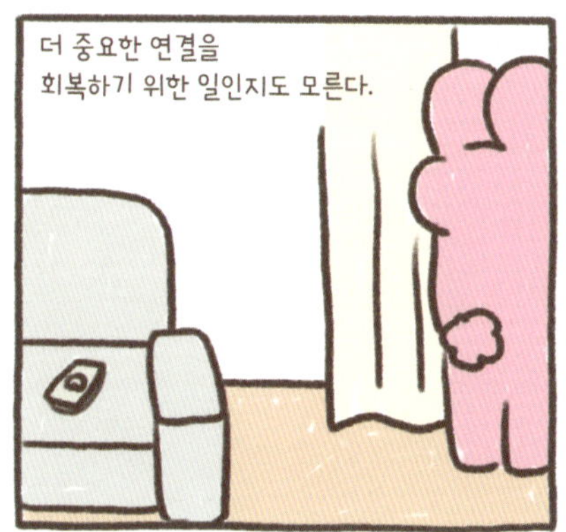

더 중요한 연결을
회복하기 위한 일인지도 모른다.

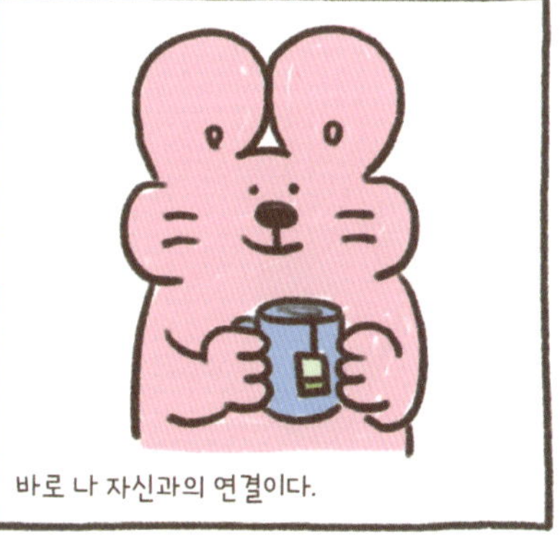

바로 나 자신과의 연결이다.

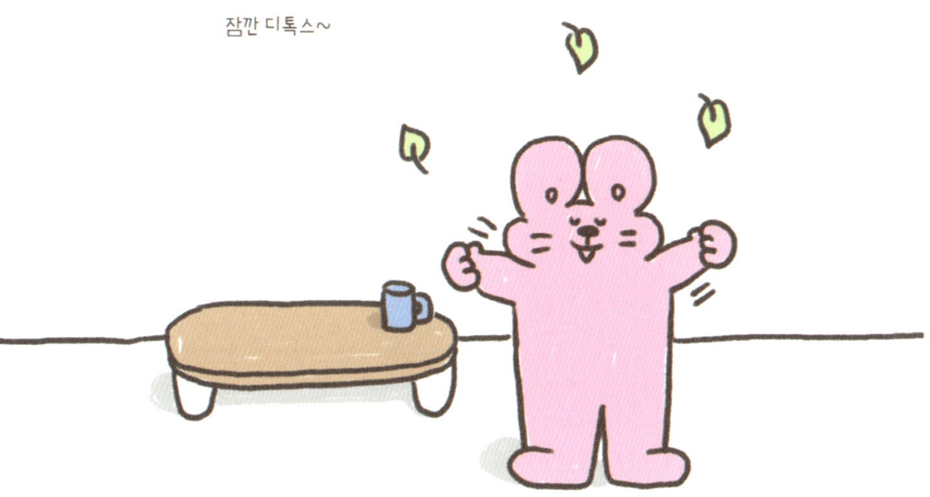
잠깐 디톡스~

오래오래 나를 돌보는 관리 루틴

☑ 나에게 좋은 '디폴트'를 설정했나요?

- '굳이' 원하지 않는 것을 자연스럽게 거절할 수 있나요?
- 하루가 흐트러졌더라도, 돌아올 기준점이 있나요?

☑ 멈추는 연습을 해보았나요?

- 오늘 식사 중, 포만감의 순간을 인지하고 멈출 수 있었나요?
- 감정의 허기와 진짜 배고픔을 구별해보았나요?

☑ 눈덩이를 굴리는 사소한 반복을 실천했나요?

- 오늘 몇 분이라도 나를 위한 시간을 가졌나요?
- 나를 돌보는 사소한 실천을, 조용히 반복하고 있나요?

☑ 흐트러짐을 두려워하지 않고 정돈했나요?

- 오늘 아침, 이불 정리 같은 사소한 시작 루틴을 했나요?
- 하루를 내가 주도적으로 시작하는 기분을 느꼈나요?

☑ 나를 있는 그대로 돌봐주었나요?

- 나의 성향을 억누르기보다, 이해하고 배려하는 환경을 만들었나요?
- 내 감각이 덜 자극받도록, 루틴이나 공간을 설계해보았나요?

☑ 디지털을 끊고 나에게 연결되는 시간을 가졌나요?

- SNS나 영상에서 잠시 멀어져 보는 시간을 가졌나요?
- 핸드폰을 내려놓고, 현실의 나와 연결되는 활동을 해보았나요?

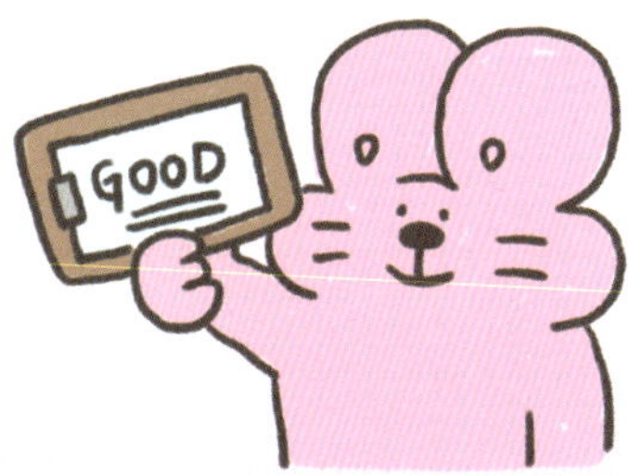

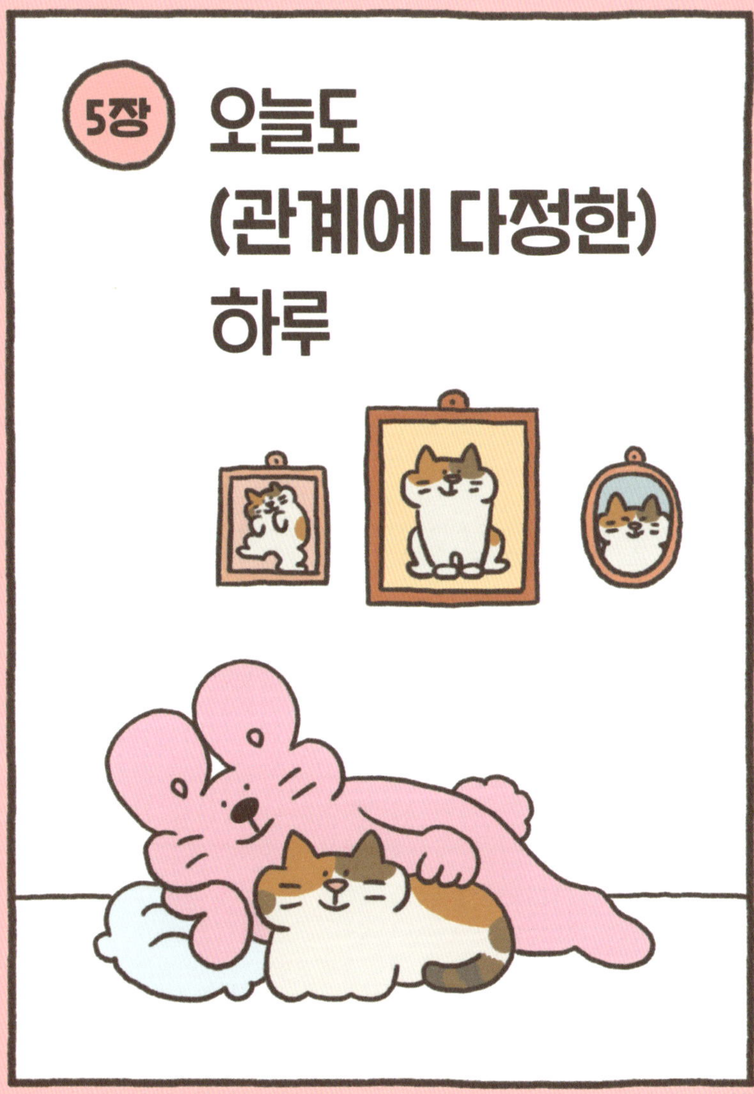

5장
오늘도
(관계에 다정한)
하루

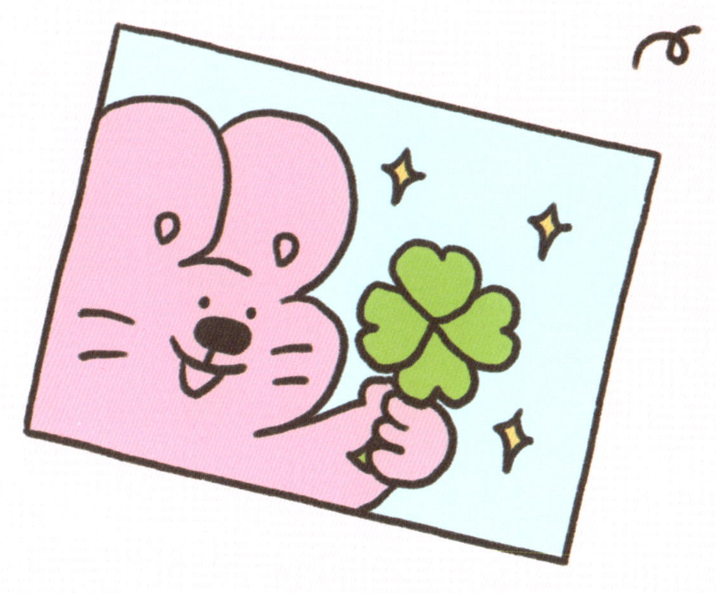

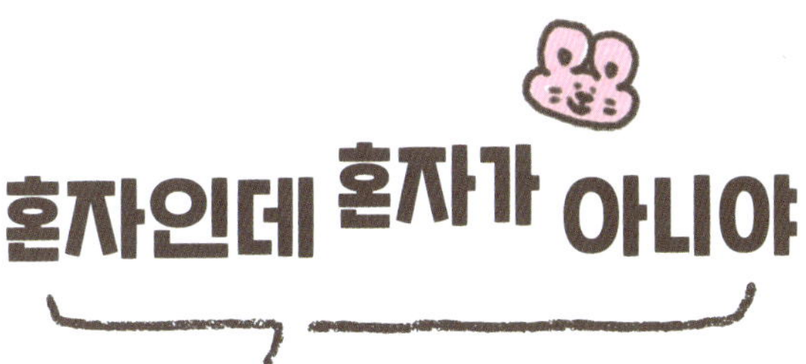

혼자인데 혼자가 아니야

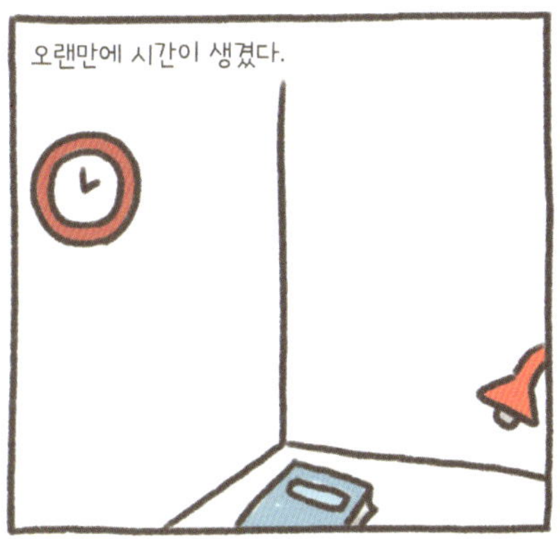

오랜만에 시간이 생겼다.

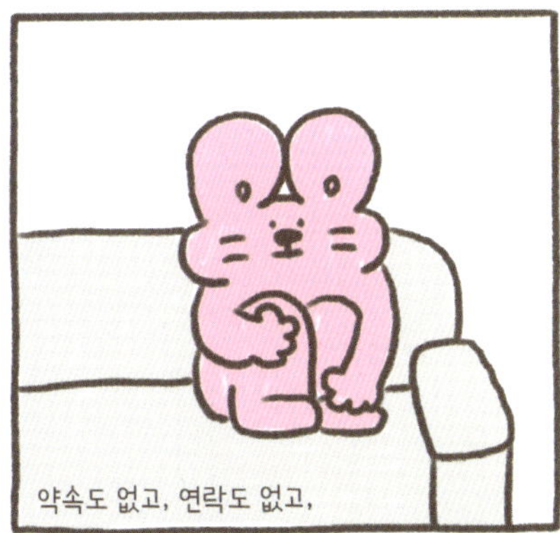

약속도 없고, 연락도 없고,

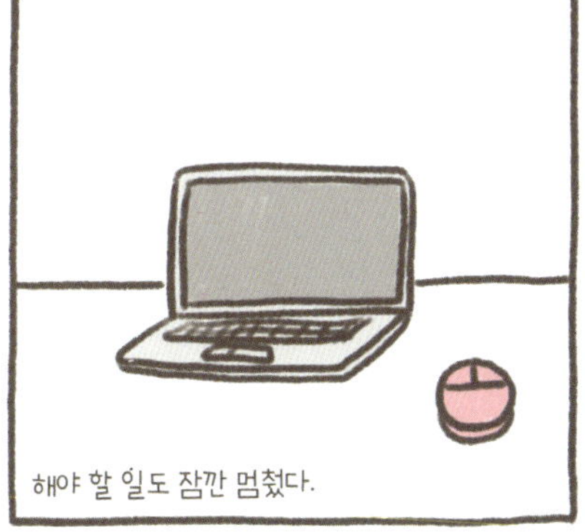

해야 할 일도 잠깐 멈췄다.

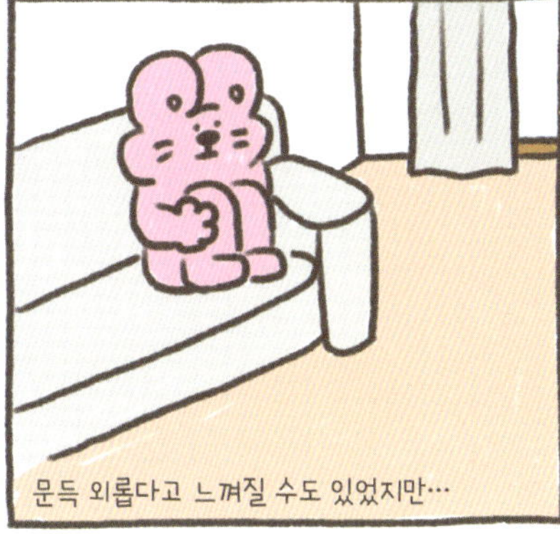

문득 외롭다고 느껴질 수도 있었지만…

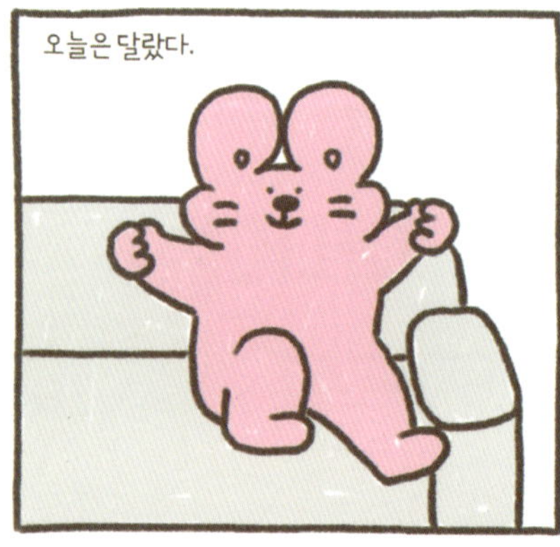

오늘은 달랐다.

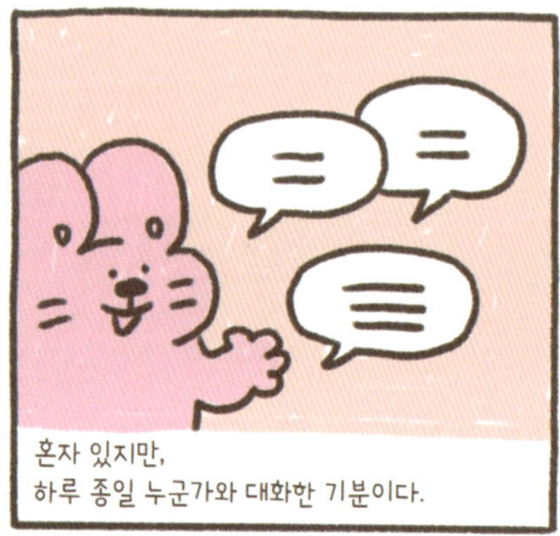

혼자 있지만,
하루 종일 누군가와 대화한 기분이다.

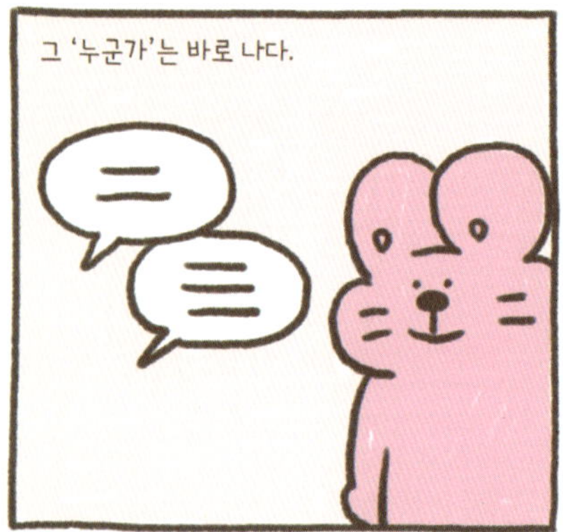

그 '누군가'는 바로 나다.

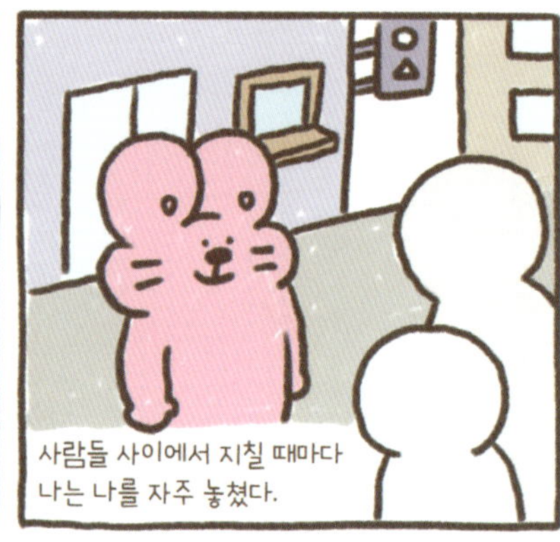

사람들 사이에서 지칠 때마다
나는 나를 자주 놓쳤다.

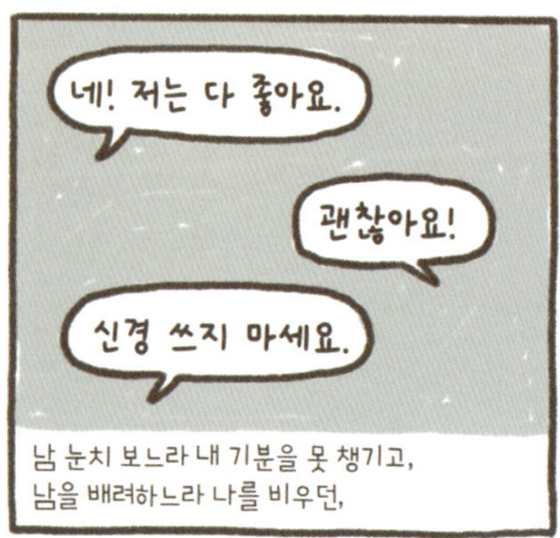

네! 저는 다 좋아요.
괜찮아요!
신경 쓰지 마세요.
남 눈치 보느라 내 기분을 못 챙기고,
남을 배려하느라 나를 비우던,

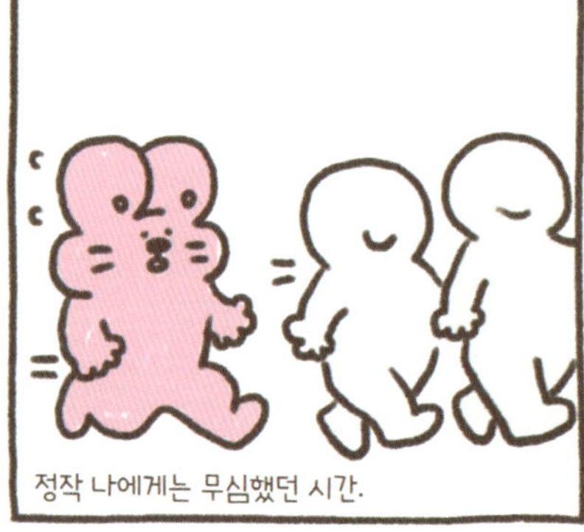

정작 나에게는 무심했던 시간.

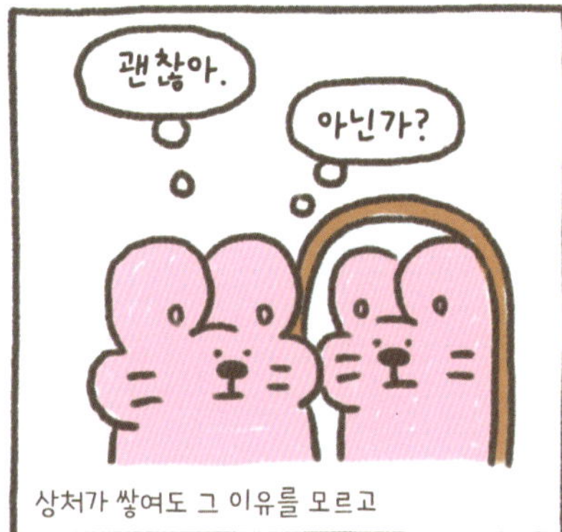

상처가 쌓여도 그 이유를 모르고

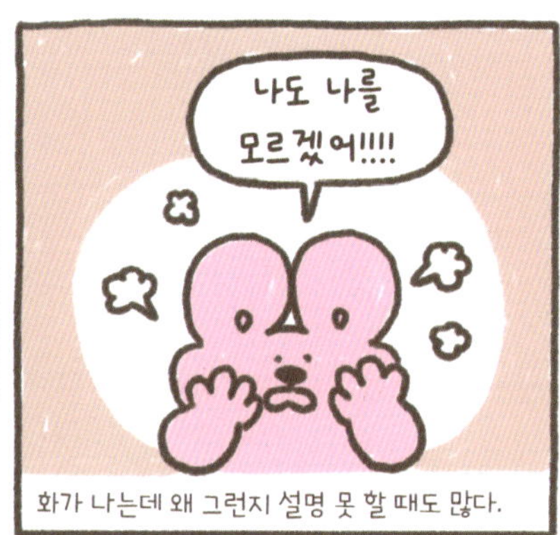

화가 나는데 왜 그런지 설명 못 할 때도 많다.

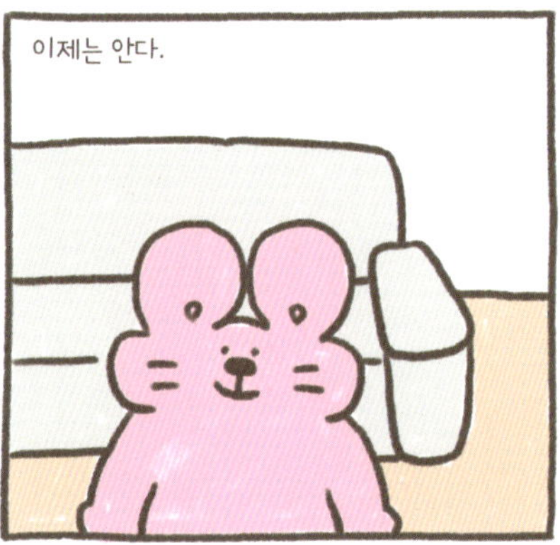

이제는 안다.

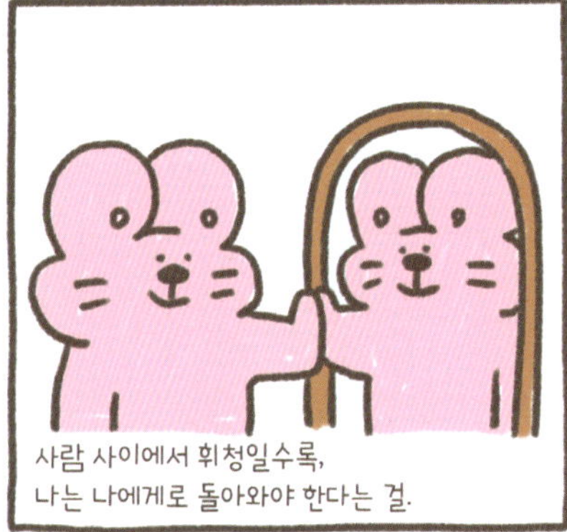

사람 사이에서 휘청일수록,
나는 나에게로 돌아와야 한다는 걸.

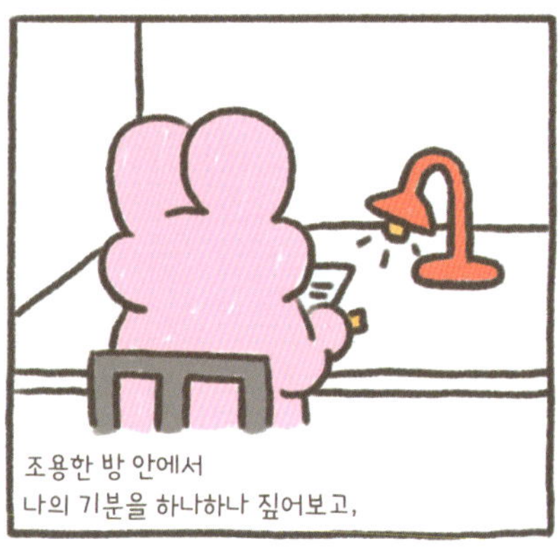

조용한 방 안에서
나의 기분을 하나하나 짚어보고,

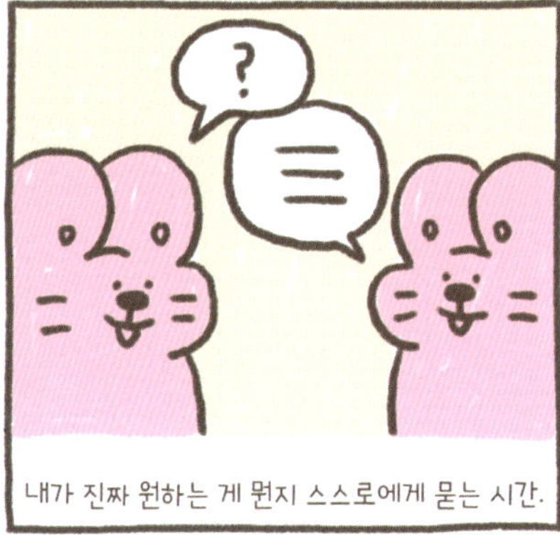

내가 진짜 원하는 게 뭔지 스스로에게 묻는 시간.

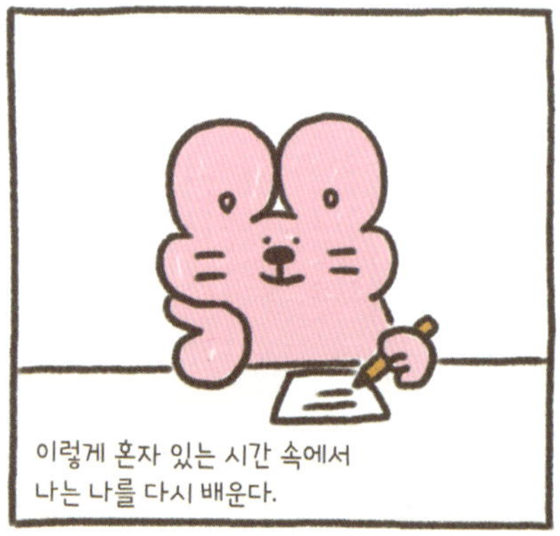
이렇게 혼자 있는 시간 속에서
나는 나를 다시 배운다.

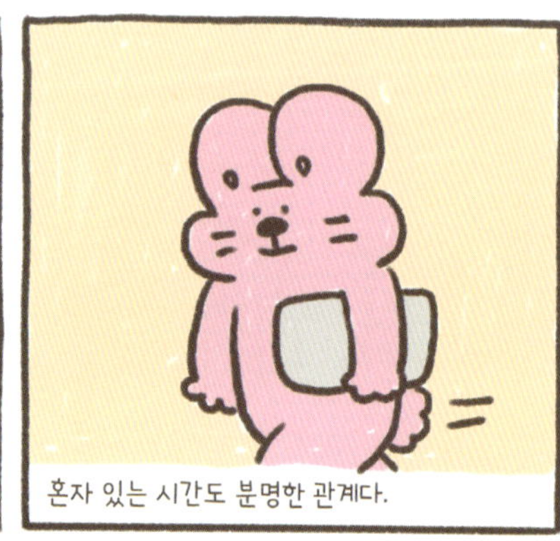
혼자 있는 시간도 분명한 관계다.

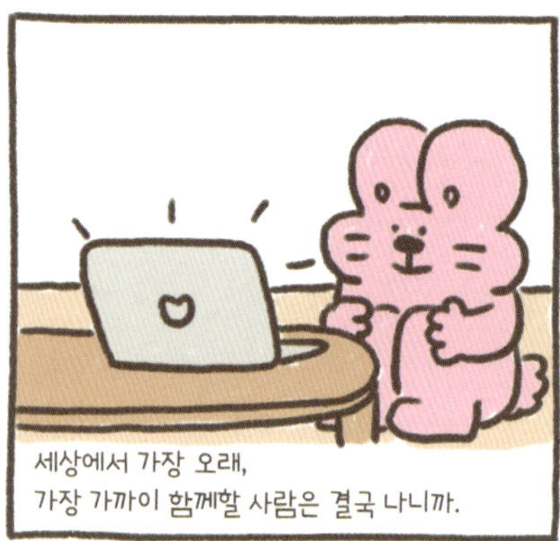
세상에서 가장 오래,
가장 가까이 함께할 사람은 결국 나니까.

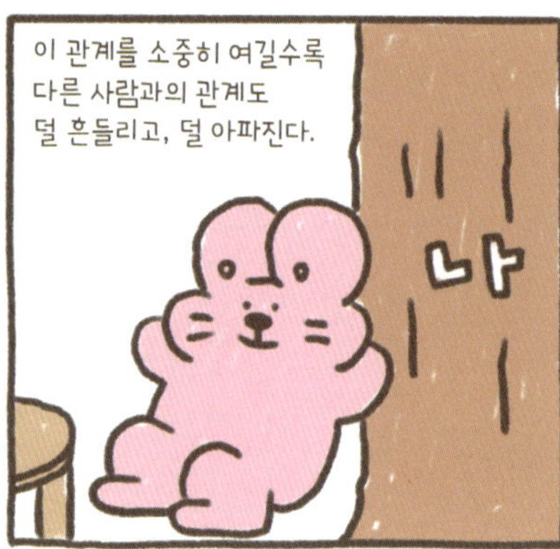
이 관계를 소중히 여길수록
다른 사람과의 관계도
덜 흔들리고, 덜 아파진다.
나

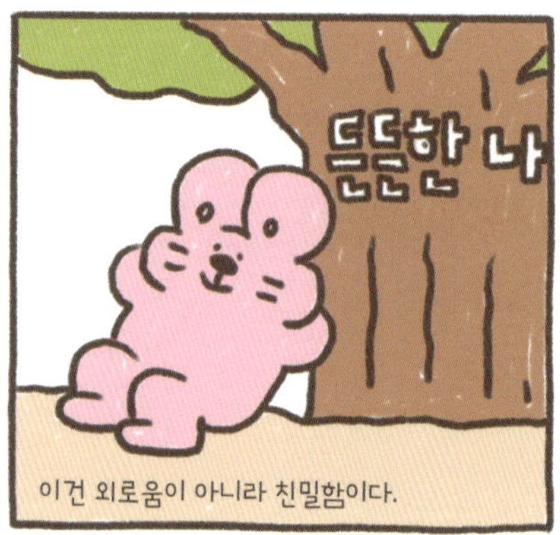
든든한 나
이건 외로움이 아니라 친밀함이다.

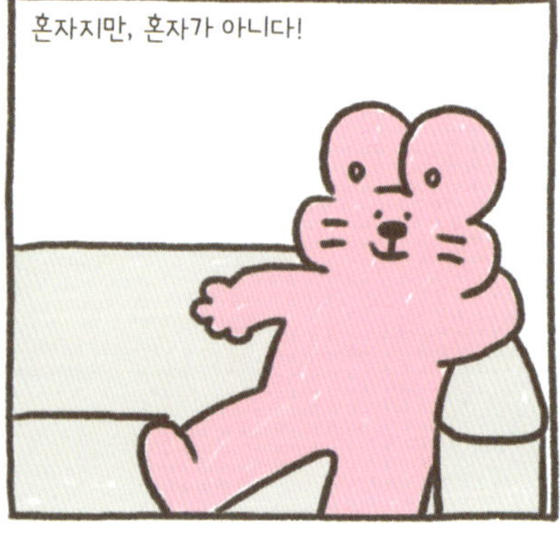
혼자지만, 혼자가 아니다!

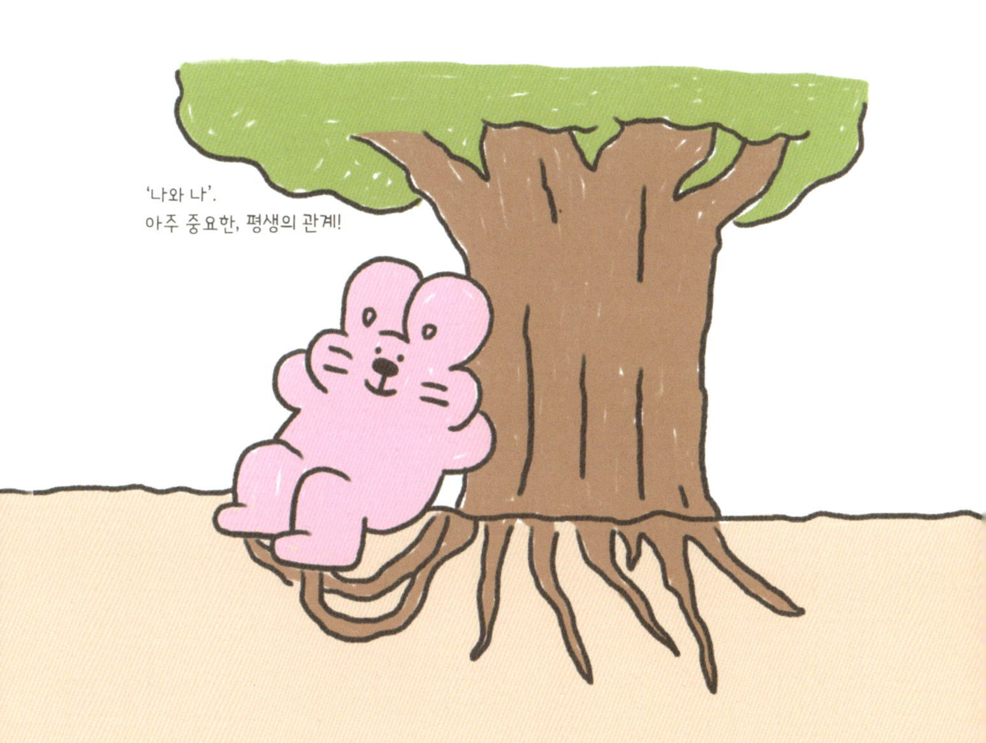
'나와 나'.
아주 중요한, 평생의 관계!

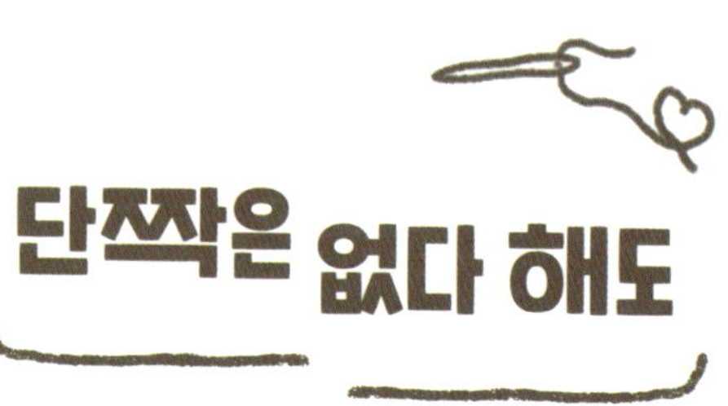

단짝은 없다 해도

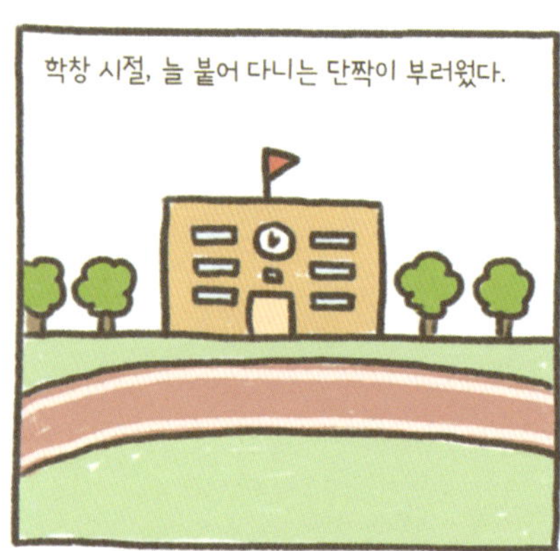

학창 시절, 늘 붙어 다니는 단짝이 부러웠다.

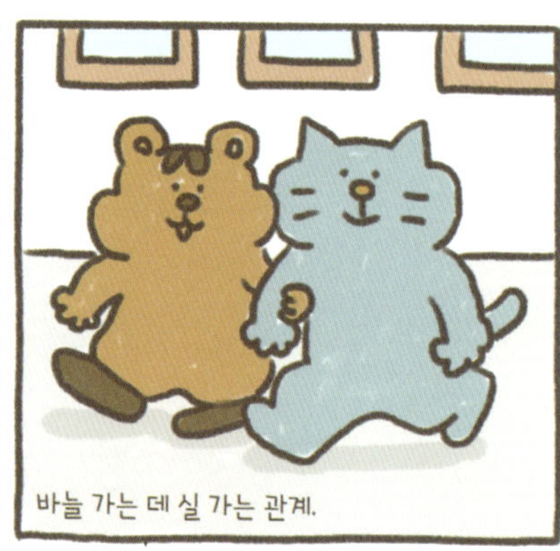

바늘 가는 데 실 가는 관계.

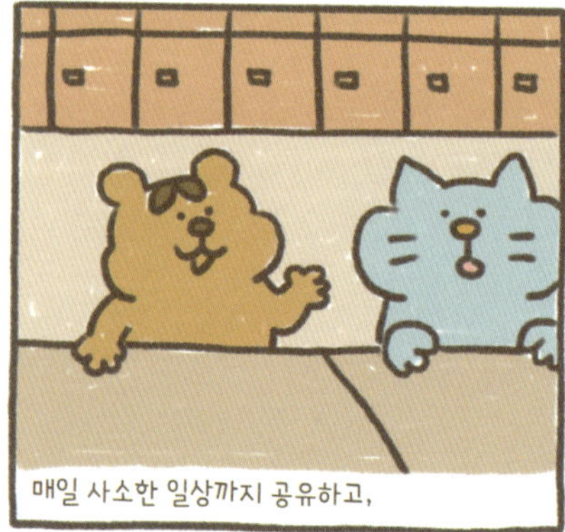

매일 사소한 일상까지 공유하고,

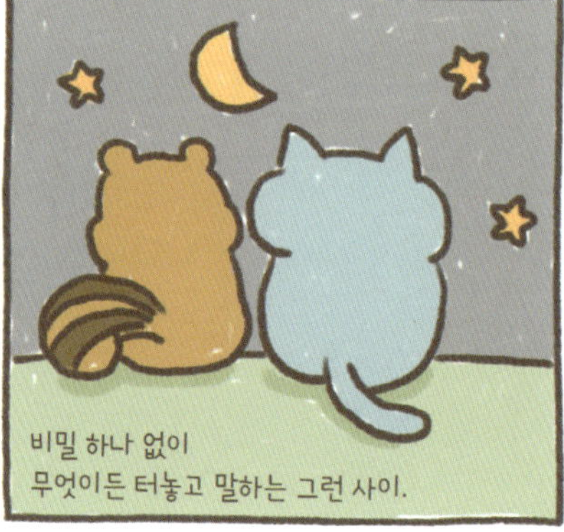

비밀 하나 없이
무엇이든 터놓고 말하는 그런 사이.

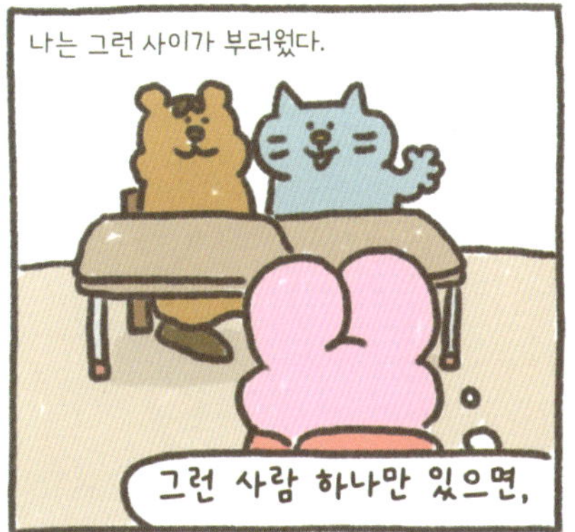

나는 그런 사이가 부러웠다.
그런 사람 하나만 있으면,

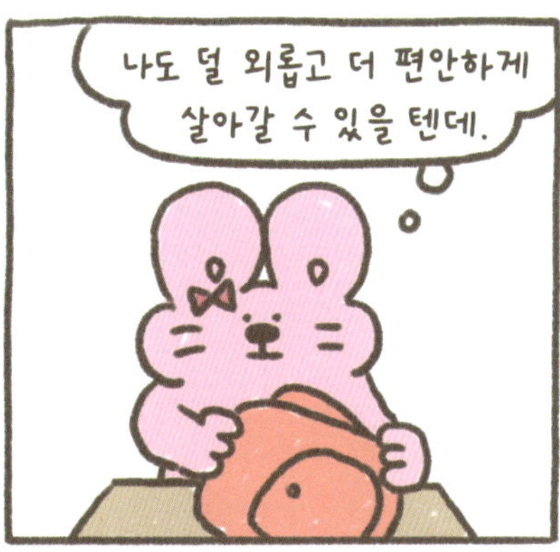

나도 덜 외롭고 더 편안하게
살아갈 수 있을 텐데.

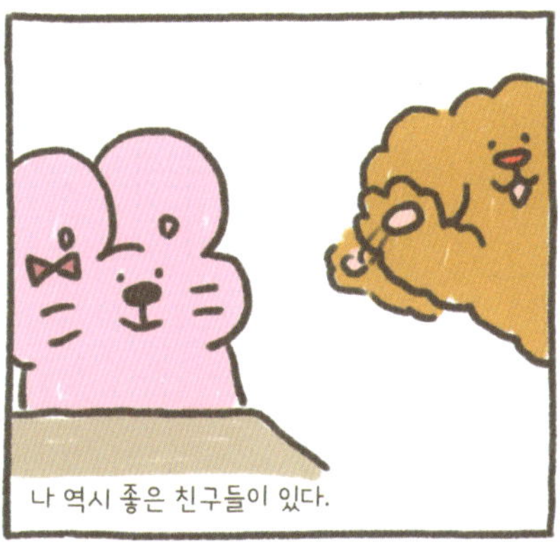

나 역시 좋은 친구들이 있다.

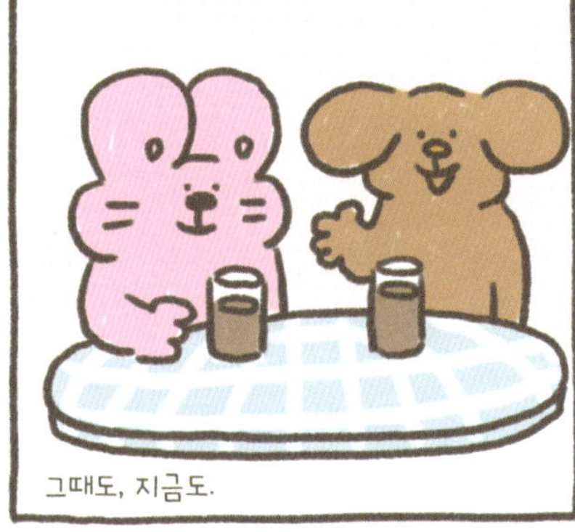

그때도, 지금도.

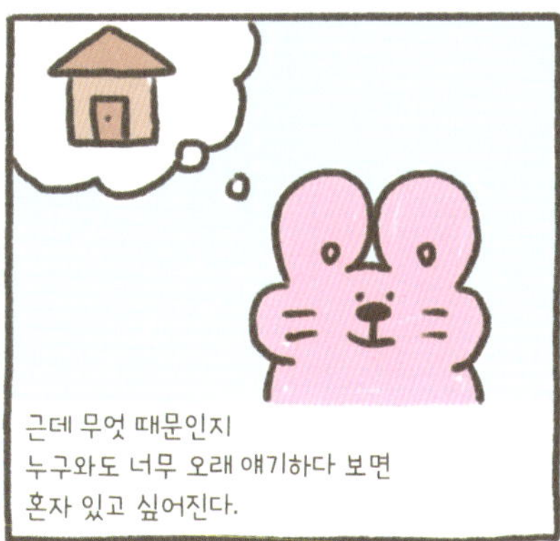

근데 무엇 때문인지
누구와도 너무 오래 얘기하다 보면
혼자 있고 싶어진다.

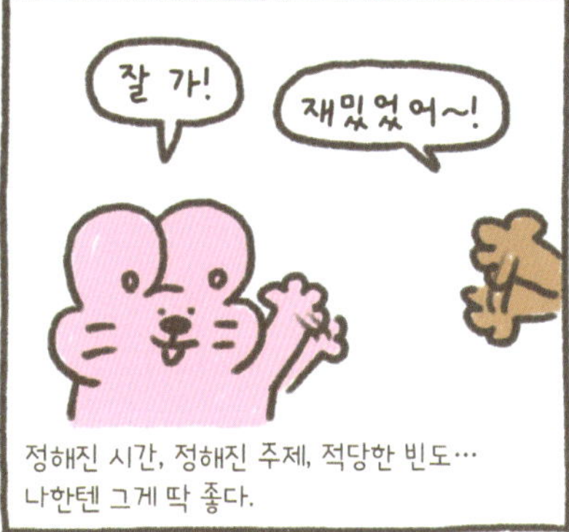

잘 가!
재밌었어~!
정해진 시간, 정해진 주제, 적당한 빈도…
나한텐 그게 딱 좋다.

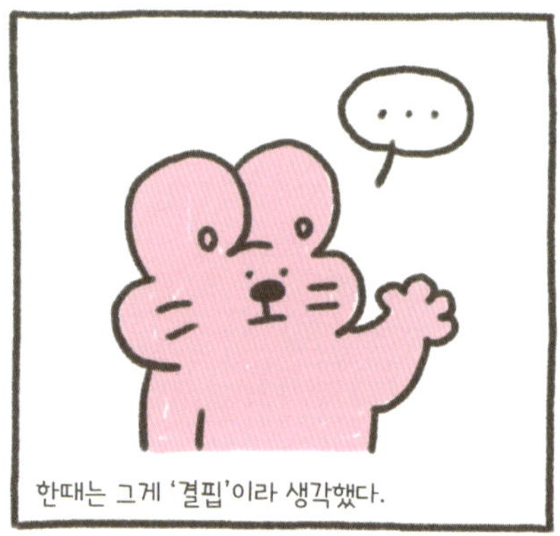

...
한때는 그게 '결핍'이라 생각했다.

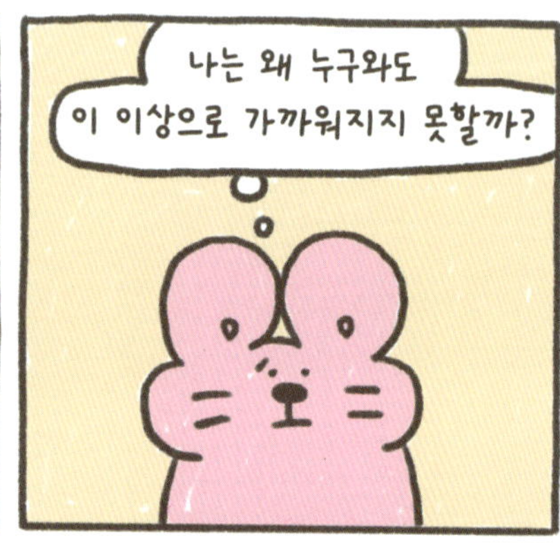

나는 왜 누구와도
이 이상으로 가까워지지 못할까?

매일 연락하는 사람도 없고,

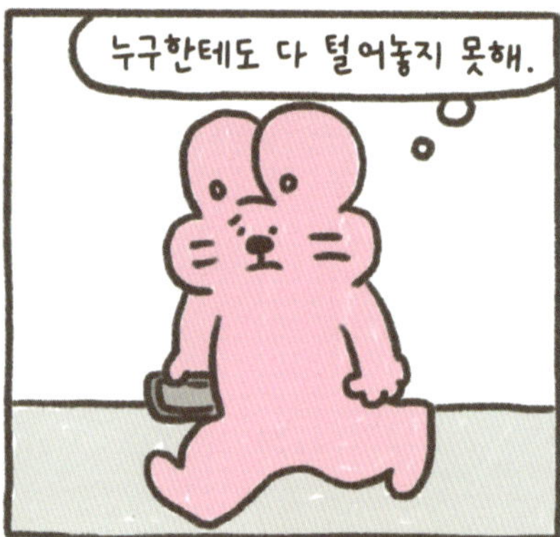

누구한테도 다 털어놓지 못해.

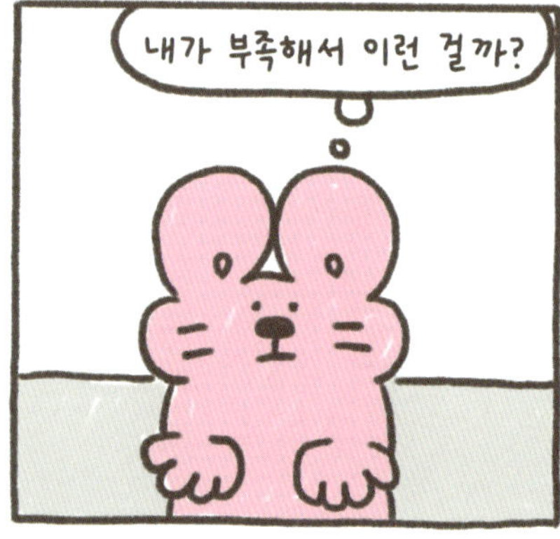

내가 부족해서 이런 걸까?

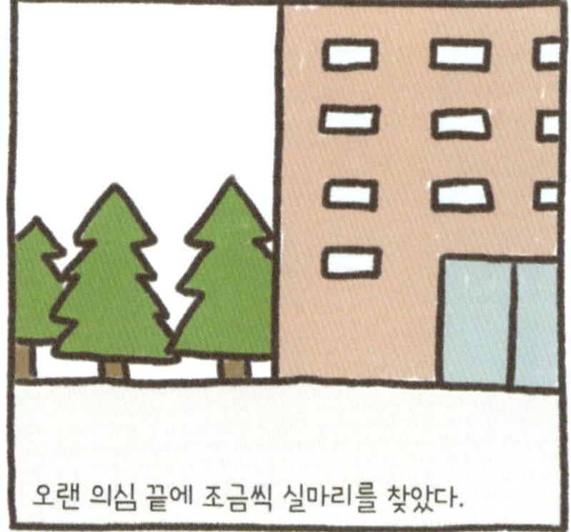

오랜 의심 끝에 조금씩 실마리를 찾았다.

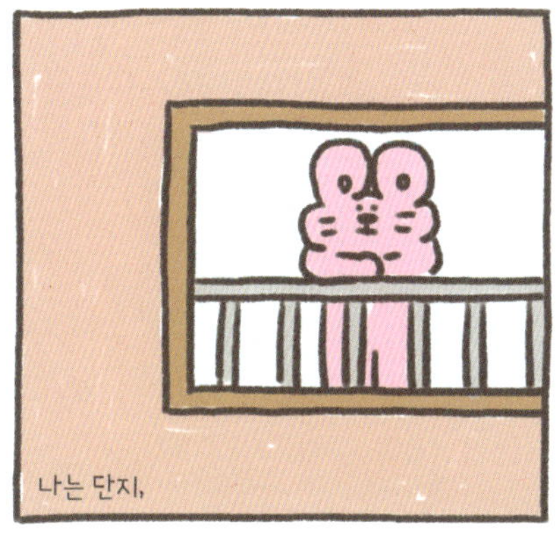
나는 단지,

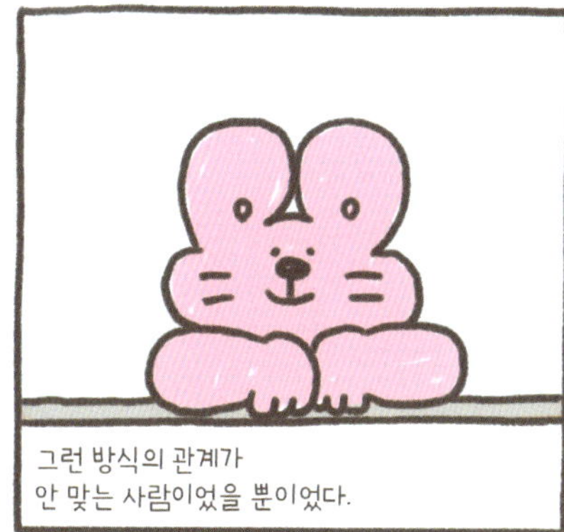
그런 방식의 관계가
안 맞는 사람이었을 뿐이었다.

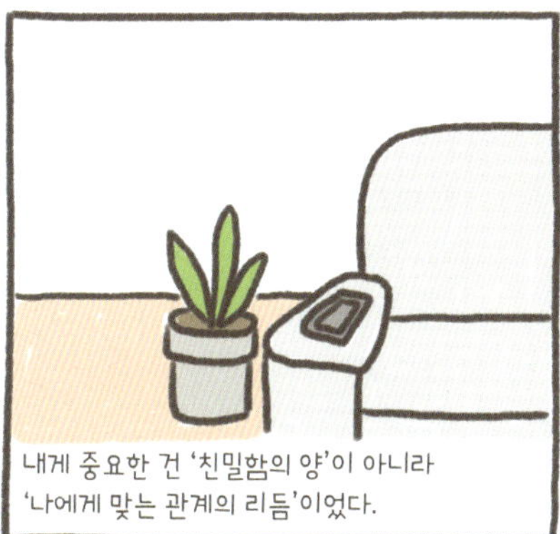
내게 중요한 건 '친밀함의 양'이 아니라
'나에게 맞는 관계의 리듬'이었다.

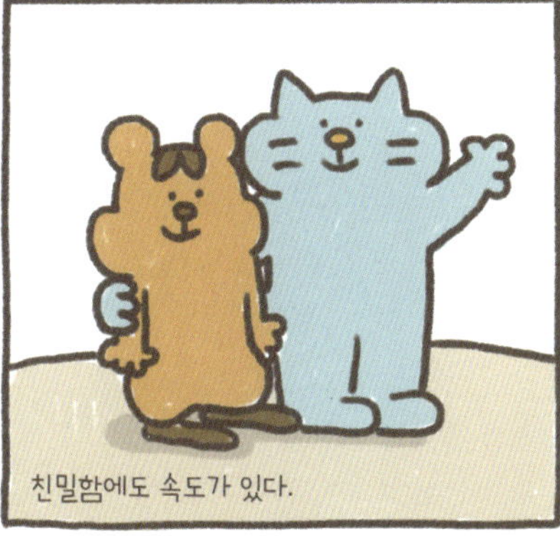
친밀함에도 속도가 있다.

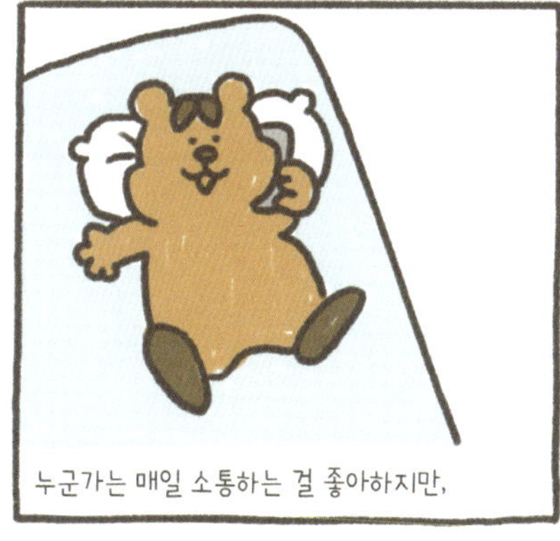
누군가는 매일 소통하는 걸 좋아하지만,

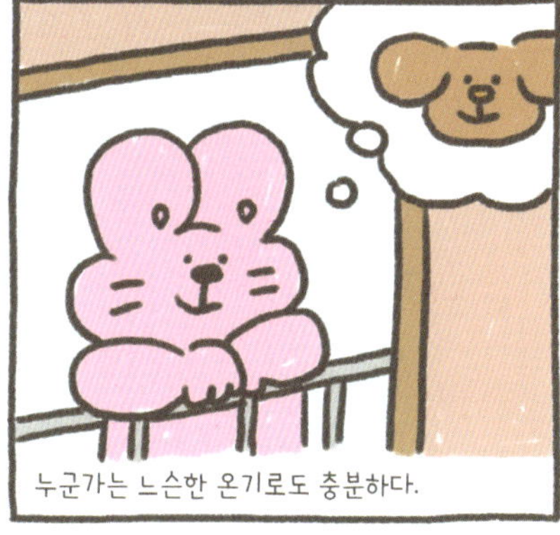
누군가는 느슨한 온기로도 충분하다.

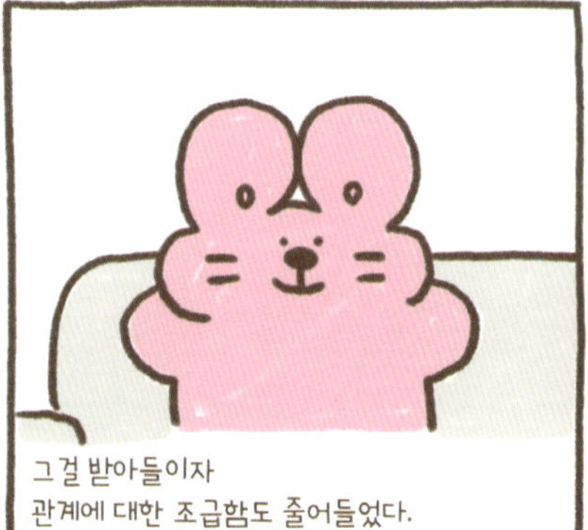

그걸 받아들이자
관계에 대한 조급함도 줄어들었다.

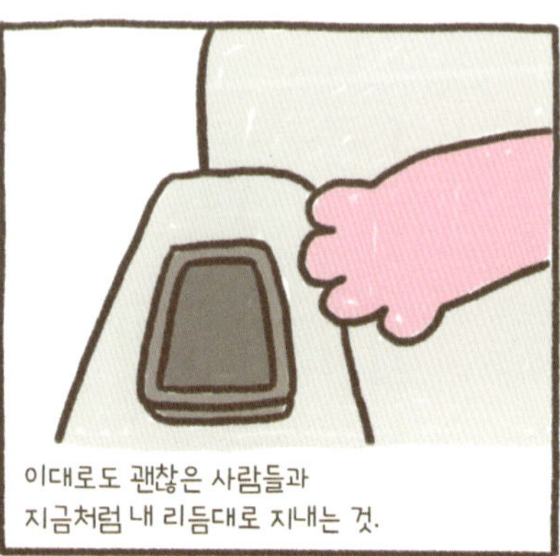

이대로도 괜찮은 사람들과
지금처럼 내 리듬대로 지내는 것.

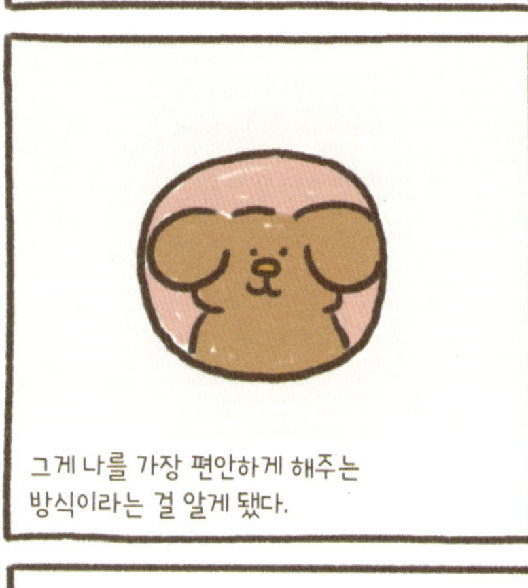

그게 나를 가장 편안하게 해주는
방식이라는 걸 알게 됐다.

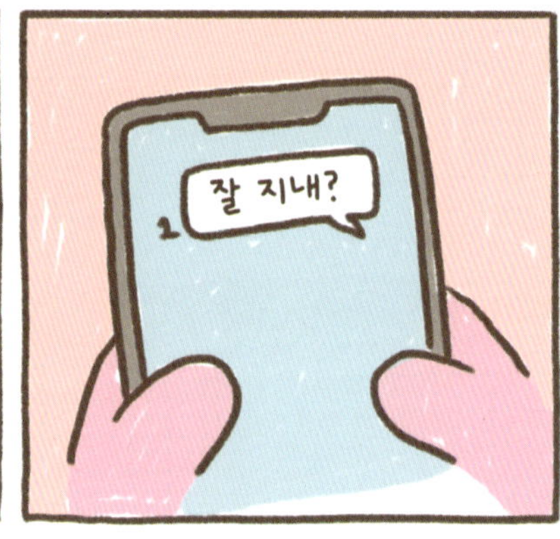

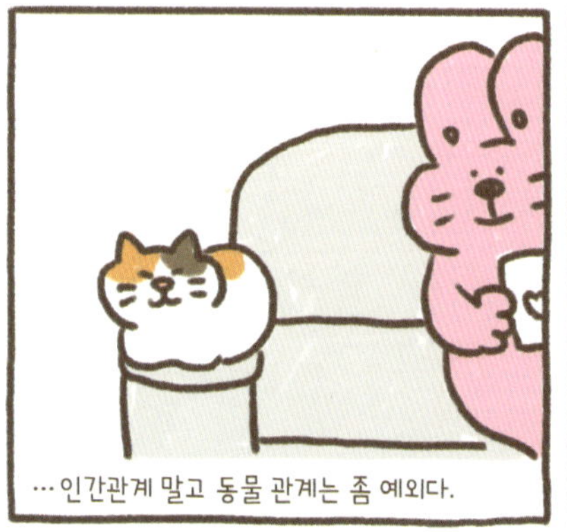

…인간관계 말고 동물 관계는 좀 예외다.

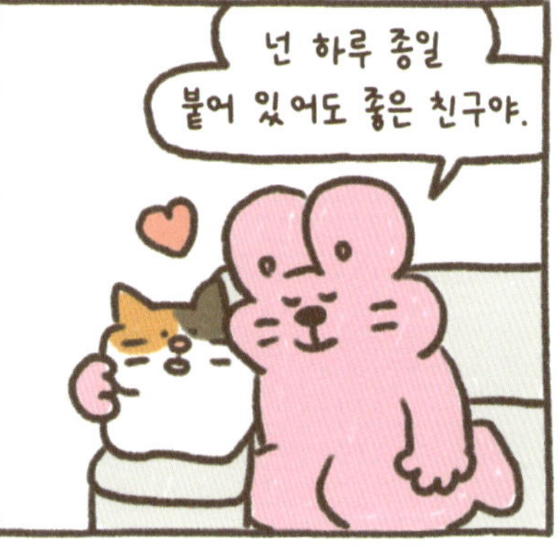

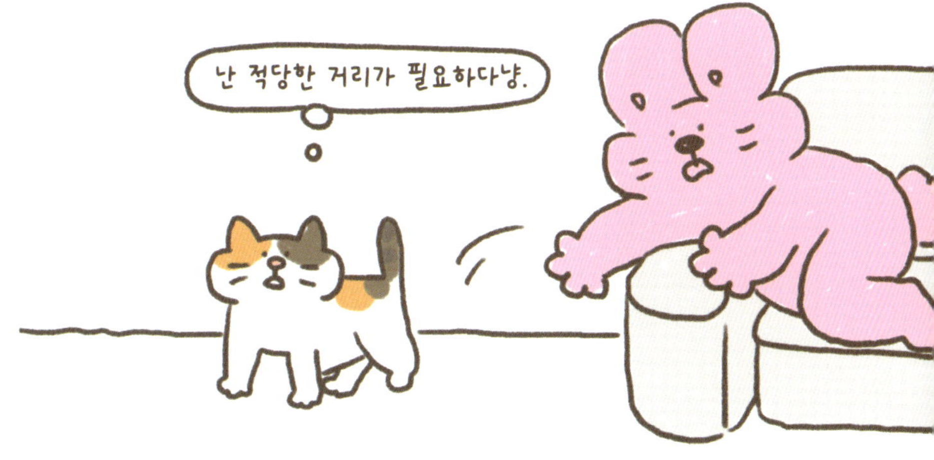

난 적당한 거리가 필요하다냥.

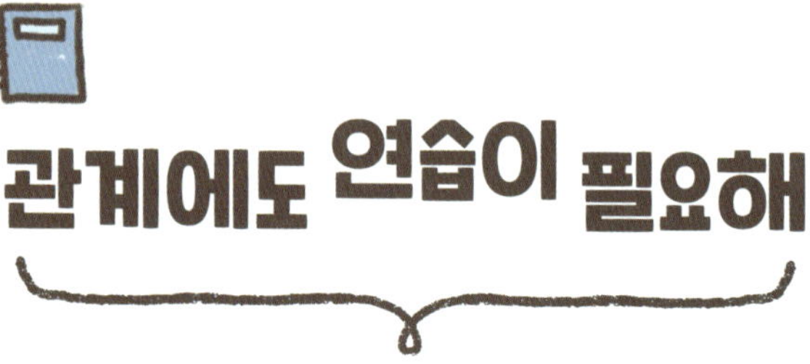

관계에도 연습이 필요해

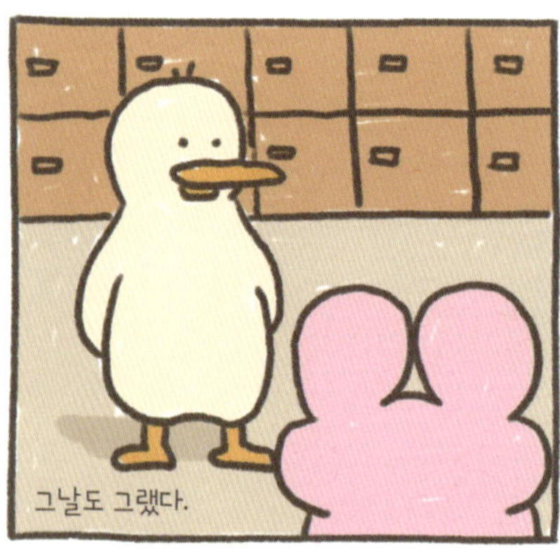

그날도 그랬다.

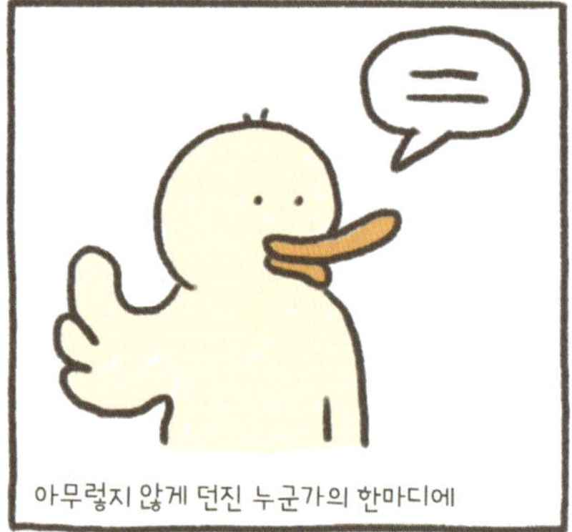

아무렇지 않게 던진 누군가의 한마디에

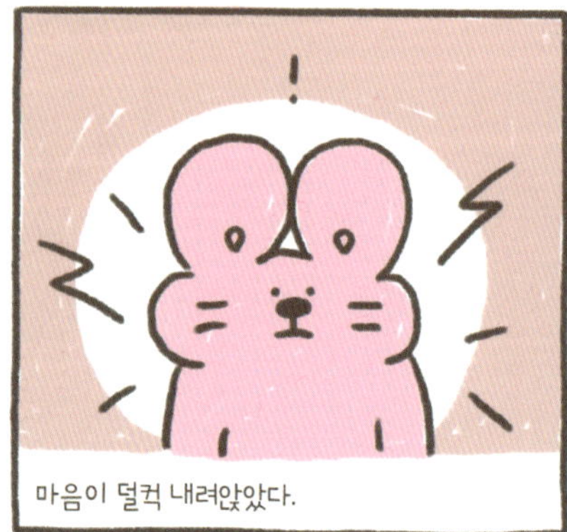

마음이 덜컥 내려앉았다.

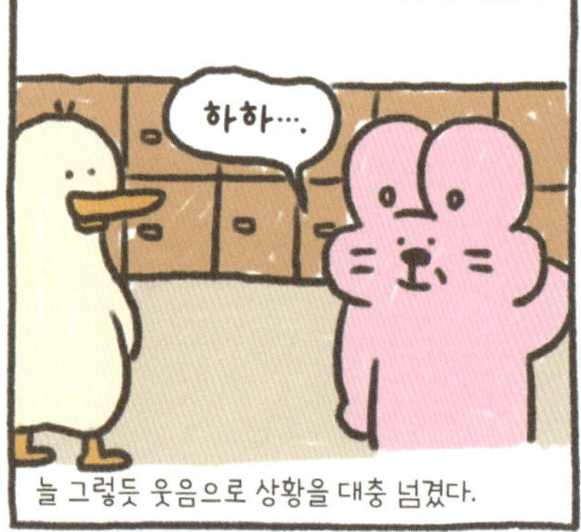

하하….
늘 그렇듯 웃음으로 상황을 대충 넘겼다.

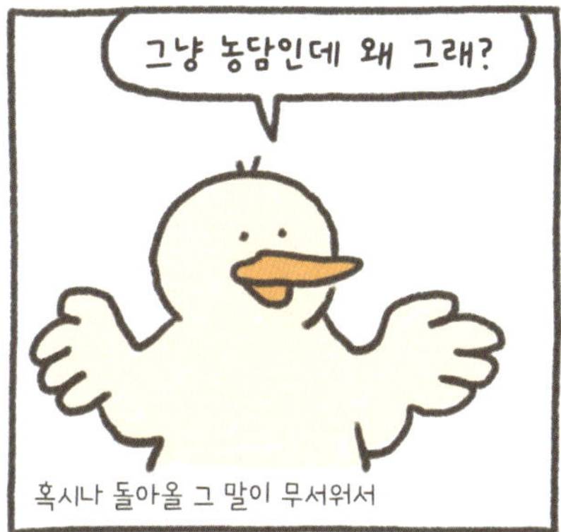

그냥 농담인데 왜 그래?
혹시나 돌아올 그 말이 무서워서

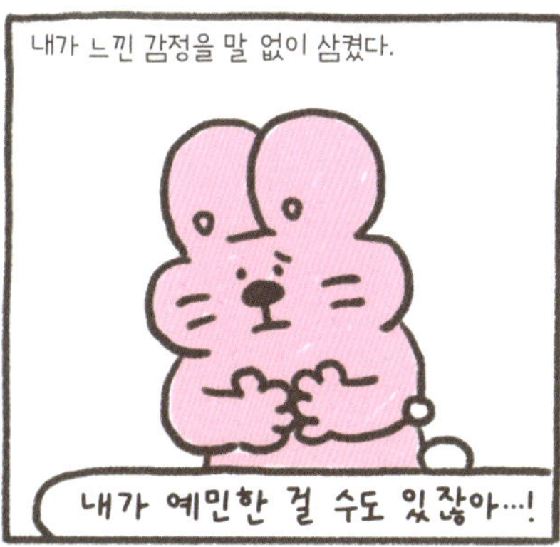

내가 느낀 감정을 말 없이 삼켰다.
내가 예민한 걸 수도 있잖아…!

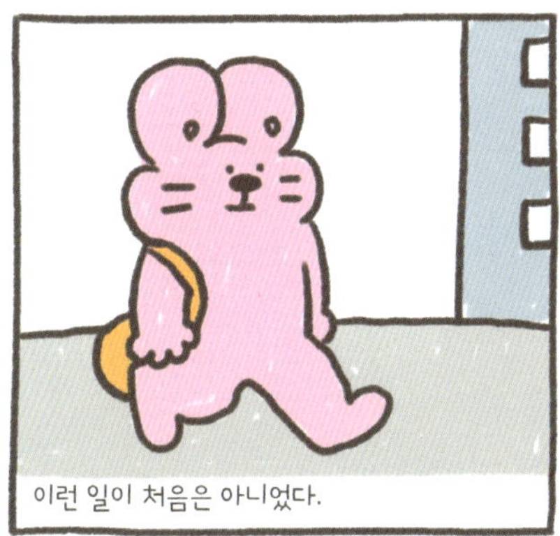

이런 일이 처음은 아니었다.

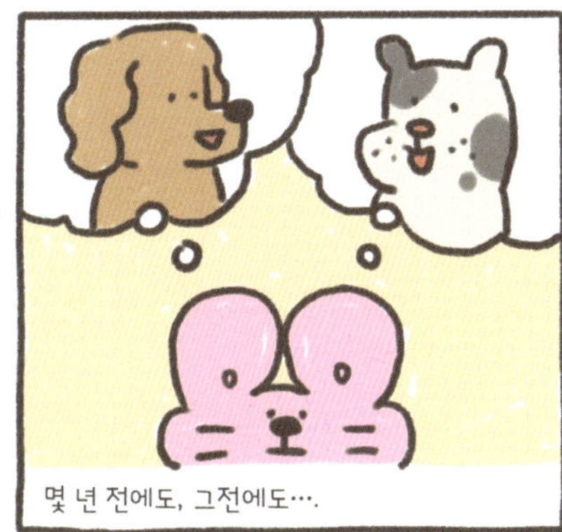

몇 년 전에도, 그전에도….

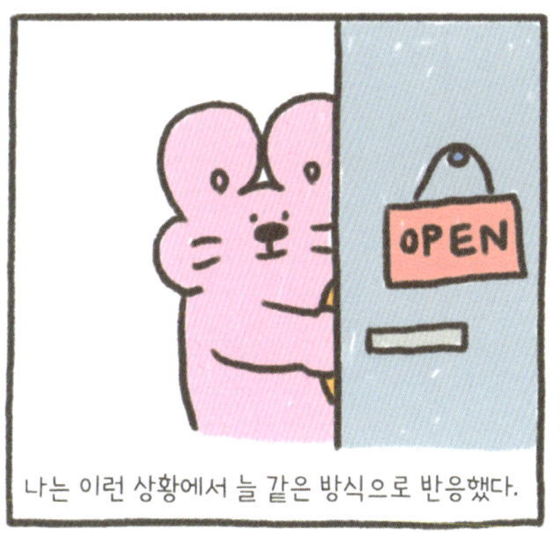

OPEN
나는 이런 상황에서 늘 같은 방식으로 반응했다.

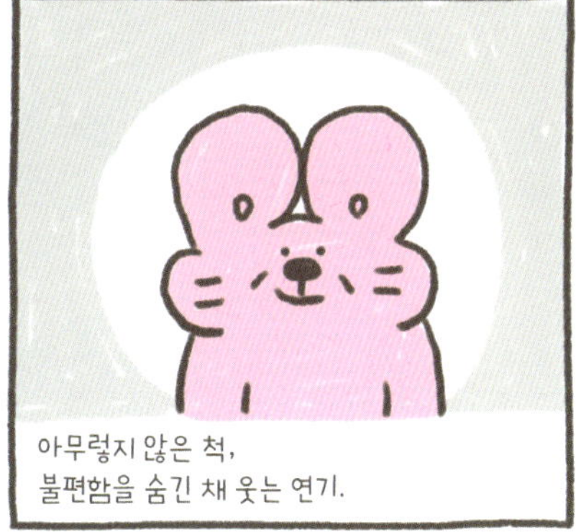

아무렇지 않은 척,
불편함을 숨긴 채 웃는 연기.

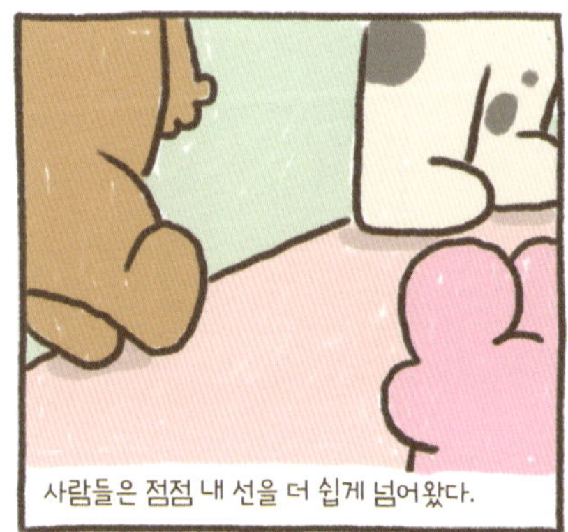
사람들은 점점 내 선을 더 쉽게 넘어왔다.

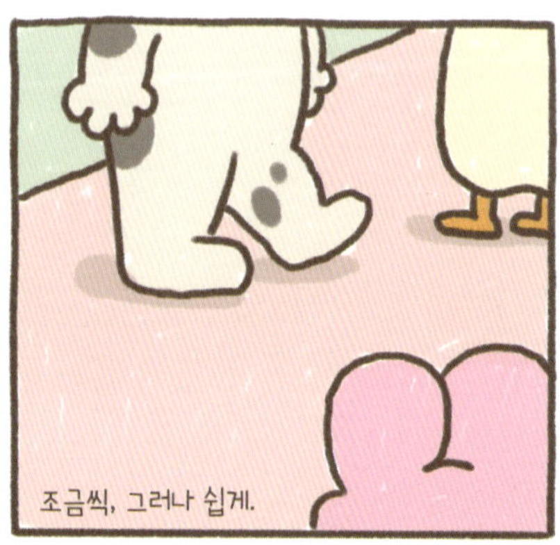
조금씩, 그러나 쉽게.

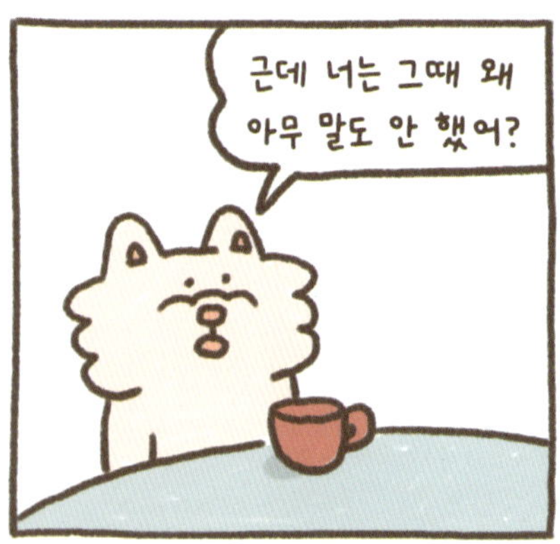
근데 너는 그때 왜 아무 말도 안 했어?

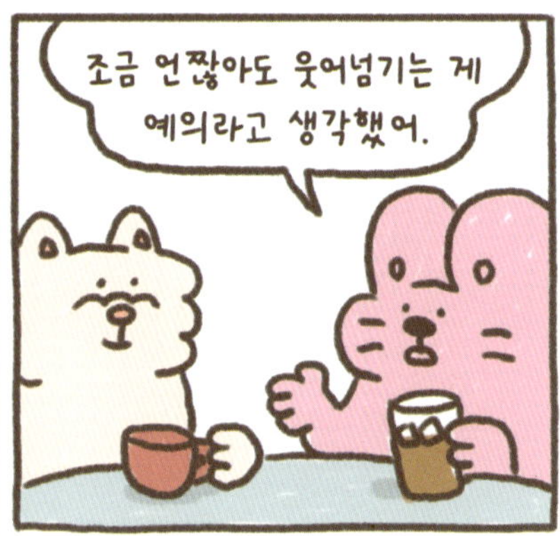
조금 언짢아도 웃어넘기는 게 예의라고 생각했어.

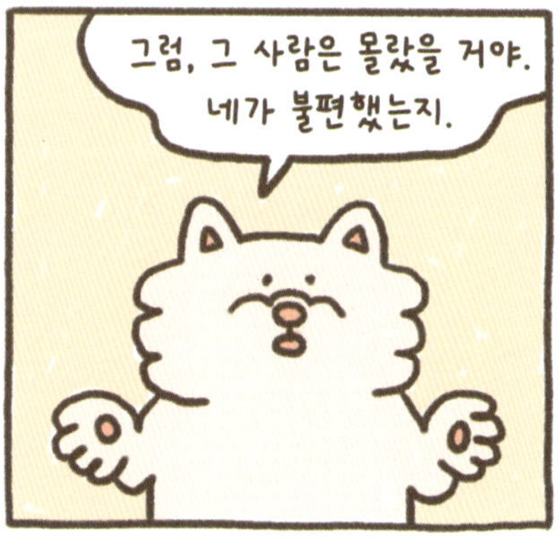
그럼, 그 사람은 몰랐을 거야. 네가 불편했는지.

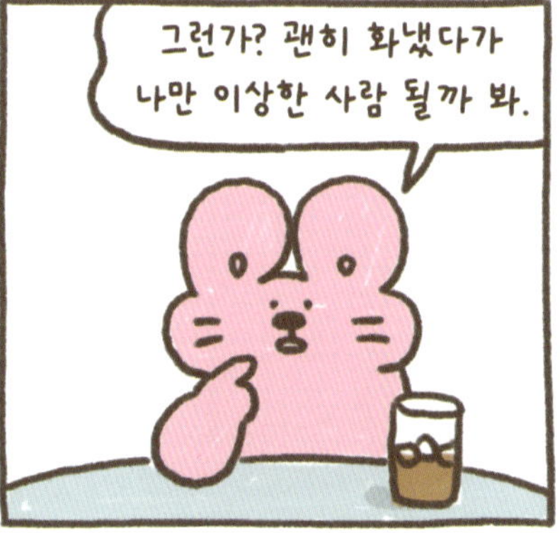
그런가? 괜히 화냈다가 나만 이상한 사람 될까 봐.

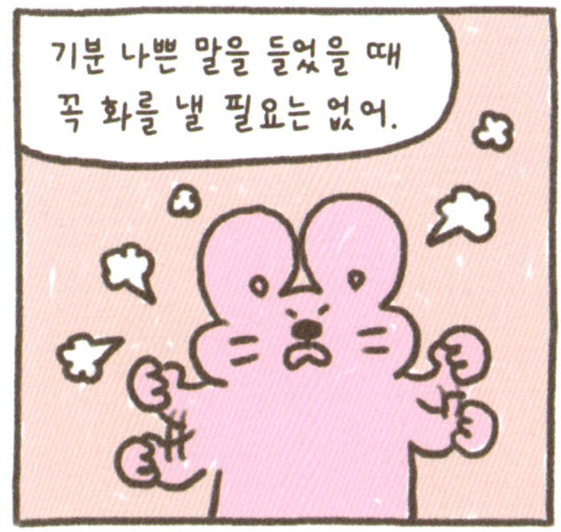

기분 나쁜 말을 들었을 때 꼭 화를 낼 필요는 없어.

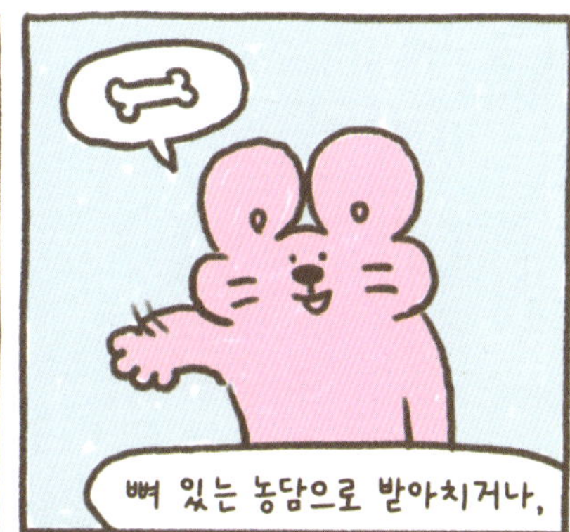

뼈 있는 농담으로 받아치거나,

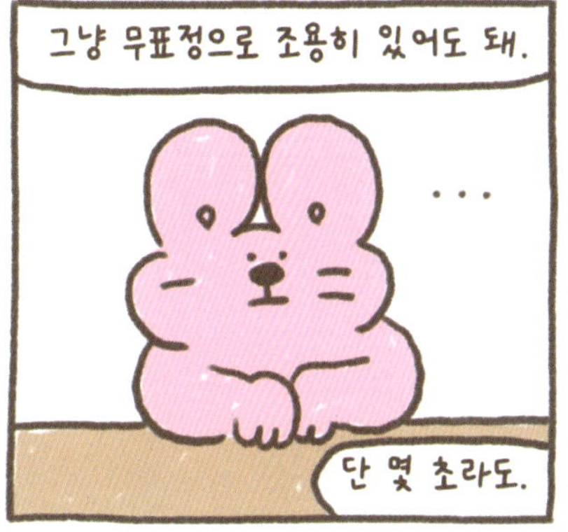

그냥 무표정으로 조용히 있어도 돼.
. . .
단 몇 초라도.

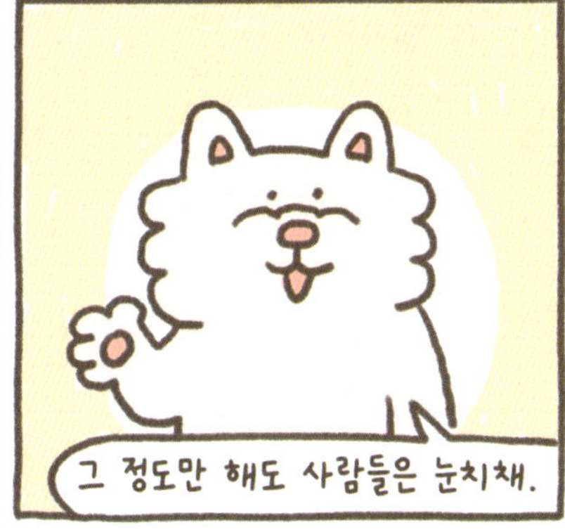

그 정도만 해도 사람들은 눈치채.

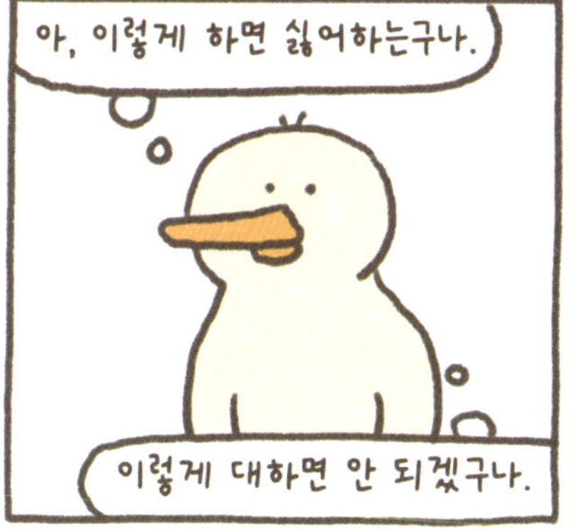

아, 이렇게 하면 싫어하는구나.
이렇게 대하면 안 되겠구나.

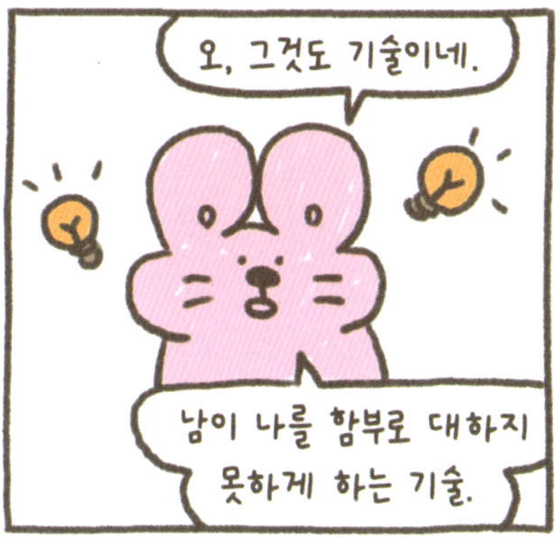

오, 그것도 기술이네.
남이 나를 함부로 대하지 못하게 하는 기술.

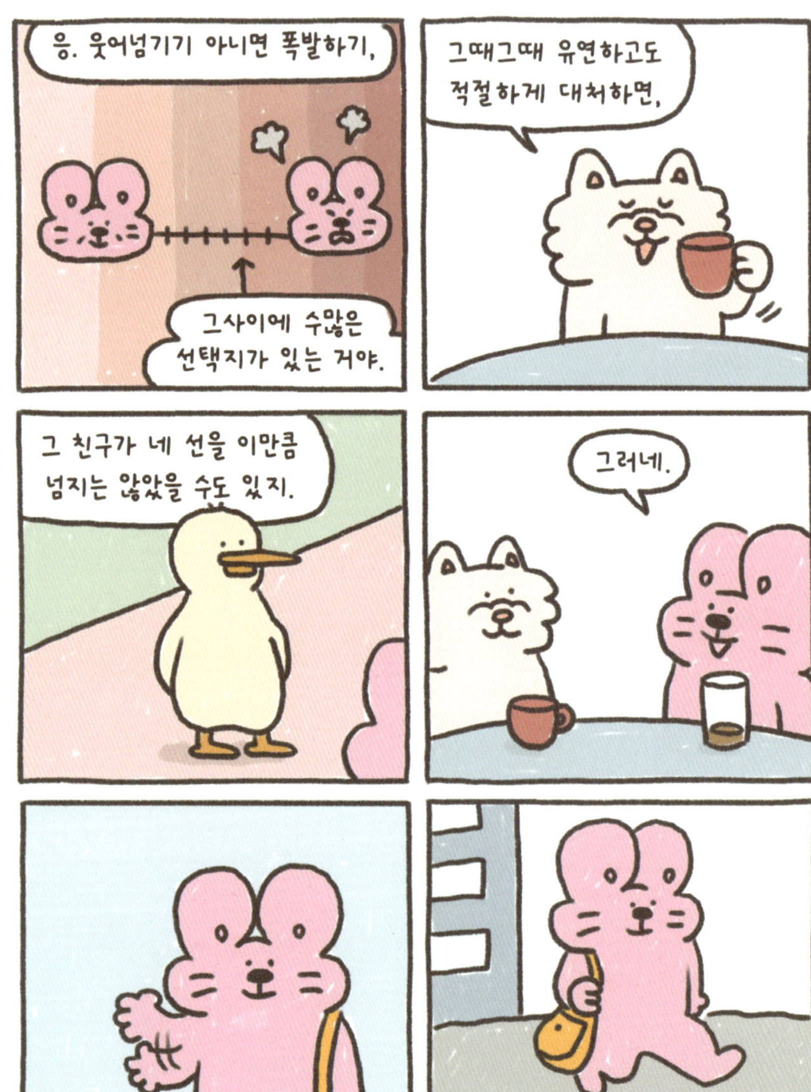
응. 웃어넘기기 아니면 폭발하기,
그사이에 수많은 선택지가 있는 거야.
그 친구가 네 선을 이만큼 넘지는 않았을 수도 있지.
나는 일방적으로 당했다고 생각했는데,
그때그때 유연하고도 적절하게 대처하면,
그러네.
어쩌면 그런 관계를 나도 함께 만든 거였다.

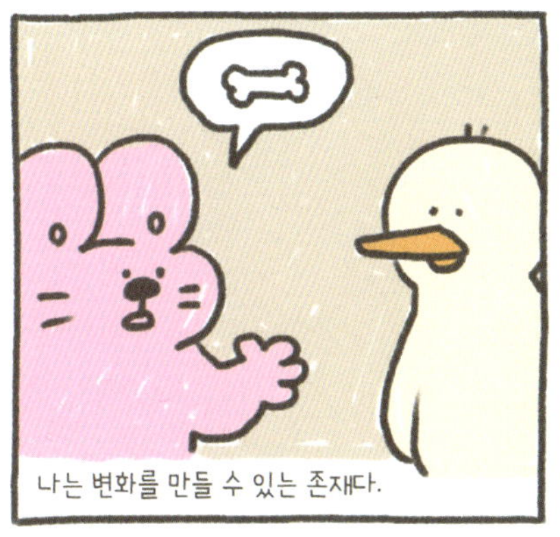
나는 변화를 만들 수 있는 존재다.

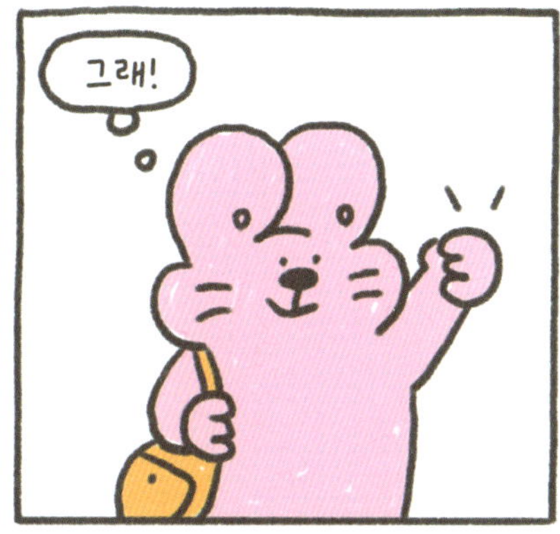
그래!

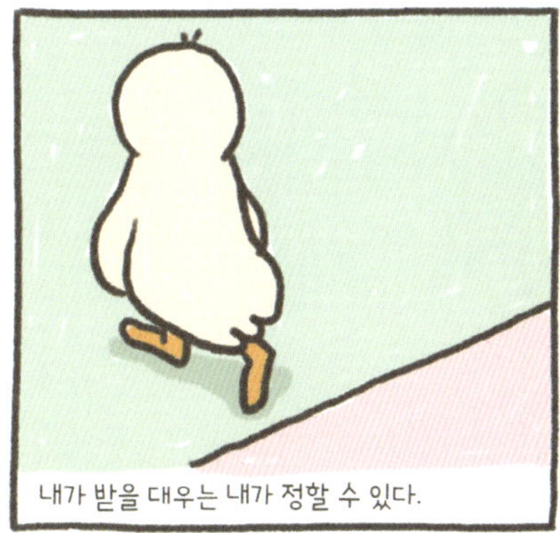
내가 받을 대우는 내가 정할 수 있다.

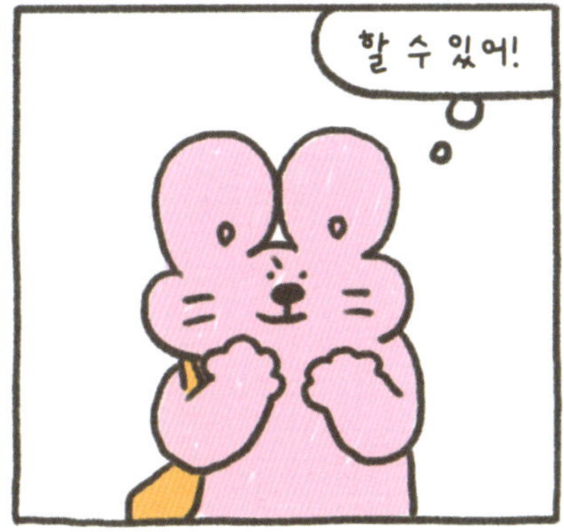
할 수 있어!

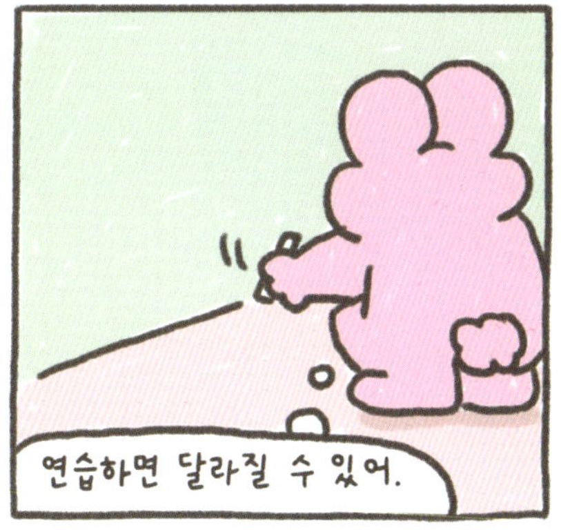
연습하면 달라질 수 있어.

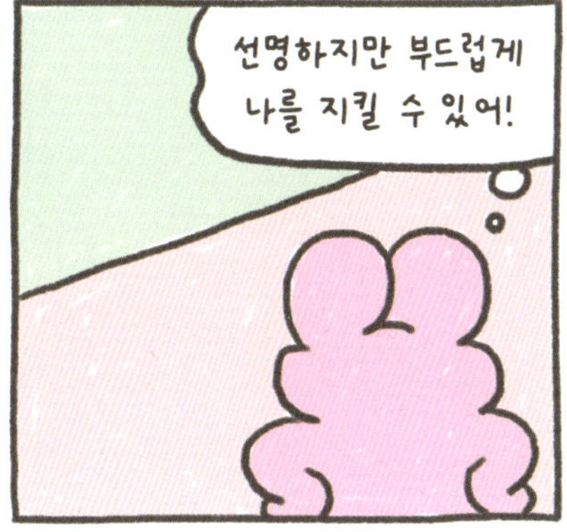
선명하지만 부드럽게
나를 지킬 수 있어!

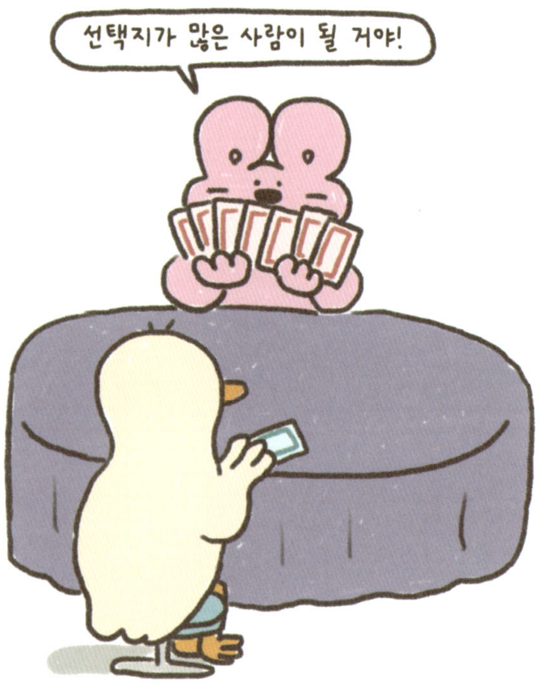

선택지가 많은 사람이 될 거야!

미워하지 않으려는 노력

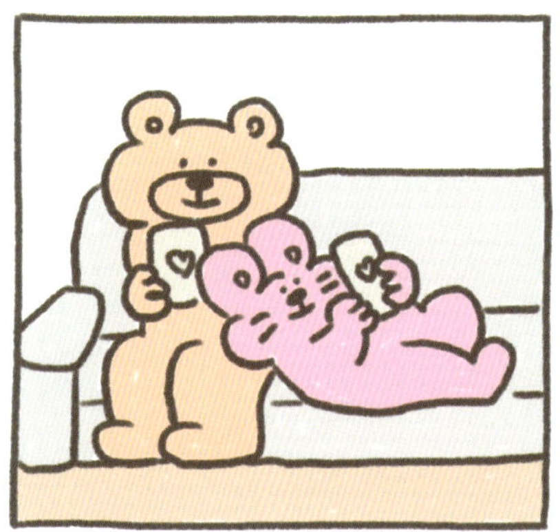

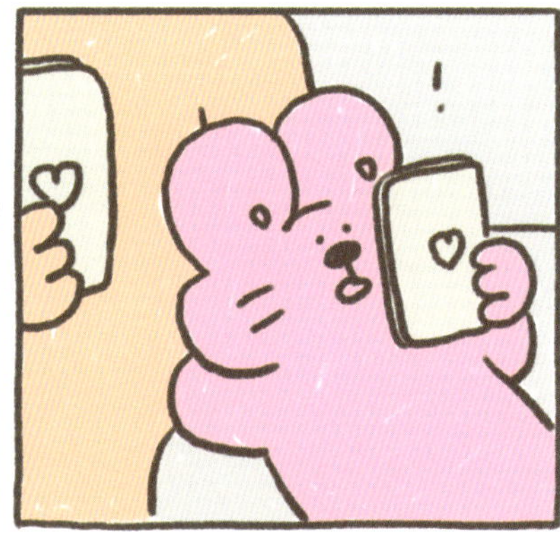

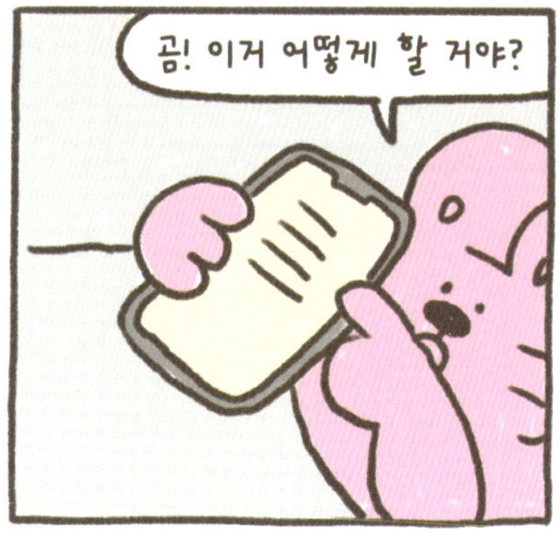

내가 지금 당장 1억 원을 받는 대신
내가 가장 싫어하는 사람이 100억 원을 받는다.
VS
둘 다 아무것도 못 받는다.

당신의 선택은?

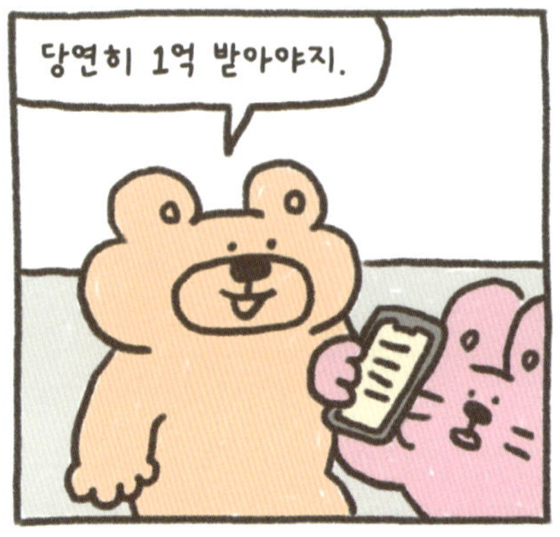

당연히 1억 받아야지.

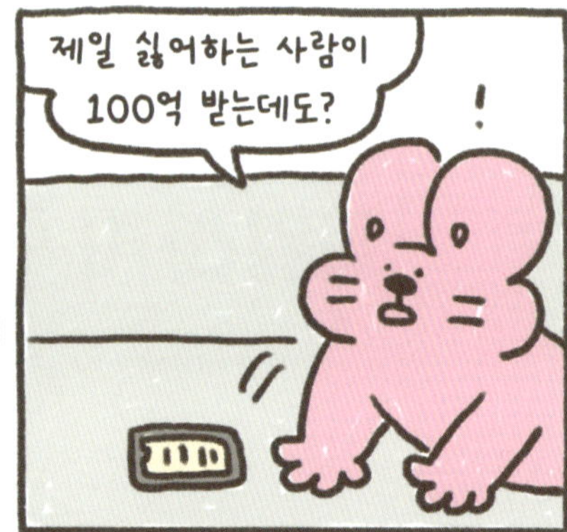

제일 싫어하는 사람이
100억 받는데도?
!

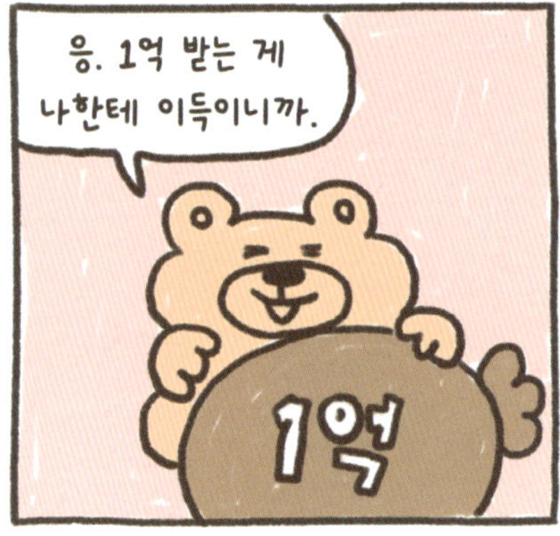

응. 1억 받는 게
나한테 이득이니까.
1억

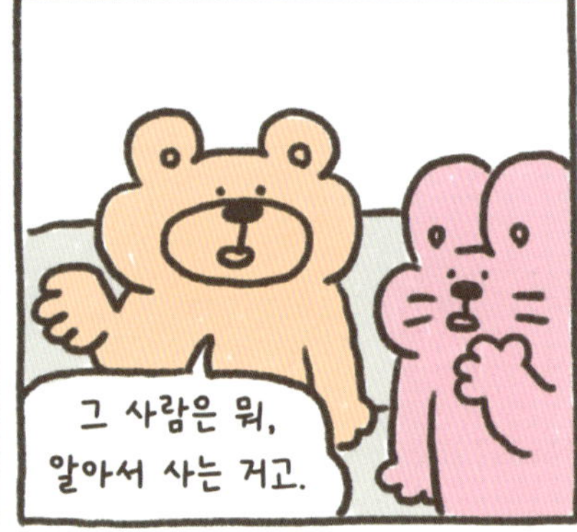

그 사람은 뭐,
알아서 사는 거고.

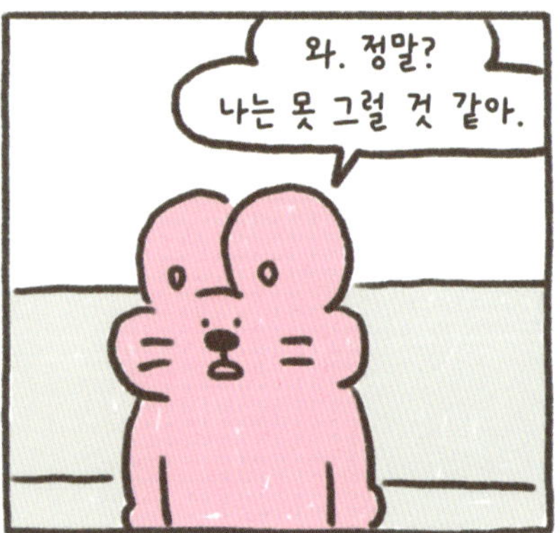

와. 정말?
나는 못 그럴 것 같아.

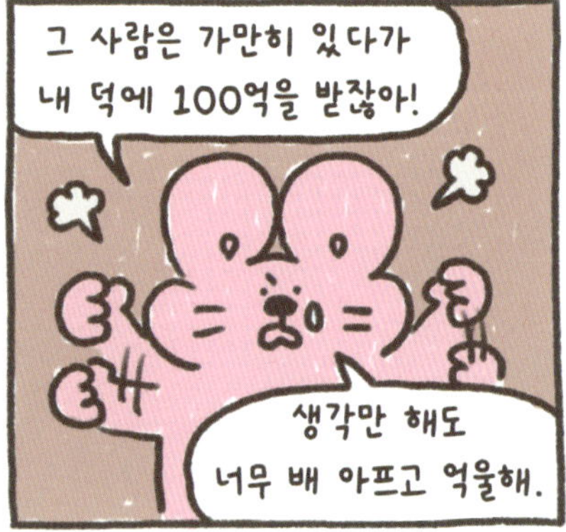

그 사람은 가만히 있다가
내 덕에 100억을 받잖아!
생각만 해도
너무 배 아프고 억울해.

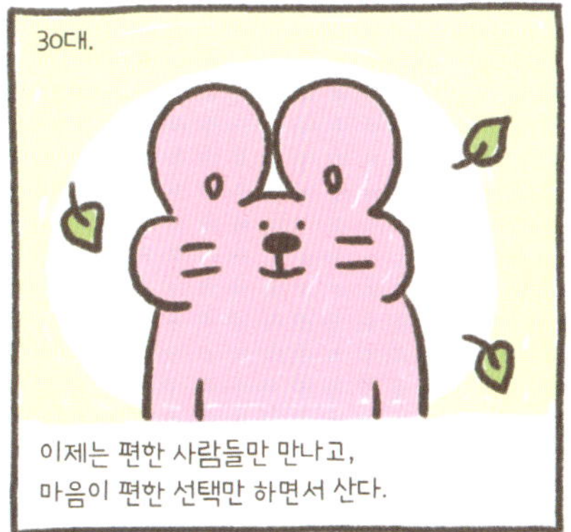

30대.
이제는 편한 사람들만 만나고,
마음이 편한 선택만 하면서 산다.

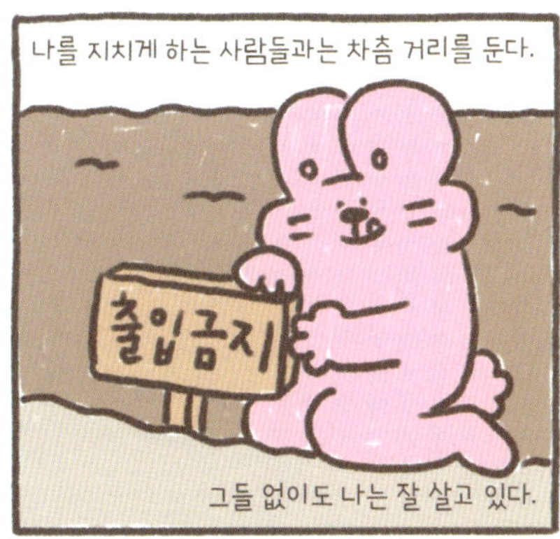

나를 지치게 하는 사람들과는 차츰 거리를 둔다.
출입금지
그들 없이도 나는 잘 살고 있다.

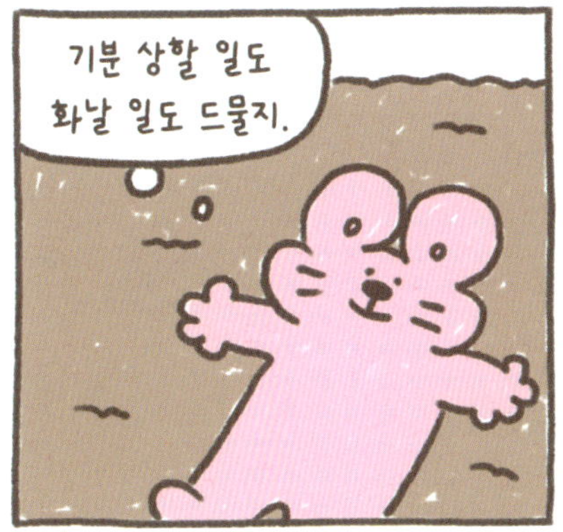

기분 상할 일도
화날 일도 드물지.

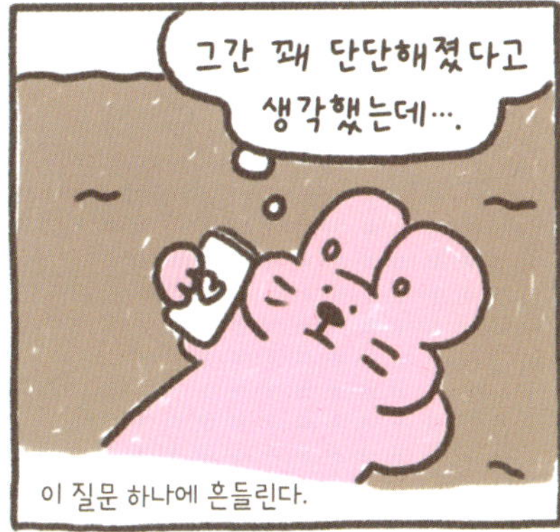

그간 꽤 단단해졌다고
생각했는데….
이 질문 하나에 흔들린다.

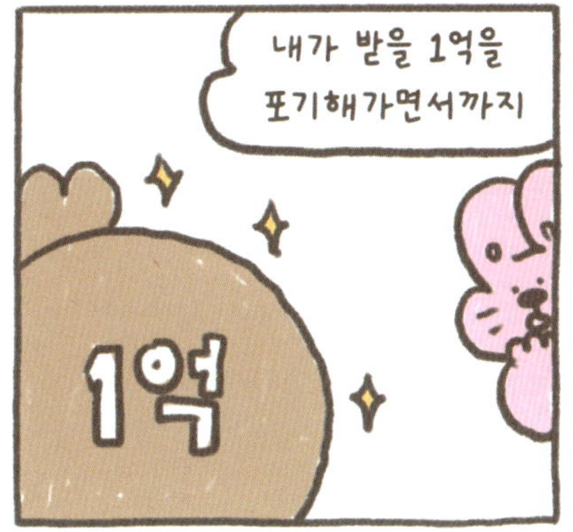

내가 받을 1억을
포기해가면서까지
1억

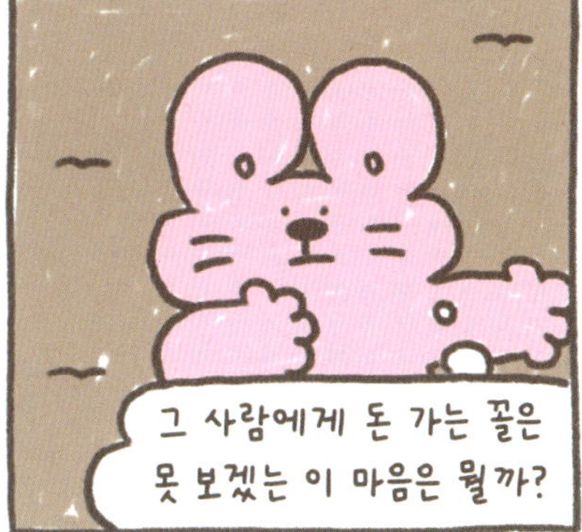

그 사람에게 돈 가는 꼴은
못 보겠는 이 마음은 뭘까?

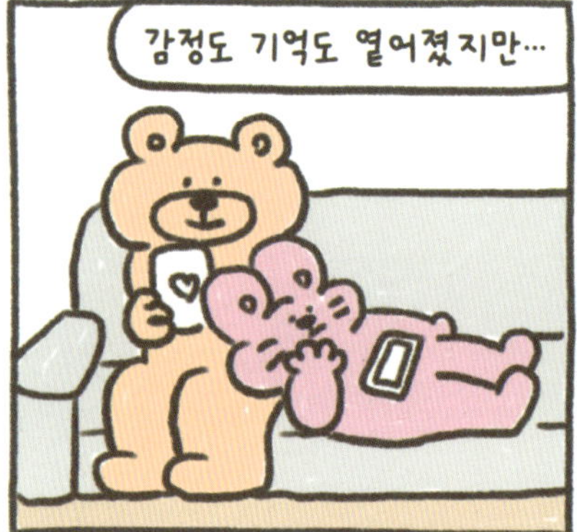

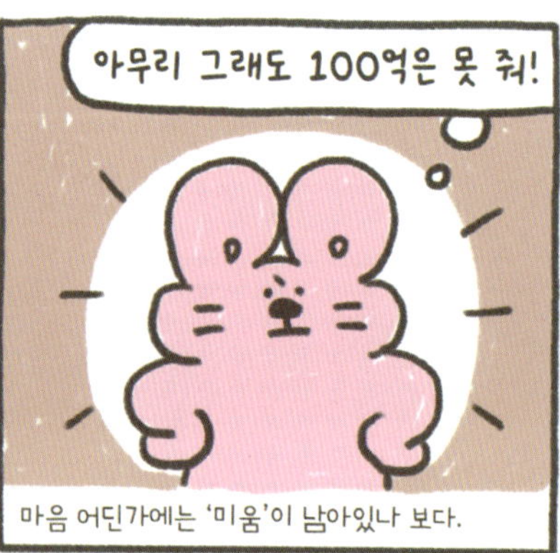

마음 어딘가에는 '미움'이 남아있나 보다.

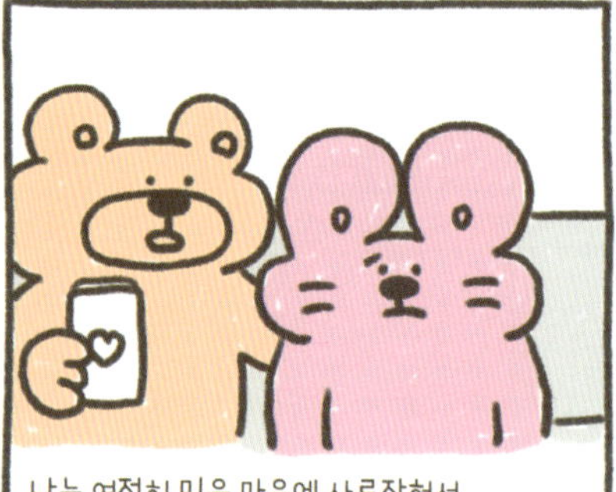
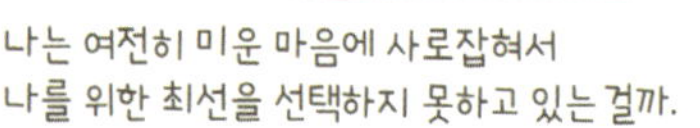

나는 여전히 미운 마음에 사로잡혀서
나를 위한 최선을 선택하지 못하고 있는 걸까.

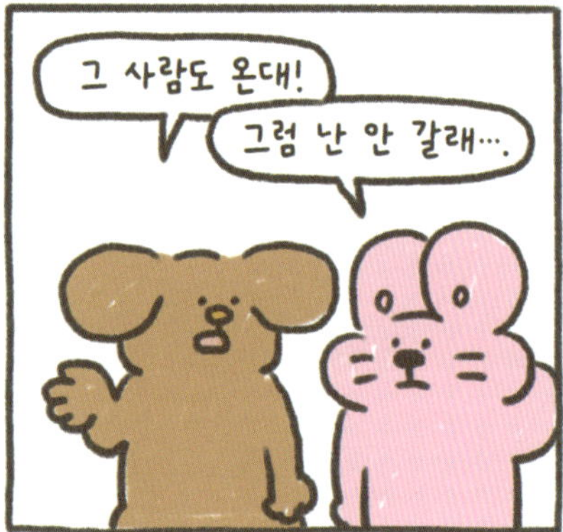

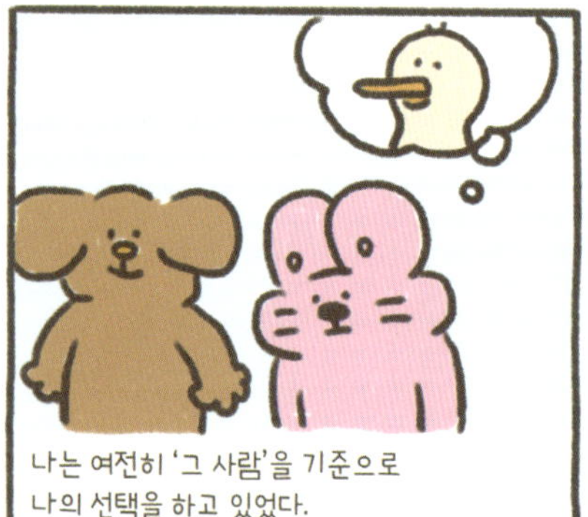

나는 여전히 '그 사람'을 기준으로
나의 선택을 하고 있었다.

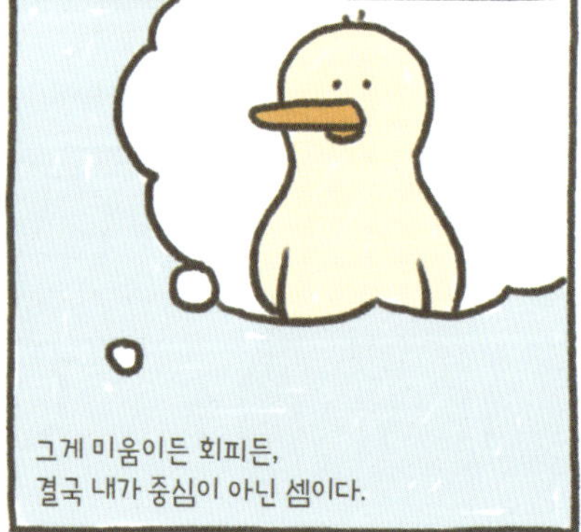

그게 미움이든 회피든,
결국 내가 중심이 아닌 셈이다.

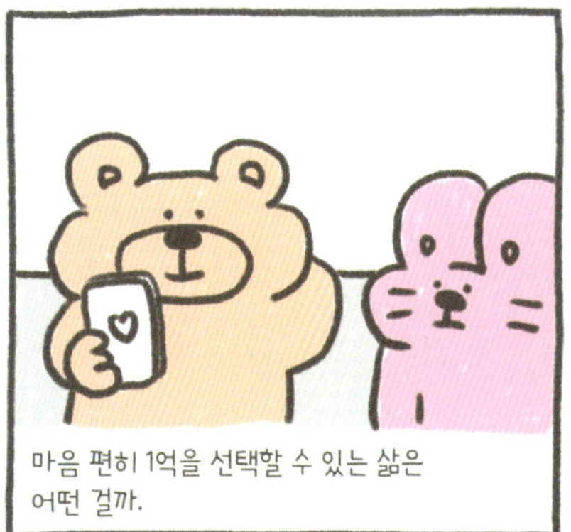

마음 편히 1억을 선택할 수 있는 삶은
어떤 걸까.

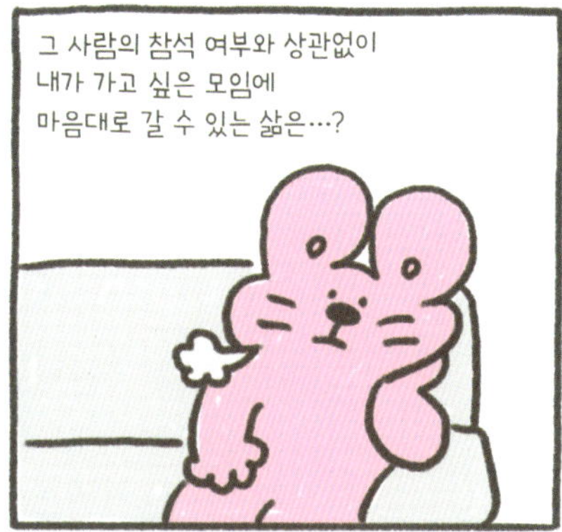

그 사람의 참석 여부와 상관없이
내가 가고 싶은 모임에
마음대로 갈 수 있는 삶은…?

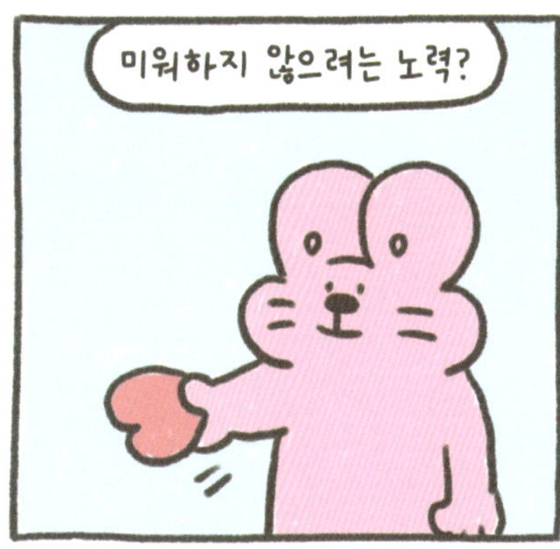

미워하지 않으려는 노력?

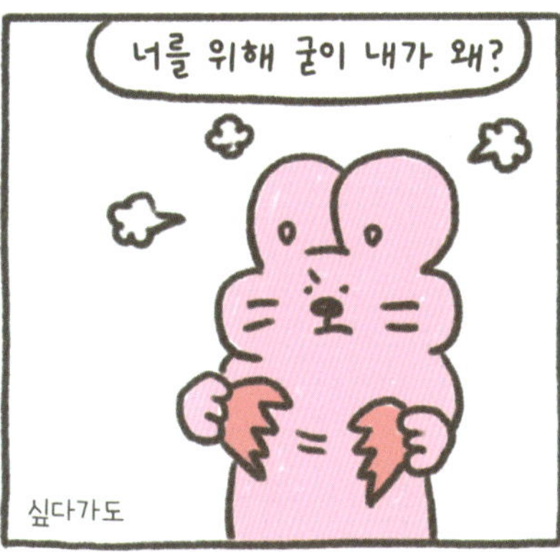

너를 위해 굳이 내가 왜?
싶다가도

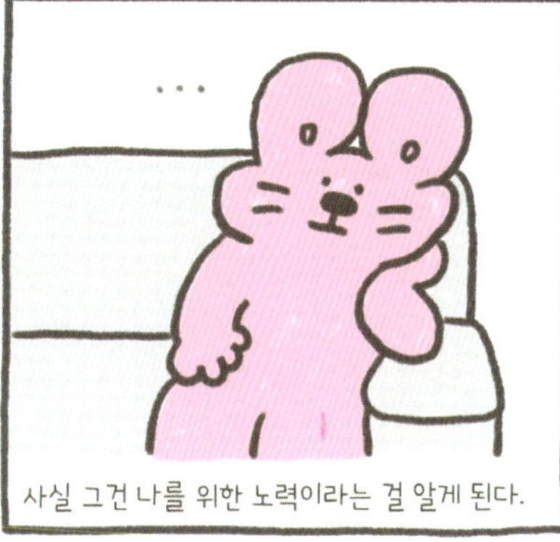

…
사실 그건 나를 위한 노력이라는 걸 알게 된다.

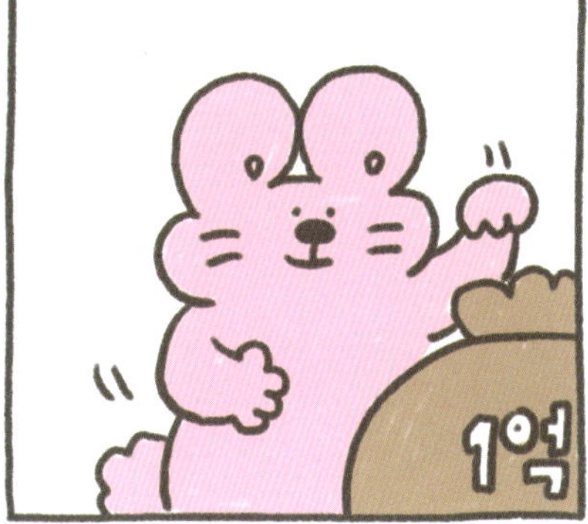

1억

하지만 여전히 연연하는 나,
못났어….

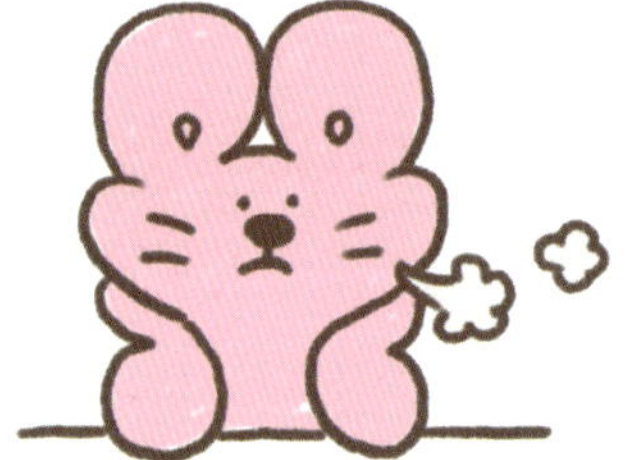

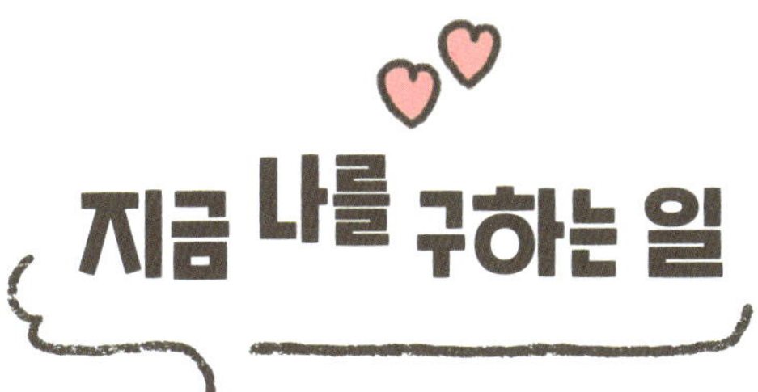

지금 나를 구하는 일

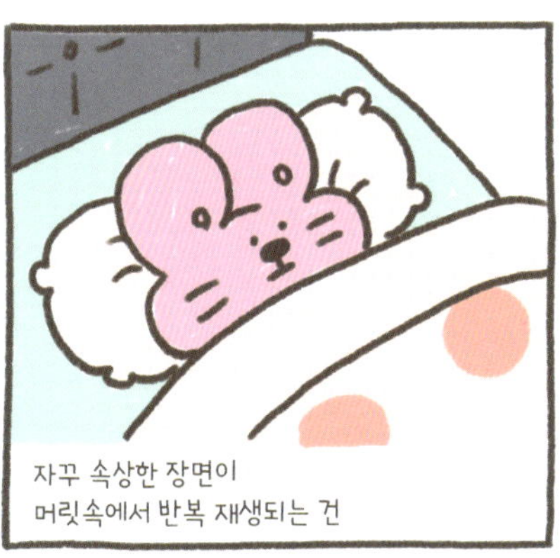

자꾸 속상한 장면이
머릿속에서 반복 재생되는 건

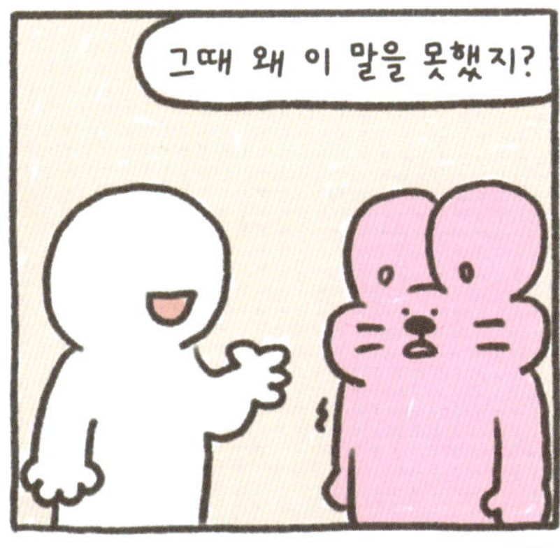

그때 왜 이 말을 못했지?

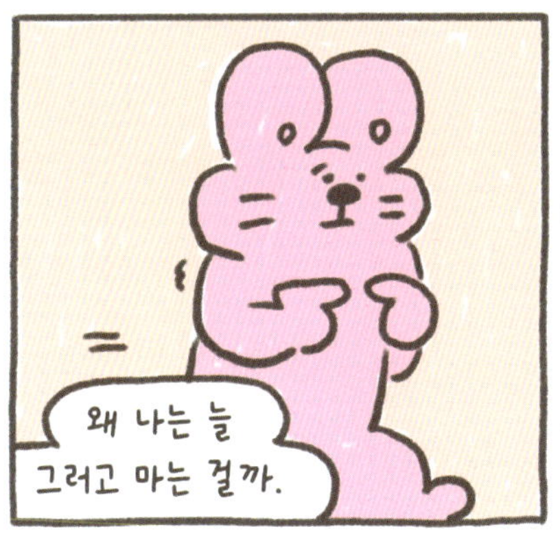

왜 나는 늘
그러고 마는 걸까.

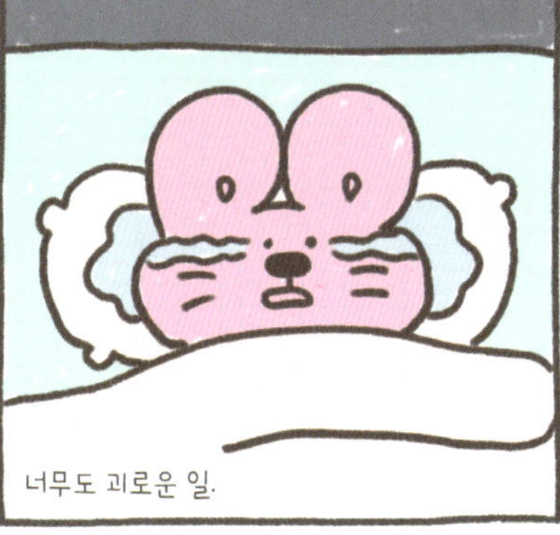

너무도 괴로운 일.

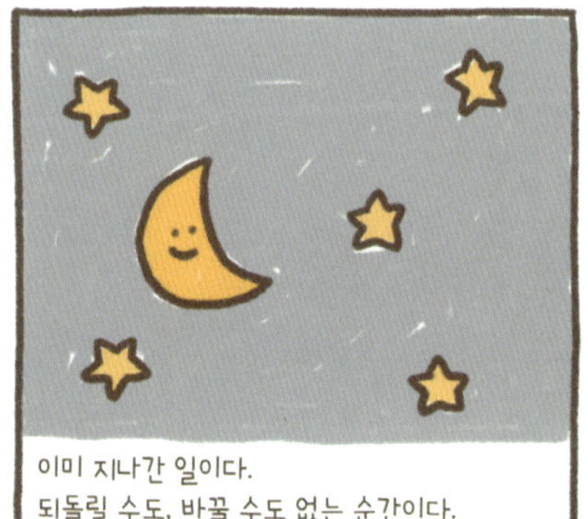
이미 지나간 일이다.
되돌릴 수도, 바꿀 수도 없는 순간이다.

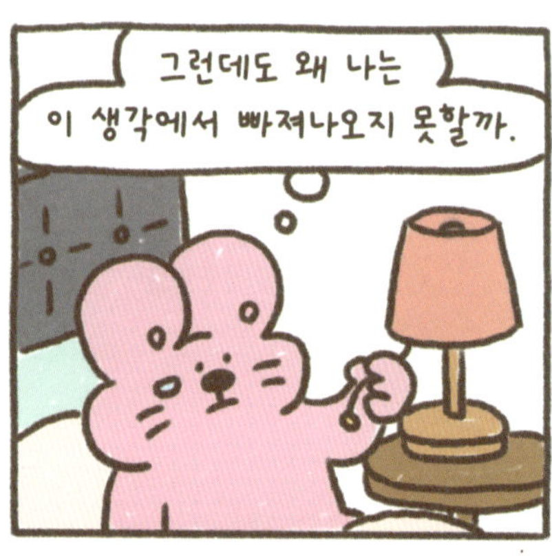

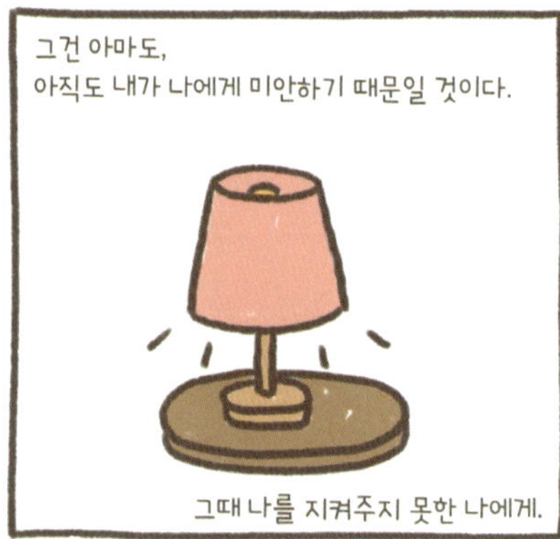
그건 아마도,
아직도 내가 나에게 미안하기 때문일 것이다.

그때 나를 지켜주지 못한 나에게.

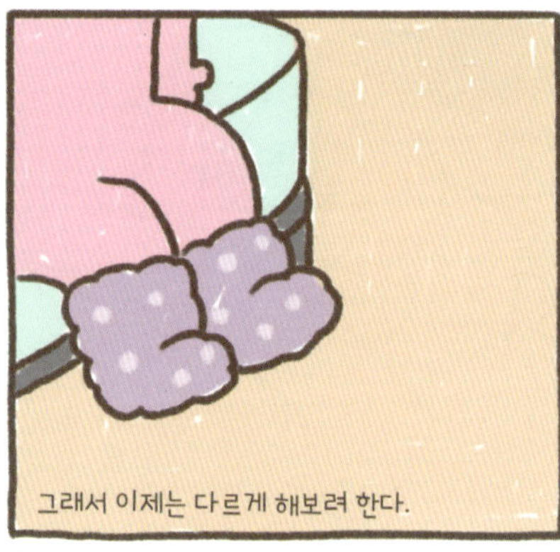
그래서 이제는 다르게 해보려 한다.

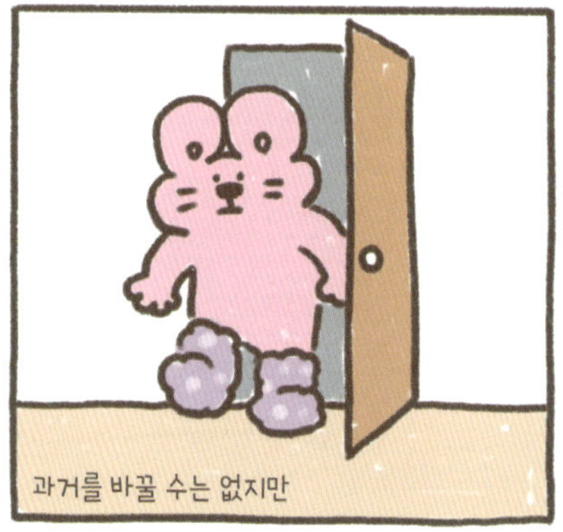
과거를 바꿀 수는 없지만

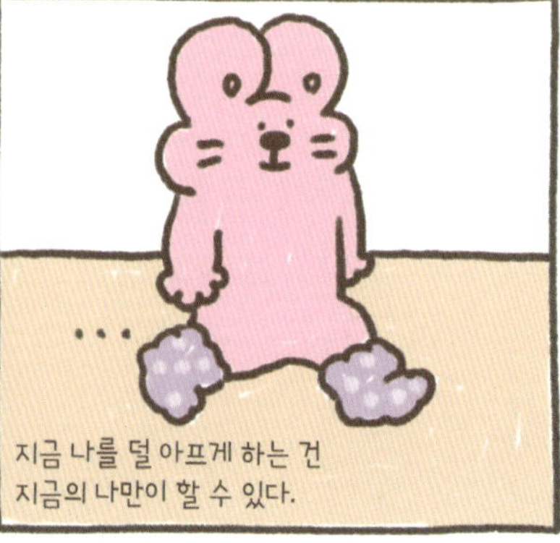
지금 나를 덜 아프게 하는 건
지금의 나만이 할 수 있다.

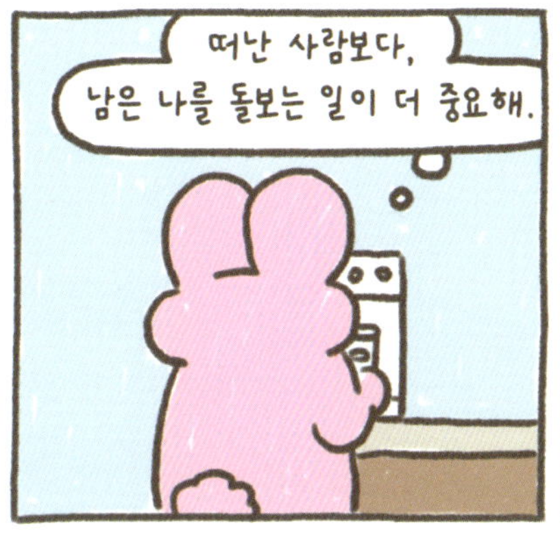

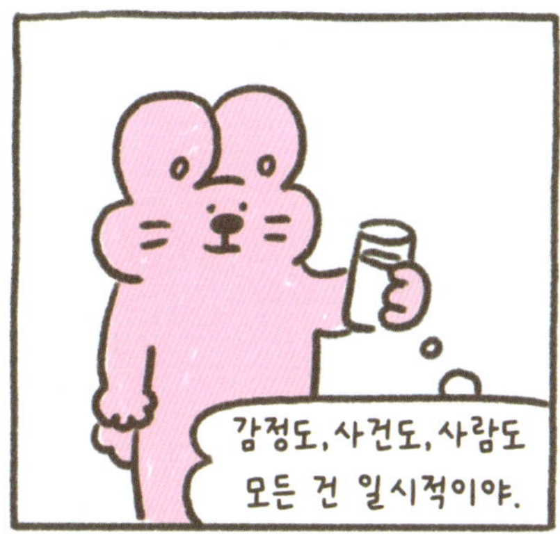

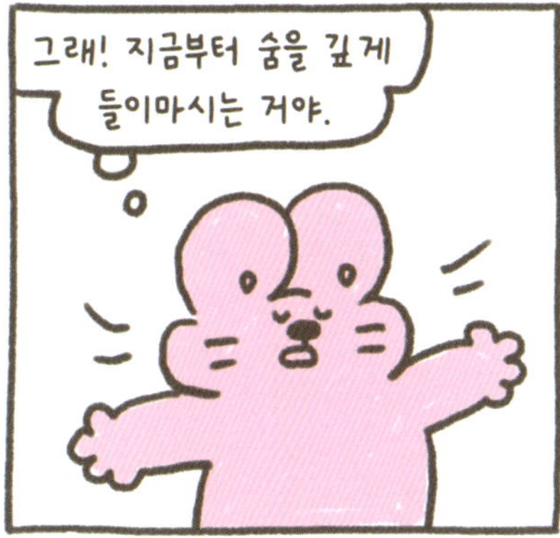

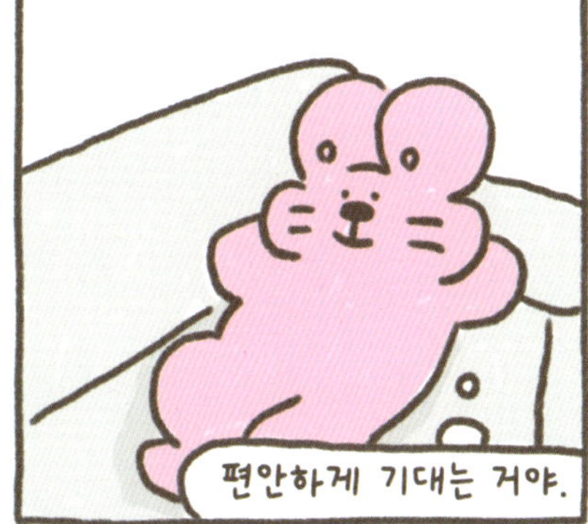

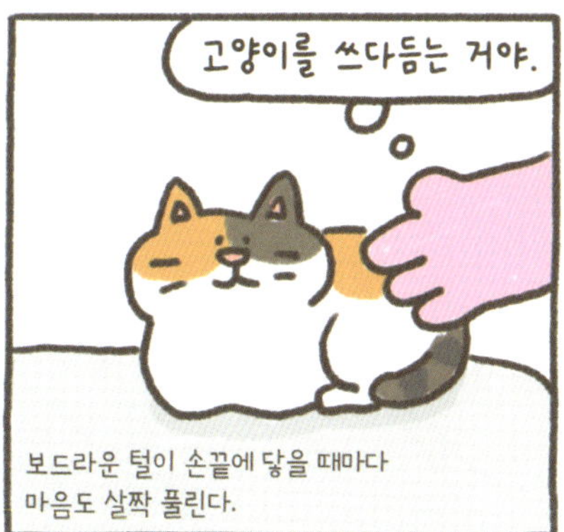

보드라운 털이 손끝에 닿을 때마다
마음도 살짝 풀린다.

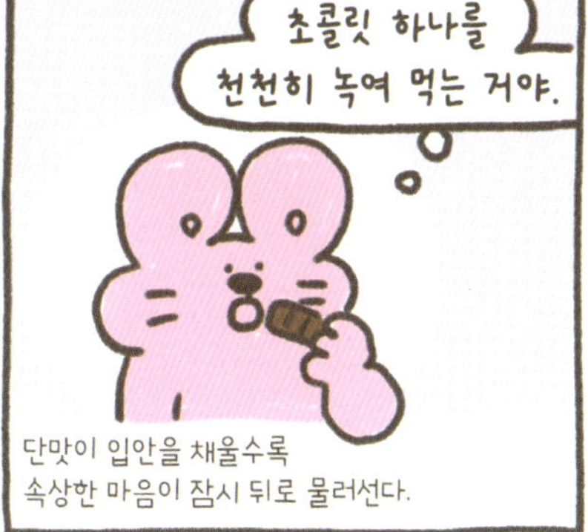

단맛이 입안을 채울수록
속상한 마음이 잠시 뒤로 물러선다.

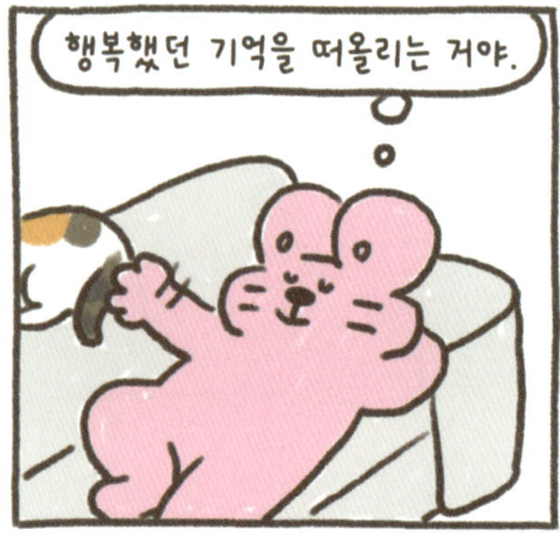

행복했던 기억을 떠올리는 거야.

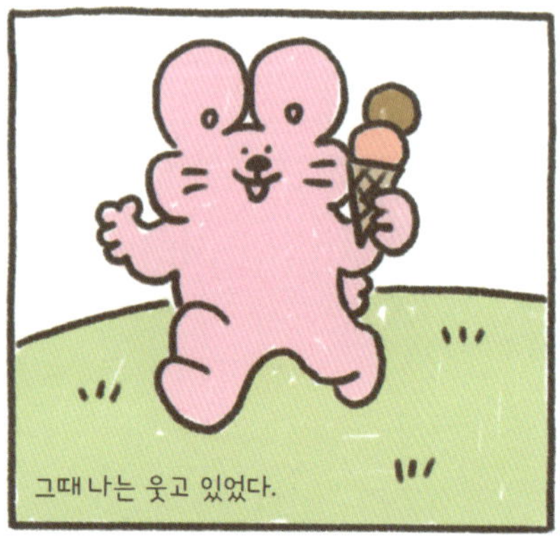

그때 나는 웃고 있었다.

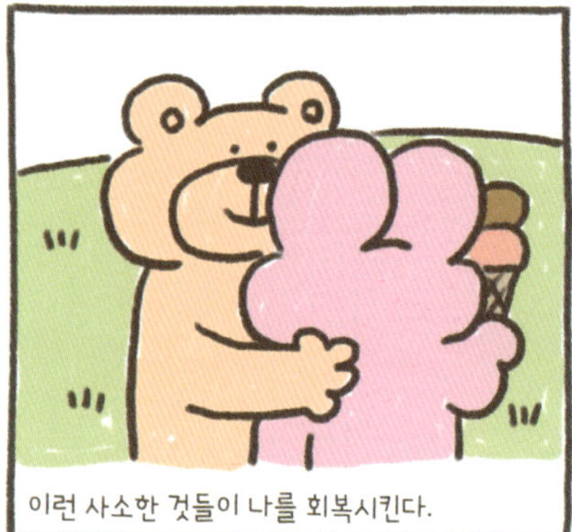

이런 사소한 것들이 나를 회복시킨다.

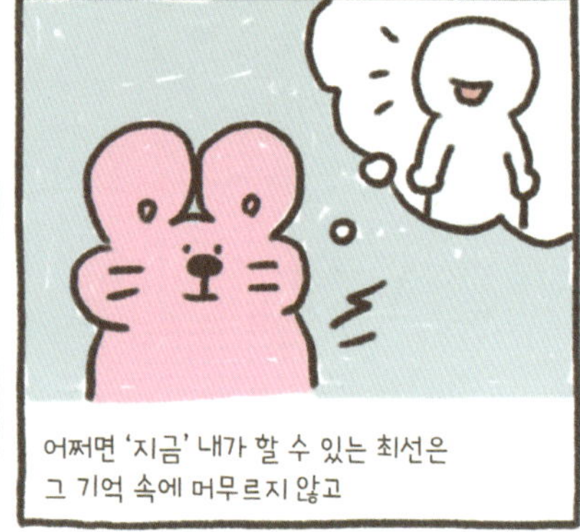

어쩌면 '지금' 내가 할 수 있는 최선은
그 기억 속에 머무르지 않고

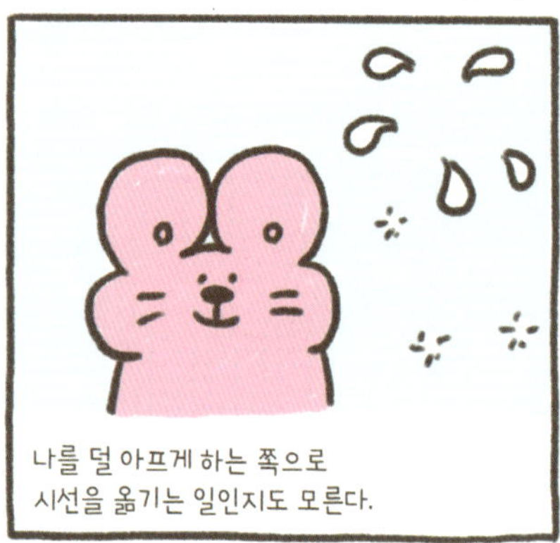

나를 덜 아프게 하는 쪽으로
시선을 옮기는 일인지도 모른다.

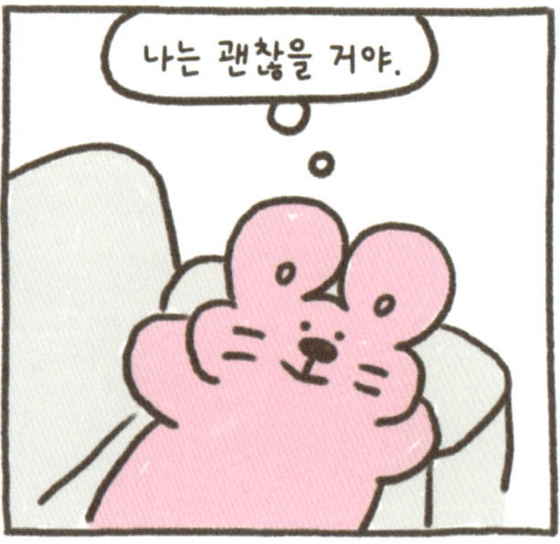

나는 괜찮을 거야.

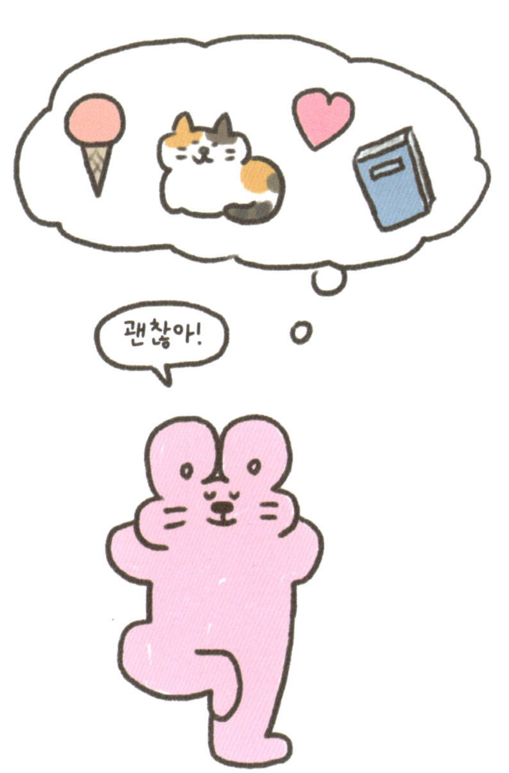

괜찮아!

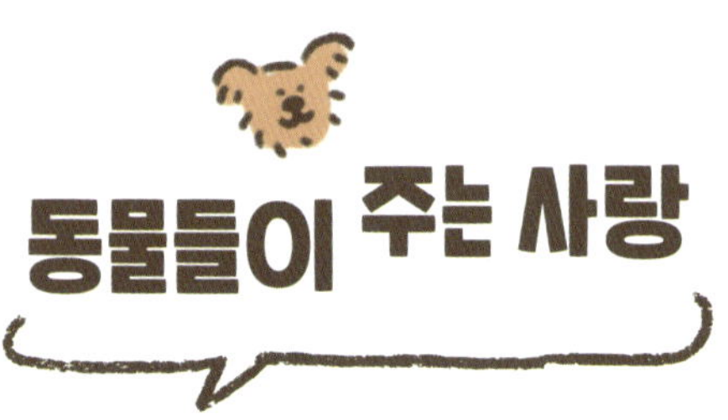

동물들이 주는 사랑

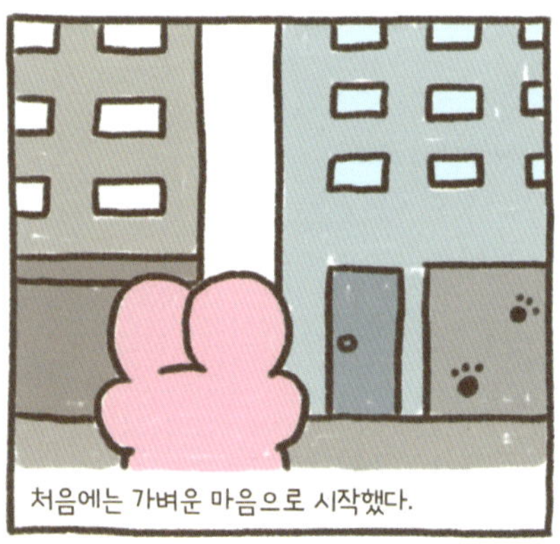

처음에는 가벼운 마음으로 시작했다.

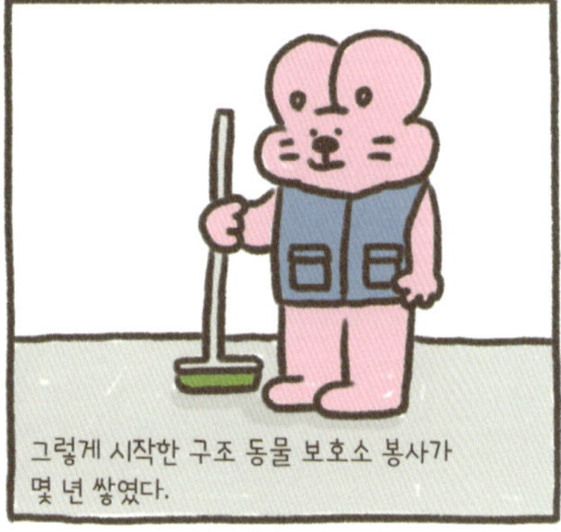

그렇게 시작한 구조 동물 보호소 봉사가
몇 년 쌓였다.

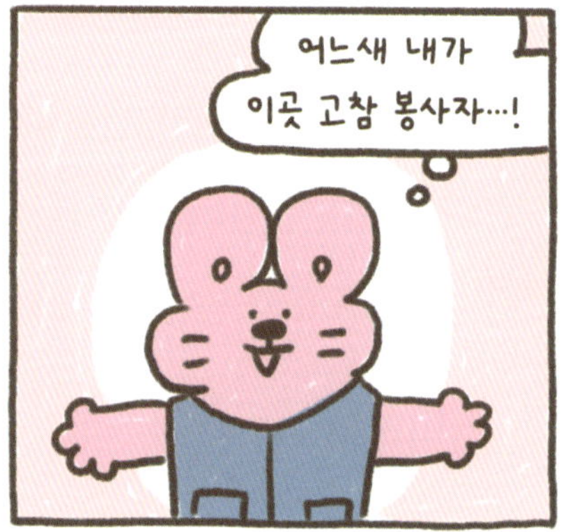

어느새 내가
이곳 고참 봉사자…!

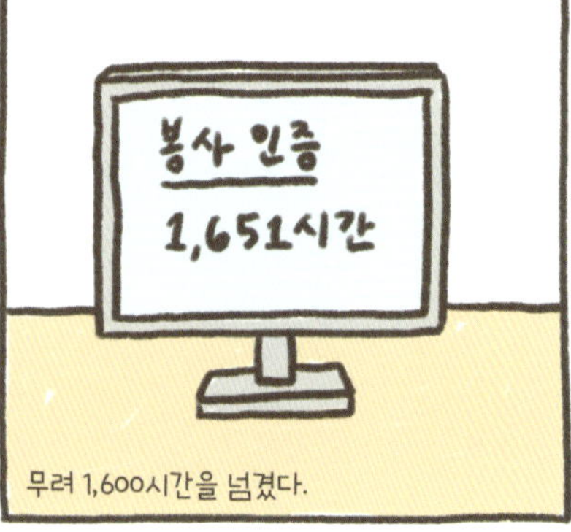

봉사 인증
1,651시간
무려 1,600시간을 넘겼다.

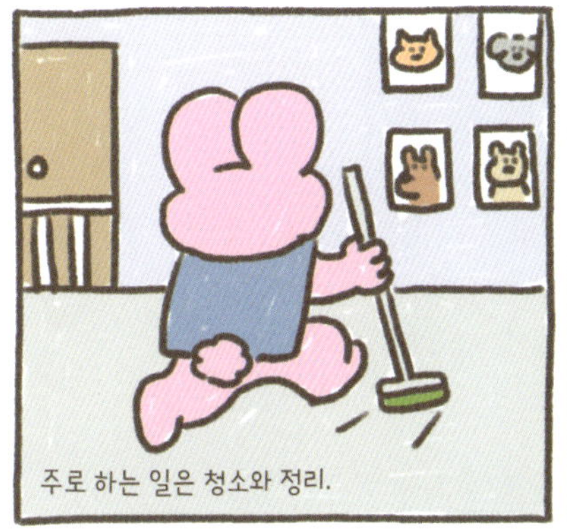

주로 하는 일은 청소와 정리.

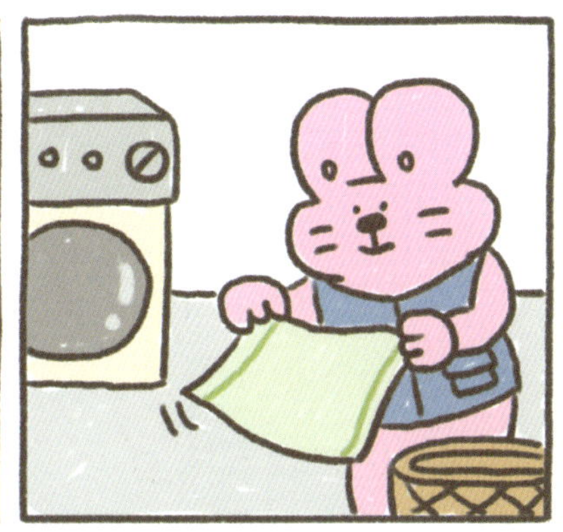

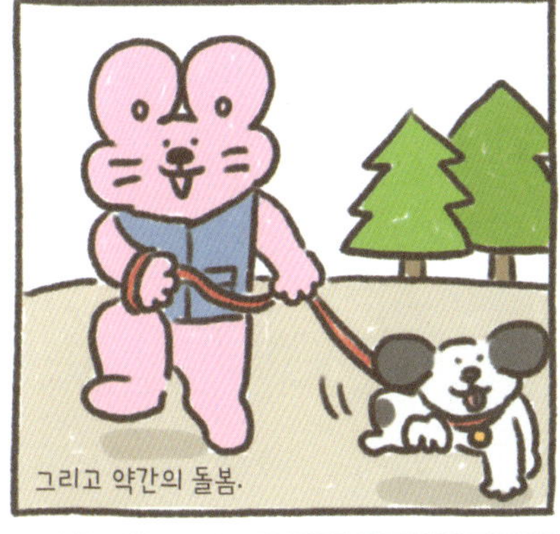

그리고 약간의 돌봄.

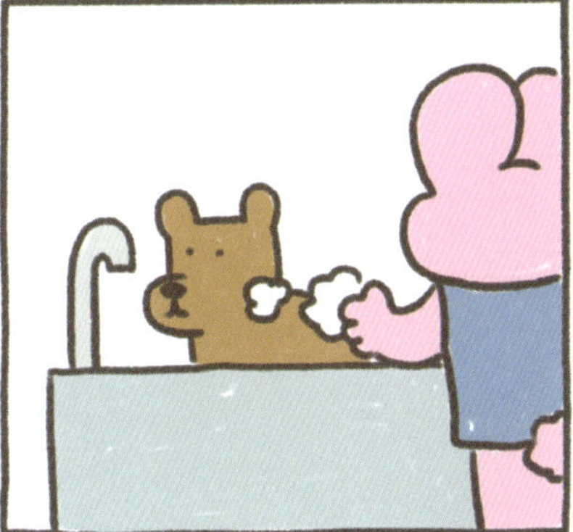

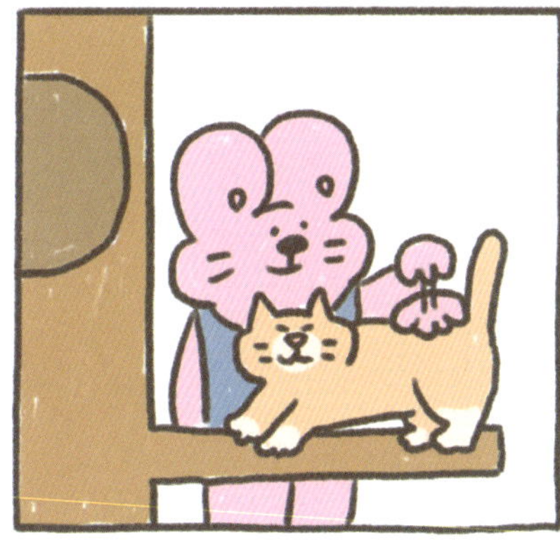

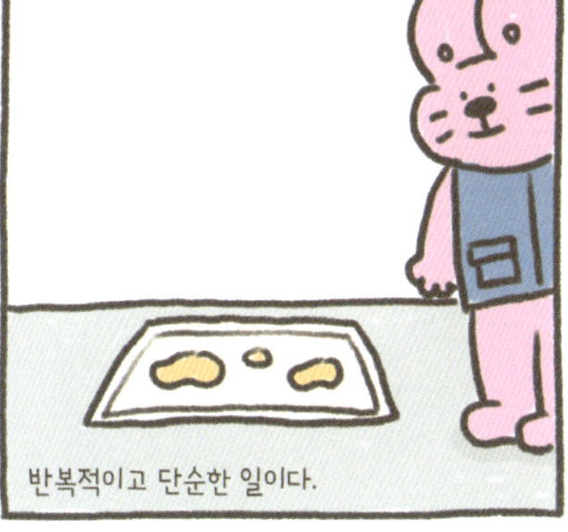

반복적이고 단순한 일이다.

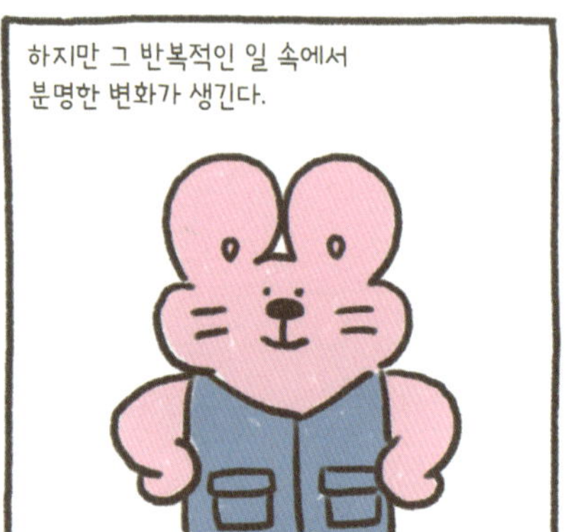

하지만 그 반복적인 일 속에서
분명한 변화가 생긴다.

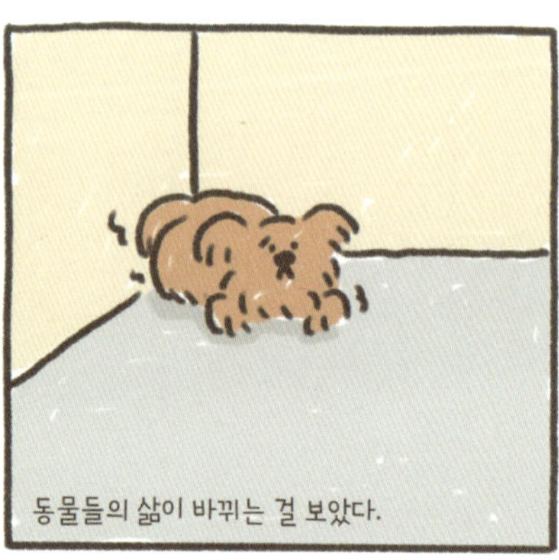

동물들의 삶이 바뀌는 걸 보았다.

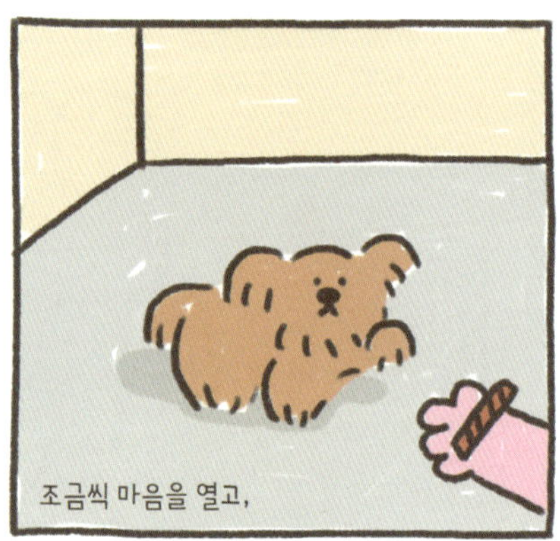

조금씩 마음을 열고,

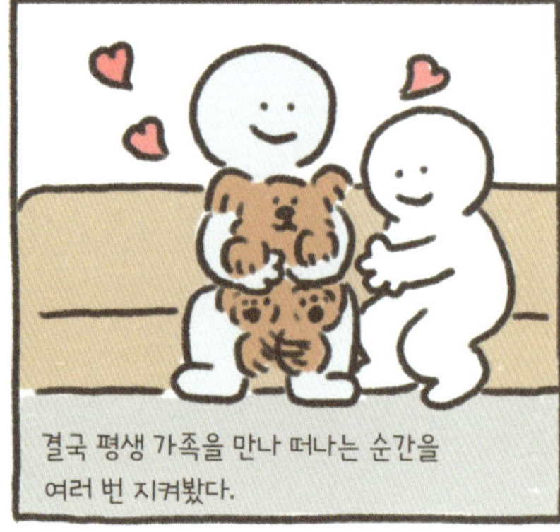

결국 평생 가족을 만나 떠나는 순간을
여러 번 지켜봤다.

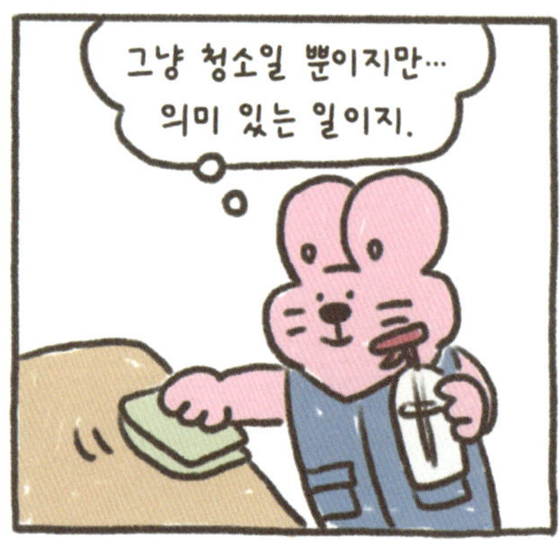

그냥 청소일 뿐이지만…
의미 있는 일이지.

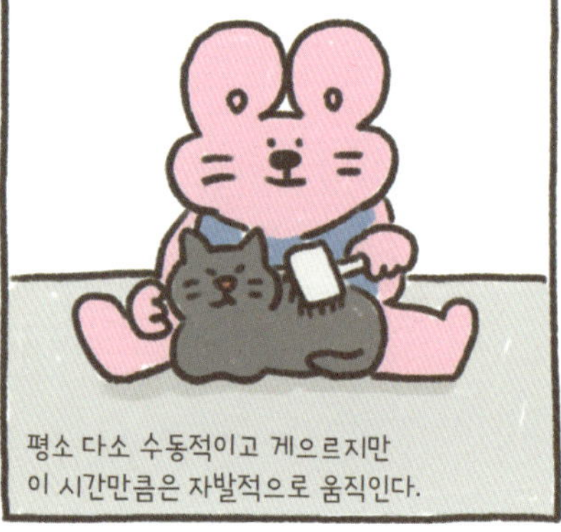

평소 다소 수동적이고 게으르지만
이 시간만큼은 자발적으로 움직인다.

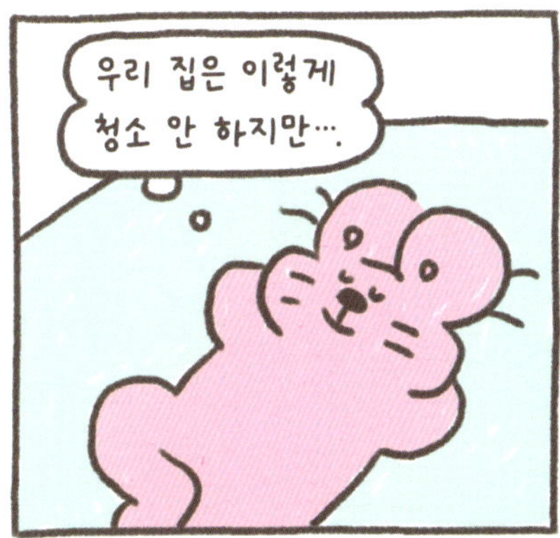

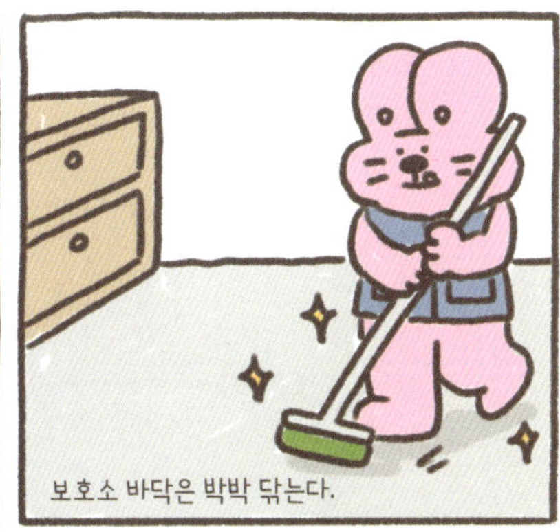
보호소 바닥은 박박 닦는다.

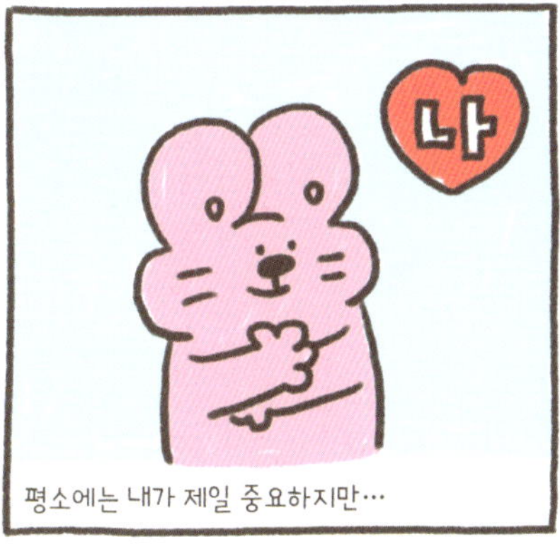

평소에는 내가 제일 중요하지만…

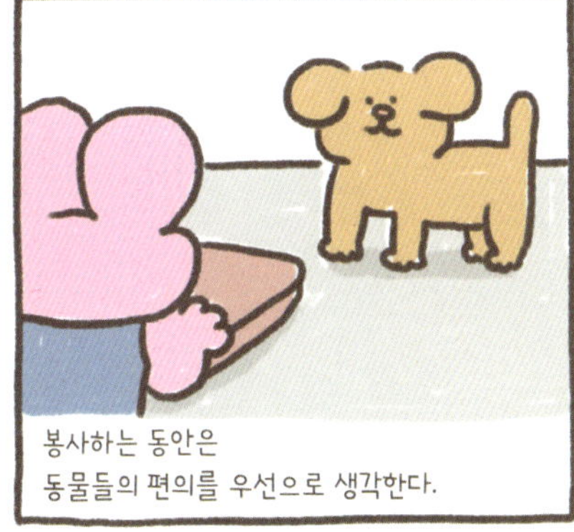
봉사하는 동안은 동물들의 편의를 우선으로 생각한다.

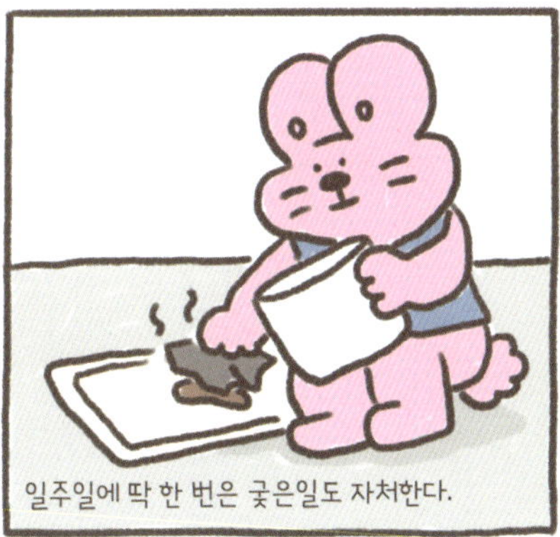
일주일에 딱 한 번은 궂은일도 자처한다.

일주일에 딱 한 번이지만.

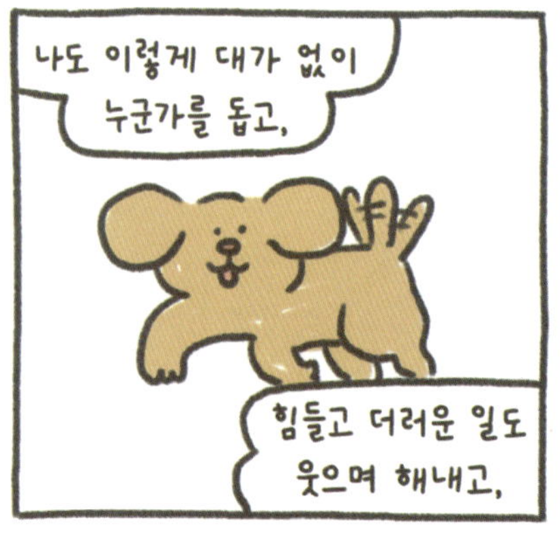

나도 이렇게 대가 없이 누군가를 돕고,
힘들고 더러운 일도 웃으며 해내고,

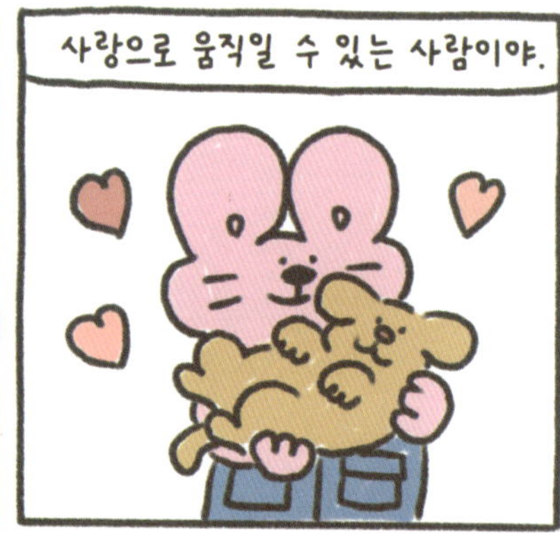

사랑으로 움직일 수 있는 사람이야.

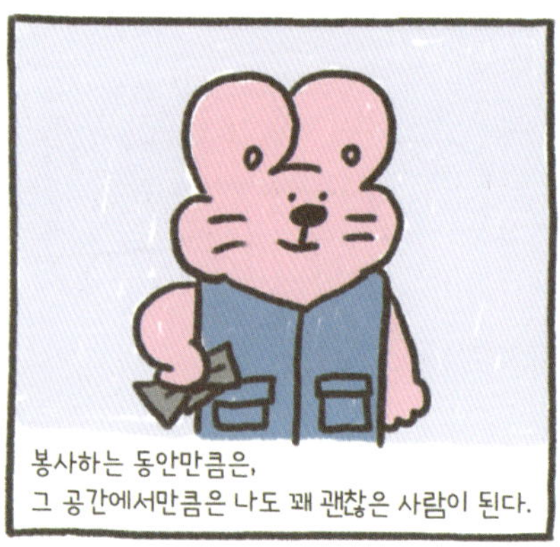

봉사하는 동안만큼은,
그 공간에서만큼은 나도 꽤 괜찮은 사람이 된다.

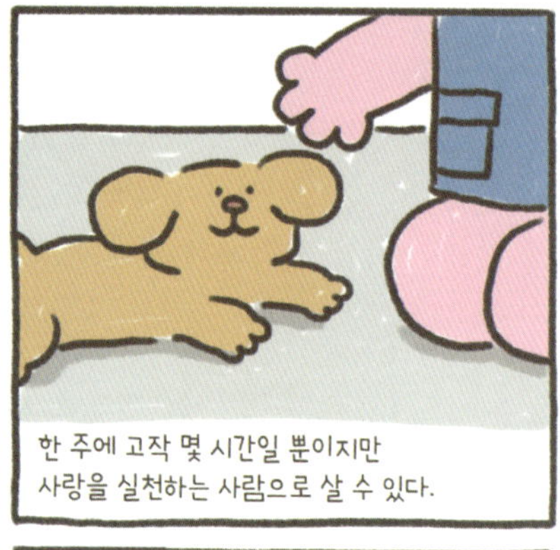

한 주에 고작 몇 시간일 뿐이지만
사랑을 실천하는 사람으로 살 수 있다.

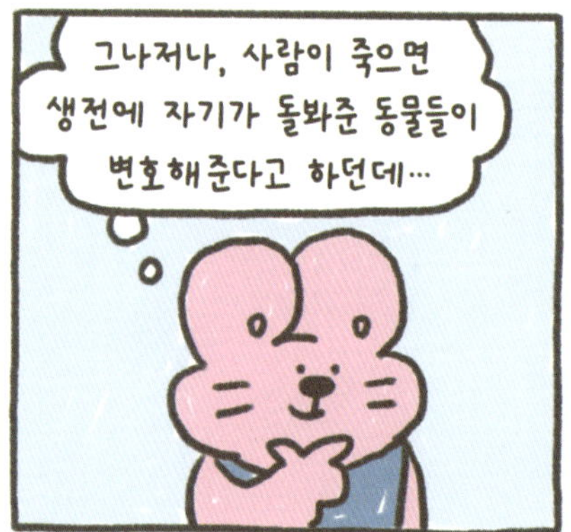

그나저나, 사람이 죽으면 생전에 자기가 돌봐준 동물들이 변호해준다고 하던데…

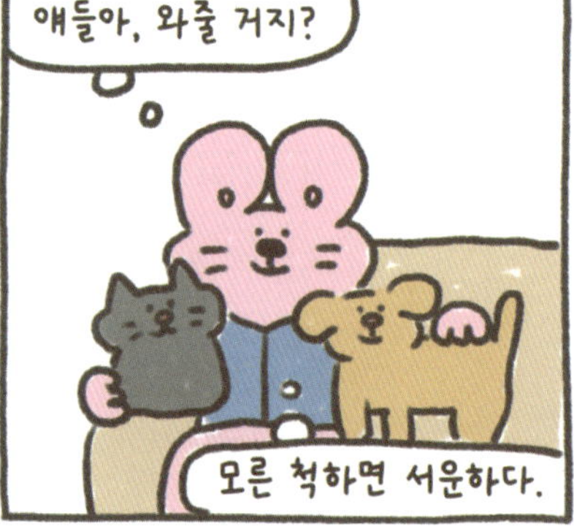

애들아, 와줄 거지?
모른 척하면 서운하다.

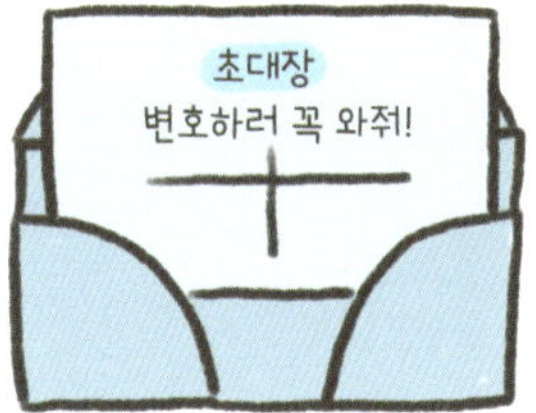
초대장
변호하러 꼭 와줘!

나를 지키는 건강한 관계 설계

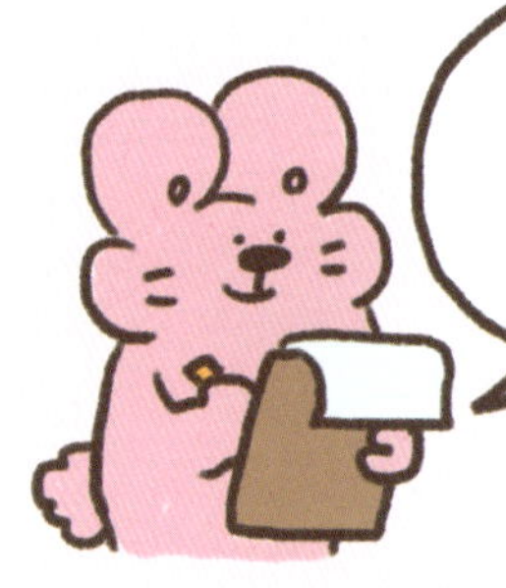

☑ 혼자 있는 시간을 잘 보냈나요?

- 혼자 있는 시간을 떠올리면 어떤 마음이 드나요?
- 나와 나의 관계를, 가장 중요한 관계로 여기고 돌보고 있나요?

☑ 나만의 '관계 리듬'을 존중했나요?

- 지금 나에게 맞는 관계의 속도와 빈도를 유지했나요?
- 억지 친밀함 대신, 편안한 거리감 속의 따뜻함을 선택했나요?

☑ 관계에서 나를 지키는 연습을 해보았나요?

- 불편한 상황에서 웃음으로 넘기지 않고, 적절한 신호를 표현했나요?
- '예의'와 '나다움' 사이에서, 나를 지키는 방식을 고민해보았나요?

☑ 중심을 '나'에게 두었나요?

- 미움이나 비교 때문에 힘들었던 적이 있나요?
- 감정적으로 휘둘리기보다, 진짜 나에게 이로운 방향을 선택하고 있나요?

☑ 나를 위로하는 작은 실천을 했나요?

- 속상할 때 스스로를 다독이는 나만의 방법이 있나요?
- 나를 아프게 하는 기억을 되풀이하기보다는 지금의 나를
  편안하게 하는 선택을 할 수 있나요?

☑ 관계 속에서 사랑을 실천했나요?

- 누군가를 위해 대가 없이 움직인 시간이 있었나요?
- 작은 행동이라도, 내가 괜찮은 사람처럼 느껴졌던
  순간이 있었나요?

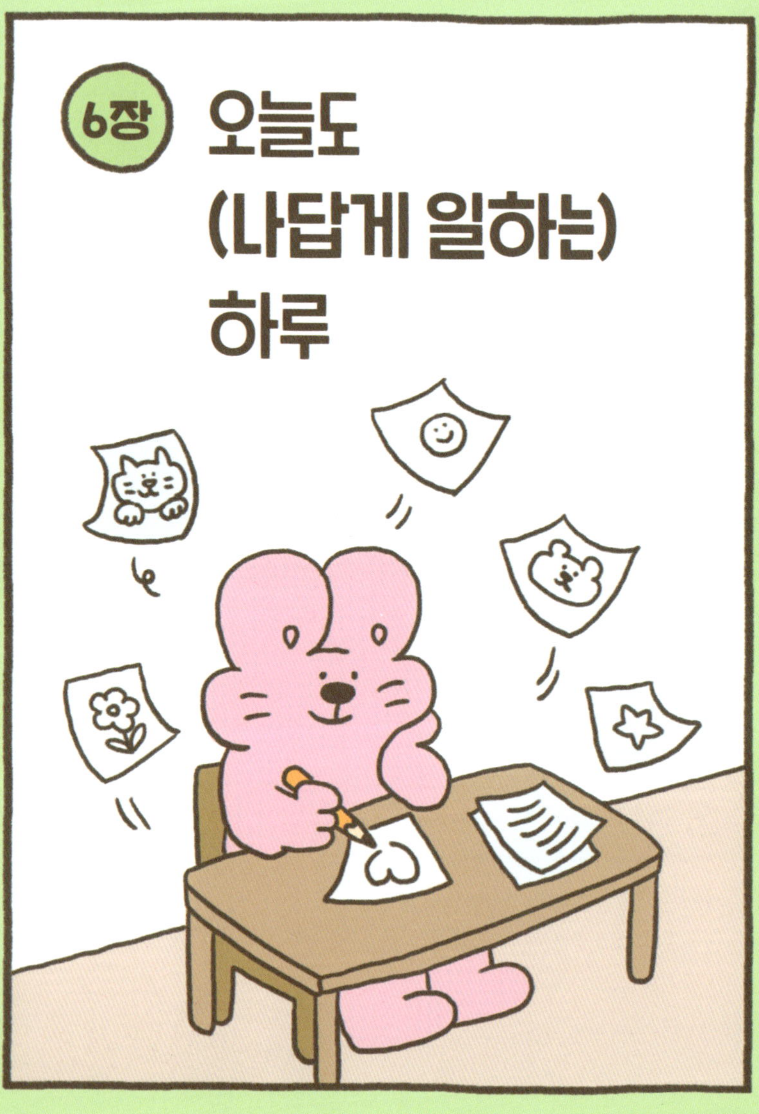
6장
오늘도
(나답게 일하는)
하루

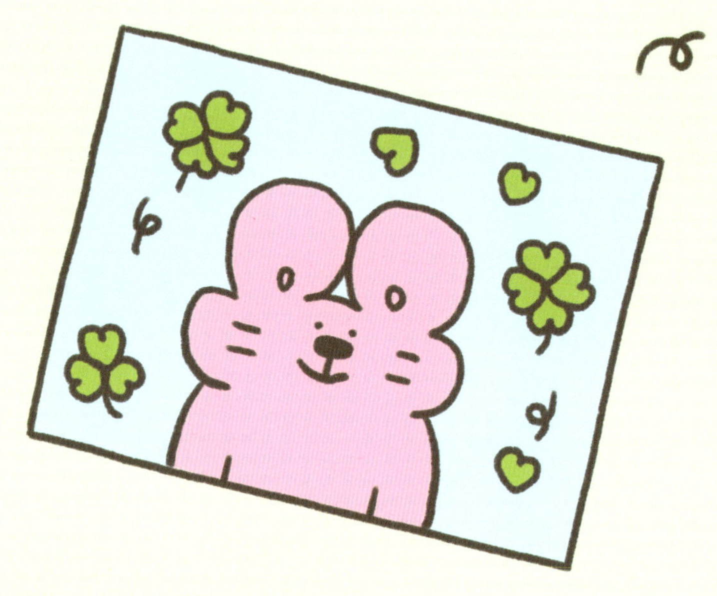

야심과 확신이 줄어도

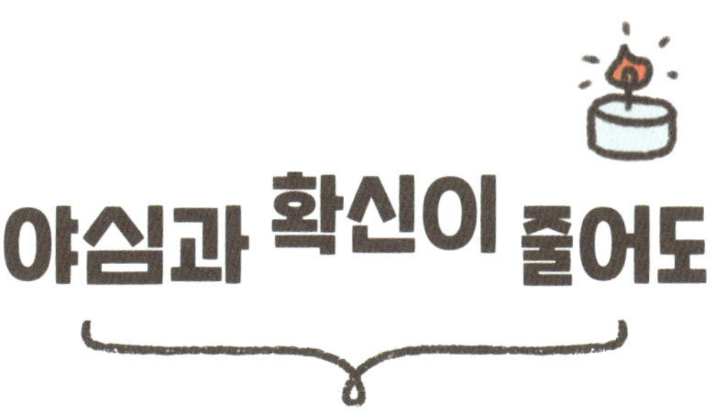

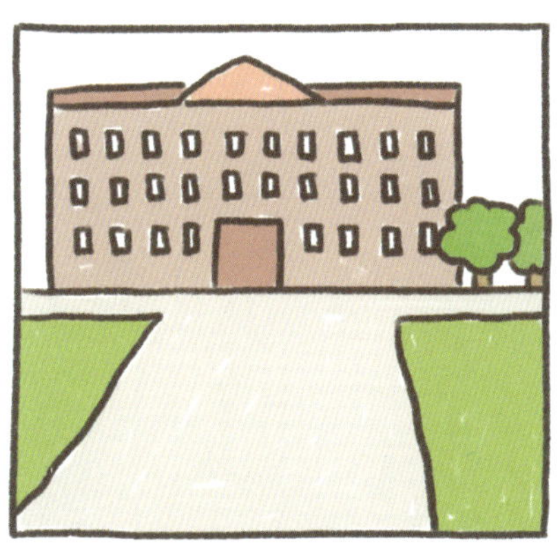

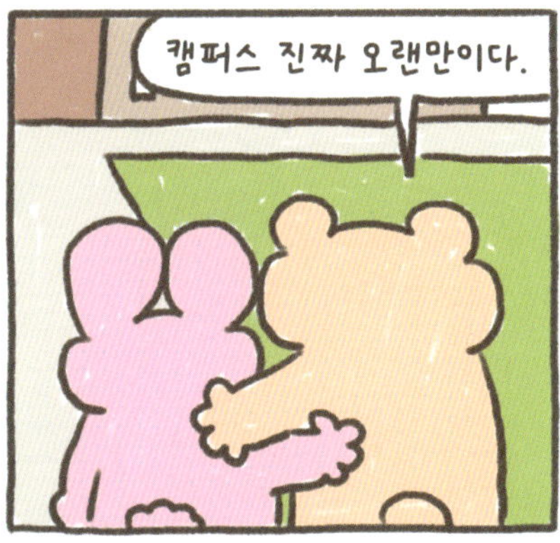

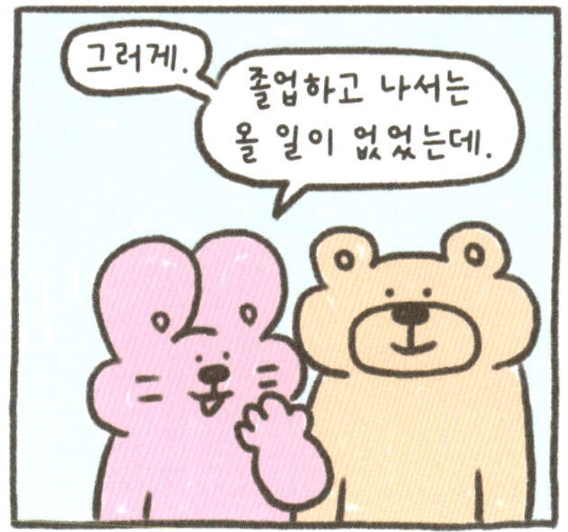

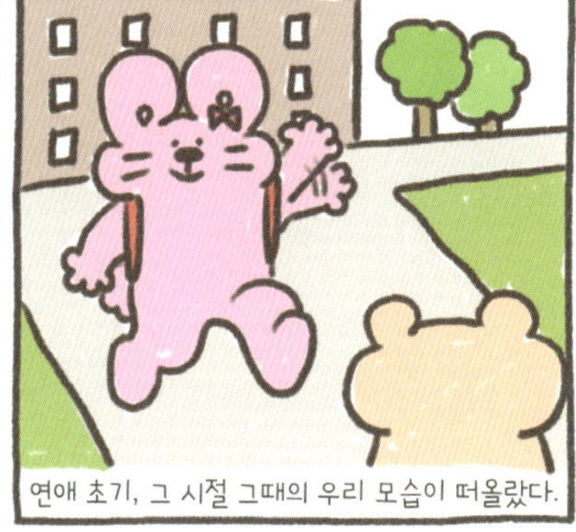

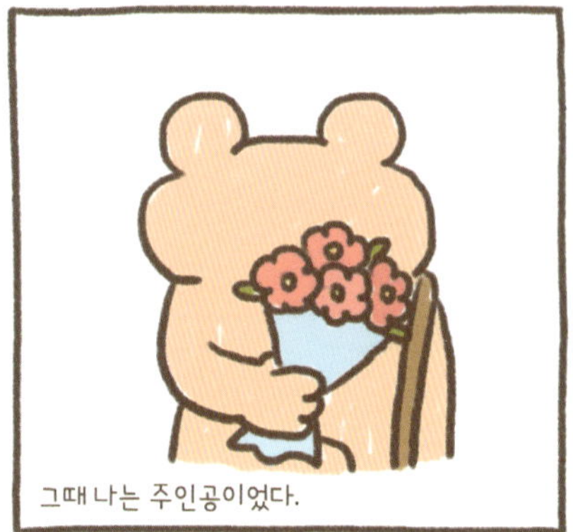
그때 나는 주인공이었다.

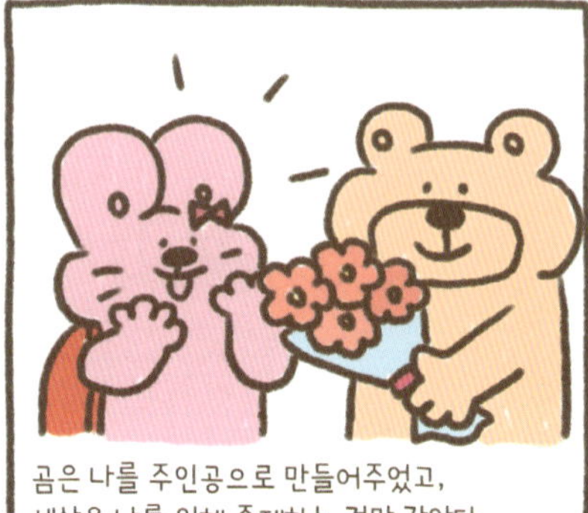
곰은 나를 주인공으로 만들어주었고,
세상은 나를 위해 존재하는 것만 같았다.

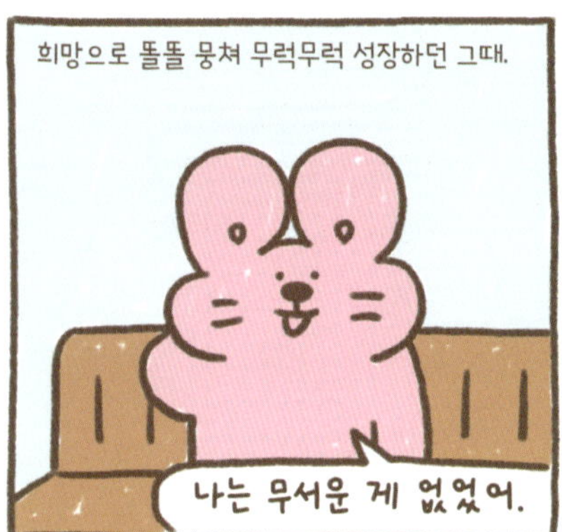
희망으로 똘똘 뭉쳐 무럭무럭 성장하던 그때.
나는 무서운 게 없었어.

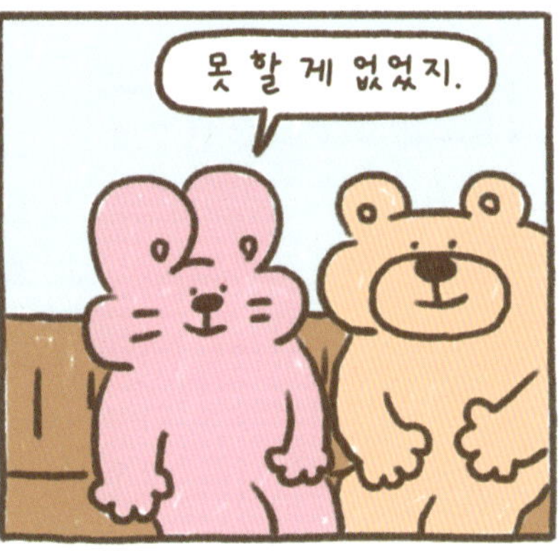
못 할 게 없었지.

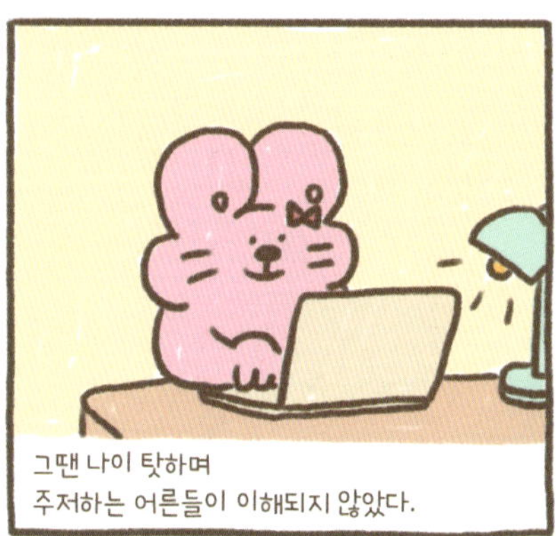
그땐 나이 탓하며
주저하는 어른들이 이해되지 않았다.

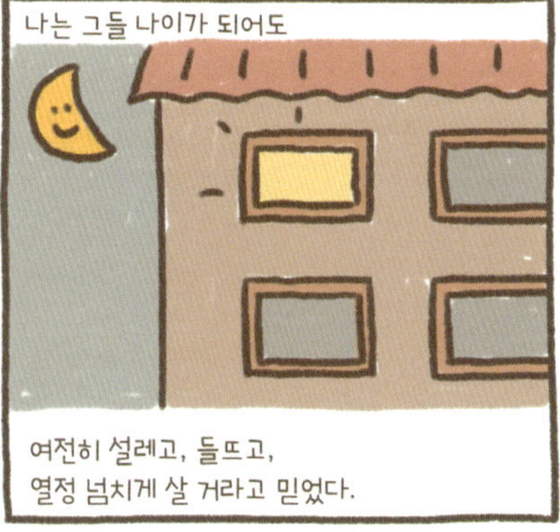
나는 그들 나이가 되어도
여전히 설레고, 들뜨고,
열정 넘치게 살 거라고 믿었다.

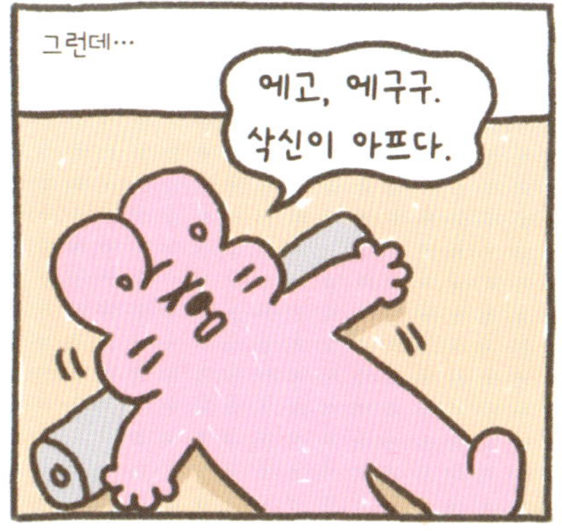

그런데…
에고, 에구구.
삭신이 아프다.

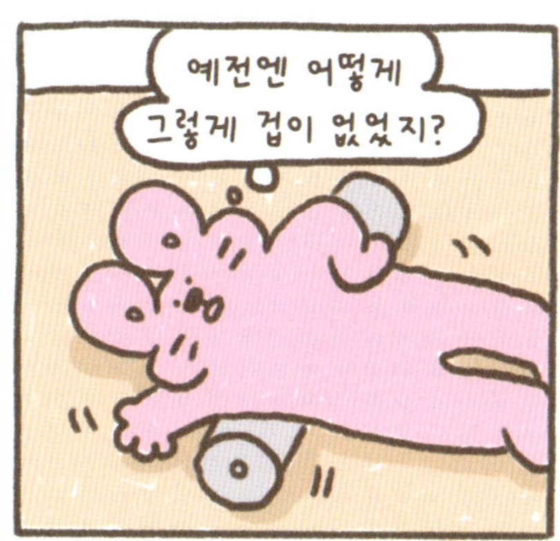

예전엔 어떻게
그렇게 겁이 없었지?

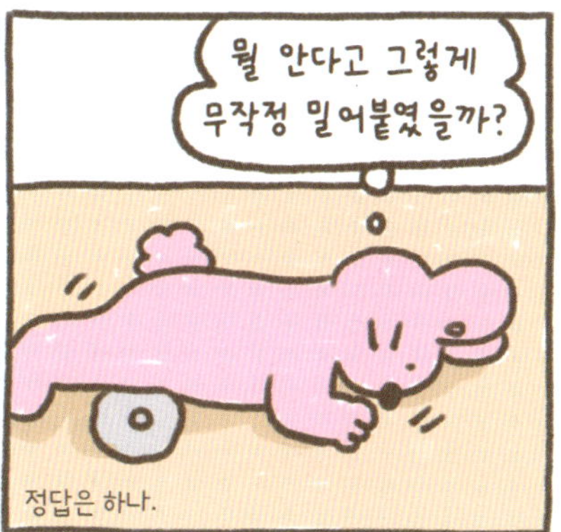

뭘 안다고 그렇게
무작정 밀어붙였을까?
정답은 하나.

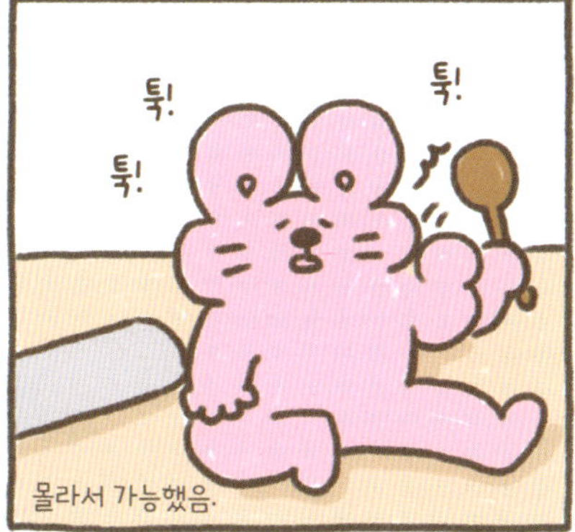

툭!
툭!
툭!
몰라서 가능했음.

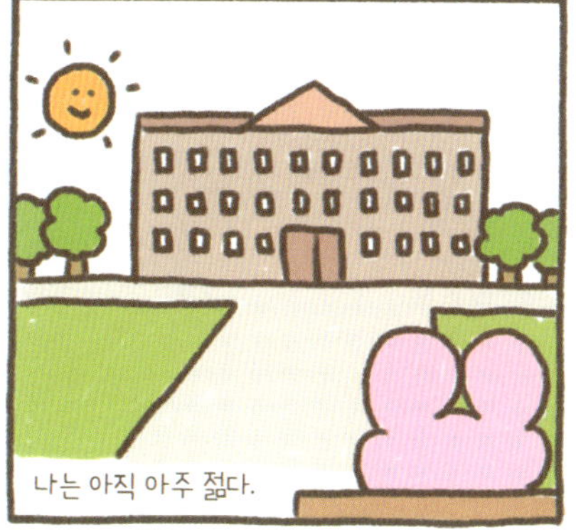

나는 아직 아주 젊다.

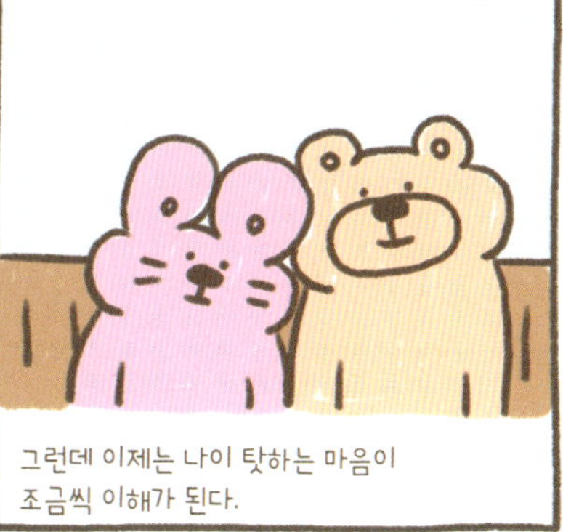

그런데 이제는 나이 탓하는 마음이
조금씩 이해가 된다.

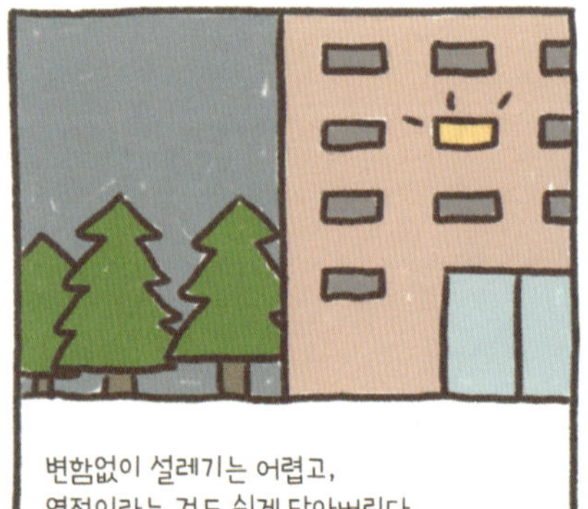

변함없이 설레기는 어렵고,
열정이라는 것도 쉽게 닳아버린다.

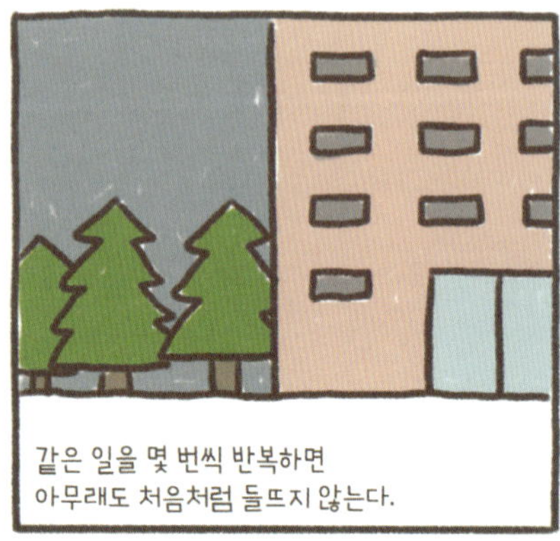

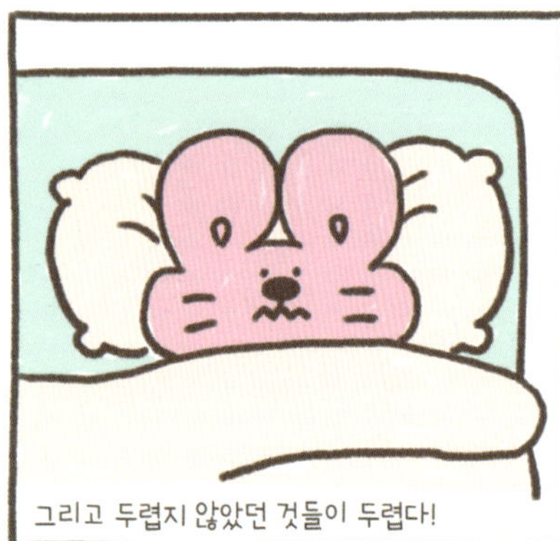

그리고 두렵지 않았던 것들이 두렵다!

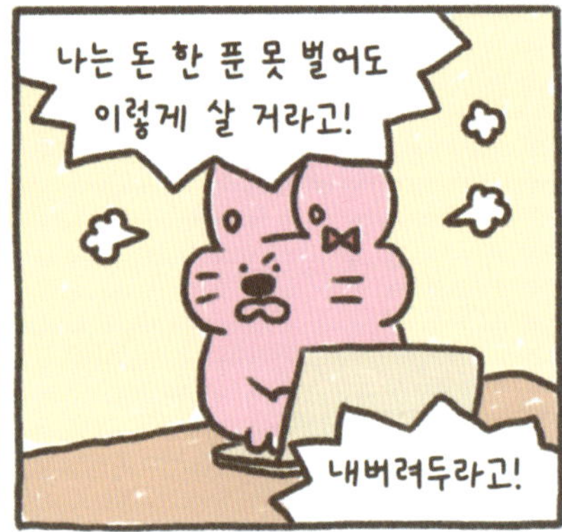

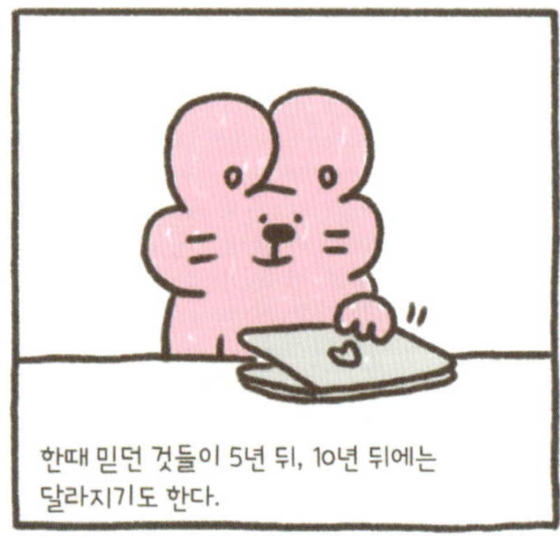

한때 믿던 것들이 5년 뒤, 10년 뒤에는
달라지기도 한다.

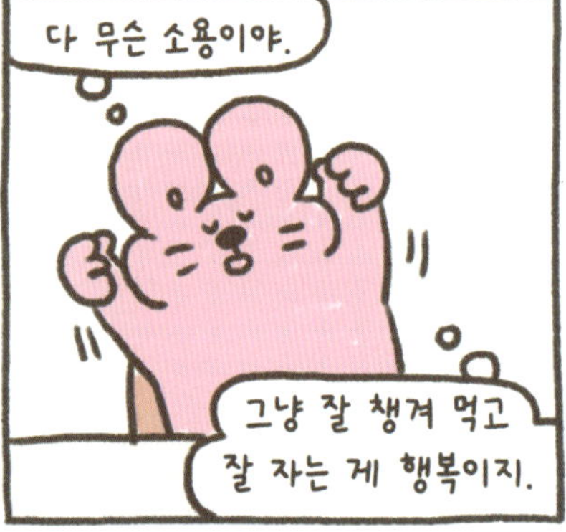

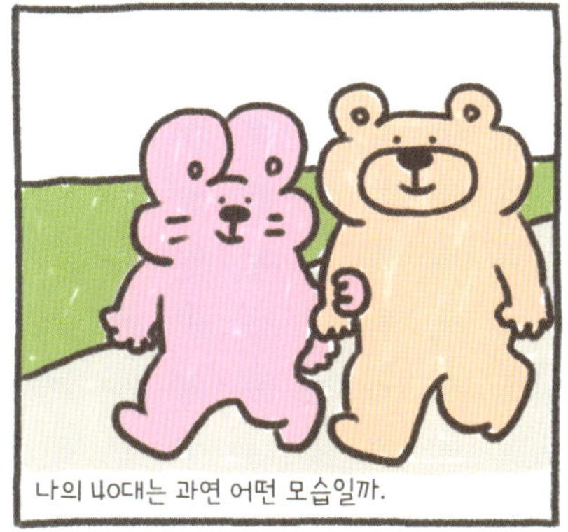

나의 40대는 과연 어떤 모습일까.

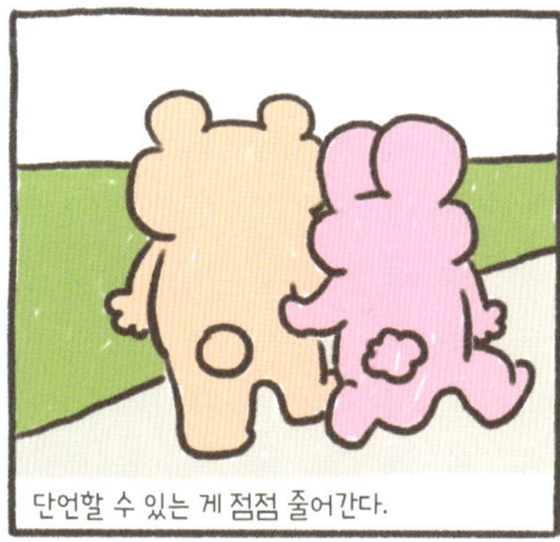

단언할 수 있는 게 점점 줄어간다.

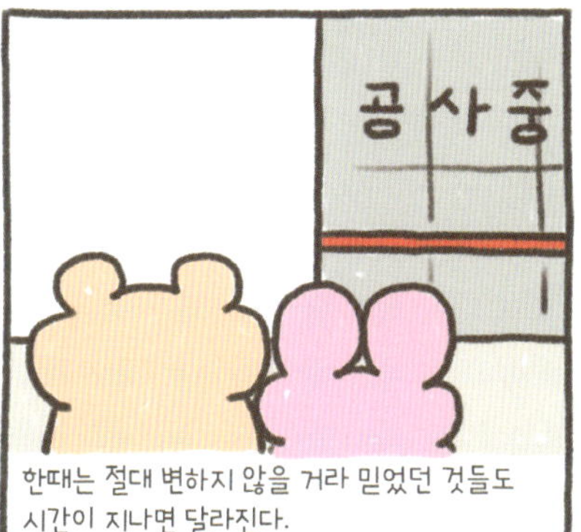

공사중
한때는 절대 변하지 않을 거라 믿었던 것들도 시간이 지나면 달라진다.

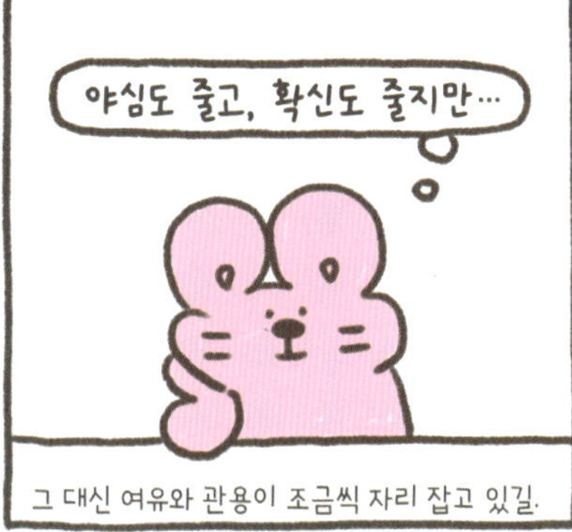

야심도 줄고, 확신도 줄지만…
그 대신 여유와 관용이 조금씩 자리 잡고 있길.

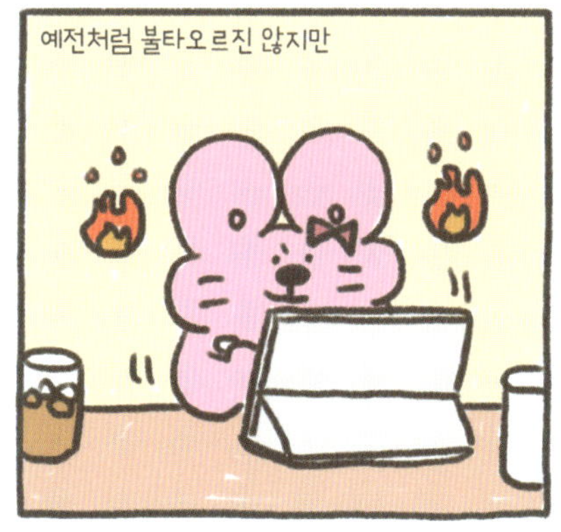

예전처럼 불타오르진 않지만

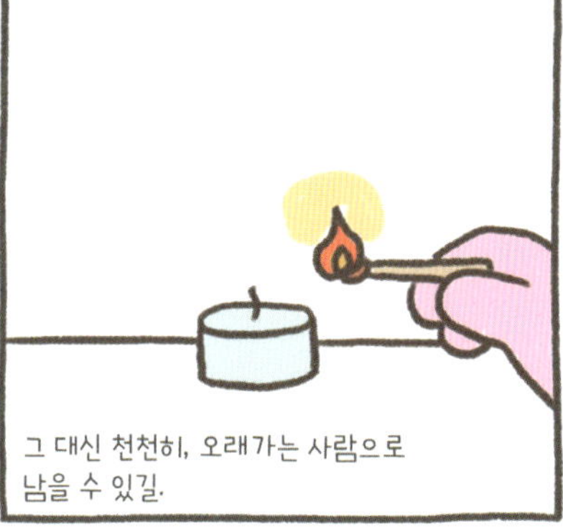

그 대신 천천히, 오래가는 사람으로 남을 수 있길.

내가 어떻게 변할지
나도 정말 모르겠지만!

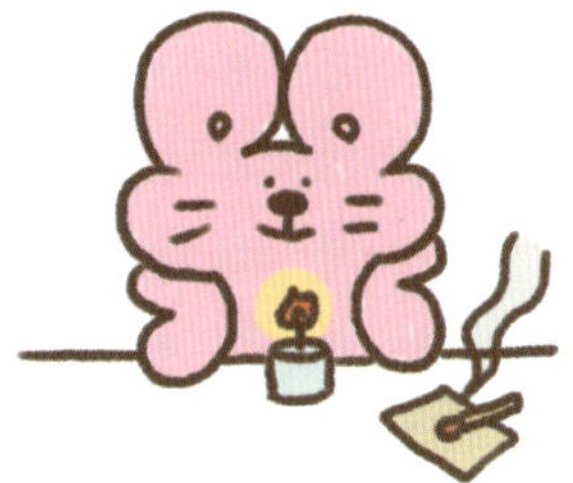

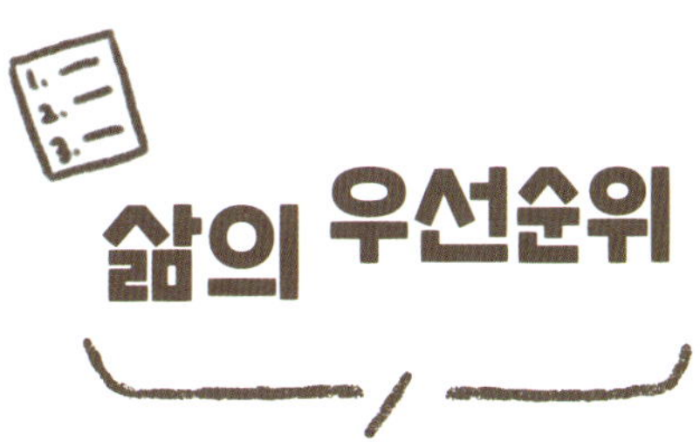

삶의 우선순위

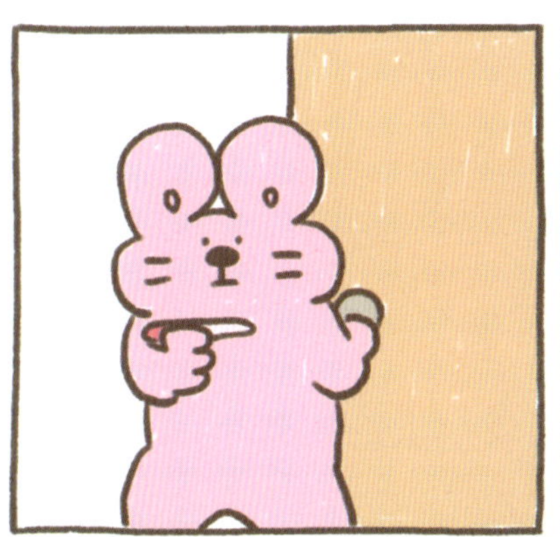

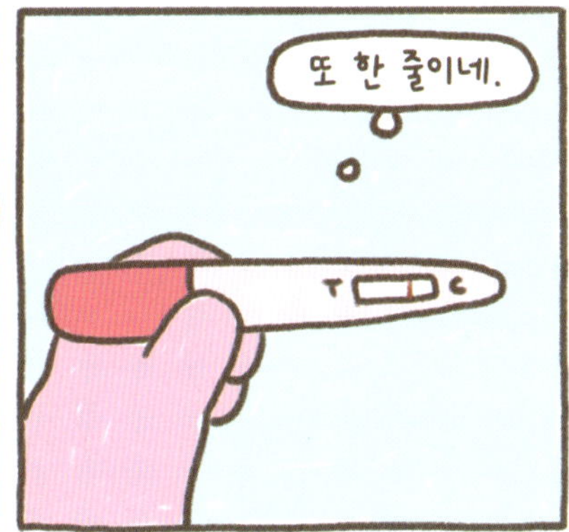

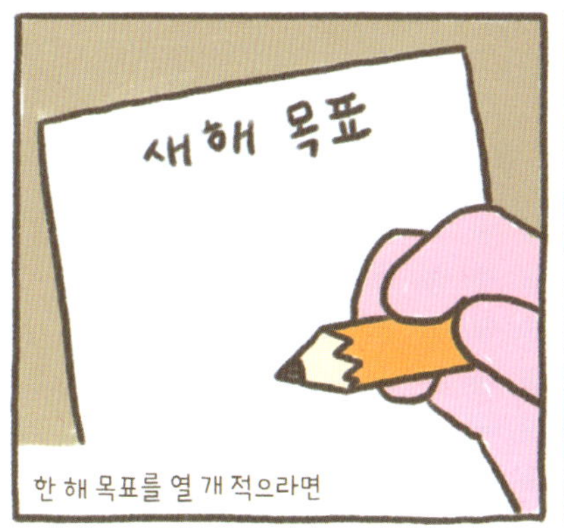

한 해 목표를 열 개 적으라면

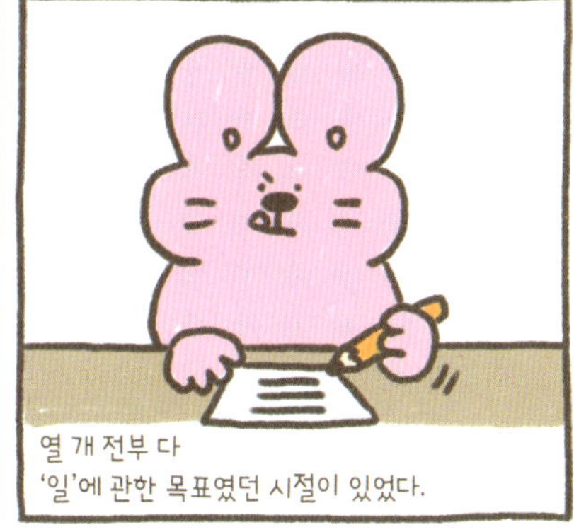
열 개 전부 다
'일'에 관한 목표였던 시절이 있었다.

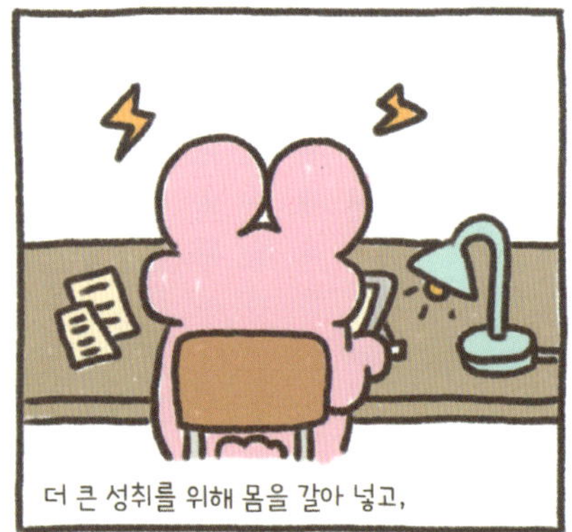
더 큰 성취를 위해 몸을 갈아 넣고,

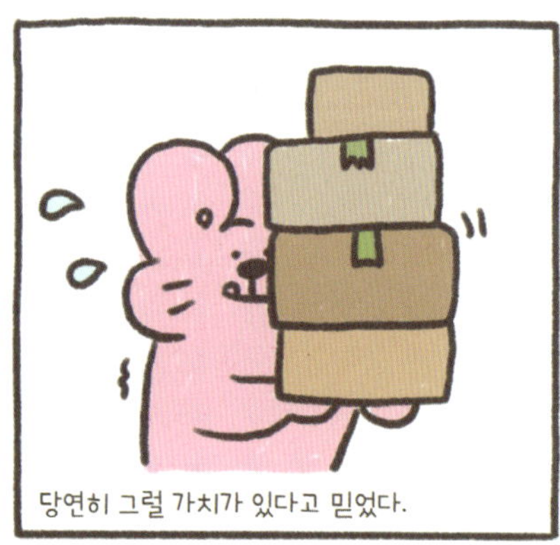
당연히 그럴 가치가 있다고 믿었다.

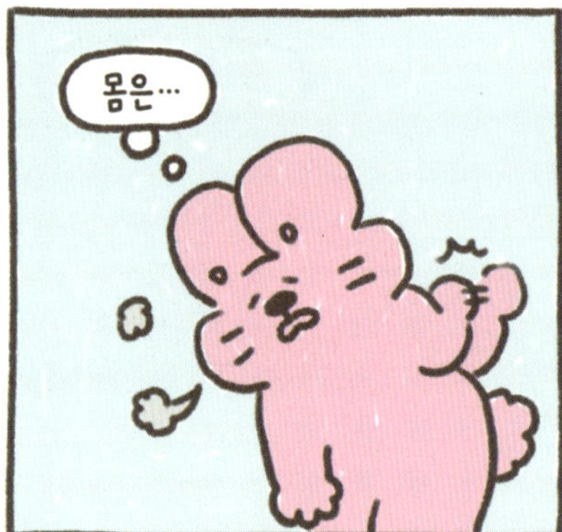

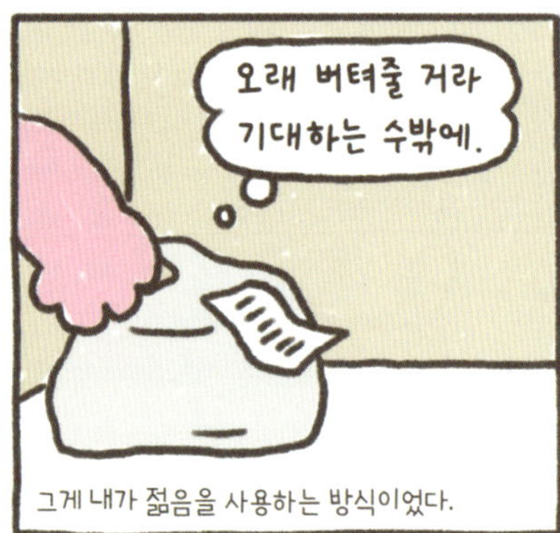

그게 내가 젊음을 사용하는 방식이었다.

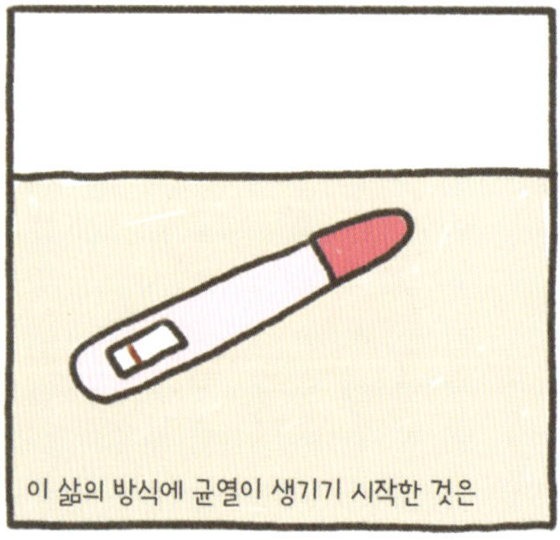
이 삶의 방식에 균열이 생기기 시작한 것은

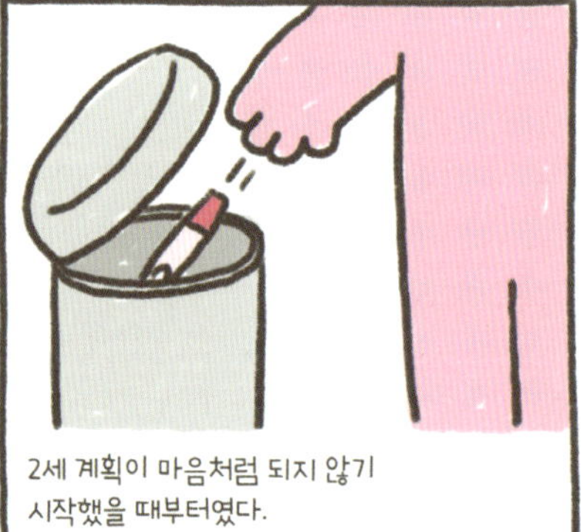
2세 계획이 마음처럼 되지 않기
시작했을 때부터였다.

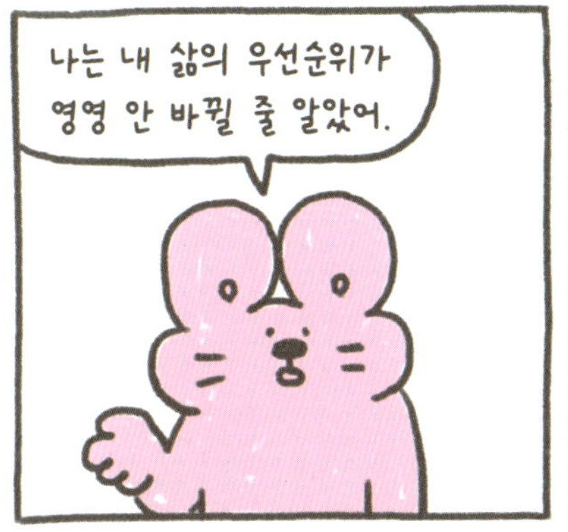

나는 내 삶의 우선순위가
영영 안 바뀔 줄 알았어.

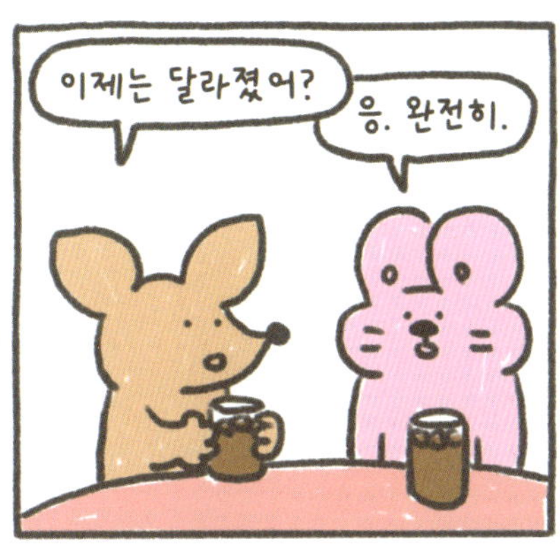

이제는 달라졌어?
응. 완전히.

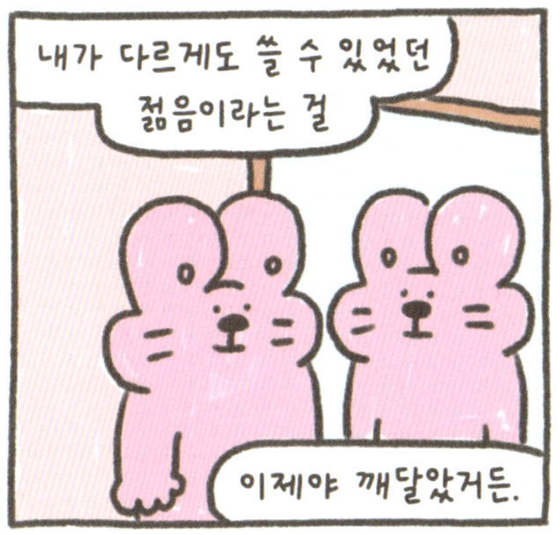

내가 다르게도 쓸 수 있었던
젊음이라는 걸
이제야 깨달았거든.

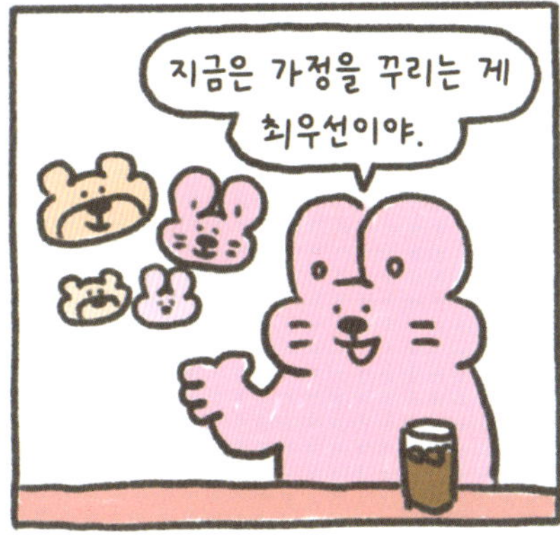

지금은 가정을 꾸리는 게
최우선이야.

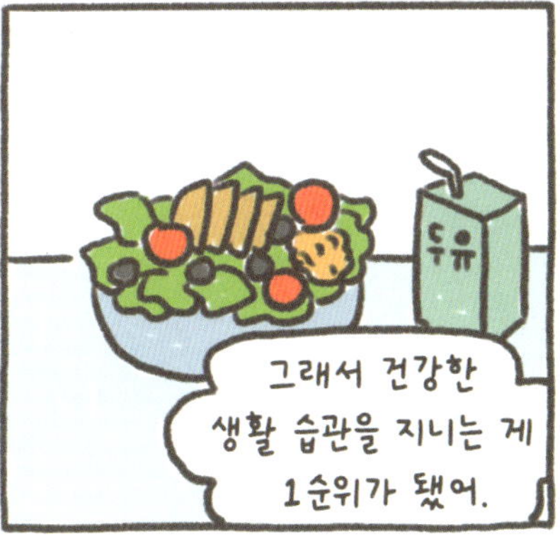

그래서 건강한
생활 습관을 지니는 게
1순위가 됐어.

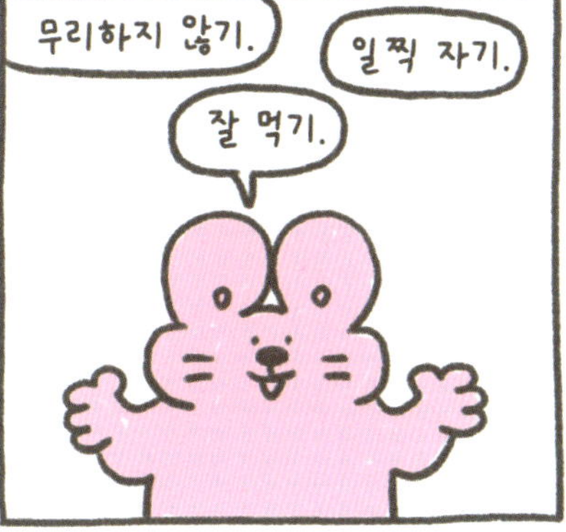

무리하지 않기.
일찍 자기.
잘 먹기.

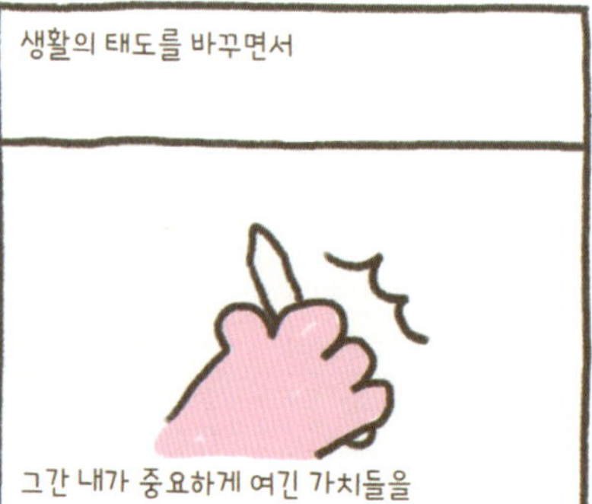
생활의 태도를 바꾸면서
그간 내가 중요하게 여긴 가치들을
조금씩 내려놓아야 했다.

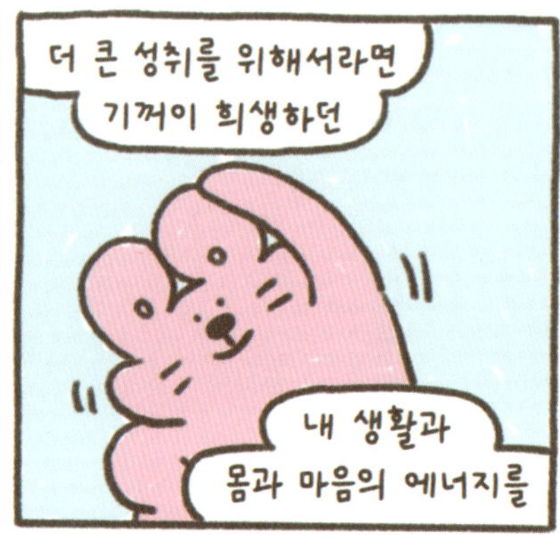
더 큰 성취를 위해서라면
기꺼이 희생하던
내 생활과
몸과 마음의 에너지를

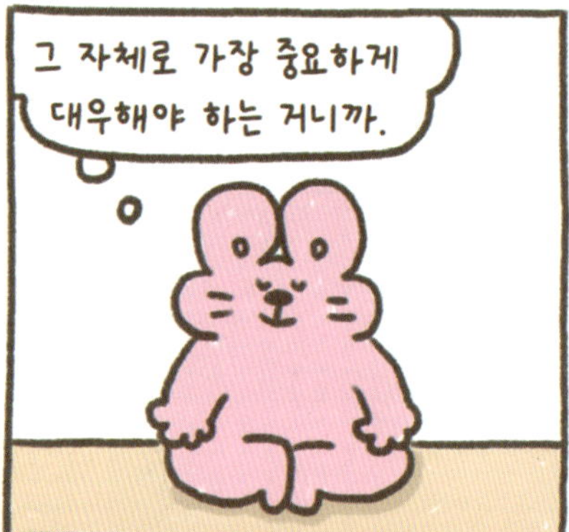
그 자체로 가장 중요하게
대우해야 하는 거니까.

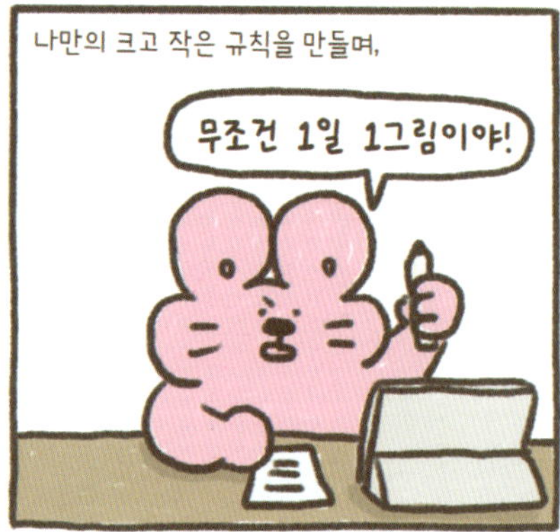
나만의 크고 작은 규칙을 만들며,
무조건 1일 1그림이야!

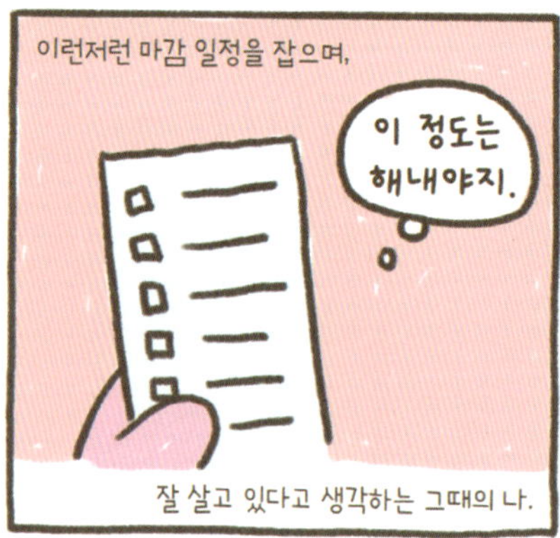
이런저런 마감 일정을 잡으며,
이 정도는
해내야지.
잘 살고 있다고 생각하는 그때의 나.

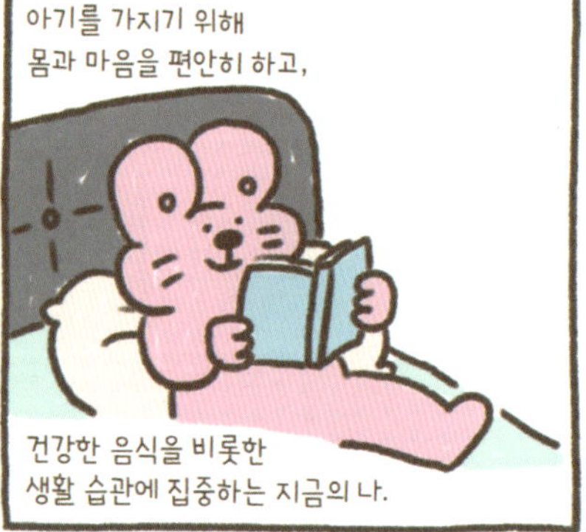
아기를 가지기 위해
몸과 마음을 편안히 하고,
건강한 음식을 비롯한
생활 습관에 집중하는 지금의 나.

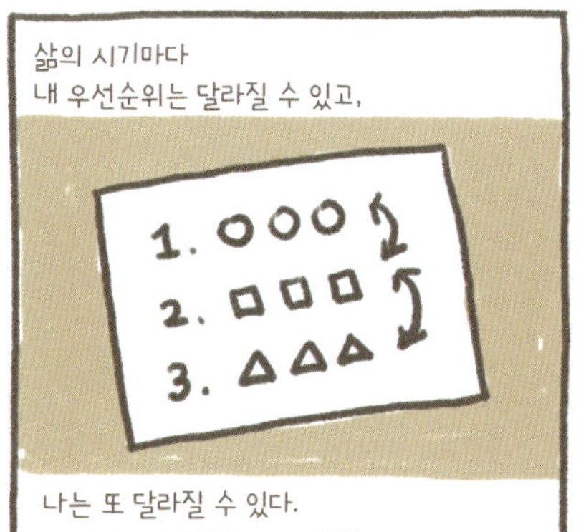

삶의 시기마다
내 우선순위는 달라질 수 있고,
1. ○○○
2. □□□
3. △△△
나는 또 달라질 수 있다.

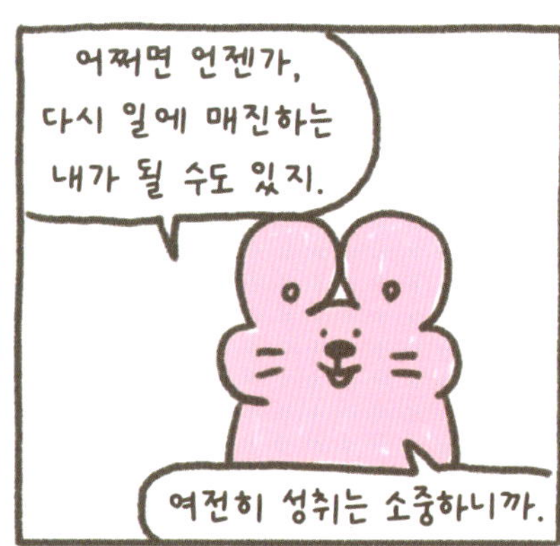

어쩌면 언젠가,
다시 일에 매진하는
내가 될 수도 있지.
여전히 성취는 소중하니까.

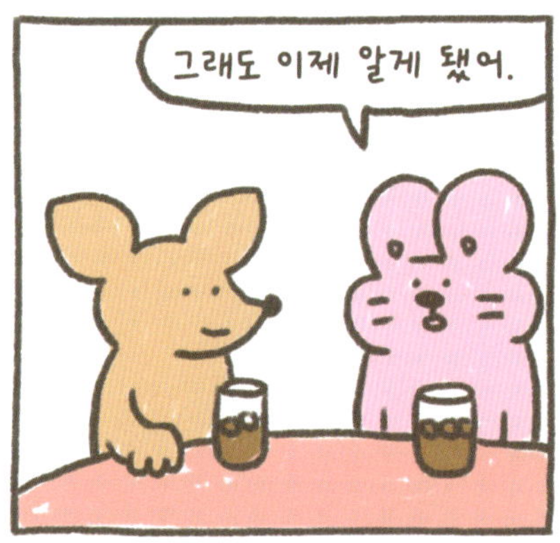

그래도 이제 알게 됐어.

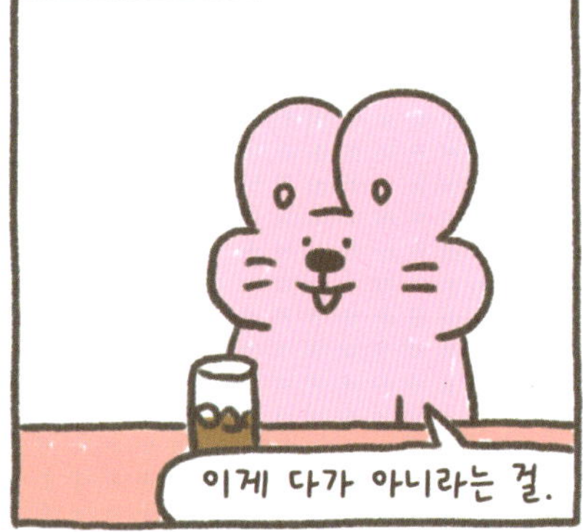

이게 다가 아니라는 걸.

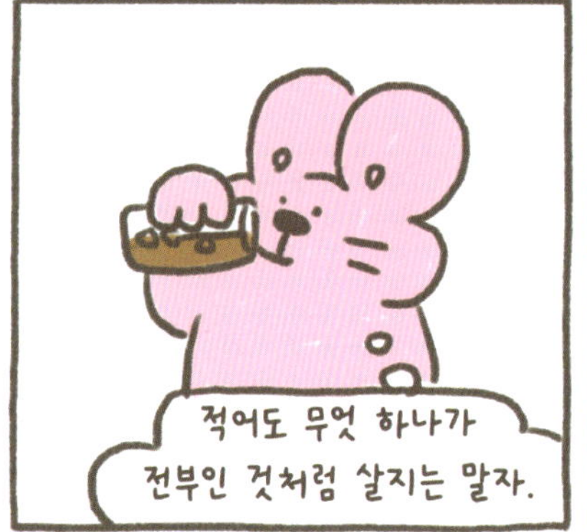

적어도 무엇 하나가
전부인 것처럼 살지는 말자.

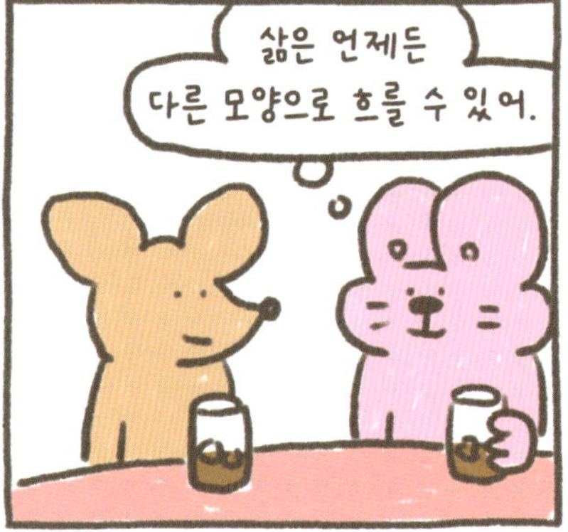

삶은 언제든
다른 모양으로 흐를 수 있어.

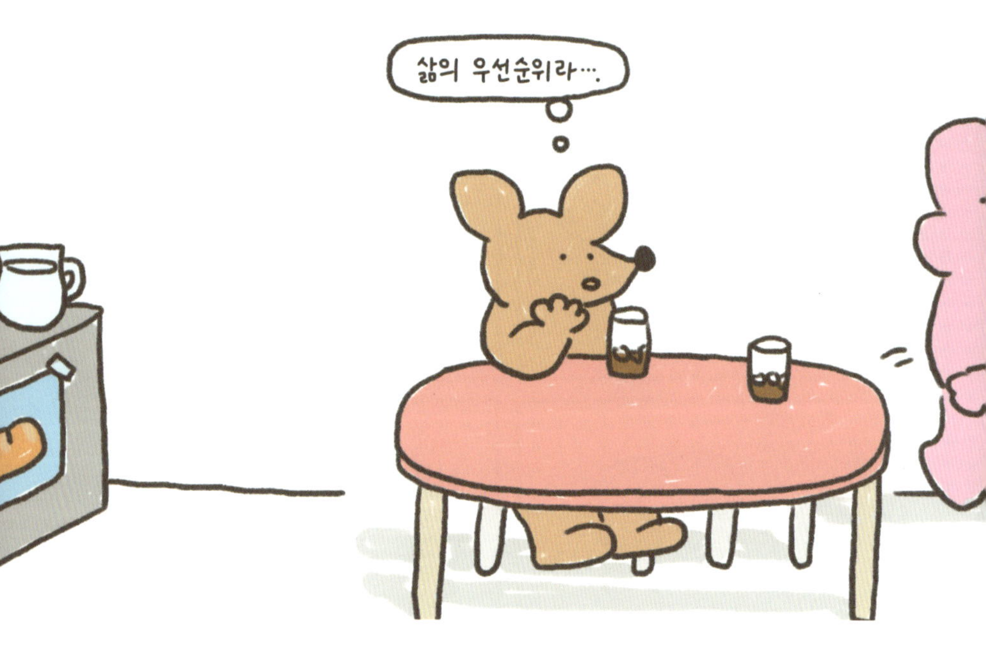
삶의 우선순위라….

성취 중독자들의 회복기

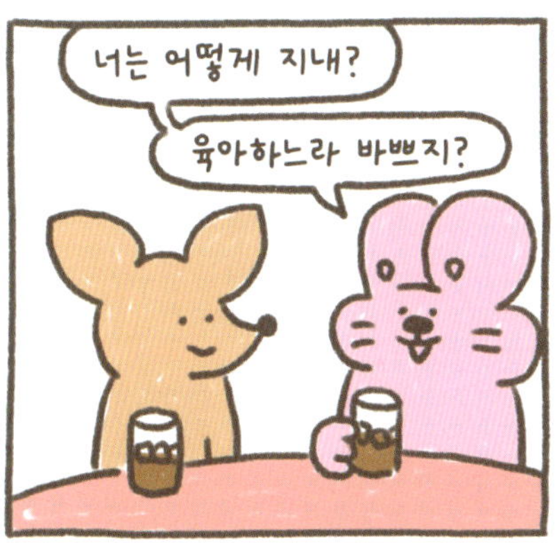

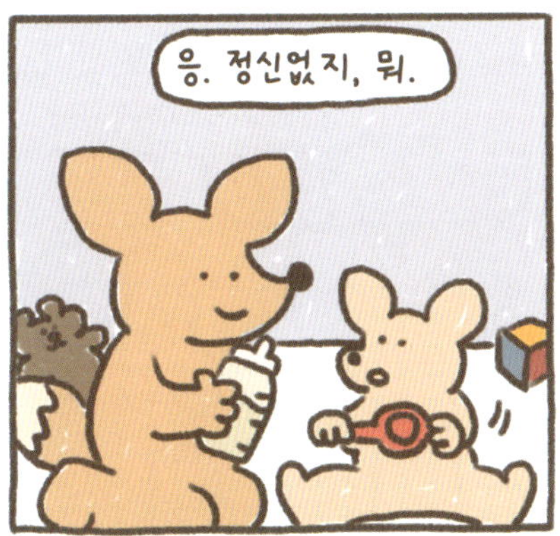

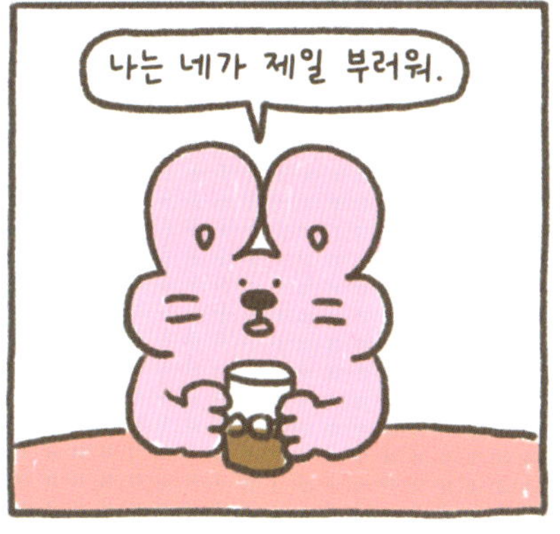

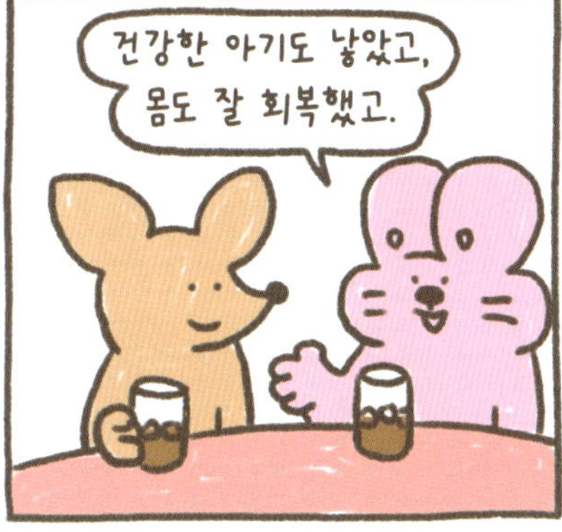

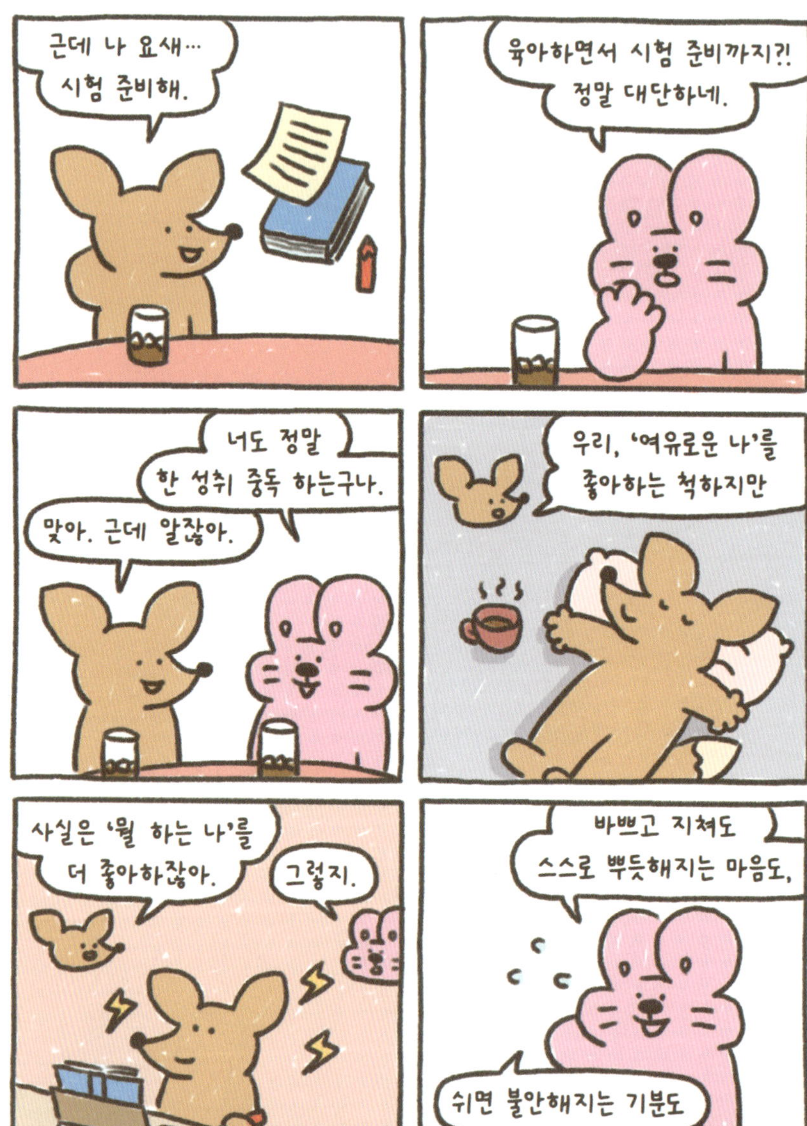
근데 나 요새…
시험 준비해.
육아하면서 시험 준비까지?!
정말 대단하네.
너도 정말
한 성취 중독 하는구나.
맞아. 근데 알잖아.
우리, '여유로운 나'를
좋아하는 척하지만
사실은 '뭘 하는 나'를
더 좋아하잖아.
그렇지.
바쁘고 지쳐도
스스로 뿌듯해지는 마음도,
쉬면 불안해지는 기분도
잘 알지.

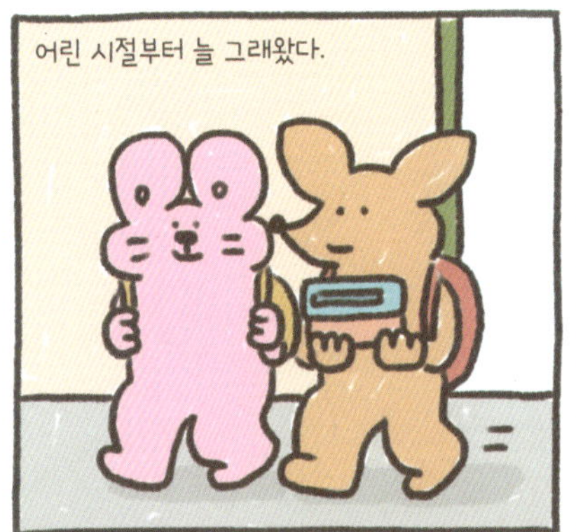

어린 시절부터 늘 그래왔다.

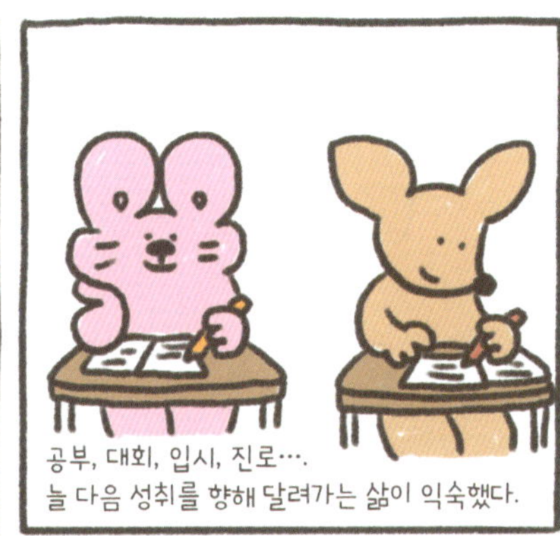

공부, 대회, 입시, 진로….
늘 다음 성취를 향해 달려가는 삶이 익숙했다.

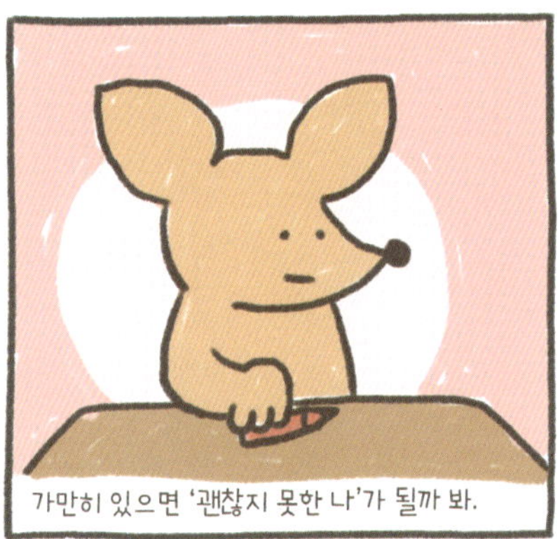

가만히 있으면 '괜찮지 못한 나'가 될까 봐.

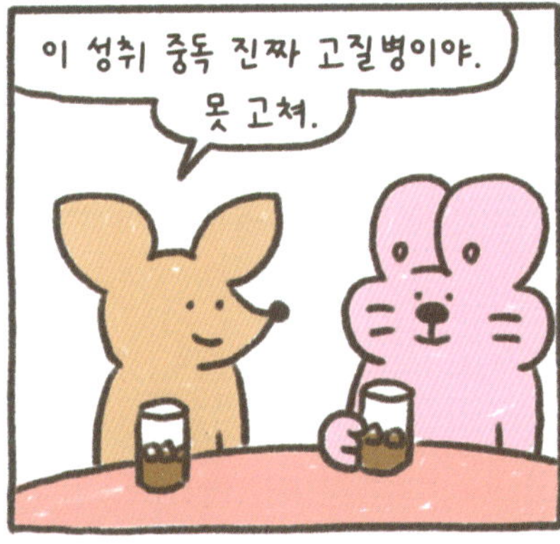

이 성취 중독 진짜 고질병이야.
못 고쳐.

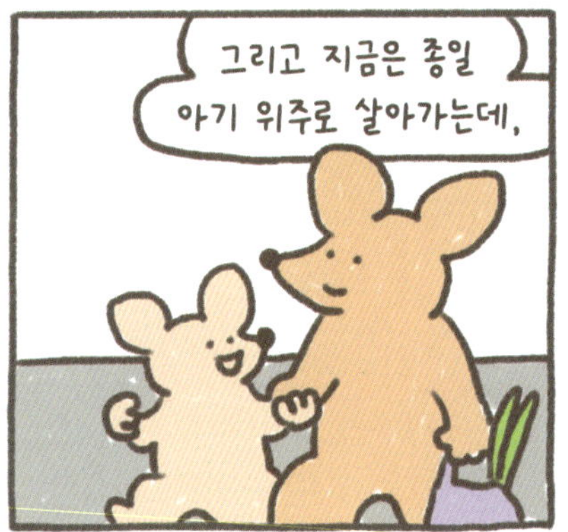

그리고 지금은 종일
아기 위주로 살아가는데,

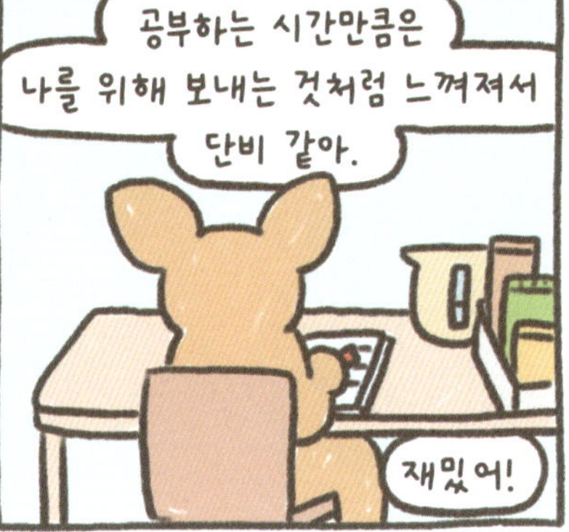

공부하는 시간만큼은
나를 위해 보내는 것처럼 느껴져서
단비 같아.
재밌어!

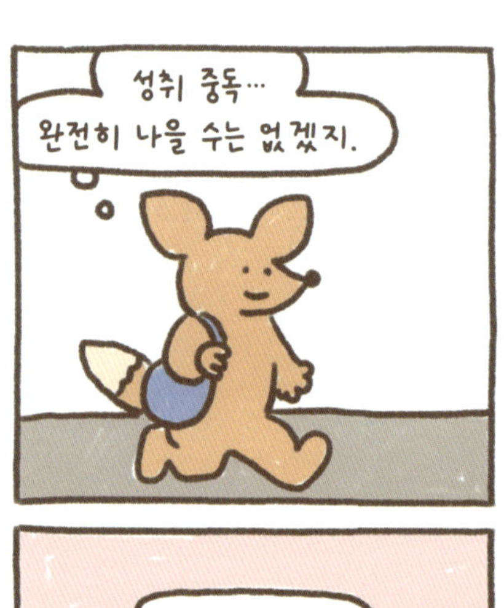

성취 중독…
완전히 나을 수는 없겠지.

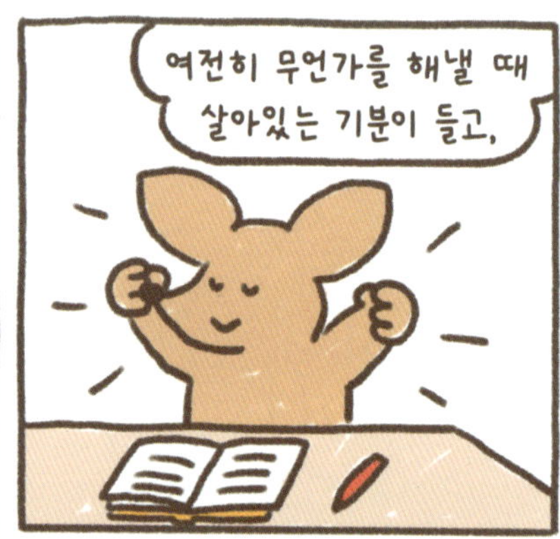

여전히 무언가를 해낼 때
살아있는 기분이 들고,

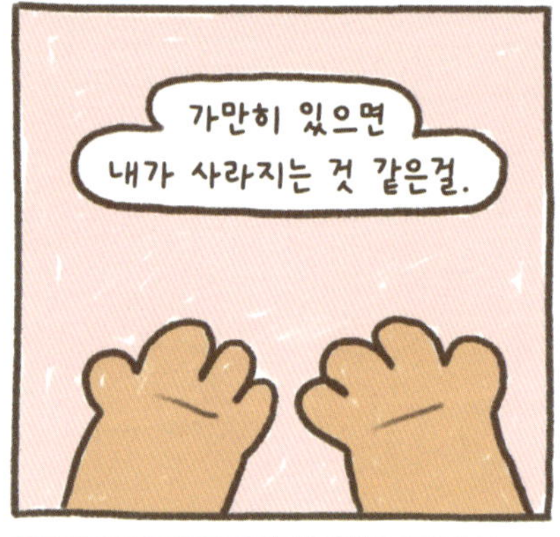

가만히 있으면
내가 사라지는 것 같은걸.

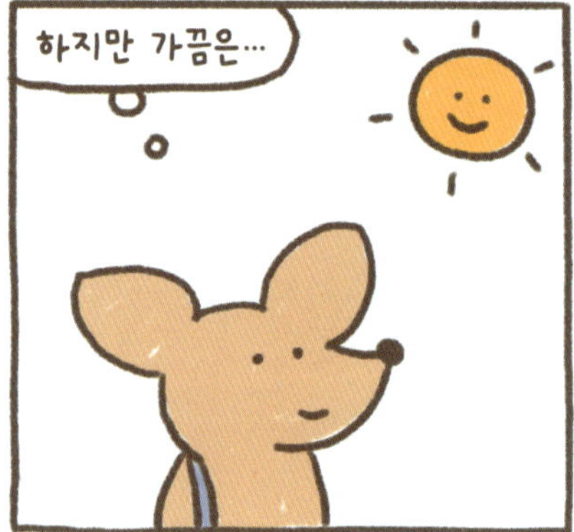

하지만 가끔은…

아무것도 안 해도 괜찮다는 걸
진심으로 믿는 내가 되고 싶어.

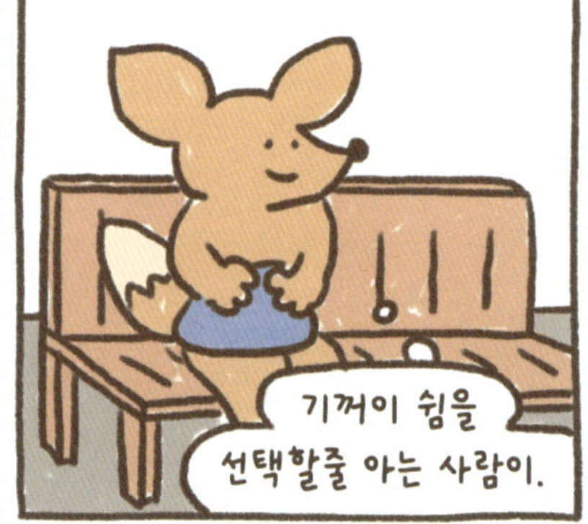

기꺼이 쉼을
선택할줄 아는 사람이.

성취해서 멋진 나.
하지만 성취 없이도 괜찮은 나.

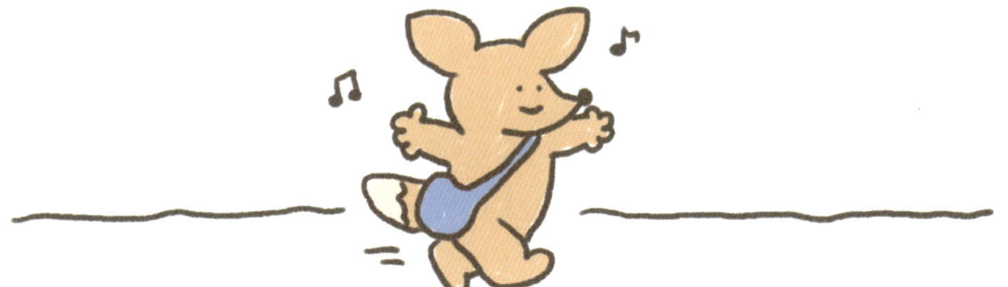

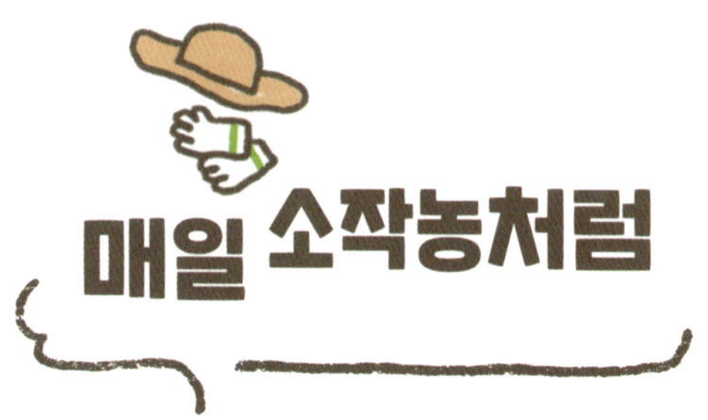

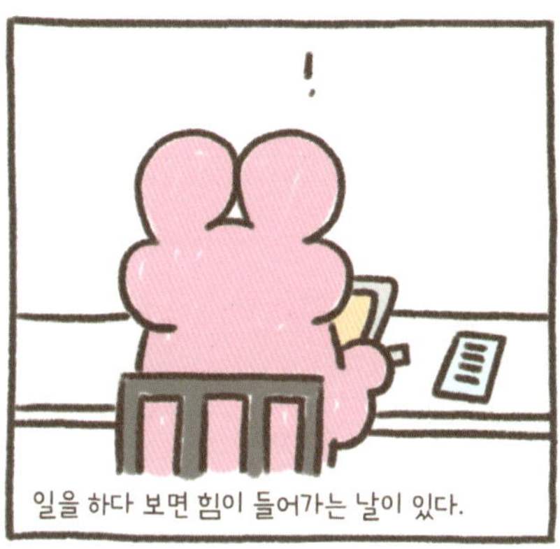

일을 하다 보면 힘이 들어가는 날이 있다.

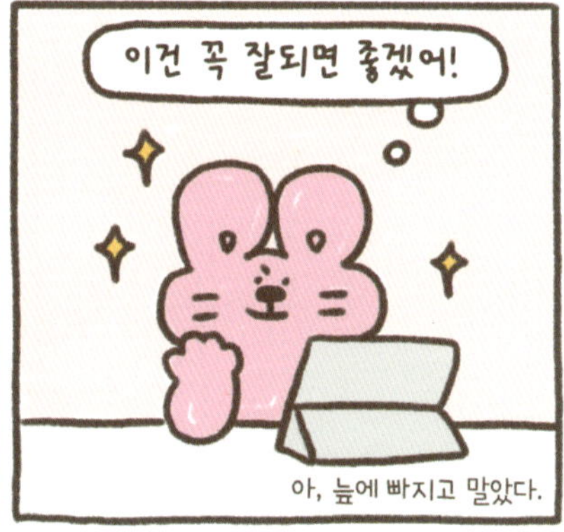

아, 늪에 빠지고 말았다.

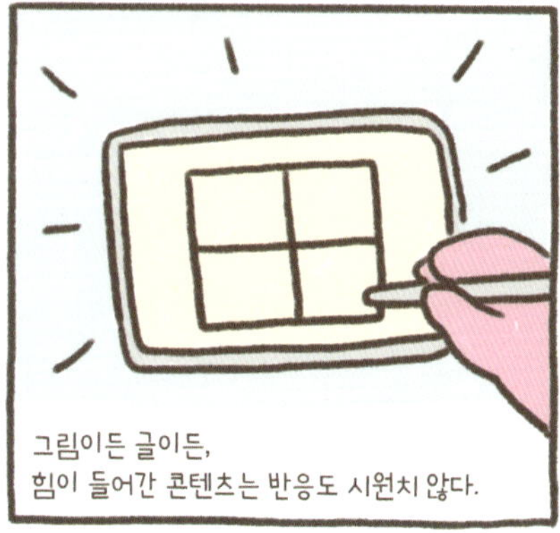

그림이든 글이든,
힘이 들어간 콘텐츠는 반응도 시원치 않다.

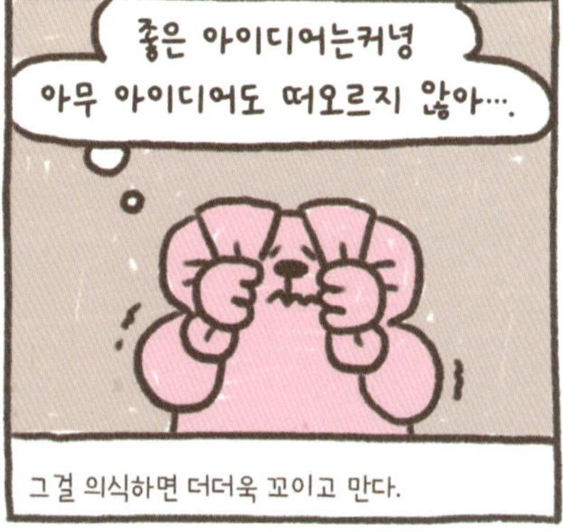

그걸 의식하면 더더욱 꼬이고 만다.

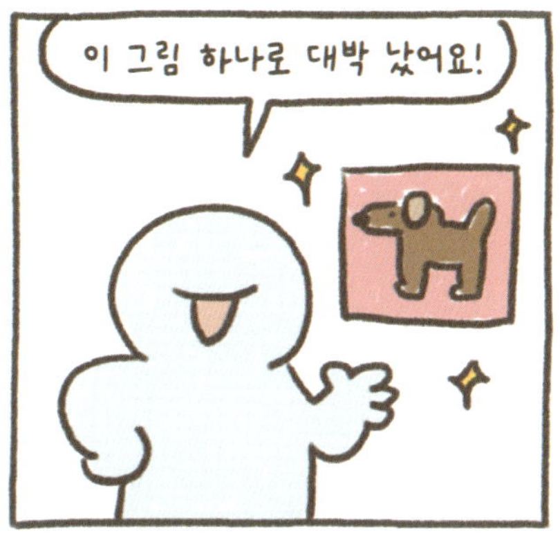
이 그림 하나로 대박 났어요!

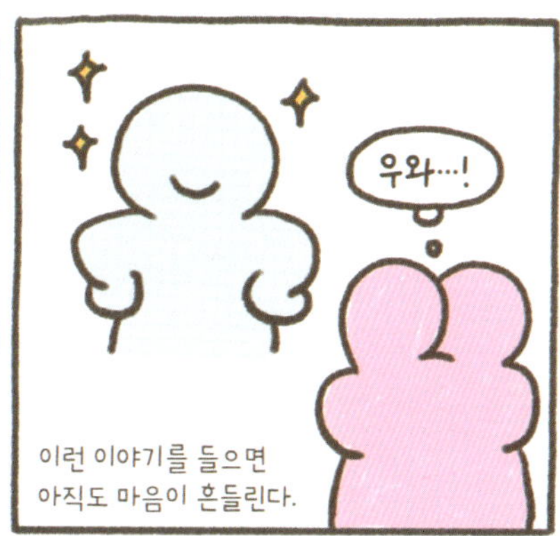
우와…!
이런 이야기를 들으면
아직도 마음이 흔들린다.

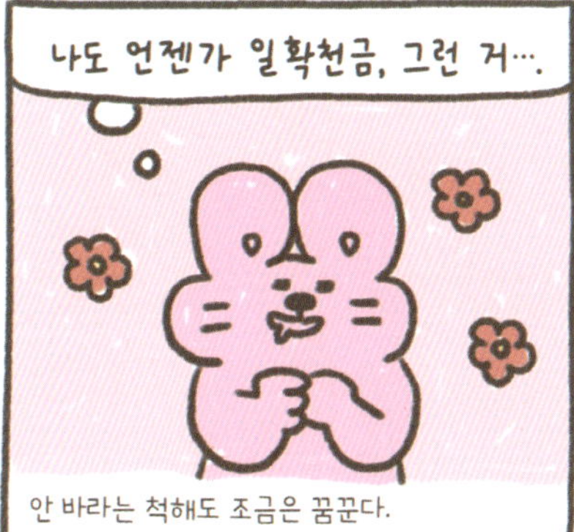
나도 언젠가 일확천금, 그런 거….
안 바라는 척해도 조금은 꿈꾼다.

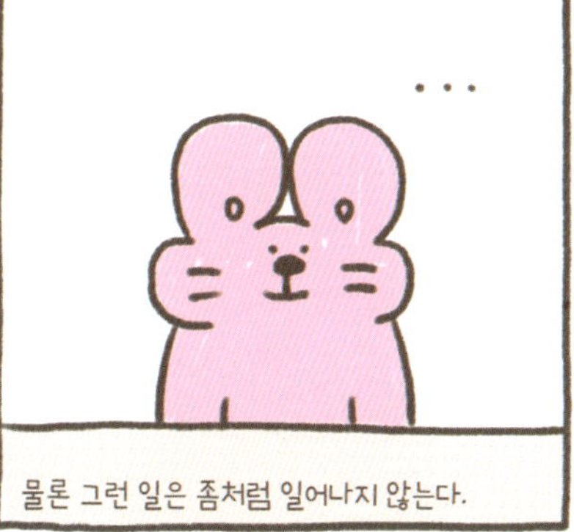
…
물론 그런 일은 좀처럼 일어나지 않는다.

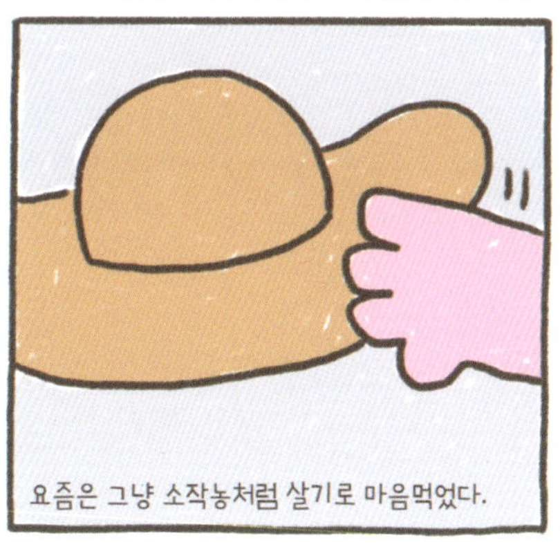
요즘은 그냥 소작농처럼 살기로 마음먹었다.

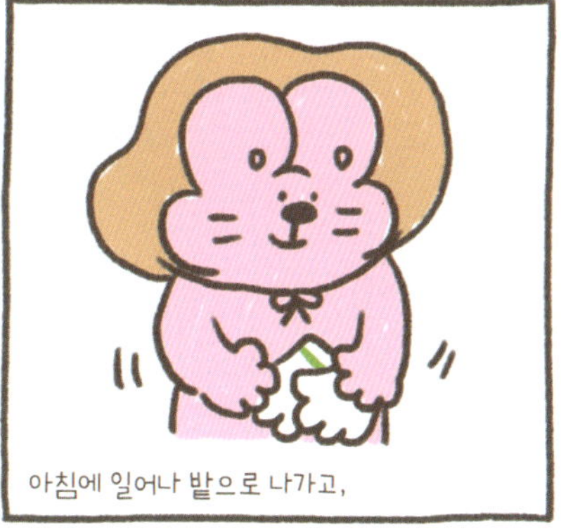
아침에 일어나 밭으로 나가고,

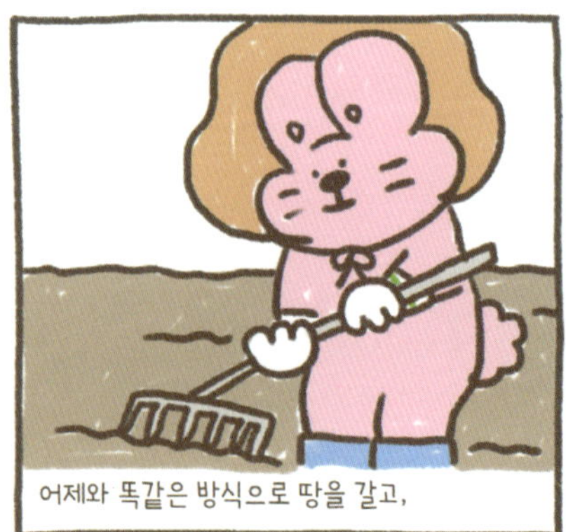

어제와 똑같은 방식으로 땅을 갈고,

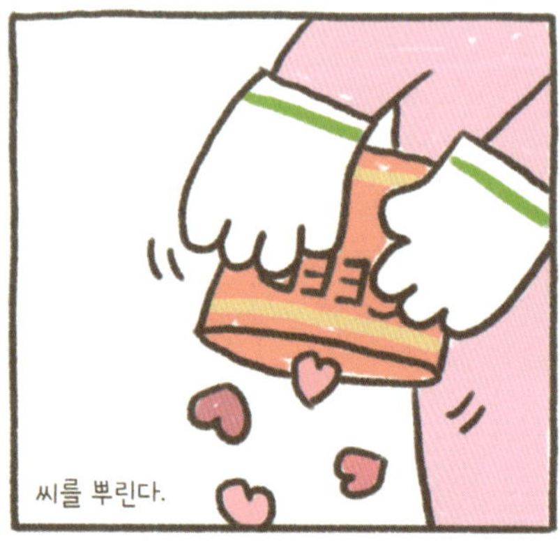

씨를 뿌린다.

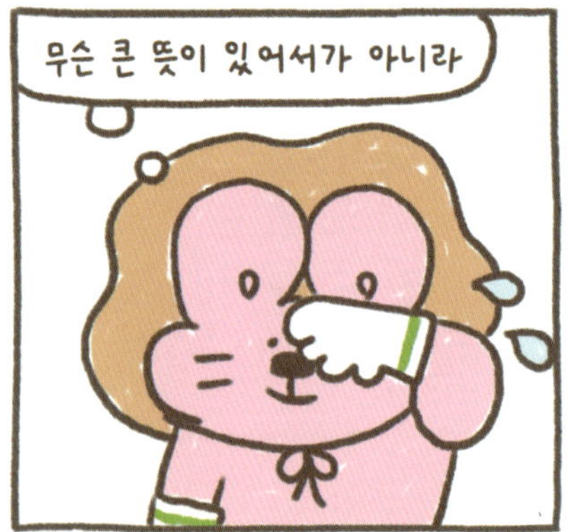

무슨 큰 뜻이 있어서가 아니라

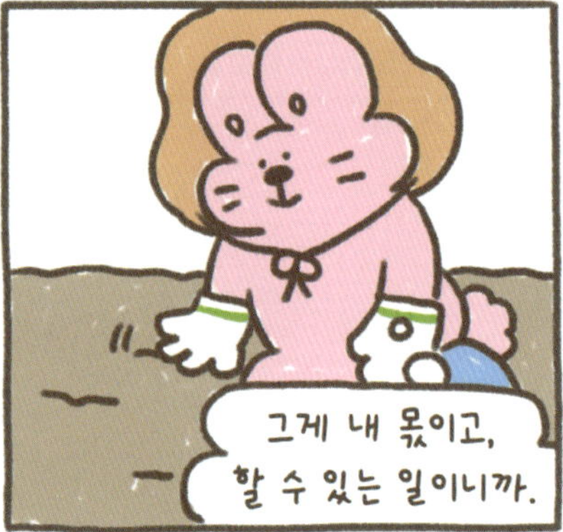

그게 내 몫이고,
할 수 있는 일이니까.

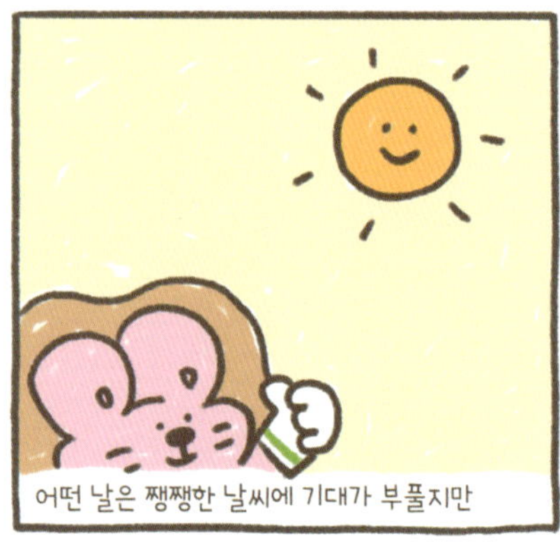

어떤 날은 쨍쨍한 날씨에 기대가 부풀지만

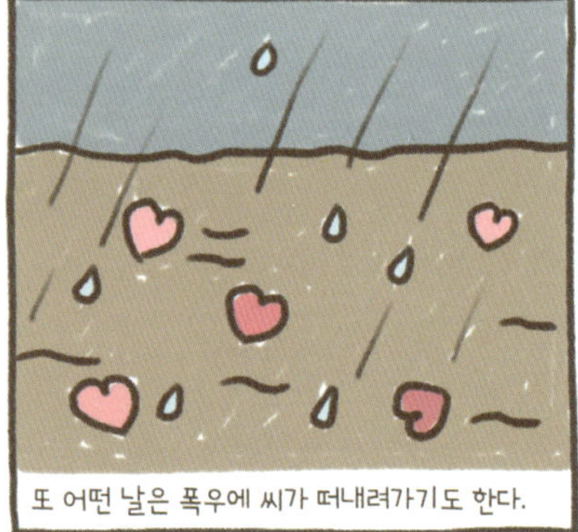

또 어떤 날은 폭우에 씨가 떠내려가기도 한다.

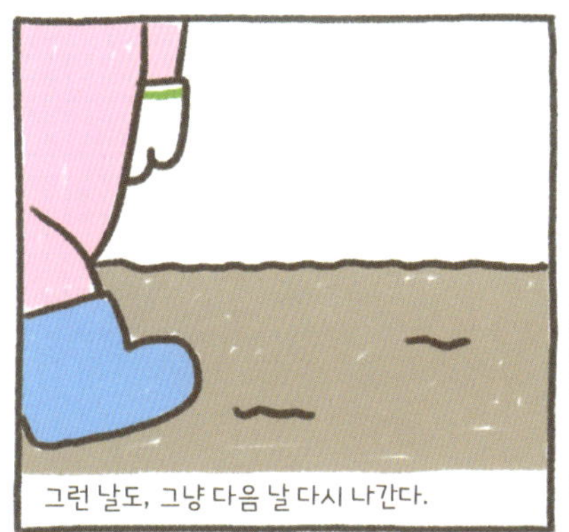
그런 날도, 그냥 다음 날 다시 나간다.

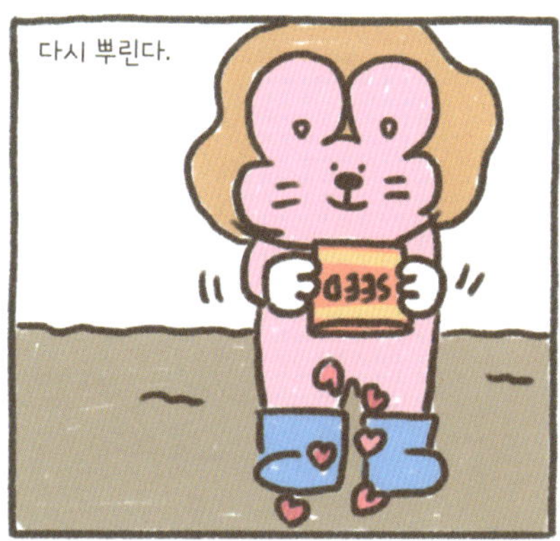
다시 뿌린다.
SEED

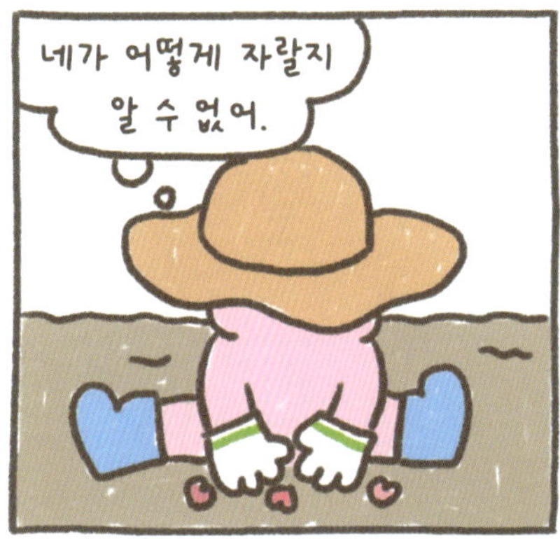
네가 어떻게 자랄지 알 수 없어.

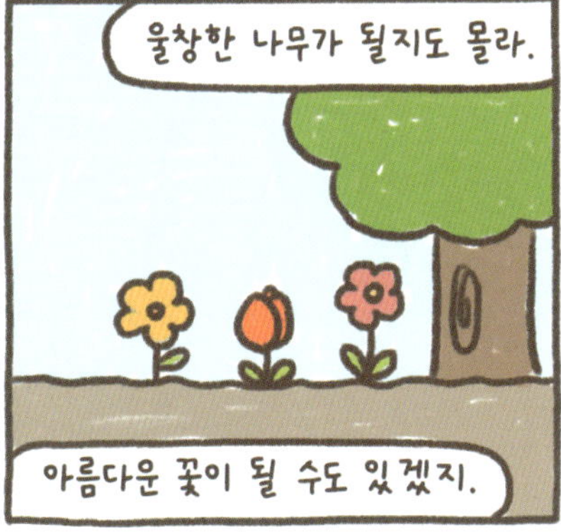
울창한 나무가 될지도 몰라.
아름다운 꽃이 될 수도 있겠지.

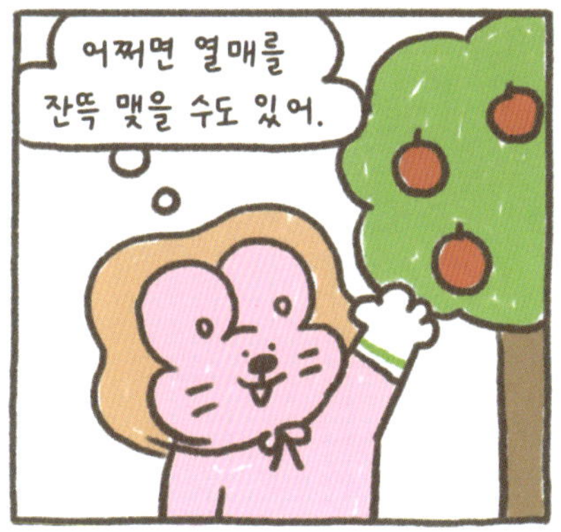
어쩌면 열매를 잔뜩 맺을 수도 있어.

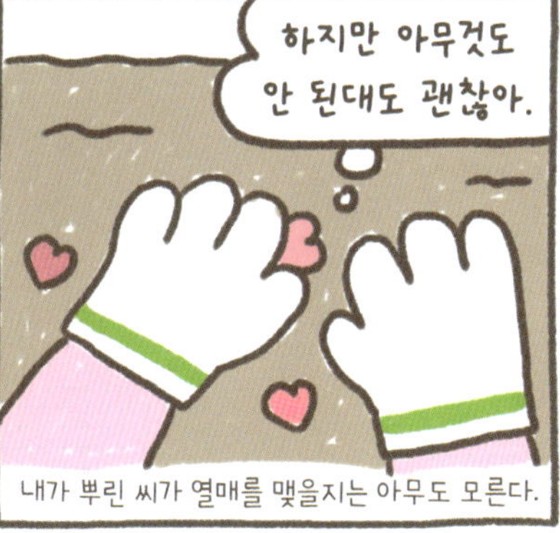
하지만 아무것도 안 된대도 괜찮아.
내가 뿌린 씨가 열매를 맺을지는 아무도 모른다.

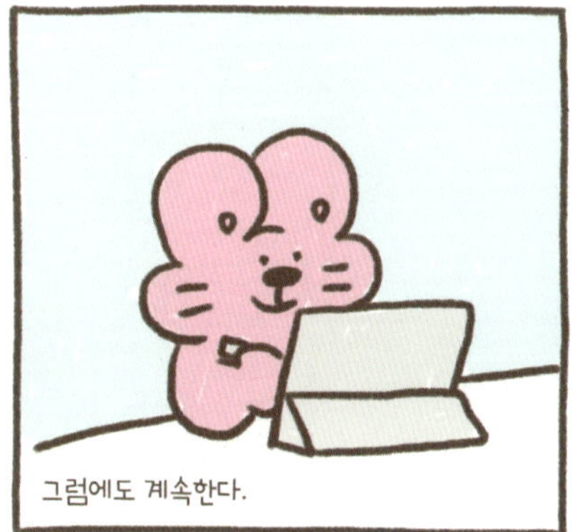

그럼에도 계속한다.

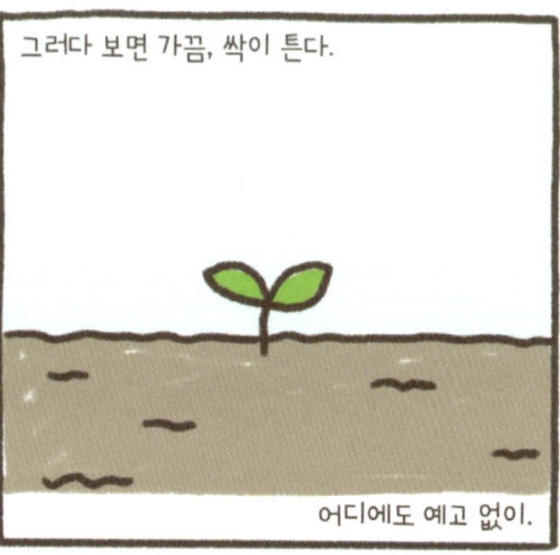

어디에도 예고 없이.

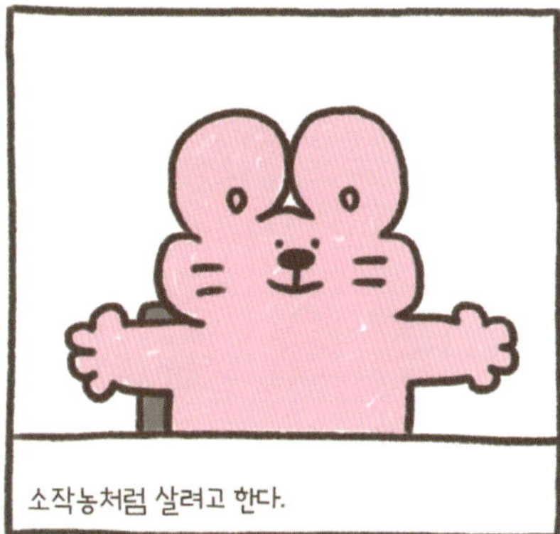

소작농처럼 살려고 한다.

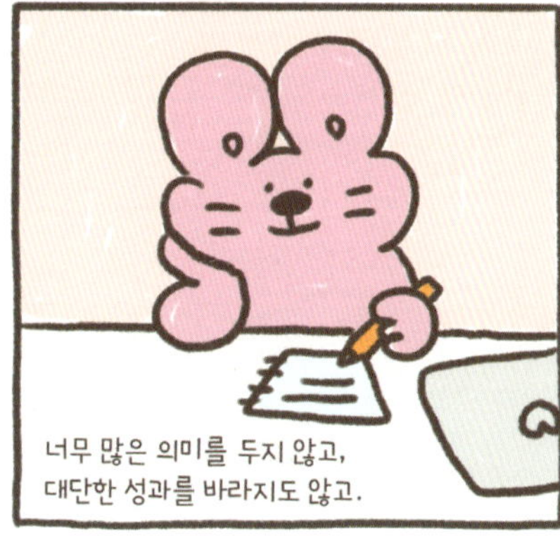

너무 많은 의미를 두지 않고,
대단한 성과를 바라지도 않고.

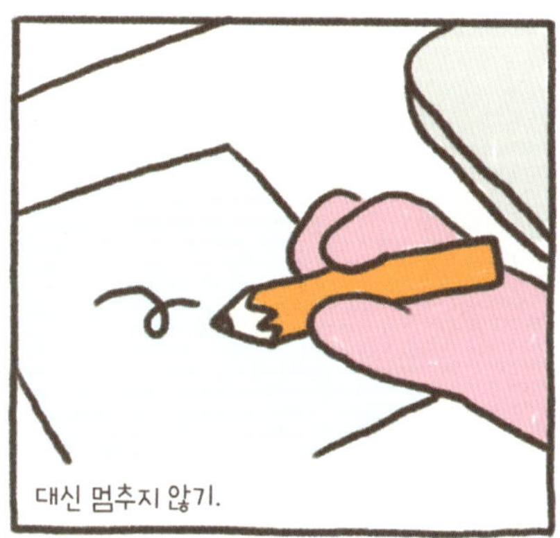

대신 멈추지 않기.

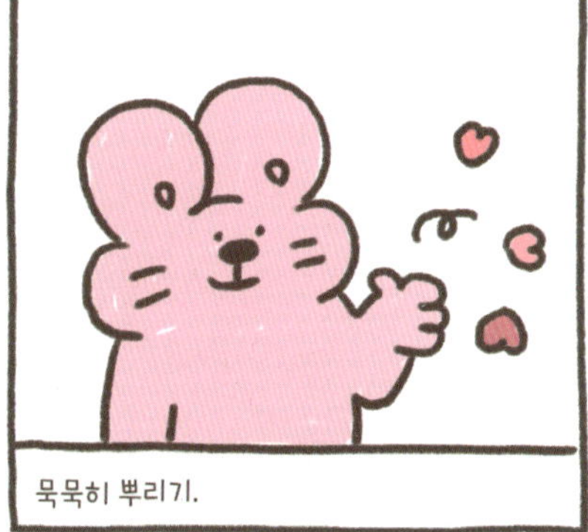

묵묵히 뿌리기.

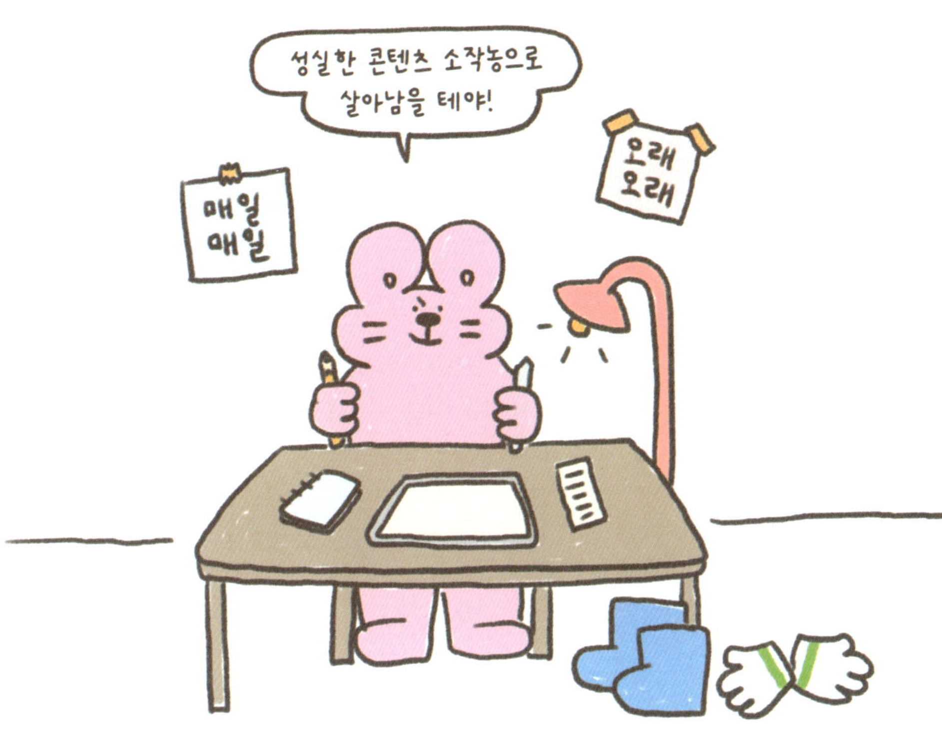

성실한 콘텐츠 소작농으로
살아남을 테야!
매일
매일
오래
오래

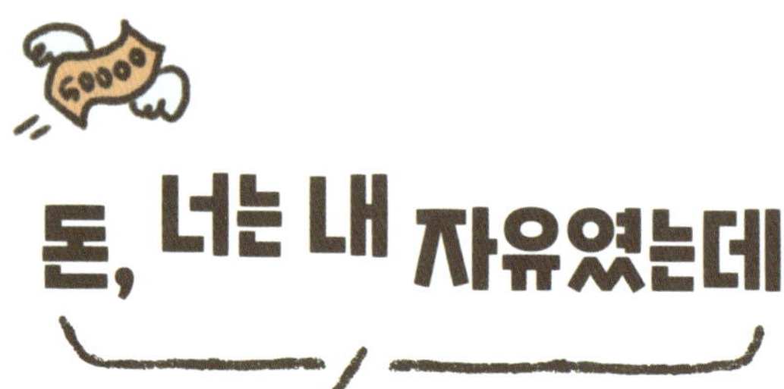

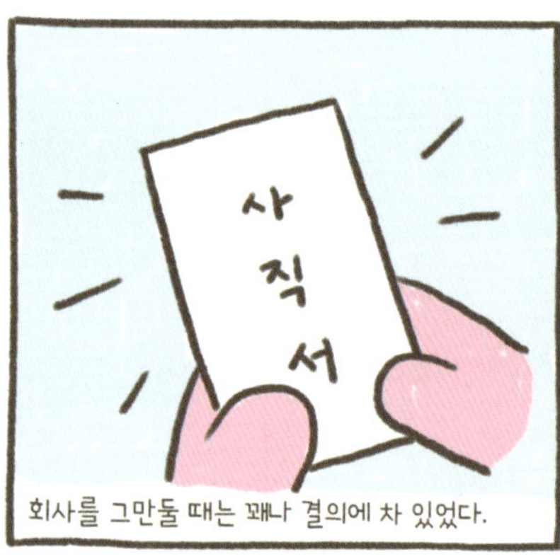

회사를 그만둘 때는 꽤나 결의에 차 있었다.

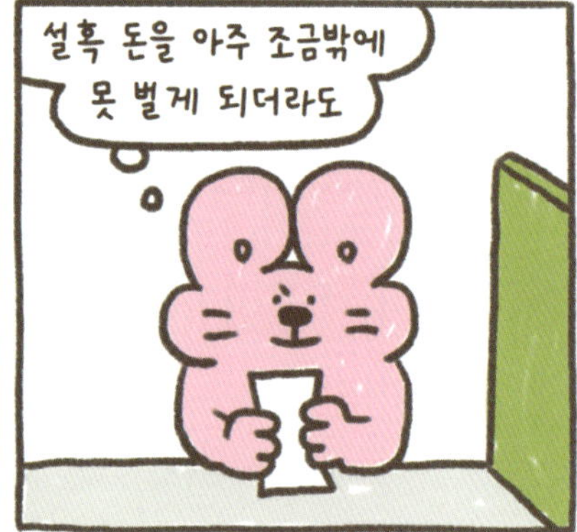

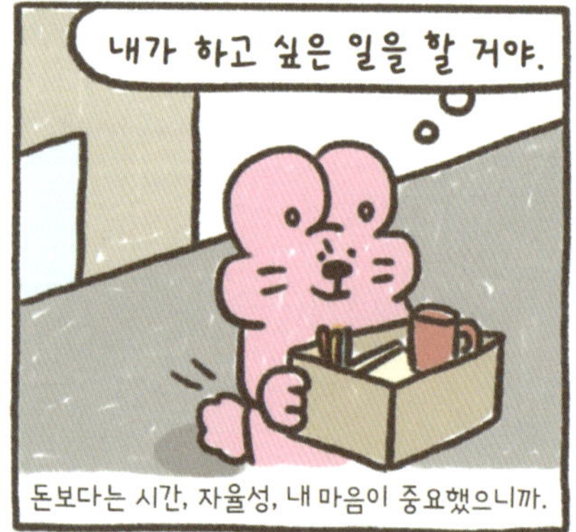

돈보다는 시간, 자율성, 내 마음이 중요했으니까.

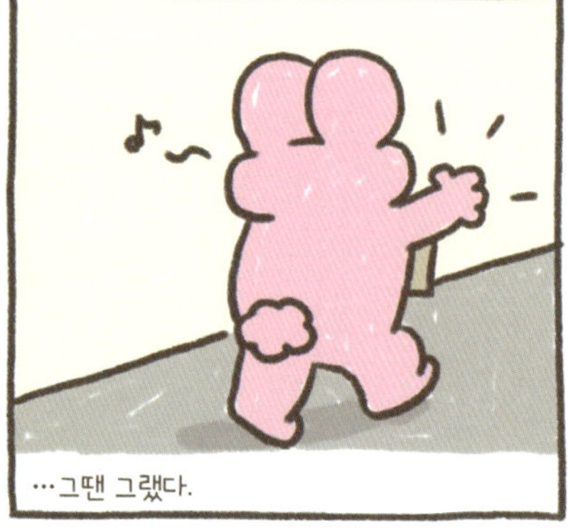
…그땐 그랬다.

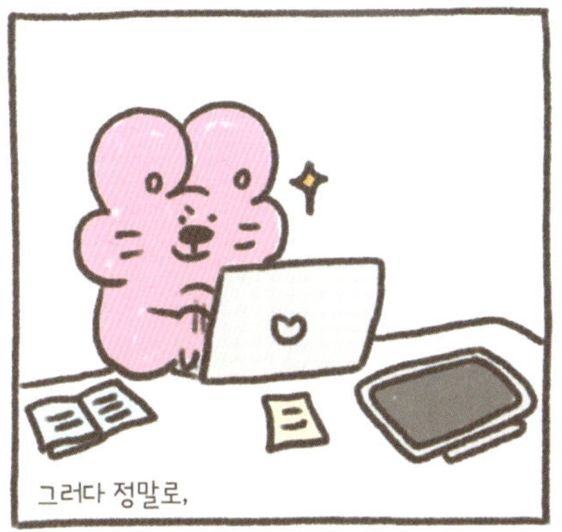

그러다 정말로,

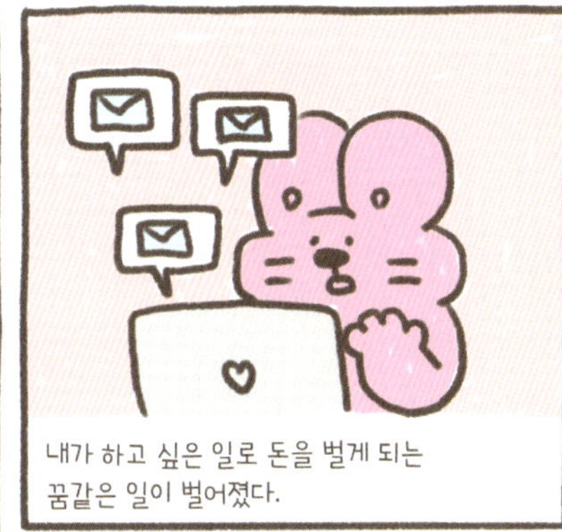

내가 하고 싶은 일로 돈을 벌게 되는
꿈같은 일이 벌어졌다.

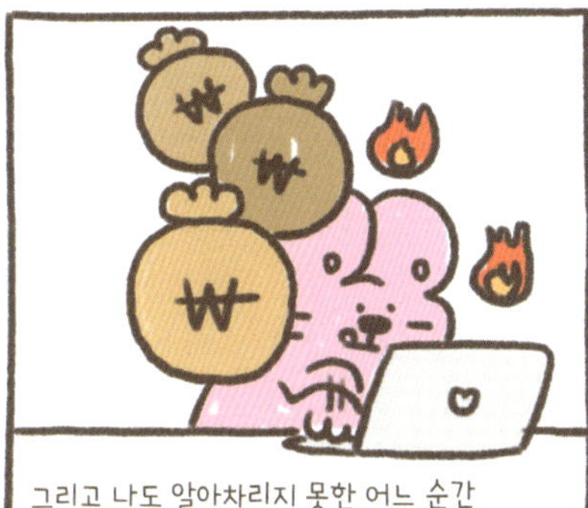

그리고 나도 알아차리지 못한 어느 순간
돈이 너무나 중요해졌다.

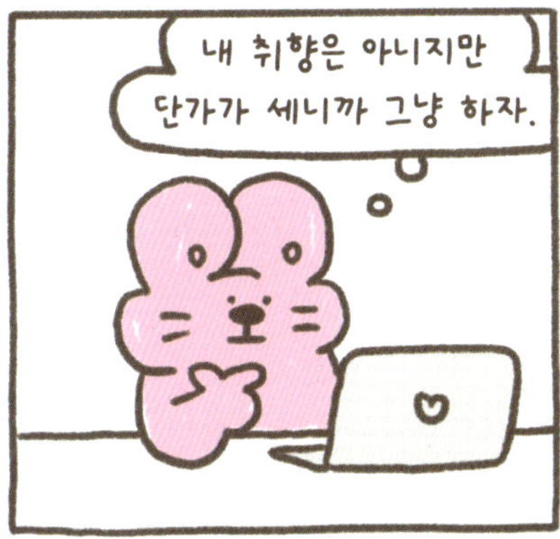

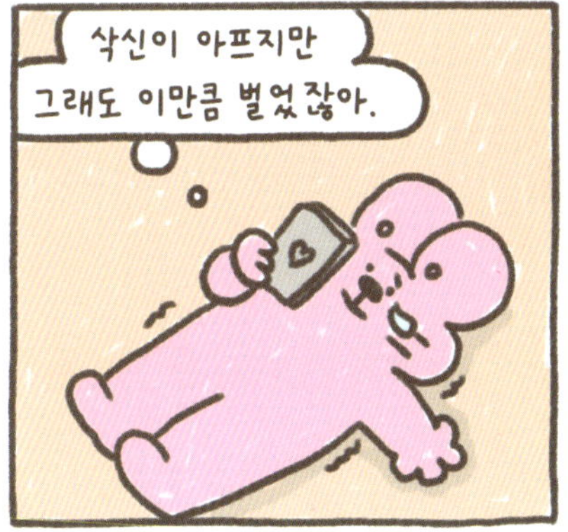

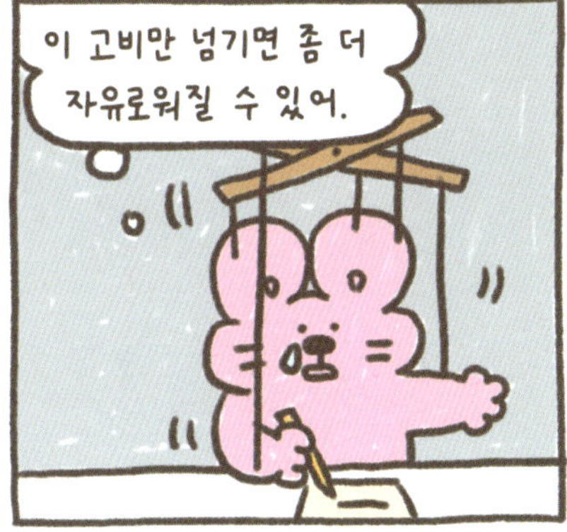

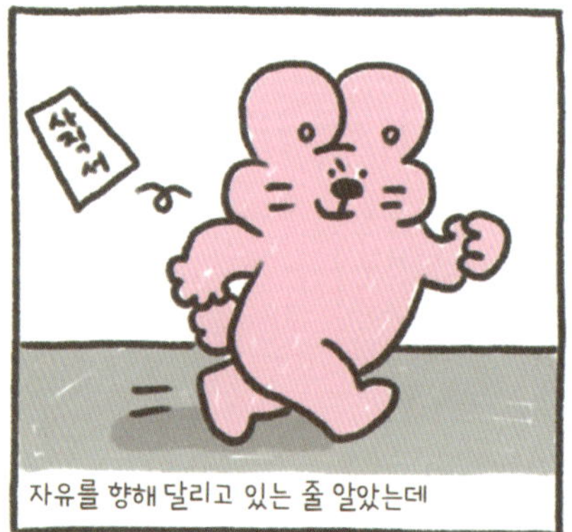

사직서
자유를 향해 달리고 있는 줄 알았는데

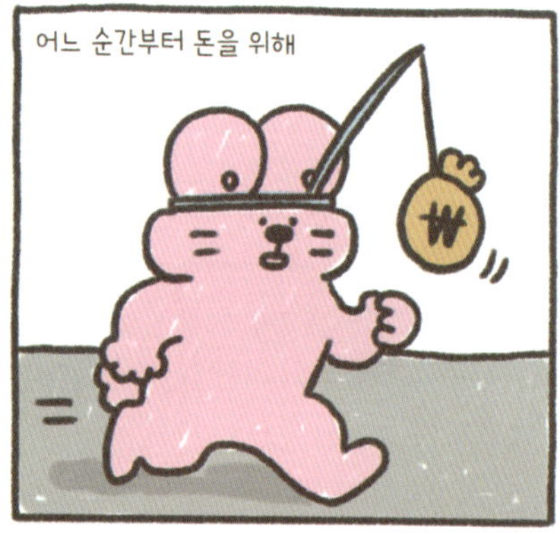

어느 순간부터 돈을 위해

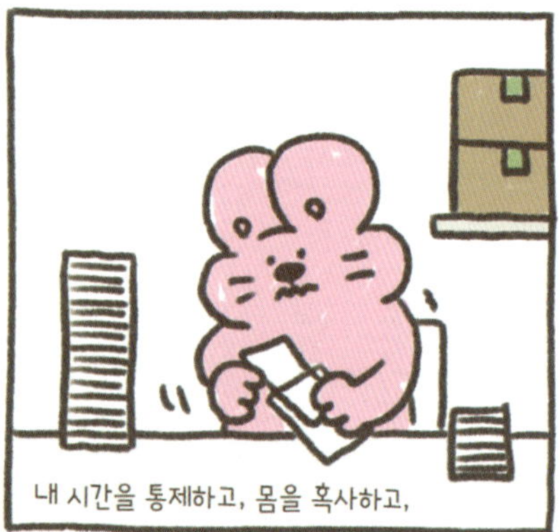

내 시간을 통제하고, 몸을 혹사하고,

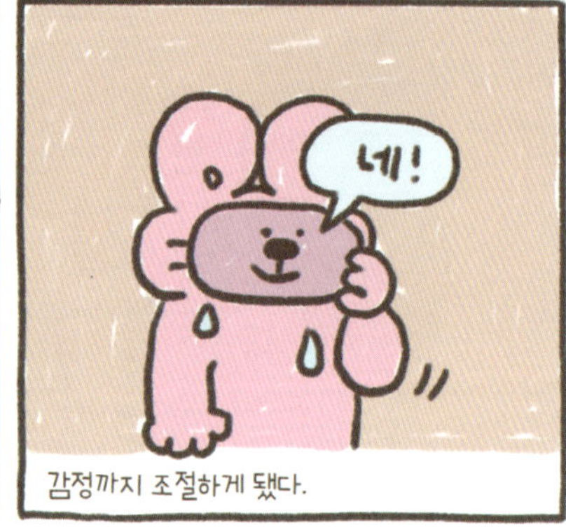

네!
감정까지 조절하게 됐다.

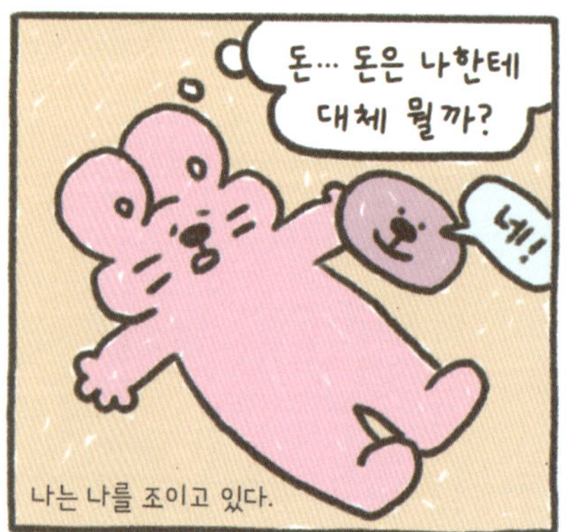

돈... 돈은 나한테 대체 뭘까?
네!
나는 나를 조이고 있다.

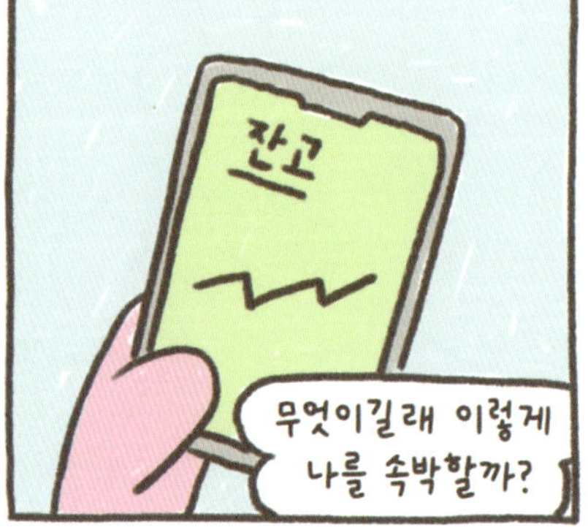

잔고
무엇이길래 이렇게 나를 속박할까?

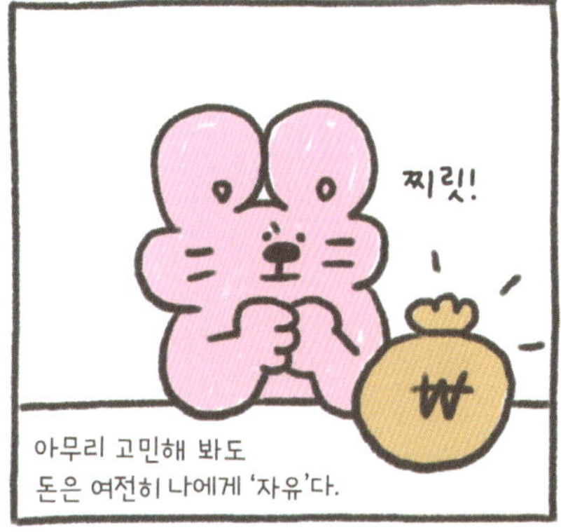

아무리 고민해 봐도
돈은 여전히 나에게 '자유'다.

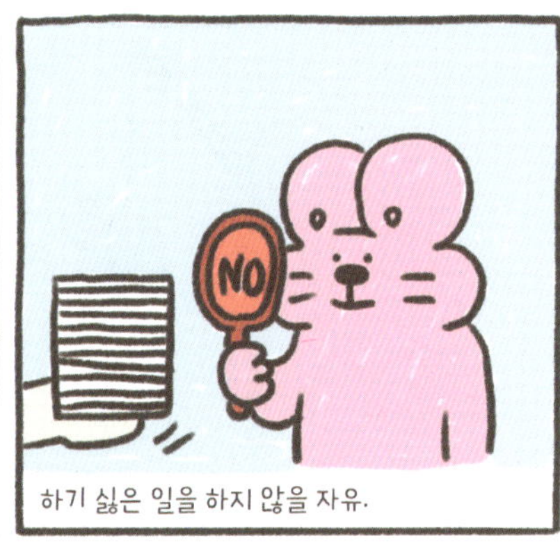

하기 싫은 일을 하지 않을 자유.

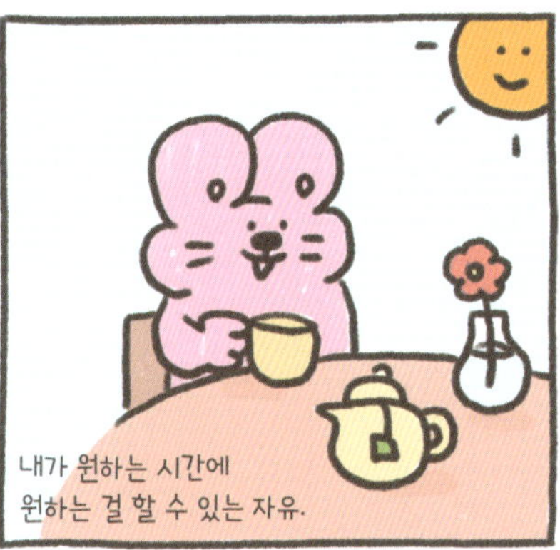

내가 원하는 시간에
원하는 걸 할 수 있는 자유.

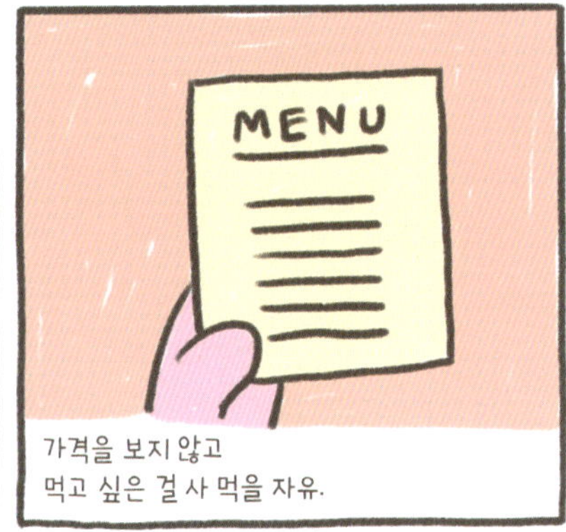

가격을 보지 않고
먹고 싶은 걸 사 먹을 자유.

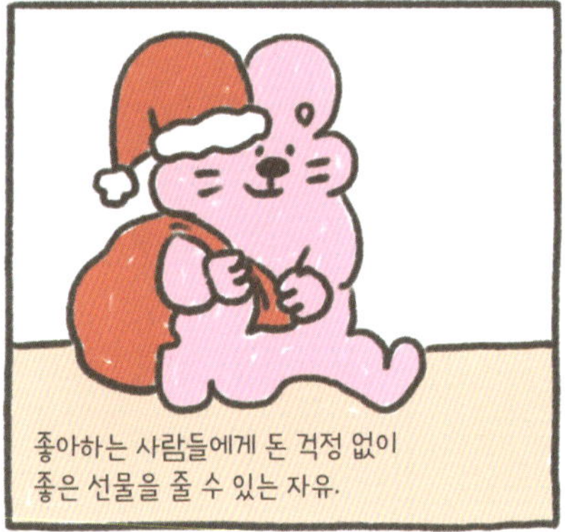

좋아하는 사람들에게 돈 걱정 없이
좋은 선물을 줄 수 있는 자유.

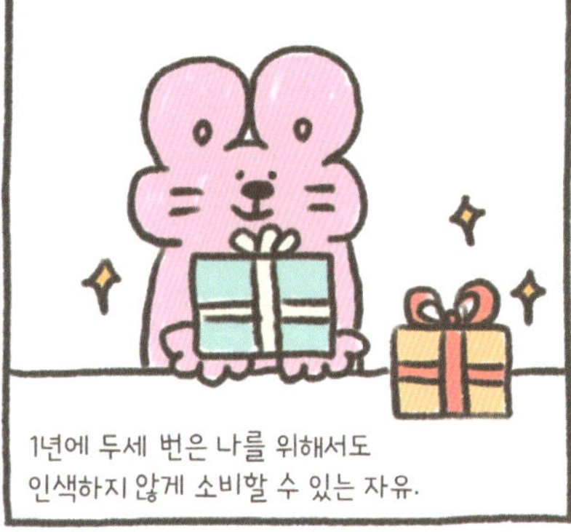

1년에 두세 번은 나를 위해서도
인색하지 않게 소비할 수 있는 자유.

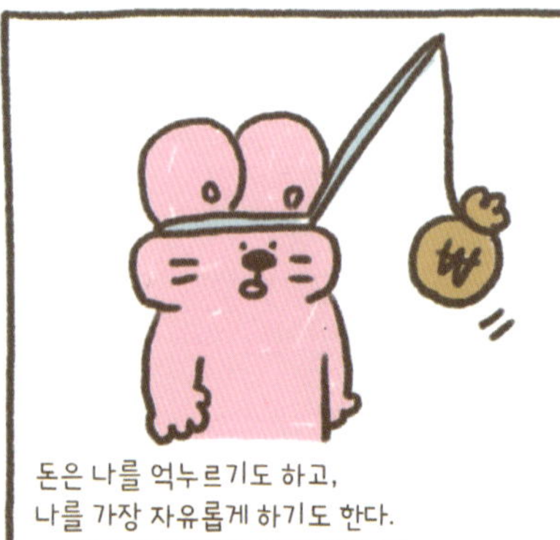

돈은 나를 억누르기도 하고,
나를 가장 자유롭게 하기도 한다.

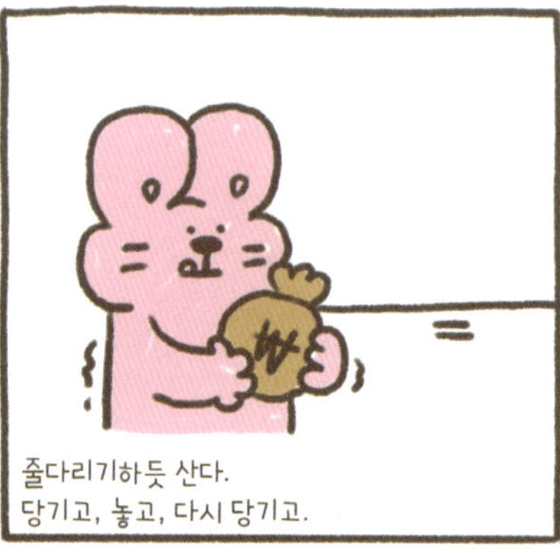

줄다리기하듯 산다.
당기고, 놓고, 다시 당기고.

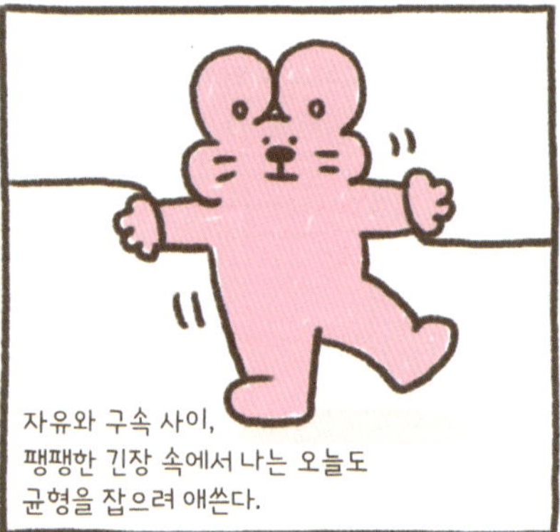

자유와 구속 사이,
팽팽한 긴장 속에서 나는 오늘도
균형을 잡으려 애쓴다.

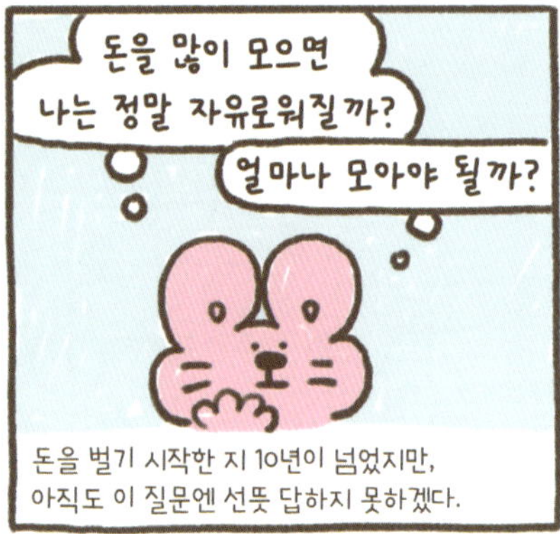

돈을 많이 모으면
나는 정말 자유로워질까?
얼마나 모아야 될까?
돈을 벌기 시작한 지 10년이 넘었지만,
아직도 이 질문엔 선뜻 답하지 못하겠다.

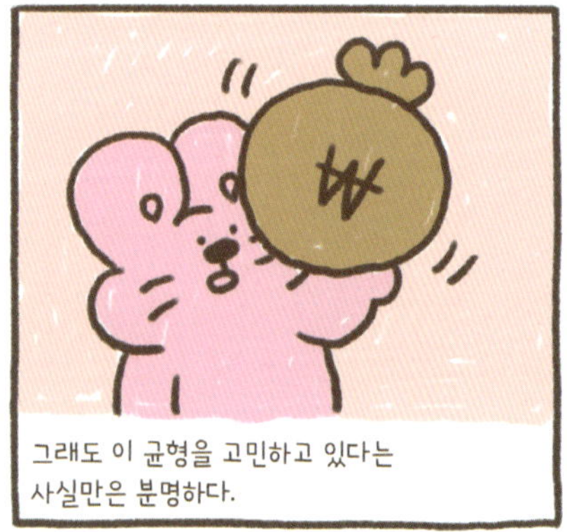

그래도 이 균형을 고민하고 있다는
사실만은 분명하다.

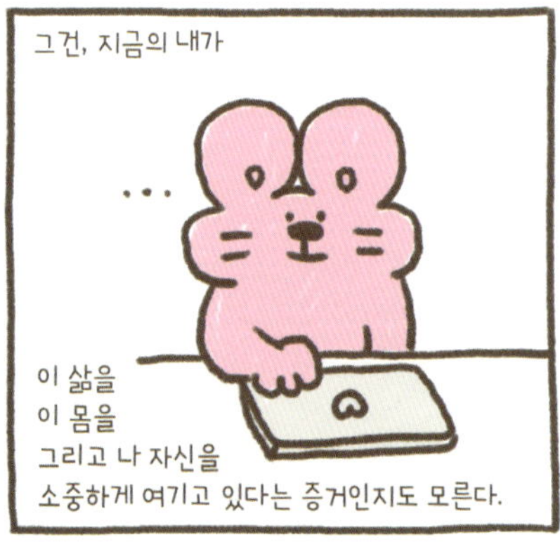

그건, 지금의 내가
...
이 삶을
이 몸을
그리고 나 자신을
소중하게 여기고 있다는 증거인지도 모른다.

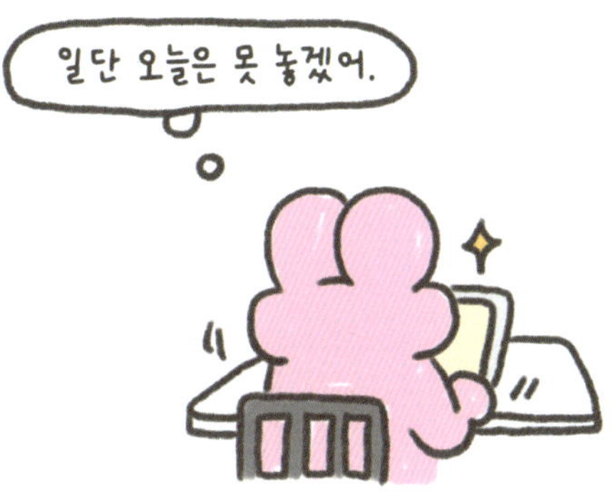

일단 오늘은 못 놓겠어.

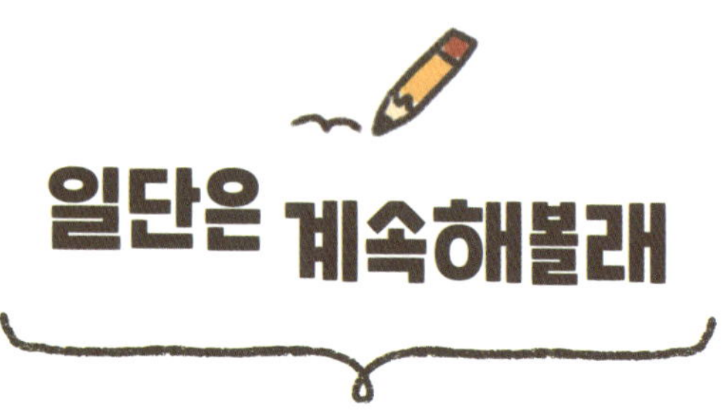

일단은 계속해볼래

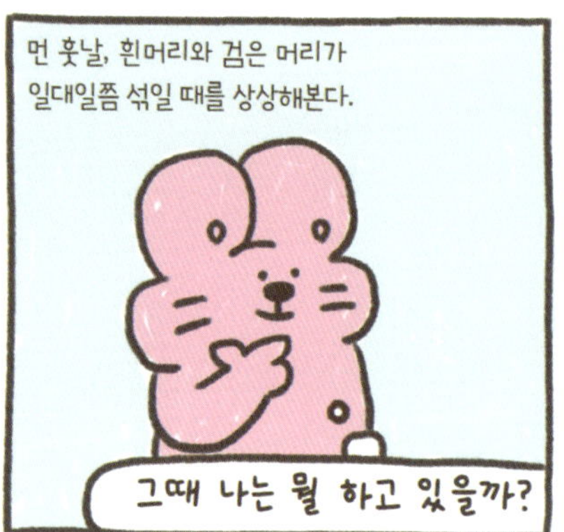

먼 훗날, 흰머리와 검은 머리가
일대일쯤 섞일 때를 상상해본다.
그때 나는 뭘 하고 있을까?

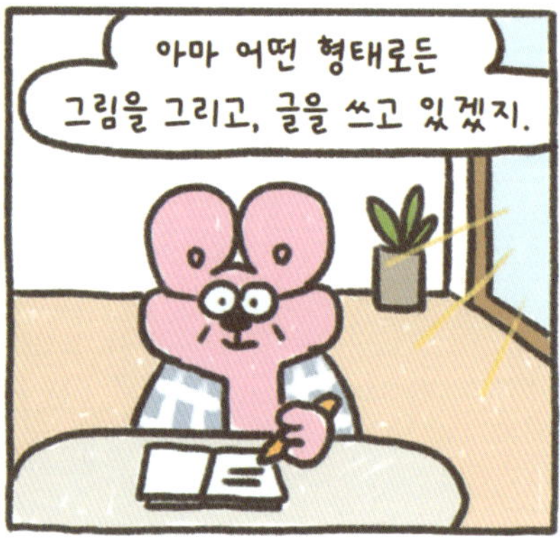

아마 어떤 형태로든
그림을 그리고, 글을 쓰고 있겠지.

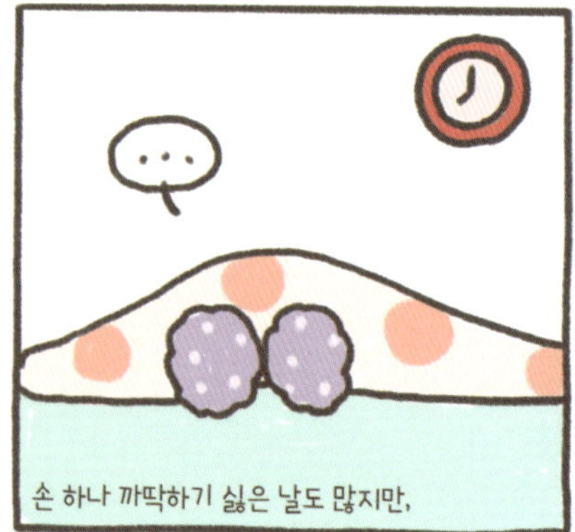

...
손 하나 까딱하기 싫은 날도 많지만,

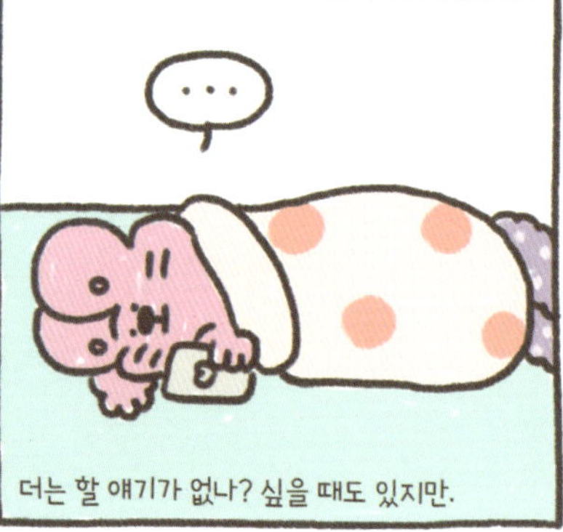

...
더는 할 얘기가 없나? 싶을 때도 있지만.

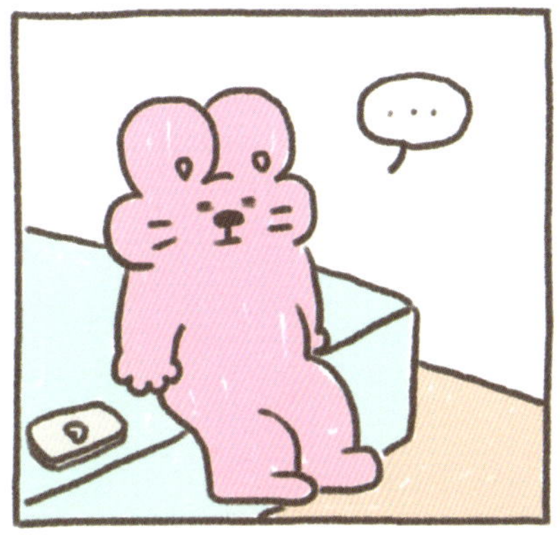
···

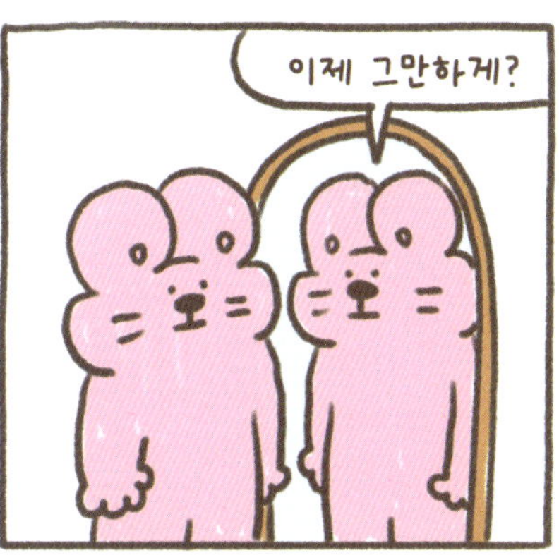
이제 그만하게?

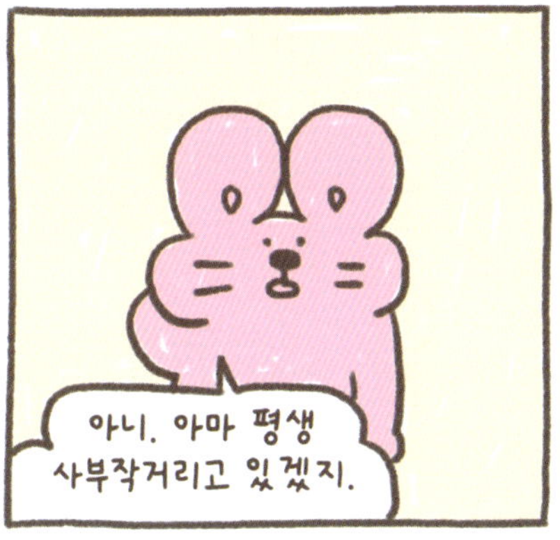
아니. 아마 평생
사부작거리고 있겠지.

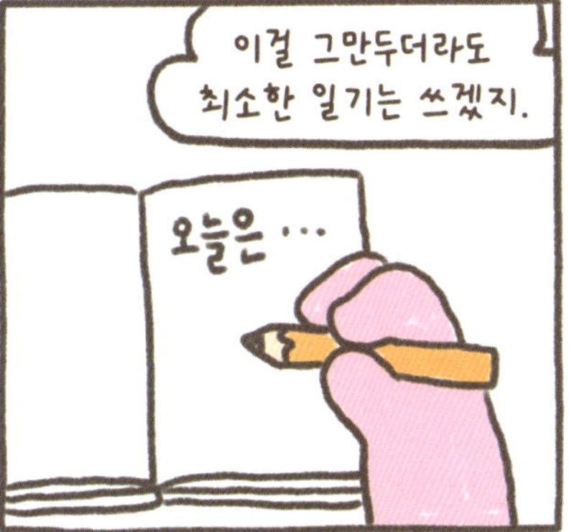
이걸 그만두더라도
최소한 일기는 쓰겠지.
오늘은 ···

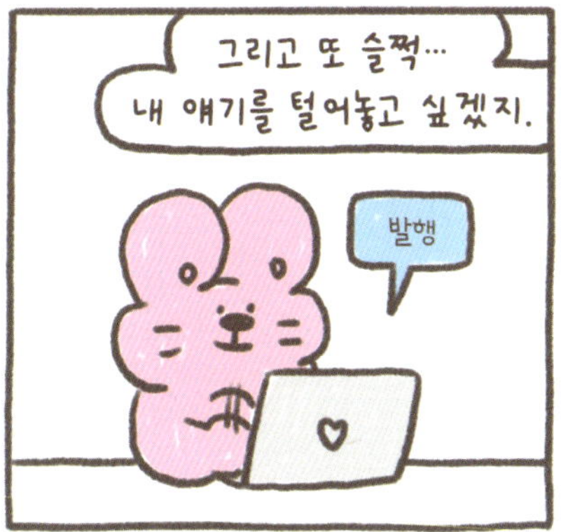
그리고 또 슬쩍···
내 얘기를 털어놓고 싶겠지.
발행

그게 누군가에게 닿을 수 있다면,
이왕이면 일로 연결되면 더 좋겠지.

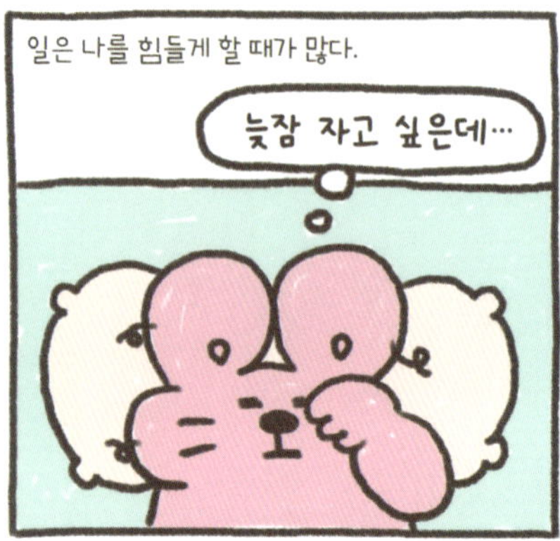

일은 나를 힘들게 할 때가 많다.
늦잠 자고 싶은데…

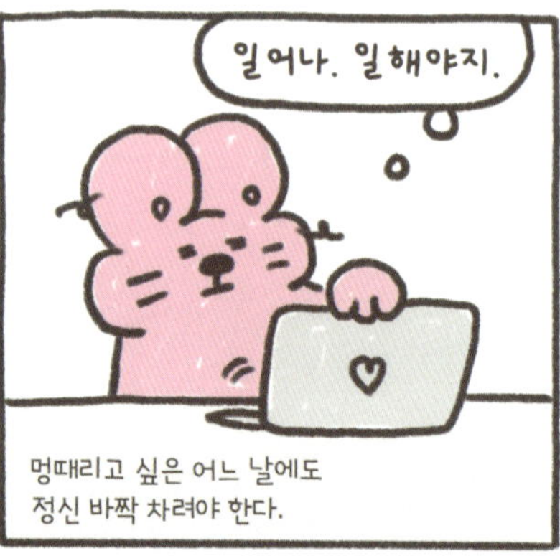

일어나. 일 해야지.
멍때리고 싶은 어느 날에도
정신 바짝 차려야 한다.

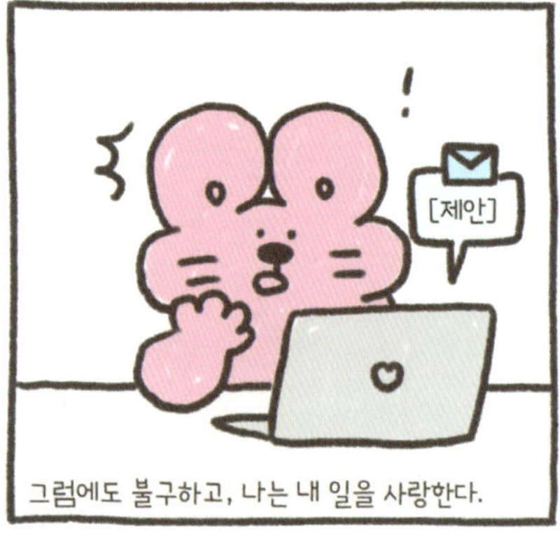

!
[제안]
그럼에도 불구하고, 나는 내 일을 사랑한다.

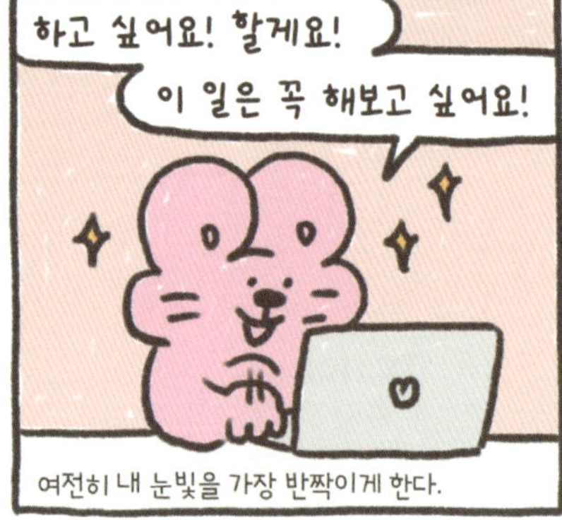

하고 싶어요! 할게요!
이 일은 꼭 해보고 싶어요!
여전히 내 눈빛을 가장 반짝이게 한다.

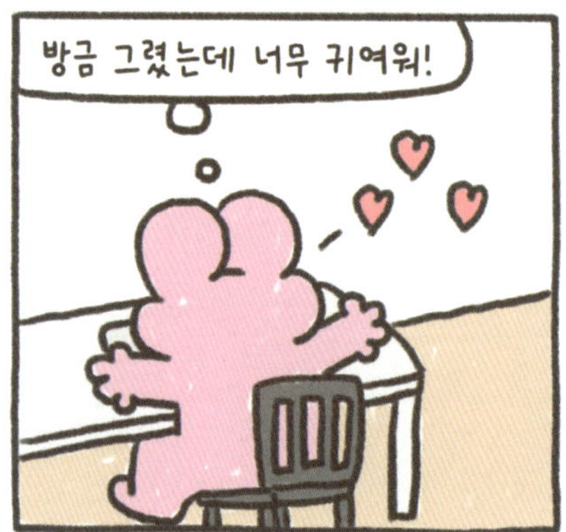

방금 그렸는데 너무 귀여워!

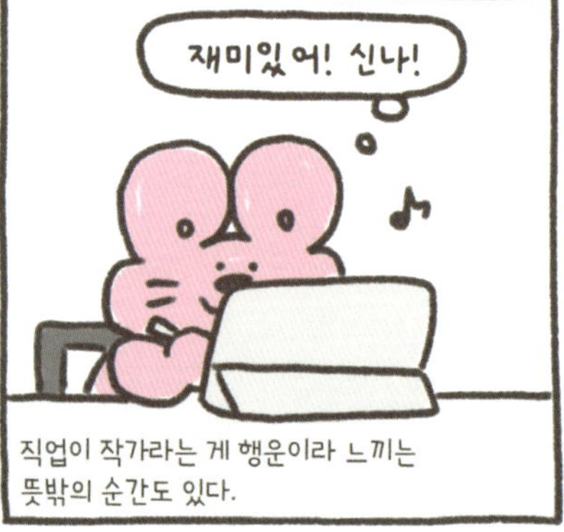

재미있어! 신나!
직업이 작가라는 게 행운이라 느끼는
뜻밖의 순간도 있다.

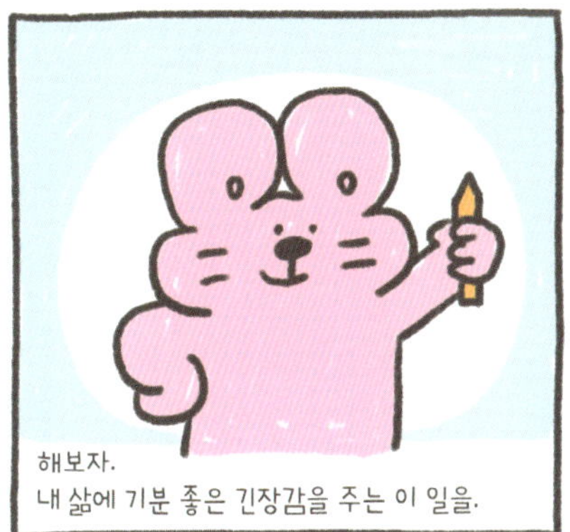
해보자.
내 삶에 기분 좋은 긴장감을 주는 이 일을.

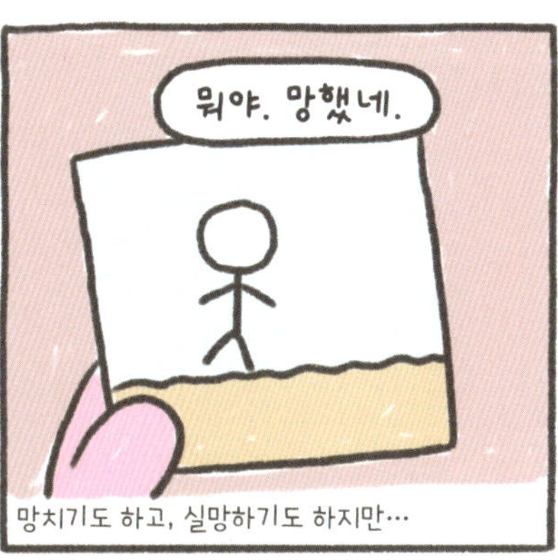
뭐야. 망했네.
망치기도 하고, 실망하기도 하지만…

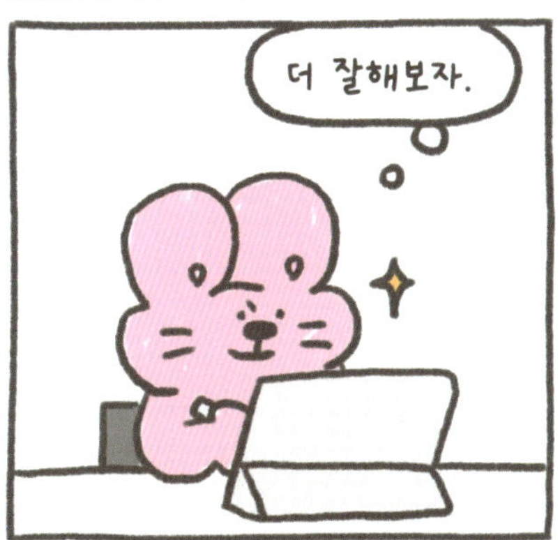
더 잘해보자.

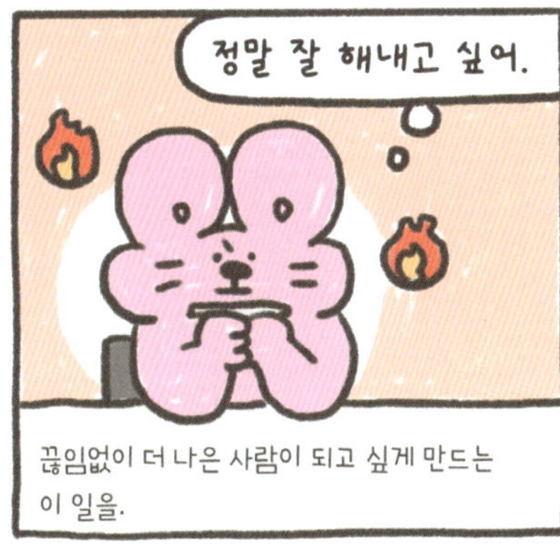
정말 잘 해내고 싶어.
끊임없이 더 나은 사람이 되고 싶게 만드는
이 일을.

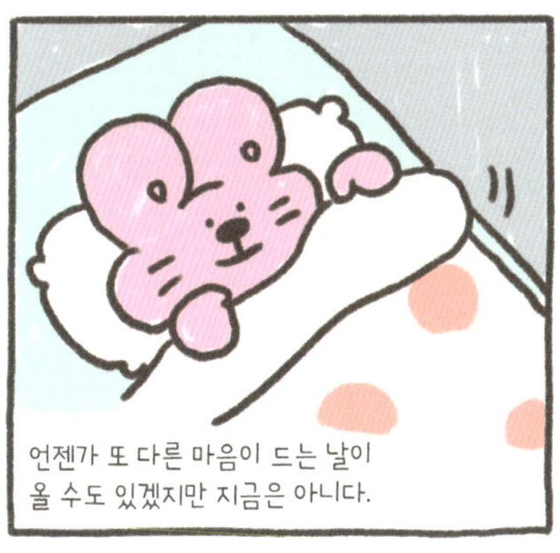
언젠가 또 다른 마음이 드는 날이
올 수도 있겠지만 지금은 아니다.

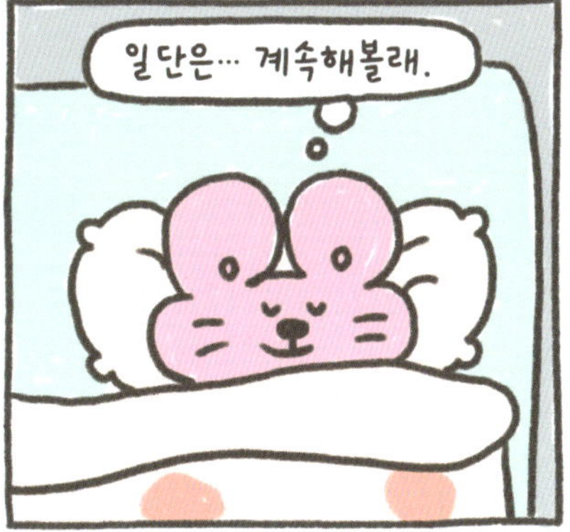
일단은… 계속해볼래.

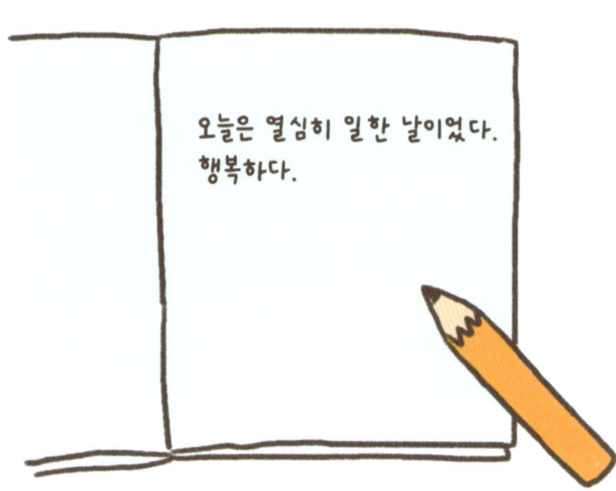

오늘은 열심히 일한 날이었다.
행복하다.

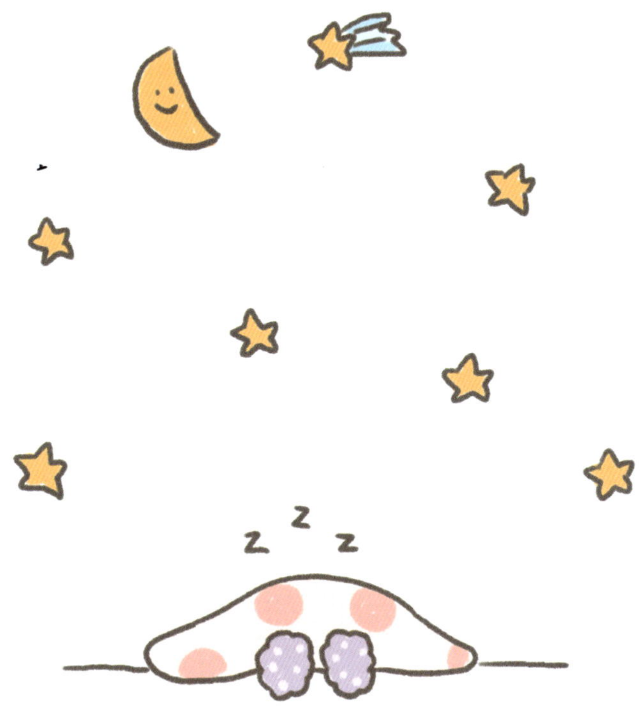

성취 너머, 나를 위한 일

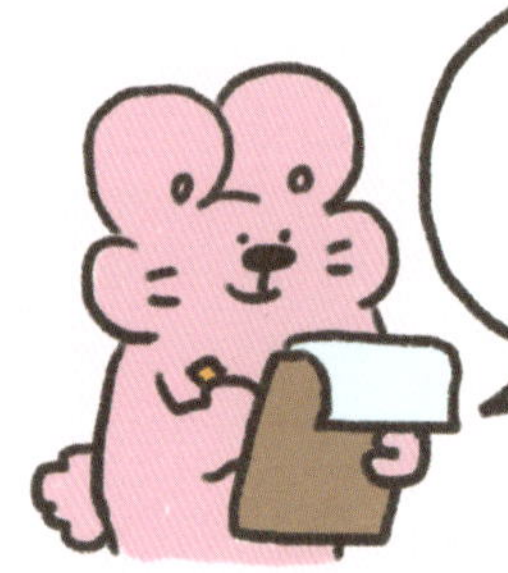

☑ 아직도 '불타는' 나인가요, 아니면…

- 이전처럼 뜨겁진 않아도, 꾸준히 할 수 있는 무언가가 있나요?
- 시간이 지나며 달라질 수 있는 나를 인정하고 있나요?

☑ 우선순위가 달라질 수 있음을 인정하고 있나요?

- 건강, 가족, 휴식 등 현재의 나를 위한 선택을 하고 있나요?
- "지금은 이게 중요해"라고 스스로에게 말할 수 있나요?

☑ 성취 없이도 괜찮은 나를 믿고 있나요?

- '바쁜 나'뿐만 아니라, '쉼 있는 나'도 괜찮다고 느끼고 있나요?
- 아무것도 안 한 하루에도 '나는 괜찮다'라는 확신을 가질 수 있나요?

☑ 묵묵히 씨앗을 뿌리고 있나요?

- 결과에 집착하기보다 과정을 성실히 밟고 있나요?
- 언젠가 올 '예상치 못한 수확'을 위한 '준비된 사람'으로 살아가고 있나요?

☑ 돈, 나에게 어떤 의미인가요?

- 돈이 자유와 구속 사이에서 나를 어떻게 움직이고 있는지 돌아봤나요?
- 나에게 돈이 무엇인지 생각해본 적 있나요?

☑ 그럼에도 불구하고, 계속하고 있나요?

- 여전히 나를 설레게 하는 일이 있나요?
- 오늘도 일하며 기분 좋은 긴장감을 느꼈나요?

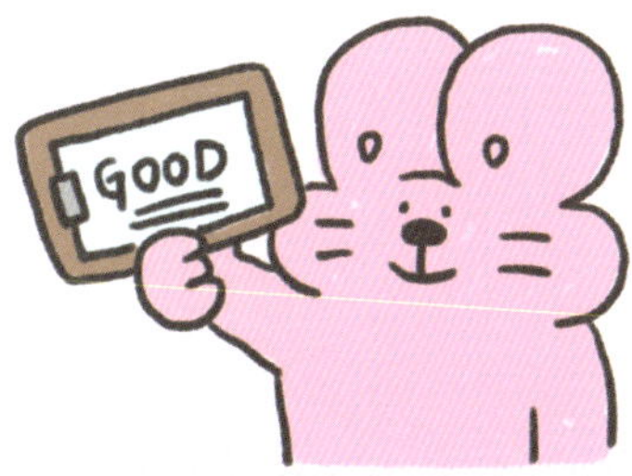

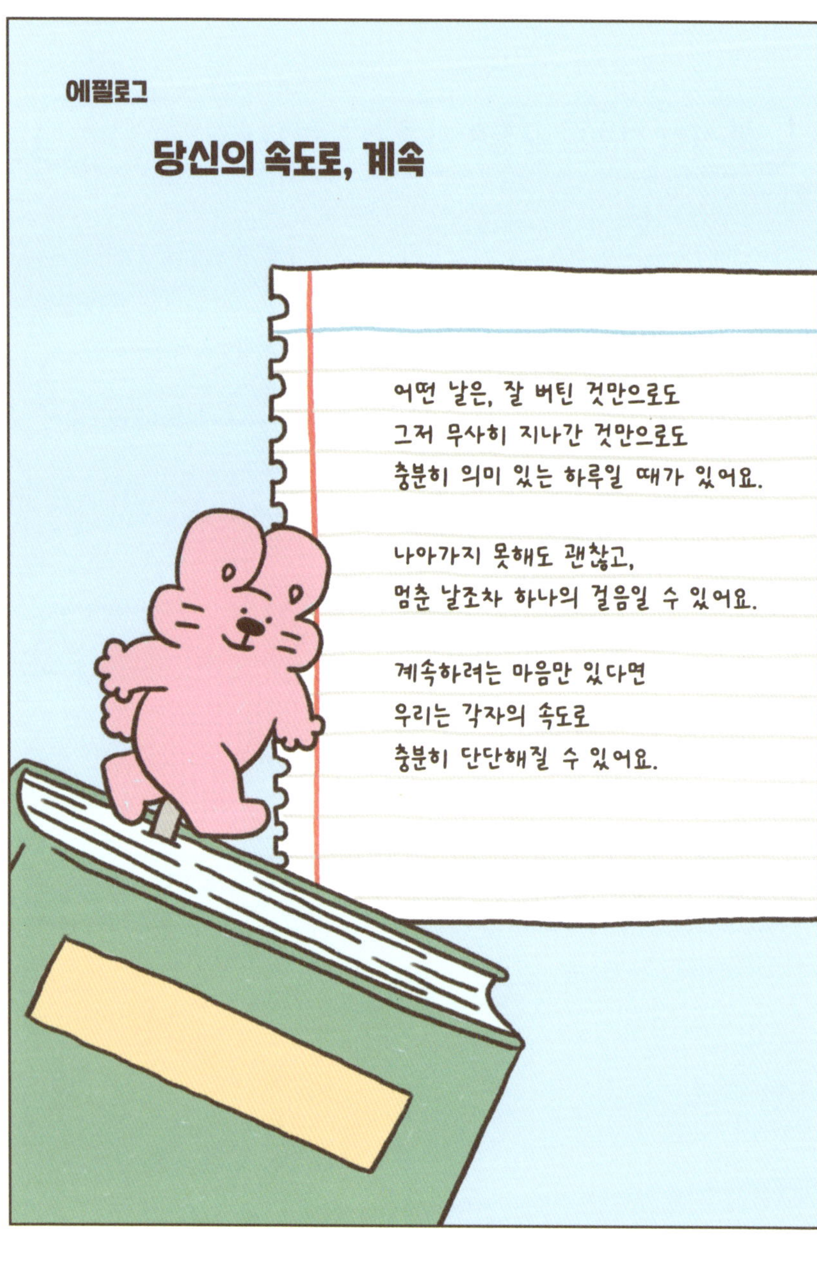

에필로그

당신의 속도로, 계속

어떤 날은, 잘 버틴 것만으로도
그저 무사히 지나간 것만으로도
충분히 의미 있는 하루일 때가 있어요.

나아가지 못해도 괜찮고,
멈춘 날조차 하나의 걸음일 수 있어요.

계속하려는 마음만 있다면
우리는 각자의 속도로
충분히 단단해질 수 있어요.

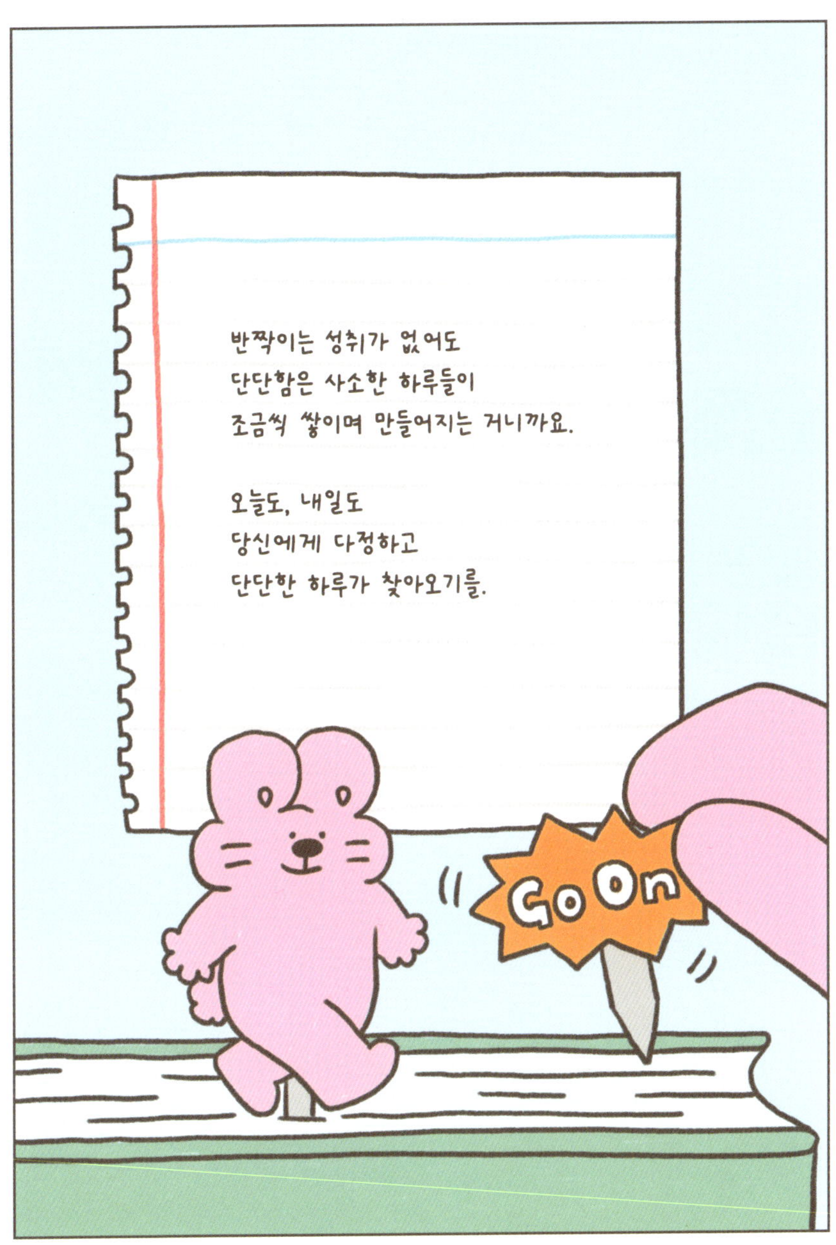

반짝이는 성취가 없어도
단단함은 사소한 하루들이
조금씩 쌓이며 만들어지는 거니까요.

오늘도, 내일도
당신에게 다정하고
단단한 하루가 찾아오기를.

Go On

오늘도 단단한 하루

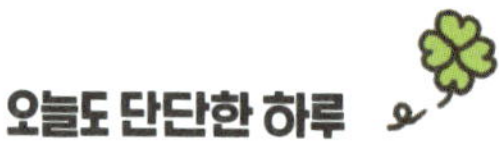

1판 1쇄 인쇄 2025년 10월 28일
1판 1쇄 발행 2025년 11월 11일

지은이 지수
펴낸이 김성구

책임편집 이은주
디자인 이영민
콘텐츠본부 고혁 양지하 김초록 류다경 이아름
마케팅부 송영우 김지희 강소희
제작 어찬
관리 안웅기 이종관 홍성준

펴낸곳 (주)샘터사
등록 2001년 10월 15일 제1-2923호
주소 서울시 종로구 창경궁로35길 26 2층 (03076)
전화 1877-8941 | 팩스 02-3672-1873
이메일 book@isamtoh.com
홈페이지 www.isamtoh.com

ⓒ 지수, 2025, Printed in Korea.

이 책은 저작권법에 따라 보호를 받는 저작물이므로 무단 전재와 복제를 금지하며,
이 책의 내용 전부 또는 일부를 이용하려면 반드시 저작권자와 ㈜샘터사의 서면 동의를 받아야 합니다.

ISBN 978-89-464-2317-6 03810

• 값은 뒤표지에 있습니다.
• 잘못 만들어진 책은 구입처에서 교환해 드립니다.

샘터 1% 나눔실천
샘터는 모든 책 인세의 1%를 '샘물통장' 기금으로 조성하여 매년 소외된 이웃에게 기부하고 있습니다.
2024년까지 약 1억 1,650만 원을 기부하였으며, 앞으로도 샘터는 책을 통해 1% 나눔실천을 계속할 것입니다.